且以深情
共余生

[上]

汐奚 [著]

青岛出版社
QINGDAO PUBLISHING HOUSE

图书在版编目（CIP）数据

且以深情共余生 / 汐奚著. — 青岛：青岛出版
社，2016.9
ISBN 978-7-5552-4127-0

Ⅰ. ①且… Ⅱ. ①汐… Ⅲ. ①长篇小说－中国－当代
Ⅳ. ①I247.5

中国版本图书馆CIP数据核字（2016）第136166号

书　　名　且以深情共余生
著　　者　汐　奚
出版发行　青岛出版社
社　　址　青岛市海尔路182号（266061）
本社网址　http://www.qdpub.com
邮购电话　010-85787680-8015　13335059110
　　　　　0532-85814750（传真）　0532-68068026
责任编辑　那　耘
责任校对　张继媛　李　燕
特约编辑　李文峰　刘　敏
装帧设计　千　千
照　　排　梁　霞
印　　刷　北京市平谷早立印刷厂
出版日期　2016年9月第1版　　2017年10月第2次印刷
开　　本　16开（700mm×980mm）
印　　张　36
字　　数　450千
书　　号　ISBN 978-7-5552-4127-0
定　　价　59.80元

编校印装质量、盗版监督服务电话　4006532017　0532-68068638

建议陈列类别：畅销·青春小说

目录 [上]
CONTENTS

目录 [下] CONTENTS

第一章
结婚证上的老公

民政局。

沐良挤下公交车，向着民政局方向一路小跑。她抬起腕表看了看，秀眉微蹙，已经过了约定好的时间了。晚是晚了点儿，不过他们有钱人，不都喜欢装大牌，喜欢被人家等的吗？所以就算自己准点到了，他也不一定就在那儿，应该不算迟到。

踏进民政局的大门前，沐良躲在比较僻静的地方，把背包里面的东西掏出来，按照事先计划的那样，换下身上的衣服，把那些化妆品一层层涂在脸上。

二十分钟后，对着手里的梳妆镜，沐良看傻了眼：这里面的人，真是她吗？

咳咳——

银灰色的骷髅头蝙蝠T恤，黑色网格长裤，一双夸张的亮红色高跟鞋，还有那颜色各异的指甲和夸张的妆容，让人不忍直视啊！

沐良满意地点点头，一咬牙又把背包里准备好的假发套在头上。她全身的衣服风格，搭配脑袋上的紫色假发，这身装扮，怎么看都是"绝配"！

"Perfect！"

沐良打了个响指，从角落里走出来，下意识地伸手扶住假发，没走几步就有人回头看她，脸上闪过惊诧与鄙夷。

她的造型太惹眼，想要大家不注意都难。

看到路人那样的神情，沐良相当开心，这说明已经达到了她想要的效果。

沐良深吸一口气，让自己平静下来。她背着包，踏上高高的台阶，一副视死如归的模样。

民政局二楼的休息室里，并排站着好几个人，大家靠在墙边，眼神纷纷落向沙发里的男人。

"几点了？"男人充满磁性的声音响起，他修长的手指在两膝上轻叩。

"九点四十分。"助理高森掐着表，回答得十分精准。

迟到四十分钟。

傅晋臣微微眯着眸子，扬起那张颠倒众生的脸。

见到他嘴角紧绷，高森立时会意，道："四少，我去外面看看。"

傅晋臣没回答，也没阻拦。高森一路沿着楼梯下来，明明约好九点准时登记，但人迟迟不到，真是要命！

沐良走进大厅，一眼看到立在中间的牌子。

休息？

沐良撇嘴，心想改时间怎么没人通知她。周围空荡荡的，一个人影也没有。她琢磨着今天算是白来了，东西也都白折腾了。

转身欲走，却听有脚步声响起："沐小姐，是您吗？"

沐良回过头，走过来的男人穿着黑色西装，她没有见过。

啪！

嘴里吹出的泡泡破裂，沐良舌头一卷，吧唧吧唧嚼得欢畅："你认识我？"

"……认识。"

看清面前女人的模样，高森倒吸口气道："您好，我是高森，四少的助理。"

沐良了然："在哪里？"

"二楼。"

"哦。"

沐良并未做过多停留，神情自若地上楼。

"四少，"高森快步走进休息室，弯腰在男人的耳边道，"沐小姐到了，在办公室。"

傅晋臣起身，将松开的西装扣好，鎏金袖扣闪过炫目的光华。高森低头跟在他的身后，不敢多嘴，害怕被殃及池鱼。

男人修长的双腿，包裹在黑色西裤里，他踏进办公室，灵敏的鼻子立刻捕捉到空气中飘散的劣质香水味。

男人眼角挑起，看向正前方站着的女人。

傅晋臣狭长的眸子微眯，抬手指过去："这是什么？"

这是什么？对东西才用这种词呢！

沐良咻地怒目，但因黑色眼影的遮掩，没人看到她眼神的变化。

高森硬着头皮上前，不得不解释："四少，她是沐小姐——沐良。"

沐良。

傅晋臣知道这个名字，这是今天要跟他办理结婚登记的人。这副德行，看着就让人讨厌！

"开始吧！"没有过多的打量，傅晋臣别开视线，吩咐那些人手脚麻利些。

2

工作人员递过来两张登记表，还有两支笔，态度恭敬："请两位填一下表格。"

傅晋臣看都没看，直接丢给身后的人："快点。"

高森无奈地接过去，拿起笔把傅晋臣的资料信息都填好。

旁边椅子里，沐良暗暗腹诽：这人是不是小学没毕业啊？连字都不会写，填个表格还要人家代笔，所以说没文化多可悲！

表格填写完毕，工作人员核对过他们的证件后，开始办理结婚登记的手续。步骤并不烦琐，更何况整栋大楼的人，都在为这两位服务。

"可以拍照了。"

结婚证上有照片一栏，因此拍照是必需的。

傅晋臣面无表情地走过去，沐良耸耸肩，也挪过去，毕竟只能跟他一起拍。

背景幕布前，摄影师举着相机，几次都没找到好的拍摄角度——对面那两个人，距离八丈远，根本就在镜头之外。

"两位靠近一点儿。"摄影师小心翼翼地开口，生怕出错。

傅晋臣蹙眉往中间站了站，沐良并未挪窝。

摄影师急得一个劲儿摆手，沐良不忍难为他，只得配合地往中间跨了一步。

"小姐，您的假发能不能摘下来？拍结婚照不能戴假发。"

沐良扫了眼对面恭候的工作人员，愧疚道："不好意思啊。"

她一把扯下假发，单手捏着藏在身后。

那团乱麻消失，傅晋臣勉强看了眼身边的人，但见到她红艳得似在滴血的嘴唇时，再度移开目光。

真心难看！

咔嚓！

摄像师终于找到拍摄角度，照片中的男人嘴角抽搐，女人一张似调色盘的脸。

几分钟过后，盖上钢印的结婚证书被捧送到他们眼前。

傅晋臣一脸嫌弃，根本没打算伸手拿。

高森把两个红本本接过来，笑着递给沐良一本。

"完事了吗？"隐忍良久，傅晋臣紧绷的嘴角预示着他即将到达忍耐极限。

"好了好了。"工作人员忙点头。

傅晋臣双手插进口袋里，头也不回地走远。

高森还想叮嘱沐良几句，但看到他家主子冷硬的背影，识相地闭嘴。

前方的人影消失，沐良攥着红本本轻笑出声，反手将它塞进背包里，溜进洗手间清理干净后出来，时间尚早，这会儿赶回学校一点儿也不耽误。

迎面有人同她撞了下，沐良抬了抬头，歉然地微笑："对不起。"

穿着制服的工作人员，瞪着这张清丽脱俗的面容，微微愣神，这女孩子不就是刚办手续的那位，怎么进了趟洗手间，还穿越了呢？前后判若两人，简直不可思议。

3

两年后。

建在玉湖区的傅家别墅，占地面积六百亩，这里以天然形成的玉湖为中轴线，四周环绕着植被茂盛的山林。

别墅分为左右两栋楼，都是纯欧式复古建筑，有种中世纪古堡的感觉。

偌大的客厅，富丽堂皇，舒爽的凉风，顺着落地窗吹拂进来。

"你叫沐良？"白色真皮沙发里，穿着藕粉色连衣裙的妇人，目光锐利。

鲜少有女孩子用"良"这个字，太过刚毅。

沐良应了声，在妇人翻看自己的获奖证书时，四处打量。倏然，腰上一紧，原来是一道小身影蹿过来抱住了她。

"沐老师。"傅橙今年五岁，明年即将入学。

看到女儿，曹婉馨宠溺地笑了笑："橙橙，你喜欢她吗？"

"喜欢。"傅橙露出笑脸，虽然刚刚沐良只弹了一小段曲子，但她却十分喜欢，所以主动亲近。

曹婉馨打量着沐良：长相精致，气质也好。之前给女儿找了数不清的钢琴教师，没一个她喜欢的，虽然沐良不是音乐学院的学生，但她获奖证书不少，条件应该还不错。

既然女儿喜欢，曹婉馨也不想让她失望："周末来上课。"

没想到能顺利通过，沐良伸手揉揉傅橙的小脸，笑道："橙橙要好好准备，周末我们就要上课喽。"

"嗯。"傅橙点头。

"傅太太，我先告辞了。"沐良收拾好东西，背着包离开。

傅橙从椅子里跳下来，朝她跑过去："我送沐老师。"

曹婉馨无奈地摇摇头，吩咐用人跟上去，生怕宝贝女儿摔倒。

院子里开满紫色玉兰花，一株株姿态万千。傅橙拉着沐良的手往外走，见她眼神落在那些花上，小黑眼珠转了转，道："老师，橙橙想要一朵玉兰花。"

沐良将她抱起来："我们摘一朵。"

别墅外面的山道上，飞速而来一辆黑色捷豹，男人在别墅大门前，一脚踩下刹车。

"宝贝儿，在这里等我。"傅晋臣半侧过身，对身边的女人微笑道。

女人身着一袭红色V领短裙，望着近在咫尺的傅家别墅，哪里还肯放过。

"不要嘛，这里好晒。"她倾身靠过去，娇艳欲滴的唇瓣甚是诱人。

不许带外面的女人回家，这是傅家主母，也就是他母亲立下的规矩。傅晋臣屈起手指，一下下叩在方向盘上："晒？"

男人薄唇轻勾，神情冷下来："那就自己滚回去。"

傅晋臣那张脸，素来说变就变，美人不敢还嘴，乖乖推门下车，在太阳底下站着。

黑色车身咻地离开，不带一丝迟疑。

"哇，很快就够到了，沐老师加油！"

"往上一点儿，再往上一点点！"

玉兰树下，傅橙仰着头，有模有样地指挥。

男人将车停好，推门就听到熟悉的声音，他转头看过去，漂亮的双眸霎时眯起。

家里有新人？

沐良脚下踩着一块大石头，踮起脚，胳膊往上伸，终于费力地掐住一朵玉兰花。

树下微风阵阵，卷起少女的裙摆。傅晋臣并不算有心，他只是恰到好处地站在了那个角度，微微抬头就能看到她裙内的风光。

婀娜多姿的身材，光洁白皙的美腿，还有……黄色小内裤。

"四叔！"傅橙回头，朝来人飞扑过去。

沐良转头看过去，身后站着的男人一身白色休闲装，袖子微微挽起，露出的小臂肌肉结实，那双狭长的眸子里尽是宠溺。

映入眼底的这张俊脸，慢慢唤醒沐良的记忆：他不就是结婚证上的那个男人，也就是她的法定老公？

男人微微蹲下身，张开双臂将傅橙抱在怀里，嘴角染笑道："小公主，你今天心情不错嘛。"

傅晋臣眼角上扬，目光落在站在玉兰树下的女子脸上，眼底的笑意不明。

沐良失神片刻。

傅橙点头，得意地指过去："她是我的沐老师。"

傅晋臣深邃的双眸微眯，薄唇勾了勾，低沉的嗓音撩人："沐老师，哪里来的老师？"

沐良想着要怎么开口，毕竟还是心虚。她想，他就见过自己一面，那时她还把脸涂成那样，应该认不出来的。

"四少，她是二少奶奶给小姐请的钢琴老师。"后面跟出来的用人赶忙解释，生怕沐良冲撞了他。

傅晋臣抬手，摸了摸傅橙的小脸，笑道："原来是二嫂看上的。"

他把傅橙放下来，锐利的目光肆无忌惮地盯着沐良，嘴边的弧度莫名："眼光不错。"

沐良淡笑而过，将脸垂下，回避他的视线。他那双眼睛明明与常人无异，却有种能够吞噬掉自己的感觉。

傅晋臣并没多加纠缠，牵过傅橙的小手，转身走进别墅东侧大厅。

眼见他走远，沐良不禁松了口气，没认出她来吧？

"沐小姐，这边请。"用人在前面带路，沐良立刻跟上去。

别墅两扇巨大的铁门哐当一声开启，沐良背着包走出来，只觉得如释重负。大门侧面，一抹穿着红裙的靓丽身影。那女人看到她，先是轻蔑地冷哼，随后挑衅般地瞪过来。

5

身后的两扇大门关上，沐良无奈地叹息："豪门深宅如此迷人吗？怎能让人趋之若鹜至此？"

头顶骄阳似火，沐良戴上遮阳帽，大步往山下走，至少要走过两个路口才有出租车，她怕走到中暑。

"妈妈。"傅橙亲热地跑过去，搂住曹婉馨。

曹婉馨给女儿擦掉汗，看向走进来的男人："老四，你可算回来了！"

她眼角含笑，语气温柔："母亲从昨晚就开始念叨你。"

"二嫂，有内幕消息没？"傅晋臣耸耸肩，一副吊儿郎当的模样。

曹婉馨收起笑，压低声音告诉他："爸爸昨晚发脾气了，看样子气得不轻。"

傅晋臣并没感觉意外。

穿过长长的走廊，繁复花纹拼接的大理石地砖，干净得能映出他的脸。

"妈。"

客厅圆形沙发里，身着宝蓝色套装的女人，面容精致，她端着茶碗轻啜，眼角凌厉的目光慑人："死小子，你还知道回来？"

"您老一个电话，我不就乖乖回来了吗？"傅晋臣坐过去，双手环住她的肩膀。

尤储秀伸手打过去，骂道："老？你妈老吗？"

"怎么可能？"傅晋臣扬起笑，"我妈青春永驻，永远十八岁！"

"胡说！"尤储秀展颜，"你呀，就是没个正经。"

她盯着儿子领口沾染的唇印，皱眉道："晋臣，你也是有老婆的人，这样闹也难怪你爸爸生气。"

傅晋臣跷着二郎腿，手指在膝上轻叩："他怎么看我，有什么关系？我无所谓。"

闻言，尤储秀眸色一暗，道："别怪你爸，他是为你好。当年的事情闹那么大，要不是你爸，你这辈子就毁了！"

傅晋臣骨节分明的手指蜷起，表情看不出喜怒。

"儿子，你要争气！"尤储秀蹙起眉。

傅晋臣垂眸，俊脸的线条紧绷："肚子饿了。"

他岔开了话题，尤储秀也就没有继续说教，只将手指点在他额前："你啊，今天老实在家，你爸晚上要见你。"

傅晋臣坐着没动，半天才点头。

尤储秀吩咐用人准备食材，打算亲自下厨。

管家避开人，急匆匆走到沙发边，压低声音道："四少爷，大门外有位小姐说是您朋友，您看……"

男人似乎刚想起什么，道："让她等着。"

管家瞅着外面毒辣的阳光，暗暗惋惜："可怜啊，娇滴滴的佳人暴晒过后，水嫩的皮肤恐怕会被晒伤，足有一个月不能出镜拍戏了。"

"她姓沐？"傅晋臣摸出一根香烟，捏在修长的指间。

管家反应很快，想起沐良那张好看的脸，回道："对，三点水的沐。"

傅晋臣勾了勾唇："下去吧。"

"三点水的沐？"傅晋臣双眸微眯，如果他没记错，那个跟他领证的女人，也就是他老婆，应该就姓沐。

上午大课结束，同学们都去食堂抢座。沐良挤过人群，朝某人追过去。

"傅政！"

周围太吵，沐良的声音很快被淹没。她加快步子，躲闪开人群往前冲。

前方的男子身形颀长，腋下夹着两本书，步伐优雅，一身白色衬衫，挽起的袖口露出一截小臂。傅政走到人流偏少的楼梯口停住，微侧过身，看向跑来的女孩子。

沐良只穿着简单的T恤、牛仔裤，那张绝色的容颜不染铅华。

"我找你有事。"

"你说。"

傅政站在原地没动，他当然知道她有事，不然也不会主动叫他！

身旁有很多双眼睛盯着他们，跟他站在一起压力很大，沐良撇嘴，道："我们边走边说。"

傅政跟着她下楼，两人并肩。

"你们家里人多吗？"沐良拐着弯问。

"不多。"

傅政少言寡语，但傅家背景庞大，他是傅家长房长孙，即使长着一张冰山脸，学校的女孩们依旧爱死了他这副调调，倒追他的不计其数。

有人从楼梯边挤过去，傅政伸手挡在沐良外侧，直到走下最后一级台阶，他才把手收回去。

沐良蹙眉，她周末要给傅橙上课，可如果傅晋臣在家……

"我二叔一家单独住在小楼，很清静。"傅政以为她不喜欢热闹。

"其他人呢？"

"姑姑和四叔都不住在家里。"

沐良不好意思再问，人家傅政帮她介绍兼职，钢琴家教收入很高，她心生感激。

"有什么问题吗？"傅政见她蹙眉。

"没有。"沐良不露马脚，转身要走。

傅政拉了她一下："吃饭了，你去哪儿？"

"我去书店，路上吃。"沐良没做过多解释，转身走远。

傅政欲言又止，她总是这样，说完她要说的就离开。

周末清早，沐良准时抵达傅家大宅。傅橙这小姑娘有模有样地坐在钢琴前等她，很有富贵人家小姐的样子。沐良轻笑，所谓气质，也是金钱堆起来的。

一个小时的课很快结束，傅橙恋恋不舍。

"下周见。"离开前，沐良同傅橙告别。

离开傅家别墅，回到市中心豪华住宅区，沐良所住的那套房子，正是整片小区最贵的！

电梯门打开，光洁豁亮的走廊装修精致。结婚登记后，傅家只有一个条件，不让沐良住校。迫于无奈，她搬进了这套房子。

打开房门，一个裸着上身，腰间只围一条白色浴巾的男人，肆无忌惮地站在她的客厅里。

沐良睁大眼睛，吃惊道："你……"

傅晋臣双手叉腰，显露出完美身材，他转过身，语气温柔道："沐老师，你好。"

"你怎么进来的？"沐良攥紧手里的包，随时准备攻击。

傅晋臣大剌剌坐进沙发里，修长的双腿交叠。他下身只围着浴巾，所以露出腹部两侧明显的v形线条，这就是所谓的人鱼线吧。

沐良别开眼，对这种男人毫无兴趣。

"这套房子我是户主，你说我怎么进来的？"男人笑着反问，黑眸渐渐眯起。

沐良哑然，看向他的目光沉下去。

"沐老师，"傅晋臣捏着钥匙，在她眼前晃动，"我也想问你，你是怎么进来的？"

呵，明知故问！

沐良坐到对面的沙发里，目光直射他："想怎么样？"

"沐良，你有种！"傅晋臣剑眉轻挑，口气冷下来，"在我眼前玩移花接木？"

废话！沐良腹诽：当初不是扮丑，她哪有清净日子过？

"反正是演戏，你管我怎么演！"沐良反倒没了慌张，结婚能瞒，离婚时也骗不过去了。

傅晋臣目光幽暗，黑眸深不见底："敢跟傅家的人演戏，你胆子不小。"

沐良虽然家境平平，但在家里都是被父母捧在手心里的，没受过委屈，更不能忍受恶人先告状。

"傅晋臣，是你妈告诉我，陪你演两年戏就还我自由。"沐良没有说谎，结婚登记前傅太太确实跟她有此协议。

"你刚才叫我什么？"

"傅晋臣！"她又重复一遍。

男人起身靠近，俊脸抵在她的面前。她的五官精致，皮肤嫩得都能滴水，看着就想咬一口。

"好听。"傅晋臣笑了笑。

可惜沐良不为所动，因为她打小就不乏追求者，被追求到有了抵抗力。

花痴！

沐良暗骂，起身后退到安全范围："你可以走了。"

听到她下逐客令，傅晋臣也不恼，笑道："这里是我家。"

他家？

沐良脸色大变，怒声道："开什么玩笑？"

"没开玩笑，"傅晋臣收敛笑容，神情说变就变，"五百多万的房子，爷一次没住过，凭什么？"

"这房子值五百多万？"沐良咋舌。

傅晋臣点点头："那还是两年前的价位。"

好吧，浑蛋真有钱！

"你打算赖在这里？"

"用词不当，"傅晋臣好心纠正，"我是光明正大住在这里。"

沐良急了，见过不要脸的，没见过这么不要脸的。

傅晋臣不急不躁，看着她的眼睛，慢慢勾起唇："结婚证我有，房产证我有，户口本我还有，这样不够光明正大吗？"

沐良语塞，气得不轻。

当初明明白白说好，这套房子给她住，掩人耳目。他突然说要住，明显是故意刁难。

"傅家又不缺房子，你至于吗？"

原本不至于，但糊弄他的这口气，傅晋臣咽不下去，太岁头上动土，爷就陪她玩玩！

"我跟我老婆住，天经地义。"傅晋臣回答得滴水不漏。

沐良噌地站起来，吼道："谁是你老婆！"

"你，"傅晋臣轻笑出声，"我们是合法夫妻，受法律保护。"

"你……"

沐良算见识到这个男人的厉害了，她也知道他出现，定是有备而来，硬碰硬，她不占优势。

整晚都在做梦，她有个不算好的习惯：认床。主卧被占，她辛苦打点的家，被另外一个男人占据，她不甘心！

洗漱过后，沐良大步走到主卧前，谁知道，这男人睡觉不关门。

床上的男人俊脸朝里，露出肌肉紧绷的后背，健硕身躯侧躺在粉色床单上，胸膛随着轻浅呼吸上下起伏，整个人透着野性。

昨天新换的粉色床单，在他的身下，惨遭蹂躏，沐良怒火高涨。

咚咚咚……

沉睡的男人终于动了动。

"唔——"傅晋臣喉间溢出的声音，极为销魂。

沐良抖落一身鸡皮疙瘩，道："你出来，我有话说。"

9

十分钟后，男人穿戴整齐出来。

幸好他衣衫完整，要不然沐良绝对发飙。

"找我谈什么？"傅晋臣坐在她对面，好整以暇地问。

沐良缓和语气，试图与他商量："两年很快就过去了，我们目前相处融洽，应该继续保持下去。"

"所以呢？"男人笑着反问，看不出喜怒。

沐良盯着他的眼睛，沉声道："所以，你从哪里来，回到哪里去！"

她话里的意思，用三个字可以概括：你滚吧！

傅晋臣自然听得出来，他深邃的双眸带着笑，伸手抚平袖口的褶皱，磁性嗓音不急不缓，道："如果……我不呢？"

沐良瞬间沉下脸。

"那张床我睡着很舒服，上面还有香气呢，"傅晋臣靠过来，遮住沐良头顶的亮光，道，"跟你身上的味道，一模一样。"

耳边拂过一抹热气，沐良瞪着他的眼神冷下来。

"傅晋臣，你到底想怎么样？"沐良不想闹翻，毕竟离婚还要他配合。

傅晋臣耸肩笑了笑，薄唇离开她的耳边，笑道："我想住在这里。"

本来他要留下，沐良搬走就好，可学校快要放假，她不可能搬回宿舍住，临近毕业又要准备很多事情，哪有时间跟他耗着？

望着她愤恨的小眼神，傅晋臣还算正经地开口："总算夫妻一场，你这么绝情？"

他俯下身，俊脸抵在沐良眼前："只要你乖乖听话，我保证不难为你。你和我妈的协议，到期生效。"

这句话说到重点，沐良挑眉盯着他，问："说话算话？"

傅晋臣点头，道："肯定。"

好吧，既然他这么说，沐良勉为其难地接受。反正只有两个月就到期了，这里房间多，她完全可以无视他！

两人达成共识，沐良紧绷的神经松懈下来。

"同居快乐。"

转身前，傅晋臣留下这句话。

这段婚姻是不见光的，等到一拍两散的那天，她和他便是陌路人。

因为早上的谈判，沐良差点迟到。

乔笛站在教学楼前，手里捧着新买的早餐："良良，快点啊！"

沐良咬了口汉堡，还很热，就听到乔笛说："比赛结果出来了。"

公告栏前围着不少人，大家交头接耳，看到沐良和乔笛过来，有些人笑着打招呼："沐良，恭喜你！"

乔笛拉着沐良走近，没搭理这种阴阳怪气的奉承。

比赛结果用红底黑字醒目地写着，第一名后面，俨然是"沐良"两个字。

"哈哈，良良，这次又是你！"乔笛兴奋着，发自内心地为她欢呼。

这所学校虽不是音乐学院，但校长重点培养有天赋的音乐人才。这几年，学校安排学生参与很多全国性的比赛，这次的华东地区钢琴比赛，沐良夺得第一。

周围不少人轻蔑地哼了声，一哄而散。

乔笛骂道："狗仗人势！"

沐良没放在心上，学校里的同学多数是富家子弟，平时就不把别人放在眼里，对于他们的反应她早就司空见惯。就连乔笛，她家也很有钱，只不过因为她爸爸是暴发户，那些自诩出身高贵的，也同样看不上她。

大课间后，沐良从校长室回来。她怀里抱着获奖证书，还有一个信封，信封里是这次比赛的奖金，整整一万块。

周围又响起窃窃私语声，沐良充耳不闻。

"恭喜你。"

蓦然，身边响起一道甜美的女声。

沐良伸出手，同那人握了握："谢谢。"

有人见宋爱瑜主动过来道贺，都识相地闭嘴。这次比赛的第二名是宋爱瑜，名海市宋家的掌上明珠，她三岁学琴，所有的老师都是名家。

今天学校没有大课，沐良的论文初审也顺利通过，她大大地松了口气。从学校出来后，她跟乔笛说了声，就直接坐长途车回家了。

一个半小时后，沐良踩在渝城的青石板路上，全身舒畅。空气中，飘散着淡淡的海水特有的咸腥气息，熟悉又让她眷恋。

回家的路上，街坊四邻见到她都亲热地打招呼。沐良的父亲在村里是最有学问的人，颇受大家爱戴。

远远见到小院前有抹熟悉的身影，沐良快步往家跑。

蔡永芬满眼都是笑意，往前迎上去，道："别跑，天热。"

"妈妈，我回来了！"沐良抱住她，亲热地撒娇。

拉着女儿进屋，蔡永芬把冰镇酸梅汤端出来。沐良眯起眼睛，咕咚咕咚地喝掉。

"嗯，还是家里好。"沐良感慨道。

蔡永芬盯着女儿仔细看，有些瘦了："良良，最近有没有按时吃饭？"

"当然有。"沐良在妈妈面前，从来都是不露破绽。

小院里有人进来，沐良起身迎出去。送走邻居后，她提着东西进屋，嘟囔道："老爸又不回来啊。"

蔡永芬笑了笑，接过竹篓往厨房走。沐良跟着她进去，顺便帮忙。

竹篓里都是刚打捞上来的海鲜，沐占年知道女儿中午回家，特别绕道停靠一下，然后

11

又继续出海。

沐良站在妈妈身边，嘴角扬起幸福的笑。有爸爸和妈妈，她是最幸福的。沐家有姐弟两个，他们都考上了名海市的大学，曾让村里很多人羡慕。

午饭很快做好，沐良吃得狼吞虎咽。蔡永芬没吃几口，不停地给她夹菜："慢点吃，妈做了好多。"

沐良应着，嘴巴却没停过。

吃过饭，沐良把钢琴比赛获奖证书拿给她。蔡永芬捧在手里看了看，将证书放进一个木匣子里，那里面都是这些年沐良比赛获得的证书。

"帮我存起来。"沐良把奖金也交给妈妈。

蔡永芬没要她的钱，反手推给她："你自己花，妈每月都给你存着呢。"

妈妈宠她，但也固执，沐良只能把钱揣起来。

蔡永芬装了两大饭盒的菜，让沐良给沐毅也带一份，道："良良，你要盯着点沐毅。"

沐良顺手捏起一只虾塞进嘴里："放心，那小子逃不出我的眼睛！他学习成绩好着呢，考研不成问题。"

蔡永芬这一双儿女都很争气，是他们夫妻的骄傲。

长途车站，沐良上车前，蔡永芬压低声音道："良良，要跟傅家的人好好相处，你跟晋臣经常见面吗？"

"以前是不见，最近倒是天天见。"沐良调整好表情，有模有样地回答，"放心，我明白的。"

蔡永芬没有再唠叨，目送她坐上车。

车子开动起来，直到妈妈站在路边的身影越来越远，沐良才不舍地收回目光。

到了商学院，沐良穿过教学楼往篮球馆走，这个时间，沐毅肯定在打球。

坐在看台上，沐良一眼就看到穿着23号球衣的弟弟。沐毅身高188cm，五官俊朗，成绩优异，篮球打得又好，追他的女生数不清。

"沐毅加油！"

周围的呐喊声不断，一个个青春洋溢的女孩子，双眼不停地冒火花。

沐良坐在边上看着，既得意又担忧。不过，她弟弟真的很帅啊！

一场比赛，沐毅运球、投篮都很出色。沐良穿过人群，伸手把他拉到身边。

"怎么样？"沐毅利落的短发被汗水浸湿。

沐良掏出纸巾给他擦汗："棒！"

"姐，"沐毅坐在她身边，笑道，"我饿了。"

他早已闻到香气，一直忍着。沐良拍了他脑袋一下，快速拿出饭盒递过去。

看到饭菜，沐毅就知道姐姐回家了。他们姐弟俩都爱吃虾，沐毅挑出一个大的喂她，两人相视而笑。

沐良比弟弟大两岁，姐弟两人感情极好。这种亲情的互动，在外人眼中，却如同亲密爱人。沐良容貌出众，搭配帅气的沐毅，怎么看都是郎才女貌。

　　"妈又说我什么了？"沐毅扒拉一口饭，含糊道。

　　"让我看好你。"沐良语气严苛。

　　沐毅从小害怕姐姐，不敢跟她顶嘴。

　　眼见他吃得快，沐良撇嘴，起身出去买水。

　　回来的时候，大门外一阵骚动。沐良拨开人群进来，见沐毅与两个男生厮打在一起。

　　"沐毅……"

　　顾不上多想，沐良本能地护短。

　　当那两个男生发出杀猪一样的求饶声时，学校教务处的人终于赶到。

　　打架起因是那两个男生偷拍沐良，并且语言猥琐，沐毅无意中听到，抬脚就踹过去。

　　"该打！"

　　沐良听到那些话，只觉得打得还不解恨。

　　啪！

　　老师狠狠地拍了桌子，沐良平时成绩不错，又有音乐天赋，老师们对她印象都挺好，谁想到竟然搞出这种事情！

　　被老师从商学院带回来后，沐良一直站在办公室，老师气得不轻："为什么打架？"

　　沐良回来前叮嘱过弟弟，无论老师怎么问都不许承认。

　　她低着头，沉默不语。如果解释，就会把沐毅牵扯进来。

　　见她死不认错，老师怒火攻心，道："沐良，让你家长过来。"

　　听到这个，沐良秀气的眉头紧蹙，要是爸爸发火，沐毅铁定要挨打。

　　不能让家里知道！

　　沐良快速思考对策，她咬了咬牙，问道："那个……老公算是家长吗？"

　　老师愣住，望着她的眼神惊讶万分。

　　沐良神色平静，既然傅晋臣顶着她老公的头衔，有需要的时候，就应该拿来用用吧！

　　那句"老公算家长吗"真是一石激起千层浪，尤其当她说出"傅晋臣"那三个字时，整个办公室都安静了下来。

　　班主任几番斟酌她的话后，将她请到校长室。可她并不知道傅晋臣的手机号码，校长通过多方关系，好不容易联系到他的助理高森。

　　二十分钟后，盐大开进来一辆黑色捷豹。男人将车停下，戴着茶色墨镜，神色冷峻地走进校长室。

　　"四少，您来了。"眼见他现身，校长快步迎上去。傅家与盐大有些渊源，几位公子都曾就读于这里。

　　傅晋臣迈步进来，越过站在书桌前的沐良，转身坐进沙发里。

　　原本只是抱着试试看的心理，可没想到他竟然肯来，沐良有些拿捏不准他的心思。

"说吧。"傅晋臣双腿交叠，抬手摘掉脸上的墨镜。

"我打人了。"沐良主动坦言，小心观察他的神情。

傅晋臣剑眉轻挑，问道："谁？"

校长忙把受伤学生的验伤报告送上。

"四少，对方家属不依不饶，闹着要起诉，说是要追究到底！"受伤的两家也算有些地位，校长不想得罪，原话转达过来。

低头扫了几眼，傅晋臣把东西往桌上一丢，锐利的双眸落在沐良身上："你说怎么办？"

沐良愣住，她就是没办法才叫他来的，这男人分明故意的！

纵然生气，沐良的头脑却很清醒。她知道男人大都爱面子，求人办事，态度总要适当柔和一点："傅晋臣，请你帮个忙。"

她嘴上这么说，眼神却并不见屈服。

傅晋臣勾起唇，修长的手指轻点，沉声道："告诉他们，医药费我们出，其他条件一概免谈。"

这话说到沐良心坎里，她的眼底渐生笑意。

校长为难地站在原地，不停地叹气，犹豫半天，硬着头皮开口："您看，是不是让沐同学去道个歉？"

"放屁！"

傅晋臣眼底的眸色冷下来："敢偷拍我老婆，挨打算是轻的。"

沐良捂嘴偷笑，只觉得解气。

"你告诉他们，不服可以去告傅家，爷奉陪！"傅晋臣撂下这句话，拉起沐良的手，带她往外走。

沐良回过神，跟在他后面追问："这就完了？"

"不然呢？"傅晋臣抿唇看她。

从校长室走到操场，沐良步伐奇快，她一路都低着头，生怕见到认识的人。

"快开车！"沐良坐进副驾驶，命令身边的男人。

傅晋臣盯着她那副不情不愿的模样，发动引擎，顺手将车窗全部打开。

嗡——

黑色捷豹招摇过市，围观同学都发出夸张的尖叫声。

车身尾部一闪而过，宋爱瑜恰巧看到车牌号，她目露惊讶，听人群里议论不断。

"刚才开车的男人是谁？帅死了！"

"车里的女人，好像是工商一班的沐良……"

大家七嘴八舌地猜测着，越说越邪乎。

宋爱瑜眼色一沉，转身离开。

开车回家的路上，沐良一直都在计算需要赔多少医药费，她那些积蓄够吗？

"算出来了吗？"傅晋臣松开领口，一眼看穿她的心思。

沐良蹙起眉，问他："要多少钱？"

"打人不是挺有本事的，"傅晋臣想起伤势鉴定，不禁怀疑道，"沐良，你以前做过什么？"

见过能把男人打成脑震荡的女人吗？

"我练过三年跆拳道。"沐良老实回答，如果不是看到他们跟沐毅动手，她是不会爆发的。

傅晋臣眯了眯眼，问她："你还有弟弟？"

"傅晋臣！好歹你演戏也要背背台词吧，我都清楚你们家多少人！"

拿过她包里的手机，傅晋臣快速按下一串号码保存好，反手又把手机给她："以后有事直接找我，别闹得满世界都看笑话！"

沐良撇嘴，心想肯定没下次。

这男人神色如常，沐良特别纳闷，按照他往日的作风，帮了她一次，不会如此安静。

果然下一刻，傅晋臣捏住她尖细的下巴，道："记住，你欠我一个人情。"

沐良本能地察觉到危险，蹙眉问他："要怎么还你？"

"呵呵……"傅晋臣轻笑，薄唇抵在她的面前，"不着急，我们慢慢还。"

被他捏过的下巴，微有疼痛。沐良红唇轻抿，心底渐生出一股不安。

校长刚挂断电话，回身就见傅政进来。

"傅少，有事？"

傅政扫了眼周围，并没有外人，直言道："沐良的事情，我去见那两家人。"

"刚处理好。"校长打断他的话，"那边已经同意私下解决。"

傅政剑眉微蹙，有些意外这样的结果，他觉得事有蹊跷，但校长口风很紧，不露任何马脚。

隔日，课间休息时外面有人找，沐良大概猜到是谁，急忙从教室出来。

走廊上，沐毅穿着一身黑色运动服，靠在墙边。

"姐。"沐毅背着包跑过来，"你没事吧？"

沐良将他拉到边上，左右打量："我没事，你怎么样？"

"我当然很好。"沐毅从老师那里知道事情已经解决，心里特别不安，按道理说，对方应该不依不饶才对。

"事情怎么解决的？"沐毅语气略有怀疑。

沐良就知道他要追问，把事先想好的说辞搬出来："我找乔笛爸爸帮忙，我们出医药费就行。"

"真的？"

"真的。"沐良回答得信誓旦旦。她与傅家的关系，沐毅一直都不知情。

看不出破绽，沐毅纵然心有疑问，也只能作罢。他拉开包，掏出一沓钱塞给沐良，"这里有八千，是我平时做家教攒的。"

沐良笑了笑，反手推给他，道："我有钱，不要你的。"

沐毅拗不过姐姐，只能把钱收回去："姐，是我不好。"

"傻瓜！"沐良拍拍他的肩膀，柔声道："你要争取出国交换的机会。"

沐毅点点头，踌躇满志，他的专业是金融，一直想去华尔街看看。

叮嘱弟弟几句后，沐良目送他走远。为了让她学钢琴，妈妈早早累坏眼睛，现在，供养他们姐弟读大学的所有经济负担都落在爸爸一个人的肩上。

从小到大，沐良的学习成绩都属于中上。她按部就班地考高中，考大学，每次的成绩，都会比沐毅差一些。其实并不是她真的差，而是她想要比弟弟差。

她要留在爸妈身边，把飞向天空的机会留给弟弟。

这是沐良心底的小秘密，她从未对任何人说起过。如果说她还有什么喜欢的，那就只有钢琴。

打架的事情，在沐良交清医药费后，彻底了结。不过这笔医药费，几乎是她全部的积蓄。合算下来，这两年的兼职，她算是白干了。

沐良回到家时，只见宽敞的客厅中央，摆着一架黑色钢琴，搬运工人陆续离开。她瞪着那架价值不菲的钢琴，心头渐生不好的预感。

"怎么样？"男人双手环胸，倚靠在钢琴边。

沐良看看他，又看看琴，问他："你又想干吗？"

"学琴。"傅晋臣耸耸肩，一副极为认真的态度，"你钢琴弹得不错，教教我。"

"你疯了！"

沐良蹙眉，这是什么情况？

客厅正中央，摆放着一架三角钢琴，在宽敞的客厅里并不显得拥挤。沐良弹琴多年，对乐器算是略有了解。她抬起手，轻抚琴键上方的海浪图标，眼底流露出惊叹。

美琼，名海市宋家出产的钢琴。她知道这个牌子钢琴的价格，纯手工制作、高品质打造，奠定了它高价位的基础。

所有学琴的人，都梦想能拥有一架顶级钢琴，沐良自然也不例外。她每次经过玻璃橱窗，都不禁为它驻足，三角琴比起立式琴，音色更洪亮，演奏时即使断弦也不受影响。

沐良参加比赛的时候弹过，从那以后，她就明白，价格终究决定品质，不过她并不奢求。

"喜欢吗？"傅晋臣盯着她问。

沐良很喜欢，她抿起唇，盯着对面的男人，问："你不会弹琴，为什么要买这么贵的？"

"我喜欢。"傅晋臣笑了笑，伸手拉她坐在琴凳上，沉声道，"弹一个，给我听听。"

16

不用他说，沐良已经手痒。她打开琴盖，指尖触上去的那刻，嘴角不自觉地上翘。当第一个音符流泻而出时，她那张绝色容颜，顷刻放松。

　　傅晋臣偏过头，目光落在身边人的脸上，如此近的距离，就连她脸上的毛孔都看得分明。她肤色很白，滑嫩的肌肤透着光泽，引人垂涎。

　　呼吸间，她身上有股淡淡的奶香，钻入他的鼻息，傅晋臣眼底的眸色渐沉，性感的喉结上下滚动起来。

　　沐良手指轻滑，弹奏出一小段曲子，忍不住赞叹："真好！"

　　耳边拂过一片热气，沐良戒备地盯着他，却见他满眼都是笑意。

　　"教我弹琴，我二嫂给你多少钱，我就出她的十倍。"

　　"十倍？"沐良不敢相信。

　　傅晋臣捏了捏她的脸颊，道："只多不少。"

　　他动作极快，沐良回过神后，男人的手已经离开，似乎不曾有任何轻浮的举动。

　　"怎么样？"

　　十倍价钱外加这架钢琴，对沐良来说，绝对是个诱惑。她犹豫再三，还是答应下来："成交！"

　　既然答应教他弹琴，沐良肯定不会应付。她提前准备好琴谱、教材，把最基本的功课都事先备好。

　　可等到上课的那天，还是有意外的事情发生了。

　　沐良打开琴盖，颇有耐心地找出琴谱，指给他，道："你弹奏一段给我听听。"

　　先要了解他的基础，才好着手教。

　　傅晋臣扫了眼谱子："这是什么？"

　　沐良一愣，吃惊地问他："五线谱，你不认识？"

　　"谁规定我要认识？"他脸不红，气不喘。

　　沐良只觉内伤严重，这男人竟然连"哆来咪"都不认识，还敢学琴？

　　"傅晋臣，你玩我？"沐良怒目。

　　傅晋臣一副不以为然的表情，沉声道："急什么，就是不会才学的。"

　　沐良觉得头大，以他目前的基础，要学会弹琴，那要多久啊！

　　"沐老师，我很好学的。"傅晋臣挽起衣袖，一脸的严肃认真。

　　已经答应教他，沐良不能半途而废。她无可奈何地坐下，先从五线谱教起。一个用心教，一个有心学，竟也和谐。可是男人的耐心，终归是有限度的。

　　幸好沐良发现，这男人很聪明，而且记忆力极好。基本上她说过一遍，傅晋臣就能一丝不差地记住。有时，沐良都觉得奇怪，怎么能有记忆力如此好的人？

　　沐良握起他的手指，忽然发觉这男人的手指修长有力。她还算满意地点头，牵过他的手放在琴键上。

　　她微微低着头，全神贯注地教导："手指放松，不要紧绷。"

沐良眉眼间染着暖意，此时的她温柔如水，丝毫不是那个与他针锋相对的小野猫！

"放松。"沐良握着他的手指，反复给他演示指法，"一指到五指，每个手指对应一个音，手指可以灵活运用……"

傅晋臣深邃的双眸眯起，盯着她粉嫩的唇瓣，身体里渐渐生出一股燥热。耳边是她的低喃软语，他慢慢低头，将唇朝着她嘴角覆上去。

沐良眼角一闪，机敏地侧过脸，躲开他的唇。她仰起头，冷着脸道："学琴用的是手，不是嘴！"

傅晋臣微微笑起来，倒也不觉尴尬。

如果说弹琴是沐良的爱好，那么教人弹琴也是件让她欢喜的事情，可是教傅晋臣弹琴，完全是两回事。

教他费时费力，还不见成效！明明他记忆力很好，可为什么她前面刚教完，他后脚就能全都忘记？

连续一周下来，沐良觉得这钱没法赚了，再笨的学生都比他强！

周五晚上，沐良回到家里就有些低烧，最近身体太过疲劳，她洗过澡，吃了片感冒药就躺到了床上。

测了体温并不太高，只要休息一晚就能好。

傅晋臣素来晚归，但因最近学琴，他习惯性早早开车回来。客厅里亮着一盏壁灯，光线昏暗，他换过拖鞋进来，迎面就看到那架钢琴。

客厅收拾得很整洁，傅晋臣迈步往里走，身上有淡淡的酒气。他瞥了眼客卧的方向，看到关闭的房门。

月光顺着落地窗流泻进来，斑斑银色光华，荡漾在黑色琴架上。傅晋臣松开衣领，掀开琴盖后，坐在琴凳上。

男人垂着头，深邃的双眸盯着黑白琴键。他右手轻抬，修长指尖落下的那刻，曼妙的琴音随他手指的弹动跃出。

暗沉的夜，低沉琴音尤为撩人。傅晋臣眼睛并没有盯着琴键，他手指灵活跳动，弹奏出来的是那首《秋日私语》的前半段。

却只有前半段。

结束最后一个音，傅晋臣指尖依旧停留在琴键上。半晌，他才缓缓收回手。

很多年没有弹过，竟然还没忘。

傅晋臣幽暗的眸子沉了沉，嘴角勾起的弧度形成了一个讥讽的笑容。曾经的那个人，只教会他弹前半段，那后半段的空缺始终留在他心里。

推开客卧的门，沐良正睡得安稳。傅晋臣盯着熟睡的人，双眸轻轻眯起。

躺在这张床上的女人，是他老婆。傅晋臣是生意人，处事原则是从不吃亏，既然是他的老婆，怎有不睡的道理？

睡梦中，沐良只觉得有重物压下，她费力地睁开眼，直勾勾撞入一双锐利的眸中。

"傅晋臣！"

沐良嗓音有些沙哑，被男人压在身下，心里一个劲儿地发慌。

"嗯？"傅晋臣低低应了声，埋脸在她脖颈中细碎地轻吻。

她身上的气味特别，傅晋臣忍不住留恋，将唇贴在沐良的锁骨处磨蹭，低喃："好香……"

周围弥漫着浓郁的男性气息，沐良头皮发麻。她手脚都让男人扣住，一时很难使出力气。

"放开！"

傅晋臣双臂撑在她身体两侧，见她的小脸气鼓鼓的，猛然低头狠狠吻住她的唇。

唇上一阵温热，呼吸被夺，沐良手脚并用奋力挣扎，但挣脱不开男人的压制。此时她才意识到，自己学的那三年跆拳道纯粹是糊弄人的，遇见真正的对手压根没用。

"唔！"

沐良开始害怕，如果这浑蛋真的乱来，她要怎么办？

原本只想要吓唬她一下，可这个吻的滋味太过美好。她身上只有睡裙，傅晋臣抿起唇，眼神直勾勾落在她胸前。

沐良怒火攻心，这浑蛋还能再无耻点吗？

她生气的时候，两颊鼓鼓的，那张绝色的娇颜，透着一股清冷劲儿，还真的让人发怵。

可惜，傅晋臣不吃这套。

不过傅晋臣心里清楚，沐良的底线在哪里。他打擦边球可以，如果触碰到她坚守的东西，那真是找死！

下一刻，在沐良彻底爆发前，傅晋臣适时地松开她，道："我喝醉了。"

身上的重量消失，沐良立刻直起身。她伸手拢紧衣领，这才发觉手脚发软，使不出力气。

眼见她那副恨不得吃掉他的表情，傅晋臣笑道："你要是生气，可以亲回来。"

他妖孽般地笑："我不介意。"

"滚！"

沐良气得手脚发冷，要不是全身无力，她铁定跟他翻脸。

等他离开，沐良只觉得头重脚轻。她额头都是汗，全身难受，不得不又去浴室洗了个澡。

清洗干净，沐良重新换好睡衣上床。她又吃了片药，脑袋昏沉沉的。

她终于知道与狼共处一室，有多么危险！

第二天起来，沐良身体恢复很多。她拉开门出来，发觉那个男人早就离开。

桌上摆着一份早餐，沐良冷笑起来：打一个巴掌给个甜枣？不稀罕！

19

整个上午沐良都没精神，乔笛盯着她嘴角的红痕，不停追问。

沐良正招架不住，恰好有人告诉她老师让她去办公室。宋氏琴行要选形象代言人，学校决定推荐她。这个消息，让她阴郁的心情豁然开朗。

宋氏琴行，已有半个世纪的历史，在名海市无人不知。当初它只是一间手工制琴的小作坊，后来传到宋儒风手里，在几十年间发展壮大，逐渐形成今日的规模。

现如今，宋氏琴行掌握在宋家独女——宋清华手中，同时她还接管了整个宋氏企业，女承父业。而宋爱瑜就是宋清华的心头肉，未来宋家唯一的继承人。

上流社会的人物关系，乔笛门儿清。此刻她正托着腮帮子，浏览最新的八卦新闻，忽然，她震惊道："良良，宋爱瑜她妈这次的男朋友，比她妈小二十岁耶！"

沐良被逼扫了眼网页，不感兴趣。

"啧啧，"乔笛掰着指头算，"那就是跟咱们同年。"

乔笛点开的那张照片拍摄得比较清晰：一辆红色法拉利十分惹眼，一个模样清秀的男子打开副驾驶的门，正伸手护着他怀里的女人上车。那女人戴着墨镜，不过依旧能看到她对身边男子的微笑，两人姿态亲密。

"女人四十如虎！"乔笛感叹，坏笑道，"你说，宋爱瑜她爸在天有灵，会不会气得从坟墓里跳出来！"

沐良懒得回答。

盯着照片里的年轻帅哥，乔笛撇嘴："不过宋清华确实很漂亮，都四十多岁了，怎么皮肤还那么好啊！"

沐良合上书："你论文还想通过吗？"她花费时间是来帮忙改论文的，不是来听八卦的。

乔笛举手投降，把笔记本电脑关上，端正态度。

沐良仔细看过她的论文，用红笔圈出来几处，耐心给她指导。乔笛恍然大悟，终于知道老师为什么给她的评语如此犀利了。

"良良。"

"嗯？"

乔笛咬着笔头，问她："你真想当宋氏琴行的形象代言人？"

"有问题？"沐良检查一遍她修改的论文，又挑出两处毛病。

若说形象气质，沐良绝对不输任何人，可是宋家有个宋爱瑜，乔笛总觉得不安心。

看出乔笛的担忧，沐良心如明镜。她喜欢弹钢琴，也喜欢所有与钢琴相关的工作，她之所以愿意参加这次宋氏的选拔，主要是想进入宋氏琴行工作。

沐良有自己的处事作风，凡事努力，结果顺其自然就好。

"不卑不亢。"沐良笑道。

乔笛怔了下，竖起大拇指。

参选形象代言人，沐良是头一次。她是盐大推荐来的，没有经过报名环节，直接参加初选。初选考试，首要看外形，然后是音律。气质不佳，或者不会弹钢琴的，全部被淘汰。

沐良轻松通过，等待进入复试。

清晨，阳光明媚，建造在半山腰的一栋豪华别墅，此时沐浴在晨光中。

"宝贝，起床了。"

宋清华走进卧室，她身材纤细，虽然已是中年，却仿若少女般曼妙。

欧式公主床里，宋爱瑜皱眉，道："让我再睡一会儿。"

走到床边坐下，宋清华笑着将女儿拉起来，揉揉她的脸："乖宝宝，今天姜老师来上课，你要提前准备。"

"不想学！"宋爱瑜突然沉下脸，自从遇见沐良，她第一的位置就被抢了。

端起牛奶递给她，宋清华眼神宠溺："怎么不开心？"

宋家人丁稀少，宋清华只有宋爱瑜一个宝贝，足以称作掌上明珠，眼见女儿撅嘴，她柔声问："零花钱没有了？告诉妈妈，想要什么？"

宋爱瑜转过头，隔着落地窗，远远看向对面山顶那片别墅区，道："我要嫁进傅家。"

"我的宝贝长大了，想要出嫁了。"宋清华红唇微勾，"喜欢傅政？"

宋爱瑜挑眉，冷哼道："不，我要傅晋臣。"

傅家那个名声浪荡的四公子？

宋清华眼神一沉："他可不行。"

"妈妈！"

宋清华绷起脸，道："你外公不会同意的。"

眼见她一副不甘心的模样，宋清华也没把话说死，只安慰道："现在还没到时候，我们慢慢再说。"

在家里，妈妈对她有求必应，宋爱瑜将脸贴在妈妈的胸口，撒娇道："妈妈最好，最爱妈妈。"

宋清华拥住女儿，娇颜染笑。傅家与宋家倒是般配，她原有心撮合女儿与傅政，不过傅晋臣到底高出一个辈分，终究是不同的。

代言人的复试，定在名海市最大的音乐厅举行。这家音乐厅去年才开放，是由傅氏兴建的项目，配套设施都是一流的。宋氏出资将整个音乐厅包场，考试用的所有乐器，也都是宋氏本家的。

早上九点，选拔正式开始。宋清华一身雪白长裙，飘逸而来。她的出现，引起全场轰动。

在名海市，宋清华也算焦点人物。她在商场杀伐决断，引领宋氏走向巅峰，同时她的私生活更为人们所关注。

出身名门的宋清华，行事我行我素，从来不受外界影响，关于她不够检点的私生活，已经传扬得满天飞！

宋清华身边跟着两名助理，其中一人将这次复选的名单送上。

按照序号，大家依次登台演奏。既然是宋氏琴行代言人，对钢琴水准的考核自然放在首位。

沐良在台下做准备，她参加过几十场比赛，心理素质早就锻炼出来，不过这次她有些紧张，也许内心隐约藏着期盼。

宋清华坐在正中间，修长的手指搭在红色按键上，果断按下去。

红灯亮起，预示又淘汰一个人。

"21号，沐良。"

沐良从容起身上台，当她双手落在琴键时，忽然改变主意，换了曲子。

前面被淘汰的已经大半，沐良深吸口气，孤注一掷。她右手轻抬，低沉的音符随着指尖的变幻，跃然而出。

一首《秋日私语》，响彻整座音乐大厅。这首曲子，黑键较多，高潮部分左右手快速转换交替。沐良承认，她炫技了！

宋清华挑了挑眉，看向台上的女孩子。这首曲子要求基本功扎实，她这个年纪能演奏出如此水准，实属不易。

"过！"

毫无悬念，沐良的临阵换曲，很成功。

音乐大厅外，回音袅袅。傅晋臣双手插兜，将整首曲子听完。

"四少。"高森跟在他身边，见到台上的沐良，颇为惊讶。

"宋家在做什么？"

"听说在选代言人。"

傅晋臣深邃的双眸微眯，他偏过头，盯着坐在钢琴前的沐良，眼底的神情沉寂下来。

建在半山腰的别墅依山傍水，豪华奢侈。一辆红色保时捷开进大门，用人小跑着出来，恭敬道："小姐。"

宋爱瑜提着包进屋，径直走进餐厅。

"妈妈。"

宋清华正在等她吃饭，放下手里的文件看过来："快去洗手。"

饭桌上都是女儿爱吃的菜，宋清华眼神宠溺："宝贝，你马上就要毕业了，妈妈安排你进公司。不过职位不会很高，股东们都在盯着，我们要慢慢来。"

"我明白。"宋爱瑜点头，比起弹钢琴，她倒是更愿意做生意。

扫了眼桌上的文件，宋爱瑜眼角沉了沉："妈妈，宋氏的代言人，让我来选好吗？"

"你有兴趣？"宋清华挑眉。

宋爱瑜夹起一块鱼放进妈妈碗中："我想试试。"

听她这么说，宋清华难掩兴奋，既然女儿开口，她断然不会拒绝："妈妈相信你的眼光。"

宋爱瑜翻开资料，视线停留在沐良的照片上，眼神锐利。

玉湖周围的半座山，都已经被傅家买下。这些年，傅东亭有计划地收购，将大片山地都圈在傅氏子孙名下。从傅老爷子那辈起，就立过话，傅家的子孙都要在这里繁衍生息。

傅东亭是孝子，时刻谨记教诲。

清晨，山里的空气极好，周围覆盖的大面积绿色植被，形成天然氧吧。

傅东亭两鬓已有白发，但精神矍铄，起得早，习惯晨练。

待丈夫打完一套拳，尤储秀端起温度适中的茶，含笑走过去："池塘里的荷花开得正好，我早上采了些莲子，让厨房煮了莲子粥。"

傅东亭看着茶杯里冲泡的莲子，轻啜一口："沐家那丫头，马上就要毕业了吧。"

尤储秀一愣，没想到他突然问起沐家，这两年他都不曾提过。

"快了。"猜不透他的心思，尤储秀只能如实回答。

傅东亭点点头，吩咐道："你抽空去沐家一趟，让亲家选个日子。"

"东亭。"尤储秀轻唤，言辞谨慎，"孩子们大了，有自己的主见。"

"他不愿意？"傅东亭蹙眉。

尤储秀笑了笑，回答得模棱两可："你真觉得，沐家的女儿够资格嫁进咱们家？"

若论门第，沐家和傅家确实相差悬殊，可父亲当年临终前重托于他，定要报答沐家相救之恩。早年傅老爷子还没发迹之时，不过是个小船员，有次遇见台风，被沐良的祖父从海里救起，好心人并未留下只字片语。后来傅老爷子依靠造船业打下这片江山，心里始终惦念恩人。

"傅家怎能失信于人。"傅东亭感叹，世事终不能两全。

尤储秀敛眉，语气拿捏得体："咱们老四跟沐家那丫头不合适，他们相处不来的！"

"相处不来？"傅东亭变了脸色，怒声道，"他跟那个戏子能相得来？"

眼见他动怒，尤储秀立刻上前挽住他的胳膊，哄道："好了，别气，这件事我们慢慢再说，孩子们都等你吃早饭呢。"

扶着傅东亭进去，尤储秀嘴角的笑意逐渐收起，看起来，事情比她想象的难办。

坐车来到音乐厅，大门外早有保安戒严，严防媒体入内。沐良拿出提前发放的身份名牌，工作人员才放行。

"哇，快看！"

忽然，围观人群中有人高喊。记者们一窝蜂，朝着开来的红色法拉利跑过去。

大批的保安迅速围拢，层层叠叠将记者阻挡在外。

那辆耀眼的红色法拉利停在音乐厅外，穿着黑色西装的年轻男子，迈步走到副驾驶的位置。他打开车门，将里面的女人扶出来，小心地拥入怀中。

沐良被挤在门边，进不去出不来。她盯着年轻男子怀里的女人，透过她波浪卷的长发，慢慢看清那人是宋清华。

上次复试对她的印象很深，沐良一眼就认出来了。

将宋清华护送到音乐厅里，年轻男子紧蹙的眉头才松开，他温柔地看着怀里的女人，道："忙完给我电话。"

宋清华笑了笑，轻捏了下他的手："晚上见。"

身前此起彼伏的追问声，混合着闪光灯急速拍摄的声音，宋清华都充耳不闻，好像陷入焦点的那个人，并非是她。

目送年轻男子离开，宋清华嘴角染笑，转身走进音乐厅。自始至终，面对媒体的紧追不舍，她脸色未变，神情淡然。

沐良回想起上次看到的八卦新闻，心中暗暗感叹，无风不起浪。她盯着那辆消失的红色跑车，一个劲儿撇嘴，老夫少妻倒是多见，可悬殊如此大的姐弟恋，真是重口味！

进入决赛的人员，都是经过精心选拔的——年龄、学历、气质都不俗，虽算不上名门望族，却也都是小康之家。

唯独沐良不是。

宋爱瑜很早就过来准备了，她第一次担当大任，倒也有模有样。宋清华看到会场的布置，眼底皆是满意与骄傲。

决赛开始，每个人按照序号依次上台。这次考试先是知识竞答，再是弹奏一段钢琴曲。知识竞答，沐良并没刻意准备，范围那么广，她临时恶补也来不及，只能靠平时的底子。

脸蛋好，气质佳，并不是宋清华想要的，她绝不会要个花瓶来当宋氏的形象代言人！

一轮竞答结束，又有三人被淘汰。在这中间，沐良各项成绩都突出。

宋清华挑了挑眉，看向面前的女孩子，眼中微有赞赏。上次听她弹琴，就觉得她资质不错，如无意外，这次宋氏的形象代言人会是她！

宋爱瑜见到表现出色的沐良，心中并未感觉意外。她知道，这些考题，难不倒她。

决赛进行到一半，有人快步进来，在宋清华耳边低声说了什么。她神色讶然，道："请进来。"

工作人员将音乐厅的大门打开，傅晋臣神色冷冽，步伐稳健。

"伯母。"傅晋臣开口喊人，用的是敬语。

宋清华站起身，笑道："四少，真是稀客。"

"您这么大手笔的包场，晋臣哪有不来看看的道理。"傅晋臣客套地寒暄，滴水不漏。

"快坐！"宋爱瑜收起脸颊的异色，主动拉开椅子。

傅晋臣微微点头，坐在她身边。

会场引起不小的骚动，傅晋臣举手投足间的优雅，妖孽般的笑容，霎时俘获人心。满场的花痴眼神中，只有沐良头皮发胀，他忽然出现又是想要做什么？

"继续。"

　　宋清华工作讲究效率，不会因为任何人耽误公事。她偏过头，含笑看向傅晋臣，道："正好四少在，给我把把关。"

　　"不敢。"傅晋臣轻笑，深邃的眼眸落在沐良身上。

　　沐良心头一紧，慌忙低头。

　　剩下的三名候选人，依次上台弹奏。沐良这次选的曲子，不难不易，分寸把握得相当好。炫耀这种事情，一次足够，多了就让人生厌。

　　工作人员正要宣布比赛结束，却见宋爱瑜起身："等等。"

　　"还有一个人要参加比赛，"宋爱瑜从容地走上舞台，轻轻坐在钢琴前，道，"是我。"

　　"啊……"全场哗然。

　　傅晋臣眼底一沉，嘴角噙着的笑容慢慢收起。

　　手指抚上琴键，宋爱瑜视线轻移，落在宋清华身上。她红唇上扬，清脆的声音带着娇宠："下面这首曲子，要献给我最爱的妈妈。"

　　宋清华并未制止，她仰起头，盯着舞台上的女儿，笑容温柔。

　　她不说话，谁敢开口多说？

　　《童年的回忆》，曲子难度不大，旋律使人身心舒畅。

　　宋清华静静聆听女儿的演奏，心思流转。那年，女儿小小的温热手掌，还不及她的掌心宽大，她手把着手，教会女儿弹奏的第一首曲子就是《童年的回忆》。

　　宋清华眼神微动，定定望着钢琴前的身影，眼前一片恍惚，不自觉将此刻钢琴前的女儿与记忆中那抹小小的身影重叠。

　　这是她呵护备至的宝贝，是她的命。

　　当宋爱瑜敲下最后一个音符时，沐良知道，一切已成定局。

　　明明唾手可得，为何还要弄出这场闹剧？

　　哗哗——

　　热烈的掌声中，宋清华张开双臂，将女儿紧紧拥在怀里。宋家未来的继承人也参选，谁还能有机会？

　　纵然无人心服，又能怎么办？这就是残酷的现实。

　　沐良最后一个离开音乐厅。外面围堵的记者都已散去，她沿着路边走，满腹心事。

　　滴——

　　沐良侧目，见到黑色路虎后面8888的车牌号。

　　"上车。"傅晋臣一脚踩下刹车，在她身边停下。

　　周围人烟稀少，沐良拉开车门坐进去。

第二章
无法拒绝的婚礼

这座屹立在繁华闹市的酒店，似乎与周围的现代化建筑不相融合。酒店建筑风格仿古，远远看去仿佛宫殿般恢宏，鎏金碧瓦，金光闪耀。

车子刚到酒店，立刻有穿着制服的门童上前。傅晋臣把车钥匙丢过去，单手插进口袋往里走。

高耸的屋顶，鎏金雕刻的梁柱，青石板地砖。沐良从没近距离看过，偶尔经过都目不斜视，此时她终于明白，酒店为何名为"皇宫"。

满眼金灿灿，果然是皇宫！

"四少。"酒店经理小跑着过来，恭敬道，"您来了。"

"嗯。"傅晋臣应了声，带沐良走进他的专属包厢。

推开雕花红木门，映入眼前的一切，都能让人产生一种穿越时空的错觉，尤其当穿着旗袍、脚踩花盆底的服务员出现时，沐良彻底目眩。

沐良缓过神来，问身边的男人："你经常来这里吃饭？"

傅晋臣勾起唇，看到她惊讶的目光后，微微一笑，道："这是我的地方。"

"你的？"沐良惊讶不已。

早知道他有钱，可没想到这么有钱！

酒店他占了大半股份，可不就是他的吗？他招招手，对边上候着的服务员说："老规矩。"

"是。"穿着旗袍的"宫女"甩着手里的帕子，恭敬地离开。

沐良看得发愣，嘲弄道："要不要给你磕个头，说声皇上万岁？"

"我不介意。"傅晋臣侧身坐在红木椅子里，嘴角的那抹笑，越看越欠抽。

他素来喜怒不形于色，沐良只好作罢。

这间豪华包厢十分宽敞，正前方有座高台，最上方那把龙椅被射灯笼罩，闪闪发光。

边上摆着一个莲花底座的香炉，有袅袅白烟缭绕。

此情此景，完全是电视剧里才能看到的画面。沐良忍不住好奇，顺着香炉的淡雅香气，一步步走过去。凡是来这里的人基本都是她这副模样，傅晋臣并没阻拦，他有电话进来，举着手机走到角落里去接听。

沐良走上高台，手指抚着雕刻精美的龙椅，不禁感叹仿制得真像，摸上去好像摸到了紫禁城里那把象征权力顶峰的龙椅一样。

虽说她不爱权力，但龙椅没坐过，难免心痒。心里这么想着，她当真靠近，转身坐了下去。

傅晋臣挂断电话回来，一眼瞥见坐在龙椅里的人，双眸微眯。

金黄色光晕聚拢在肩头，她半低着头，潋滟红唇轻扬，那双清澈的眼眸带着满足的笑。

一把假椅子就这么开心？

傅晋臣挑眉，目光落在她的脸上，这样看她，确实挺好看的。

"女人坐龙椅，不吉利！下来。"傅晋臣要是翻脸，谁的面子也不给。他没真的动怒，可天生的冷冽气势逼人，即使他什么都没说，依旧让人全身紧绷。

原本傅晋臣只是把那句话当作玩笑，但他绝没想到，今日戏言，竟会一语成谶。

沐良当下只觉得那椅子挺硬的，不稀罕。

服务员鱼贯而入，将一盘盘精致菜肴摆上桌。沐良闻到香气，顾不上跟他计较。菜品满满摆了一桌，每道菜都像是一件艺术品，她完全不忍心破坏。

"吃！"

傅晋臣抿唇，见她握着筷子发呆。

菜的味道确实很好，不得不说，贵有贵的道理，食材、火候面面俱到。

傅晋臣没怎么吃，挑拣两口就放下筷子。他抽出一根烟点上，薄唇一开一合间，轻吐烟圈。

"甘心吗？"傅晋臣指间夹着烟，毫无预警地问。

沐良敛眉，没有回答，不甘心又能怎么样？

傅晋臣侧身靠过去，在她耳边开玩笑道："下次有这种事情，你就说你是我老婆，肯定没人敢不给你面子。"

"你……"

沐良瞪眼，脸色愠怒，这男人不仅看人笑话，还要落井下石。

只是沐良不知，他这句话并非全是玩笑。

宋氏代言人临阵异变，宋爱瑜以未来继承人的绝对优势，力压群芳。

宋爱瑜此举，惹来不少流言蜚语，有人称她故意博取大众眼球，只为宋家出尽风头。面对各种谣言，宋清华独当一面，有她撑腰，那些谣言不攻自破。

有些时候，不是甘心不甘心，而是人生来就有高低贵贱，由不得你不低头。

沐良到校后，就被叫去校长室。因为她是盐大推荐的，校长脸色歉然，言辞间不停安慰，随后校长拿出手里的资料，让她自己选择毕业后想要进入的企业。

沐良受宠若惊，同学们都没有得到推荐就业的机会，为什么校长独独给她？这个答案不难知道，自从傅晋臣出现在这里，校长便对她格外关注。

这种优待，沐良不愿意接受。

推辞掉校长的好意，沐良迅速离开。她现在要尽快与傅家断了关系，不能进一步纠缠不清。

乔笛在楼下等，见沐良脸色不好，关心地问："校长说什么？"

沐良简单敷衍过去，不想多说。

清早，傅晋臣开车从公寓出来。他单手握着方向盘，将车开出小区，一眼就看到在路边漫步的沐良。

她这是避嫌吗？不想让人知道，她与傅家的关系？

沐良瞥见身边经过的车子，红唇抿起。她只希望能够顺利离婚，最好不惊动父母。

市中心繁华地段，各色高层建筑林立。傅氏分公司的总部，也设立在此。傅晋臣将车停好，坐电梯直达顶楼。

他穿着黑色西装，锃亮的皮鞋踩在地毯上，步伐稳健。高森将他需要的资料准备齐全，不出一丝差错。

跟在傅晋臣身边多年，高森与他已有默契，甚至对他的脾气秉性也颇为了解。

"四少，"高森起身迎过去，道，"蔺律师已经到了。"

推开办公室的门，傅晋臣俊脸凛冽，全身上下找不到一丝吊儿郎当的气息。

"蔺叔。"傅晋臣拉开椅子坐下，含笑望向对面的男人，语气颇为恭敬。

被他唤作蔺叔的男人，便是傅氏御用金牌律师，他跟随傅东亭十几年，算是傅氏元老。

"四少好气色。"蔺识年逾五十，脸上一副金丝眼镜，衬出他精干的作风。

傅晋臣笑了笑，抬眼扫向高森，吩咐道："六安瓜片。"

"是。"高森心领神会，转身去准备。

蔺识这些年并不怎么管事，傅氏集团有他创立的律师团队，只有傅东亭亲自召唤，他才出面办事。只不过，这些年尤储秀费尽心思与他打好关系，所以傅晋臣有事相求，他不得不露面。

高森很快捧着茶碗回来，同时将包装精美的茶盒放在蔺识面前。

"前几天我刚得的，"傅晋臣薄唇微启，"您也知道我不爱茶，别糟蹋了东西。"

内山蝙蝠洞的瓜片，一年就产那么点茶，傅晋臣此举，可谓有心。

蔺识品了品茶，难掩赞叹："好茶。"

不过品茶并不耽误正事，蔺识做事历来一板一眼，他将草拟好的合同，推到傅晋臣面

28

前："四少，看看有问题吗？"

傅晋臣并没打开，随手递给高森，两人配合默契。

很快的工夫，高森合上资料夹，微微点头。

"蔺叔办事，晋臣放心。"傅晋臣眼角带笑，语气拿捏得当。

蔺识优雅地品着茶，笑道："四少做事稳妥，可见盛氏这个案子，你是上心的。"

当然要上心，十几个亿的合作案，傅晋臣志在必得。两年前他听从父亲的安排登记结婚，接手分公司，至今顺风顺水，但也需要大展宏图的机会。

要事谈妥，傅晋臣眼角一沉，抿唇道："有件私事想要麻烦您。"

不等他说完，蔺识已经放下手里的茶碗，抬眸看向他。傅晋臣算是他看着长大的，总有几分人情作祟，他要么不开口，要么直抵要害。

"四少。"蔺识推了推脸上的金丝眼镜，别有深意地说，"只要你不离婚，分公司总裁的位置，没人能动。"

闻言，傅晋臣深邃的黑眸，瞬间眯起。他还没开口，就已经被堵住退路，能够如此运筹帷幄的人，除了他可亲可敬的父亲大人，还能有谁？

放学回家，家里并没他的身影，沐良看到收拾整洁的卧室，唇边划过一抹浅笑。共同居住的这些日子，她已经慢慢习惯傅晋臣身上的很多恶习。他正经的时候，人品也没那么差。

只可惜，沐良刚刚对他建立的好感，仅仅在几个小时后就被彻底打破。

沐良混沌的大脑，被男人的一句话，彻底震醒。

"你说什么？"

"我要娶你。"

傅晋臣坐在沙发里，气定神闲："婚礼定在一个月后。"

沐良冷下脸："这个玩笑不好玩。"

傅晋臣目光如炬："有什么要求，你都可以说。"

"傅晋臣，你为什么娶我？"

"我们早就领证了，就等你毕业结婚。"

沐良气得脸色发白，怒声道："胡说八道！"

"我怎么胡说八道？"傅晋臣耸耸肩，嘴角的笑容迷人，"你爷爷救过我爷爷，所以我们傅家要报恩。"

他说得正义凛然，沐良听得心尖发颤："就算要报恩，也不用我以身相许！"

"不！"

傅晋臣站起身，迎着夕阳朝她走过去，那双黑眸温柔如水："以身相许的那个人，是我。"

沐良怔住，顿觉五雷轰顶。

那套公寓肯定不能住了，沐良觉得，她要赶快撤离。弟弟的办事效率真高，两个小时后，她走出中介公司，手里已经攥着出租屋的钥匙。小区距离沐毅的学校不远，房龄虽然老点，但房子不错，价格公道。

沐良毫不犹豫地签下合同，把房子租到手。因为常年出租，那房子里面有配套的家具、电器。

打车回到公寓，沐良动作麻利地收拾好自己的行李。当初她搬来时只有一个行李箱，如今离开，东西依旧不多。想了想，她拿出纸笔，给傅晋臣留了张字条，内容言简意赅，她说明去意，并且跟他相约去民政局离婚。

落笔写下离婚两个字，沐良心头松了口气。她拉着行李箱起身，对这套房间唯一不舍的，就是客厅里那架钢琴。

走到钢琴前，沐良抬手抚着那朵海浪的标志，不禁感叹，她什么时候才能再弹上这样的琴。

提着东西从超市回家，沐良对房间布置还不熟悉，她摸黑找到电灯开关，却不想眼角扫到什么，吓了一跳。

啪！

打开灯，沐良见到坐在沙发里的男人，如同见鬼。她才搬来两个小时，这男人怎么找到的？

"这里不欢迎你。"

傅晋臣双腿交叠，姿态慵懒地靠着沙发，显然等她已经有些时间："这里，不怎么样。"

沐良抿起唇，原本的好心情荡然无存。

这套房子面积狭小，男人坐在沙发里，几乎占去所有的地方。沐良拉着行李箱放到边上，腾出一条路赶人："参观完了吗？参观完就走，我还要收拾东西。"

傅晋臣倚着门框，见她整理东西，薄唇轻启："换个地方吧！"

换？

沐良瞪他，说得倒是容易，这种房子找起来多难，怎么能换。

见她没搭理，傅晋臣抬手摸了摸掉漆的木门，笑道："为了躲我住在这里，不值，而且我们快要举行婚礼了，我不想让人看笑话。"

"我没说过要举行婚礼！"

"说不说都一样。"

沐良推他出去，吼道："傅晋臣，你心智不全还是脑袋有毛病，我写的字条你没看到吗？我要离婚！"

傅晋臣眼底染笑，伸手抚了下她的脸颊，道："你生气的时候，很好看……"

男人呼出的热气，喷洒在耳边，沐良全身一颤，慌忙退后两步，踢到纸箱的脚不稳，身体往外侧歪倒。

傅晋臣托住她的腰，将她搂在怀里。亲密的身体接触，让两个人都有些失神。

"慢走，不送。"

男人没动，深邃双眸在她身上转悠一圈，暧昧地停留在她的胸前："楼道没有灯，你送我出去。"

沐良不想与他站在门口纠缠，拿起手电筒，关门往楼下走。

五层楼不高不低，沐良脚步很快，丝毫不顾及身后的男人能不能跟上来。走到楼下，她深吸一口气，语气里充满警告："傅晋臣，你要是个男人，就要说话算话！"

傅晋臣俊脸压低："说话不算话，我也是男人。"

砰！

面前的男人肩膀一沉，沐良透过昏暗的光线看过去，沐毅已经揪起傅晋臣的衣领，扬起的拳头狠狠落下。

糟糕！

沐良暗叫一声不好，身形差不多的男人动起手来，她没法阻拦。

"沐毅……"

沐良几次上前，都被沐毅推开。

吃过晚饭，沐毅急着过来帮忙，却不想见到沐良被一个男人搂在怀里，在他的意识里，只觉得姐姐被人欺负了！

傅晋臣身手很快，几乎在沐毅扬拳的同时，他已经反手挡开，对着袭击的人，一拳落下去，稳准狠。

"住手！"

沐良炸毛，挡在弟弟身前，恶狠狠地瞪着傅晋臣："他是我弟弟。"

闻言，傅晋臣紧攥的拳头慢慢松开。

沐良手里拿着毛巾，坐在弟弟身边："疼不疼？"

"嘶——"

沐毅偏头躲了下，看看对面的男人，转头问姐姐："你们……领结婚证了？"

这种时候，沐良只能老实回答，要不然根据沐毅的性格，肯定没完没了。

"嗯。"沐良点头。

傅晋臣大大咧咧地坐在沙发里，脸色莫名，看不出喜怒。

关于沐家跟傅家的那段渊源，沐毅曾经听过，却不想姐姐竟然已经跟这男人领了结婚证。

沐毅的嘴角有些红肿，沐良蹙眉，拿起钱包，道："我去买点药。"

"没事。"沐毅咧开嘴笑，害怕姐姐担心。他嘴角一动，牵扯到伤口，痛得倒吸一口气。

回身剜了傅晋臣一眼，沐良拉开门出去，到小区外面的药店买药。

二十分钟后，沐良拿着药回来，进门就听到沐毅欢快的声音："姐夫，你刚才那个左勾拳漂亮啊，教教我。"

姐夫？

沐良看到沐毅一脸崇拜的表情，真想抽他！这死孩子，能不能争口气！

擦过药，沐毅的伤口基本无碍。沐良心烦气躁，瞧见傅晋臣得意的模样，心底更加恼火。

"都走！"沐良出声赶人，连带沐毅都跟着遭殃。

傅晋臣耸耸肩，拿着车钥匙站起身，偏头问沐毅："走吧，姐夫送你。"

"好。"沐毅屁颠屁颠地跟出去，沐良气得牙痒痒。

楼下的黑色路虎开出小区，沐良情绪低落地整理好行李。她给沐毅打了电话，听他言辞间对傅晋臣的敬仰之情，不禁郁结。

这男人绝对是祸害，如果不能及早撇清关系，她预感未来的生活要乱套！

既然决定速战速决，沐良绝不拖泥带水。周末她去给傅橙上课，课程结束后，直接对曹婉馨言明，不能继续教课。

沐良的话还没说完，傅橙哇的一声，哭闹不止。

眼见女儿哭得委屈，曹婉馨让用人将她抱进去哄，同时极力挽留沐良："沐老师，橙橙很喜欢你。如果你能留下，薪资我可以加倍！"

"不是的，"沐良摆手，无奈道，"是我的私人原因。"

她这么说，肯定是去意已决，曹婉馨叹息，宝贝女儿要伤心了！

"傅太太，"沐良把事先整理好的曲谱交给她，道，"这些曲子比较适合橙橙练习，希望对她今后学琴能有帮助。"

曹婉馨接过去，道了声谢。

离开小楼时，沐良还能听到傅橙的哭声，相处过一段时间，她也舍不得。

思来想去，都是傅晋臣惹的祸！

庭院的玉兰树下，傅政穿着洁白的衬衫，双手插在口袋里，望着前方渐远的背影，神色黯然。

沐良，沐家，巧合，还是天意？

暑假将至，各大院校都准备放假。沐毅还在等学校公布出国名单，他从宿舍出来，背着包夹着篮球，打算去沐良那里蹭饭。

他身材高大，长相俊逸，单手转着篮球走在路边，不时惹来女孩子们的青睐。对于这种追捧，沐毅完全不理会。

人行横道上轰然开过一辆红色保时捷，沐毅听着引擎呼啸，下意识地往边上躲。他重心不稳，食指尖旋转的篮球偏了方向，被车身擦过，撞出很远。

"停车！"

沐毅大喊了声，前面的红色跑车停下。

车门打开，走下来的女人穿着一件白色紧身裙，脸上戴着一副红色太阳镜。她走到车门边看了看，检查车有没有刮伤。

"你会不会开车？"沐毅满肚子火，他新买的篮球被撞飞，不知道跑去哪里了。

宋爱瑜摘掉墨镜，眼神轻蔑，道："如果你刮到我的车，赔得起吗？"

沐毅瞬间眼神凌厉，指着宋爱瑜的鼻子，骂道："开保时捷了不起啊！你撞飞我的篮球，这笔账怎么算？告诉你，小爷是不打女人，要不然就你这样的，肯定打残！"

眼见车身无损，宋爱瑜懒得浪费口舌，她眼神嘲讽，笑道："开保时捷怎么了，有本事你也开一辆！"

她拉开车门进去，迅速将车开远。

"气死我了！"

沐毅脸色阴沉，心想要不是看她是个女的，绝对抽她！

论文答辩通过，拿到毕业证书的那天，沐良心底有一丝窃喜。她有着对即将步入的社会的期待，更有着对未来生活的憧憬。

除去家里给安排好工作的，凡是自力更生的学生，都是把简历投得满天飞。沐良把所有能投的企业都投遍，能不能有回音，她并无把握。

等待，是件很折磨人的事情。

虽然弹琴多年，但沐良失落地发觉，想要找一份与钢琴相关的工作好难。她只能暂时摒弃喜好，先考虑生存问题。

生活就是这么现实，总让人在舍与得之间，徘徊选择。

发出简历十天后，沐良意外地接到面试电话。她没想到这么快，心中既惊又喜，整晚都在准备第二天面试可能涉及的问题。

第二天九点钟，沐良准时来到面试公司。她看到排成长龙的队伍，不禁皱眉，人这么多，竞争也必然激烈。

十分钟后，有位穿着黑色制服的女人过来，手里拿着一张照片，似乎正在认人。她走到沐良身边时，倏然停住脚步。

"沐良？"

沐良摘下耳机，关掉音乐看向面前的女人，但没任何印象。

"跟我进来。"那女人微微一笑，径自往前。

沐良哑然，却还是跟她进去。

一间独立办公室，一位穿着制服的女人头发盘起，模样干练。她指了指对面的椅子，亲自倒了杯水放在沐良面前，道："请坐。"

沐良局促不安地坐下来，心底疑问颇多。

"沐小姐。"

"我是。"

沐良点点头，见她把自己的简历翻开。

"你喜欢什么工作？"那女人仰起头，语气温柔。

这样的问题，让沐良发懵，她从来不知道，用人单位竟然会主动问求职者喜欢什么工作！

"难道，不需要面试吗？"沐良蹙眉，心底的不安越来越强烈。

眼见她一脸懵懂，那女人不禁勾起唇："既然是傅氏介绍过来的人，哪里需要面试。"

傅氏？

沐良心头颤了颤，疑问迎刃而解，随后，不顾那女人的再三挽留，她决然离开。

三天后，沐良再次接到一家大型企业的面试通知，她犹豫了下，心存侥幸地前往。

坐在宽敞豁亮的大厅中，沐良耐心等待。几分钟后，她被人直接带到十楼——总经理办公室。

沐良推门进去，对面椅子里坐着的中年男人，一脸严肃。

那种态度，倒像是苛刻的用人单位该有的。沐良松了口气，自报家门后，将简历恭敬地递上去。

不久，中年男人将她的简历放到边上，拉开抽屉拿出几张表格，同时递给她一支笔，道："人事部、业务部、后勤部，你想去哪里？"

"嗯？"沐良原本紧张地准备好了说辞，不想对方冒出这么一句话。

中年男人见她蹙眉，抬手摸了摸下巴，犹豫着开口："还是……你想做总经理？"

"……"沐良怔住。

顿了下，中年男人似乎下定很大的决心，道："如果你真想，那也不是不可以！"

沐良咻地站起身，抓起桌上的简历，转身就走："神经病！"

"喂，沐小姐！"中年男人起身来追，喊道，"四少说了，你想要什么随便开口……"

电梯门关上，聒噪的声音被隔绝在外。沐良抬起头，透过镜面门，看到的是一张铁青的脸。她现在心头的怒气，都要控制不住了。

傅晋臣，你这个浑蛋！

当初领证前，尤储秀曾经单独约见过她，直到今天，沐良还记得她当时说过的话。

"沐小姐，你与晋臣领证，完全是为圆我们家老爷子的遗愿。"

"不举行婚礼，也是为你着想。"

"这两年只要你本分，我不会让晋臣去骚扰你。"

傅家这种豪门权贵，并不害怕所谓的结婚证，不过一纸婚书，能领就能撕。相比较而言，他们更在乎对外宣布的婚礼，那才是覆水难收！

沐良接受得坦然，倒也不存在谁亏欠谁。她这几天都在琢磨，是不是要去见尤储秀一面，儿子是她的，她总该有办法治住。

为庆祝毕业，盐大的这帮人，聚在倾城酒吧。宋爱瑜到的时候，场子都已经热闹起来。

"爱瑜，你好上镜，好美啊！"

最近宋氏广告满天飞，宋爱瑜出镜率奇高。她端着酒杯喝酒，整晚都没说几句话。

周围有人捧着杂志，高调议论。八卦是女人的天性，况且这些人也没什么不敢问："爱瑜，你妈妈又给她的小男友换车啦？"

宋爱瑜轻笑，仰头灌下一杯酒，男人算什么，只要能让妈妈开心，那就是物有所值！

"我去跳舞。"

放下酒杯，宋爱瑜跻身劲爆的舞池，她穿着黑色紧身亮片短裙，露出两条白皙修长的美腿，随着音乐舞动起来的身段妖娆万分。男人们贪婪的目光，尽数落在她身上。

沐毅被同学们叫来酒吧玩，他还没进门，便被路边那辆红色保时捷吸引。

"你们先进去。"

把同学们支开，沐毅走到车前仔细查看，果然是那天的车。他心里有气，那天被她跑了，今天怎么都要让她赔篮球的钱！

后巷里，隐约传出女人的呼救声，沐毅这个年纪，正义感十足。

"喂！"

沐毅背着包过去，眼见有三个男人，困住一个女人。巷子里光线暗，他看不清女人的五官。

"救我！"宋爱瑜吓坏了，急忙求助。

"你混哪里的？"那三个男人，穿着新潮，胳膊上都有刺青。

沐毅挽起袖子上前："识相的赶紧滚，别让我动手！"

迎面有人出手，沐毅随手抄起巷口的木棍，将其中一人打倒，拽过缩在墙角的女人，扣在怀里。

四目相对，沐毅先认出来，他剑眉紧蹙，心想怎么是她？

对方吃亏，自然不依不饶。沐毅来不及多想，本能地拉起宋爱瑜，带她跑出后巷。

"他们追来了。"

宋爱瑜听着身后的脚步声，气喘吁吁，这样跑肯定被抓，沐毅扫了眼拐角，道："你往左，转个弯还回酒吧。"

随后他独自往豁亮的地方跑，将那些人引开。

几分钟后，宋爱瑜从街角跑回倾城酒吧，她调整好呼吸，抹掉额头的冷汗。酒吧门口有保安，她叫人去找沐毅，同时又让人报警。

等了半天，都不见沐毅的身影。

宋爱瑜不敢张扬，毕竟她是名门千金，被几个流氓追赶，传出去肯定丢脸！她给保安留下些钱，叮嘱如果有个穿球衣的男孩子回来，把这些钱给他，算是感激他仗义相助。

深夜，沐良突然接到警局的电话，她匆忙换好衣服赶过去。

警察将事情的经过都说了一遍，沐良越听越担心。根据沐毅的说法，惹事的应该有三个人，可警方接到报案赶去只捉到一个人，并没见到其他两个人的踪影。

打架斗殴的起因，沐毅交代得很清楚，奈何对方是老油条，只承认动手，却不提调戏女人的戏码。双方各执一词，但没有证据，又找不到那个女人，警察也拿那人没办法。

凡事都要证据，对方抓住这点，抵死不认账。不过那几个混混，经常出入警局，警察心里有数。

对沐毅的处理，没有定性，只说关押一晚就能离开。把他关起来，也是出于安全考虑，毕竟那些常年在外的混混，心狠手辣。

听到这样的分析，沐良无话可说，只能眼睁睁看着沐毅被带走。她先回家，决定第二天早上再去办手续接人。

做好早餐，沐良并没吃，她要先去警局把沐毅带回来。收拾好东西下楼，楼前停着一辆黑色路虎，倚在车前的男人，嘴角的笑容灿烂。

"早。"傅晋臣主动打招呼，态度温和。沐良低头，绕过他的车。

"要我送你去警局吗？"

沐良一愣，戒备地看向他："傅晋臣，你又想怎么样？"

绅士般拉开车门，男人表现得诚意十足："我想帮你。"

"不用！"沐良拒绝得极为干脆。

"真的不用？"

沐良沉着脸，眼神坚定。

"知道有句话叫'不见棺材不落泪'吗？"男人深邃的黑眸微眯，嘴角噙着的笑容十分刺眼。

傅晋臣优雅地踩着步子，慢慢走到沐良身前，笑道："我等你告诉我，那是什么滋味。"

他眼底的眸色黑沉又危险，沐良心尖轻颤，却不肯服软。

来到警察局后时间尚早，沐良坐在长椅里等工作人员上班，然后才能办一系列的手续。将近十点，沐毅终于被带出来。

"姐。"

沐毅外貌俊逸，就算脸上有伤，走路时依旧吸引人的目光。

细说起来，这件事情也不能全怪沐毅，如今这社会，见义勇为的人绝对算稀有人群，弟弟能挺身而出，沐良心里很安慰。

她只怕那些人惹不得，将来还会有什么麻烦。

"姐，还生气？"沐毅屁颠屁颠地跟在她身后，不停地试探。

走到警局门口，沐良转头瞪他，见他两手空空，什么都没有。

"你的背包呢？"

"丢了。"

昨晚忙着打架，身外之物哪有闲暇顾及。沐毅撇嘴，道："包里钱不多，学生证去补办就行。"

沐良没再追问，径自走在前面。虽然她早已不生气了，但为了给他个教训，故意板着脸。

随后几天里，沐良每天都给弟弟打电话，倒也相安无事，她紧提着的心总算放下。傅晋臣那天的话，根本就是吓唬人。

前面投放的简历，沐良全部作废。即便再有面试的，她都回绝，生怕重蹈覆辙。重新整理好个人资料，这次她选择小范围投递，先找一些小型企业。

这种用人单位，工资待遇相对较低，不过对入职的要求也没那么苛刻。

沐良一直在等面试通知，却不想先等来了沐毅的好消息。学校的交换生名额公布，全校推荐两名品学兼优的学生，其中就有沐毅。

把消息通知给家里，爸妈都十分开心，一双儿女争气，这是沐家的福气，更是他们夫妻两人的骄傲。

沐良以前的积蓄还剩下几千，她取出来大半，先给弟弟买了两套名牌衣服，剩下的钱用来准备沐毅爱吃的东西。

安排好弟弟，沐良终于接到一家企业的面试通知。她准备充分前去，对方见她长相漂亮，欣然同意录用她。

好消息接二连三地传来，沐良整个人轻飘飘的。她走出办公大楼，正要给家里报喜，却不想先有电话进来。

"妈，我有好消息……"

沐良话还没说完，就听到蔡永芬沙哑的声音，沐良脸色大变："家里出了什么事？"

挂断电话，沐良立刻坐出租车，赶回渝城。

车子开到渝城县医院，她付过车钱，跑到二楼急救室。

"妈！"

沐良找到母亲，急声道："爸爸怎么样？"

蔡永芬眼圈发红："还在抢救。"

沐良盯着急诊室紧闭的大门，心头涩涩的。前几天，沐占年把去年新买的渔船卖掉，又换回之前的旧船。那艘船已经用了十几年，早应该废弃，可爸爸硬是不顾众人反对，开船下海。

这几天赶上潮汛，沐占年照旧出海捕鱼。今早他出海没多久，小船便被一个巨浪打翻，幸好当时周围还有其他船只，大家营救及时，才把人救起。

两个小时后，医生出来通知家属，说病人已经抢救过来，不过需要住院观察。沐良手脚发软，看到躺在病床上脸色苍白的爸爸，整颗心不住地揪紧。

去年爸爸出海就差点出事，把全家人吓个半死。沐良死活不让他再捕鱼，这父女两人僵持了一个多月，最后沐占年妥协，答应买条新船，她才让步。

买船的钱，家里实在拼凑不出，爸爸不得不暂时动用当初的礼金。但这件事，始终压在他心头。

"爸爸……"

沐良趴在病床前，掌心轻抚沐占年的脸颊，眼眶湿润："你别吓唬我。"

不想让女儿自责，蔡永芬愣是一滴眼泪都没掉。她虽然担忧、心疼，但也只在沐良看不见的时候，自己偷偷抹泪。

直到下午，沐占年才逐渐清醒过来。见他睁开眼，蔡永芬终于舒了口气。

沐良喜出望外，一把攥住爸爸的手："感觉怎么样？"

蔡永芬见他似乎要起身，赶忙按住，道："别动，你腰上有伤。"

沐占年蹙眉："我哪有那么金贵。"

他活动了下手脚，并没有什么大碍，嚷嚷道："快去给我办出院，我要回家。"

"不许！"

沐良沉下脸，按住爸爸的肩膀，道："医生说要住院观察。"

"那都是唬人的。"沐占年不以为意。

蔡永芬低下头，轻轻叹了口气，知道他是心疼钱。

"你要不听话，我就搬来医院住，早中晚盯着！"

这孩子从小倔强，沐占年只好又躺回去。

眼见爸爸妥协，沐良安下心来。算算时间沐毅应该到了，可始终不见人。她拿着手机到病房外，电话铃声响过，无人接听。

反复几次，沐良有些发慌。知道爸爸出事，沐毅一定心急往家赶，怎么不接电话？

须臾，有电话进来，沐良松了口气，问道："沐毅，你怎么还没到？"

"你是沐毅的家属吗？"

对方直接问话，沐良心底一沉："我是。"

"你弟弟重伤，速来市医院。"

挂断电话，沐良顾不上父母猜疑的目光，胡乱编造理由离开。从渝城赶回名海市时，已经是傍晚。

沐良赶到市医院，远远见到手术室外亮着灯。医生害怕耽误病情，先给病人手术，等家属赶来补上签字。

沐良看着手术通知单，右手抖得根本握不住笔。

倏然间，一双温热的手掌包裹住她冰冷的五指，傅晋臣将她扣在怀里，沉声道："签吧，手术虽有风险，但并不大。"

沐良偏过头，看清身边的男人后，眼神立刻阴沉下来。

警察刚刚离开，他们将事情经过做了大概复述：沐毅接到姐姐的电话，心急往家赶，但他才出学校大门，便被一个骑着摩托车的男人用铁棍狠狠敲在左腿上。

沐良虽没亲眼看见，但看到现场拍摄照片中的那摊血迹，全身不停地发抖。几个小时前，爸爸的抢救过程已经让她经历过一次煎熬，现在沐毅的情况比爸爸还要严重，她乱了阵脚。

那名袭击沐毅的黑衣男子逃之夭夭，周围的监控录像并没拍到那个人的脸。想来对方是早就摸清门路，只等他出现。

沐良想起前几天沐毅的见义勇为，心头一阵发寒。应该是那些人没错，弟弟平时与人无怨，谁会下这么重的手？

"你早就知道，是吗？"沐良偏过头，脸上精致的五官因为愤怒紧绷。

傅晋臣坐在长凳里，没有承认，也没否认。他手中夹着一根烟，并没有点燃，捏在指间发愣。

看他的神情，沐良已有答案。难怪沐毅出事，警察没有给家属打电话，原来傅晋臣早就知晓爸爸在医院，所以特别"好心"地没让惊动吧。

而且依据医院的规定，家属不签字，都不会安排手术。她赶到的时候，沐毅已经被推进手术室，这也是傅晋臣的功劳吧，可以允许家属补签。

沐良冷笑，装什么好人？

"你笑什么？"傅晋臣剑眉紧蹙，看到她眼底的嘲弄，"我上次问过你，是你自己选择的结果，今天怎么都怪我头上？"

掏出打火机，傅晋臣将手里的烟点上，道："事情我是知道一些，但我不是诸葛亮，不能预测未来，我猜不到会闹成这样。"

"傅晋臣！"

沐良快步走过来，一双眼睛通红，扬起手朝他挥舞过去："那是我弟弟，他如果出事了怎么办？"

男人并没躲闪，任由她举起的拳头落在胸前。从渝城返回市里，沐良折腾得筋疲力尽，没打几下，已经气喘吁吁。

傅晋臣顺势扣住她的手腕，将她拥入怀里，眼底的神色沉寂下去。当初他确实跟沐良赌气，就想治治她，却忽略了沐毅的安全问题。

　　虽只见过一面，但那一声声姐夫，到底让傅晋臣心生愧疚。他放低姿态，双臂紧紧地把沐良搂在怀里，柔声道："等你养足精神，我给你动手的机会。"

　　沐良眼睛发酸，心头的怒火不知应该对谁发泄。她喘着粗气，推开他的怀抱，无力地坐在长凳里，两眼直勾勾地盯着手术室。

　　傅晋臣瞥见她紧张的表情，道："医生是最好的，你别担心。"此时手术室里的医生，是全国最好的外科大夫，他特别劳烦权晏拓从军区医院请来的顶级主刀手。

　　也许是出于愧疚，傅晋臣亲力亲为，一切事宜都安排得很周全。

　　六个小时后，手术室的门终于打开。医生穿着消毒服，脸有倦容。

　　"医生，我弟弟怎么样？"

　　摘下口罩，医生扫了眼傅晋臣，如实相告："手术很成功，病人左腿粉碎性骨折，但要是恢复得好，以后走路不会有任何影响，只是不能再进行剧烈的运动项目了。"

　　听到手术成功，沐良紧提着的心终于放下。她看到被推出来的沐毅，脸色苍白如纸，眼眶再度热热地发酸。

　　病人被送进病房，沐良跟医生道谢后，忙跟进去。

　　傅晋臣又追问一些后续复健情况，然后吩咐，给沐毅安排特护病房。

　　折腾完所有事情，天已经亮了。沐毅的麻药劲儿还没过去，人在昏睡。沐良坐在床边，傅晋臣站在她身后，目光深邃。

　　"姐……"

　　病床上的人出声，沐良看到睁眼的弟弟，惊喜道："你醒了。"

　　她弯腰趴在床边，紧紧拉住他的手，问："腿还疼吗？"

　　经过这场大手术，沐毅的精神还不太好，他摇了摇头，勉强挤出一抹笑："不疼。"

　　哪里能不疼，医生说是粉碎性骨折，只怕没有止疼药会痛得要死！

　　"姐夫。"沐毅虚弱地喊了声。

　　傅晋臣抿起一抹轻笑，道："好好休息，不要多说话。"

　　护士很快进来查房，沐毅吃过药后，不久再度睡着。弟弟清醒过来，沐良悬着的心也放了下来。

　　"我先去公司，有事给我打电话。"

　　沐良犹豫了下，跟在他身后走出病房。

　　"谢谢你。"

　　"用不着谢。"

　　严格来说，沐毅这件事情，傅晋臣是有责任的，但他跟着忙前忙后，照顾得周到细致，沐良觉得应该道谢。

　　沐良垂眸，沉声道："傅晋臣，我们尽快把事情解决掉。"

"怎么解决？"傅晋臣笑了笑，反问，"你以为摆脱傅家，所有事情就都能解决吗？"

傅晋臣耸耸肩，一语中的："你爸那关，只怕你就应付不了。"

沐良脸色微有变化。

如果要摆脱傅家，沐占年首先要把那一百万还上。家里积蓄不多，要把当初买船的钱凑出来，那就是掏出老底恐怕也不够！

傅晋臣点到为止，并没继续多说，只告诉她："你弟弟的事情，还不算完，那些人做事历来阴险。沐毅先是伤了他们的人，这次又有警察介入，恐怕后面还有麻烦。"

"那要怎么办？"沐良问他。

面前的人脸色黯淡无光，傅晋臣单手插在口袋里，给她指了条明路："只要我们尽快结婚，没人敢动傅家的人。"

绕来绕去，又回到圈里，沐良敛眉，心底一片凄凉。

"还想再试试？"

傅晋臣勾唇，道："强扭的瓜不甜，我不逼你，你想好告诉我。"

望着他走远的背影，沐良先前斗志昂扬的那股劲儿，渐渐泄掉。她想起父亲的脸，想起沐毅的伤，心头闷闷的，如同压着一块巨石。

沐毅手术后，不能下床，需要人寸步不离地守候。沐良周一还要去上班，照顾弟弟的事情只能拜托给护士们。

沐良打电话回家，父母言辞间已对她那天的突然离开起了疑心，她只说弟弟被车撞伤腿，轻描淡写地敷衍过去。沐占年那边虽说不严重，但他上了年纪，脾气又倔强，她担心得要命，却分身乏术。

扫了眼沐毅的腿，沐良压低声音，问他："你那天到底救的谁？怎么会惹上那些混混？"

沐毅没想到那些人竟敢报复，他沉着脸，咬牙道："别让我找到那帮孙子，要不然……"

"要不然什么？"沐良瞪他，怒声道，"你还嫌我们没被吓死？"

沐毅低下头，收敛很多。这几天姐姐日夜照顾他，为了他把爸爸都丢下，他心里愧疚，事情是他惹出来的却要连累全家人。

他身上带伤，沐良不忍骂他，那些人估计沐毅不会认识，问也是白问。伤筋动骨一百天，沐毅这样住院，恐怕学校的出国名额要泡汤。

果不其然，沐良刚想到这个，沐毅的手机就响了。须臾，他挂断电话，神情黯然。

"没关系，"沐良安慰他，笑道，"这次不行，我们明年再申请，反正我弟弟成绩好，总有机会的。"

沐毅勉强笑了笑，躺回床上没了食欲。见他那副模样，沐良也放下筷子。

41

傍晚，市医院楼前停着一辆黑色路虎。傅晋臣手里夹着根烟，挑眉看向那间亮灯的病房，薄唇微勾。

他说不逼她，只是明面的意思，不排除他背地里动手脚。

男人幽暗的双眸看不出喜怒，他将手里的烟蒂弹出去很远，发动引擎离开。

周一早上，沐良准时到新单位报到。公关部的主管是位女性，三十多岁，穿着时髦。第一天上班，沐良既兴奋又充满干劲，但一整天下来，主管什么工作都没给她安排。

挨到下班时间，沐良忍不住问："主管，我怎么没有工作？"

那女人笑了笑，拿起包带沐良离开："跟我走。"

赶到地方，沐良才知道是酒店。她被拉去包厢，一推门，满屋子乌烟瘴气，熏得她眼睛都睁不开。

"刘总，我们来晚了！"

那女人踩着高跟鞋进去，示意沐良跟在她身边。

一圈酒敬下来，沐良很反感。那些男人一个个肥肚秃顶，盯着她的眼神恨不得吃了她！她面试的职位是秘书，为什么要来这里陪人喝酒，被趁机揩油？

"主管，我还有事，先走了。"沐良想脱身，但被人按住肩膀。

"拿开你的手！"

"小沐，怎么跟刘总说话呢？"

沐良心头火起，反手将那个男人推开，拿起包就走。

刚走出酒店，手机便响起来。沐良打开免提，只听女主管骂人的声音传出："沐良，你怎么回事，得罪刘总的后果，你知道吗？"

"我不知道什么后果，我来上班是工作的，不是陪酒！"沐良脸色铁青。

"陪酒就是工作啊，我们是公关部，公关你懂吗？"

沐良气得太阳穴疼。

"你马上回来，赶紧给刘总道歉！"

沐良冷笑："道歉？做梦！"

对方显然愣住，随后怒道："沐良你被解雇了！"

挂断电话，沐良真想爆粗口，这都是些什么人啊？

打车回到市医院，沐良气哼哼地往楼上走，迎面两个穿黑色西装的男人从三楼下来，他们西装里面没穿衬衫，能看到纹在胸口的蛟龙。

那两人左顾右盼，似乎正在找什么人。

沐良一惊，下意识躲到边上，绕到另外一侧楼梯，跑回病房。

沐毅见姐姐回来，关心道："姐，第一次上班怎么样？"

"不好，工作不适合我。"

沐良走到窗口往下看，见到那两道黑色身影走出医院大门，他们边走边打电话，明显在确定什么。

想到傅晋臣那天说过的话，沐良脸色紧绷："刚才有陌生人来吗？"

"没有，怎么了？"

"普通病房人杂，我们小心些。"沐良轻描淡写地敷衍过去。

沐毅病情好转，医院便不让家属陪护。傍晚回家的路上，沐良手脚发冷，那些人应该是按照原来的病房号去找，但没找到。可躲过这次，那下次怎么办？

沐良不知道那些人是什么背景，但她清楚，那是他们这种人招惹不起的。

从医院走回家并不远，沐良上楼前，被人请到一辆黑色轿车前。

车窗缓缓降落，沐良见到里面的人，暗暗惊诧。

她见过傅东亭一面，他来沐家提亲那天，礼数周全，摆出一百万的聘礼，财大气粗，却并不让人反感。

"我们可以聊聊吗？"傅东亭仰起笑脸，语气温和。

对方是长辈，沐良没办法拒绝，任由司机打开车门，将她请上车。

一家广式茶楼，装修不算豪华，但环境清幽，各色茶点味道出众。沐良跟着傅东亭上楼，有服务员将他们请到包厢。

"老样子，"傅东亭没看菜单，似乎想到什么，忙问身边的人，"你爱吃什么？"

沐良摆手，笑道："我不挑食。"

傅东亭点的是惯喝的茶，然后又给沐良点了杯花果茶。他在家经常见傅欢颜喝这种，估摸女孩子家都喜欢。

虽然只是小举动，沐良还是觉得温暖，她坐在椅子里，紧蹙的眉头逐渐舒展开。与傅晋臣相比，她更愿意面对傅东亭。

"您找我有事？"沐良斟酌道，他亲自出面，定然是不寻常的。

服务员送来热毛巾，傅东亭拿起来擦擦手，笑道："肚子饿了吧，我们先吃东西。"

各色小食纷纷上桌，水晶虾饺晶莹剔透，豆豉蒸排骨酥烂入味，叉烧肥而不腻。

沐良闻着香气，忍不住伸筷子。

"尝尝合口味吗？"傅东亭眼底染笑，神情始终温和。

有些人明明身居高位，却不会给人压迫感。沐良没有扭捏，拿起筷子小口品尝。她挺喜欢茶餐厅的东西，家常味道，十分亲切。

眼见她吃得习惯，傅东亭笑容加深。他素来简朴不奢华，严谨自律。

这家虾饺味道出奇好，沐良很喜欢。果腹之后，她喝了口花果茶，再度不安地问："伯父，您找我有事？"

听她喊伯父，傅东亭并没介意。他放下筷子，目光平静："你爸爸怎么样？"

沐良眸色一沉，如实道："医生说下周可以出院。"

"年纪大了，不能跟年轻人比。"傅东亭靠坐在椅子里，道，"这天下父母的心，都是相同的，我能理解亲家的心意。”

沐良抿起唇，心头酸酸的，难受。

傅东亭眼神温柔，盯着她看："我知道傅晋臣的所作所为，可我们两家有缘分走到一起，也是可遇不可求的，沐家有恩于傅家，这个恩情我们要报。"

沐良没法开口，好像完全找不到反驳的理由。

"不过傅晋臣到底是我儿子，"傅东亭抿唇，沉声道，"他虽然胡闹，但不会过分，把握分寸他还是清楚的。"

这是替他儿子说好话？沐良忽然发觉，难怪傅晋臣那张嘴巴那么毒，原来他爸就是个谈判高手！

傅东亭黑亮的双眸闪着精光，话锋逆转："外面的人说傅家如何能耐，在我看来不尽然。傅家也是白手起家，靠的是这几十年累积起来的阴德。"

顿了下，他再度望向沐良，别有深意道："不过依着傅家这点薄面，想要维护自家人还是绰绰有余的。良良，伯父希望你能明白！"

沐良敛眉，傅东亭软硬兼施，已经把利弊都给她摆明。

须臾，沐良从茶楼出来，被司机送回家。她倒在床上，整个人虚脱般，无力又沉重。

傅晋臣说得对，傅东亭说得也对，沐良不得不承认，她没什么可选的了！不能因为她自己情愿与否，再次让爸爸和弟弟面临劫难。

掏出手机，沐良找到傅晋臣的号码，坚定地拨过去。

"我想好了。"她开门见山。

男人背靠沙发，薄唇微勾："不后悔？"

沐良神色凄然，她有资格后悔吗？

"不后悔。"

"周五晚上，我们全家吃饭。"傅晋臣收敛起玩笑，语气沉下去。

周五晚上，傅家按照惯例全家聚餐，沐良以前听傅政提过。她下意识地蹙起眉，神情黯淡不少。

"晚上六点，需要我去接你吗？"

"不用，我认识路。"

"周五见。"傅晋臣挂断电话。

事情发展到此，沐良再也找不到摆脱的理由。

周五傍晚，沐良从医院出来，坐公交车，按熟悉的路线来到那座位于半山腰的别墅。

黑色镂空的巨大铁门近在眼前，沐良曾经也进出过很多次，但此刻与她给傅橙做家教完全是两种心境。

哗啦——

大门缓缓开启，管家迎面走来，似乎已经等她很久。

"四少奶奶。"

玉湖边上屹立的傅家大宅，掩映在苍翠绿林间。初夏时节，满山遍野的芳草气息，沁人心脾。

周五傍晚，按照家规，傅家人都要回家吃饭，这是当年傅老爷子在世时，立下的规矩。大宅周围已经亮起红灯，绯色满园。

晚饭上桌前，大家陆续回来。客厅的沙发里，傅橙紧挨着傅东亭，缠着他做游戏，难得他心情好，抱着孙女哄。

傅世钧坐在轮椅里，曹婉馨陪着他，与尤储秀和姚琴闲话家常。

傅家长子傅培安，帮助父亲打理傅氏总公司，身居高位。他这次带着儿子去欧洲考察，特意赶在今晚回来。

"爸！"

"爷爷！"

父子两人进门，用人提着行李送去楼上。

"辛苦了。"傅东亭眼底染笑，问长孙，"有什么见识吗？"

"有很多。"傅政剑眉轻蹙，神情是他惯有的漠然。

傅培安拍拍儿子的肩膀，道："这半个多月，傅政每天都很晚才睡，他记下的心得笔记，足有半个本子。"

傅东亭轻笑，夸赞道："爷爷安排你尽快进入傅氏。"

尤储秀坐在边上，心头不悦，但面上丝毫未露："孩子们刚进门，先让他们上楼换件衣服，准备开饭了。"

姚琴起身挽着丈夫，拉着儿子往楼上走："爸，妈，我们先上去。"

"去吧！"

这边沙发里，傅欢颜跷着二郎腿，拿着苹果啃。见过傅政的沉稳，尤储秀瞪着女儿发火："颜颜，你还有点规矩吗？好歹你也是姑姑，给后辈们树个榜样！"

傅欢颜咔嚓咔嚓，咬苹果的频率快了三倍："榜什么样啊，他们都比我强！"

伸手狠狠点在她的额头，尤储秀怒其不争。怎么她这一双儿女，如此让她操心？

傅欢颜捂着额头，告状："爸爸，我妈打我。"

对面沙发里，傅橙倒在妈妈怀里咯咯地笑。

"敢笑我？"傅欢颜丢掉苹果核，把傅橙抓过去，搂在怀里挠她痒痒。

沙发里笑声不断，一大一小闹成一团。傅东亭看着女儿和孙女，眼神柔和，并没发怒。

"没个姑姑样子！"尤储秀轻声低斥，倒没真生气。

傅晋臣换好衣服下来，见到沙发里那幕，剑眉轻蹙，只有傅欢颜能在这个家里，笑得如此没心没肺。

傅政沿着楼梯走来，与傅晋臣擦肩而过时，低低喊了句"四叔"，但不等对方答话，他已经走到自己的位置坐好。

晚上六点，傅家准时开饭。用人见傅欢颜回来，忙在傅晋臣身边加把椅子。傅欢颜一屁股坐下，催促着赶快上菜。

"再加一个位置。"傅晋臣指了指他身侧，吩咐道。

用人立刻照做。

傅培安拉开椅子坐下，不解道："晋臣，这位置给谁的？"

傅东亭品了口茶，神色安逸。尤储秀盯着儿子，心头已有猜测。傅欢颜素来不关心这些。傅世钧夫妇不明所以，抱着女儿等待答案。

只有傅政垂着头，神色清冷。

"四少奶奶……"

管家带着沐良进来，那声尊称不大不小，恰好落入众人耳朵里。

一屋子人的眼睛，齐刷刷落在沐良身上，而后又面面相觑。沐良尴尬地站在原地，进也不是，退也不是。

"沐老师。"

傅橙滑下椅子，朝沐良跑来："沐老师，橙橙好想你啊！"

沐良搂住她，心头热热的，多日不见，她也很想傅橙。

傅晋臣起身牵过沐良的手，握在掌心，笑道："给大家介绍一下，沐良，我老婆。"

沐良咬唇，脸颊火烧火燎，这男人说话，能不能顾及别人的感受！

众人大跌眼镜，沐家与傅家这门婚事，全家倒是知情。不过他们并没见过沐良，一个未过门的媳妇儿，况且还是高攀傅家的渔民女儿，谁愿意多了解？

"四叔，你老婆是什么？"

傅晋臣俯身，揉揉傅橙的小脑袋，道："我老婆就是你四婶。"

这句话傅橙听懂了，她仰起头，甜甜地唤："四婶。"

沐良更郁闷了，她是答应，还是不答应的好。

将她带到父母面前，傅晋臣语气温柔，道："喊人。"

沐良硬着头皮，斟酌再三："伯父，伯母。"

"喊！"傅欢颜撇嘴，尤储秀脸上的神情瞬间沉下去。

"入座吧。"傅东亭神情温和自然，但家里人却都变了脸色。

虽然傅晋臣与沐良领了结婚证，但根据傅家的规矩，只有过门的儿媳妇才可同桌吃饭。

傅晋臣拉着沐良坐下，偏过头，在她耳边低语："别紧张，有我爸给你撑腰，你还有什么好怕的。"

傅欢颜拿起筷子敲在碗边，道："有什么话还得背着人说？"

"我跟我老婆说话，与你无关。"傅晋臣挑眉，故意气她。

尤储秀沉着脸，心里一个劲儿冒火，看傅东亭的神情他应该早就知晓，合着父子两人都隐瞒她。

"开饭。"傅东亭心情极好，吩咐用人上菜。

圆桌上摆满各色佳肴，除却傅欢颜，大家都吃得各怀心思。

沐良几乎不敢抬头，她眼角余光恰好能看到对面的傅政。但他默默吃饭，好像并不认识自己。

身边的男人靠过来，语气温柔："你喜欢吃什么？"

沐良笑得僵硬，水润的眸子里染满羞怯。傅晋臣拿起筷子，把面前那几样菜，每样夹起一些，放进她的食碟里。

沐良想要阻止，但又不想吸引注意力。

曹婉馨喂傅橙吃饭，不时看向沐良。她心中腹诽：既然她是老四的人，怎么还来应聘家教？这葫芦里卖的什么药！

姚琴殷勤地给尤储秀布菜，同时仔细观察沐良：长相倒是标致，可惜没身家没背景，再漂亮也就是个花瓶，易碎品。

"良良，找到工作了吗？"傅东亭撂下筷子。

"还没。"沐良尽量表现得自然。

傅东亭了然一笑，道："这样吧，咱家有便利条件，你也不要嫌弃。先去晋臣那里，让他给你安排个职位。"

沐良脱口就要回绝，被傅晋臣阻止："好的，我来安排。"

傅东亭难得露出笑脸，尤储秀阴霾一晚的脸色，此时逐渐好转。

傅家儿媳妇，从来不许进公司，可沐良再度开启先例，众人脸上的神情，已然风起云涌。

沐良晚饭几乎没吃东西，整晚如坐针毡，总觉得大家看她的眼神不对劲，可抬头迎上众人的目光，见到的又是一片笑意。

晚饭过后，沐良找借口离开。傅晋臣倒是没难为她，替她说了几句场面话，牵着她的手从大宅出来，开车将她送回家。

黑色路虎停在楼下，过往的路人不时偷瞄，这种高档车，无论出现在哪里，都会引来路人侧目。

"把灯关掉。"沐良不想吸引更多的目光。

傅晋臣把车灯灭了，微微降下车窗，看向身边的人，道："这几天你把东西收拾下，下周你爸出院后，我把他接过来，你们搬到紫竹公馆去。"

沐良顺从地点头。

"我明天让人把沐毅的病房转回去。"傅晋臣抽出一根烟点上。

沐良想要回绝，但被他抢白："加护病房有专人看守，安全些，而且晚上有陪护。"

沐毅受伤这件事，傅晋臣心底终究觉得有亏欠。

犹豫片刻，沐良没再坚持："谢谢。"

傅晋臣将她拥在怀里，低笑道："我们快结婚了，你要适应我给你的所有……"

最后那两个字，男人刻意咬重。沐良莫名其妙地联想到什么，脸颊瞬间红透。

傅晋臣看到她害羞的模样，轻笑。

"明晚有时间吗？"

"有事？"

傅晋臣将手里的烟蒂弹开，薄唇染笑："带你见见我的朋友。"

他的朋友？

沐良哑然，他的生活圈子，与自己差距太多，可她要慢慢融入的，不是吗？

"几点？"

傅晋臣满意地点头："等我电话。"

窗外的夜色宁静，沐良给妈妈打电话，聊了几句才安心。她躺在床上，说不出是怎样的感觉。原本一辈子都无交集的两人，忽然要结成世上最亲密的关系，沐良觉得她需要时间适应。

傍晚七点，沐良先在家吃了碗面，然后坐上傅晋臣的车。

推开二楼的包厢，傅晋臣牵着沐良的手，两人高调现身。

"哎哟喂，四爷来了。"

包厢里这些人，家世背景都非同小可。傅晋臣常年与他们厮混，关系要好。有人眼尖，多看了沐良两眼，狐疑道："美人看着好面熟啊！"

钱响一脚踹过去，骂道："我四哥怀里的人，你都敢惦记？"

"没。"

那人嬉笑，表明决心："我就觉得见过。"

钱响拿起酒瓶过去，掰开那男人的嘴往里灌酒。其他人跟着起哄，将人按在沙发里，压住手脚，灌进去大半瓶红酒。

这些人闹起来，真是无法无天！

沙发里，钱响跷着二郎腿："四哥，小嫂子这事，我有功劳吧？"

那两个胸前带有刺青的地痞，恰到好处地出现在医院里，演技还是他亲自教的。

傅晋臣点点头，仰头把杯里的酒干掉。

"好玩吗？"

男人捏着酒杯靠近，薄唇若有似无地擦过沐良的脸颊。她出门前应该洗过澡，发丝间染着馨香，混在酒气熏天的烟雾中，尤其撩人。

身边有灼热的呼吸袭来，沐良缩着肩膀往后躲，后背抵上沙发，无路可退。

"喂！"

傅晋臣眼神越过众人，伸手搭在沐良的肩上，将她紧紧扣在怀里，占有欲十足："你们一个个都睁大眼睛给爷看好了，她是我女人！"

沐良被他按在胸口，尴尬地皱眉。

"哇，四爷！我们看看都不行啊？"

"不行！"

傅晋臣仰头干掉杯里的红酒，薄唇重重压在沐良的唇上，毫无顾忌地吻。

周围口哨声四起，沐良舌尖被他含住，男人混合酒香的气味一寸寸渗入。急促的喘息声中，只见傅晋臣挑起眉，黑曜石般的眼眸盯住她，嘴角那抹笑容勾魂摄魄。

第二天睁开眼睛，沐良还觉得舌尖发麻，明明不是第一次被他吻，但脸颊似乎还能感受到那扑面而来的滚烫呼吸，夹杂着他低低的喘息声。

耳根一阵火烧，沐良掀开被子下床，用冷水洗了把脸，拂去燥热。

洗漱过后，沐良换了件连衣裙，坐车来到医院。病房里有熟悉的说话声传来，她怔了怔，忙推门进去。

"爸，妈。"

病房里气氛融洽，沐占年吩咐妻子把从家中带来的特产给亲家打包一份。

"姐。"

沐毅坐在床边朝她笑："姐夫一早就把爸妈接来了。"

傅晋臣正在切水果，语气温柔地对她说："过来吃水果。"

沐良心情极度郁闷。

晚上六点，傅晋臣开车把岳父岳母带到预订的酒店。傅东亭和尤储秀先到，早早等在大厅，等他们到了一起去包厢。

双方家长见面商谈婚礼细节，沐良乖乖等在外面，神情淡定。

她掩饰得极好，只可惜微蹙的眉头，终究落入了傅晋臣的眼底。

三天后，傅氏集团分公司总裁傅晋臣即将大婚的消息，昭告天下。

关于他婚讯的各种传闻层出不穷，先前在医院被拍到的照片中，傅晋臣护着怀里的人，所以沐良只被拍到侧脸，但熟悉她的人却能认出来。

沐良急匆匆赶到奶茶店，推开挂着风铃的玻璃门，看到对她招手的乔笛。

"出了什么事？"

乔笛撇嘴，丢过来一本杂志，口气不善："打算瞒我多久？"

封面上斗大的标题，搭配巨幅照片，沐良想抵赖都不行。她没想瞒，主要是没想好怎么跟乔笛解释。

乔笛听完事情经过，立刻发飙："沐良，我要跟你绝交，哼！"

"你们家出这么多事情都不告诉我？"乔笛气哼哼地端起奶茶喝光。

49

沐良自知理亏，挽着她的胳膊，撒娇："亲爱的，生气长皱纹哦！"

乔笛瞪她，却又难掩兴奋，无论怎么说，沐良嫁进傅家，都是喜事。

这家小店客人不多，她们以前就喜欢来喝东西。乔笛靠在沙发里，看着杂志封面："良良，你们家四少，越来越帅。"

沐良喝口橙汁，没有说话，帅倒是帅，可不保险。

宋爱瑜睡到中午才起床，她换好衣服下来，餐厅里已经摆上午饭。

"妈妈。"

俯身在宋清华脸上亲了下，这是她们母女间的亲密互动。

餐桌上放着一个红色请帖，宋清华并不想瞒她，直言道："宝贝，傅晋臣下周婚礼，你跟妈妈一起去吗？"

宋爱瑜脸色瞬间阴沉。

知女莫若母，宋清华揉揉她的小脸，语气安抚："你跟他不适合，就算他不结婚，你外公也不会同意这门婚事，如今这样，岂不是更好？"

"妈妈！"

宋爱瑜丢掉筷子，不满道："我是讨厌跟他结婚的那个人。"

"谁？"宋清华翻开喜帖看了眼，没听过沐家。

"沐良。"

宋爱瑜咬牙切齿："上次选代言人那个，她处处跟我作对。"

提起代言人，宋清华倒是对沐良有几分印象，她钢琴弹得很好，不过惹她的宝贝女儿生气，那就另当别论。

"她什么出身，你什么出身，犯得着生气？"宋清华把自己的筷子递给她，哄道，"你是我的女儿，即便你什么都不做，也远远高于她。"

这话听着顺耳，宋爱瑜靠在她的怀里撒娇："还是妈妈好。"

陪着宋清华吃过午饭，宋爱瑜无聊地窝在沙发里，开电视胡乱换台。

茶几上摆放的杂志，首页满篇幅都是关于傅晋臣婚期的报道。宋爱瑜翻看几页，眼角蓦然扫到什么，她捧起来细看，不禁讶然。

这些报道连带很多，其中夹杂一张曝光的沐家人照片。虽然图片稍有模糊，但沐毅穿着球衣，灿烂的笑脸清晰。

宋爱瑜红唇紧抿，怎么都没有想到，那晚救她的人，竟然是沐良的弟弟。

高级病房里条件一流，什么都不缺，唯一不好的是寂寞。

沐毅背靠枕头，无聊地打开电视。姐姐马上要结婚了，家里人都在忙，他尽量让他们少来医院，反正有护士照顾。

初夏的午后，微风透过纱帘拂面。

电视里没什么节目，他调了台，正巧看到宋氏钢琴广告，画面里穿着白裙子的女孩子，坐在黑色钢琴前，修长的手指婉约灵动，弹奏出来的音乐美妙动听。

姐姐经常在家弹琴，沐毅听得惯了，早就没什么感觉，可他此时望着电视屏幕里的那个倩影，视线忽然凝固，心头泛起细密的波动。

画面拉近过来，宋爱瑜漂亮的五官轮廓迷人，她嘴角勾着浅浅的笑，那双明亮的眼眸澄滟纯澈，深深撩动少年的心。

原来她是宋氏的千金，宋爱瑜。

病房门被轻轻推开，刚还在电视里的女子，忽然出现在眼前。沐毅半天都没回过神，等他清醒后，只见宋爱瑜站在病床前，对他伸出手："你好，我叫宋爱瑜。"

她主动自我介绍，眼底的神情温柔："谢谢你那晚帮我。"

沐毅轻握住她伸来的手，只觉掌心一阵战栗。他别开脸，俊逸的脸庞染上几许红晕。

沐家嫁女儿，沐爸沐妈比沐良还要紧张。沐爸年轻时曾在一所高中做过助教，钢笔字写得极好，他这几天什么都没干，只把请帖要写的字，反复演练，然后才往上面写。

沐良跟妈妈去逛街，明天就是举行婚礼的日子。傅家那边已是万事俱备，沐家这边也是竭尽所能，把能为女儿准备的，一样不落地备齐。

蔡永芬给女儿购置的东西，全部都很实用，虽然不高级，却是生活必需品。沐良平时穿戴并不挑剔，她不愿意妈妈多花钱，但好说歹说，还是止不住她大包小包地添置。

可怜天下父母心，全天下的父母当如是。

提着大包小包回到家，沐良把东西丢在边上，仰躺着倒进沙发里。德国进口的沙发，舒适度正好，她舒服地叹口气，倒有几分感激傅晋臣。

住在这里确实不错，她这辈子都没法让父母享受这种生活，总算借着他的光，圆了她几天的梦。

"什么味道？"

从厨房里飘出的香气，瞬间勾起沐良的馋虫。

沐占年出来接过妻子手里的东西，笑道："今早老严头特别给送来的虾。"

蔡永芬笑了笑："你爸前几天就打电话拜托人家。其实虾超市就有得卖，麻烦人家跑一趟，来回车费都不少钱。"

"超市的怎么新鲜？咱们良良最喜欢吃盐水虾，要活的才好。"沐占年看了看时间，把火关掉，让虾稍微浸泡一下入味。

洗过手，蔡永芬钻进厨房，拿出蔬菜准备晚饭。沐良坐在爸爸身边，看他字迹工整地记录着这个月家里的开销。

厨房里透出暖暖的光线，沐良双手托腮，看向爸爸的目光怔了怔。她好久都没有这样安静地坐在爸爸边上，哪怕什么都不干，就这样看着他。

"爸爸，"沐良噘起嘴，对着沐占年撒娇，"背背我呗。"

沐占年摇头，染满皱纹的脸颊涌起笑。他放下笔，对着肩膀指了指，道："来吧。"

双手环住沐占年的脖颈，沐良将脸搁在他的肩头，像儿时那样歪着头，注视爸爸的侧脸。她黑亮的眸子落在爸爸的脸庞，却渐渐黯淡下来。

爸爸的眼角满是碎纹，因为常年出海打渔，他皮肤晒得很黑，有点粗糙，看着特别干燥。沐良翻看过家里的相册，记得爸妈的结婚照里，爸爸是个面容白皙的小伙子，可才二十多年，他早已失去原来的模样。

沐良将脸覆在爸爸的后背，心中莫名发酸："爸爸，我要嫁人了。"

她轻轻地开口，沐占年背着她的动作一顿，全身似乎僵硬了下，缓和半天，他才笑着开口："以后住在傅家，要懂得忍让。傅家不同于咱们家，家大业大，自然规矩也多，不要任性！"

"嗯。"沐良乖巧地点头，从父亲背上滑下来，双手扣在他的腰间，道，"你们不要担心我，我能照顾好自己。"

沐占年站在原地，感受着女儿从身后传来的热度，嘴角颤了颤。

盐水虾做好，蔡永芬趁热端出来。她看到父女俩黯然的神色，什么都没说，转身去厨房勾兑蘸料，却已泪湿眼眶。

新鲜虾子煮出来的盐水虾，格外好吃，沐良双手并用，整整一盘虾都进了她的肚。

"满足。"沐良低叹。

今晚的这顿饭，严格来说是她在娘家的最后一顿，美中不足的就是沐毅没在。

帮着蔡永芬收拾完碗筷，沐占年先回房去休息。明天还有很多事情要准备，沐良洗过澡后，也被妈妈赶上床。

刚把卧室的灯关上，沐良手机就响起来，她摸黑接通，男人声音带着磁性："下来。"

"现在？"

沐良听出他的声音，不确定地问。

傅晋臣降下车窗，深邃的目光往楼上看："我在楼下等你。"

挂断电话，沐良犹豫几秒钟，还是迅速换好衣服，拿着手机，轻手轻脚地换好鞋，出门。

"上车。"傅晋臣打开车门，不由分说地命令道。

沐良没时间拒绝，被他强行推进车里。傅晋臣将车开出市中心，一路往海边而去。

名海市属于沿海城市，气候宜人。初夏的夜晚，男人驾车行驶在海边，海风扑面而来，有种别样的惬意。

"我们去哪儿？"沐良忍不住问，按照规矩，他们今晚不该见面。

傅晋臣将车停在一片安静的海滩，牵过她的手，沿着岸边修建的塔木架，走向很高的观望台。

晚风瑟瑟，沐良缩了缩肩膀，觉得有些冷。大晚上站在这里，远远望去黑漆漆一片海水，什么都看不到。

　　傅晋臣将身上的外套脱下来，搭在她的肩上，沾染男人气味的暖意袭来，沐良紧绷的神经松了松，深吸一口气，闻到咸涩的海腥味。

　　"喜欢烟花吗？"

　　傅晋臣问她，沐良撇嘴，诚实地点头。

　　男人薄唇微勾，抬起腕表看了看，道："默数十下，你会看到奇迹。"

　　奇迹？

　　沐良不解，径自默数。

　　五、四、三、二……

　　砰——

　　正前方的海平面上，瞬间腾起巨大的烟花，火树银花的璀璨，迷乱沐良的双眼。

　　她微微张着嘴，完全为眼前的景象震惊。墨黑的夜空，不断绽放一片片的光芒，那染着银光的火花，在天空中，释放出最绚丽的美。

　　半边天空都被火光点亮，傅晋臣仰起头，深邃的黑眸沉寂如潭，神情难辨。

　　曾经他对那个人许诺，要为她燃放满天烟火。

　　如今这片烟火璀璨，却不是为她。

　　开车回去的路上，沐良都很安静。车子在楼前停下，傅晋臣主动为她打开车门。

　　"那个……"

　　沐良紧张，只想随便说点什么："我什么时候能去上班？"

　　"婚礼后我安排。"傅晋臣将搭在她肩上的外套，轻轻拢紧。

　　沐良咬唇，转身欲走的那刻，男人先一步张开双臂，将她拥在怀里。

　　"明天见。"傅晋臣薄唇微扬，嘴角的笑容媚惑。

　　他的眼神过于深邃，沐良别开视线不敢看他，脚步微乱地跑上楼。

　　周围一片清幽，傅晋臣望着她离开的背影，深邃的眸子里，暗藏的点点细碎光晕，逐渐敛起，直至平静。

第三章
名副其实的夫妻

宴会厅圆形拱门前，傅东亭穿着合身的西装，神情颇为激动。尤储秀盘着发，一袭香槟色的连身礼服，高贵婉约，站在丈夫身边，光彩照人。

名海市的傅家，算是顶级豪门。傅家四公子娶妻，商界、政界但凡有些脸面的人物，必然都要在今日赶来讨杯酒水喝。

尤储秀安排事情很妥帖，她指派家中两名远房亲戚，一直陪着沐占年夫妇，生怕让外人看着，说傅家冷落亲戚，人多嘴杂胡乱杜撰。

客人们陆续都到了，傅东亭安排长子傅培安去陪着家族的亲戚朋友，关系相对远一些的都安排亲信招呼，事事都筹划仔细。

傅家二公子身体不便，并未出席。今天算是大日子，纵然傅欢颜如何不喜欢这种俗世场面，但她是傅家三小姐，不得不穿着特别定制的湖蓝色小礼服，规规矩矩地帮着迎接宾客。

傅晋臣站在父母身边，游刃有余地应对各方客人。无论是叔伯兄弟、商界的友人，还是政界高官，他都能应对得体。

尤储秀见到儿子如此，面上掩藏不住得意：其实她家老四，只要用心起来，远比任何人都要强。

傅东亭难得没给傅晋臣脸色看，碍于亲戚朋友都在场，这对父子表现得极为和谐。

最后一批客人也都陆续赶来，电梯大门开合间，有一抹靓丽的身影走入众人视线。宋清华独自前来，深棕色卷发，随着她轻盈的脚步贴合腰间曲线，一身白黑两色的香奈儿套裙，风姿飒爽。

"傅董事长，傅太太，恭喜！"

送上礼金签过名，宋清华笑容浅浅，一副道贺的口吻。

宋氏与傅氏多年前就有生意往来，且宋儒风在名海市富有声望，傅东亭虽不喜宋清华混乱的私生活，但公私终归要分明。

"宋总有心了。"

傅东亭微微颔首，客气地寒暄几句。

宋清华肌肤白皙，脸上几乎看不到半点皱纹，她虽有些年纪，可怎么看她都只有三十来岁的模样。

尤储秀扫了眼她的衣服，不禁冷脸。前来道贺的客人们，都衣着光鲜靓丽，但是她偏偏穿黑白两色，穿这样的衣服来参加婚礼，这不是故意给人添堵吗？

尤储秀神情的变化，宋清华自然看到。她并非有意，只是每天习惯出门前按照心情搭配衣服，她来到酒店后才想起是来参加婚礼的，但再去换衣服又来不及。

宋清华懒得解释，她为人一向如此，外人的那些看法对她都不重要。特立独行，是她处事的风格，她素来不愿放低姿态去迎合什么人，有时高傲得令人无法接近。

"伯母。"

傅晋臣主动开口，算是给足她面子。他吩咐人带着宋清华入场，安排好座位。

看出尤储秀的不悦，傅晋臣低头在她耳边说了句什么，才让她脸色稍缓。

傅晋臣安排人去医院把沐毅接出来，让他观礼后再回去。见他如此周到，蔡永芬先前心底的疑虑也散去不少，对他另眼相看。

有人小跑着过来，低声提醒傅晋臣婚礼马上开始。随后，大家一起走入宴会厅，各就各位。

距离结婚典礼还有些时间，乔笛陪着沐良在化妆间，其他人都在外面入座。

"紧张吗？"乔笛倒来一杯纯净水，放在沐良面前。

这种场面，怎么能不紧张？沐良抿了口水，点点头。她想到什么，盯着乔笛问："刚才傅晋臣跟你说什么？"

"啊？"乔笛装傻，可见到沐良凛冽的眼神，立刻选择坦白，"你老公说，如果我不带头闹，他就把我的美容卡升级成终身制的。"

沐良眯了眯眼睛，一张美容卡就能收买人心？

上午十点十分，结婚典礼准时开始。

当《婚礼进行曲》响起时，沐良挽着父亲的臂弯，踏上艳红的地毯，一步步踩在玫瑰花瓣上，朝着前方高台上的男人走去。

婚纱拖尾缓缓滑过地毯，乳白色的轻盈薄纱，剪裁得恰到好处的流线腰形，彻底映衬出新娘高挑完美的身材。

全场的视线几乎都落在沐良身上，她低着头迈步，全身紧绷，生怕哪里出错。她随着父亲缓慢的步子，终于走到那个男人面前。

沐占年握住女儿的手，郑重其事地放入傅晋臣的掌心，道："我把女儿交给你。"

"谢谢爸。"傅晋臣接过，握紧。

沐占年动了动嘴，似乎还想说些什么，但终究没开口。

十指缠绕的那刻，沐良抬起脸，隔着白纱，望向她对面的男人，也是她的丈夫。

这两个字霍然跳出来，沐良吃惊不已。

结婚的誓言唯美神圣，沐良不知道自己怀着怎样的心情，但她说出"我愿意"时，心情平静而复杂，犹如打翻的五味瓶，各种滋味汇聚在心间。

交换结婚对戒后，主持人宣布新郎可以亲吻新娘。周围立时爆发出口哨声、起哄声、叫好声。

"舌吻……"

沐良听到有人喊，头皮立刻发麻。她还没来得及说话，傅晋臣已经掀起她的头纱，在她惊诧的眼神里，俯身吻下来。

不过，傅晋臣吻得并不深。他只是勾住沐良的小舌头，轻轻咬了下，然后便离开了她的唇。

沐良脸颊一热，水润的双眸里湿漉漉的。傅晋臣盯着她看，性感的喉结微动，忍不住又一次低头，在她脸颊亲了亲。

台下众人哄笑，沐良咬着唇，头都不敢抬起来。傅晋臣顺势将她拥入怀里，嘴角的笑容温柔。

婚礼仪式圆满结束，蔡永芬眼底红红的，激动又感慨。沐占年虽没说话，但从他把女儿交到傅晋臣手里后，情绪就一直都很低落。

沐毅坐在轮椅里，不住地夸赞："我姐真好看，姐夫也帅，绝配绝配！"

周围宾客如云，沐毅挑眉不住地张望，似乎正在找人，却又害怕被人看出他的心思，小心翼翼地掩饰。

舞台上那幕新郎新娘拥吻的唯美画面，羡煞许多人的眼球，这当中就包括傅欢颜，她手里端着香槟，微微噘起小嘴，眼底闪过一丝失落。

虽说她跟傅晋臣见面多数是吵嘴，可她毕竟算是姐姐，看到弟弟结婚，她是开心的。但眼见着傅家的人一个个都结婚了，只有她，不上不下地处在中间，顶着越来越大的年龄。

宴会厅角落的吧台里，傅欢颜独自喝闷酒，她趴在台面上，手里端着酒杯，眼神迷离。傅晋臣从高台走过来，远远就见她趴在这里发呆。

关于傅欢颜跟项北这两人，傅晋臣想起来就头疼，但傅欢颜是他姐，项北是他哥们儿，他只能保持中立。

傅晋臣用手机拍了张照片，没敢惊动傅欢颜，偷偷给某人发送过去，又安排人专门盯着傅欢颜，生怕她又闹出什么事。

婚礼仪式结束，后面酒宴即将开始，新娘要去换衣服，出来给宾客们敬酒。

乔笛伸手提起沐良婚纱的下摆，陪着她去化妆间换衣服。宴会厅往右转是电梯口，沐良一眼瞥见蔡永芬站在那里，呆立着发愣。

"妈妈……"

沐良叫了声，转身走过去，顺势朝前瞧了眼，见到走进电梯的女人，深棕色卷发，一身白黑色套装高贵万分。

虽只看到侧脸，不过沐良对她印象极深，宋氏集团的总裁宋清华，无论走到哪里都是令人关注的焦点。

电梯门关上，沐良拉起蔡永芬的手，问她："你站在这里看什么？"

"我去了趟洗手间。"蔡永芬收回目光，她视力不好，看人都会有重影，所以她根本没法肯定什么。

沐良笑了笑，叮嘱母亲："酒宴后会有人把沐毅送回医院，你们别担心。"

"妈知道，"蔡永芬应了声，安抚她，"你快去换衣服。"

沐良没再多耽误，乔笛跟着她去收拾。

酒宴最后闹得一塌糊涂，傅晋臣睚眦必报，钱响又带着人在边上敲边鼓，先前闹腾的那些，一个个都被灌得脸色煞白。

这场酒宴结束，天都已经黑了。长辈们早就离开，只剩下他们这些人继续玩闹。沐良看乔笛也累得不行，提前安排司机把她送回家。

晚上八点，新郎新娘才得以回到家。

黑色轿车驶进别墅，司机把车门打开，沐良先下车，站在门外发愣。

傅晋臣跟着下来，前胸贴着她的后背，脚步微有虚浮。

迈进这扇大门，沐良还是很不习惯。傅晋臣见她眼神发暗，轻轻牵过她的手，带着她往里走。后面跟着又开回一辆黑色轿车。

傅家虽有长子次子，但傅世钧行动不便，且平时很少露脸，所以并没去参加婚礼。傅培安与姚琴自然以大哥大嫂的身份包揽婚礼细节，酒店宴席都是他们夫妻张罗的。

"回来了。"

偌大的客厅灯火通明，尤储秀坐在沙发里，当家主母的气度十足。

"爸呢？"傅晋臣往沙发里坐下，随口道。

尤储秀给他倒了杯浓茶："刚睡下，今晚你爸可没少喝。"

她眼神一转，落向旁边的沐良身上，嘴角微抿。

傅晋臣抬手，轻轻圈住沐良的腰，让她坐在自己的腿上，拇指在她掌心滑动，薄唇贴在她的耳边，道："叫人啊。"

沐良挣扎要起身，男人放在她腰间的手扣紧。沐良身上穿着一件嫣红旗袍，真丝面料紧紧包裹住臀部，勾股间单薄的衣料，贴合着男人同样单薄的西裤。

彼此身体的热度在传递，沐良尴尬得一动不敢动。

"妈。"沐良硬着头皮喊人，声音僵硬。

尤储秀倒是没有计较，脸色还算温和："你们早点去休息，今天都累了。"

傅培安跟姚琴此时也进门，傅晋臣拉起沐良，掌心落在她的后腰上，笑道："大哥，大嫂。"

沐良这次很识相，跟着他喊道："大哥，大嫂。"

姚琴脸上堆起笑，亲热道："良良啊，你跟老四赶紧回房吧，等会儿我让用人给你们送点消夜，只怕都饿着肚子呢。"

沐良没说话，嘴角微有笑容。

傅晋臣径自拉起她，顺着左边的楼梯上楼，直接回到三楼。傅东亭早先就安排人把三楼整层重新装修，这一层的独立空间，完全留给他们小夫妻，三百多平方米的面积，被分割成两间卧室，一间书房。

沐良被动地随着傅晋臣上楼，沿着旋转楼梯拾阶而上，她被男人握住的掌心，渗出一层细密的汗珠。

打开卧室门，只见卧室内是纯欧式风格的装修，配饰奢华讲究。正中央摆着一张巨大的古典宫廷风格的四角床，高高的床柱上面雕刻着繁复的花纹，鎏金床脚同样雕刻有纹路，红色被褥铺陈满床，有种喜庆的气氛。

沐良还没转身，背后已经贴上一具温热的胸膛。傅晋臣双手圈住她的腰，将她整个人置于身前，薄唇沿着她雪白的后颈，落下长串濡湿的细碎亲吻。

"不要！"沐良下意识反抗。

男人掌心反转，顺势将她压向门板："不要什么？"

傅晋臣黑眸晶亮，拇指轻抚她嫣红的唇瓣，呼吸浸染酒气："知道今晚是什么日子吗？"

后背抵着坚硬的门板，沐良心头发颤。如此近的距离，能让她清楚地看到傅晋臣薄唇已紧抿成一条直线。

今晚是什么日子，她当然知道。

新婚之夜，缠绵悱恻的夜晚。可惜沐良回答不出来，她害怕这样的直面相对，更惧怕将要发生的事情。

除去与他在紫竹公馆同居的那一个月，她对这个男人的了解，几乎为零。他喜欢什么，讨厌什么，擅长什么，沐良全都不知道，而她的兴趣爱好，脾气秉性，这男人也一样不清楚。

"傅晋臣。"

沐良屏住呼吸，望向他的眼睛："我们能……不要吗？"

"不要？"傅晋臣眼底涌起一抹笑，熏染酒气的黑眸特别迷人，慵懒而媚惑，"害怕我的技术不好吗？"

傅晋臣轻笑，薄唇压在她的嘴角亲了下，道："放心，你会喜欢的。"

"……"

沐良无语。

一个小时后，浴室里水声停止。傅晋臣隐约听见沐良不甘心的叹气声，他笑了笑，把电视的声音调大。

对面站着的人，身上穿着卡通睡衣，一头长发柔顺地垂在腰间。这种时候，她就算不穿蕾丝透明内衣，也不用穿那种衣领高高遮住锁骨的睡衣吧。

傅晋臣扶额，剑眉紧蹙，这是什么品位，怎么看都是未成年人！

沐良被他盯得心里打鼓，她低头经过电视柜，走到大床靠窗的那边，掀开红色丝绒被子，看到褥子上面铺着一层白棉布，她心头微有异样。

这张睡床很大，足以容纳好几个人。沐良抬脚缩进被子里，整个身体躺在床沿的最外面。傅晋臣偏过头，见他身后空着很大的地方，不禁伸出手，把她拽到身边。

"躺那么远做什么？"傅晋臣蹙眉，语气不悦，他还没嫌弃他的床被她占领，她反倒躲得远远的。

傅晋臣一把将她拉到身边，反手把电视遥控器丢在边上："我又不会吃了你。"

沐良僵硬地笑了笑，面部肌肉发紧。

电视里的光线忽明忽暗，沐良双手紧张地握在一起，身边的男人倏然俯下身，双臂支撑在她的身侧，锐利的目光攫住她。

"那个……"

沐良刚要开口，却已被男人食指点住唇瓣。

"好香。"

傅晋臣俊脸埋下来，鼻尖摩擦过她的耳郭，轻嗅着她发丝间的香气，磁性的声音低喃。他呼出的热气落在沐良的颈间，惹得她一阵战栗。

傅晋臣的黑眸顺着她的脸往下，目光停在她印着机器猫图案的睡衣，然后狠狠地别开视线。

"以后不许穿这种！"傅晋臣低头咬在她的嘴角，沐良吃痛地皱眉。

睡衣的扣子逐一被解开，稚嫩的肌肤暴露在空气中，沐良缩起肩膀，急声喊道："傅晋臣，你放开我。"

傅晋臣沿着她颈侧亲吻，薄唇贴着她跳动的血管，舌尖吸吮过后，留下暗红色的痕迹。沐良蹙起眉，不住地挣扎，却都没法从他身下逃脱。

春宵一刻值千金。

沐良感觉到他的手掌沿着腰线往下，急得双腿一起踹动，叫道："今晚不能，我身体不舒服。"

不舒服？

男人并没理会，只以为是她的借口。他手指灵活地转动，轻松地将她的胸衣褪掉。

唇瓣被他封住，沐良呜咽着扭动身体，直至他的手滑到大腿，她才一个战栗回过神来，吼道："我来月经了！"

他缓缓抬起俊脸，双眸狐疑地眯起。

沐良喘着粗气："真的，我没骗你。"

"你故意的？"

"故意什么？"沐良瞪他，来"大姨妈"这种事情，是她故意就能来的吗？

傅晋臣额头两边的太阳穴突突直跳，他都已经箭在弦上了，可突然有人告诉他，前路被堵，您这箭没地方射，这不是要人命吗！

伸手捏住她的下巴，傅晋臣目光凶恶，逼问道："结婚日子不是你选的吗？故意让我晦气？"

呸……

沐良怒火高涨，当初选日子，妈妈特别看过皇历，而且还有心避开她的月经期，但谁知道这个月月经提早造访，这事情能赖她吗？

"起来，别压着我！"

沐良气哼哼地推他，胸前一阵冰凉，她颤着手拉紧睡衣，眼神喷火，不要脸的流氓！

翻身倒在她身边，傅晋臣锐利的双眸盯着天花板，胸口剧烈地起伏，被她挑起的火，要怎么发泄？

沐良翻身往边上躲，快速把睡衣扣子弄好。她拉过被子盖住，转身背对着他，全身戒备。不过傅晋臣再怎么浑蛋，这种时候都不会用强的吧！

腰腹酸疼发胀，沐良蜷缩在床边，拉高被子盖住肩膀。以前他们虽然有过同住的经历，但都是各睡各的，并没多少了解。

身体不舒服，人便跟着脆弱。她双手捂着小腹，特别想妈妈，想爸爸，想念家里她自己的那张床。此时虽有高床暖枕，但沐良还是觉得手脚发冷。

她蜷缩着躺在床边，眼底黯然无光，也不知道过了多久，她戒备的身体再也支撑不住，渐渐昏睡过去。从早到晚，整整十个小时，她几乎都没休息，此时身体虚弱，又加上劳累，很快进入梦乡。

身边的人竟能睡着，傅晋臣怒气冲天，他侧过身想把她拉起来，却见她秀眉紧紧皱在一起，似乎睡得很不安稳。

手下的动作渐渐收回，傅晋臣仰头喘了口气，低咒一声，他一个大男人，跟处于生理期的女人较真，说出去还真挺丢人！好吧，算他倒霉！

第二天早起，沐良生物钟准时发挥作用，她睁开眼，身边的男人还没醒，一条长腿死死压在她的大腿上，睡相霸道。

小腹忽然收缩，涌出热热的东西。沐良心惊，再也顾不上其他，用力狠狠地把他压来的腿搬开，快步跑进浴室。

睡裤被染上一片血渍，沐良懊恼，经期提前，量也增多。她换上干净衣服，把弄脏的睡裤洗净。

收拾好出来，床上的男人已经坐起身，正盯着什么发呆。沐良走到床边，看到白色床单染上的血迹，神情窘迫，道："我洗干净。"

傅晋臣挑眉，目光自她脸上掠过，道："不用，一会儿有人拿走。"

男人掀开被子下床，径自走进浴室洗漱。趁他不在，沐良忙打开行李箱把衣服拿出来，却见衣柜里挂着满满的、带着标签的女装。

她愣了愣，还是把自己的衣服挂进去，放在最外侧。用人见他们卧室门开着就进来打扫，同时把昨晚他们睡过的床单收走。

傅家的早饭，沐良第一次吃，在这个家里，几乎所有事情，对她来说都很新奇。傅东亭今早特意留在家吃早饭，可算给足新媳妇面子。

"爸、妈，早。"

傅晋臣拉开椅子坐下，规规矩矩地喊人。

沐良经过昨天，也都已经改了口，按照顺序喊道："大哥，大嫂。"

她侧过脸，看向那边："二哥，二嫂。"

傅世钧温和地笑笑，客气道："快坐吧。"傅橙想要过去，被曹婉馨抱住，没有放手。

瞥见沐良嘴角含着的笑容，傅晋臣并没多说。沐良拉开他左边的椅子刚要坐下，有人出声提醒道："那是姑姑的位置。"

沐良循声看过去，开口的人竟然是傅政。

拉着椅背的手指微僵，沐良神色尴尬。

"良良还不熟悉，"傅东亭打圆场，道，"欢颜又起不来，今天就这么坐。"

"爸，"姚琴笑了笑，目光落在沐良脸上，道，"弟妹虽然刚进门，但应该知道的规矩，还是要守的。"

顿了下，她伸手指过去，提醒道："老四左边的位置是欢颜，右边才是你的位置。"

沐良松开手，走到另外一边，拉开椅子坐下。

姚琴收回视线，添了碗粥放在傅培安面前，嘴角微勾。

那些话暗藏着什么，尤储秀听得明白，她表情淡淡的，看不出喜怒。

用人端着两盅补品，分别放在傅晋臣和沐良面前。

"妈，"傅晋臣掀开盖子，笑道，"您大早上就给我补，不怕我流鼻血吗？"

尤储秀瞪他一眼："这些都是温补的食材，哪里会上火。"

沐良那盅是燕窝，极好的血燕，就算她没吃过，电视里也见过。

"哎哟，"姚琴抿唇，眼神沉了沉，"母亲真是疼老四，连带着弟妹都跟着沾光。"她抬头看向曹婉馨，问道："婉馨，你说是吧？"

"是啊，"曹婉馨随声附和，"母亲一直都心疼老四。"

尤储秀把泡好的莲子心茶端给傅东亭，嘴角染笑道："你们新婚的时候，我也是这么进补的，怎么都忘记了？"

曹婉馨低下头，谨慎地喂傅橙吃饭，不再接话。

姚琴牵了下嘴角。

傅东亭轻啜一口茶，眼神掠过众人，并没多说什么。

"我吃饱了。"傅政撂下筷子，傅培安也站起身，父子两人先坐车离开。姚琴起身出去，送他们到大门外。

傅东亭很快也出门，尤储秀帮他拿着公文包，挽着他的胳膊送他出去。

这早饭还没吃，沐良就觉得压抑，她拿着手里的勺子，尝了口燕窝，并没什么特别的味道。

"好吃吗？"傅晋臣脸色如常，靠近她耳边问。

沐良撇嘴，没尝出哪里好，她觉得不如酸辣粉好吃。

傅晋臣对她眨了眨眼，在她耳边呢喃："这是我妈给你破处的奖励。"

破处？

沐良想起早上用人收走的床单上遗留的那抹血迹，脸颊顿时如火烧般红起来。这个误会，要怎么解释？

"我什么时候可以去上班？"沐良不愿意在家。

"很快会有人给你打电话。"

"哦，"沐良犹豫了下，还是觉得应该告诉他，"我爸妈今天回家。"

"我知道。"

傅晋臣偏过头，黑眸望向她："我会安排人送他们回去。"

这种安排周到细致，沐良心存感激。他的行为，似乎完全是丈夫该有的，可她总觉得怪怪的，一时间还是没法适应。

用过早餐，傅晋臣出门去公司，并没留在家。新婚被丈夫冷落，沐良倒是挺开心，她还不知道要如何同他相处。

三楼的设施应有尽有，沐良把所有地方都转了一遍，心头暗暗窃喜，这个地方她还是蛮喜欢的，分割出来的独立空间，实用安静。

除去两间卧室，一间书房，左面还有个阳光室，通透的玻璃屋，里面栽种着不少花草，看着都挺名贵，阳光室右侧，延伸出去一个露天阳台，站在这里远眺，大宅内的风光尽收眼底。

不过最让沐良喜欢的，是小客厅墙边摆放的那架钢琴，虽是立式的，却足够她弹奏。

沐良刚回到卧室，便接到傅氏人事部的电话，通知她明天去报到。挂断电话，她终于松了口气，今天爸妈要回家，她答应去送他们。

挑件款式简单的裙子，沐良收拾整齐，提着皮包下楼。有用人等在楼梯口，见她下来，道："四少奶奶，太太正在等您。"

客厅的沙发里，尤储秀正襟危坐，身边一个人都没有。

用人转身离开，沐良提着皮包走过去。

"妈。"纵然不习惯，沐良还是逼着自己开口。

尤储秀抬起头，一双锐利的眸子落在沐良身上，瞬间让她如临大敌。她的眼神凛冽，沐良很自然想到傅晋臣，他们母子连看人的眼神都很相像。

"晋臣说，你爸妈要回去？"尤储秀轻啜杯中的绿茶，语气莫名。

沐良敛眉，应了声："是。"

尤储秀眼睛在她身上扫了圈，神色似有不悦："衣柜里那些衣服，不喜欢吗？你喜欢什么，可以说，我会让人去准备。"

沐良低头，看着自己身上的粉色碎花连身裙，没觉得哪里不好。

"傅家的四少奶奶，走到哪里都不能让人小看！"尤储秀放下茶碗，抬头直视她。

这是嫌弃她给傅家丢人吗？

"我不管你以前生活环境怎么样，如今进了我们家的门，就要适应傅家的生活。"尤储秀言辞间满是暗示，"至少你站在晋臣身边，不能扯他后腿！"

沐良脸色一沉，握着皮包的五指收紧。

这个儿媳妇，尤储秀娶得不情不愿，要不是看在傅东亭一心想要报答沐家的分儿上，她是绝对不会答应的。不过事已至此，她总要处处维护儿子，不容许任何人成为他的绊脚石。

"你去吧，"尤储秀没有深说，算是点到即止，"早去早回。"

沐良点了点头，转身出门。

司机早在外面等候，见她出来，忙打开车门，沐良连拒绝的理由都没有。黑色轿车开出傅家大宅，将她送到紫竹公馆。

父母离开后，沐良并没马上回傅宅。她来医院看弟弟，消磨时间到太阳落山，才不得不起身回去。

回到大宅，用人见到她，都会恭敬地喊声"四少奶奶"，可这声称呼中真正含着多少恭敬的意味，她并不清楚。

其实这称呼，连她自己都很难接受。

客厅灯火通明，沐良站在庭院里，都能听见傅橙欢快的笑声。她想起出门前尤储秀对她说过的那些话，脚下的步子忽然变得沉重。

玉兰花艳丽盛开，沐良站在树下，轻嗅着淡淡的香气，心头的滋味复杂，这才是她住进这里的第二天，却已经感觉度日如年。

以后的生活要怎么办？沐良完全不敢想象。

茫然地转过身，沐良瞥见站在身后的男人，霎时怔住，她不自觉地蹙眉，动了动嘴："你……"

沐良咬唇，一时间无法开口，她应该说什么呢？解释还是道歉？

傅政单手插兜："需要我喊你四婶吗？"

沐良急忙摆手："千万别，我们之间还是喊名字。"

傅政紧蹙的眉头松开，盯着沐良黯然的神色，道："我们家人多，脾气也都不一样，你慢慢了解吧。"

沐良点头，她经过昨天和今天已经充分体会到这一点。

"在这个家里，你要学会两件事。"

沐良见他那副永远死气沉沉的表情，笑问："什么？"

"不看，不说。"傅政一字一句地开口。

好深奥的四个字，沐良不懂，挑眉问他："具体说说。"

大门一开一合，那辆黑色路虎驶进庭院，傅政敛眉，迈步往客厅走，经过沐良身边时，轻声道："吃饭了。"

他的声音飘过，人也走进客厅。

用晚饭时，全家人都到齐，傅东亭开口，大家才动筷子。傅欢颜没下来吃饭，一个人又在画室里，忙着她所谓的大作。

没人敢去打扰她，尤储秀在她画画时，都不敢轻易靠近。

虽然食碟里满满都是菜，但没有一样是沐良喜欢吃的，她勉强把饭吃掉，心底并没半点喜悦。

晚上睡觉依旧是个问题，傅晋臣习惯占据整张大床，沐良小心翼翼地靠在床边，但还是会被他一把搂过去当抱枕。

不可能整夜都防备，沐良支撑不住睡着后，也就任由他搂在怀里，睡到天亮。

第二天睁开眼睛，身边的人已经不在。沐良眨了眨眼，正觉得奇怪，忽然想到什么，惊坐而起。今天要去傅氏报到，可傅晋臣这个浑蛋，竟然让她睡过头！

沐良飞快地洗漱，换好衣服后跑着下楼。尤储秀坐在客厅里看杂志，眼见儿媳妇风风火火地跑出去，连个招呼都没打，立刻皱眉。

姚琴坐在边上，笑吟吟地端着咖啡，道："母亲，良良还年轻，慢慢就会适应。"

尤储秀笑而不语，眼底的神情却沉寂几分。

打车赶到傅氏，幸好不算迟到。沐良找到前台自报家门后，被人带到二十楼。

"请进。"

沐良踏进办公室，迎面坐在书桌后面的男人，她并不陌生。

男人穿着银灰色修身西装，那张俊美的脸庞收敛起痞气，倒也有模有样。

"怎么是你？"沐良盯着钱响，不自觉地惊呼。

钱响抬起头，扫了眼面前的女人，神情冷然："沐小姐，坐吧。"

沐小姐？

他忽然变脸，弄得沐良有些发懵，她拉开椅子坐在他对面，瞥见桌上摆着的鎏金名牌，心中惊愕不已。

副总经理。

沐良盯着对面的男人，钱响身上之前公子哥的气息尽收，完全找不到半点痕迹。她暗暗叹了口气，心想跟在傅晋臣身边的人，果然演技都是一流的！

不过这样也好，沐良不想让更多人知道她的身份，她只想有份工作，能够自食其力，照顾父母家人就好。

翻开沐良的简历看了看，钱响挑起眉，说："沐小姐，目前公司有两个职位适合你。"

"哪两个？"沐良一本正经地问。

"公关部，业务拓展部。"

钱响手指轻叩在桌面，问她："你选哪个？"

"业务拓展部。"沐良几乎没有犹豫，直接回答。上次公关部的工作，足以给她留下深刻的印象。

"OK！"钱响点头，把资料交给秘书，薄唇轻启，暧昧地对着身边的秘书，抛出一记媚眼，道，"晴，你带她去辛姐那里报到。"

张晴接过钱响递来的资料，一颗芳心被他逗弄得怦怦乱撞，她红着脸应道："我明白，副总。"

沐良转身往外走，暗暗摇头，祸害就是祸害，到哪里都有人遭殃！

业务拓展部是傅氏分公司最要紧的部门之一，辛歆作为部门负责人，浏览过沐良的资料后，立刻皱眉："张秘书，这就是钱副总塞给我的人？"

张晴低低一笑，覆在她耳边说了几句，辛歆的脸色有些难看。她盯着沐良从头看到脚，眼神锐利并且直接。

"辛总监，我一定努力学习。"沐良态度谦逊。

辛歆抿起唇，脸色有所缓和，她吩咐助手安排沐良报到，并且交代相关工作。

清早起来，离开傅家大宅，沐良急匆匆赶去公司。她有冠冕堂皇的理由不在家里吃早饭——要赶公交车。虽然对这个理由大家各怀心思，但傅东亭很满意，难得沐良不浮夸、肯吃苦，又上进，这是他欣赏年轻人的先决条件。

沐良乘坐公交车到市中心，特意早下一站，走到西大街的小吃巷，买份她喜欢的早餐，把肚子填饱。

倒不是她吃饭挑剔，而是傅家那么多人，她永远都要等菜转一圈才能伸筷子，且要吃得小心翼翼，规矩多得让她头疼。

住进傅家不过几天，她一顿饱饭都没吃过。

吃完早餐，又喝了杯奶茶，沐良立时觉得全身充满力量，她仰起头，望着明媚的朝阳，斗志昂扬。对于未来不可预测的日子，她只能走一步算一步，既然已经接受就不能退缩，眼下她要做的是认真工作，毕竟她要谋生。

踏进傅氏，明亮的大理石地面光可照人，沐良提着包等电梯，周遭有人见到她，都指指点点，窃窃私语。

沐良低头，扫了眼身上的装扮，很得体，并无异常。

电梯来到十楼，沐良先去更衣室换衣服，她带着胸卡出来时，工作区议论得正热闹。

"喂，你们听说了吗，她是钱副总安排来咱们部门的。"

"是啊是啊，人家直接空降，一来就到总监手下，我们辛苦工作这么久，都没有机会！"

"喊！你又没人家漂亮，又不会勾引人，还想上位，美得你！"

"呜呜呜，钱副总是大众情人，谁敢霸占他我跟谁急！"

沐良低头走过办公区，脸上的神情紧绷。流言蜚语她倒是不怕，只是这些人想象力太丰富了吧，捕风捉影就是如此啊！

辛歆脚踩十二厘米的高跟鞋，如风般扫过，工作区霎时安静下来。她走到沐良桌前，把手里的资料夹狠狠摔在她面前。

"这是什么东西？"

沐良站起身，看到是她昨天交上去的文件夹，道："工作计划。"

"工作计划？"辛歆挑眉，冷笑道，"我要看到的是有实质性内容的工作计划，不是喊喊口号，表表决心就行，懂？"

以前在学校老师都喜欢她，家里父母也没这样说过她，沐良的自尊心严重受挫，却又无法反驳，她不知道工作计划应该怎么写，也没人教她。

"我重新写。"沐良没做任何解释。

辛歆愣了愣，原本以为她会给出很多理由来解释，或者依仗有后台不服管教，如果沐良敢张狂，她铁定把人给钱副总退回去，谁的面子都不看！

当年她刚毕业进入这一行，一路吃过多少苦才有今天，如今这小姑娘随随便便就捡个大便宜，她从心底是看轻的。不过沐良这样的态度，倒让辛歆先前的不满平息几分，她不势利眼，凡是有本事的人在她手下，都有出头的机会。

"明天交给我。"辛歆没再多说，转身见到那一张张幸灾乐祸的脸，厉声道："这个月的业绩完不成，下季度考核通通降级。"

嗷呜……

众人鸟兽状散去。

工作计划想要做好，要有实质性内容，沐良需要从头准备。她先把傅氏近半年的业务动向了解了一遍，又认真翻看这几个月业务拓展部的主要客户源，以及下半年公司潜在的大客户资料，她把信息都汇总在一起，做成幻灯片。

下班时间已过，大家相继离开。沐良桌上的电脑开着，闪烁的光照亮一方角落，周围黑漆漆的，她才发觉天已经暗了。

打开台灯，沐良扫了眼时间，已经过了傅家开饭的点，她犹豫着要不要打个电话，可转念一想，何必多此一举呢，谁会等她吃饭？

拿起手机给沐毅拨过去，听他一切都好，沐良才安心。今天没空去医院看他，她要把工作计划完成。

电梯从顶楼下来，中途停在十楼。傅晋臣穿着黑色衬衫，西装外套搭在手肘，露出的小臂紧实的肌肉。他沿着走廊往办公区走，见到亮灯的地方，微微停住脚步。

"PPT做得还不错。"

身后飘来的声音犹如鬼魅，沐良吓了一跳，捂着胸口回头，看清站着的男人后，怒声道："你想吓死我啊！"

傅晋臣拉过椅子，坐在她身边，他大致浏览下后，笑道："这就是你大学四年学的东西？"

"有问题？"沐良撇嘴，心想你也许还没上过大学呢！

"你写的这东西，别说辛歆，送我面前会死得更快！"傅晋臣嘴巴毒，说话历来不给人留余地。

66

沐良愤而咬唇："不说话没人当你是哑巴！"

傅晋臣关掉她的文档："给你一份参考资料，要看吗？"

犹豫片刻，沐良点点头。

男人把一份邮件发送给她，道："可以了。"

文档内容同样是工作计划，并且是中英文双语的，沐良不敢相信地张着嘴，问他："这是你写的？"

"嗯，"傅晋臣眼神微动，"我二十岁那年写的。"

沐良迅速浏览一遍，心脏剧烈地跳动，二十岁的傅晋臣，就能写出如此让人热情高涨、思路缜密的工作计划书？

"不用太崇拜我！"男人嘴角勾起的笑容迷人。

沐良别开眼，不作回答。

她眼底的情绪起伏明显，傅晋臣抿起唇，起身时掌心落在她的肩头，道："好好研究。"

话落，他转身离开。

沐良动了动嘴，话没出口。她平复下心情，有他的样例，她终于找到些感觉。

经过两个半小时的努力，沐良终于满意地完成了这份工作计划。她仔细检查过两遍，确认没有差错，才存盘并且打印出来。

把计划书放进一个黑色文件夹，沐良倒在椅子里，长长地松了口气："累死我了。"

"三小时十分钟。"

背后冒出的男声吓人，沐良回过头，再次发怒："你这人有病啊，怎么总喜欢站在人背后说话！"

他在家等得都要睡着了，不得不再回来："我这里的员工，要是都你这样的工作效率，那就只能关门大吉。"

沐良撇嘴："我不是第一次写吗？"

傅晋臣目光凌厉，道："生意场上没人看你是第一次就多给些机会，也不会有人因为你是第一次就让你讨价还价，所以这种理由不成立！"

"你……"沐良被骂得无语。

这是傅晋臣第一次用这样的口吻跟她说话，但她并没觉得生气，反而觉得……他说得挺有道理的。

拿起她的文件夹，傅晋臣翻开看了两眼。沐良小心地观察他的神色，却见他反手把资料夹丢在桌上，转身往外走。

"走了。"

沐良来不及多问，急忙把东西收拾好，拿起包跟他出去。

男人把车开出地下停车场，沐良坐在副驾驶，伸手把安全带扣好，安全带勒住肚子，她一下子觉得饿，看表都已经十点多了。

"前面路口停下行吗？"

傅晋臣将车开到停车线内，转头问她："有事？"

"肚子饿，"沐良解开安全带，"你要不要一起吃？"

问完后，她又觉得多余，这个时间他肯定已经吃过饭了。

"等我一下，我很快吃完。"沐良提着包下车。

"等等。"

傅晋臣关上车门，走过来牵住她的手，拉着她过马路。

掌心一阵温热，沐良回过神时，已经被他牵起手。这个时间，小吃街人还是很多，车辆也有不少。傅晋臣伸手将她搂在怀里，眼睛盯着穿梭的车辆，扣住她的腰，带她走过不算宽广的马路。

"哪家？"傅晋臣头一次来这种地方，地面油乎乎的，卫生条件也不好。

沐良脸颊微热，伸手往前指过去："前面第二家。"

一家很小的铺面，因为天热，老板在店铺外面支起凉棚，摆着不少简易的桌椅。客人来时，都坐在外面吃东西，凉快一些。

"老板，一碗馄饨，再加个卤蛋。"

沐良对着里面喊了句，老板应了声，急忙进去准备。她抽出纸巾擦了擦椅子，递给傅晋臣一把，道："坐吧。"

"不用菜单吗？"傅晋臣不解地问。

沐良抽出一副一次性筷子，从中间掰开后，笑道："哪要菜单啊，你以为是五星级酒店吗？"

男人尴尬地咳嗽一声，脸色不自然。

"老板，一瓶可乐。"

老板娘很快拿出一瓶冰镇的送来，顺便瞅了眼傅晋臣，妈呀，这男人真帅死了！

沐良先把瓶盖拧开，又用纸巾将瓶口擦了擦，递给他："你肯定不会吃这里的东西，喝点饮料吧。"

"碳酸饮料不健康。"

沐良变脸，伸手要抢："不喝给我。"

一路从家里赶到这里，傅晋臣还真觉得有些渴了。他拿起来喝了口，被那跳跃的气体顶得舌尖发麻："你经常来这里吃东西？"

沐良点头。

老板很快端着大碗馄饨送上来，沐良闻着那股味道，觉得好饿。她把卤蛋捞出来，放进嘴里前，出于礼貌，又问了问对面的男人："你要吃吗？"

傅晋臣薄唇紧抿："不吃。"

"哦。"沐良暗暗开心，心想这可是他说不吃的，真要吃她还舍不得给呢！卤蛋是这家的招牌，虽然食物简单，但制作工艺却复杂。

鸡蛋是山里散养的鸡下的，煮熟后在秘制老汤中浸泡一天一夜，彻底入味后，晾凉再吃味道超级棒。沐良咬了口，里面深黄色的蛋黄露了出来，她两口消灭掉，满足地叹了口气。

傅晋臣见到她那副惬意的模样，嘴角抽了抽，不就是个鸡蛋吗？能有多好吃！

小吃街人来人往，无论男女老少，走到这家馄饨店前，总要驻足片刻。不为别的，只为傅晋臣与沐良两人往这里一坐，活脱脱俊男美女的搭配，整个就是块活招牌。

沐良边吃边瞅着对面的男人，不禁唏嘘。果然是妖孽型的，五官长得没法挑剔，气质高贵，家世高端，这样的完美男人，怎么就跟她有了交集？

有时候沐良还是不能相信，她怎么稀里糊涂就嫁给了这样的男人！

"吃饱了吗？"傅晋臣显然失去耐心。

沐良点点头，刚要掏钱却见傅晋臣丢下一张红色钞票，拉起她就走。

"还没找钱呢！"

被他拉出小吃街，傅晋臣依旧牵着她的手，带她走过嘈杂的路口。其实沐良很想说，她又不是小孩子，不需要这样被人牵着手过马路，可话到嘴边，也不知怎的，她又给咽回去了，任由他牵来牵去。

黑色路虎从路边开走，男人双手握着方向盘，一路开车回到大宅。

沐良打开车门跳下来，仰头望着星空，嘴角勾起一抹笑。

"谢谢你请我吃东西。"沐良表情很认真，笑道，"下次我请你吧。"

傅晋臣瞅着她，眼底闪过一抹异色，请他吃东西，那些路边摊吗？

拉着她的手往里走，客厅里早就有人等着他们回来。

"回来了。"尤储秀坐在沙发里看电视，似乎已经等很久。

沐良嘴角的笑容霎时收敛，轻轻喊了声："妈。"

"这么晚还没睡？"傅晋臣看到沐良表情的变化，轻声问。

尤储秀抬手关掉电视，目光落在沐良身上："外面的东西，比家里的好吃吗？"

不是吧？这个她都能闻得出来？

傅晋臣低低一笑："家里的东西天天吃，也会腻的。"

尤储秀端着茶杯站起身，语气似乎有所缓和："好了，早些睡。"

望着她走进卧室，沐良吐了口气："你妈妈有千里眼还是顺风耳啊，怎么我吃碗馄饨她都能闻得出来？"

"呵呵……"

傅晋臣轻笑，拉着她往楼上走："所以你要小心，敢偷吃的话，被我妈抓包，她会把你凌迟处死！"

沐良只觉后背阴气森森，立时挽住傅晋臣的胳膊，跟他回到卧室。

辛歆一身合体的职业装，长发盘起，脸上的妆容恰到好处，她长相不算出众，但很会体现自己的优势。三十出头还没结婚，工作起来尤其拼命。

来公司这几天，沐良听过不少关于她的传言。大家都说辛歆是从基层做起逐渐出头的，没有关系没有背景，她能坐上今天的位置，全靠她的努力与实力！

对于这样的上司，沐良心底很钦佩，她不怕辛歆苛刻严格，只要能学到东西，她都会放低姿态。

"总监，这是我重新写的工作计划。"沐良把黑色文件夹推过去。

辛歆放下笔，拿起来翻开。她锐利的眸子蓄满强势与自信，从头至尾看过一遍后，把目光定格在沐良脸上，问道："你自己写的？"

沐良抿唇，如实回答："看过参考。"

将资料夹合上，辛歆并没生气。诚实是她用人的第一标准，虽然沐良什么都不会，但她愿意学、肯用心、能吃苦，这样的品质，她欣赏。

辛歆直接开口，言辞间依然严厉："我不管你之前是谁安排过来的，或者有什么样的背景关系，既然到我手里，都要按照我的规矩来！业务拓展部是公司最重要的部门，我不养闲人，也不养没用的人。"

"我给你两个月的时间，如果你工作上不能达到我的标准，那对不起，请你从哪里来就回哪里去！我谁的关系也不看！OK？"辛歆噼里啪啦地说完，神情透着干练。

"明白。"沐良认真地看着她，斟酌着开口，"总监，我没有背景，跟钱副总也不是大家猜测的那种关系。"

莫名地，沐良想要跟她解释一下，也许是怕被她看轻。

辛歆似乎有些疑惑，但沐良明显不愿意多说，她也没有多问。

"这是我们傅氏下半年最大的客户，你去把相关的资料都整理出来，明天交给我。"辛歆转换很快，把新的任务布置下来。

沐良接过厚厚的资料，心底刚松的那口气，再度提起。

虽然只是让她整理盛氏的详细资料，但任务量着实不轻。快到下班时，沐良忽然想起她的计划书能被辛歆认可，多亏傅晋臣那份资料。

思前想后，她拿出手机给他发了条短信。

很快的工夫，桌上的手机响起来，沐良看到号码，立刻慌张地接通："喂？"

"你要请我吃饭？"

电话那端，夹杂着敲打键盘的声音，沐良猜想他此时一定开着免提："对，请你吃饭。"

傅晋臣轻笑，道："什么时候？"

"今晚吧，"沐良压低声音回答，似乎又想到什么，问他，"要不明天？"

按照傅家的规矩，今晚都要回家吃饭，沐良不想被婆婆教训。

"下班等我。"男人挂断电话。

沐良听着手机里的嘟嘟声，无奈地撇嘴。这通电话，完全搅乱了她的心，其实她不只想要请他吃饭，还有另外一个很严重的问题，困扰着她。

他和她同睡一张床，每天晚上傅晋臣霸道地将她拥在怀里，来自他身体的反应，她怎么会感觉不到。"大姨妈"只能拖延几天，日子久了总会被发现，而且他们毕竟已是合法夫妻。

沐良心里始终都有障碍，无法心甘情愿把自己交给他。

下班时间过去了二十分钟，沐良才提着包，不紧不慢地走出傅氏大厦。对面路边停着的黑色路虎十分显眼，她站在原地，踌躇不前。

滴滴——

车里的男人看她站着不动，按了两声喇叭。

沐良攥紧皮包，拉开车门上去。

"这么慢？"傅晋臣剑眉紧蹙，早已等得不耐烦。大家都出来了，就剩下她磨磨蹭蹭，一副生怕被人发现的做贼模样，跟他在一起见不得人？

沐良扣上安全带，没有回答。她故意等周围的同事都离开才出来，要是被人撞见她坐上总裁的车，还会掀起更大的风波！

男人将车发动起来，双手握着方向盘，在前面路口转弯。沐良几次想要开口问去哪里吃饭，都被他布满阴霾的脸吓住。

最后车子停在皇宫饭店外面，沐良双脚发软，站在台阶下面不肯迈步。

"怎么了？"傅晋臣见她不动，诧异地问。

沐良咬着唇："我没钱请你吃这里。"

傅晋臣无语，抬起中指在她额头弹了下，道："又没说让你付钱。"

他拉起沐良的手，强行带着她往里走。沐良揉着额头，闷闷地想，在这里吃饭，要她出钱她也没钱啊！

包厢依旧是他专属的那间，金光闪耀。红木桌上摆满珍馐，精致美味，可沐良始终都拿不起筷子。

"吃吧，"傅晋臣点上一根烟，狭长的桃花眼微眯，"别把你饿瘦了，说我们家虐待新媳妇儿。"

沐良侧过脸，看着他吸烟的动作，道："我们不回去吃饭，你怎么说的？"

"陪你工作。"傅晋臣深吸口烟，缓缓吐出一个烟圈。

为什么打着她的旗号？

沐良拿起筷子，拨弄两口菜，食之无味："有酒吗？"

男人打了个响指，立刻有人端着白玉酒壶进来，好像事先都安排好的。

酒是上次喝过的玫瑰露，沐良倒了一小杯，仰头灌下，柔和的酒香，伴着淡淡的玫瑰花香，入喉有丝丝凉意。

"有话就说。"傅晋臣双腿交叠，好整以暇地问。他知道她"大姨妈"前天就走了，所以这两天晚上睡觉，她都裹着被子，距离他远远的。

可是这样，能有什么用？

沐良五指蜷起，鼓足勇气开口："你能不强迫我吗？"

"强迫什么？"傅晋臣反问，嘴角的笑容幽暗，"上床是吗？"

沐良轻咬唇瓣。

捏起她的下巴，傅晋臣把烟捻灭在烟灰缸内，语气凛冽："我老婆还是处，你想让所有人看我笑话？"

沐良皱眉。

"躲得过初一，躲不过十五。"傅晋臣指尖摩挲在她的下颌，薄唇微勾，道，"你都已经睡我身边了，还想全身而退？沐良，做人不能这么贪心！"

沐良心尖颤抖不止，却又无言以对。

玫瑰露酒劲汹涌，傅晋臣并没阻止她。有些事，她需要借助酒，他倒是没意见。

车前方闪过一盏盏霓虹灯，沐良坐在副驾驶，偏过头用双手环住肩："去海边吧。"

傅晋臣眉头轻蹙，随后将车朝着海边驶去。

这片海域，沐良认识。结婚前那晚，傅晋臣曾经带她来这里看烟火，那满天绽放的绚丽，直到此时还深深印在她的脑海里。

无论她是有心还是无意，沐良心头紧绷的那根弦，因为这片海水的宁静，不自觉地放松下来。

傅晋臣把车停在沙滩边，隔着不远不近的海滩，能够清晰地听到海浪敲打在岸边的声响。他随手把天窗打开，随后将车熄火。

附近那些海域都有游客，这边却空无一人，前方暗沉的海面，平静无波，却又因为过分安静，而让沐良心跳加速。

两个人都不说话，混着酒香的空气，莫名暧昧起来。

不过片刻的恍惚，沐良再度回神时，整个人已经被傅晋臣抱到腿上，她后腰抵上坚硬的方向盘。

男人火热的唇压下来。

"为什么来这里？"喘息间，沐良听到他这么问。

她全身都在发抖，酒劲不断上涌，混沌间胡乱搪塞一个理由："你们家人太多，我，我害怕。"

"你这个理由，真是好……狗血。"傅晋臣脸颊贴在她的颈侧，薄唇挽起笑。

沐良羞愧得想死。

前座显然空间太小，完全不够施展。傅晋臣托着沐良的腰，动作麻利地将她拉到车后座，在她想要逃脱前，已经将她扣进座椅里。

"没得逃了。"傅晋臣低着头，那双眼睛闪闪发亮。

"要不然我们还是回家吧？"她害怕地寻找各种理由，一张小脸因为酒精的关系发红发热。

"我真的想回家了，我……"

"嘘……"

傅晋臣食指点在她的唇上，眼底染着的笑容让她心脏怦怦乱跳。他再次俯身，很轻柔地吻下来。

车厢内温度骤然升高，沐良能嗅到空气中弥漫的酒香，还有男人身上独有的气味，也许是因为酒精的关系，她只觉得身体酸疼。

"我们的身体很契合……"

沐良难受得喘不过气，一张小脸由红转白，车厢里空气温热，她无助又哀求地盯着天空，眼泪忍不住滑出眼眶。

"呜呜……"

沐良哭得很委屈。

傅晋臣帮她把身体清理干净，那腿间少许的血渍，不期然让他心头波动。

开车回去的路上，沐良整个人半躺在座椅里，闭着眼睛睡熟了。她眼角还挂着委屈的泪痕，随着车身的震动，不时蹙眉。

傅晋臣把车速减慢，同时把他的西装外套盖在她的身上。车子开回别墅，大厅里的水晶灯已经熄灭，他拉开车门，轻轻把沐良抱进怀里。

顾及怀里的人，傅晋臣没走大门，搂紧怀里的人从侧门进去。有用人还在工作，见他回来，喊道："四少爷。"

傅晋臣双臂有力地抱住沐良，任由她蜷缩在胸前。他那件黑色西装外套，紧紧包裹住怀里的人，只露出她白皙的小腿，外表看上去并没有什么不妥。

可只有傅晋臣知道，她裙子一边肩带被撕坏，松松垮垮的，难掩胸前大片风光，而她的内衣也是七零八落。

傅晋臣下意识侧过身，躲开众人好奇的目光，抱着沐良快步往楼上走。

终于回到卧室，傅晋臣将人放到大床上。他直起身，望向镜中的自己，其实他也不怎么样，沐良刚才害羞不肯配合帮他解扣，两人挣扎间，衬衫的两颗纽扣被扯掉，不知道掉在车里什么地方了。

将浴缸里放满热水，傅晋臣抱她去清洗，收拾干净已经是午夜。

身边人安静地睡着，沐良身上有种很好闻的味道，傅晋臣很早前就发现了。

他伸手将人搂在怀里，俊脸抵在她的颈间轻嗅，这股香气，并非任何香料散发出来的，而是属于她的，是独一无二的，他很喜欢。

这一觉，似乎睡了很久，等到沐良再次睁开眼睛，窗外已经黑沉，卧室里只亮着一盏昏暗的壁灯。

身体躺在柔软的床里，沐良的眼睛转了转，意识逐渐回笼。她偏过头，目光落在身边的男人脸上，霎时定格，整个人有片刻的怔忪。

傅晋臣俊脸半陷在枕头里，露着精壮的上身，身体被他的长腿压着，沐良觉得不舒服，她身体一动，痛得倒吸口气。

"唔！"

沐良咬唇，回想起昏睡前的事情，脸颊一阵阵火烧。她愤然侧过身想把他推醒，但手指触上去的刹那，又霎时收回。

她要问什么？难道要说，你能不能温柔点？

沐良望着身边的男人，心底无限感慨，她的第一次跟这样的男人，还不算太糟糕吧？

心底总是有种酸涩，沐良也不知为什么。她挑起眉，黑眸落在傅晋臣紧绷的下颚上，目光染着些许失落。她一直以为，新婚夜应该与她深爱的人，两情相悦，缱绻缠绵，可为什么是他？怎么就是他呢？

已是午夜十二点，沐良捂着脑袋，欲哭无泪。总监让她明天完成的工作，她一个字还没写呢！

要死了要死了！

沐良掀开被子，轻手轻脚地下床。她本想先去浴室洗个澡，突然发觉自己身上的睡衣是新换的，头发上还有香气，身体也很舒爽。看起来是有人给她清洗过，并且还换了新衣服，难怪她这一觉睡了这么久。

小客厅的沙发里，沐良打开笔记本电脑，将带回来的资料一一用红笔标注。

盛氏现任总裁，年纪轻轻就子承父业，接管家族企业。自他接管企业五年来，盛氏的发展已经跨越国内几十个城市，并且延伸至海外十几个国家。

沐良看了看盛氏总裁的照片，暗自感叹，又一个高富帅！

睡到半夜，傅晋臣翻个身，身边空空的，什么都没有。

小客厅亮着灯，深棕色皮沙发里，一抹身影，似乎已经睡熟了。傅晋臣皱眉过去，刚要用力把她推醒，却见打开的笔记本上还开着文档。

拦腰将她抱回卧室的床上，傅晋臣望着她睡颜安稳的小脸，勾起一抹笑。

两个小时后，傅晋臣关掉电脑，揉了揉酸胀的眉头。

天色大亮后，沐良睁开眼睛伸了个懒腰，她正要舒服地叹气，蓦然发觉不对劲，她昨晚明明是在整理资料的，怎么会睡在床上？

"NO！"

沐良掀开被子找鞋，却听浴室门响，随后傅晋臣围着浴巾出来。

"早。"

沐良揪紧身上睡衣，低头从他身边绕过。

"干什么去？"傅晋臣拉住她的手腕。

沐良不敢抬头，低声道："我还有工作没做完。"

傅晋臣转身拉开衣柜的门，在她面前丢掉浴巾："你现在才想起来工作，晚了点吧？"

白色浴巾丢在脚下，沐良语气微怒："你能不能穿上衣服再出来。"

"都看过了，还害羞吗？"傅晋臣把内衣裤穿上，又挑出一件衬衫，往身上套。

沐良没想到他能如此露骨地说话，脸颊羞得通红："不要脸！"

她气哼哼往外走，来到小客厅的茶几前，竟然没找到昨晚的东西。

"我的资料呢？"沐良神色大惊，急忙蹲下身，沿着沙发周围找。她身上穿着睡裙，蹲下去的时候，自然露出白皙的大腿。

阳光顺着落地窗照射进来，傅晋臣侧身倚在门前，见她腿上青色的血管通透，忽然就想起在车里时，他曾把她两条修长的美腿，缠在自己腰间。

"你的东西在这里。"

沐良闻声回头，不解地问："什么意思？"

"把资料交给辛歆前，你最好从头到尾都背熟，免得被她发现疑点，不然你立马就会被开除了。"

沐良怔了怔，明白过来后，神色惊讶："你帮我做好了？"

傅晋臣把她推到浴室门口，道："你还有二十分钟就得出门，不然赶不上公交车。"

沐良忙点头，拿过他手里的U盘，急忙钻进浴室。

洗漱过后，她动作迅速地换好衣服，提着包走出傅家大宅，一路上沐良总觉得某些地方不对劲。她盯着手里的U盘，心底的某处隐隐滑过一丝暖流。

准点来到公司，沐良换工服的时候，特意背对着人，生怕被人看到她身上的吻痕。腿间的酸疼残存，她一想起来，还是很生气。

回到工作区，她把傅晋臣给她的U盘内容全部熟读后，不禁暗暗心惊。她昨晚只记得刚完成一半，那时都已经累得睁不开眼，这个男人不仅帮她把后面的内容补全，还把她前面不够完美的地方做了修改，这份资料比她之前总结的果然严谨很多！

将资料全部打印出来，沐良又认真核对一遍，确认没有任何差错后，拿起文件夹，送去辛歆的办公室。

对一个新人来说，能交出这样的资料内容，辛歆比较满意。但她的表情看起来并没有太大起伏，浏览过资料后，她的语气如常："还可以。"

顿了下，她把资料夹还给沐良，道："不过这些都是纸上谈兵，如果想要尽快熟悉业务，你就要下更多的功夫。"

辛歆喝了口咖啡，眼睛在沐良身上转悠一圈后，说："从下周开始，我会亲自跟进盛氏的案子，你要做好准备，这对你来说是个很好的机会。"

"我明白。"沐良抿唇，难掩兴奋。

辛歆点了点头，道："出去工作吧。"

离开总监办公室，沐良抱着资料夹，兴奋地往回走，能够跟进盛氏的案子，这对她来说无疑是个千载难逢的好机会，这么大的项目，能学到多少东西完全不可预知！

沐良觉得斗志昂扬。

铺着地毯的走廊，能够有效地吸附脚步声，等到沐良察觉时，迎面走来的男人们已经距离她很近了。

隔着不远不近的距离，沐良能够看到傅晋臣被簇拥在中间，围绕在他身边的都是公司

75

高层，他们边走边说着什么，声音很低。

擦身而过的瞬间，沐良挑眉看过去，眼神落在傅晋臣脸上，她嘴角勾起一抹笑，发自心底地感激他昨晚帮她完成的资料总结。

傅晋臣双眸直视前方，经过她身边时，脚步未有丝毫停顿，甚至连眼神都没有偏移一点。

一行人走入电梯，沐良抱着资料站在边上，电梯门合上的那刻，傅晋臣锐利的双眸横扫过来，在见到她的那刻，眼神毫无波动，神情冷漠得好像他们是陌生人。

钱响站在傅晋臣身边，在电梯门合上前，淡淡勾起唇，朝沐良眨眨眼。

叮——

电梯上行，沐良盯着合上的镜面门，嘴角的笑容僵住。

回到办公区，沐良喝口水平复心情。她打开今天要完成的工作内容列表，先把内容分工，然后再逐一攻破。

某个抬头的瞬间，沐良唇角轻抿，双眸闪过异色。都说男人和女人不同，现在她终于明白到底哪里不一样了，原来上过床的男女，心境竟会有如此大的差别！

下班回去的路上，沐良一直心不在焉，经过一家药店时，她想到什么似的走了进去。

昨晚傅晋臣没有做安全措施。

晚餐勉强吃了些，沐良回到卧室把买的事后药拿出来，看过说明书，倒了杯温水，抠出药片丢进嘴里。

白色药片压在舌尖，泛起苦涩。

傅晋臣进来时，恰好看到她仰头吞药。他上半身靠进沙发里，伸手挑起她的一缕长发，俯身朝她靠过去："还疼吗？"

沐良耳根发热："流氓。"

"体力真差，才几次就能晕了？"

"傅晋臣！"

"为什么吃药？"傅晋臣偏过头，深邃的眸光落在沐良脸上。

他竟然问为什么？

沐良走到床的另外一侧，掀开被角，脱掉鞋整个人钻进去，背对着他说道："这种药对身体不好，以后请你做好措施！如果闹出人命，受罪的还是我。"

傅晋臣皱眉，伸手扒拉开被角，薄唇落在她的耳边："我们再来一次。"

"滚！"

她大腿根部现在还很酸疼，这浑蛋还敢来，是不是想死啊！

那种药到底有些副作用，沐良一整晚都感觉胃不舒服。今早照例要召开早会，她从茶水间端着热水回来，迎面见到一张熟悉的脸。

"没想到吧？"乔笛穿着与她相同的工作制服，得意地站在沐良面前，笑道，"亲爱的，从今天开始，我们又厮混在一起啦！"

沐良惊喜过度："你来做什么？"

"工作。"乔笛拉着她往办公区走，"当然了，工作是其次，主要是因为你在，所以我必须要来。"

这话乔笛以前就说过，沐良将来在哪里工作，她就要跟去，可谁会把这种话当真呢？如今沐良瞪着在她眼前的人，心里既惊又喜。

无论怎么样，陌生的环境里能有她最好的朋友陪伴，沐良真心高兴。

大家齐刷刷站成几排，月初都要交业绩，这种时候辛歆绝对不会有任何好脸色，完成的不会特别奖励，没完成的都会被她骂哭。

短短二十分钟的例会，辛歆丝毫不给任何人讲话的机会。她在场时，一切都是她来掌控，虽然她说话毫不留情，但沐良不得不佩服，她字字句句都点到要害。

"散会。"辛歆一声令下，业务拓展部的员工四散逃离，速度比兔子都快。

乔笛拉着沐良，两人也想赶快逃离。

"等等。"

辛歆踩着十厘米的高跟鞋走过来，挑起乔笛的胸卡："今天新来的？"

"是啊，总监。"乔笛笑容可掬，怎么看怎么假。

辛歆打量她一眼，道："五分钟后，工作计划交到我办公室。"

"工作计划？"乔笛愣了，道，"没人让我准备工作计划。"

辛歆回身望向乔笛，笑道："乔小姐，你以为我这里是什么地方？让你来喝茶聊天的吗？"

"当然不是，"乔笛摇头，从容地回答，"我是来做后勤工作的。"

噗！

沐良强忍笑意，周围不约而同地发出压抑的笑声。辛歆挑眉盯着乔笛，那眼神冷得都能掉冰碴。

"吓死我了！"眼见她走远，乔笛捂着胸口低叹。

沐良觉得有些不对劲，她拉起乔笛迅速回到座位。

跨入职场这么多年，辛歆见过的人也算形形色色，乔笛这种的她不是没见过，如今她掌管业务拓展部，属下员工必须出挑，这种货色怎么能接收？

秘书在外面拦了下，辛歆沉着脸不看她，径自推开副总办公室的大门。

宽大的办公桌后，钱响双腿交叠正在打电话，看到她进来，笑着把电话挂断。

"钱副总。"辛歆站在桌前，脸色阴沉。

钱响指了指对面的椅子："坐。咖啡。"

"好的，副总。"秘书很快将咖啡送来。

辛歆调整了下神情，沉声道："钱副总，先前你给我安排一个花瓶，我也就勉为其难地收了。可是现在又给我塞个草包，我们业务拓展部就这么好欺负吗？"

草包？

钱响想起乔笛那张小圆脸，还有她傲人的胸围，薄唇动了动，还真像草包，丰满的草包！

"辛姐，"钱响语气很温和，甚至有几分讨好的意味，"你们部门的业绩，根本不需要她去冲，随便给她安排个职位就行。"

"理由？"辛歆不给面子。

钱响琢磨着要怎么跟她解释这中间的微妙关系，他说少了不行，说多了又不敢。

"总裁！"

办公室门一开，傅晋臣双手插兜进来，钱响明显松口气。

"傅总。"辛歆站起身。

傅晋臣点点头，举手投足间气场十足，完全不见他平日里的轻浮。钱响将球朝他踢过去，赶忙道："傅总，你们家的裙带关系，你自己解决。"

裙带关系？

辛歆挑眉看向傅晋臣。

男人转身坐进沙发里，身上的西装熨烫得笔挺，"辛总监，公司用人不仅仅要看能力，还要考量其他很多方面。"

听到他的话，辛歆眼神微动。

"您的意思是……"辛歆犹豫着问。

"能用的人你就用，"傅晋臣笑道，"不能用的，放在不影响你的地方。"

这种公司内部之间的规则，辛歆不是不懂。她看在傅晋臣的面子上，语气总算缓和："我明白了。"

辛歆若有所思地离开。

"四哥！"

钱响起身凑过去，嘴角泛起坏笑："破处的滋味怎么样？"

顿了下，他眨了眨眼，问道："小嫂子，真是处吗？"

傅晋臣狭长的眼眯了眯，眼角不自觉闪过一抹春意，他勾起唇，低沉的嗓音透着无尽的荡漾，道："童叟无欺。"

钱响轻笑，想起沐良那张精致的小脸，难掩羡慕。

"让你查的事情，查到了吗？"男人忽然变脸，情绪收放自如。

拉开抽屉，钱响把一个白色文件夹，递给他，道："盛氏这两年来所有的业务往来，国内的、国外的，都在这里。"

"还有盛铭湛的私生活，免费奉送。"钱响得意扬扬地邀功。

傅晋臣瞥了眼，黑眸沉寂。

"四哥，你用不着这么小心翼翼吧？"钱响不明白，盛氏这块肥肉已经算是他们的盘中餐，为什么还要做这些。

傅晋臣敛眉："我们家里，一笔能写出两个傅字来，不小心点会被人吃死！"

钱响摸了摸下巴，恍然大悟。

第四章
爱娇妻三十六式

午后的夏日，骄阳似火。半山腰一栋豪华别墅，依山傍水，绿茵环绕，后园有一个长方形的游泳池，波光粼粼的水面，清澈见底。

泳池里水波荡漾，宋爱瑜修长身影自水面滑过，顺着泳池游过一个来回。她从水里露出脑袋，双臂撑着泳池边沿，跃出水面。

炎炎午后，她长发湿漉漉的披散在身后，身上那件玫红色比基尼显露出姣好的身段。

"妈妈。"

泳池直接通往客厅，宋清华站在遮阳伞下，拿过边上的毛巾，急忙披在她身上，道："快去洗个澡换衣服，别着凉。"

宋爱瑜抬脚往屋里走，周围用人们恭敬地退到一边。今天别墅内外人头攒动，前面花园空地上已经搭建起长长的桌子，俨然正在准备晚宴。

"林蔷小姐到了。"用人端着饮料，走到宋清华身边。

大门口走进来一道高挑的身影，宋清华起身迎过去，微微蹙眉："怎么就你一个人回来？"

林蔷摘下头上的遮阳帽，显然刚下飞机。她无奈地耸耸肩，道："董事长一下飞机就把我支开，他自己安排的司机，不让我跟着。"

"爸爸真是的！"宋清华撇嘴。

林蔷与宋清华是大学同学，亦是多年好友。这些年，林蔷身为宋儒风的助理，与宋家关系亲密。

"董事长说，晚上六点前肯定回来。"林蔷拉开椅子坐下，径自端起饮料，丝毫不见外。

"蔷阿姨。"

宋爱瑜换好衣服下楼，兴高采烈地跑过来问："外公在哪儿？"

"还没回来，"林蔷望着宋爱瑜，笑道，"爱瑜越长越漂亮了。"

"笑话我。"宋爱瑜噘起嘴，有些不好意思。她踮起脚望着大门外，神情失落，道："外公说过要给我过生日的，他一个人又跑去哪里呀？"

这边椅子里，宋清华了然地笑了笑，爸爸每次回国，都必须先去一个地方，然后才能安心。虽然宋氏琴行已经交到她手里很多年，可爸爸终是惦念。

"爱瑜，你去花园看看布置得满不满意。"宋清华端起自己的饮料递给她，柔声道，"还有你的礼服，刚才已经送来，在我房间里，你去试试。"

"好。"宋爱瑜喝口果汁，俯身在妈妈脸上亲了下，欢快地跑走。

林蔷望向宋爱瑜走远的背影，眼神缓缓波动："一转眼二十几年过去，爱瑜都长这么大了。"

"是啊，"宋清华嘴角微勾，"我的爱瑜长大了。"

"爸爸最近身体好吗？"宋清华背靠着沙发，蹙眉道，"前几天我给他打电话，听到他咳嗽，可是他又不肯看医生，固执得要命。"

"还好。"林蔷并没隐瞒，道，"董事长上个月体检过，血压不太好，其他倒没什么大碍。"

听到她的话，宋清华总算安心，自从爸爸把公司交给她，就很少过问公司事务。三年前，她把林蔷安排在爸爸身边，也是希望有个亲近的人帮她一起照看。

不多时候，宋爱瑜沿着楼梯走到客厅中间："妈妈，我好看吗？"

宋清华挑眉看过去，眼里泛起一波涟漪。

阳光斜斜地照射进来，洒在宋爱瑜肩头，她身上穿着白色纱裙，秀气的五官映在暖光中，让宋清华情不自禁联想到某张面孔。

"好看。"

林蔷抿唇，见到宋清华失神的表情，暗暗叹息了声，这么多年过去，她心底的那个死结，依旧无法解开。

宋爱瑜抿起唇，走向客厅确认宴请名单。

用人们进进出出，全都在为晚上的宴会做准备，宋爱瑜的生日宴，没人敢出任何差错。

半晌，宋清华回过神，目光有些黯淡。

林蔷目光落在宋爱瑜身上，她看着眼前备受宠爱的宋家小公主，心底滋味复杂："清华。"

宋清华抬起头，勉强挤出一抹笑："怎么？"

"你后悔过吗？"林蔷声音很低，"这么多年过去，你有后悔过吗？"

宋清华脸色一僵，放在桌布下的五指，狠狠收紧。

下班时间一到，办公区的同事们三三两两陆续离开。

乔笛收拾好东西，挽住沐良的胳膊，道："亲爱的，我们逛街去吧，今天是你生日，我请你吃好吃的。"

桌上摆着的台历，在今天的日期上有个红色标注。沐良把东西收拾好，回绝道："谢谢了，可我今天不能陪你。"

乔笛先是一愣，随后明白，暧昧道："你老公陪你过生日？"

沐良摇头："我要去医院看沐毅。"

"喊！"

乔笛撇嘴，不相信她的话："这样的日子，你们这新婚燕尔的，不来个你侬我侬的，谁信啊？"

沐良无语，懒得跟她解释。

走到公司外面，沐良没让乔笛送。下午沐毅给她发了条短信，说晚上准备了蛋糕一起庆生。这臭小子有良心，没有忘记今天的日子。其实没有忘记她生日的，还有她爸妈，昨天蔡永芬就给女儿打过电话，旁敲侧击地问她今天生日怎么过？

沐良明白妈妈的心思，好言好语地敷衍过去。

从傅氏大厦出来，时间尚早。沐良刻意放慢脚步，欣赏着大都市独有的繁华。

商业街的南面屹立着一间琴行，宋氏琴行算是整条商业街的招牌，当初还没有这条街的时候，这家琴行就在，几经流转下来，也有半个世纪之久。

沐良站在琴行的玻璃橱窗前，不自觉地驻足。隔着通透的落地玻璃，她能清楚地看到摆放在琴行正中间的那架镇店之宝。宋氏琴行的镇店之宝，无论有多少人出多么高的价格，它始终都是非卖品。

"欢迎光临。"

沐良径直走向展厅中央，站在那架钢琴前停住脚步。

黑色三角钢琴，漆面光可鉴人，琴盖上面，雕刻着许多精致的花纹，即使经过漫长的岁月，依然历久弥新。

"小姐，这架钢琴是非卖品。"导购小姐语气温和。

沐良蹙眉，问道："我可以看看吗？"

店里又有其他客人进来，导购小姐笑了笑，客气道："好的，请随便看。"

对于钢琴，沐良有种发自内心的喜欢。她按捺不住心底的激动，一步步走到那架琴前，坐下，手指缓缓落下。

琴行经理见到走进来的人，立刻迎上去："董事长，您怎么来了？"

宋儒风年逾七十，头发虽已花白，但看上去神采奕奕。他微微一笑，锐利双眸仔细打量琴行里的一切，看得非常仔细。

"董事长，您放心，这里的琴，我都有定期保养。"经理陪在宋儒风身边，小心解释。

宋儒风看过后，才算安心："做得不错。"

难得听到他的夸奖，经理受宠若惊。

倏然间，摆放在展厅中央的那架钢琴出声，经理挑眉看过去，大惊失色："怎么回事？"

经理怒不可遏，招来店员训斥："你们怎么回事，那架钢琴怎么能有人动？"

"对不起经理，我马上去阻止。"店员吓得不轻。

"等等……"

宋儒风眉头轻轻地动了动："没关系，我自己过去，你们去忙吧。"

他拄着一根拐杖，朝着那架钢琴走过去。

沐良梦寐以求的事就是用这架钢琴弹奏一曲，此时她浑然忘我，手指飞速流转，轻快的音符在她指尖跳跃。

她并没有弹奏难度很高的曲子，不过一首《生日快乐》，算是应情应景。

美琼是宋氏琴行的招牌，琴盖上那抹翻腾的海浪图标，让人不自觉地沉沦。

一曲毕，沐良惬意地收回手。

啪啪啪……

身后响起掌声，沐良惊诧地回过头，见到站在她身后的老人，立刻站起身，稍有慌张道："对不起，我是不是不能弹这架琴？"

宋儒风勾起唇，盯着眼前的女孩子，笑道："小丫头，这架琴已经很久没有人弹过了。"

沐良拿起包，想要快速远离，很久没人弹过，要是被她给弹坏了，她可赔不起！

"呵呵，"似乎看穿她的想法，宋儒风轻笑出声，道，"你的钢琴弹得很好。"

意识到自己的失态，沐良有些不好意思，她咬了咬唇，解释道："我喜欢弹琴，所以刚才一时技痒，还请您不要见怪。"

顿了下，她狐疑地挑眉，看向对面的老人："您是这家琴行的老板吗？"

宋儒风嘴角勾了勾，回答她："老板没有，老师傅倒有一个。"

沐良失笑，随后紧张地拍拍胸口，道："爷爷，原来您不是老板啊，吓死我了。"

望着沐良脸上天真的笑容，宋儒风眼神温柔，压低声音在她耳边道："我跟老板关系挺好的，所以我在这里很吃得开。"

"真的？"沐良瞪着他问。

宋儒风点点头："当然，你能把那首曲子弹完吗？"

听到他的话，沐良觉得也有几分道理，按理说她私自弹了人家的镇店之宝，怎么会没人出面阻止呢？

"爷爷，你很厉害啊！"沐良拍了拍他的肩膀，像朋友般地和他说话。她心里莫名觉得老人慈祥，愿意跟他亲近。

宋儒风得意地挑眉："一般般吧。"

沐良被逗笑，觉得这个老爷爷真好玩！

"你喜欢弹琴？"宋儒风问她。

"特别喜欢，"沐良回答得肯定，"一天不弹全身都难受。"

"哈哈哈……"

宋儒风大笑，神情温柔，他指着展厅中央的那架钢琴，问她："小丫头，你喜欢那架琴？"

沐良吐了吐舌头，笑嘻嘻地回答："我刚才弹了，音色真好，难怪是宝贝。"

宝贝也要有能驾驭它的人啊！

宋儒风暗自感叹，他幽深的目光从沐良的脸上滑过，若有所思。

"爷爷，"沐良往他身边靠近，贼兮兮地问，"既然您跟这家店的老板很熟，那我以后可以偷偷过来弹琴吗？"

"这个嘛……"宋儒风挑眉，故作为难。

沐良明知自己的要求过分，立刻解释："您不用为难，我随便问问。"

"每周三下午我都在这里，你可以过来。"

沐良惊讶，随后笑道："真的吗？那太好了！"

很多年没有遇见能与他聊天聊得开心的人，宋儒风眉眼温柔，心底对她生出一种不自觉的喜欢。

扫眼时间，沐良脸色微变："爷爷，我先走了，下周三我们见面再聊。"

"你要去哪？"宋儒风追问。

沐良边走边道："我要去医院看我弟弟。"

她拉开门前，又告诉他："今天是我生日。"

"你的生日？"

宋儒风眼神慈爱，笑道："那真是很巧，今天也是我外孙女的生日。"

"是吗？"沐良勾起唇，"爷爷，祝您外孙女生日快乐！"

眼前的女孩子可爱又有礼貌，宋儒风发自内心地喜欢，问道："小丫头，你叫什么名字。"

"沐良。"

她想也没想，直接告诉他，然后想到什么，又问了句："爷爷，您怎么称呼？"

"我姓宋。"宋儒风刻意隐去名字。

沐良记在心里，心中微有疑惑，怎么他也姓宋？眼见时间不早，她顾不上多想。

"小丫头，你也要生日快乐。"

临出门前，宋儒风道了声祝福，神情倍加疼惜。

沐良心中骤暖："谢谢爷爷。"

话落，她不敢再多耽搁，急忙朝着医院的方向赶去。

望着渐渐消失在夜色中的身影，宋儒风嘴角勾起一抹笑，这小丫头，让他莫名有种亲切感。沐良，他记住了这个名字。

傍晚六点，宋儒风回到别墅，庭院里已经宾客满座。

"爸。"宋清华身穿一件藕色旗袍，快步朝父亲走来。

宋儒风看向她的眼神温和："都准备好了吗？"

"早就准备好了，"宋清华挽起父亲的胳膊，"爱瑜等了您一个下午，来来回回不知道问过多少遍。"

宋儒风目光越过众人，随着女儿往里面走。

"外公！"

前方跑来一道倩影，宋爱瑜站在宋儒风面前撒娇："您怎么才回来？客人们早就到了。"

宋儒风宠溺地笑了笑："外公遇见一个朋友，耽误些时间。"

"陪我切蛋糕，我就原谅外公。"

"好，外公陪你。"

宋爱瑜左手拉着妈妈，右手拉着外公，三个人一起走到九层蛋糕前，会场大灯熄灭，蛋糕上点着蜡烛，全场客人齐声唱起生日歌。

"宝贝，许个愿吧。"宋清华在女儿耳边低喃。

宋爱瑜双手合十贴在胸前，虔诚地许下一个愿望。她俯身吹熄蜡烛，回身紧紧抱住宋清华。

"妈妈，我的生日愿望是要你永远都爱我。"宋爱瑜黑眸闪闪发亮，依偎在宋清华与宋儒风身边。

宋家的小公主，生来得天独厚，全场客人无不羡慕。

蛋糕台后，林蔷端着酒杯，目光从宋爱瑜身上收回，怅然若失。

生日蛋糕代表祝福，客人们都想分得一块。宋爱瑜站在蛋糕台前，把切成小块的蛋糕让用人分散下去。

宋儒风今晚露面，难免又被众人围在中间。他为外孙女庆生，舐犊之情明显。宋清华跟在父亲身边帮着打圆场，与那些客人们周旋。

眼见外公和妈妈都在人群中，宋爱瑜拿起蛋糕刀，将她细心保留的写着"爱瑜"的一块蛋糕切下，妥帖地放入盒中，包裹严实后，偷偷拿到大门外。

"送去医院。"宋爱瑜把地址交给司机。

黑色轿车开出别墅，宋爱瑜掏出手机，对着镜头笑容明媚，自拍了张照片后，又在照片下面编辑一行小字，然后发送出去。

不久，宋爱瑜收到回信，看到照片中捧着生日蛋糕，满嘴奶油的帅气男子，红唇上扬。

回到傅家时，客厅里没人，厨房黑漆漆的什么光亮都没有。沐良站在楼梯口，回想起

84

每年在家过生日，妈妈都会为她煮长寿面，面里还要放一个鸡蛋。弟弟想偷吃，妈妈说分成两半不吉利，后来养成习惯，每年沐良过生日，妈妈都在寿面里放两个鸡蛋，他们姐弟一人一个。

鼻尖蓦然发酸，今年的生日注定孤寂，别说鸡蛋，就是连碗面她都吃不上。

好在还有沐毅的蛋糕，沐良心底安慰不少。她提着包上楼，回到三楼卧室。

"你怎么才回来？"

沐良瞪着对面的男人，问道："你是在说我吗？"

"废话！"

傅晋臣薄唇紧抿："这里就咱们两个人，我不说你，还能说谁？"

好端端的竟然关心她什么时候回家，沐良把高跟鞋脱下来，回道："我去医院看沐毅。"

"他要出院吗？"傅晋臣双腿交叠。

沐良放下包，将沐毅送的小熊摆在床头："后天。"

顿了下，她转头看向傅晋臣，试探道："医生说，他还要继续复健，如果回渝城，距离医院太远，我想让他留下，你看能不能……"

"可以。"还没等她说完，傅晋臣直接回答。

"紫竹公馆的房门钥匙，你有吧？"傅晋臣剑眉轻挑，道，"我安排人把沐毅接过去，那里距离医院比较近，他来去也方便。"

沐良垂下眼："谢谢。"

看到她带回来的薰衣草小熊，傅晋臣皱眉："把这东西拿走，别放我身边。"

早就知道他毛病多，沐良起身把小熊放在梳妆镜边上，距离他远远的，这样总行了吧。

"什么品位？"傅晋臣撇嘴，还敢嫌弃他没品位，她自己这品位也不怎么样！

"沐毅送我的。"

"为什么？"

沐良犹豫着开口："今天是我生日。"

傅晋臣完全没有印象，他盯着沐良下意识问道："吃饭了吗？"

"吃过蛋糕。"

男人站起身，拉起她往外走。

"去哪里？"沐良整个身体被他拥在怀里。

傅晋臣没回答，把她带进厨房。

"这么晚，来这里做什么？"沐良害怕惊动家里人。

傅晋臣打开橱柜门，一排排翻找，半天才把他需要的东西拿到。

"去那边坐着。"傅晋臣拉开冰箱，又拿出几个西红柿。

厨房中间宽宽的高台前，摆放着几把高脚椅。沐良拉开其中一把椅子，抬腰坐上去。

她口渴，倒了杯水，端起来小口喝。

晚上只跟沐毅吃过蛋糕，这一路赶回家，沐良肚子有些饿，她双手托腮，又想起妈妈煮的长寿面，胃里更加空虚寂寞。

好想吃饭哦！

咚咚咚……

一阵切菜声吸引了沐良，沐良看着站在厨台前熟练切菜的男人，微微愣住。

"你会做饭？"沐良不敢相信。

傅晋臣切菜的动作未停，眼皮都没抬起，迅速把蔬菜和西红柿切好，然后拿出锅点火。

"很意外？"傅晋臣打开火，把面条拆开，"我在国外待过一段时间，都是自己做饭。"

沐良惊讶不已，见到他准备的东西，心头动了动："你要做什么？"

"我拿手的。"男人回答得很自然。

沐良轻咬唇瓣，坐在椅子里盯着他看，隐约升起一股希冀。

深更半夜，宽敞豁亮的厨房里，衣着整洁的男人站在厨台前，修长的手指动作熟练，原本是最普通的食材，可是经过他的手，竟能有种特别的香气。

沐良的心脏突然加速跳动，伸手按住心口，她深吸一口气，却还是抑制不住那阵阵激烈的心跳。

不多时候，傅晋臣拿起一个大碗，把煮好的面条倒进去，转而摆在桌前，道："吃吧。"

香味扑鼻的西红柿面，沐良看看饭碗，又看看站在她对面的男人，不确定地问："这是……给我吃的？"

傅晋臣洗干净手回来，狠狠瞥她一眼："还有别人吗？"

"没了。"沐良回答。

拿起边上的筷子，傅晋臣反手递给她，没好气地道："快吃！"

"哦。"沐良接过筷子挑起面条，竟在面条下面发现了两个鸡蛋。

"你还加了鸡蛋？"沐良欣喜，夹起一个煮熟的鸡蛋往嘴里咬。蛋黄并没有全熟透，溏心蛋，黏稠的粥状，特别好吃。

傅晋臣有片刻的晃神。

"要不要吃？"沐良笑着问他，"很好吃的。"

傅晋臣似乎没什么情绪，沐良悻悻地收回筷子，往自己嘴里塞。第二个依旧是溏心蛋，她准备再咬时，对面男人低头，把她嘴边的鸡蛋咬入自己的口中。

"嗯，还不错。"傅晋臣从她那里抢过半个鸡蛋，边咀嚼边笑。

口腔中有股清冽的男性味道，沐良脸颊火烧火燎的。

"脸红什么？"傅晋臣盯着她，"不就吃你个鸡蛋，至于这样吗？"

沐良夹起面条往嘴里放，却痛呼一声："好烫！"

一把夺过筷子，傅晋臣脸色微沉："又没有人跟你抢，急什么？"

将面碗拉到眼前，傅晋臣挑起面条轻吹，他的动作自然连贯。沐良眼睛落在他身上，眼波微动。

此时的傅晋臣，无论是动作或者神态，抑或是轻挑起的剑眉，都能让沐良怦然心动。她双手轻握，指尖一片湿滑，全身的神经都跟着绷紧。

傅晋臣把面条吹凉，回手递给她："好了。"

面条虽没有妈妈的手艺，却有属于这个男人的味道，如果说，味道能够使人记忆深刻，那么沐良足以将这刻的记忆，牢牢融入心底最深处。

面条吃下大半，沐良皱眉："我可以剩下吗？"

"吃饱了？"

沐良点点头，伸手捂着肚子："撑着了。"

出息吧！

傅晋臣低头把她剩下的面条，挑起来送进嘴里。

沐良怔住，语气羞涩："那是我吃过的。"

"我不能吃？"

沐良摇头，眼角余光瞥着那碗混合她口水的面条，一颗心乱跳。

"你吃吧，我上楼了。"

傅晋臣扣住她的手腕，那双眼深邃迷人，带着蛊惑人心的神秘感觉："生日快乐。"

被他握住的掌心一阵战栗，沐良迈上楼梯时，潋滟红唇扬起的弧度明媚。身处这样令她窒息的环境中，一碗热气腾腾的长寿面，一句生日快乐，胜过千言万语。

男人洗澡的速度很快，沐良眼睛盯着电视，但耳朵听着他渐渐靠近的声音，全身都开始紧张。

与他同处一室，她依旧紧张，不能自持。

"有好看的吗？"傅晋臣利落的短发依旧湿着，少许水珠顺着他健硕的胸膛流淌至腰腹部。

因为天热，他没有穿上衣，只有一条睡裤。沐良偷瞄了眼，立刻收回目光，随便调了个台："没什么看的。"

他伸手去拿沐良手里的遥控器，被她瞬间躲开："你要干什么？"

傅晋臣斜睨着她："既然没好看的，还浪费什么时间？"

一把抢过电视遥控器，将电源关掉。

沐良整个人缩进被子里，傅晋臣将她从包裹严实的被子里拽到自己身边："这张床就这么大，你以为能躲去哪里？"

沐良咬着唇，回答不出来。

身边的人表情纠结，傅晋臣看着她的眼神沉了沉，他并不能理解，沐良究竟在逃避什么？睡都已经睡过了，还矫情什么呢？

难道是……

傅晋臣拉开床头柜，下巴朝她轻点："你是想要这个？"

沐良看过去，脸瞬间爆红，满满一抽屉的安全套。

"傅晋臣，你还能再无耻点吗？"

傅晋臣被骂得发蒙。

不是她说要他做安全措施的吗，怎么他准备了各种品牌、各种味道、各种颜色的，她还是发脾气？

傅晋臣关掉床头灯，沐良屏住呼吸，心头有片刻的挣扎。

"害怕？"傅晋臣低头盯着她问。

沐良哑然，不知道应该如何回答。如果单指身体，其实她已经不是那么惧怕，可心底还是无法全部接受。

"……我也不知道。"沐良轻咬唇瓣。

她的答案，使此时正处在情绪中的男人很恼火，难道他如此卖力，她都没跟着他的节奏走？

"看着我！"

傅晋臣俊脸抵在她的鼻尖，那双幽暗的眸子骇人。

沐良不服输地瞪回去，明明受委屈的人是她，为什么他反倒一副不爽的模样！

望着她那副楚楚可怜又极度委屈的模样，傅晋臣整个人都烦躁起来，他低头在她嘴角狠狠咬了下去。

"唔！"

沐良吃痛地皱眉。

云雨之后，沐良双手拉高被子遮住肩膀，努力平复剧烈的心跳。

浴室里有水声，傅晋臣不在身边，她能够稍微松口气。对于这种事情，她依旧没什么感觉，虽然可以接受，却没有欢愉。

身体涌出阵阵酸楚与疲倦，沐良转过身，望着窗外皎洁的明月，眼睛直勾勾地发愣。今天是她的生日，傅晋臣亲手做的那碗长寿面，总算慰藉了她心底的失落，此时她慢慢回味，渐渐发觉有什么感觉，似乎变得不一样！

但究竟是哪里不一样，沐良也找不到肯定的答案。

翌日早上，沐良收拾好东西，急匆匆地跑出傅宅。

滴！

身边那辆黑色路虎的车窗降下来："上车。"

今早在家吃早餐，浪费了不少时间，沐良犹豫了下，拉开车门进去。

车子沿着山道行驶，傅晋臣薄唇微微抿起，没开口说话，他不出声，沐良自然也无话，车里气氛压抑。

靠近公司时，沐良终于按捺不住，道："把车停在路边，让我下去。"

傅晋臣把车靠向路边。

解开安全带，沐良下车前，总觉得应该说点什么："谢谢你送我。"

"跟在辛歆身边，好好学东西。"傅晋臣一脸严肃，"她既然把你留下，就说明你还不是那么差！"

沐良惊诧，从他刻薄的言语中发觉，这话似乎是在鼓励她，只可惜，四少用词实在是不怎么样！

"我明白。"她随即下车离开。

男人重新发动车子，转眼开进地下停车场。

谨慎地观察周围环境，幸好来得早，周围同事不多，应该没人看到，沐良松口气，提着包走进大厦前厅。

工作时间到，沐良很快进入状态。乔笛相比其他人，负责的工作量依旧不大，正因为如此，不少人把先前对沐良的猜测，渐渐转移到乔笛身上。

空降而来的沐良，吃苦耐劳，反观乔笛，穿名牌、开好车，工作散漫没人管。大家认定乔笛才是有特别关系的空降户，那些先前对沐良充满敌意的同事，瞬间化为知心姐姐，帮忙排忧解难。

沐良哭笑不得，乔笛却没心没肺，反正她来这里也不为挣工资，压根不在乎别人怎么看她。

将整理好的数据，送去总监办公室，辛歆检查过后，颇为满意。她神情如常，看着沐良，道："下午你跟我出去一趟。"

沐良蹙眉："有事？"

"去盛氏集团，"辛歆递给她一份资料，简短介绍后说，"午休前把资料消化掉，下午两点，我们准时出发。"

"好的。"沐良接过资料夹，没再多问。她回到自己的位置，将辛歆给她的资料，从头至尾认真地浏览了一遍。

傅氏与盛氏正在洽谈一笔巨大的合作案，这一商业运作已经进行了一个多月，且已初具规模。现如今，盛氏总裁回国，亲临位于名海市的盛氏分部，可见对这个合作案的重视。

第一次来盛氏，沐良小心地观察，她发现无论从排场还是设施，盛氏与傅氏都不相上下。看起来，这两家集团合作，将是强强联手，如此大的合作项目与资金，必定会引来多方觊觎。

辛歆事先已有预约，前台小姐见到是她，顺利让她们来到三十层。

叮——

电梯门打开，辛歆提着公文包走出电梯，她放慢脚步，转头叮嘱沐良："盛氏总裁脾气古怪，你千万不要得罪他，知道吗？"

"明白。"沐良事先做过功课，对盛氏集团，以及盛氏的总裁多少有一些了解。

辛歆点头，对沐良还算放心。虽说她来公司工作时间不久，但做事比较沉稳，所以今天这样的场合，才会带她过来。

辛歆大步上前，办公室外的桌前，秘书看到她们上来，抿唇笑了笑："辛总监，你好。"

"你好。"辛歆脸色温和，道："我已经跟盛总约好了。"

"我知道。"秘书起身迎过来，带着她们往前。

前方有两扇巨大的黑色木门，沐良好奇地张望，紧紧地跟在辛歆身后。

"啊……"

蓦然间，办公室里传出女人的叫声。

辛歆脚步一顿，站在办公室外，隔着黑色的门板，里面的动静却听得很清楚，沐良站在她身后，俏脸立刻变色。

"这……"辛歆面色犹豫，要不要现在进去？

那位秘书倒是神情如常，似乎早就习惯，她笑了笑，道："辛总监，总裁不喜欢等人，你们进去吧。"

好吧，既来之则安之。

辛歆点头，咬牙迈步往里走，沐良自然不能多说，急忙跟上她的脚步。

办公室的大门推开，眼前豁亮的光线刺眼。沐良微微眯起眼，忽然闻到空气中有一股呛鼻的香水味，她挑眉看过去，看清面前的情景后，霎时怔在原地。

"呜呜呜呜……盛总，我知道错了！"

办公室的一角，顺着屋顶悬挂着一个练习拳击用的沙袋。此时哭喊着求饶的女人，身上穿着超短裙，双手被绑在沙袋的顶端，她双脚离地，整个人被吊了起来。

对面的办公桌前，男人微微侧着身，身形颀长健硕。他上身穿着黑色衬衫，只在中间扣住一颗纽扣，下身同色皮裤，整个人看起来，狂放不羁。

这场面让人意想不到，连辛歆都倒吸口气，她怎么都无法预见，见到盛铭湛会是如此情形。

落地窗前，盛铭湛轻笑出声，他抬起一条腿，黑色皮靴踩在茶几上。

男人转过头，那双狭长的桃花眼盯着被吊起的人，语气凛冽如冰："盛氏这块肥肉谁都想咬一口，可你也要掂掂自己的分量，让我看不顺眼，自然不会怜香惜玉。"

"对……对不起，盛总！"那女人显然被吓得不轻，妆容精致的脸上布满泪痕，"您大人有大量，不要跟我计较，放我下来吧！"

他这些话看似无意，但辛歆听出内涵，不禁深思。

"总裁？"眼见时间差不多，秘书上前等候指示。

盛铭湛修长的手指微抬，神情不耐烦，道："赶紧弄走，臭死了！"

"是。"秘书心领神会，大步走过去，将那个女人放下来。

噗——

沐良终于忍不住笑出声。

盛铭湛瞬间目光凌厉，朝出声的地方看过去，沐良吓得立刻低头。

秘书将那个女人拉出办公室，轻声叹息："这些人啊，脑子真简单，以为靠着脸蛋就能接近盛总吗？真是自找的！"

沐良瞥了眼那个女人哭红的眼睛，同情地摇摇头。

"你有意见？"

蓦然间，前方传来男人低沉的嗓音，沐良本能地抬起头，恰好撞入一双阴鸷的眸底，她立即全身戒备。

这双眼睛毒辣危险，沐良心尖发颤。

盛铭湛幽深的双眸逼人，他看清沐良那张精致的小脸后，唇瓣轻勾："你是谁？"

这种问题，分明透着不怀好意，辛歆上前一步，挡在沐良身前。

"盛总，我是傅氏的辛歆。"

辛歆伸出手，嘴角的笑容恰到好处。

黑色转椅里，盛铭湛修长的双手轻叩双膝，眼神缓缓从沐良脸上收回，嘴角的笑容加深："辛总监，久闻大名。"

"盛总，您在笑话我，"辛歆不着痕迹地从沐良手里拿过资料夹，转而放到他的桌上，"您这样的BOSS，怎么可能知道我这样的小人物？"

盛铭湛微微仰起脸，染着笑意的眸底并无暖意。他指尖轻触资料夹，却没有打开的意思："是吗？可我知道，傅氏去年业务拓展部的业绩，是近三年来最高的！"

"难道，不是辛总监的功劳吗？"他看似轻松的语气，却让辛歆如临大敌。他的话，分明是告诉她，不是只有她能了解盛氏，傅氏的情况如何，他同样了如指掌。

"那是全体同事的功劳，辛歆不敢居功。"辛歆应对得体。

虽然沐良是第一次见到这种阵势，但她这时候也听出些门道，再加上，她之前整理过盛氏和盛铭湛的资料，更是听出这些话中的玄机。

盛铭湛反手把资料夹推回去："辛总监，我这人做事有个习惯，心情不好的话，对什么都不感兴趣。"

他收回指尖，眼底的神色骤然变冷："我们的谈话，改期吧。"

沐良作势就要质问，被辛歆一把拉住。

纵然她们的眼神交流很快，但难逃盛铭湛那双锐利的眼睛，他盯着沐良因为愤怒而挑起的眉，眼底悄然闪过一丝精光。

强行压制住怒火，沐良拿回资料夹，退回到辛歆身后。

"盛总，那我们改日再约。"辛歆礼貌地点点头，神情自然地回答。其实刚才进门她就意识到，这个盛铭湛不好对付，只是不想，他竟然真如外界传言，任何人的面子都

91

不给！

进门那一幕，分明就是给傅氏一个下马威，辛歆转过身，嘴角的笑容立刻收敛。

狡诈！

"喂！"盛铭湛突然出声，深邃的双眸直勾勾地落在沐良身上，嘴角的笑容温柔，"要是你跟我谈，也许我会有兴趣的。"

沐良咬牙，对他轻浮的表情十分恼怒。

神经病！沐良暗骂，根本没搭理他。

辛歆算经验丰富，刚刚盛铭湛看到沐良时，眼底掠过的那抹兴味，她看得清楚。

走出盛氏，天空骄阳似火。辛歆脸色不怎么好，这几年打拼，还没见过像盛铭湛这样难缠的人物。

"总监，我们怎么办？"沐良来盛氏之前，做足准备，本想表现出色，谁知道遇到这样的人。

沐良这些天表现都不错，因为盛氏这份合约，她又经常加班，辛歆虽然对人要求严格，但不算刻薄，她笑了笑，道："你回去吧。"

沐良一时没听明白。

辛歆失笑，语气温和下来："这几天辛苦了，你不用回公司了，回家休息吧。"

没想到她会这么说，沐良怔了怔，心头感激："谢谢总监。"

虽然不愿意在傅家多待，可连日来加班工作，沐良觉得有些累。她坐车回到别墅，提着包往里走，用人们正在打扫，动作很轻。

"四少奶奶。"

客厅很安静，尤储秀习惯午睡，用人们谨慎做事。沐良随便扫了眼，转身上楼。

须臾，有用人捧着一个丝绒盒子进来，拿到管家面前问："廖管家，这些首饰都已经清洗保养过，首饰店刚送回来的。"

管家掀开盖子数了数，吩咐道："都送回到各房去。"

"好的。"

沐良回到卧室，先去浴室洗了澡，天气闷热，她坐车回来，全身都湿腻腻的不舒服，换上清爽的衣裙，感觉好很多。

楼梯间有脚步声靠近，傅橙趴着门框，喊她："四婶，我可以进来吗？"

沐良擦干头发，挑眉看到是她，眼底不禁生出笑意："来吧。"

揉了揉傅橙的脸，见她满头是汗，沐良赶忙用毛巾擦掉："你怎么不睡午觉？外面天气很热的，小心生病。"

"我不想睡，"傅橙在她怀里腻歪，"想跟四婶弹琴。"

提起弹琴，沐良立刻来了精神。她想着最近忙，都没顾上教傅橙，心中有些愧疚："好吧，我们去小楼练琴。"

"嗯。"傅橙开心地点头。

沐良起身去找琴谱，她记得那天翻东西，看到一本适合傅橙练习的曲子。

傅橙蹦蹦跳跳地到边上去玩，随手打开放在梳妆台上的盒子，抽出里面的蓝宝石项链，捏在手里好奇地看。

"找到了，"沐良找到琴谱，将箱子合上，"橙橙，我们走吧。"

听到她喊，傅橙随手把项链丢在桌上，拉起她的手，兴高采烈地回到后面的小楼。

傅橙学琴算是有天分的，乐感不错又很聪明，沐良教她弹琴时，细心且不厌其烦，有时候一个简单的指法，她就能反复教导数遍。

两个小时后，沐良结束今天的课程。这么小的孩子，高强度练习这么久，实属不易。

"四婶，我们去外面玩吧。"沐良点点头，牵着她的小手，带她去庭院玩一会儿。

前面客厅，此时正闹得人仰马翻。沐良带着傅橙正在踢球，听到这边的吵闹声，将她带回客厅。

"你们这些人都是怎么做事的？那条蓝宝石项链是我结婚时娘家的陪嫁，你们知道价值多少钱吗？"

姚琴双手叉腰，气得脸色铁青，对整齐站好的用人们发威。

不久前，尤储秀出门，此时并没在家，曹婉馨将女儿拉进怀里，生怕受到牵连。

楼下这么大动静，傅欢颜自然被吵醒。她揉着眼睛下来，不满地问："大嫂，你嚷嚷什么？"

"我的蓝宝石项链不见了！"姚琴急得满头汗。

"项链不见了？"傅欢颜睡意渐渐散去，她瞥见走过来的沐良，道，"咱们家这么多年，从来都没丢过东西。"

这话倒是不假，姚琴道："是啊，可我的东西，怎么突然间就不见了呢？"

"这个嘛，"傅欢颜挑眉朝着沐良看过去，冷笑道，"以前咱们家是没有人偷，不过现在……那可不一定喽。"

顺着她的眼神，姚琴将目光定格在沐良身上，她脸色一变，竟然开口质问："良良，你看到过大嫂的项链吗？"

为什么这个家有任何风吹草动，所有人都会将矛头指到她的身上？

"没有。"沐良尽量控制语气，她不想惹麻烦。

傅欢颜撇嘴，看她不顺眼："你说没有就没有吗？我们家里从没少过东西，怎么你一来，大嫂的项链就不见了！"

"你什么意思？"沐良盯着她问。

"字面的意思。"傅欢颜分毫不让。

曹婉馨找来用人把傅橙带走，试图打圆场："大嫂先别着急，是不是项链放在什么别的地方，没想起来。"

"不会！"

姚琴回答得肯定："前天珠宝店的人，把家里的首饰都拿去清洗，我给珠宝店的人打过电话，他们说东西早就送回来了。"

"管家。"

姚琴脸色愠怒，质问道："你不是说，首饰都检查过了吗？"

"是的，大少奶奶。"管家急忙点头，刚才送回来的首饰，他都已经看过，分毫不差，只是怎么才转眼的工夫，大少奶奶的蓝宝石项链就没有了。

"这就奇怪了，"曹婉馨蹙眉，"难道真有人偷？"

姚琴转头盯着沐良，语气阴沉："良良，那条项链很贵重，你不会介意大嫂去你房里看看吧？"

她们这是摆明要搜寻赃物。

沐良冷笑，她没做过亏心事，也不怕任何人。

傅欢颜摆明想要她难堪，心高气傲的傅家三小姐，一直不喜欢沐良身上那副清高调子。

"可以。"

沐良带着她们上楼。

一行人浩浩荡荡地往楼上走，沐良走在最前面，带着她们上到三楼。

傅欢颜屁颠屁颠地跟上去，等着看笑话。

曹婉馨见大家都上去，不想惹姚琴不高兴，也跟过去。

三楼地方宽敞，被分割出来的空间安排合理。沐良径直推开卧室的门，她站在门边，对着身后的人，道："你可以进去了。"

姚琴往前走了两步，想到什么后，又笑道："大嫂就是随便看看。"

话落，她带着用人，走进卧室。

拉开衣柜的门，姚琴看到里面挂着满满的名牌服饰，眼角沉了沉，那些衣服，还都挂着标签，甚至没有上过身。

"哼！"

姚琴心底染着几分怒意，外面的人都说，尤储秀对儿媳妇一视同仁，可她嫁入傅家这么多年，怎么没这种待遇？所以说，人家对自己的儿媳妇，肯定截然不同。

衣柜边上还有一些平常的衣物，与前面的那些奢华女装比起来，显得尤其寒酸，果然是小门小户出来的，有好日子都不会过。

曹婉馨家世也不算好，这些年都跟在姚琴身边，当她的传话筒，在这个家里，傅培安与傅世钧同母，那么姚琴与曹婉馨这对妯娌，自然算是比较亲近的。

虽说尤储秀当家，但她有自己的儿女，偏心自是不用说，平时曹婉馨大事小事都会先问姚琴，两个人行事都有商量。

眼见姚琴带人去找东西，曹婉馨走到沐良身边，道："良良，大嫂的项链是陪嫁，她平时都舍不得戴，如今项链不见了，要是有什么冲撞的地方，你千万别介意。"

傅欢颜坐在卧室外面的沙发里，听到曹婉馨这么说，不禁嘲笑道："二嫂，我怎么觉得，你跟大嫂不应该是妯娌关系呢！"

"嗯？"曹婉馨没听明白。

傅欢颜双腿搭在茶几上，嘴角微勾，道："你跟大嫂一个鼻孔出气，能不能别当着我的面？"

她说话历来不给任何人情面，曹婉馨有些尴尬地抿唇，神情不自然。

沐良敛眉，心中冷笑不止。

卧室就那么大的地方，沐良眼见她们动手翻动她的私密物品，眼底的神色渐冷："不许动我的东西！"

用人伸出去的手顿时收回来，害怕地往姚琴身边躲。

如果她们闹大了，却又找不到东西，恐怕最后也不好收场，想到此，姚琴笑了笑："好了，既然是误会，那我们先走了。"

用人经过梳妆台时，看到什么，急忙拉住姚琴："大少奶奶。"

一眼看到丢在梳妆台上的项链，姚琴拿起来，从卧室里冲出来。

"沐良，这是什么！"

姚琴怒不可遏，托着项链伸到沐良眼前，毫不留情地逼问："你口口声声说自己不知道，那我问你，我的项链，为什么会在你的卧室里？"

猛然间看到姚琴手里的项链，沐良也惊愕住。她确实从没见过这条蓝宝石项链，甚至连听都没听过，她嫁进傅家的日子屈指可数，平时见到她们都尽量回避，不想与她们有过多的接触，此时被人指着鼻子质问，她心底霎时暴怒。

傅欢颜原本想看笑话，可见到姚琴真把项链找出来，她不禁吃了一惊：不是吧，难道真是她偷的？

顿了下，傅欢颜想了想，又觉得不对劲，有人那么傻，偷完东西还带失主来找吗？

"我也不知道！"

沐良肯定地回答，解释道："我下午回来才不久，一直都在教橙橙弹钢琴。"

听她提起傅橙，曹婉馨急忙撇清："橙橙什么都不知道。"

闻言，姚琴心底的怒火更大。她把蓝宝石项链托在手里，怒声道："这条项链是我妈给我的结婚陪嫁，至少值个几百万！你们沐家出身不好，这也就算了，怎么还有偷鸡摸狗的毛病？"

这种莫名的羞辱，立刻让沐良炸毛，她垂在身侧的手握紧，正要开口却被人先一步打断。

"大嫂！"

傅欢颜站起身，俏脸满是阴霾："沐家的这门婚，是我爷爷钦点的，你这是有意见？"

姚琴脸色变了变："当然不是。"

"不是你说这么难听干什么？"傅欢颜瘪着嘴，道，"她再不好，也是我们这房的儿媳妇，你又吼又骂的，欺负我们这房没人？"

"欢颜，大嫂不是这个意思。"姚琴蹙眉，心想傅欢颜这个刺头，这时候蹦出来说话到底什么意思。

沐良朝着傅欢颜看过去，却在与她眼神相对时，见到傅欢颜哼了哼，孩子气地收回目光。

对她的感觉，不期然改变。

"妈！"

"小政，"看到儿子上来，姚琴一把将他拉到身边，"你来得正好，妈妈要被欺负死了！"

话落，姚琴红着眼眶，往傅政身边靠。

"喊！"

傅欢颜不买账："大嫂，你不当演员都可惜。"

姚琴不敢当面得罪傅欢颜，她不仅是小姑子，更要命的是，她在傅家最得宠，谁敢得罪她，那不是找死吗？

傅政深沉的双眸落在沐良脸上。

沐良盯着他问："你也相信吗？"

她问的语气很轻，傅政剑眉微蹙。

挑起项链上面套着的白色纸环，傅政道："妈，这条项链应该是被用人放错了。"

"你怎么这样说？"姚琴惊讶。

白色纸环上写着清洗日期，他沉声道："珠宝店清洗的标签还在，有谁故意拿东西，连这个都不丢掉？"

姚琴神色有变。

与此同时，楼梯间响起一串脚步声，管家带着一名用人急急赶来。

"大少奶奶。"

管家将人带过来，心急地解释道："今天送回来的首饰，都是她分到各房少奶奶处的，但她昨天才来，对这些不熟悉，所以才会出错。"

用人吓得不轻："对不起，大少奶奶，是我把东西放错的。"

"这也能错？"姚琴怒目。

"这种人不能留在傅家。"姚琴语气不善。

管家点点头，带人离开。

事情到此，总算水落石出，曹婉馨笑着上前，道："大嫂，原来都是误会。"

"是啊，都是误会。"姚琴顺着她的话下坡，亲热地拉起沐良的手，"良良，真是对不起，都是大嫂不好。"

沐良抽回手，表情冷淡。

姚琴脸色尴尬。

"肚子好饿。"傅欢颜站起身下楼。

傅政收回目光，拉起母亲："我们下去吧，爷爷回来了。"

短短几分钟，三楼又恢复平静。沐良走到衣柜前，一巴掌狠狠将门关上。

姚琴跟在傅政身边下楼，走到楼梯口时，恰好遇见傅晋臣。

"老四，你也回来了。"

傅晋臣扫了她一眼，没说话。

他的眼神锐利，姚琴心里有些发慌。

"四叔。"傅政轻轻开口，神情淡然。

傅晋臣笑道："以前怎么没觉得，你分析能力挺强，做侦探绝对能成名！"

"也许行。"傅政难得开玩笑。

自始至终，傅晋臣都没看姚琴一眼，却足以让她忐忑。

晚饭摆上桌，不久前的风波彻底平息。傅东亭素来厌烦这种事情，没人敢在他的面前提起。尤储秀进门时，早已听到风声，眼底的眸色深沉。

"开饭吧。"

傅东亭拿起筷子，大家才敢开动。

傅欢颜夹起一块鱼，挑眉扫了眼父亲，道："爸爸，你回来得太晚了，家里有出好戏都没看到。"

"什么好戏？"傅东亭还以为女儿开玩笑。

"欢颜。"

姚琴害怕傅欢颜乱说，讨好地给她夹菜，道："爸爸吃饭时，不喜欢我们说话。"

看到尤储秀投来的眼色，傅欢颜识相地闭嘴，却躲开姚琴夹来的菜，丝毫不去看她尴尬的神色。

傅东亭没把女儿的话放在心上。

沐良眼睛盯着碗里的饭，半点食欲也没有，她胃里堵着一口气，上不来下不去，憋得难受。如果是在外面，有人敢这么冤枉她，她肯定早就闹起来。

可此时，她身处傅家。在这里，她不过是个新进门的儿媳妇，要处处谨慎小心，处处谦虚忍让，不能发脾气，不能甩脸色，生怕惹出什么乱子，让父母无辜被牵连！

曹婉馨抱着傅橙，谨慎地给女儿喂饭，姚琴的脾气她清楚，仗着家里有钱平时没少欺压她，所以这种时候，她要保持中立，两边都不得罪！

晚饭后，傅东亭习惯一个人待在书房，他不叫人，基本上没人敢去打扰他。

偌大的客厅，奢华富丽，用人将水果和饮料送上来。

每天吃过晚饭，全家人都会坐在客厅的沙发里，小聚一会儿，也算是这个家里最温馨的时候。

居中的沙发里，傅欢颜跷着二郎腿，撒娇般依偎在尤储秀身边，她手里攥着一个苹果，咔嚓咔嚓咬得正带劲。

"晚饭没吃饱？"尤储秀揉了揉女儿漂亮的小脸，道，"妈妈不反对你画画，但你也不能天天熬夜，把身体累坏了。"

"我知道，"傅欢颜把自己咬了一半的苹果，递给妈妈，"我最近正在赶画，过段时间就不会了。"

尤储秀展颜，就着她的手，咬了口苹果，眉眼弯弯。

母女两个人同吃一个苹果，这画面沐良看在眼里，心底越加惆怅。以前她在家，都是妈妈把苹果去皮，切成小块给她吃。

沐良别开视线，缓缓垂下头。

傅晋臣上半身靠进沙发里，看到沐良低垂的脸。这么多年来，看在傅培安的面子上，对于姚琴的很多行为，他都没深入计较，可这欺负人，都欺负到他头上来了吗？

"四少爷，外面有人找您。"管家走到傅晋臣身边，低声请示。

傅晋臣道："让他们进来。"

管家会意，出去请人。

拉过沐良的手，轻捏在掌心，傅晋臣薄唇贴向她耳边，道："一会儿要考验你的眼光。"

沐良狐疑，只见他眼底泛起一抹高深莫测的笑。

大门外走进来两位身穿西装的男人，手里提着保险箱。

"四少。"

突然出现的两人，让大家都不约而同地关注。傅世钧难得坐着轮椅陪在这里聊天，不禁笑道："晋臣，他们是谁？"

傅晋臣挑起眉，锐利的眸子射向姚琴，顿时让她惊慌不已。

"没什么，"傅晋臣开口解释，"弄点小玩意。"

话落，他对着那两人招招手。

有人把保险箱打开，捧着长方形的首饰盒，送到傅晋臣面前，道："四少，这些首饰都是今早刚从法国空运来的。"

傅晋臣回手按在沐良腰上："喜欢哪个？"

"傅老四，你又干吗？"傅欢颜丢开苹果，好奇地张望过去，盒子里的首饰价值不菲，这臭小子要大出血。

"用不着你管。"傅晋臣不搭理姐姐，眼神落在沐良身上，"快选。"

映入眼底的这些珠宝，每件都让人惊叹。沐良看向身边的男人，低声道："你要做什么？"

"都不喜欢？"傅晋臣答非所问，又看向那两人，"我老婆没看上，再换！"

"是！"

傅政跟父亲从书房下来，刚坐下就看到这一幕，他眼睛动了动，看向沐良。

"这么热闹？"傅培安接过姚琴递来的茶杯，笑道。

傅晋臣淡淡勾唇。

珠宝店的人又拿出一排首饰，再度捧送到沐良眼前："四少奶奶，这批新款都是出自国外名师之手，您看看喜欢吗？"

沐良如坐针毡。

"这个不错。"

傅欢颜看上一个钻石胸针，刚要伸手就被傅晋臣推开："喜欢自己买去。"

"傅老四！"傅欢颜怒极，狠狠瞪着他，"你有良心吗？"

"我怎么没良心？"

他的态度嚣张，傅欢颜气得沉下脸。

尤储秀眼见儿子这架势，神情也有不悦，虽说下午姚琴闹得过分，但老四也还要顾及一下傅培安。

"四少奶奶。"珠宝店的人见沐良不动，又把东西往她眼前推。

沐良深吸口气，心想要不然选一个吧，总比这样尴尬好，她只好按照自己的喜好去选，随手指中一条项链。

"真是好眼光！"珠宝店的人带上白手套，轻轻将沐良选中的那条西瓜红碧玺项链取下来，小心翼翼地递给傅晋臣。

椭圆形碧玺，宝石硕大，颜色红润饱满，一眼看上去，就知道成色绝佳。

沐良的长发被人撩起，等她回过神，傅晋臣已经把项链给她戴上。

"喜欢吗？"傅晋臣盯着她，语气温柔。

男人呼吸间的热气拂面，沐良手指落在胸前的项链上，面颊不自觉地飘红。这种时候，她能说什么，只能点头。

"就这个。"

傅晋臣毫不犹豫，道："以后有精品，都给我送来。"

"好的，四少。"这条项链价值不菲，有傅晋臣这样有实力的客户，珠宝店的人都要偷笑。

须臾，管家安排用人将珠宝店的人带出去。

客厅原本温馨的气氛，悄然变化，大家都识相地闭上嘴，没人开口。

"好看。"傅晋臣修长的手指轻点，落在沐良精致的锁骨上，语气暧昧。

沐良脸颊的温度不断上涌。

人家小两口甜甜蜜蜜，傅欢颜看得刺眼，她愤然起身，冷着脸道："让让，我要出去！"

沐良错开身，给她腾出一条路。

傅欢颜擦着沐良肩膀过去，哼哧哼哧气得不轻。傅晋臣这讨厌鬼，从小到大就跟她死杠！还是弟弟呢，给姐姐送件首饰都吝啬，气死了！

"欢颜，你要去哪？"尤储秀追问道。

"去画室，"傅欢颜拿起背包出门，"这里有人太嘚瑟，我懒得看！"

"这孩子……"

尤储秀见她头也不回地离开，不禁叹了口气。

"四婶的项链好漂亮。"傅橙蹦蹦跳跳地跑过来，小嘴甜甜的。

傅晋臣抬手在她鼻尖刮了下，笑道："还是我们小公主有眼光。"

"橙橙也想要。"傅橙不懂，只觉得她喜欢。

沐良将傅橙拉到身边，小孩子天真，无忧无虑。

"等你将来嫁人，四叔也送你。"傅晋臣把侄女抱在怀里，语气温和。

曹婉馨起身将女儿领回来，经过姚琴身边时，嘴角滑过一抹淡淡的笑，看笑话这种事情，是任何人天生就会的。

"大嫂，"傅晋臣忽然开口，"听说你的项链，下午丢了？"

姚琴早已看出门道，此时听他开口，如临大敌："没，没有丢，就是误会。"

"误会？"傅晋臣嘴角的笑容霎时收敛。

"四叔，"傅政眼神微动，回道，"我妈不是有意的。"

傅培安瞥眼妻子，大概猜到了什么。

难得傅政开口，傅晋臣心底的怒火散了散。

"蓝宝石那种东西，不适合我老婆。现在都流行碧玺，大嫂那些老物件都过时了。"傅晋臣拿起一张名片，丢在茶几上，"大嫂要是喜欢，可以拿着我的名片去刚才那家珠宝店，他们一定给你打折。"

"大哥，你说是吧？"傅晋臣锐利的眼睛望向他。

傅培安神色未变，嘴角的笑容看似温和："女人们总是喜欢这些，老四，你可是要宠坏老婆啊！"

尤储秀坐在边上听着，始终都没插话。

傅晋臣没再深说，毕竟傅培安是他大哥，有些话点到为止就好。他揽着沐良的肩起身，笑道："走了，我们睡觉去。"

对面沙发里姚琴眼底不住地喷火，但碍于尤储秀在场，而她又理亏，所以只能忍着。

"好啊。"沐良眨了眨眼，努力忍住笑声，傅晋臣的话怎么听怎么舒服，真是解气！她挽住男人的胳膊，配合他演戏。

傅晋臣顺势将她搂在怀里，两人一起上楼。

眼见他们相拥离开，姚琴俏脸气得惨白，嫁进傅家这么多年，她还没受过这种气！

回到卧室，沐良立刻把项链摘下来，这么贵重的东西，她可不敢要。

"干吗？"傅晋臣脸色不悦。

沐良如实道："这么贵重的东西，我不要。"

傅晋臣又塞进她手里："不要丢出去喂狗！"

随后，他转身走进浴室。

这男人说翻脸就翻脸，不过回想起刚才姚琴被气得铁青的脸，她心里压着的那口气，尽数散去，嫁入傅家以来，傅晋臣还是第一次出面帮她。

沐良勾起唇，整颗心暖暖的，似乎有涟漪荡漾。只是这条贵重的项链，她必须要妥帖放好。

梳妆台抽屉里有几个首饰盒，她一次都没碰过，最里的紫色绒盒样式特别，她把手里的项链放置妥当，忍不住好奇地拿起那个盒子。

打开后，里面是一条玫瑰金的锁骨链。

玫瑰金色的锁骨链非常精致，下坠由英文字母和心形图案连接，沐良托在掌心，仔细地看了看，发觉那串字母组合起来，应该是英文名字：Ann。

愣怔的瞬间，手中的锁骨链被人抽走，沐良转头，看到傅晋臣俊脸微变，他抿唇将项链放回到盒里，反手又丢进抽屉的最里面。

"没什么好看的。"

傅晋臣身上穿着浴袍，语气淡淡的："去洗澡。"

"哦。"

沐良没再多问，在他暧昧的眼神中跑进浴室。

自从那天去过盛氏，辛歆发现最近无论如何约见，盛氏总以各种理由，避而不见。

相比辛歆的急躁，傅晋臣反倒平静很多，他并没有施压，只说让辛歆努力争取。

沐良跟着负责这项合作案，心中难免着急，但她新人一个，除了干着急外，也无能为力。

下班回到别墅，沐良洗过澡出来，站在衣柜前选衣服。

"穿裙子吧。"

身后突然有声音，沐良吓了一跳："你什么时候回来的？"

"刚回来。"傅晋臣倚在门前，笑道："左手边第三件，很适合你。"

沐良不想穿，她下班在家愿意穿得休闲。

"我们出去吃饭。"傅晋臣双手环胸。

"出去？"

傅晋臣点头。

沐良拿出他说的那件裙子，心想出去吃，总比留在家里好。

为免尴尬，她强硬地把傅晋臣赶出卧室。

一件黑色蓬蓬裙，样式简单，看上去并不算奢华。把裙子套上身，沐良才发觉裙子的拉链在后面，她胳膊只能拉到一半，再往上怎么都拉不到。

拉链被人拉上，沐良透过镜子，看到出现在身后的男人。

"谁让你进来的？"

"傅太太，"傅晋臣双手搭在她的腰间，勾唇道，"听说这里是傅家。"

傅太太。

沐良怔了怔，整个人有片刻的失神。

拉开抽屉将那天的碧玺项链戴在她的脖子上，傅晋臣按住她要拒绝的手，道："给我戴着。"

这个男人霸道惯了，沐良不想同他争执。

"走吧。"傅晋臣看着身边的人，眼底掠过一丝惊艳。其实她都没有化妆，不过一条裙子，一件珠宝，却衬得她整个人娇艳欲滴。

尤储秀见到他们要出门，关心地问："要出去吃饭？"

"有个聚会。"傅晋臣没有提项北回来了。

尤储秀看到沐良的穿衣打扮，道："去吧。"

对于婆婆鲜有的好脸色，沐良受宠若惊，她拉着傅晋臣的手，快步跟他出门。

黑色路虎开出别墅，沐良好奇地问："我们要去跟谁一起吃饭？"

"项北回来了，今晚给他洗尘。"

"项北？"沐良一脸茫然。

"项北是傅欢颜的自动提款机。"傅晋臣挑了挑眉。

沐良瞬间明白。

开车来到皇宫酒店外面，有人见到傅晋臣的车，快步迎出来。

傅晋臣搂着身边的人，大步往包厢走。

右面走廊，一行人簇拥着为首的男人，款款而来。走在最中间的盛铭湛，面容冷峻，他虽跟那些人有说有笑，但那笑意始终不达眼底。

走到包厢前，盛铭湛剑眉轻挑，随意地看过去，恰好见到一抹熟悉的侧脸。他有个习惯，凡是他感兴趣的东西，哪怕只见过一次都能牢记，但要是没兴致的，见过多少次他也不会有印象。

沐良走过的身影匆匆，盛铭湛只看到她的侧脸，眼见她推开前方一个包厢门进去。她精致的五官特别突出，尤其那尖尖的下巴，莫名吸引他的视线。

那天在办公室，虽只短暂一瞥，但盛铭湛却念念不忘。

第五章

我要我们在一起

皇宫酒店，名海市最奢华的地方，尤其傅晋臣这间私人包间，装修精巧细致，满眼金灿灿。

包厢里气氛热烈，傅晋臣拥着怀里的人进去，大家不怀好意的口哨声四起。

沐良面色绯红，傅晋臣瞥见她那副模样，落在她腰间的手收紧，薄唇隐隐泛起一丝笑意。

"四少奶奶出现了。"

有人按捺不住，调侃的声音响起。

傅晋臣拉开椅子坐下，随手拿起桌上的茶杯，朝开口的人丢过去："你这家伙长本事了，爷的闲话都敢说？"

"哈哈哈，四爷生气喽！"

人群笑闹成一团，沐良低着头，坐在傅晋臣身边。其实她不怎么喜欢这种场合，那些男人玩闹过后，也就没她什么事情了，但尴尬一时，也总比在家吃饭却整晚饿肚子强。

"好了，都闭嘴吧！"

有男人突然开口，声音是沐良从没听过的。她好奇地望过去，只见傅晋臣身边坐着的男人五官深邃，嘴角勾起的笑容看着很温暖。

"他是项北。"傅晋臣偏过头，薄唇贴近她的耳边。

"你好，"项北主动打招呼，诚挚地伸出手，"以后叫我项北就行，不需要叫姐夫。"

"滚。"

傅晋臣沉下脸，骂道："等你娶了我们家妖女，再来爷这里显摆！"

噗！

沐良忍不住笑出声，却还是伸手轻握："项北，你好。"

"傅老四，给点面子行吗？"项北挑眉，目光在沐良脸上转悠一圈，随后又看向傅晋臣，两个男人眼底暗暗传递着某种讯息。

对面那些人闹闹哄哄地不消停，傅晋臣嫌弃他们吵，立刻吩咐人上菜："开始吧！"

男人们都在喝酒聊天，要不然就是满嘴荤段子。幸好傅晋臣不喜欢一帮莺莺燕燕在场，所以今晚只有她一个女眷。

包厢里气氛太高涨，沐良想出去透透气。眼见她逃跑般地离开包厢，傅晋臣勾唇笑了笑。

他是什么危险人物？每次见到他，她都是一副如此纠结害怕的表情。

"老四，"项北抿口红酒，"盛氏那边有什么动静吗？"

傅晋臣掐灭手里的烟，没有说话。

项家有分公司在海外，虽没与盛氏深度接触过，耳闻总是有的。项北颇为担忧，道："你不觉得奇怪吗？先前你们两家不是都谈得差不多了，但盛铭湛回来就玩避而不见。"项北一语道破，他接手家里生意已有不少年头，又与傅晋臣是大学同学，关系匪浅。

"透个消息给你，"项北俯身靠过来，"我带欢颜去吃饭，正好遇见盛铭湛，晃了一眼跟他一起坐在包厢的人，看得并不清楚。"

"谁？"傅晋臣早就察觉出不对劲。

如果不是与傅晋臣交情深厚，又有傅欢颜这层关系，项北绝对不会蹚这趟浑水，他抿起唇，道："你大哥。"

傅晋臣嘴角的笑容尽收，难怪最近与盛氏的合作这么难推进，原来有人想要暗度陈仓。

沐良掬起冷水洗了把脸，那股莫名的燥热总算被压制下去。时间尚早，她已经吃饱，再回去包厢也是听那些男人胡扯，不如找个清静地方待着。

沿走廊往前，有个露天阳台，沐良提着包过去。她今天穿件黑色蓬蓬裙，走路时裙边擦过膝盖，有种小女人风情。

前方视野开阔，沐良仰起头，只见满天闪耀的繁星。她弯起唇，尖尖的下巴被月光勾勒出一抹迷人的弧度。

不远处，盛铭湛单手插兜，目光定格在她脸上。

"这么巧。"

沐良惊诧地回身，走来的男人令她心口微微发颤。

那天在盛氏办公室，盛铭湛给沐良留下的印象太深刻。

"我一直在想，今晚能不能遇见你。"盛铭湛侧身倚在栏杆上，饶有兴味地观察她脸上的表情。

沐良下意识往后退："你想做什么？"

"呵呵……"

盛铭湛低沉的笑声十分撩人，他耸肩道："这里是公众场合，你觉得我能做什么？"

他指着夜空："我来看星星。"

沐良转身欲走，却被挡住去路。

"走这么快？"

沐良提着包，黑眸轻轻眯起："我不认识你。"

盛铭湛极快伸手，扣住沐良的肩膀抵在阳台栏杆上。

沐良吓了一跳，回神时盛铭湛的脸已经紧贴她鼻尖。

"请你放开！"

"不是说不认识吗？"盛铭湛双手撑在栏杆边，嘴角微微上挑。

如果不是谨记他是傅氏的重要客户，沐良的巴掌肯定已经扇过去。她顺口气，盯着盛铭湛的眼睛，道："我数三声，你要是不放手，别怪我动手！"

虽然并无把握打得过他，但气势上不能输。

"一……"

盛铭湛往后退："不用数到三，我认输。"

沐良松口气。

"拿着。"

沐良盯着他递来的烫金名片，犹豫了下才接过。

"你随时可以拿这张名片来见我，"盛铭湛站在沐良身前，剑眉轻蹙，"见到你之前，傅氏无论谁出面，我都不会见。"

沐良眼前光亮尽数被他遮挡。

盛铭湛嘴角露出淡淡的笑："我等你亲口告诉我，你的名字。"

他笑起来，左边脸颊有个浅浅的酒窝，性感迷人。

沐良恍惚的工夫，他已离开。压下撕碎名片的冲动，她随手将名片放进皮包里。

回到包厢，那些男人已经醉得七七八八，傅晋臣还算清醒，他酒量好，沐良上次就看出来了。

"可以走了吗？"沐良坐在他身边，轻声问。

傅晋臣扫了一眼周围那些人，对项北道："我们先走，你收拾。"

"成。"项北答应。

回去的路上，沐良想起包里的名片，心中不安，身边男人双手握着方向盘，似乎也在琢磨什么，她没敢多说。

接连几天业务拓展部都阴云密布，辛歆心情暴躁，大家工作倍加谨慎，被骂还算小事，总监心情不爽，他们随时都有可能被开除。

盛氏迟迟没动静，辛歆数次要求见面都被拒，濒临爆发点。

工作区一片忙碌，沐良双手托腮，呆愣愣的，不知道在想什么。

"喂，"乔笛拉着椅子过来，敲敲她的桌子，"你看上他了？"

她电脑屏幕上都是盛铭湛的资料介绍，乔笛不停张望。

"没有。"沐良关掉网页。

那张烫金名片，放在她的抽屉里，到底要不要去见盛铭湛？如果不去，也许这个合作案就会泡汤；可是如果去，会不会招惹到麻烦？

沐良皱眉，犹豫不决。

下班后，沐良一个人闲逛。傅晋臣应该还没到家，她无聊地看来看去，扫到街角那家琴行，突然想起今天是周三，上次遇见的爷爷说过每周三她可以去弹琴。

想到钢琴，沐良心情大好。

傍晚时分，琴行客人不多，沐良推门进去，有人迎上来："欢迎光临。"

沐良笑了笑，道："我随便看看。"

她四处打量，一眼看到穿着工作制服擦拭钢琴的那抹身影。

"爷爷！"

沐良放轻脚步走到宋儒风身后，没想到他真的在。

"小丫头，你来了。"

沐良点点头，见他手里拿着抹布，有些不高兴，这家店不懂得要照顾老师傅吗？

"怎么就您一个人做事？"

宋儒风把手里的抹布放下，拉她走到边上："是我自己要做的。"

他指了指店里摆放的那些钢琴，笑眯眯地说："我要定期来跟它们说说话，给它们擦擦灰，要是见不到我，它们会生病的。"

沐良听明白了他的话，笑道："爷爷，您真好玩。"

"这些都是我的宝贝，是我亲手给了它们生命，我不爱惜它们，谁爱惜呢？"

"您会做琴？"沐良惊诧地问道。

宋儒风将挽起的袖口放下："做了几十年喽。"

"哇！"沐良一脸崇拜，竖起大拇指，"爷爷，您真是太厉害了。"

这小丫头笑起来令人不自觉地喜欢，宋儒风望向她的眼神变得温柔："你不只喜欢弹琴，对做琴也感兴趣？"

"感兴趣，"沐良点头，"凡是跟钢琴有关的事情，我都有兴趣。"

见到志同道合的人，宋儒风眼底难掩欣喜："你今天来弹琴？"

"我可以弹吗？"沐良不确定地反问。

"当然可以。"宋儒风抿唇轻笑，"我答应过你的。"

"可是……"沐良扫了眼周围的店员，神情犹豫。

宋儒风将她拉到琴前："放心弹吧，没人敢管。"

沐良瞬间觉得，爷爷好有地位！

坐在钢琴前，沐良烦躁的心，瞬间安静下来。无论她遇见什么，每当她手指抚上那黑白的琴键时，整个人都会变得平静。

这边椅子里，宋儒风盯着手指飞扬的沐良，眼神越来越温柔。她指法娴熟，弹奏出来的曲调优美，明明同一首曲子，可经过她的手，却能别有一番味道。

沐良专注弹奏的表情，不禁让宋儒风想起他早已去世的妻子。美琼当年弹琴时，也是这般模样，恬静美好地坐在钢琴前，嘴角勾起的笑容纯净美好。

黑色轿车开进别墅，司机打开车门，宋清华提着包下来，径自走进客厅。

"爱瑜呢？"宋清华换过衣服下来，问用人。

"小姐出去了。"

这孩子又不在家？宋清华蹙眉，看到刚进门的人，笑道："爸，您怎么才回来？"

宋儒风脱下外套，递给伺候的用人："去琴行转了转。"

扶着父亲走到餐厅，宋清华坐在他身边："交给我，您还不放心？"

宋儒风看着女儿，眼神宠溺，道："我不放心那些琴。"

父亲对琴行的感情，宋清华心如明镜，她把筷子递过去，神情温柔："琴行是您和妈妈的心血，我一定会照看好。"

"乖。"宋儒风满意地点点头，拿筷子吃饭，他扫了眼餐桌，问道："爱瑜呢？"

"出去了。"宋清华为她打掩护。

宋儒风叹口气，眼睛落在女儿脸上："清华啊，你对爱瑜太娇惯了！她以后是我们宋氏的接班人，总要让她多多历练才行。"

"我知道。"宋清华应允。

宋儒风吃了两口菜，忽然想起什么："清华，爸爸遇见一个孩子。"

"什么孩子？"宋清华拿起手机，看到女儿发来的短信，告诉她不回家吃饭了。

"一个弹钢琴弹得很好的小丫头。"宋儒风眼底泛起慈爱的笑容，"她弹琴的模样，跟你妈妈很像。"

"真的？"宋清华难掩惊讶。

"真的。"宋儒风声音低下去，神情有些失落。他早年丧妻，独自抚养宋清华长大，这些年经历的辛劳，只有他们父女明白。

见爸爸情绪不对，宋清华放下筷子，握紧他的手："爸爸，您上了年纪，操心的事情就让我来处理。"

难得宋清华年纪轻轻便能撑起宋氏，宋儒风心底安慰之余，也难免心痛："清华，当年的事情，你……"

"爸！"

宋清华突然变脸，神情瞬间冷冽："我们说过的，不许提起。"

都已经过去这么多年，她还是放不下！

"吃饭吧。"宋儒风无奈地低下头，不再多说。

整顿饭，宋清华都没有再露一个笑脸，晚饭后，她沉着脸回到卧室，一个人发呆。

坐车回到大宅，沐良站在大门外，看着眼前巨大的黑色铁门，双腿变得沉重。

不想回去。

"滴！"

沐良抬起头，那辆黑色路虎停在她身边，右前轮差点轧着她的脚。

"坐这儿看风景？"傅晋臣降下车窗。

沐良起身拍了拍裤子，没有搭理他。看她一副委屈的模样，傅晋臣迅速打开车门："上来。"

犹豫了下，她弯腰上车。

车停在院前，用人忙迎出来："四少爷，四少奶奶。"

傅晋臣牵过沐良的手，脚步微顿："听见他们喊你什么吗？"

"什么？"沐良一时间没听明白。

傅晋臣吩咐："再喊一遍。"

"四少奶奶。"

沐良眨了眨眼。

"以后在这个家里，你不需要躲着谁。"傅晋臣眼底有种让沐良心安的情绪，"你得记住，你是我的女人，有人跟你为难，就是跟我过不去。"

他薄唇轻抿，道："你对付不了的，不是还有我吗？"

沐良不知道要说什么，只觉他的怀抱宽大温暖，想要靠近。

晚饭准时上桌，傅东亭扫一眼饭桌上的人，微微蹙眉："欢颜呢？"

"她回画室去了，"尤储秀为丈夫添菜，顺便给女儿解释，"欢颜这几天要赶画，家里不清静，影响她。"

见暂时敷衍过去，尤储秀暗暗松口气。

"晋臣。"

难得被父亲点到名字，傅晋臣挑眉看过去："爸，有事？"

"你们跟盛氏的合作，谈得怎么样？"傅东亭极少在饭桌上问公司的事情，若问了那就说明这件事情非同小可。

"还在谈。"傅晋臣回答得很淡然。

沐良握着筷子的手指一紧。

"听说上个月，盛铭湛收购了两家上市公司。"傅东亭言辞间颇为欣赏，"看起来这位盛总年纪轻轻，能力倒是不俗。"

"爷爷。"

傅政放下筷子，道："盛铭湛十五岁起就跟着他父亲管理海外的公司，盛氏集团前些年那个轰动的并购案，就出自他的手笔。"

"功课做得不错。"傅东亭看着长孙，给予肯定。

姚琴骄傲地抬起头，适时道："爸，小政最近经常熬夜，工作很用心的。"

傅东亭吩咐姚琴："多给孩子炖些补品，他这个年纪，正是冲刺的阶段。"

姚琴笑得更加灿烂。

"对于盛氏，你有多少把握？"傅东亭突然发问。

傅晋臣的黑眸闪了闪："把握不能算数，还是要看结果。"

"好。"傅东亭点头。

"爸。"

傅培安挑了挑眉，沉声道："我前几天无意中见过盛铭湛，听他话里的意思，似乎还有诸多考虑。他说晋臣的分公司虽同属傅氏，但毕竟规模小一些，十几个亿的项目，是谁都要慎重。"

傅晋臣黑眸眯起。

沐良纵然不全懂商业中的牵扯，此刻也听出些门道。

"呵呵……"

傅东亭别有深意地笑了笑，双眸染着岁月积淀下来的世故和沉稳："你们年轻人有竞争是好的，到底都是傅氏，谁能把盛氏这块顽石收入囊中，我一定重重有赏！"

傅东亭话里的意思很明确，傅培安勾唇，他已经得到满意的答复，有父亲这句话，他就能光明正大地下手！

沐良敛眉，忽然没了食欲。

第二天，沐良准时来到公司上班。她将盛氏的资料夹放进包里，而后走进辛歆的办公室。

"总监，我能不能请半天假？"

"有重要的事？"

"是。"

沐良回答得很小心。

平时沐良早来晚走，辛歆对她印象不错，并没为难："早去早回。"

"谢谢总监。"拿到批准，沐良简单交代乔笛两句，便急匆匆地离开公司。

来到盛氏，沐良将那张烫金的名片拿出来，在秘书惊讶的目光中，直达顶层。

"沐小姐，您进去吧。"秘书将她带到门前，随后离开。

面前这扇黑色大门，让沐良不自觉紧张。她握紧手中的名片，昂首挺胸地走进去。

落地窗外照射进来的光线有些刺眼，办公桌后的男人，面容冷峻。

"你来了？"盛铭湛转过身，狭长的桃花眼眯起，直勾勾盯着走来的人。

他的眼神锋芒毕露，沐良不敢细看，别开脸将名片恭敬地放在桌上，然后退开半步，缓缓开口："盛总，我叫沐良。"

盛铭湛眼底的笑容，仿佛沾染美酒的芳香，引人沉沦。

"怎么叫这个名字？"

沐良站得笔直，脸上什么表情都没有："爸妈起的。"

对于她这样的态度，盛铭湛毫无意外："傅氏每月给你的工资是多少？"

"什么意思？"

"沐良，二十二岁，应届毕业生。一个月前进入傅氏业务拓展部，职位总监助理，薪资税后三千，据说还是空降中的一员。"

他一口气说完，沐良彻底愣在原地。

"你调查我？"

"我更愿意理解为，了解。"

沐良怒火翻涌："既然都查得这么清楚，还让我来做什么？"

"盛铭湛，你耍我？"

男人眼角染上一抹厉色："知道吗？我并不喜欢人家喊我的名字，不过听你这样叫我……似乎还不赖。"

脑子有病，鉴定完毕！

沐良拿过桌上的文件夹，气冲冲往外走。

盛铭湛按起桌上的内线电话，秘书请示的声音响起："盛总，傅氏集团辛总监来电，要接进来吗？"

电话扬声器里的声音很大，沐良双腿僵在原地，心底的怒火转瞬平息。她今天来此的目的还没实现，意气用事可不行。

调整好心情，她又拿着文件夹转身回来。

盛铭湛满意地笑了笑，对着电话吩咐："让她午饭后再打来。"

"明白了，盛总。"秘书挂断内线。

"坐。"

他指着面前的椅子："我不喜欢仰头跟人说话。"

毛病真多。

沐良拉开椅子，把手里的资料夹推过去："这是总监上次带来的计划书，您看一下。"

盛铭湛两指压住资料夹，摇头笑道："辛歆要跟我谈的内容，你代替不了。"

"什么意思？"沐良怒目而视。

盛铭湛右手随意地搭在桌沿，语气平静："来我这里吧，你可以做我的助理，薪水翻倍，不用实习期，一切待遇从优。"

沐良冷笑："为什么？"

盛铭湛直勾勾地盯着她："因为我愿意看你。这世上能让我愿意看的人，不多。"他撑起上半身，朝沐良探过去："尤其女人。"

沐良往后躲开，双手握紧，笑道："我就是一个毫无工作经验的新人，犯不着您开出这样的条件。"

这算是委婉的拒绝，盛铭湛自然听得出来。他摊摊手，没有难为她的意思。

沐良抿唇，猜不透他这张表面和善的面具下，究竟掩藏着什么。

"你究竟想要怎么样？"

盛铭湛起身，越过宽大的书桌朝她走过来，居高临下道："我是生意人，我们做笔买卖。"

"什么买卖？"

盛铭湛侧身倚在桌前，窗外明媚的阳光落在他肩头，晕染开一片金色，此刻他的身姿宛如天神般巍峨。他斜睨着沐良，说："想让我见辛歆可以，只要你跟我共进午餐。"

这么简单？沐良不敢相信。

盛铭湛似乎看穿她的小心思："都是公众场合，我还能吃了你不成？"

人在屋檐下，不得不低头的道理，她还是懂的。

"好。"沐良妥协。

"通知辛歆，让她午饭后来见我。"盛铭湛按响内线电话，对着秘书吩咐道。

秘书似乎愣了下："是，盛总。"

"走吧。"盛铭湛拿起桌上的车钥匙，看着她笑。

沐良提着皮包，转身往外走。

电梯空间幽闭，沐良紧张地躲在后面。透过光洁的镜面门，盛铭湛能看到她谨慎的表情，尤其她双手紧紧扣住皮包，好像一有什么动静，便能随时举起武器防备。

盛铭湛不屑，如果他想做什么，还能给她挣扎的机会吗？

电梯从顶楼下来，一路相安无事。沐良低头跟在他后面，小心翼翼地走到停车场。

一辆低调沉稳的黑色宾利轿车，比较符合他的身份。沐良看到车，本能地往车后座走。

她伸手拉门，发觉车门被锁。

"我是跟你吃饭，不是给你当司机。"盛铭湛说话的声音很低，脸色不悦。

沐良无奈地走到车前门。

坐进副驾驶的位置，沐良扣上安全带。车里配饰极其简单，并不奢华。

沐良想起傅晋臣那辆车，所有东西都是经过改良的，承袭傅晋臣惯有的作风——奢华风骚。

"可以走了吗？"见她手指紧握安全带，盛铭湛开口问道。

其实他的言行举止还算绅士，沐良收回心思："可以。"

黑色宾利向着市中心开去，车厢内很安静，只有车轮碾压路面的声音。

沐良望向窗外，也不知道怎么的，眼前忽然映入傅晋臣那张俊脸，想起他今早圈住自己的腰，睡相安然的模样。

盛铭湛双手握着方向盘，看向身边的人，见她秀气的眉头轻蹙，潋滟唇边染着一抹笑。

她的表情特别丰富，喜怒都清楚地摆在脸上。盛铭湛撇嘴，心想这张可怜的小白纸，将来还不知道要被染成何等模样。

车子开到市中心一处僻静的小路，沐良不认识这条路，她对陌生环境警惕性很高，全身不自觉紧绷："我们要去哪儿？"

盛铭湛将车停在路边，熄火后看着慌张的沐良，笑道："吃饭。"

"出来。"

犹豫片刻，沐良也跟着下去。因为傅晋臣曾经给她留下的"深刻印象"，沐良觉得车里也不是安全的地方。

眼前这片清幽的地方，没有高楼大厦，周围建筑最高也只有五层，好像被刻意保护着。

"这里是？"沐良提心吊胆地问，现在想想她也挺胆大的，竟然跟才见过一面的男人单独出来吃饭。

盛铭湛没说话，径直向前："跟着。"

前方是一条笔直的胡同，沐良确认手机信号满格、电量正常后，小心地将其揣进口袋里。

来都来了，她只能豁出去！

面前的一处四合院前，没有立招牌，沐良抬脚跨入院内，并没看到有人。

盛铭湛似是熟门熟路，径直推门进去，见身后的人不动，他转头笑道："进来啊。"

这栋四合院地段僻静，布置古色古香，院中一角，还种植着瓜果蔬菜，怎么看都是普通居所，不像乱七八糟的地方。

沐良敛眉，随他进去。

小屋面积不大，装修倒是精巧：清一色红木家具，中间摆放一张八仙桌，只配四把椅子，想来只供小聚。

墙角的圆形鱼缸里养着几条锦鲤，白色睡莲浮在水面，散发出淡淡幽香。

沐良紧绷的神经逐渐放松。

"坐吧。"

沐良走到桌前，四把椅子相隔距离差不多，她拉开盛铭湛对面的椅子坐进去。

面对面盯着，应该最安全。

手绣真丝桌旗，花纹繁复，沐良心底暗叹，果然是低调的奢华，这里一眼望去好像并不起眼，可仔细斟酌，就会发现简单中透着考究。

没有菜谱，也没有服务员。沐良观察半天，看不出门道："这里是吃饭的地方？"

盛铭湛低笑，抬手按动桌角凸起的红色按钮："你以为这里是什么地方？"

沐良答不出来。

很快有人送来一壶茶，还有几盘精致茶点，沐良瞧着这画面，感觉像在电视里看到过，挺特别。

"尝尝茶。"盛铭湛给她倒了杯茶，自己先端起来喝了一口，似乎证明着什么。

沐良敛眉，这男人倒是厉害，连她的小心思都能看出来。

一路赶过来，当真口渴，她品了一口茶，顿觉唇齿留香。

"这是什么茶？"沐良纯属好奇。

盛铭湛手指抚着杯沿，道："女儿香。"

她从没听过，但觉得味道不错，便小口轻抿着。

须臾，有人端着餐盘进来，桌上摆满八碟八碗。沐良惊讶于上菜速度，看到菜色却失去兴致。

都是经常吃的菜式，毫无特别。

盛铭湛眼见她嫌弃地皱眉，眼底悄然闪过一抹笑意。他主动拿起筷子："别客气。"

折腾一上午，气也没少生。沐良心想，就这么顿简单的饭菜，谁要跟他客气啊？她拿起筷子，从面前那道菜开吃，拘谨全消。

连尝过几道菜，沐良表情瞬息万变。她咬着筷子，满目震惊："这也太好吃了吧！"

盛铭湛别有深意地笑："所以说，对人对事都不能只看外表。"

听出他的话外音，沐良识趣地闭嘴吃东西。他的道理不错，但对待他这种深不可测的男人，她是宁愿一棍子打死的！

宁可错杀，也不能掉以轻心。

盛铭湛吃东西非常安静，几乎不说话。沐良犹豫半天，按捺不住道："盛总，我们傅氏所有员工都在为这份计划书加班加点，就是希望两家集团能够成功合作。"

"现在是私人时间，我对公事没兴趣。"盛铭湛目光灼灼地盯着她。

沐良微怒，他还浪费自己的私人时间呢！

"不过，"盛铭湛顿了顿，"如果你想用私人时间跟我交换，那我可以听你说下去。"

"不想。"

沐良直接拒绝，她有病啊，用私人时间跟他交换？

对于她的直白，盛铭湛并没生气。午饭很快结束，但直到他们走出院子，沐良也没见过老板，更没见有人出来结账。

天下还有白吃的午餐？沐良摇头，真是个奇怪的地方。

既然他已经答应见辛歆，沐良片刻也不想跟他独处，她手指朝前，道："您把我放路边就行。"

从这里打车回公司不远。

黑色宾利停在路边，盛铭湛没熄火，他偏头望向身边的人："我说过的话，你不考虑一下吗？"

沐良勾起一抹笑："盛总，如果我见利忘义，哪家老板会用这样的人？"

盛铭湛怔了怔，继而笑出声："没想到，你还挺有原则。"

她不仅有原则，还懂得知恩图报。

"谢谢您的午餐。"沐良直接拉开车门走人。

前方抹径自离开的背影落在盛铭湛眼底，令他目光稍有暗淡，今天见面她始终用敬语，言辞间疏离明显。

盛铭湛是谁，他想要接近一个人，还能让她找到退路吗？笑话！

回到公司，乔笛又发挥八卦特质，问东问西，沐良嘴巴紧，滴水不漏。

她们正闹着，辛歆脸色阴沉地回来，沐良心一紧。

"沐良，进来！"

办公桌前，沐良试探性地问道："总监，找我有事？"

"一个好消息一个坏消息，你要先听哪个？"

沐良心头微动："坏的吧。"

"我们跟盛氏的计划案，需要从头再来。"

"什么？"沐良瞪眼，盛铭湛这个卑鄙小人。

"那好消息呢？"

"盛氏刚刚来过电话，接受我们的提议。"辛歆以前面对各种难缠的集团负责人都游刃有余，她还是第一次遇见盛氏这样不按常理出牌的对手，"但盛铭湛说，这次计划案由他亲自接手，所以之前谈的那些条件全部作废，他要重新再来！"

辛歆别有深意地望向沐良："从今天开始，你跟我负责盛氏合作案。"

沐良神色骤然变冷。

一整天工作都处于紧绷状态，下班时，沐良依旧被扣在总监办公室。乔笛无能为力，这些事情她帮不上忙，只好跟其他同事一起离开。

晚上六点，办公室亮着灯，沐良神情专注，把一个个数字输入电脑，不敢有半点马虎。

伴随着手指敲打键盘的清脆声音，辛歆翻看着以往的经典计划案例，有种势在必得的决心。

笃笃笃……

大门有响动，辛歆抬起头，目光微有惊讶："傅总，您怎么来了？"

听到"傅总"两个字，沐良手指一抖，小数点错位，她立刻把错处修改过来，要是出错可是几千万的损失，把她卖了都赔不起！

"还在加班？"傅晋臣进来，眼睛若有似无地扫向沐良。

辛歆无奈道："没办法，盛氏要我们重新做计划，时间紧、任务重，为了保密，人手也不充足。"

"我明白。"傅晋臣对辛歆的工作能力很满意，不需要质疑什么。

看到对面脑袋都要埋到胸前的某人，他笑了笑："工作重要也要劳逸结合，盛氏不是一天两天能解决的事情。"

自从傅晋臣进来，他的眼神总是瞟向沐良。辛歆观察入微，加上之前沐良空降而来的特殊情况，虽不能肯定，但也隐约有猜测。

"是啊，最近都在加班，今晚放松一下吧。"辛歆拍了拍沐良的桌子，道，"良良，今天到这儿吧。"

沐良心虚，快速收拾好东西，没再矜持："好的。"

等她离开办公室，傅晋臣才出来。

走廊僻静处，沐良看见他走来，低声道："你这样做很明显的。"

"明显什么？"傅晋臣直接把她拉进专属电梯。

沐良翻个白眼，傻子都能看出来她和他之间有问题！

"我不想大家乱猜。"沐良挺喜欢现在的工作环境，虽然辛苦，但依靠的是自己的努力，不需要什么关系，也不需要身份背景。

傅晋臣有些不爽，他好心出面帮她，怎么还落个这样的名声？

车子开出停车场，沐良见他脸色似有不悦，小心地问："我们去哪儿？"

"吃饭。"

听他说到吃，沐良条件反射地捂住肚子，最近早起晚睡，吃饭都没有时间，她需要食物补充能量。

"能不能吃顿好的？"

原本傅晋臣心中有火，忽然听她这样说，眉头松了松："没出息。"

没出息就没出息，沐良不跟他计较，她肚子里没油水，每天回到家又不敢惊动用人弄消夜，真是亏大了！

可不是说好就吃顿好吃的吗？为什么吃到最后，沐良整个人差点虚脱？

第二天早起，沐良睁开眼睛时身边的男人已经不在。她腰酸腿疼，勉强洗漱过后，发现傅晋臣安排了司机送她。

来到公司，也没看到傅晋臣。沐良蹙眉，隐约记得昨晚他在她耳边说过什么，但她太困了，根本没记住。

上班后不久，有快递公司的人捧着一大束鲜花进来："请问，哪位是沐良小姐？"

乔笛反应比沐良快，抬手往前指："这里。"

签收过后，沐良盯着那束黄玫瑰愣住。

"哇，九十九朵耶。"乔笛满眼暧昧。

周围的同事们好奇地凑过来，窃窃私语："这花好漂亮啊！良良，男朋友送的吗？"

听见外面有骚动，辛歆推门出来，见到那束花后神情微异："现在是工作时间！"

众人一窝蜂散开。

沐良把花束拿到边上，乔笛压低声音问："谁送的？"

娇艳欲滴的黄玫瑰，只让沐良联想到一个人，花束边有张卡片，她打开后看到一行飞扬的字迹：这是对你昨晚表现的奖励。

傅晋臣，你个不要脸的！

沐良脸颊如火烧般泛红，拿着卡片心跳加速。

手机嘀嘀响起，提示有信息，傅晋臣的短信内容简单：有急事出差香港，一周后回。

她忙把电话拨过去，但对方已经关机，想来是傅晋臣上飞机前给她发的短信。

从总务处借来大花瓶，把整束花插进花瓶里，她看着看着，蓦然轻笑出声。

傅晋臣究竟什么品位，送束花也要黄色？

而他出差香港，意味着这几天她要一个人待在傅家，想到这里，沐良心底微有失落，要去七天那么久啊。

香港。

连续五天高强度工作，傅晋臣结束视频会议后，抬手揉了揉酸胀的眉头。

"傅总，您回酒店休息吧。"助理将资料收拾好，关心道。

傅晋臣拿起手机看眼时间，又是深夜。这时候沐良肯定已经睡着，还是不要吵醒她了。

最后两天的工作，依旧安排紧密。前几天事情处理得比较顺利，傅晋臣争取到时间，应该可以提早一天返回名海市。

开车从公司出来，经过繁华的商业街。每次他送贵重首饰，沐良都是一副惊吓的表情，这次他得选一些她能接受的礼物。

这边商场里多见奢侈品，傅晋臣不缺那些东西，也没多大兴趣。他双手插兜，沿着柜台一个个转，没有想好买什么。

倏然间，看到右边柜台中摆放着许多精致的小娃娃，傅晋臣饶有兴味地走过去，站在柜台前。

"先生，您好。"售货员走过来。

傅晋臣弯腰细细地看，只觉那些瓷娃娃模样可爱。

"这几款缘分天使娃娃，都是昨天新到的，"售货员耐心介绍，"娃娃的头部、手部和足部，全采用白陶瓷制成。五官均由手工绘制，漂亮逼真，衣帽是顶级绸面布料，工序达到103道……"

傅晋臣打断售货员的介绍："这六个全要了。"

"六个？"漂亮导购员怔住，"先生，不需要买这么多。只要一个守护天使，放在您喜欢的女孩子的床头就好。"

傅晋臣眼神落向穿着粉色绚烂欧洲宫廷服的玩偶，它头上戴着一顶有三个尖角的小帽子，面部表情是笑着的，大大的眼睛，睫毛又翘又长，微红的脸颊惹人怜爱。

傅晋臣想起沐良每次害羞时羞涩的面容，竟与这玩偶的神态如此相像。

"这个！"傅晋臣手指点过去。

"好的。"导购员将他选中的缘分天使拿出来，将缴费票据给他。

付账后回到柜台，傅晋臣拿起包装精致的礼盒，往商场外走。眼角蓦然闪过一道身影，他下意识看过去，神情瞬间大变。

商场出口方向，走过穿着黑色长裙的女人，她微微低着头，脸上戴着一副宽大墨镜。

女人脚步很快，直奔出口。

"站住！"

傅晋臣立刻追上去。

侧面恰好有旅行团经过，队伍挡在前方，傅晋臣伸手推开人群，但只短短几秒钟便与前面的人拉开距离。

那名穿着黑色长裙的女人，掐算好速度走出商场，走向路边的黑色轿车。

傅晋臣跑出旋转门，远远看到那抹黑色身影走到路边。

黑衣女人打开车门坐进去。

"太太。"

司机抬起头，等待她的指示。

"开车。"

"是。"

傅晋臣一口气追过来，眼睁睁见她坐车离开。

"Ann！"

虽只是侧脸，但她走路的姿态，以及隐约露出的尖细下巴，绝不会错。傅晋臣沿着路边追赶，可惜他的速度再快也赶不上汽车。

傅晋臣大口喘着粗气，颓然盯着那辆车越来越远。

黑色轿车后座中，女人摘掉墨镜，露出一张妆容精致的脸庞。她透过后视镜看到后面追赶的男人，红唇不自觉抿紧。

傍晚下班，扑面而来的冷风灌入衣领。这几天忽然降温，沐良昨晚给傅晋臣发短信，问他有没有带厚外套，却没有回复。

因为一条短信，沐良整天心不在焉。

最近公司内部的女同事们，都在研究一个西方魔咒，据说如果闭上眼睛走十三步，遇见的那个人，就是你的爱人。

她把身上的毛衣外套裹紧，独自走向公交车站。

反正闲着无聊，试试呗。

轻轻合上眼睛，沐良往前迈着步子，一边走，一边默数："一、二、三……"

黑色路虎驶向路边，傅晋臣特意从机场赶来接她，却远远见沐良站在路边，闭着眼睛往前走。

眼见她正前方对着一根电线杆，他猛地将油门踩到底。

"十二、十三……"

沐良慢慢睁开眼睛，嘴巴霎时张大，距离鼻尖一厘米处，直直地竖着一根电线杆子。

117

不是吧？

沐良哭笑不得，好歹有个人行不行，怎么是根电线杆！

"没事吧？"

耳边传来一道低沉嗓音，沐良掌心一热，有人将她拉进怀里全身打量："你傻啊不看路，要是有车怎么办？"

"你……"

沐良望着突然出现在眼前的男人，声音不可抑制地轻颤："你怎么回来了？"

不是明天才回来吗？

傅晋臣见她没事松了口气，拉过她的手紧紧握在掌心："事情处理完了，提前回来。"

"哦。"她应了声，心脏剧烈地跳动。

昏黄路灯一盏盏亮起，沐良忽然张开双臂环住他的腰，将脸贴在他胸口最热的地方。

"傅晋臣，幸好是你。"

她低声呢喃，傅晋臣没听清楚。怀里人主动伸手抱他，傅晋臣收紧双臂把她牢牢拥在怀里。

行了十三步，遇见一个人，然后爱上他。

如果这就是所谓的魔咒，沐良想，她是愿意的。

提着行李箱回到卧室，里面没有人，浴室里亮着灯，隐约有水声，傅晋臣拧了把门锁，发觉锁上了。

自我保护意识很不错！

傅晋臣轻笑，把行李箱打开，从里面取出一个包装精致的盒子。那天买这个娃娃的时候，售货员说过要放在床头，他走过去放在靠近沐良那侧的床头柜上。

沐良洗好澡出来，只看到卧室有行李箱，他的换洗衣物动过，应该是去外间的浴室清洗了。

入秋的晚上有些冷，沐良掀开被子上床。这几天都是一个人睡大床，虽说晚上没有人再跟她抢被子，但睡得也不算好。

打开电视不过是习惯，只为卧室有某种声音，不会显得太孤单。沐良随意瞥了眼，发现了摆在床头的娃娃。

"什么？"

沐良捧在手里，难掩兴奋。哪里来的小娃娃？她以前在商场看过，听人说要让喜欢的人送比较好，所以一直都没有买。

娃娃穿着华丽的欧洲宫廷服饰，脸上五官描画精致，尤其娃娃羞怯的那抹笑意，怎么看都觉得很可爱。

傅晋臣推门进来的时候，看到沐良捧着娃娃，一个人傻笑。

"喜欢吗？"

"送我的？"

"还有别人吗？"傅晋臣抿唇。

沐良甜蜜地笑，将娃娃小心地摆在床头，眼睛都舍不得收回来。

"睡觉吧。"傅晋臣俯身靠过去，滚烫呼吸喷洒在耳边。

还没等她回答，男人已经把她拉进怀里。他关了床头灯，沐良轻咬唇瓣，将嘴里的惊呼声咽下去。

"今晚怎么没叫？"

呸！

沐良蹙眉，这话说得太暧昧了吧。

怀里的人眼神温柔，傅晋臣目光落在她饱满的唇上，眼底眸色渐沉。他低头狠狠吻住她的唇，夺走她的呼吸。

看到他热情的眼神，沐良做好全身酸疼的心理准备，却不想他的动作温柔，甚至都没让她觉得难受。

"傅晋臣。"沐良仰起头看他。

傅晋臣薄唇贴着她的鼻尖轻蹭："怎么了？"

"我害怕……"沐良紧紧环抱住他。

傅晋臣眼神温柔，薄唇落在她的嘴角："你在我怀里，不用怕。"

因在他的怀里所以不用怕？

沐良来不及细想，整个人都坠入他给的温柔中，不能自拔。

与盛氏合作的初步计划书，今天应该交去盛氏集团。部门临时有事，辛歆走不开，但约定的时间又不能迟到。

"辛姐，要不然我自己去吧？"沐良自告奋勇，这个机会不能错失。

"一个人行吗？"辛歆有些担忧。

"可以。"沐良回答得很肯定，这份计划书每一个数据都是她亲自演算的，如果论熟悉程度，她可以排第一。

辛歆实在走不开，她对沐良的工作能力已经认可，点头道："好，那你先过去，等我处理好这边，马上赶去跟你汇合。"

"好的。"沐良急忙整理好所有文件，赶往盛氏集团。

秘书看到傅氏的人，没让登记，直接安排来到顶层。助理认识沐良，看到她来，笑吟吟起身，道："沐小姐，总裁已经在等您了。"

宽大办公桌前，盛铭湛端坐在黑色转椅中，面容不耐："怎么才来？"

大总裁出入都有专车，她一个小职员要搭车的好不好？

"盛总，这是计划书。"沐良没解释，直接进入主题。她把计划书推过去，简短地把精华之处讲解出来。

盛铭湛翻开资料夹，大致浏览一遍后，道："你做的？"

"不是，"沐良不敢邀功，如实道，"辛姐带我一起做的。"

"我就说嘛！"盛铭湛反手把资料夹丢在桌上，语气含着几分不屑。

沐良狠狠瞪他一眼，心头火起。

见她气哼哼的模样，盛铭湛抽出一支笔站起身，将计划书反手递给她，倚桌站在她的身边，道："两处细节有问题，我说你标注出来，拿回去给辛歆看。"

沐良敛起浮躁，用笔把他的话都记录在页面边角。

男人单手撑在桌边，盯着沐良书写的字迹，字倒是挺好看，跟人一样精致漂亮，只可惜她这脾气，不怎么讨喜。

男人越靠越近，沐良戒备地往后躲："盛总，您说完了吗？"

盛铭湛退开到安全距离："有个独家消息透露给你，要不要听？"

独家消息？

沐良心里剧烈挣扎，她吃不准盛铭湛是不是逗她。万一真是什么重要线索，她要是错过，那将是巨大损失。

"盛总不是耍我吧？"沐良看着他的眼睛问。

盛铭湛瞪她一眼，神情透着不爽："沐良，你对我总是这么大戒心？"

沐良轻笑，对他这样的狼没戒心不是傻子吗？

"我只是不想被骗。"

盛铭湛紧蹙的眉头松了松："放心，我不会骗你。"

顿了顿，他狭长的桃花眼轻眯，笑道："如果要骗，我也会找个聪明的骗，那样才有意思，你说呢？"

沐良震怒！

她敢怒不敢言的表情十分有趣，盛铭湛掐着火候，适时收起玩笑，道："现在这个案子由我主导推进，那么我就要重新洗牌。现在参与这个案的子公司，除去傅氏，还将有另外两家集团。"

"另外两家？"沐良秀眉紧蹙，如果再多两家，他们公司胜出的机会又会减少。

盛铭湛点头："现在傅氏有两家公司参与，再算上另外两家集团，一共四家。所以，你们赢的机会是四分之一。"

"盛总。"

沐良瞬间炸毛，却被盛铭湛制止："我这个人公私分明，别想跟我谈别的。"

"你……"

这男人还真是自大！她只想说对他们不公平，谁想跟他说别的了？

沐良叹口气，将带来的东西收拾好，转身就往外走。

"喂！"

沐良定住脚步，盛铭湛嘴角噙笑："晚上一起吃饭？"

"最近我忙，没时间吃饭。"

沐良拉开办公室的门，逃跑似的离开。

眼见她走远，盛铭湛无奈地笑，难道她不明白，他说跟她吃饭，是想透露内幕消息给她的意思吗？真笨！

刚出盛氏，沐良就有些后悔。其实盛铭湛约她吃饭，完全是个好机会啊，她可以旁敲侧击探出一些消息。

手机突然响起来，沐良一惊："喂？"

"你在哪里？"傅晋臣带着蓝牙耳机，双手握着方向盘。

沐良没敢撒谎，如实道："刚见完客户。"

傅晋臣问清她的位置后，告诉沐良在前面商业街等他。

时间将近下班，沐良给辛歆打电话，把刚才盛铭湛说的内容一丝不漏地汇报，换来的也是辛歆的惊讶。

忽然多出两家集团竞争，说明事情越来越白热化，她没有责怪沐良，只说明天上班后再跟她详说。

挂断电话，沐良抬起头，恰好看到开过来的黑色路虎。

"上车。"

沐良看到他，嘴角不自觉染笑。

车里开着暖风，沐良扣上安全带："我们去哪儿？"

开出商业街，傅晋臣问她："饿吗？"

她笑了笑，道："有一点儿。"

傅晋臣薄唇微勾，将车开去一家很有情调的西餐厅。沐良没想到会来这种地方："怎么来这里？"

按照四少一贯的品味，应该去皇宫酒店才对嘛。

傅晋臣停好车，把她拉到身边："今天是我生日。"

沐良惊讶不已："今天是你生日？"

"嗯。"傅晋臣牵过她的手走进西餐厅。

法式西餐厅，装修精致环境优美，处处透着浓郁的浪漫气息。踏进餐厅门庭，迎面就是一座小型室内喷泉。

喷泉雕刻的人物高约一米，是一对脸对脸亲吻的男女。女子闭着眼睛，微微仰起头，迎上男孩子俯下来的唇，而男子双手背后，手中拿着一束玫瑰花。

柱状水花翻飞，映衬圆形水池边亮起的五彩射灯，迷离灯光投射在那对亲吻的石雕上，勾勒出一片浪漫色彩。

进门看到的这座喷泉，顿时让人心情愉悦。沐良靠在傅晋臣宽大的臂弯中，恋恋不舍地将眼睛从喷泉那里移开，随他往里走。

121

转过门庭，餐厅内里的视野更加开阔。左右两边，沿着两侧落地窗摆放着一张张长方形的桌子，乳白色桌布，搭配餐桌上摆放精巧的花瓶，瓶中一枝娇艳的红玫瑰，格外惹眼。

周围飘散着淡淡的花香，沐良不住打量，小脸满是新奇。

傅晋臣边走边欣赏她变化莫测的表情，忍不住低头在她嘴角亲了下。

唇间拂过男人的气息，沐良羞涩地别开视线。

侍应生引导他们走入内厅，相对于外面的宽敞豁亮，内厅面积不算很大，只在中央摆放一张桌子，周围全部都是透明的落地玻璃，只要抬起眼帘，便能看到外面蔚蓝的海水。

"哇！"

沐良从来都不知道，还有这样的餐厅。这间足以称为玻璃屋的包间，内饰华丽，面朝大海，足以打动任何女孩子的心。

她自然也不例外。

"只有我们两个人？"沐良疑惑地问。

傅晋臣拉开椅子坐下，语气惯有的霸道："爷吃饭，不喜欢有外人。"

听得多了，自然习惯，习惯之后，她也不会觉得刺耳。

侍应生拉开椅子，恭敬地请沐良入座。她微笑点头，很客气地道声谢，这种殷勤服侍，她还是不怎么习惯。

只不过跟傅晋臣出来吃饭，她不想扫兴而已。

"想吃什么？"傅晋臣拿起面前的菜单，随手翻开，绅士般询问她的意见。

菜单都是法文，沐良只能看懂一部分，秀气眉头紧蹙。

"喜欢什么？"眼见她一副纠结的表情，傅晋臣故意逗她。

沐良鼓着腮帮子，说不出来。

"我来点吧。"傅晋臣见好就收，招来侍应生，道，"波士顿龙虾，鹅肝，法式焗蜗牛。"

"其他的菜，你看着安排。"

"是。"侍应生将菜单收走，恭敬地问："您还是喝上次存放在这里的酒吗？"

傅晋臣挑眉看向沐良："波尔多可以吗？"

"可以。"沐良听到他点的菜，觉得配这支红酒还不错。

这间餐厅客人不多，沐良往外看，外面大厅坐着三三两两的外国人，或是情侣约会，或是朋友小聚。

她刚看过菜单，价位确实不是一般人能消费的，难怪都到用晚餐的时间，顾客还是不多，主要怪价格太贵。

天色逐渐暗下来，餐厅内外都点了红色烛台。透明玻璃让人觉得视野广阔，尤其餐厅中有小提琴伴奏，搭配浪漫的烛火，更是渲染出这里的格调。

沐良透过四周通透的玻璃，能看到外面大厅的全部风光。站在落地窗前演奏小提琴的女孩子，不禁令她想起以前的自己。

刚上大学那年，她晚上也会在五星级酒店的大堂演奏钢琴，不仅能锻炼心性，还能赚到钱。只不过因为她的长相，总会无端招惹麻烦，后来傅政帮她介绍家教，她就再也没有去过外面弹琴。

时间过得很快，那时做梦也不会想到，几年后她竟然可以坐在如此高级的地方吃饭，而且还嫁入豪门。

这种巨大的转变，曾经让她觉得彷徨无助，但因为有了面前的男人，她忐忑不安的心，才找到一方温暖的依靠。

海面宁静悠远，安静惬意的傍晚，坐在梦幻般的玻璃屋中用餐，真是一种极致享受。

沐良全身的筋骨都舒展开，笑问："你们男人过生日，也喜欢浪漫吗？"

"谁规定男人不能喜欢浪漫？"

沐良耸耸肩："你的欣赏品味，果然与众不同。"

两指捏起她的下巴，傅晋臣怒声道："敢笑话我？"

沐良摆手，绝对不会承认："我这是夸你。"

以为他褒贬听不出来？

傅晋臣轻笑，晚上回家再好好收拾她。

"你在算计什么？"沐良看到他眼底闪过的坏笑，心中没来由地发慌。跟他相处久了，她总能闻出些味道来，比如他刚刚忽然变温柔的眼神，那其中就包藏着巨大的阴谋。

"没什么。"男人神色看不出任何变化。

侍应生将红酒送上来，傅晋臣端起酒杯，手腕轻轻转动后，轻啜一口："尝尝看。"

沐良端起酒杯摇晃，抿了一口："果然不错。"

餐点陆续送上，龙虾鲜嫩美味，沐良吃得眼睛都眯起来："好吃。"

吃龙虾并不陌生，以前在家里，沐占年出海打捞到也会拿回来给孩子们尝鲜。不过这家餐厅烹调的食物味道极好，浓郁的芝士味道，沐良真是爱死了。

傅晋臣几乎没吃，原封不动把他盘里的龙虾给她。看到她吃得香，忍不住逗她："人家女孩子都不肯吃，要减肥，怎么你都不怕？"

"唔！"沐良咬下一大块鲜嫩多汁的虾肉，明亮双眸眨了眨，得意道，"我的体质不会胖啊，属于怎么吃都不胖，气死人的那种！"

傅晋臣笑出声，拿起他的餐巾，帮她擦掉嘴角的汤汁。他双手握着刀叉，动作优雅地将面前的鹅肝吃完。

"对了！"

吃到一半，沐良忽然想起什么，面色为难道："你今天过生日，怎么都不提前告诉我？"

她抿了口红酒，失落道："我都没有准备礼物。"

傅晋臣擦了擦嘴，丢开手里的餐巾。

"不就是个生日，不需要那么麻烦。"

生日算是人生很重要的日子，沐良想，没有礼物，有个蛋糕也是好的。她刚闪过这个念头，就见侍应生推着蛋糕车进来。

三层高的奶油蛋糕，插满蜡烛，但还没点燃。

"蛋糕都准备了。"沐良撇嘴，人家自己连蛋糕都准备了，压根没给她表现的机会。

傅晋臣眼底微有笑意："要来点蜡烛吗？"

"要。"

沐良从他手里拿过打火机，站在蛋糕前，小心翼翼地将每一根蜡烛都点燃。她数了数正好二十九根蜡烛，打趣道："你是真的二十九，还是故意少放一根？"

"什么意思？"傅晋臣眼眸微眯。

沐良忍住笑，故意奚落他："我的意思就是，您马上就是奔三的大叔了，所……"

话还没说完，便被身边的男人紧紧扣在怀里，吻住她的唇。

沐良根本来不及防备，倒在傅晋臣怀里，掌心贴在他健硕的胸前，他沉稳有力的心跳，透过掌心一下下传来。

唇上的力道有些大，沐良皱眉动了动，挣扎不开。她翘长的睫毛，几乎擦着傅晋臣的眉眼，那一瞬间，他掠夺的吻，更加炙热。

这间包厢是透明的，他们能看到外面，同样的，外面也能看到里面。

怀里的人开始发抖，傅晋臣恋恋不舍地松开她，眼神落在她嫣红的唇上，满足地笑了笑。

沐良把松开的衣领整理好，看着蛋糕催促："快点许愿，吹蜡烛。"

眼见他就要吹灭，沐良又一把拉住他，道："等等，生日歌还没唱。"

她过生日时沐毅为她买的蛋糕，唱的生日祝福歌，今晚傅晋臣的生日，那么这个重担，理应落在她的肩上。

"祝你生日快乐，祝你生日快乐……"

傅晋臣扶额，嘴角有些抽搐，他都这么大的人了，又不是小孩子，唱这种玩意好丢脸！可沐良的歌声，吸引了外面的客人看过来。

包厢里面有蜡烛，外面那些客人见到都很热心地拍手，跟着唱起生日歌。

"祝你生日快乐……"

气氛莫名的温馨，沐良对他眨了眨眼，同时也对外面那些祝福的客人们，道了声谢谢。

傅晋臣深邃的眸子落在她绯红的脸颊上，不知道想了什么。稍后，他站起身，牵过沐良的手，拉着她一起弯腰，道："帮我吹。"

呼……

几乎同时，他们吐出的气息吹向燃起的蜡烛，转瞬火光覆灭，冒出一串白烟。

沐良拿起边上的蛋糕刀，帮他切蛋糕。今天他生日，她总要特别关照，毕竟过生日的人最大，她勉强可以伺候他一次。

"吃吧。"沐良把蛋糕切成小块，他们一人一块。随后，她又把侍应生招来，将蛋糕分成很多份，请外面的那些客人一起分享。

长这么大，傅晋臣还是第一次过这样的生日，其实从三年前，他就已经不再庆祝生日了，只是今天莫名其妙地想起来，也不知道怎么的，就安排了今晚的一切！

家里人都已习惯不再为他庆生，今晚看着沐良含笑的俏脸，他心底某处竟然柔软下来。

拿起手机走到傅晋臣身边，沐良将摄像头打开，把脸凑过去，摆出自拍的姿势："傅晋臣，你笑一个嘛，你不笑很难看。"

傅晋臣无可奈何，只能对着镜头勾了勾唇。

咔嚓一声，照片保存下来，他和她脸贴着脸，沐良把这张照片设定为屏幕壁纸，看到今天的日期，她立刻笑出声。

"光棍节竟然是你生日？"

傅晋臣脸色有些难看，哪天生日又不是他能决定的。

见他不悦，沐良识相地闭嘴。她生日傅晋臣煮面，难道人家生日，她要两手空空吗？

"你想要什么生日礼物？"沐良笑问他。

什么样的东西他没有？他完全是那种什么都不缺的人。

家里凡是他用的东西，都是名牌，除了贵还是贵。随便说一样，她也买不起，所以这问题白问了。所谓生日礼物，主要是祝福，只要她有心，那就行吧！

"今天是你生日，送份礼物给你吧。"

傅晋臣饶有兴味地问她："什么？"

"咱们要先说好，"沐良紧张起来，"不许笑我。"

猜不到她准备什么，傅晋臣心底兴味正浓，他下巴轻点，保证道："放心，我不是那么没风度的人。"

沐良腹诽，这人小气记仇得要命。

用晚餐前，沐良就一直犹豫着要不要这么做。此刻，她一口酒灌下去，酒劲上涌，正好缓解她的紧张情绪。

"好好看着。"沐良眼里满是柔情。

话落，沐良走向大厅摆放的那架钢琴。

因平时上班的缘故，她都穿得比较正式。今天穿了件黑色修身衬衫，下身是同色瘦腿裤，精干的装束让她别有一番韵味。

松开扎成马尾的黑发，柔顺长发垂在腰间。沐良解开衬衫袖扣，微微挽起一寸，露出纤细手腕，她静坐片刻，缓缓翻开琴盖。

听沐良弹琴，傅晋臣不是第一次。他知道她弹得很好，即使他不怎么懂钢琴，可每次听她弹奏都会觉得富有感染力，有一种潜藏的情感，透过她指尖的音符，传递给所有人。

傅晋臣猜到她要弹琴，那些曲目，她听过很快就能弹奏出来。

麦克风卡在支架上，沐良双手微抬，指尖轻触琴键。

曼妙的音乐声起，沐良指尖弹奏的频率越来越快，在经过一小节的连弹后，她右手大拇指与琴面垂直，指关节向前弯曲，并拢的手指从琴键上面轻轻滑过。

哗啦……

一个漂亮的滑音掠过，沐良突然抬起头，红唇贴近话筒，水润双眸直勾勾落向傅晋臣，深情哼唱：

> 哎哟唉哎哟哎哟哎哟哎哟
>
> 你说你说我们要不要在一起
>
> 柔情的日子里
>
> 生活得不费力气
>
> 傻傻看你
>
> 只要和你在一起
>
> 哎哟哎哟哎哟哎哟哎哟
>
> 我说我说我要我们在一起
>
> 柔情的日子里
>
> 爱你不费力气
>
> 傻傻看你
>
> 只要和你在一起
>
> ……

对面椅子里，傅晋臣双腿交叠，他上半身靠着椅背，眼底掀起不可抑制的惊涛骇浪。坐在钢琴前的沐良，俏脸微垂，每一个动作，每一个表情，都深深映入他的心底。来自胸腔的那股震颤，紧随他的脉搏跳动，让他完全乱了方寸。

心似乎要跳出喉咙。

傅晋臣下颚紧绷，脑海中闪现的只有她的闪亮黑眸，以及她嘴角含笑对他清唱的那句歌词。

"我说我要我们在一起。"

在这一刻，两颗蠢蠢欲动的心彻底沉沦。

曲子被推至高潮部分，音乐声高亢，钢琴余音袅袅，回荡在大厅，周围客人们几乎同一时间站起身，忘情鼓掌，爆发出热烈的掌声。

表演完毕，沐良听到掌声不断，顿觉不好意思，她原想给他弹唱一首歌，没想到太过出挑，把自己陷入焦点之中。

离开钢琴，沐良致谢，却没想到她还礼，掌声竟更加热烈。

大家把她当作助兴演出的吗？她不是来表演的，只是来这里吃饭，顺便给老公过个生日！

周围的掌声一浪高过一浪，沐良有些进退不是。她求助般看向傅晋臣，却见那个男人依旧坐在椅子里，不怒不笑，看不出任何表情。

有客人招来侍应生，往外掏小费，沐良脸色尴尬地要解释，腰间突然一紧。

"对不起。"

傅晋臣拥住怀里的人，锐利双眸扬起，染着与生俱来的霸气。

"她是我老婆。"

众人恍然大悟，再次爆发出热烈掌声。

沐良见到众人暧昧的眼神，羞红了脸。

四目相对，傅晋臣黑眸中柔情似水。

"我们走吧。"傅晋臣薄唇压低，在她耳边笑道。

"去哪？"

"回家。"

傅晋臣言简意赅，拉起她的手离开。

黑色路虎车速飙升，沐良双手扣紧安全带，不断叮嘱道："慢点！"

傅晋臣目光直视前方，一脚油门踩下去。

车身飞速行驶，沐良盯着路面，俏脸发白："你开慢点，我晕车。"

"乖，把眼睛闭上，闭上就不晕了。"

车速丝毫不减。

沐良无力叹息，这男人软硬不吃，想到回家可能被收拾的惨状，她漂亮的五官就皱在一起。

二十分钟后，车子停在别墅门口。身边的人没动，傅晋臣站在车门前："下车。"

"不要。"沐良小脑袋摇得犹如拨浪鼓，不敢回去，生怕被他生吞活剥。

傅晋臣蹙眉："为什么不要？"

"我们去兜风，去海边，或者去山顶？"

现在去哪里都好，反正她就是不想回家。

傅晋臣没发火，轻倚车身："原来你喜欢在车里。"

她和他的第一次就在车里。

"我也喜欢，"傅晋臣抬脚重新坐回车里，把门关上，"这辆车地方挺大，足够咱们折腾。"

发动引擎的前一刻，沐良迅速解开安全带下车："还是回家吧。"

沐良耷拉着脑袋站在车前，傅晋臣牵过她的手，把人拥在怀里："放心，保证不会弄疼你。"

要不要说得这么露骨啊！

前面大厅灯光明亮，家里人都在看电视，傅晋臣不想耽误半点时间，直接带沐良走侧面楼梯，两人脚步奇快。

尤储秀远远瞧见宝贝儿子神秘兮兮地闪过，把管家喊来，吩咐道："把寿面给四少爷送去。"

"好的，太太。"管家应了声，吩咐厨房煮面，亲自端上楼。

卧室门被狠狠甩上，头顶压下一片暗影，傅晋臣俊美的脸庞近在咫尺，沐良慌忙扣住他的肩，道："等等。"

这种时候喊停，根本就是要人命！

傅晋臣恼怒，沐良找不出理由，胡乱说道："我的美羊羊睡衣，就只剩下一套了，你能不能别撕坏。"

她睁着一双水汪汪的大眼睛，无助又可怜地哀求。

就因为一套卡通睡衣？低头在她嘴角咬了下，傅晋臣呵斥道："扫兴。"

"唔！"

沐良委屈地撇嘴，小声地反驳："我很喜欢那个睡衣。"

涌起的怒火瞬间消散，傅晋臣眼眸微眯，因为她无意中的撒娇，心头柔软。他薄唇往下压，落在她的唇角："我送你很多那种睡衣，好不好？"

他磁性的嗓音撩人："你想要什么，我都给你，好不好？"

傅晋臣黑沉的眸子熠熠生辉，沐良本来就喜欢他，如今又感受到他给的宠爱，立刻昏了头。

"好。"

"好"字彻底淹没在唇齿间，沐良扣在他肩膀的手无力垂下。如果说她真的想要什么，那她觉得，她最想要的就是他，这个让她满心欢喜的男人。

唇瓣一阵刺疼，沐良呼吸困难，却依旧愿意任由他掠夺。

笃笃笃……

房门被人敲响，沐良下意识推开面前的男人。

"四少爷，"管家端着餐盘，语气恭敬道，"太太让我给您送长寿面。"

傅晋臣变脸，健硕的胸口剧烈起伏："不吃！"

管家愣了愣，又道："今天是您生日，太太特别吩咐厨房准备的。"

沐良咬着唇，推他一下："过生日应该吃面。"

听到她的话，傅晋臣冷冽脸色才好转，将她拉进怀里，把门打开。

"来得真是时候！"傅晋臣眼神冷飕飕的。

管家瞥见脸色泛红的沐良，立时会意，忙把面放到桌上，迅速离开。

沐良本来就觉得不好意思，现在傅晋臣又这样说，她更害羞，朝他腰间狠狠掐了下："你说话别这么直接！"

"嘶……"

傅晋臣吃痛，沐良把他推到沙发里，笑道：“凉了不好吃。”

要说起来，傅晋臣真有点饿，晚餐他几乎没怎么吃，把好吃的都让给怀里贪吃的小女人了。他拿起筷子，心想着必须要填饱肚子，不然没体力享受漫漫长夜。

这碗寿面，并非普通面条，而是龙须面。汤底讲究，有海参、虾仁、蟹肉、冬笋、火腿等很多食材。

寿面香气四溢，沐良咽了咽口水，伸长脖子看，傅晋臣挑起一缕面条，送到她嘴边：“尝尝。”

沐良摇头：“我妈说，生日吃一碗面不吉利。”

傅晋臣笑道：“不是早就吃过了吗？”

上次她过生日，那剩下的半碗面，都被傅晋臣吃掉。沐良心底涟漪波动。

“张嘴。”傅晋臣把面往她嘴边送，沐良没再矜持，张嘴尝了口。

果然很好吃，面条细如银丝，汤底极好，可惜她肚子里塞得满满的，再也吃不下什么东西。

“你妈偏心，”沐良噘起嘴，“为什么给你准备这么好吃的面？”

沐良想起妈妈，虽然妈妈煮的面没有这么精致，可那份心意远比任何山珍海味都贵重。

“那我跟她说，让她下次也给你准备。”傅晋臣吃着面条，将她搂在怀里，“想家吗？”

“想。”沐良很老实地回答。

“这段时间有些忙，过几天我安排一下，抽空带你回去。”

“真的？”沐良眼睛瞬间发亮。

傅晋臣动作麻利地将面吃完：“当然是真的。”

顿了下，他俯下脸，盯着她问：“要去洗澡吗？”

好好的话题忽然转为暧昧，沐良猛点头：“要洗。”

“去吧。”傅晋臣没有难为她，也没任何无礼要求。她拿出换洗衣服，走进浴室清洗。

半晌，沐良收拾好出来，却见傅晋臣已经躺在床上，头发半干，双眸直勾勾地盯着她。

来不及细想，她已被男人拉上床。

“唔！”

沐良发不出声，睁大眼睛，只能看到傅晋臣那张颠倒众生的脸。

“你才是我的生日礼物。”

沐良心脏剧烈跳动。

“傅晋臣……”

“喊老公。”

他完全是命令的语气，沐良却觉得太肉麻。

傅晋臣掌心收紧，沐良精致的五官紧皱："老，老公。"

"感情不够丰富，"男人不满意，直接否决，"再喊！"

"老公！"

"语气硬邦邦的，不行。"

"老公？"

"这是对老板的态度，再来！"

"老公……"

"有进步，再喊一遍听听。"

"老公老公老公……"

沐良嘴角扬起笑，眸子闪闪发亮。这张朝气明媚的容颜，带给傅晋臣太多的惊喜。自从与她相识，有太多太多的感觉，是他从未体会过的，除去新奇，心中更多的是悸动。

满满的，都是悸动。

心中不再设防，全身心地接受，今晚的情事，沐良体会到另外的一种滋味。

汗湿的碎发贴在脸颊，急促的呼吸声几乎将她淹没，沐良不清楚这种感觉是什么，唯一能做且唯一想做的，就是紧紧搂住他，把忐忑不安的自己，尽数都交给他。

只是乐极生悲这话太灵验，彻夜纵欲，第二天没有睡到日上三竿，倒把"大姨妈"提前召唤来了。

傅晋臣心情大好，特别给她一天假期。

阳光明媚的天气，沐良不想窝在家里。昨天傅晋臣生日，她总觉得欠他一份实质性的礼物。

一件样式普通的衬衫，也要五位数，沐良看着手机收到的消费提示肉疼得紧，她觉得很有必要跟傅晋臣探讨一下消费观念的问题。

商场有家很不错的咖啡店，这家店的慕斯蛋糕很好吃，沐良有些馋，提包进去。

点了东西，靠坐在舒服的沙发里。窗外有温暖的阳光照射进来，她拿起手机看了看，见到傅晋臣发短信过来，问她在做什么。

沐良抿唇轻笑，给他回复过去：我在外面逛街，晚上一起回家？

很快男人回复过来：等着我。

"项北！"

一道凛然的吼声传来，沐良怔了怔，转头看过去，果然见到风风火火赶来的傅欢颜。

傅欢颜上身穿着一件毛衣外套，下身是条洗白的牛仔裤，脚上是一双黑色马丁靴。她背着画板，站在逆光的位置。

"我给你三秒钟，如果你现在起来离开，我就当作什么都没发生。"

椅子里的豪门千金蹙眉，见傅欢颜横刀出来抢人，立时震怒："你是谁啊？这么没教养没礼貌，不要影响我们！"

傅欢颜瞬间目光凌厉，眼神阴沉地瞪着妆容精致的女人："你又是谁？"

"我啊，"豪门千金自豪地挺起胸，回道，"你知道对面的那座百货大楼吗？那是我们家的。"

"哦。"

傅欢颜冷笑了声，转而盯着项北，语气凛冽："项北，这就是你的品味？一栋百货大楼就能满足你？"

她犀利的眼神射向那位豪门千金："这条商业街都是我们家的，你知道吗？"

噗！

沐良口中的咖啡差点喷出来，原来这条商业街都是傅家的啊！

"……"豪门小姐惊呆，被噎得说不出话来。

项北看到傅欢颜吃醋的模样后，慢慢勾起笑，他正准备起身圆场，不想身边的豪门千金发威。

看着傅欢颜的穿戴，豪门千金不屑道："喊！就凭你，你也配？"

闻言，项北眼底的神色瞬间变冷。

天之娇女，傅欢颜算是当之无愧。所以她几乎想都没想，端起服务员托盘里的咖啡，迎面就要朝那个豪门千金泼过去。

咖啡滚烫，如果泼上去，后果不堪设想。

沐良下意识地扣住傅欢颜的手腕，将她泼出去的动作挡开。

"啊！"

豪门千金惊恐地捂住脸，忘记了躲闪，全身瑟瑟发抖。

咖啡杯偏离方向，落向那人肩膀，有少许滚烫咖啡飞溅出来，不偏不倚，洒在沐良的手背上。

项北伸手虽快，也来不及阻止，他只能把傅欢颜牢牢搂在怀里，无力再去推开沐良。

"唔……"

沐良痛苦地皱眉，眼泪霎时逼出眼眶。

"傅欢颜！"

咖啡厅响起一声暴怒，傅晋臣将沐良拉进怀里，看到她瞬间红肿的手背，眼底腾起怒火。

傅欢颜不敢吭声，吓得躲进项北怀里。

第六章
真公主与假公主

　　滚烫咖啡浇在稚嫩的皮肤上，很快引起红肿，并且烫起大片水泡。傅晋臣飞车赶到距离商业街最近的医院，抱起冷汗直流的沐良，跑进二楼急诊室。

　　"先给我们看！"

　　傅晋臣身形高大，一脸凶恶的表情，竟然把外面正在排队的患者都给吓住。护士倒是没被吓住，但被他俊美的脸庞迷住。

　　医生推推鼻梁上的金丝眼镜，冷声道："这位先生，请排队挂号。"

　　"挂号我会去，"傅晋臣把沐良放进椅子里，"先给我老婆看。"

　　医生往外指了指："排队。"

　　"没那工夫！"

　　傅晋臣俊脸紧绷，看到沐良红肿的手背，沉声道："我老婆的手都烫成这样了，你还让我排队？"

　　病人在医生眼里都是平等的，傅晋臣这样说，显然触动到这位年轻而又正义感十足的医生。他抿起唇，纠正道："看急诊的都是很着急的病人。"

　　听到医生的话，外面排队的病患，纷纷出声附和。

　　"是啊是啊，你这人怎么回事啊？"

　　"就是，我们都排队了，你凭什么直接看？"

　　人们七嘴八舌地指责，傅晋臣黑眸眯了眯，全身危险的气息尽数散发。

　　"算了，"沐良伸出另外一只手拉他，"我们还是排队吧。"

　　傅晋臣按住沐良的肩膀，让她坐回去。她的小脸都惨白成纸了，还能等吗？

　　男人掏出钱包，抽出厚厚的一摞钞票，对着那些嚷嚷的人群，道："这里是五千，谁把手里的号卖给我？"

　　五千？

挂个门诊十几块钱，现在无端翻出几百倍的价钱，这不是天上掉馅饼的好事吗？傅晋臣话音刚落，门外排队的那些人都涌进来，高举手里的号牌，叫道："我要卖！我要卖！"

汗！

沐良原本已经疼得小脸抽搐，看到此时的画面又难免发笑。傅晋臣终究是傅晋臣，他做事从来都不讲手段，只要结果！

护士们拦不住，那些人挤破脑袋往里凑。

傅晋臣挑出最靠前的号拿过来，将手里的钱塞去。

"哈哈……"拿到钱的男人笑出声，有这些钱，排多少号没有。

傅晋臣把挂号单子拍在医生办公桌上，厉声道："现在可以看了吧？"

医生终于明白这是块铁板，而且还是块有钱有势的铁板，跟他较真会惹麻烦，既然外面那些人都没意见，那他也不会坚持。

医生戴上消毒手套，盯着沐良发白的脸色，告诉她："我现在要把水泡挑破，会有一点疼。"

沐良全身发抖，求助傅晋臣："我害怕，我怕疼！"

"能不能换个别的方法？"

"不能。"医生戴上口罩，"必须要挑破水泡，才能上药。"

傅晋臣敛眉，拥紧怀里的人："没事，挑开水泡不疼的。"

"你怎么知道？"沐良明摆着不相信。她看着医生手里握着的长长的针，全身的汗毛直立。

沐良委屈得想哭。从小到大，她最怕打针，最怕疼，每次生病难受都会依偎在妈妈的怀里，那样才会觉得舒服一点儿！

"傅晋臣，我……我害怕。"沐良缩着脖子，整个人躲进傅晋臣的怀里。

"不怕，"傅晋臣张开双臂，将她紧紧搂在怀里，柔声道，"有我搂着你，肯定不疼。"

他瞪着面前的医生，警告道："你要是敢弄疼我老婆，我就让你疼一百倍！"

"啪！"

医生将针尖刺入鼓起的水泡中，很快地挑开，压根没搭理傅晋臣的话。

水泡轻松破开，真的不疼，沐良终于安心。不过很快的工夫，她再度冷汗直流，挑破水泡是不疼，但上药的时候很痛。

沐良不自觉咬住唇角。

傅晋臣把她的脸扣在怀里，不让她看。她本来白皙的手背，此时又红又肿，可怜得很。

前后不过五分钟，医生已处理好烫伤。

"医生。"

133

忍过那阵疼痛，沐良缓过神，急忙追问道："我的手会有什么后遗症吗？"

"你指什么？"医生摘下口罩，开始清理刚才用过的东西。

"我要弹琴，会不会影响我弹琴？"沐良开始后怕，刚才脑袋一热救人，却忘记她这双手比什么都宝贵。

"这个不会。"医生见她眼底的忧心，安抚道，"没有伤到关节筋骨，只是烫伤。你按时来换药，一个星期后就会痊愈。"

"可能短时间内被烫过的肌肤会发红，半年内会恢复正常。"医生解释得很细致，并且很肯定地告诉她不会影响弹琴，沐良紧提着的心，终于落下。

随后，医生开了消炎药，让她按时服用，同时叮嘱她隔一天就要来换药。

从医院出来，沐良紧绷的神经舒缓开。刚才伤口疼，但上过药后觉得凉凉的，舒服不少。傅晋臣拿着药，将她扶上车，直接开回家。

黑色路虎停在院里，傅晋臣小心翼翼地牵着沐良的手，带她往里走。

傅东亭看到沐良包扎的手背，忙问："这是怎么了？"

"烫的！"傅晋臣眼神阴冷，直接射向缩在沙发里的傅欢颜。

"怎么烫的？"傅东亭托起沐良的手背看了看，"严重吗？医生怎么说？"

傅欢颜缩着脖子，狠狠瞪向傅晋臣，那眼神明显是警告。

"爸，您问傅欢颜去。"傅晋臣冷笑了声，无视傅欢颜的眼色。

沐良不想惹麻烦，而且事情也不严重，她拉了傅晋臣一把，接口道："我们刚从医院回来，医生说没什么事情，休息几天就好了。"

傅东亭早就看出门道，他自己的女儿他自然了解。不过沐良能如此识大体，很是让他欣慰。他眼神温和，柔声道："良良真是懂事。"

尤储秀见女儿眼神不住躲闪，大概也猜到什么。她起身过来，目光从儿子脸上掠过，最后定格在儿媳妇脸上："这几天在家好好养着，先不要去上班了。"

她招来用人，吩咐道："把晚饭给四少奶奶送去卧室。"

"谢谢妈。"沐良笑了笑，语气温顺。

尤储秀没再多说什么，扶着傅东亭走进餐厅。

傅晋臣托着沐良受伤的手腕，将她带回三楼卧室，拿出一套干净的衣物，帮着沐良换好，让她靠坐在床头，问她："要喝水吗？"

沐良点点头："嗯，渴了。"

傅晋臣刚要起身去倒水，却见有人端着什么进来："喝这个喝这个。"

傅欢颜捧着一个精致的瓷碗进来，伸手推开傅晋臣，一屁股坐在床边："银耳莲子羹，我让厨房炖的。"

傅欢颜将碗递到沐良面前，拿起勺子喂她："尝尝看，很好吃的。"

不习惯被人伺候，沐良下意识想要拒绝，却听傅晋臣沉声道："别拒绝，让她伺候！"

沐良伸出去的手，渐渐收回。

“傅老四，你凶什么凶！”傅欢颜狠狠瞪他，语气不善，“我伺候沐良，跟你有关系吗？”

“当然有关系。”

傅晋臣背靠着衣柜，站在床边：“你把我老婆烫成这样，还敢不来伺候？”

“不是我烫的，”傅欢颜噘起嘴反驳，“是那杯该死的咖啡烫的。”

噗！

沐良终于忍不住笑喷。眼前的傅欢颜笑容浅浅，那张稍显歉意的脸，透着几分羞怯，沐良并没生她的气，这件事也不能怪她！

“乖，快吃。”傅欢颜拿起勺子，轻轻吹凉后，喂给沐良吃。

能被傅家三小姐伺候，沐良着实不自在，她想自己吃，手指一动牵扯到伤口，顿时痛得倒吸口气。

“慢点。”

傅晋臣拉过她的手，再度将人搂在怀里。

“你的手没事吧？”傅欢颜脸色愧疚，她喜欢画画，自然知道手对弹琴的人来说多么重要。

“没事，”沐良急忙开口，不想让她内疚，“医生说不影响弹琴。”

“那就好。”傅欢颜握住沐良没受伤的那只手，“从今以后，你叫我姐吧，以后这个家里，姐罩着你！”

傅晋臣立刻把沐良的手收回来，语气嘲弄：“你还是把你自己管好了吧！”

他可不敢让沐良跟傅欢颜混在一起，那得给教成什么样子！

“傅老四！”

傅欢颜恼怒，吼道：“你一天不跟我对着干，能死吗？”

掏出还在振动的手机，傅晋臣指给她：“项北电话，响十几遍了，烦死！”

“不接。”傅欢颜把手机丢给弟弟。

他们两人经常这样，傅晋臣都已经习惯，他无奈地滑开屏幕，不想继续被打扰。

“项北问你，为什么不接他电话？”

“哼。”傅欢颜冷冷笑道，“让他去死！”

傅晋臣原封不动把话传回去，对着手机道：“她说让你去死！”

话落，傅晋臣将电话挂断。

沐良忍不住偷笑。

“你……”

傅欢颜指着傅晋臣的鼻子，想骂又骂不出来，气得不轻：“行啊傅晋臣，有你的！”

她把手里的碗塞给傅晋臣，气哼哼地往外走，想到什么又转身，收起愤怒的脸，看向沐良道：“良良，姐明天带你去医院换药。”

"好的。"沐良没敢拒绝，她聪明地感觉到这种时候千万别招惹傅欢颜。

眼见她离开，傅晋臣才开口："少搭理她。"

托起沐良受伤的手，傅晋臣面色如冰："这笔账慢慢跟她算。"

"我没事，"沐良眨了眨眼，逗他，"其实也不能全怪你姐的，那个项北到底怎么回事？他不是跟你姐好吗，怎么又跟别人相亲？"

傅晋臣松开衣领，语气无奈："他们两个人的事情，说不清楚。"

用人很快将晚饭送上来，傅晋臣没下楼，陪她在卧室吃饭。

因为受伤，沐良只能请假。辛歆很关心她，问过伤势后，给了她一个星期的病假，让她好好休息。

这一周里，傅欢颜每次都会陪沐良去医院换药。

最后一次换药回来，她们在卧室聊天："良良，以后傅老四要是欺负你，你就告诉我，我帮你治他。"

"好啊。"沐良眨了眨眼，笑容温柔。

傅欢颜轻笑，觉得沐良与她以往认识的那些豪门千金都不一样。她的朋友圈子不大，虽然家世显赫，但她古怪的性格让很多人不敢亲近。

"咱俩脾气挺合得来的，应该是姐妹才对嘛。"

沐良盯着她的眼睛："我没姐姐，你以后就是我姐。"

"够义气！"傅欢颜拍拍她的肩膀，语气霸道。

曾经很讨厌的人，如今变成朋友。

一周后沐良的烫伤基本痊愈，立刻回来上班。

乔笛不敢去傅家看望她，见到她人就扑上去熊抱。

"亲爱的，吓死我了。"乔笛眼眶发红，"你的手没事吧？"

沐良心头热热的："我很好，一点儿事情都没有。"

乔笛拉着她左看右看，询问很多，沐良耐心地把事情全过程都告诉她。

早上把她送到公司后，沐良就没见过傅晋臣。中午用餐，员工们都往员工餐厅走。

"沐良！"

身后那道声音有几分熟悉，沐良转头，走来的男人俊脸依旧。

"为什么几天都联系不到你？"盛铭湛上身穿着一件深蓝色衬衫，薄唇紧抿。

沐良怔住，没想到他会出现。

"怎么不说话？"盛铭湛绷着脸。

乔笛吓了一跳，见盛铭湛盯着沐良的眼神，八卦的潜质瞬间爆发，她趴在沐良的耳边，问道："你们什么关系？"

沐良狠狠瞪向乔笛："没关系。"

"盛总，我有事休假了。"

盛铭湛瞥见沐良微红的手背，本能地伸出手抓住，问："怎么回事？"

掌心忽然被他握住，沐良头皮一阵发麻。同事们好奇地张望，她果断收回手，脸色沉下来。

这是作死啊！

侧面电梯门打开，傅晋臣单手插兜走在前面，他身边跟着不少人，辛歆也在他旁边，正在小声说着什么。

突然见到前方几人，辛歆停住脚步。

傅晋臣眼眸微眯，朝沐良走过去。

"盛总，你怎么来了？有事？"

傅晋臣磁性的嗓音响起，沐良嘴角一抽，做错事般低下头。

"来看看。"盛铭湛回答得随意，目光始终落在沐良脸上，并没有掩饰。

这种焦灼的状态，只让沐良感觉口干舌燥。乔笛察觉到不对劲，看看傅晋臣，又看看盛铭湛，暧昧地笑。

沐良脑袋几乎埋到胸口。

"既然你没事，那我先走了，我们再联络。"盛铭湛不想让她为难。

"盛总有事的话，跟我联系。"傅晋臣挡在沐良身前。

"傅总事多，我跟你手下人见面就好。"盛铭湛脸色未变，似乎没听出傅晋臣话里的意思。

顿了下，他故意笑道："沐良，我会给你打电话。"

"……"

沐良咬牙瞪他，眼里蹭蹭冒火，盛铭湛你要死啊！

气氛霎时降至冰点，傅晋臣往前一步，视线落在盛铭湛的脸上，语气深沉："对不起，盛总，你要跟她联系，也要先经过我。"

噗！

乔笛不敢笑，憋得脸色通红。

沐良彻底笑不出来了。

这是天要亡她吗？

"为什么要经过你？"盛铭湛自然不会示弱。

瞥见沐良低垂到胸口的脑袋，傅晋臣勾起唇，眼底兴味渐起："这是傅氏员工的规矩！"

他回答得模棱两可，沐良本能地看过去。

为什么不直接说破？他不愿意把他们的关系说出来吗？

曾经一直不想公布关系的人是她，但此时听到傅晋臣亲口回避，沐良神情异常失落。

好复杂的心情。

"盛总。"

辛歆察言观色，笑着上前，缓和道："您有问题随时找我就好，这个案子傅总全权交给我来处理。"

"是吗？"盛铭湛视线掠过沐良，"傅总还真是肯放权。"

傅晋臣笑而不语，盯着沐良紧张的脸，柔声道："怎么还愣着？快去吃饭。"

"哦。"沐良如遇大赦，拉起看笑话的乔笛一溜烟走进餐厅。

她走远的身影透出淡淡的失落，傅晋臣弯起唇，看透她的心思。傅太太这个身份，应该在隆重场合下宣布。

傅氏最顶层的办公室，黑白两色的装修风格。高森站在办公桌前，合上文件夹，神色迟疑，道："四少，您让我查的人，毫无线索。"

这么多年，但凡傅晋臣交代下来的事情，高森还没有不能完成的，这次算是例外。

傅晋臣神情看不出喜怒："继续查。"

"是。"高森转身出去。

窗外云层浓厚，傅晋臣转过身，单手抚着下颚，视线落向前方云朵中。既然她敢再次出现，那就说明，距离见面的日子不远了。

市中心高级西餐厅，一处安静的角落，长方形的桌前，宋清华脸上戴着墨镜，坐在蓝色布艺沙发里。她招来服务生，点好餐后，服务生立刻拿着餐单离开。

对面沙发里，坐着的女人四十多岁，穿着比较普通。她不时透过落地窗往外面看，似乎正在等着某人。

"爱瑜很快就到。"宋清华喝了口水，"路上堵车，你别着急。"

"呵呵……"桑卉笑了笑，道，"不急不急。"

"清华，你最近瘦了。"桑卉盯着对面的人看，语气颇为关心，"是不是最近工作太累了，你年纪也不轻了，不要太辛苦。"

"卉姐，"宋清华抬手摘下脸上的墨镜，道，"我答应过桑瑜要照顾你们全家，你放心吧，只要我活着，就不会让你们受委屈！"

"清华，我不是这个意思。"桑卉握住宋清华的手，别有深意道，"如果我弟弟还活着，他看到你对我们这么好，也一定会很感激的。"

听到她的话，宋清华瞬间收拢五指，脸色变了变。

路边停靠过来一辆红色跑车，宋爱瑜推门走进餐厅，一眼就看到宋清华。

"妈妈……"

宋清华站起身，将女儿搂在怀里。宋爱瑜看到对面的人，熟悉地打招呼，道："桑卉阿姨，您好。"

"哎哟，我们爱瑜越长越漂亮了。"桑卉忍不住伸手，紧紧拉住宋爱瑜的手。她眼底带笑，细细打量着面前的人，神情颇为激动。

宋清华眼神微闪，却并没有阻拦。

碍于宋清华在场，宋爱瑜不得不耐着性子，她敷衍地笑了笑，随后厌恶地收回手。

对方那双干巴巴的手，摸得她手背刺痛，真讨厌！

宋爱瑜低头喝果汁，俏脸明显透着不耐烦。其实她很不明白，为什么妈妈会有这样的朋友？

"爱瑜啊，你最近过得好不好？上次阿姨看到你拍的广告，钢琴弹得真好！"桑卉眼睛直勾勾地盯着宋爱瑜看，眼神满是疼爱，"工作虽然重要，但也不要太累，要照顾好自己。"

宋爱瑜微微蹙眉："谢谢阿姨关心。"

"不要谢，"桑卉眉眼温柔，忍不住再次伸手抚摸宋爱瑜的手背，"乖孩子。"

宋清华挑了挑眉，嘴角的笑容浅浅。在桑卉跟宋爱瑜说话的时候，她基本都不会插话，只是安静地坐在边上看着。

须臾，宋爱瑜包里的手机响起来，她看到短信，嘴角闪过一抹笑："妈妈，我还有事，中午不能跟你们吃饭了。"

"很重要的事情？"宋清华蹙眉，看向女儿，想要挽留她。

"嗯，"宋爱瑜点头，"挺重要的。"

顿了下，她亲热地挽住宋清华的胳膊，撒娇道："妈妈，我真的有事，你不要生气好不好？"

宋清华叹了口气，伸手拍拍她的小脸，不忍责备。

"清华，"桑卉虽然神情失落，但还是不想让宋爱瑜不开心，"既然爱瑜有事，那就让她去办吧，我们聊天也是好的。"

"谢谢阿姨。"宋爱瑜展颜，提着包站起身，俯身在宋清华脸上亲了下，撒娇道，"妈妈，我晚上回家陪你和外公吃饭哦。"

"乖！"宋清华点头，叮嘱她，"小心开车。"

"知道了。"宋爱瑜头也不回地跑出餐厅，迅速将停在路边的红色跑车开走。

望着那辆昂贵的高级跑车，桑卉动了动嘴，道："清华，感激你对爱瑜所做的一切，她生活得好，我们也就安心了。"

宋清华敛眉，轻轻搅着咖啡，神色如常，道："她是我的女儿，我自然要给她我的所有。"

闻言，桑卉脸色变了变，她尴尬地点头附和，垂在身侧的双手紧了紧。

"辛姐，您找我？"

"坐。"辛歆指了指对面的椅子。

沐良看到桌上那份详细资料，万分惊讶："真有另外两家集团加入？"

"是的，"辛歆点头，"盛铭湛没有故意放烟幕弹。"

上次从盛铭湛那里知道这个消息后，辛歆用将近半个月的时间，总算把情形悉数打探清楚。

原本有傅氏总公司的竞争，已经对他们构成威胁，现在又多出两家实力强大的集团，事情着实不简单。总公司与他们虽同属傅氏，却又区别很大。分公司归属傅晋臣掌管，而总公司的事务多数都落在傅培安手中，不同管理，各自为政。

沐良明白这其中的奥妙，她自然希望自己的公司能够胜出，更何况这合作案明明就是傅晋臣先筹划的，那些人凭什么心安理得地想要来分一杯羹？

对于这个圈子，她还不熟悉，知道的集团也不多。但宋氏集团，她知道。

想到宋氏，她便会想到钢琴，以及宋清华。

那次参选宋氏琴行代言人，沐良只与她见过一面，却记忆尤深。

"辛姐，我们要怎么办？"她担心地问。如果盛铭湛要把事情搞大，说明他有更深层次的想法。

"总裁知道了吗？"

辛歆没有瞒她："知道了，这份资料还是刚刚高主管给我的。"

"总裁说过什么吗？"

"目前没有。"

辛歆手指点在资料夹上，叮嘱道："这信息是绝密的，没有公开前千万不能透露出去。"

"我明白。"职业规则，沐良已经懂了。

"去工作吧。"跟聪明人说话，辛歆点到为止。

名海市往东，有大片环境清幽的墓园。晨曦透过薄雾笼罩下来，墓园中人影稀疏，愈发显得冷清。

墓园正中间有座高大的墓碑，雕工精致，位置绝佳，周围松柏环绕，宁静安好。

"桑瑜，姐姐来看你了。"蹲在墓碑前的女人眼眶发红，她掏出手帕，细细擦拭着墓碑边沿，将周围长出的杂草清理干净。

"清华也来了，"桑卉凝视墓碑上的照片，语气哀伤，"清华对我们很好，很照顾咱们一家的生活，你不要为我们担心，知道吗？"

宋清华身着一身黑色套装，深棕色长发垂在背后。她戴着墨镜，站在墓碑正对的方向，迟迟不肯上前。

每年忌日，桑卉都来祭拜弟弟，跟他说说家里的情形。桑家只有他们姐弟二人，从小相依为命。弟弟的早逝，对桑卉来说是个沉重的打击！

"桑瑜，"抚着照片中的人脸，桑卉目光含泪，"如果你还活着该多好，姐姐好想你。"

宋清华抱紧怀里的那束蒲公英，弯腰将它放在他的墓碑前。

"桑瑜，我答应你的事，这辈子都不会再辜负！"

微颤的指尖缓缓轻抚在爱人的照片上，宋清华哽咽道："是我欠你的，是我辜负了你！"

桑卉伸手将宋清华扶起来："这么多年你为我们全家做的一切，桑瑜肯定都知道。"

"只是知道还不够，"宋清华眼睛盯着墓碑，唇角紧抿，"如果可以让他复活，我愿意付出所有。"

"清华。"

桑卉拥住她，眼底神情复杂："我明白你对桑瑜的感情，我都明白。"

包里手机一直在响，宋清华充耳不闻。她呆呆地站在墓碑前，很久后才离开。

临近中午，宋清华才回到公司。她刚进办公室，林蔷就气势汹汹地冲进来："你一上午不见人，手机也不接，到底去哪里了？"

宋清华摘掉脸上的墨镜，脸色很不好看："今天是桑瑜的忌日。"

又是桑瑜？

林蔷沉下脸，瞬间发火："宋清华，是不是只要碰见跟桑瑜有关的事情，你整个人就废掉了？我昨晚怎么跟你说的，今天名川集团负责人要见你，你迟迟不露面人家转头就走，我连个解释的机会都没有！"

"那就不用解释。"宋清华神色不屑。

"你！"

林蔷生气，拍着桌子吼道："你说得倒是容易！难道你不知道我们这次跟名川集团合作，牵扯多少资金流动吗？"

她强忍住怒火，厉声道："清华，我们现在资金短缺，容不得你任性妄为！"

"我一直都这样。"宋清华依旧不买账。

林蔷被她气得不轻，拿起桌上那束蒲公英，反手丢进垃圾桶。

"林蔷！"

宋清华咻地站起身，眼神凌厉。

"跟我急什么？"林蔷同样不甘示弱地瞪回去。这么多年压在她心头的那块大石头，似乎都在此刻爆发出来："宋清华，你知道我这些年是怎么过日子的吗？有多少个夜晚，我都睡不着，只要闭上眼睛，眼前就是那个孩子的脸！"

她深吸一口气，指着对面的宋清华，道："当年你以死相逼，让我把那个孩子送走。这么多年，我看着董事长对爱瑜那么疼爱，我心里就有愧疚。他以为，他疼的宠的，是他嫡亲的外孙女，可是爱瑜跟宋家半点血缘关系都没有！说得好听些，她不过就是你从桑家买来的孩子，用来思念桑瑜的道具！"

宋清华沉下脸，反驳道："爱瑜是我的女儿，是我的女儿！"

"她不是！"

林蔷走到宋清华面前，直勾勾地盯着她的眼睛："当年被我抱走的那个孩子，才是你的女儿！宋清华，我是帮凶，我对不起那个孩子，这辈子都没法安心！"

"闭嘴！"

宋清华神情瞬间变得激动："她不是我的女儿，她本来就不应该来到这个世界，她是个孽种！"

"清华。"林蔷发觉自己失态，语气缓和，"事情过去这么多年，怀亦跟桑瑜都不在了，你为什么还不能忘记？"

"我忘不了！"宋清华眼睛通红，眼眶中蓄满热泪，"当年的事情你都清楚，如果不是他，桑瑜怎么会死得那么惨？你说这么多年，你没有睡过一个安稳觉，那我又何尝不是？每天闭上眼睛，我都会看到桑瑜瞪着我，问我为什么要背叛他，问我为什么要背弃我们的诺言，为什么没有和他在一起……"

"好了好了。"林蔷一把将她搂在怀里，不住地安慰，"不要想这些，清华，不要再想这些了。"

宋清华靠在好友怀里，全身不住地发抖："你是知道我怎么才能活到今天的，她是我的噩梦，是我这辈子永远都摆脱不掉的噩梦！"

林蔷眉头紧蹙，心中一片哀伤。她忘不掉当年抱在怀里的漂亮女婴，那么美好的一个孩子，却偏偏背负如此沉重的命运，真是不公平！

当年一场错位的爱恋，注定三个人恩怨交错。可上一辈的纠缠，又何苦连累到无辜的孩子们。

办公室外，宋爱瑜提着新鲜出炉的起司蛋糕，俏脸一片惨白。

跑出公司，她打开车门，双手颤抖地抓紧方向盘。为什么林蔷阿姨说她不是宋家的公主？为什么说她不是妈妈的亲生女儿？

宋爱瑜方寸大乱，迅速将车开回家。

"小姐。"

宋爱瑜快步上楼，谁也不搭理。她走进宋清华的卧室，一个抽屉一个抽屉地翻找。衣柜、书桌、梳妆台，甚至大衣柜，只要能找的地方，她全部都找个遍。

没有爸爸的照片。

从小到大，宋爱瑜都从没见到爸爸的照片，无论问谁，都没人敢多说半个字。

林蔷与妈妈的谈话中提到桑家，她并不认识什么桑瑜，但每年妈妈都会带她见一位桑卉阿姨，难道他们……

宋爱瑜跌坐在床边，寒意遍布全身。

倘若她不是宋清华疼爱的女儿，不是宋儒风宠爱的公主，那她要怎么办？

用人听到有动静，急忙赶过来："小姐，您有什么需要？"

宋爱瑜低头把眼角的泪痕擦掉，调整好情绪："把妈妈房间收拾好。"

"是。"用人们不敢多问。

须臾，别墅前那辆红色跑车，开出大门。

沐毅考完试出来，开机后收到来电提示，笑着将电话回拨："爱瑜，有事找我？"

"你在哪儿？"

她的声音沙哑，沐毅蹙眉。

"刚考完试，你怎么了？"

宋爱瑜捧着手机，整个人缩在床角。

"我想见你，马上。"

挂断电话，沐毅坐车赶往酒店。

到了海边度假酒店，宋爱瑜的电话一直没人接听。电梯停在十二楼，沐毅迅速找到房间。

叮咚——

门铃响过很久也没动静，沐毅用力拍门："爱瑜，是我！你在里面吗？"

房间黑着灯，床脚隐约有一抹身影。宋爱瑜听到外面的喊声，抬起泛红的眼睛："沐毅……"

"爱瑜！宋爱瑜！"

啪嗒一声，门被打开。

沐毅抬脚跨进来，宋爱瑜迎面扑入他的怀里。

"怎么了？"沐毅双手拥住她，将门关上。

房间没有开灯，沐毅伸手找电灯开关，被宋爱瑜死死拉住："沐毅，别离开我。"

沐毅回身坐进沙发里，感觉她全身抖得厉害。

"出了什么事？"即使光线黯淡，沐毅依旧能看到她满脸泪痕。

宋爱瑜将脸埋在他的胸口："沐毅，如果我不是宋爱瑜，如果我没有钱、没有地位、没有家世，如果我什么都没有，你还喜欢我吗？"

沐毅怔了怔，随后忍不住发笑："我喜欢的是你，跟你是什么地位、什么家世都没有任何关系。"

"我喜欢的是你这个人，"沐毅将她从怀里拉起来，低头在她额前亲了亲，"感觉到了吗？我喜欢你。"

宋爱瑜眼角滚出一串热泪，他说喜欢的是她这个人，并没有说他喜欢的是宋爱瑜，至少这世上，还有一个人真心喜欢她，无论她是谁！

"沐毅。"宋爱瑜仰起头，主动吻住他的唇。

反手扣住她的脑袋，沐毅低头回吻，他二十出头，正是血气方刚的时候，又因为怀里的人是他真心喜欢的，自然把持不住。

宋爱瑜扬起头，望见他隐忍紧绷的俊脸，在他耳边低喃："沐毅，你可以要我。"

沐毅心头有片刻的挣扎，但控制不住内心强大的占有欲。

这一晚，不怎么舒服，却因为沐毅的温柔，让宋爱瑜觉得，她不是孤单的。在她最脆弱、最无助的这刻，还能有人爱她，稍稍填补她慌乱不安的心。

翌日早上，宋爱瑜醒来时，身边早已没了人。床头柜有张字条，她看过后，神色温柔地笑起来。

洗过澡，人舒服很多。宋爱瑜裹着浴巾，站在浴室镜前，脖间吻痕犹在，尤其锁骨间有一个较深的齿痕，还能感觉到刺痛。

他真是第一次吗？

宋爱瑜撇嘴，回想起昨晚沐毅的表现，脸颊染上几许红晕。

昨晚的慌乱渐渐归于平静，那个消息差点把她击垮，此时冷静下来，宋爱瑜明白她需要一个肯定答案。

傍晚的傅家大宅，灯火通明。

沐良从公交车上下来，沿着路边走，傅晋臣减慢车速，抬手按了按喇叭。

滴——

见到是他，沐良坐进车里。

"以后天气冷了，让司机接送你。"傅晋臣单手扶着方向盘，看向身边的人。

沐良摇头，依旧拒绝："没事，天冷穿得多，走路很舒服。"

这是什么理论？傅晋臣敛眉，知道说不过她，也没有再多说。

车前放着一张精致的烫金邀请卡，沐良拿起来看，发觉这张邀请卡竟然跟她包里那张烫金名片，如出一辙。

心蓦然沉了沉。

"盛氏明晚有酒会，"傅晋臣将车开进别墅，"听说入选的几家集团都要露面。"

沐良将邀请卡放回去。

"明晚我们一起去。"

"我们？"沐良皱眉。明天那样的场合，如果她跟傅晋臣一同出席，那他们的关系……

傅晋臣挑眉问她："有问题？"

迟疑几秒后，沐良摇头。

盛氏筹办酒会，奢华程度自然不用说。海景酒店位置最佳的宴会厅，顺着大片落地窗望出去，波光粼粼的海面宁静悠远。

前来参加晚宴的人，除去未来要与盛氏合作的几家集团外，还有不少名流商贾，大多想要借此机会攀附，寻找分一杯羹的机会。

宴会厅中，觥筹交错。前来的宾客们个个头面光鲜，身着华服。

沐良没参加过这种晚宴，难免紧张，她抓住身边男人的手，掌心微微冒汗。

"不用担心，"傅晋臣勾起唇，在她耳边小声道，"你只要微笑就好。"

微笑吗？沐良紧绷的脸色稍缓。

傅家四公子出场，无需引荐，早已有人围拢过来。沐良也被包围在中间，她谨记傅晋臣的教导，扬起嘴角，朝众人报以微笑。

怀里人眼睛笑眯眯地弯起，傅晋臣只说让她微笑，可没说让她看见谁都笑，她这样一直勾唇都不觉得累吗？小傻瓜，真是太好骗了！

这边有不小的动静，自然吸引众人目光。

盛铭湛身着白色西装，唇角含着浅淡笑容，他看到进门的男人，便迈步朝入口处走来。

沐良心中微有慌乱。

"盛总。"傅晋臣主动开口。

盛铭湛看到他身边的沐良后，眼眸微眯："你怎么来了？"

这么直白的问，沐良不知道要怎么回答。

"今晚既然携眷出席，她当然要来。"

傅晋臣掌心落在沐良腰间，霸道地将她揽入怀里："我正式介绍一下，我太太，沐良。"

闻言，盛铭湛眼底掠过一抹异色。

整个人贴在他的怀里，沐良能够清楚地感觉到傅晋臣发出的危险信号。她深吸一口气，随着他的口吻，道："他是我老公。"

老公？

盛铭湛脸色陡然凛冽。

看见他犀利的眼神，沐良别开视线。

参与竞争的四家集团，今晚已经到场三家，还有一家听说是香港的莫氏集团，但对方还没到场。傅氏集团占去两个名额，这在圈中也算罕见。傅培安为傅家长子，又跟在傅东亭身边最久，无论在公司或者交际圈中，他所处的地位都不能小觑。

傅培安携傅政出席，同样吸引很多人的关注。傅晋臣神色自然，这种场合绝对不能让外人看出傅家兄弟之间有纷争。

沐良读懂他的眼神，按捺住心底的不满。

宋氏集团自然也要露脸。这种场合宋儒风早就不再参加，宋清华全权代表。她踏进会场，又是不小的骚动。

最近娱乐版报道过的绯闻，据说她又换了男朋友，而且这次的小男友是个男模，身材、样貌都很出众。

沐良平时不爱看娱乐版，但经不住乔笛每天在她耳边念叨，听多了自然也就记住了一些。

"伯母。"

傅晋臣带沐良主动打招呼，沐良并不想过去，她对宋家的人都没什么好印象。

"四少。"宋清华语气温和。傅宋两家算不上多亲热，但也过得去，毕竟商业上有往来，应该有的礼数还是不能少。

今晚宋清华穿了一件银色光片修身晚礼服，她的身材高挑匀称，妆容精致的面颊不见

145

一丝皱纹，无论怎么看，都不像四十多岁的女人。

沐良心底涌起几分羡慕，倘若她到宋清华的年纪，要也能这样美丽就好了。

"你好。"

上次参加他们的婚礼，宋清华见过沐良，先前宋氏代言人的选拔，她对这个孩子也有印象。

没想到她能主动打招呼，沐良有些惊讶。她瞥眼傅晋臣，见他微微点头后，才笑着伸出手："您好。"

宋清华盯着沐良看了看，嘴角的笑容淡然。外面人都说傅家门槛高，她倒是有些好奇，这女孩儿究竟有什么过人之处，怎么就能嫁进傅家？

可惜这些八卦，宋清华都不会多打听，她对外人的事情兴趣不大，又与傅晋臣客气两句后，便转身离开。傅氏集团跟宋氏集团在某种意义上说，有竞争关系，太过亲热难免让人有什么别的想法。

眼见她走远，沐良悻悻地收回目光。对于宋氏，她莫名排斥，如果可以，她一点儿都不想跟他们打交道。

助理行色匆匆地走到盛铭湛身边，汇报道："盛总，莫总乘坐的班机晚点，我们的人正在机场接人，预计三十分钟后能到达会场。"

"去准备吧。"

"是。"助理安排手下人去准备。

香槟塔前，盛铭湛手中端着一杯酒，目光飘向站在餐区偷笑的沐良。

她竟然跟傅晋臣是夫妻？

甜品热量比较高，沐良没吃多少已有果腹感，她喝口果汁，见傅晋臣迈步朝她走来。

沐良放下手里的东西，问："我们能走吗？"

"现在就想走？"傅晋臣抿起唇。

这里人人都假惺惺的，沐良全身不舒服："不能吗？"

"酒会还没正式开始呢，"傅晋臣轻笑，"还有人没到。"

沐良把后面的话咽回去。

"有什么好吃的？"扫到她嘴角沾染的少许奶油，傅晋臣伸手给她擦掉。

沐良不好意思地低头，拉他来到餐区，把她尝过的食物推荐给他。

"好吃吧？"沐良盯着他问，却见他表情平淡。

这男人味觉失灵吧，明明好吃的食物怎么到他嘴里他都没什么表情。

傅晋臣平时对食物很挑剔，口味重的或者油腻的食物，他都不喜欢。

宴会厅忽然有阵骚动，今晚姗姗来迟的人物终于出现。

香港莫氏集团，实力雄厚。圈子里早有议论，大家都在猜此次究竟哪家集团能够胜出。

纵然傅氏集团占尽先机，也不得不以防万一。

"终于来了。"沐良轻叹,踮起脚尖好奇地张望。

傅晋臣拉起她的手,将她拉至身侧:"过去看。"

莫氏集团总裁莫劲,年逾五十,身着一套深灰色西装,步履稳健。他虽然年纪不轻,但风采不减当年,金丝眼镜下的眼神锐利。

"莫总!"

盛铭湛主动相迎。

大家都已经久等,莫劲神色歉然:"真是抱歉,班机误点,我跟我太太让大家久等了。"

"没关系,"盛铭湛笑了笑,目光温和,"这种事情难免的。"

能够得到主人的体谅,自然是好事一桩。莫劲拉过身边的人,含笑对大家介绍道:"这位是我太太。"

众人循声看过去,先是惊艳,随后又忍不住叹息:莫太太年轻貌美,但嫁给莫劲这样的老头子,是不是太糟蹋了?

对面女人精致面容,傅政无意扫了眼,瞬间怔住。

前方人头攒动,沐良还没走进圈里,已听到有人小声叹息:"真是可惜了啊。"

可惜什么?她拉着傅晋臣走进人群中。

莫劲环住身边的女人,耐心介绍:"云歌,这位是盛氏的盛总,年轻有为。"

云歌!

傅晋臣咻地抬起头,犀利的目光落在那个女人的脸上。此刻站在莫劲身边的女人不就是舒云歌?她的英文名字叫Ann。

莫劲端着酒杯,拥住娇妻,笑道:"这位是傅氏的傅总,也是年轻有为,青出于蓝。"

听到丈夫的解释,舒云歌微抬眼帘,目光平静地伸出手:"傅总,你好。"

这样淡然的语气,似乎他们之间,真是第一次见面。

傅晋臣盯着她伸过来的手,眼神紧紧攫住眼前的女人。

"莫太太,你好。"他同样平静地伸出手。

只不过,在与傅晋臣掌心即将触上的那刻,舒云歌先收回手,巧妙地躲开。

今晚来的女眷不少,但有气质又长得漂亮的没几个。沐良瞧着这位莫太太也倍觉惋惜,嫁给至少比她大二十岁的男人,真的好吗?

"傅太太,你好。"舒云歌迎面走来,主动伸手。

"你认识我?"沐良讶然,心想她们应该是第一次见吧。

舒云歌勾起唇:"如果我没猜错的话?"

沐良露出一丝笑意,礼貌地同她握了握:"莫太太,你好。"

四家集团负责人都到齐,今晚宴会正式开始。盛铭湛走向高高的主席台,姿态优雅又强势地站在最中间,他讲话时,全场鸦雀无声。

透过麦克风，男人低沉磁性的嗓音染着霸气。沐良站在傅晋臣身边，偶尔挑眉看向正前方，眼底的神色微有起伏。

不得不承认，盛铭湛敢把这些实力强大的集团聚起来，必然有他卓越的能力与实力。沐良觉得对这种男人，最好不要得罪！

晚宴持续到很晚才结束，沐良硬着头皮奉陪。回去的路上，她总感觉傅晋臣神色不对劲。

"你怎么了？"后半场宴会，傅晋臣基本都没有笑过。

男人双手握着方向盘，望向前方，道："没怎么。"

看到沐良担忧的神色，他才笑了笑："有点累。"

"哦。"沐良点头，她这个陪衬都觉得累，更何况傅晋臣呢？这样的场合她帮不上忙，只能眼见他被一群又一群人围堵，不断应酬。

外面气温很低，沐良双手环住肩膀，跺跺脚："好冷。"

傅晋臣关上车门，把外套披在她身上。沐良感激地回头，却见他独自走上楼梯，并没有如以往那样牵着她的手一起进去。

门庭下，傅政单手插在口袋里，正在低头吸烟。

沐良微微一惊："你会吸烟？"

傅政将烟头丢开，抬脚捻灭。

礼服裙摆有些长，沐良差点被绊倒。傅晋臣圈住她的腰，剑眉轻蹙："慢点走。"

她也想慢的，可他步子太大，她跟不上嘛。

"四叔。"

擦身之际，傅政突然开口，傅晋臣转头看他："有事？"

沐良缩着脖子，靠在傅晋臣怀里，傅政收敛起眼底的异色："晚安。"

随后，傅政先一步转身离开。

"晚安，"沐良应了声，抱住傅晋臣的腰，催促道："快进去，好冷。"

傅晋臣快步将她带回卧室。

卧室扑面而来的暖意让人舒畅，沐良发冷的身子终于回暖："这天变得太快，突然就冷了。"

她把外套挂起来，回身看着坐在沙发里愣神的男人，笑着问他："你要先洗澡吗？"

傅晋臣回过神，语气淡淡的："你先洗吧。"

走进浴室，沐良微觉异样。以前每次她这么问，他都会很不要脸地要求一起洗，今晚怎么变了个人呢。

拉开梳妆镜前最上面的抽屉，傅晋臣取出那条玫瑰金锁骨链，他不止一次地想过，如果他们再次见面会是怎样的场景？

只可惜，他猜测过千百种可能，却万万没有想到，如今她的身份竟是莫太太。

笃笃笃……

高森敲门进来，把查到的资料放在桌上。

"四少，您让我查的酒店房间号。"

傅晋臣没说话，脸色微沉。

高森识相地离开。

不久，傅晋臣来到地下停车场，将车开走。

酒店豪华客房中，舒云歌穿戴整齐，包里手机恰到好处地响起来。她边接电话边往外走："老公，我知道了，马上下楼。"

打开门，看到站在门外的男人，舒云歌下意识地想要关门。男人伸手进来，用力撑开门板。

"你怎么在这里？"

"我不应该在这里吗？"

傅晋臣眼神锐利，舒云歌握紧手里的皮包："我现在有事，我们改天再谈。"

手腕蓦地被身后的男人扣住，下一刻，她纤细的脖颈便被扼住。

"唔！"

后背抵上坚硬的门板，房间门敞开着，舒云歌整个人动弹不得。

"放开我。"

她的声音隐忍，没有喊叫，显然不想惊动酒店里的保安。每层走道都有摄像头，可傅晋臣扣住舒云歌的位置，正在是房间入口夹角，这个位置任何摄像头都拍摄不到。

舒云歌能感觉到从他身上散发出来的戾气，她心尖一阵紧缩，脸色因为缺氧越来越白。

"不要这样，放开我！"

傅晋臣有力的手臂压住她，舒云歌毫无还手的能力。他低下头，沉声道："莫劲你都肯嫁？我倒想问问，他能满足你吗？"

这种羞辱太过难堪，舒云歌眼底泛起一片水雾："傅晋臣！"

"还认识我是谁？"

傅晋臣冷笑，五指动了动："你演戏的本事，倒是有进步。"

蓦然间，傅晋臣掐紧她的喉咙，质问："舒云歌，当年我强迫你了吗？"

舒云歌脸色瞬间惨白。

包里手机响铃不断，房间斜侧方正对电梯门，舒云歌盯着缓缓上升的红色数字，道："莫劲就要上来了，你放开我。"

"又玩这招？"傅晋臣嘴角的那抹嘲弄，让舒云歌心尖紧缩。

"晋臣，我没有。"舒云歌摇头，眼底氤氲起一片湿雾。

扣在她咽喉的手掌一寸寸收紧："你还欠我一个答案！"

面前的男人，舒云歌再清楚不过，他想要的答案，如果得不到，便不会善罢甘休。电梯逐层逼近，傅晋臣却没有放手的意思。

电梯镜面门一开一合，莫劲快步出来，恰好看到从房间出来的妻子。

"云歌，你怎么不接电话？"

"我刚刚把衣服弄脏了，又去换新的。"舒云歌回答得很自然，她拿出手机看了眼，"我在浴室换衣服，没听到电话响。"

"我还担心你有什么事情，"莫劲松了口气，眼神落在她颈间，"你的丝巾很漂亮。"

舒云歌伸手抚弄了下："你忘记了吗？这是上次你送我的。"

莫劲似乎想起来，道："我们快点下去吧，郑董已经久等了。"

踏进电梯前，她瞥了眼侧面的安全出口，暗自松口气。

酒店外，傅晋臣跳上车，转眼将车开走。他降下车窗，任由凛冽的寒风灌入，将他利落的短发吹起。

一处普通居民区，住房老旧，宋爱瑜按照地址找来。

三楼靠左的房门没有关严，隐约能听到里面有吵架声。

"老子要钱！快点拿钱给我！"

"家里哪儿还有钱，都被你拿去赌了。"

"怎么没有？你前几天不是才见过宋家的人吗？那个富婆没给你钱？老子不信！"

宋爱瑜抬手敲门。

开门的男人四十多岁，人长得干瘦。他看到宋爱瑜，先是一愣，而后笑道："你是爱瑜吧？哟，都长这么大了！"

宋爱瑜本能地往后退一步："桑卉住在这里吗？"

"对，对啊。"男人笑吟吟地点头。

桑卉见她出现，目露惊讶："你怎么来了？"

"我找你有事。"宋爱瑜抿唇。

"进来说话，"男人将门打开，方才身上的戾气散去，"爱瑜啊，你还没见过我吧，其实我是你……"

"不许胡说！"

桑卉拉过丈夫，从兜里掏出一个存折塞过去："给你钱，快出去。"

男人笑道："我就说你藏了钱，早给老子不就完了！"

把存折放进兜里，经过宋爱瑜身边时，男人别有深意地笑了笑："闺女，以后要经常回家。"

宋爱瑜脸色一白。

桑卉伸手将他推走，拉着宋爱瑜进屋："进来。"

屋里到处都是被翻找过的痕迹，桑卉动作麻利地将沙发收拾出来，让宋爱瑜坐下，又去厨房倒水。

这套房子，还没宋家的卫生间大。宋爱瑜四处打量，家用电器都是过时的，房间陈设更别提了，总之还不如家里用人房的条件好。

电视柜上摆着一个相框，宋爱瑜挑眉看过去，照片中站着一男一女。那女人应该是桑卉，不过好像是她年轻的时候，站在她身边的男人，相貌俊美，气质出众。

"喝水。"桑卉端出来一杯热水，放在宋爱瑜面前。从没想过有天她会亲自登门，桑卉心中倍感意外，同时也觉得不对劲。

"你来找我是……"

宋爱瑜既然决定来，就要问清楚："桑瑜是谁？"

听到她的话，桑卉脸色大变："你怎么知道桑瑜？"

"你不需要管我怎么知道的，我只是问你，桑瑜是谁？"宋爱瑜手指紧握成拳。桑瑜，爱瑜，她名字里这个瑜字，绝不会平白无故地出现。

"桑瑜他……"桑卉犹豫了下，在她对面坐下来，"桑瑜是我弟弟。"

果然是姐弟。

"桑瑜跟我妈妈有什么关系？"

既然话都说了，桑卉也没法隐瞒，她叹口气，道："我弟弟是你妈妈的爱人，当年他们从大学时代就相爱，一直到……一直到桑瑜去世。"

"他死了？"宋爱瑜追问。

"嗯，"桑卉眼眶泛红，"二十多年前就死了。"

宋爱瑜深吸口气："我是谁的孩子？"

"爱瑜！"

桑卉震惊，眼底的恐惧一闪而过。

"你，你怎么这样问？"

"呵呵。"

宋爱瑜轻笑出声："你们以为能够瞒我一辈子？"

桑卉的神情瞬间黯淡下去。

"请你告诉我，我到底是谁的孩子？"宋爱瑜指尖泛白。

桑卉掩藏了几十年的情绪，顷刻间爆发："你是我的女儿。"

心尖猛然一阵收缩，宋爱瑜整颗心咚咚乱跳。

"你的女儿？"

"对！"

桑卉低下头，哽咽道："当年清华答应过桑瑜，要好好照顾我们一家，所以她把你抱回宋家，给你好的生活条件，让我们把你交给她来抚养！"

原来是这样。

宋爱瑜勾起唇："我妈妈的亲生女儿呢？"

"这个，我不知道。"

桑卉流着泪，一把握住宋爱瑜的手，哭道："爱瑜啊，我们也是没有办法，如果你跟着我们就只能吃苦受罪，所以我才答应让你去宋家。"

狠狠抽回手，宋爱瑜想起刚才那个男人，全身泛起一层鸡皮疙瘩。她神色漠然地瞪着面前的人，道："桑卉阿姨，请你记住，我姓宋，我是宋清华的女儿！"

"爱瑜……"桑卉怔了怔，心底某处揪紧。

"既然当初你们同意让我在宋家长大，那我早就跟你们没有任何关系了。"宋爱瑜站起身，目光阴冷，"难道你要反悔？"

"不是。"

桑卉急忙摆手："我不会反悔。爱瑜你放心，我不会毁掉你现在的生活！"

紧提着的心松了松，宋爱瑜攥紧皮包，指向桌上的照片："可以给我一张桑瑜的照片吗？"

桑卉不解。

"他应该是我舅舅，"宋爱瑜垂下视线，刻意放缓语气，"我想要一张他的照片。"

桑卉走进卧室取出一张照片，交给宋爱瑜。

"谢谢。"

宋爱瑜把照片收起来，走到门前时想起什么，又叮嘱道："我今天来的事情，你不准告诉任何人。还有那些不应该说的话，也请你闭紧嘴巴，遵守当年对我妈妈的承诺！"

"我，我知道。"桑卉点头答应。

宋爱瑜头也不回地走远，桑卉眼眶湿润，她不知道宋爱瑜到底知道多少，却很明白，她要帮助爱瑜掩盖秘密。

把带回来的东西锁在抽屉里，宋爱瑜转身走进浴室。稍后，她换好衣服，面色如常地下楼。

"外公，妈妈。"宋爱瑜拉开椅子，一如往常地坐在中间。

"今天这么乖。"宋清华摸摸她的小脸，吩咐用人上菜。

宋爱瑜坐在宋儒风身边撒娇，道："外公，我决定明天就去公司上班。"

"明天？"宋儒风诧异。

用人端来碗筷，宋爱瑜把筷子递给宋儒风："之前妈妈就跟我说过了，我决定好好工作，帮助妈妈打理公司。"

"这样才对。"宋儒风点头，欣慰道，"外公早就给你安排好了职位，就等你收心。"

"是。"宋爱瑜举起手，保证道，"从明天开始，我一定好好用心。"

"爸，"宋清华帮着女儿，"这次您开心了吧？"

"开心，开心。"宋儒风脸颊染笑，望向宋爱瑜的目光里满是温柔："爱瑜啊，以后外公会把宋氏交给你，你要努力学习，不能让外公失望。"

"我会的。"宋爱瑜应道,主动讨好,"外公吃菜,妈妈吃菜。"

"乖!"

宋儒风神色温和,这份家业早晚都要交给她,他自然希望宋爱瑜能够早点肩负起责任。

"三天后,我们老地方见,到时我会给你答案。"

那天离开酒店时,舒云歌如此告诉他。如果继续逼问下去,恐怕她也不会说,况且要是被莫劲撞见,只会落人话柄。

如今的傅晋臣,早已不是三年前的傅晋臣,他已懂得取舍,更加明白要在权衡利弊后,做出对自己最有利的选择。

幽暗静谧的海边,停着一辆黑色路虎。傅晋臣坐在车里,手中点着一根烟,他没有抽,任由它一点点燃尽。

不远处有车灯闪过,傅晋臣透过玻璃,看到从车里下来的女人。

他同样推门下车。

前方海面平静深沉,只有海浪拍打的声音不断袭向岸边。

舒云歌穿着一件黑色风衣,妆容精致的脸庞隐藏在暗影中。

"对不起,路上堵车,我迟到了。"

傅晋臣单手插兜,目光平静。

"这片海,还是如此安静。"舒云歌看向远方。

男人手中握着一个银色打火机:"我不是来听你怀旧的。"

"说吧!"

舒云歌声音很低:"为什么一定要问?"

"我不应该问吗?"傅晋臣眼神极冷,"舒云歌,我是怎么侵犯你的?"

"晋臣,不要说得这么难听。"

"难听?"

傅晋臣忽然笑得不可抑制:"你都敢做,现在又觉得难听?"

"我……"

舒云歌紧紧咬住唇。

"说话!"傅晋臣扬手扣住她的肩膀,双眸如火般灼人。

"为什么要害我?"他黑黝黝的眸子闪着寒意,看得舒云歌手脚生寒。

"我没想过要害你。"舒云歌情绪激动起来,"我只是想让你死心。"

"那些记者都是我安排的,是我故意把你引去的。"舒云歌垂下头,心尖不住地颤抖,"我知道,就算我那样做了,你是傅家的人,你们自然有办法,你是不会被怎么样的!"

"舒云歌!"傅晋臣盯着她的眼睛,"你为拉我下水,连自己的路都毁了?"

"对！"舒云歌突然笑出声，"我不想继续走那条路了，做明星又怎么样？终究要嫁人，我情愿早点离开那个圈子！"

因为她的话，傅晋臣心中仅存的某种希望也被打破。

视线里尽是水雾，舒云歌哽咽道："是我爱慕虚荣，是我背弃我们的爱情，是我不想再把大把的青春浪费在你身上！"

她目光幽深地望着面前的男人，一字一句道："傅家那样高的门槛，我这样的出身，就是跨一辈子都跨不进去，我不想再等了！"

啪！

脸颊被什么狠狠砸中，舒云歌伸出手，滑入掌心的是一条沁凉的锁骨链。

"舒云歌！"傅晋臣手指轻点过去，"这是我欠你的。"

"但是你欠我的，要怎么还？"

舒云歌仰起脸，想要拉住傅晋臣，却被他扬手甩开。

轰——

黑色路虎绝尘而去，舒云歌整个人跌在沙滩上，她手中攥紧那条嵌着她名字的项链，泪如雨下。

傅晋臣，如果恨我，可以保护你，那我愿意。

第七章

新欢旧爱面对面

天还没亮，沐良就睁开眼睛，此刻的她腰酸背痛，昨晚被折磨得睡都睡不着，傅晋臣真是太可恨了！

既然起得早，她就索性一把将熟睡的男人摇醒，不顾他黑沉的脸色，硬是要他开车去上次那家酒店吃早餐。

吃早餐不是目的，主要是想打包一份皮蛋瘦肉粥，送到沐毅学校去。

"前面路口停。"沐良提着打包好的粥，吩咐道。

傅晋臣轻揉额头，整个早上脸色都不好看，五点钟没到就把他叫起来，就为买一碗粥，她这是给自己找罪受呢。

沐良瞥眼身边没精打采的男人："没睡醒？"

"你睡三个小时能睡醒？"

"谁让你有八个小时不睡，非要折腾的！"

"敢跟我犟嘴？"

真是没良心，他昨晚就不应该手下留情！

目送前方的黑色车身远去，沐良手里提着粥，嘴角的笑容明媚。她看了看时间，快步往学校走。

学校大门外，停着一辆红色跑车。因为时间尚早，校园周围并没有什么人，沐良很容易就看到那辆车，她觉得眼熟，走近细看后，顿时怔住。

红色车身前，倚着两个人，正在相拥亲吻。那个女人穿着时尚，虽然长发半遮住脸，但沐良还是能认出来，而那个男子，她更是熟悉。

"沐毅！"

沐良双手紧握，脸色阴沉。

一路走回公司，沐良回到办公区，整个人还没缓过神来。她坐在椅子里，心里不断上涌的怒火，让她极想砸电脑。

这么多年，沐毅都很听沐良的话。平时大事小事，他总是会听从姐姐的劝告，即便有时候沐良的要求过分些，他也总是说反正你是我姐，你说我就听呗。

现在倒好，宋爱瑜一出现，什么姐弟情深，全都成狗屁了！

"姐，你说什么我都能答应你，可是宋爱瑜不行。"

想到沐毅的回答，沐良气得头疼，两边太阳穴突突地跳。

兜里的手机滴滴地响，她滑开屏幕，见是沐毅的短信：姐，别生我气。沐良将手机丢开，脸色越来越难看。

不生气？她怎么可能不生气？宋爱瑜那样娇贵的千金却跟沐毅交往，根本就是不可能的事情！

傍晚傅晋臣回来，进门就看到抱着枕头，躺在床上滚来滚去的某人。

沐良翻滚的身体被固定住，她望向身后："你回来了。"

"有事？"身边人情绪明显不对，傅晋臣将她拥入怀里。

沐良按着手里的遥控器，回答："烦。"

"谁惹你了？"

她胡乱调台，压根也没看的意思，傅晋臣握住她的手，轻轻扣在掌心。他只以为她在想家，语气温和，道："周末约上沐毅，我们一起吃饭。"

"不给他吃！"沐良生气，口气很冲，"让他饿着去。"

"怎么了？"傅晋臣拉起她的手背，放在唇边亲了下，"不是很宝贝弟弟吗？他怎么招惹你了？"

"你知道他做了什么吗？"沐良愤怒地说。

"什么？"

"沐毅跟一个女人搞在一起。"

傅晋臣摇头失笑："有女人很正常。"

沐良眯了眯眼，目光染怒："哪里正常？沐毅还在上学，而且那个女人比我弟弟大两岁，他们根本就门不当户不对！"

门不当户不对？

傅晋臣手指点在她的鼻尖："我们门当户对吗？"

沐良被呛得无话可说。

她随即反应过来，揪住傅晋臣的衣领，质问道："傅晋臣，你什么意思？你是嫌弃我跟你门不当户不对吗？"

傅晋臣扬手，表示无辜："随便说说，你是我爸钦点的儿媳妇，我不敢！"

仅仅是因为不敢吗？

沐良心中滑过一种未知的情绪，可是傅晋臣没给她过多的思考时间，等她回过神来，

156

人已经被他抱在怀里，走进浴室。

随后的几天里，沐良都在纠结门当户对这个问题，她忽然发觉，自己变得不淡定了，从前她并不会去想这些事情，觉得门第观念，对她并没有什么意义。但现在因为沐毅，她不得不思考这个问题。

沐毅连着几天都给她打电话，沐良都没有接，她很生气，心里更多的还是担忧。

晚上傅东亭和尤储秀都没有在家，说是有人宴请，傅培安是长子，自然也要陪同，所以姚琴跟傅政便也随着一起去了。

这种场合，傅世钧肯定是不会露面的，曹婉馨自然也窝在家里，傅晋臣没在受邀的行列中。沐良回来的时候，只看到曹婉馨坐在偏厅吃东西。

"二嫂。"

曹婉馨看到她过来，笑道："良良，过来坐。"

沐良往她身边坐过去，见她面前的汤盅里炖着补品，道："这个季节正是进补的时候，多喝鸡汤有好处的。"

"是啊，咱们家进补的事情，平时都是大嫂安排。她父亲有几家私立医院，药理进补这些东西，大嫂都很懂。"

沐良不清楚姚琴的家世，淡淡一笑，难怪她平时为人张狂霸道，原来家世显赫。

"二嫂，爸爸有什么特别喜欢的东西吗？"

周末是傅东亭六十六岁寿辰，沐良嫁过来的时间短，大家的喜好她并不清楚，平时傅东亭对她关爱有加，她想在寿辰时尽份心意。

"爸爸平时爱好挺多的，不过没有特别喜欢什么。"曹婉馨一边喝汤，一边跟她说话，"对了，爸爸好像喜欢摄影，平时总爱收集一些影集。"

沐良用心记住。

晚上傅晋臣回来时，沐良又追问他半天，也没听他说出什么。想来傅东亭真没什么特别喜欢的东西，她只能尽力而为。

周末早上，大宅内外都已布置妥当，张灯结彩。傍晚全家人都回来了，傅欢颜也乖乖在家，收敛起平时那副做派，换上晚礼服，端出一副豪门千金的姿态。

傅欢颜身上穿了件黑色抹胸晚礼服，肩上搭配一件雪白的披肩，看上去就价格不菲。她眉头紧蹙，拉过沐良身边，问："我看起来行吗？"

"很好！"沐良竖起大拇指，绝对不是恭维。

傅欢颜笑了笑，四处张望，似乎正在等什么人。

傅晋臣找到沐良，告诉她今晚客人很多，让她跟傅欢颜待在一起，不能到处乱跑。

"知道了，"傅欢颜不耐烦地皱眉，"我会照顾好你老婆的。"

傅晋臣盯着姐姐看，她最好说到做到，要不然这笔账他就跟项北算去！

眼见他走远，沐良心中滑过一阵暖流，虽然他无暇顾及自己，但他心里有她。

"肚子饿吗？"傅欢颜拉着沐良，小声问她。沐良点头，午饭家里人都没怎么吃，大家都在忙着准备晚宴。

"走。"傅欢颜带她来到餐区，两人吃些小点心，填填肚子。

迎面走过来几个人，沐良看到一抹熟悉的身影："爷爷！"

宋儒风顿住脚步，表情惊喜："小丫头。"

"真的是您啊，"沐良快步上前，一把拉起他的手，惊喜道，"爷爷，您怎么都没去琴行？"

林蔷跟在宋儒风身边，看到忽然冒出来的女孩子，又看到董事长温柔的目光，心生疑惑。

"宋老您好。"傅欢颜从后面跟过来，礼貌地喊人。

宋儒风点点头，算是打过招呼。

傅欢颜见到沐良紧紧拉住宋儒风的手，急忙将她拉到身边："你认识宋老？"

"认识。"

沐良笑着点头："他是琴行的老师傅，做琴手艺可好了。"

傅欢颜惊讶道："他怎么可能是老师傅？他是宋儒风，宋氏集团的董事长，哪里是什么老师傅。"

沐良挑眉望过去："您是宋儒风？"

林蔷眉头轻蹙，想要开口说话，却被宋儒风制止。他抿唇笑了笑，看向她的眼神温和："小丫头，我是叫宋儒风，不过也是老师傅！"

沐良撇嘴，心想这怎么可能一样，他是宋氏集团董事长，压根不是修琴的老师傅！

玉湖边的傅家大宅，依山傍水，风景秀丽。虽说已入秋，但山中温差大，宅院内外的景观植被，很多仍旧翠绿。

这里大片山地都已经归入傅家，从上辈继承下来的规矩，傅家未来子嗣，都需在这片土地繁衍生息。

傅家大宅，主体建筑气势宏大，中心主楼往左右两边，各自延伸出两座小楼，并与主楼相连。

今晚大宅夜宴，整栋别墅边檐，都挂满了整齐的灯带。天黑以后灯带全部亮起，五颜六色的光芒，耀眼夺目。

别墅后方的空地占地面积很大，足有十几个足球场大小。这片地原本算预留地，是用来为将来居住在此的子孙们增添小楼的。

后花园搭建成了晚宴场地，精心布置的长方形餐桌，一字排开。

场地正中间堆起了九十九层香槟塔，需沿侧面扶梯才能走到最顶端。傅东亭平时生活低调，但今晚的晚宴，却极尽奢华。

沐良站在花园一角，望着周围衣着华丽的宾客，眼神微动。粗略算来，今晚到场的客人都有几百，不过傅晋臣说过，这些都只是与傅家交情深厚的友人，那些关系稍微远一些的，压根没在邀请范围之内。

呼！沐良暗暗摇头，这场面比起电视里看到的，还要气派不知道多少倍，除去她结婚时候有这样的场面，她再也没有参加过如此奢华的晚宴。

今晚宴会前，沐良特别选了件酒红色的晚礼服，既然要给公公祝寿，身为儿媳妇的她，总要穿得喜庆些。

不远处，傅东亭携妻子，正态度恭敬地把宋儒风请进去。

按照辈分算，宋儒风高出傅东亭一辈，所以傅东亭见到他，也要尊称一句宋老。傅宋两家的关系算不上很亲密，但当初傅老爷子在世时，与宋儒风有些交情，这些年两家总会保持不远不近的关系。

平时傅氏有任何商业活动，都是宋清华出面。今晚傅东亭寿宴，宋儒风亲自前来道贺，也是给足傅家面子。

"宋老，您里面请。"傅东亭伸手，虚扶着宋儒风，礼貌地将他请进去。林蔷并没阻止，只是贴身不离地跟在身边。

沐良轻轻抿了口香槟，心头微有异样感觉。自从遇见宋儒风，她就莫名地很喜欢这个爷爷，在她心里甚至把他当作亲人般对待，每次见到他，她都会情不自禁地跟他聊心事，有些不能对爸妈说的困扰，她都会一股脑告诉他，他却隐瞒了身份，故意骗她。

为什么是宋家呢？

"怎么这样？"沐良噘起嘴，自言自语。

"今晚夜色不错。"

沐良转头看过去，霎时惊讶："你怎么在这里？"

盛铭湛身着一套黑色西装，手中端着香槟："我现在是傅家的财神爷，就算我不想来，他们也会想尽办法请我来的。"

沐良腹诽，别开脸不予理会。

"你随便看看吧，我先去忙。"她放下酒杯，不想被家人看到。

盛铭湛还没来得及说话，她已经走开。

记得上次傅晋臣说，看到不认识的人只要保持笑容，就不算失礼，沐良牵起嘴角，努力绽放优雅笑容。

前方人头攒动，沐良隔着不算近的距离，仍能听到传来的欢笑声。傅培安是傅家长子，傅政又是傅家长孙，这未来两代傅家的继承人，自然成为众人追捧的焦点。

沐良挑眉看过去，依稀能看到傅政侧着身，俊脸微垂。他不爱笑，少言寡语，神情漠然地站在姚琴身边，任由她当着众人的面，口若悬河地夸赞这个各方面都优秀的儿子。

"四婶。"傅橙突然跑来，搂住沐良的大腿。

傅橙穿着白色公主裙，打扮得很漂亮。沐良见她身后没人跟着，狐疑道："爸爸妈妈呢？"

"爸爸身体不舒服，妈妈给爸爸喂药。"傅橙拉住沐良的手，撒娇道，"四婶，你带橙橙去玩好不好？"

傅世钧身体不好，全家人都知道。

看到前方不远处的男人，沐良牵起傅橙的小手握在掌心："走吧，我们去找你四叔。"

"四叔！"

傅晋臣偏过头，视线落在走来的一大一小身上。他放下酒杯，退出人群："对不起各位，我失陪一下。"

弯腰将傅橙抱在怀里，傅晋臣笑道："小公主，你好像又胖了哦，四叔都要抱不动你了。"

虽说傅橙年纪不大，但小女孩都爱美，她伸出肉嘟嘟的手指，在傅晋臣面前比画，道："四叔，二十五是多少斤呀，橙橙是不是很胖？"

傅晋臣薄唇轻抿："如果你继续偷吃巧克力，那就真的要变成小胖子了！"

"橙橙不要变成小胖子！"

傅橙噘起小嘴，把藏在裙子口袋里的巧克力拿出来："橙橙不要吃了。"

巧克力受热变软，傅橙小手到处都黑黑的。沐良刮了下傅橙的鼻子，神情无奈。

"我带橙橙去洗手。"沐良站起身，对着傅晋臣开口。

"去吧，别带她乱跑，宴会快开始了。"

"我知道。"沐良带着傅橙沿侧门走进别墅。

一楼有洗手间，沐良带着傅橙进去，给孩子清洗干净后，她站在镜前补妆。

"橙橙，不许跑。"

傅橙先跑出来，沐良跟在后面。

迎面有用人端着餐盘出来，傅橙毫无顾忌地冲过去，沐良大步上前将傅橙搂住，背过身把她护在怀里。

咣当！

餐盘落地，东西全都撒在地上。

"四少奶奶，您没事吧？"

"怎么回事！"

傅晋臣刚进门就听到一声响，他过来将沐良拉到怀里。

沐良顾不上自己，低头仔细查看傅橙，见她没有受伤才放心。

"你有事吗？"

沐良摇头，她没有受伤。

傅晋臣松口气，瞥了眼蹲在地上收拾的用人，语气带怒："做事笨手笨脚。"

"对不起四少爷。"用人不敢还嘴，如果烫到傅橙或者沐良，她都是担当不起的。

沐良将用人拉起来，见地上一片狼藉："东西要紧吗？"

"那盅鸡汤是给二少奶奶的补品，大少奶奶吩咐厨房炖的。"姚琴平时在家很厉害，用人们都不敢招惹她。

"少吃一顿没事。"傅晋臣剑眉轻蹙，"快点收拾干净。"

"是，四少爷。"用人急忙打扫。今晚家里事情多，估计少吃一顿补品，没人记得。

傅橙衣服脏了，傅晋臣吩咐用人把她送回后面小楼。沐良身上的礼服也要换，他不给她拒绝的机会，拉起她的手上楼。

别墅大门外，停下一辆黑色轿车，司机将车门打开，莫劲神色从容地下车。

"下来。"男人站在车外，对着里面的人唤道。

舒云歌不情不愿地出来，低头问道："我头疼，可以不去吗？"

莫劲眼神锐利，脸色已有不悦："你要让我一个人去吗？"

舒云歌无奈，随他走进别墅。

楼下花园中的笑声不断，原本换件衣服十分钟就能搞定，可有他搅和，又耽误不少时间。

对面人脸颊飘红，傅晋臣双手抱胸，目不转睛地看她将那件白色礼服穿上，眼角眉梢的神情温柔。其实他就是想看她穿衣服而已，这行为很过分吗？

衣服总算换好，沐良看了看，没有发觉任何不妥。

"可以走了。"

"等等。"

沐良腰间一紧，头顶光亮瞬间被他笼罩。

他的吻，不轻不重地落下。

许久，他才恋恋不舍地抬起头。

傅晋臣手指压向沐良唇瓣："衣服太素，这样好看多了。"

穿衣镜中，沐良唇瓣嫣红，不同于唇膏的晕染，充血过后的红，尤为醒目。

"走吧。"傅晋臣满意地笑了笑，拥着她走出卧室。

身体贴在他宽阔的怀抱里，沐良没再说话，她能感觉此刻他们彼此心房的位置，有着同样的跳动频率。

二楼扶梯侧边的画室黑着灯，却有熟悉的说话声。

"项北，你放开我！"

"我要是不放呢？"

沐良挑眉，站在楼梯口。

"这里是我家，你最好别闹。"傅欢颜语气含怒。

沐良看向傅晋臣，见他同样蹙眉。

"你家？"项北冷笑，"傅欢颜我告诉你，在哪里都一样！"

砰！

不知道有什么东西倒地，发出一声闷响，沐良想要跑过去，被傅晋臣拉住。

"他们……"沐良不放心，很快画室里传来低低的喘息声。

沐良尴尬地站在原地，进退不是。

"怎么，你喜欢这样？"

沐良狠狠地瞪他。

傅晋臣拉她下楼，道："他们俩的事情没人能管，你以后最好躲得远远的。"

画室门砰的一声被人踹上，沐良脸颊发热，顿觉傅晋臣的话有道理。

刚刚走到大厅，管家快步上前："四少爷，太太找您。"

傅晋臣别有深意地扫了一眼二楼："我知道了。"

"宴会马上开始，你去花园等我。"

"好。"沐良乖巧地答应。

见他跟管家离开，沐良转身出去，想起还在楼上的傅欢颜，她不禁有几分好奇，傅欢颜和项北很般配，为什么迟迟没能在一起呢。

重新换的这件白色及膝小礼服，款式简单，A字裙，裙摆处缀满光泽圆润的珍珠，肩上搭配一件黑色皮草，既能起到保暖作用，又能衬托出她的高雅气质。

沐良拢住外套，走到花园。

花园角落，尤储秀看到儿子过来，忙问："看到你姐了吗？"

"没有。"傅晋臣回答得毫不心虚。

尤储秀蹙眉："今晚项北也来了，我才转眼的工夫，他们两个就都不见了。"

"去让人找找。"尤储秀不放心，催促道。

傅晋臣勾起唇，揽住她的肩膀："妈，反正都在咱们家，你担心什么？"

"怎么不担心？"尤储秀脸色沉下来，"看到项北跟你姐在一起，我就头疼。"

傅晋臣不动声色地劝她："傅欢颜都这么大了，你也不能把她整天拴在裤腰带上，她想怎么样，我爸都管不了，你能管吗？"

"你也气我？"尤储秀瞬间目光凌厉。

傅晋臣急忙举手投降："妈，你放心，我肯定站在你这边。"

花园中宾客如云，尤储秀叹了口气，今晚不适合谈这些，她只得跟随儿子离开。

安抚好母亲，傅晋臣忙发条信息。果然没多久，画室里面的灯就亮起来。他无奈地摇摇头，心想明天要去找项北要操心费，浪费他多少脑细胞！

迎面走过来两个人，傅晋臣抬起脸，眸色一沉。

"傅董事长，傅太太。"

莫劲挽着舒云歌过来，含笑打招呼。

望见舒云歌的那刻，尤储秀嘴角的笑容变得僵硬。

相比她的惊讶，傅东亭眼底虽有起伏，但平静得多。他锐利的目光一扫而过，笑道："莫总，欢迎。"

"是我不请自来，只为讨您一杯寿酒吃。"

莫劲笑言，将贺礼送上。

傅东亭语气平常，吩咐妻子："好好安排。"

"好的。"

毕竟来者是客，况且舒云歌已是莫太太，尤储秀安排用人照顾。

舒云歌挽着莫劲，全身僵硬。

花园一侧，宋儒风由林蔷陪着走来，见到他们，沐良下意识地背过身，快步离开。

见她扭头就跑，宋儒风怔了怔。

"董事长，要去把她叫回来吗？"林蔷善于察言观色。

"不用了。"

林蔷会意，搀扶他走进会场。

躲闪开他们，沐良微微叹了口气，恰好傅晋臣过来，她也便不再多想。

会场中响起乐声，傅晋臣牵过沐良的手，两人走进人群中央。

空地前，摆放着各种弹奏乐器。最先演奏的小提琴，曲调低沉悠扬。傅东亭站在麦克风前，侃侃而谈，尤储秀虽没有说话，但她一身红色华服十分亮眼，站在丈夫的身边，绝对有豪门当家主母的气度。

宾客们送礼，自家人也没闲着。傅培安精心准备了一件翡翠雕件，他刚拿出手，周围立刻响起抽气声。

这件东西，绝对价值不菲。

"爸，儿子祝您身体健康！"傅培安将礼物送上，神态亲热。

傅东亭满意地点头，眼神温和。长子这些年帮他打理傅氏总公司，他心里有数。

"爷爷，祝您万寿无疆！"傅政准备的寿礼是一枚寿山石印章，印章雕刻四个字：万寿无疆。

全场再度哗然，长房父子出手不凡。

傅东亭难掩笑意，拍拍长孙肩膀，语重心长，道："小政，别让爷爷失望。"

这话有深意，众人浮想联翩，姚琴眼底尽是得意。

傅家送寿礼按照顺序来，轮到傅世钧时，他腿脚不方便，所以由曹婉馨领着女儿过去。

傅橙等妈妈送完礼物，又把她精心准备的一盒巧克力献宝似的高高举起，道："爷爷，这是橙橙的礼物哦，好吃的巧克力！橙橙祝爷爷生日快乐！"

"哈哈哈……"

全场一片笑声，傅东亭弯腰将孙女抱起来，神情温柔。

"爷爷喜欢橙橙的礼物吗？"傅橙搂住傅东亭的脖子，甜甜地问。

"乖孙女，你的礼物爷爷最喜欢。"傅东亭笑得合不拢嘴。

傅橙转头朝妈妈咧嘴笑，那双小眼中分明在说：妈妈，我的任务完成喽！

姚琴轻蔑一笑，每次都用这招，看着就让人烦。

傅欢颜是傅家唯一的女儿，在家素来受宠，这是所有人都知道的事实。她走到父亲身边，撒娇般踮起脚在他脸颊亲了亲，笑道："爸爸，我没钱买礼物。但我还是祝爸爸生活开心，事业顺心，疼我如初！"

傅家三公主献吻卖萌，众人都很给面子地鼓掌，尤储秀眼底涌起几分笑，这孩子倒是会讨巧。

傅东亭神情微动，这个女儿，他一直捧在掌心宠爱，如今看她乖巧懂事，只觉欣慰。

人家一个个送礼物的送礼物，送吻的送吻，最后只剩傅晋臣没动地方。

"你的礼物呢？"沐良傻眼。

傅晋臣勾唇："什么礼物？"

"生日礼物啊！"沐良炸毛，他不是没准备吧？

"没有。"傅晋臣看不出半点紧张。

沐良差点吐血，原想傅晋臣肯定会准备爸爸的生日礼物，他出手一向大方，她根本没操心。

可他竟然双手空空，沐良真被打败了！

众人目光似乎都朝他们看过来，前面几个子女都已经道贺祝福，唯独他没有动静。尤储秀瞥见儿子那副模样，立刻皱眉。

沐良心里急得要命，眼见傅东亭脸色渐沉，她更加担忧，今晚傅东亭大寿，总不能让他生气发火！

气氛忽然尴尬，全场目光都落在神色自若的傅晋臣身上，但他半点表情也没有，完全无视所有人的注视。

盛铭湛手中端着香槟，似乎从这种莫名的气氛中嗅到什么味道。

傅欢颜小跑过来，催促他："傅老四，你磨蹭什么？爸爸还等着你呢！"

男人俊脸微垂，并没说话。

傅东亭脸色越来越难看，在这么多亲戚朋友面前，他总不能失了面子，尤储秀偷偷安排管家去取东西，幸好她事先有准备。

沐良第一次给傅东亭过生日，她原也有所准备，但傅晋臣这个突发状况，她不得不改变主意。

"跟我过来。"

顾不上多想，沐良拉过傅晋臣，将他拽到乐池中。

打开琴盖，她按住要起身的男人，压低声音道："你别闹，今晚爸爸过生日，我们总要尽点孝心。"

傅晋臣看到她眼底的那份执着，渐渐放弃起身的念头。

人群中窃窃私语声不断，莫劲携妻站在乐池外围。

"放心弹，"沐良偏过头，在他耳边说道，"无论你弹得怎么样，我都能接住。"

弹琴这么多年，她想要配合一个只会半首曲子的傅晋臣，绝对绰绰有余。

164

黑白琴键不算陌生，傅晋臣目光逐渐幽暗，他不懂乐理，甚至五线谱都不会看，但曾经愿意为她熟背按键顺序，将这首曲子弹奏得很好。

"开始吧。"

沐良牵过他的手放在琴键上："我等你。"

收回失神的心绪，傅晋臣修长的手指扣在琴键上，第一个音符顷刻蹦出，沉而有力。

四周安静下来，众人自动走到乐池前，侧耳聆听。

这首《秋日私语》，前半段韵律较为简单。傅晋臣抬起左手，凭借记忆抚过琴键，竟没有一个错音。

下半段韵律陡然高亢，并且连弹转音很多。沐良右手轻抬，自然地接过他的节奏，毫无瑕疵地将音乐转入高潮。

对面人群中，舒云歌定定地望着坐在钢琴前合奏的男女，脸色惨白如纸。

哗哗哗——

掌声雷动，经久不息。

傅晋臣黑眸盯住沐良嘴角纯澈的笑容，心底深处滋味复杂。

一曲钢琴合奏，引来掌声无数。

面对赞许与肯定，沐良忽然有些羞怯，她面朝众人施礼："谢谢大家。"

傅晋臣没有动，沐良主动拉起他，并且紧紧握住他的手，朝对面居中的人笑道："爸爸，我们祝您生日快乐！"

傅东亭没想到儿媳妇如此乖顺，惊喜道："你们这么有心，爸爸很高兴。"

他说高兴，沐良也很开心，不枉费她今晚的这一曲。

只要别人对她有一分好，她总要回报对方十分。自从嫁进傅家，傅东亭始终对她关爱有加，他的点滴关怀她都铭记在心。

"董事长，可以开始了。"工作人员小跑过来，请大家过去。

尤储秀挽起丈夫的胳膊，顺势将他的衣领整理好，笑容温柔。

众人跟随而去，沐良无意间往外看，恰好见盛铭湛退在人群外，低头沉思。

"走啦。"她拉过傅晋臣，快步追上。

九十九层香槟塔炫目高耸，傅东亭扶梯而上，走到一半，忽然转过身，朝人群中看过去。

"良良，过来。"

沐良怔了怔，眼神惊讶："您叫我？"

傅东亭笑了笑，招手："来。"

她一把拉起傅晋臣的手腕，两人共同走上高台。

砰！

香槟瓶塞被弹飞，傅东亭与妻子共同握住香槟瓶，晶莹酒水由最顶端缓缓倒入，顺着杯盏一层层落下。

"一起来吧。"傅东亭轻言。

沐良不太懂豪门深宅的规矩，傅晋臣没有继续沉默，他拿起香槟开了盖子，握紧沐良的手倒酒。

高台上四人比肩，傅东亭身边原应该只有妻子一人，却不想此时他身边所站之人竟是傅晋臣。

按照长幼划分，站在傅东亭身边的应是长子傅培安。

议论声四起，傅东亭将小儿子与小儿媳妇捧上高位，是否另有深意，众人不得而知。

"培安。"姚琴妆容精致的脸上，染满怒气。

傅培安神情变化不大，吩咐儿子："把寿桃分下去。"

"好。"傅政同样目光清冷。

父亲大寿，准备寿桃这种事情，历来都落在长子身上。傅培安事先安排妥帖，做事尽心尽力，他望向高台上的四人，神情慢慢沉寂。

全场再度爆发掌声，傅东亭携妻走下高台。

沐良跟着下来，只觉掌心发热。这么大的场面她不适应，不少人过来敬酒，傅晋臣将她揽在怀里，把敬酒都挡了回去。

晚宴持续到夜里十一点，沐良穿着细高跟鞋，站得双腿发酸。直到送走全部宾客，大家才能回去休息。

尤储秀早已吩咐厨房准备消夜，贴心细致。

"饿死我了！"傅欢颜毫无形象地大叫。

忙碌整晚，确实很累很饿，尤储秀用人们将消夜端来。厨房全天待命，热气腾腾的鱼片粥、小笼包，还有各色小菜及甜品，一应俱全。

沐良不能像傅欢颜那样表现随性，她瞪着鱼片粥双眼放光，一个劲咽口水。

"给。"

傅晋臣盛了碗粥，放在她面前："不是饿吗？快吃。"

沐良感激不尽，拿起勺子低头喝粥。

儿子平时在家从没伺候过人，尤储秀眉头轻蹙。

饭桌上只听到碗筷相碰的响动，傅东亭忽然转向沐良："良良，你打算什么时候给爸爸生个孙子抱抱？"

"……"

沐良差点呛着，求助般看向傅晋臣，但他只低头喝粥，竟然不帮忙。

斟酌下语气，沐良尴尬地回答："爸，我还没想过这些。"

"该想想了，"傅东亭直接开口，语气比起刚才沉了沉，"咱们家好久都没有添人了，爸爸现在就指望你给我生个金孙。"

沐良脸颊蓦然一红，迅速低头，突然在全家人面前说起这个，她完全没有心理准备，要她怎么回答？

"爸。"

男人总算开口，可惜更让沐良吐血："我们会努力的。"

沐良狠狠瞪过去，傅晋臣含笑拉起她的手，道："老婆，你说是不是？"

她眼神锐利，足以把傅晋臣那张俊脸烧出一个洞来。

"这就好，"傅东亭欣慰地笑起来，"爸爸等着。"

沐良耳根火烧般发烫。

对面椅子里，尤储秀扫了眼儿媳妇，神色却并不见欢喜。

"东亭，你今晚喝多了。"

傅东亭手指轻揉眉心："确实有些多。"

"我扶你去休息。"尤储秀作势要起身，被傅东亭按住肩膀："你吃东西，我去书房醒醒酒。"

"那也好。"尤储秀吩咐用人泡茶送去书房。

眼见傅东亭走远，饭桌上的其他人，神色都微变。今晚沐良与傅晋臣钢琴合奏祝寿，已然成为全场焦点，刚刚傅东亭又说想要抱金孙，难道是巧合？

"来，多吃点，"傅欢颜故意逗弄，给沐良一个劲夹菜，"我爸等着抱孙子呢。"

沐良终究脸皮薄，觉得尴尬。

二楼书房，满室清幽。书桌上点着熏香，这是傅东亭的习惯，一个人独处的时候他总会点上。

桌面放置着一本影集，傅东亭慢慢掀开。这本影集没有署名，没有出处，但他很清楚是什么人送来的。

用过消夜，大家都陆续回房休息。尤储秀将儿子留下，单独同他说话。

"今晚你爸爸生辰，你什么都没准备，想惹他不痛快？"尤储秀叹了口气，神情透着责备。

傅晋臣双腿交叠坐在沙发里，并不说话。

尤储秀握起他的手，沉声道："当初妈妈也不同意你跟那个女人在一起，她手段卑鄙地害你，要不是你爸爸，你这辈子都毁了！"

尤储秀想起今晚见到的人，心底怒意横生："虽然她现在又回来了，但你得知道，她已经嫁人了，你跟她不许再有半点瓜葛，听到没有？"

傅晋臣不耐烦地站起身，脸色很冷："我知道。"

回到卧室，他洗过澡上床，身边熟睡的人缩在被子里，一张精致容颜温婉美好。

傅晋臣低下头，轻嗅她发丝间残留的香气，不自觉将她揽入怀里，如同每晚那样拥着她缓缓合上眼睛。

黑色轿车驶回酒店，莫劲下车时，脚步虚浮，舒云歌搀扶着他一路乘电梯回到房间。

舒云歌给他倒了杯茶过来。

"让你去选的别墅，有中意的吗？"莫劲接过去。

舒云歌眼睛直勾勾地盯着某个点，压根没有听到他的话。

啪！

茶杯粉碎，莫劲怒声道："见到你的旧情人娇妻在怀，你就失魂落魄成这样？"

舒云歌站起身要离开，手腕被他扣住，整个人被他拉到面前："舒云歌，你还敢想着别的男人？难道我对你不够好吗？"

"好？"

舒云歌冷笑起来："如果你觉得，用自己老婆的美色谈成一个又一个合作案叫好的话，那你确实对我挺好。"

"你！"莫劲怒不可遏。

舒云歌没去看他铁青的脸色，回到卧室将门反锁。她背靠门板，指尖轻触颈中的锁骨链，眼角滑过一串热泪。

傅晋臣，你怎么能跟别的女人一起弹我们的曲子？怎么可以？

周一早上，沐良换好工作服回到办公区，乔笛坐在她的椅子里，虎视眈眈。

"怎么了？"

"好啊你！"乔笛指着她的脑袋，"豪门夜宴竟然不带我去参加？"

沐良急忙赔笑脸，道："这是家宴，不好让你去。"

乔笛炸毛，站起来就走："那我们绝交！"

沐良一把拉住她，为难道："亲爱的，这种事情我又不能做主，都是我婆婆安排的。"

见她可怜巴巴的委屈模样，乔笛心头火气散去，她丢过来一本杂志，这才是她的主要目的。

"看看这个。"

傅东亭的生辰宴虽有记者，但因为事先交代过，所以刊登出来的照片，基本没有家属，绝对保证傅家私密消息不外泄。

前来道贺的宾客中，有不少集团总裁被曝光。乔笛指着其中一张照片，问道："认识她吗？"

"莫氏集团总裁夫人。"

以前可以睁一只眼闭一只眼，如今沐良已嫁入傅家，她不能让好朋友傻傻地最后一个知道。

"她叫舒云歌。"乔笛语气沉下去。

"我知道。"沐良记得上次宴会时见过，她还主动跟自己打招呼。

"还有呢？"

乔笛手指戳在她的额头："她的英文名字叫Ann，三年前宣布退出歌坛，消失很久都没有音讯。"

Ann，沐良似乎在什么地方见过这名字。

乔笛狠狠心，直言道："她还是傅晋臣的初恋女友，你知道吗？"

初恋女友！

忽然想起曾看到的那条锁骨链，沐良敛眉，吊坠刻字正是舒云歌的英文名字。

傍晚下班，乔笛有约会先走了，沐良一个人落单。她先给沐毅打电话，听他说在上晚自习，也就没有多说什么，他跟宋爱瑜那笔烂账，她还没想到要怎么收拾，心情烦躁。

滴！

一辆黑色轿车靠过来，副驾驶下来的女人，神色干练。

"沐小姐，我们董事长想见你。"

"董事长？"

沐良蹙眉，轿车的后车窗降下去，露出一张熟悉的面孔："小丫头。"

"爷爷。"沐良先是一笑，后又收起笑脸。

"快过来。"

"沐小姐，请上车。"林蔷将后边车门打开。

沐良犹豫半晌，终于坐进车里。

琴行里，店员送来茶点，照顾周到。

沐良敷衍地笑笑，少去往日的随意自在。宋儒风换好衣服出来，俨然还是那位修琴的老师傅。

"怎么不弹琴？"

沐良坐在椅子里，垂头道："爷爷不需要穿成这样。"

见她情绪不对，宋儒风抿起唇笑："六十年前我在这里学徒，那时才十四岁。当时我就是穿成这样，跟在师傅后面做杂工。"

他抬起满是皱纹的脸，道："对我来说，我永远都是这个琴行的学徒，一辈子都是。"

沐良瘪嘴，不肯说话。

"小丫头，你以为我老头子骗你吗？"宋儒风见到沐良噘嘴不说话的模样，心头一动。她此时的表情跟美琼简直像一个模子里刻出来的，那副明明心软却还要故意装作生气的表情，简直太像了！

宋儒风心思流转，失神道："你跟我去世的妻子很像。"

沐良终于忍不住笑出声："这个哄人的方法很老套。"

"有吗？"宋儒风眯起眼睛，"我老伴年轻时比你好看。"

沐良气结，站起来就要离开，又被身边人拉住，听他别扭地开口："好了，你长得也不难看，算中上等。"

"只有中上？"沐良仰着下巴问。

宋儒风笑着摇摇头："小孩子家家，一点儿不知道谦虚。"

他话虽这样说，语气里却尽是宠溺。

沐良顺势站到他身边，其实她早就不生气了，只觉得心里不舒服，今晚看到爷爷，心底那点不快也都散去。

算了，原谅他这次吧！

"不生气了吧？"见她露出笑脸，宋儒风也松口气。

沐良勾起唇，狡黠道："暂时不了。"

宋儒风失笑，对这个古灵精怪的小丫头，完全没辙。

琴行中的水果和茶点很好吃，沐良美滋滋地往嘴里塞。

"丫头，你是怎么嫁进傅家的？"宋儒风斟酌地问。

沐良耸耸肩，直言相告："当年我爷爷救过傅家老爷子，傅家想要报恩，让我嫁过去。"

原来有这层渊源，宋儒风轻笑。傅东亭倒是有情义的人，难得还有这份良心，如今已不多见。

"在傅家还好吗？"

沐良笑时明艳动人："我这么人见人爱，谁不喜欢我？"

"哈哈……"宋儒风摸了摸她的额头，"你这孩子，总这样报喜不报忧吗？"

嘴角弧度有些僵硬，沐良瞅着他，道："这个都能看得出来。"

宋儒风哼了声："要不然怎么当你爷爷。"

心中一阵暖意袭来，沐良将头靠在他的肩上："我真觉得，有你这样的爷爷很好，很幸福。"

宋儒风掌心落在她的额头，轻抚："爷爷也很喜欢你，有时候觉得你比我亲孙女还要亲！"

"真的吗？"沐良眨了眨眼，"那您把我认回家吧。"

祖孙两人有说有笑，气氛美好。

须臾，宋儒风好像想到什么，低头看着身边的人，道："你跟傅家那个老四相处得如何？"

沐良脸颊微红："还不错。"

宋儒风摇头："你跟他不相配。"

"为什么？"

她瞬间情绪激动，宋儒风轻拍在她的肩头，语重心长："傅家不适合你，你这孩子心思善良，又懂得为人考虑，在那样的环境里生活，太委屈你了！"

沐良眼眶热热的，急忙低下头："我哪有您说得这么好。"

"爷爷都活到这把年纪了，看人还是准的。"宋儒风嘴角的笑容温柔，"不过有些事

170

情是注定的，既然你能嫁进傅家，也不见得就是坏事。"

顿了下，他掌心落在沐良的头顶，语气里尽是心疼与怜爱："幸好你认识爷爷了，以后你有什么为难的事情都可以来找我，只要是我能做到的，一定帮你。"

沐良心中不胜感激，她与爷爷非亲非故，却能得到他如此垂爱，她笑着点点头，乖巧道："谢谢爷爷。"

宋儒风不放心她一个人回去，吩咐司机将她送回家。

夜晚山中温度下降，沐良拢紧外套，目送前方轿车下山才进门。

沐良走到前院，傅晋臣刚好下车，他过来牵过她的手。

最近难得跟他一起回家，沐良心头窃喜："这么早回来？"

"不愿意看到我？"傅晋臣捏着车钥匙，故意歪曲她的意思。

沐良有些生气："对啊，不想看到你。"

"你敢？"傅晋臣低头，盯着她的眼睛，"你眼里明明写着，见到我很开心。"

"呸！"

沐良伸手掐住他的腰。

捏过她的手握在掌心，傅晋臣薄唇贴在她的耳边："你这么主动，是不是想我了？"

"我没有。"

沐良反驳，脸埋在他胸前，张开嘴咬下去，听到他重重闷哼一声，才觉得勉强出了口气。

"好狠。"隔着衬衫看不到里面，但胸前火辣辣地疼，肯定落下牙印了。

"活该！"

傅晋臣眯起眸子："好啊，今晚让你知道，什么叫作活该！"

沐良瞪着他，半天没敢说话。

最喜欢看她被欺负后的委屈模样，傅晋臣笑着将她拥在怀里，两人相拥走进别墅。

客厅里欢笑声不断，厅中央的沙发里，傅东亭神情温和地吩咐着什么。

傅橙手舞足蹈，笑闹个不停，难得傅世钧也在座，他倦怠的脸上也是笑容深深。

"什么事都开心成这样？"

沙发里的傅欢颜起身，朝他们跑来："二嫂怀孕了，咱们家又要添宝宝了。"

沐良惊讶不已。

用过晚饭，尤储秀拉着曹婉馨坐在沙发里，耐心细致地叮嘱着。

姚琴脸色阴沉，嘴角始终不见笑意。傅政还没回家，听说又去应酬，几乎整天见不到人影。

今晚气氛热络，沐良边吃水果，边听大家聊天。傅晋臣不爱听女人生孩子的话题，先回了卧室。

家里有孕妇不能太晚休息，尤储秀细心叮嘱厨房，以后要特别关照曹婉馨的口味。

沐良沿着楼梯左侧上来，姚琴激动的声音隐约传来："这不可能！我这些年都没有出

171

过错的啊！"

砰！

房门重重关上，沐良再听，却什么声音都没了，她没在意，转过弯回到三楼。

傅晋臣穿着睡袍出来，短发微湿，性感而慵懒。

沐良别开脸。

"过来。"

沐良脸颊稍稍一动，便能碰到他结实温热的胸膛。

"又吸烟？"

"狗鼻子。"傅晋臣瘪嘴。

卧室温度适宜，沐良缩起双脚伸进被子里，感受着来自他身上的暖意。

"二嫂怎么突然怀孕了？"

"什么意思？"

傅晋臣渐渐明白过来，嗤笑道："我二哥伤的是腿，又不是那里。"

沐良面颊红如火烧，为什么每次都要说得这么露骨！

睡衣几下被解开，沐良护不住。

"关灯。"

她出声哀求，傅晋臣暧昧地笑："不想看看吗？"

"不想！"

窗外月光皎洁，沐良仰起头，眼里映入男人颠倒众生的脸，她喉咙里好像有团火在烧，想喊却又喊不出来。

傅晋臣俊脸紧绷，身下力度越来越失去控制。

她指尖落在男人轮廓分明的五官上，突然冒出一个念头，他们的宝宝会像她，还是像他？

床头柜被大力拉开，傅晋臣拿出什么，随后又原封不动地丢回去："我们也生个孩子吧。"

沐良猛地睁开眼："不要。"

"还敢说不要？"傅晋臣最不喜欢她说这两个字，"我爸都下命令了，你要违抗圣旨？"

沐良用力按住他的手臂，不肯松开。

傅晋臣脸颊埋在她的颈窝，低头深吻，沐良半点声音都没了。

晨起，尤储秀交代好厨房后，折身出来。

用人端着白瓷盅走过，尤储秀看过去："那是什么？"

"当归鸡汤，昨晚大少奶奶特别嘱咐给四少奶奶的炖品。"

尤储秀垂下目光："端上去吧。"

"是，太太。"

沐良整理好出来，看到用人将炖品放下。

"现在喝的？"沐良掀开盖子，当归鸡汤还冒着热气。

"是的，四少奶奶。"用人语气温顺，道，"大少奶奶吩咐炖品要先吃，然后才能吃早饭。"

沐良拿起勺子喝汤，她没有吃补品的习惯，但姚琴细心安排，她也不好拒绝。

距离盛氏计划案的竞标日子越来越近，辛歆对计划书信心十足。若真要说起来，他们这边的胜算还是有的：宋氏集团虽然根基稳固，但涉足房地产业比较晚；莫氏实力不容小觑，根基却在香港，如今贸然转来名海市，总归资历尚浅。

最具竞争力的自然属傅氏本家，辛歆不敢掉以轻心，但面对初出茅庐的傅家孙少爷傅政，她倒有几分把握。

午休时，沐良接到电话，她立刻跑到公司大门外。

"妈！"

看到站在角落的母亲，沐良快步走过去。

"你怎么来了？"

"我去医院拿药，顺便过来看看你。"

"眼睛又不舒服？"沐良蹙眉。

"没什么大事，"蔡永芬生怕她担心，解释道，"最近变天看东西有些模糊，我拿药水用用就好。"

"找个时间好好检查一次。"

蔡永芬摇头："很多年的老毛病了，哪里用花那个钱。"

沐良还要再说，妈妈掏出一个保温饭盒递过来："你爸给你带的菜。"

路边一辆黑色轿车停靠过来，林蔷拿着公文包出来，虽说与傅氏竞争，他们胜算不大，但总要尽力而为。

旋转大门外有两道身影，林蔷对沐良记忆深刻。

"沐小姐。"

"林特助！"沐良没想到会遇见她。

蔡永芬看清对面来人，笑脸瞬间僵硬。

"良良，妈先走了。"

不等沐良回答，她提着东西转身走远。

"妈。"

沐良急忙叮嘱："不要坐公交车，打车回家。"

蔡永芬不敢回头，敷衍地点头。

林蔷循声看去，只觉那人侧脸有些熟悉，一时间又想不起在哪里见过。

这对母女一看就知道感情很好，她眼神微沉，似乎又想到什么，神情黯然地走开。

每次看到年纪差不多的女孩子，她总会想起当年亲手抱走的女婴。二十多年过去了，也不知道那个孩子过得好不好？

中午时分，公交车的车次减少，等车时间比起早晚高峰都要久，蔡永芬站在车站站牌下面，怔怔失神。

林蔷坐在车里，无意间看到路边的人，吩咐司机："把车开过去。"

"您好。"她打开车门走过来。

蔡永芬下意识抬起头。

林蔷看清面前的人，怔怔呆住。

即使过去二十多年，即使眼前的女人容颜已不复当年模样，但林蔷发誓，她一辈子都不会忘记。

"你是……"

林蔷根本不会想到还能遇见她。

"我不是！"

蔡永芬脸色煞白，倒退着步子。

"你认错人了！"

她跑到马路中间，用最快的速度拦上一辆出租车离开。

"等等……"

林蔷回过神后，并没有追上去。

是她，肯定是她！

当年她来不及多加找寻，必须要在最短时间内将孩子送走。虽然她曾经对那个妇人承诺过，这孩子不会再认回来，但世事难料，如今老天难道是给她一个赎罪的机会？

林蔷眼眶泛红，她是沐良的妈妈，难道当年被抱走的孩子……

宋家真正的公主，宋家未来的继承人，是不是一直都在他们身边？

午休时间员工都在休息，林蔷走进顶层办公室，果然看到宋清华眼睛盯着电脑，正在喝咖啡。

"又不吃午饭？"林蔷把饭菜放下，夺走她手里的咖啡。

"我还不饿。"

宋清华这些年要为宋氏打拼，不得不把自己伪装起来，装出一副女强人的模样。

"吃饭吧，总喝咖啡伤胃。"

"好。"宋清华接过筷子。

落地窗外天色阴沉，似乎要下雪。林蔷盯着宋清华脖颈中的丝巾，道："你的丝巾很漂亮。"

"爱瑜送我的，我也觉得漂亮。"

心底的某处蓦然一动，林蔷抿起唇，道："如果有一天，那个孩子也站在你的面前，你会怎么选择？"

那个孩子？

宋清华握住筷子的手指一寸寸收紧，用力到指尖泛白。

今年冬天的第一场雪，比往年都要晚，银装素裹的大地，令沐良心情大好。上午的工作忙碌，她简单吃过午饭，回来后发现有客人。

"吃饭了吗？"林蔷站在她面前，语气温柔。

沐良目露惊讶："吃过了。"

她转身去倒了杯水，放在林蔷的面前："您来有事？"

林蔷盯着沐良仔细看，当年襁褓中那个漂亮的婴儿，渐渐与眼前的人重合。

"董事长让我来看看你。"

沐良看看外面的雪，道："下雪了，爷爷平时都不懂加衣服，您要提醒他。"

"叫我阿姨，"林蔷握住她的手，顿觉自己突兀，语速稍微放缓，"用不着对我用敬语，叫我林阿姨。"

沐良犹豫了下，笑道："林阿姨。"

林蔷目光含笑，不着痕迹地问道："你今年几岁？"

"二十二岁，"沐良如实道，"过年就二十三了。"

"几月生日？"

"七月，很热的夏天。"

沐良眨了眨眼，感叹道："我的生日不好，闷热的大夏天，妈妈生我的时候一定热得要命！"

林蔷忽然低下头，心底起伏的情绪难平，她这辈子都不可能忘记那年的夏天，她曾经摸过的小手，她以为再不能握在掌心。

但老天的安排着实巧妙，当年这个孩子错失进入宋家的机会，如今却偏偏又嫁入傅家，还成为傅家的四少奶奶，并且能与宋儒风相见，这何尝不是另外一种境遇。

"良良，"林蔷目光温柔，"林阿姨跟你妈妈……我们认识。"

沐良深感意外："你们认识？"

"对，"林蔷点头，"所以你不要同阿姨见外，知道吗？"

没想到她竟是妈妈的朋友，沐良有些疑惑，妈妈怎么能有林蔷这样的朋友？

林蔷亲热的态度，她并不反感，况且还有宋儒风那层关系，她倒是对这位林阿姨心生好感。

难得不需要加班，沐良吃过晚饭，立刻回到暖暖的床上。

傅晋臣接过电话进来，把她拉下床。

"干什么？"

"收拾一下，我们出去玩。"

黑色路虎开出别墅，傅晋臣双手握着方向盘，目光如炬。沐良坐在副驾驶，无聊地问他："我们去哪儿？"

"倾城。"

沐良撇嘴，盯着他问："怎么每次都去倾城？"

"不喜欢？"傅晋臣偏过头看她。

名海市最有名的消金窝，谈不上喜欢或者不喜欢，沐良好奇地打听："你每次去的那间包厢，消费很高吧？"

傅晋臣嘴角滑过一丝笑："倾城有大哥的股份，那间包厢一早就预留出来了。"

原来酒吧有傅培安的股份，傅家人都好有钱哦。

将车停在酒吧外，傅晋臣牵过沐良的手进去。

钱响等在前厅，见到他们进来，笑道："四哥。"

他目光游移，最后落在沐良脸上："小嫂子。"

沐良不喜欢他这样叫，没给好脸色。

身影交错的片刻，傅晋臣似乎看到一抹熟悉的身影。

"老四到了。"

一阵暧昧的口哨声，沐良害羞地低头。

"迟到，罚酒！"

包厢中，男人们都是美女在怀，来这种地方玩哪有不带女伴的？

对面沙发里，项北也在，但他身边空空的，没有女人。

举起酒杯，项北朝沐良笑了笑，算是打过招呼。

砰！

有人开了瓶新酒，酒杯灌满。

"喝酒喝酒！"

傅晋臣将沐良揽在怀里，手指握住杯沿，又低头问她："我能喝吗？"

沐良在他耳边低喃："喝吧，我准了。"

她的红唇潋滟，傅晋臣心口一热，低头压住她的唇，一个气息绵长的吻。

哇——

口哨声、暧昧起哄声差点掀翻屋顶，沐良双颊通红，看着傅晋臣把杯中的酒一口闷掉。

罚酒过后，男人们开始斗嘴。沐良端着鸡尾酒坐在边上，唇角隐隐上翘。

酒过三巡，荤段子逐渐入耳，沐良脸颊阵阵发热，往傅晋臣怀里躲。

项北接了个电话，神情愉悦地走了。傅晋臣见他笑得那副贱样，就知道傅欢颜又给他下什么指令了，而他屁颠屁颠地去执行了。

傅晋臣轻揉发胀的眉头，狠狠地鄙视了项北一番。

"喝多了吗？"沐良关心地看过来。

傅晋臣不想她担心，笑道："我去外面抽根烟，醒醒酒我们就回家？"

听到回家两个字，沐良顿时展颜："好。"

从茶几上拿起烟盒与打火机，傅晋臣拉开包厢的门出去。

二楼长廊，左右两边各有落地阳台。他往左，推开阳台的门，空气清新。

大雪虽然停歇，气温却降至零下。傅晋臣没有穿外套，不过抽根烟的工夫，混沌的大脑已经清醒不少。

将烟蒂捻灭，傅晋臣回身往包间走。

前方一阵骚动，有人跑下楼喊人。

"天哪，有人站在阳台边上，太危险了！"

傅晋臣转过头，见到阳台外沿那抹身影后，立刻转身回去。

"你在做什么？"

阳台外沿只有两只手掌的宽度，舒云歌穿着细高跟鞋，摇摇晃晃地站在那里，望着前方。

她全身染着酒气，脸颊一片红晕。

傅晋臣想要将她拉回来，却听她大喊："不许过来！"

男人的步子瞬间停住。

"为什么没有星星？"

舒云歌仰头看向那片暗淡的星空："他说过的，要在满天星空的夜晚，放烟火给我看。"

"可是没有星星，我就看不到烟火了……"舒云歌咬着唇，神情瞬间变得失落，"星星啊，你快点出来好不好，我好想看他给我放烟火。"

傅晋臣伸出的手指，一根根变得僵硬，转身就要离开。

"啊……"

众人忽然惊呼，傅晋臣再度回头。阳台上的女人抬起一只脚，重心不稳的身体摇晃不止，似乎马上就要摔下去。

酒吧建筑不同于居民楼，每层楼都高五米，两层楼不加地下室，高度也有十米。如果从这里摔下去，肯定摔断手脚。

傅晋臣紧紧盯着她，好在她身体轻盈，平衡能力很好。

脱掉两只鞋，舒云歌依旧盯着天空发呆，表情固执。

酒店保安赶来，但阳台宽度有限，舒云歌站在台面上，断然不可能再有人上去。

经理看到傅晋臣也在，忙问对策："四少，我们要报警吗？"

傅晋臣深邃的黑眸动了动："报警吧。"

听他这么说，经理立刻吩咐人办事，距离警察来还有段时间，他安排人在阳台的下面垫上软垫，以防万一。

走廊上聚集的人越来越多，多数都来看热闹，吵闹声、议论声不止，包厢里很快也都安静下来，不少人跑到阳台。

钱响拉开门出来瞅了眼："哎哟，有人要自杀吗？"

他平时总是这副模样，沐良本来并没放在心上，但傅晋臣吸烟这么久都没有回来，她也站起身走出包厢。

钱响素来好事，有这样的热闹，他没理由不看，自然跟着沐良过去。

拨开前方的人群，沐良费力地挤进前端，不想坐在阳台边沿的人竟是舒云歌。

怎么是她？

阳台一侧小心翼翼靠近的男人，映入沐良眼底。

钱响看到阳台前的两人后也怔住。

寒风凛冽，舒云歌身上只有一件单薄的长裙。她冻得脸色发紫，依旧执着地望向夜空。

"今晚不可能有星星。"傅晋臣往她身边走过去。

舒云歌只觉眼眶酸酸的，很难受。

"Ann！"

傅晋臣出声喊她："坐在那里很危险，下来。"

舒云歌缓缓看向走来的男人，混沌的眼神逐渐清明。

"傅晋臣？"她的声音沙哑干涩。

走到与她相隔很近的地方，傅晋臣薄唇轻抿。

"晋臣，是你吗？"

"把手给我。"傅晋臣朝她伸出手。

舒云歌一动不动地盯着他的脸，颤声道："傅晋臣，是你吗？"

"是我。"

傅晋臣深邃眼眸中隐藏的情绪十分复杂："Ann，把手给我。"

这一刻，舒云歌惨白的嘴角绽放出鲜艳的笑容，她几乎想都没有想，双手用力抓住他宽大温暖的掌心，任由他将自己抱下阳台。

"晋臣！"

抱住面前的男人，舒云歌眼中的泪水不断掉落。

"我后悔了！晋臣，我后悔了！"

警车的声音由远及近，大家看到人被解救，纷纷散开。

沐良站在原地没有动。

傅晋臣松开手将她放在地上，拉开她落在自己腰间的手。

"莫太太，这么危险的地方，请你以后不要再上来。"

莫太太？

舒云歌眼底的眸色变冷，看到傅晋臣疏离的表情，整颗心收紧。

"晋臣，你听我说……"

躲开她的触碰，傅晋臣转过身，却见沐良早已站在身后。

他怔了怔，迈步回到沐良身边。

舒云歌想要上前，却被钱响拉住。

"钱响。"

傅晋臣沉声吩咐道："送莫太太回去。"

"我知道。"钱响不着痕迹地将舒云歌扣在身边。

"我们回家。"傅晋臣牵过沐良的手，突然发觉她的指尖很冷。

沐良没有反抗，转身时有什么声音滑入耳朵里。

开车回去的路上，车厢里很安静，只有车轮滑过地面的沙沙声，身边的男人始终目光如炬，面无表情。

到家已经很晚了，沐良洗完澡出来，傅晋臣也从外间洗好回来。

卧室开着电视，她钻进被窝里，顿觉温暖。

"唔！"

沐良缩着脖子往身边的人怀里靠，笑道："还是有你比较好。"

傅晋臣把她紧紧拥入怀里："现在知道我的好处了？"

沐良仰起头，目光落在他的脸颊上。

"我以前怎么不知道，你还有见义勇为的好习惯？"

关掉电视，傅晋臣拉她躺下。

"我的好习惯很多，你要慢慢发掘。"

卧室光线昏暗，沐良听着他沉稳有力的心跳声，许久都没有睡意。

今晚准备离开时，钱响安抚舒云歌时说："嫂子，四哥让我送你回去。"

小嫂子？

暗夜中，沐良唇角划过一抹冷笑，原来钱响对她的这句称呼别有深意。

第八章
揭破她身世之谜

午休时，沐良约了沐毅，直接在外边见面。

"姐！"沐毅到的时候，沐良已经点好了菜，见到他坐下，便把筷子递给他。

沐毅扫了眼菜，嘴角的笑容明媚："都是我爱吃的。"

望着沐毅有些消瘦的脸庞，沐良心头的怒火翻滚，原本四年的学分，他突然要两年修完，不累瘦都奇怪！

"还有一科，考完我就能拿到毕业证了。"沐毅边吃边说，眼底的神色如常。

沐良抿唇，问他："这么早毕业，又因为宋爱瑜？"

"嗯，"沐毅如实点头，"毕业就能工作，我想早点赚钱，然后跟爱瑜结婚。"

啪！

沐良摔了筷子，怒声道："你是真傻还是假傻，宋爱瑜怎么可能跟你结婚？"

"姐，别这么说她！"沐毅反驳道，"她是喜欢我的，我知道！"

沐良气得脸色发白，狠狠骂道："沐毅，你真中邪了，我说的话，你一个字都听不进去是吧？"

沐毅俊脸微垂，声音并不似沐良的高亢："我是真心喜欢她的，我相信她也是真心喜欢我的！"

"真心？"沐良从包里掏出一本杂志丢过去，厉声道，"那你自己看看，宋爱瑜到底有多真心？"

杂志的封面照片十分醒目，沐毅很容易就能看到宋爱瑜坐进豪门公子哥的车里。他眼底的神色变了变，很快又恢复如常，道："肯定是误会，爱瑜不是这样的人！"

沐良几欲伸手扇他，但终究没忍心。她冷冽的目光落在弟弟脸上，质问道："沐毅，你是不见棺材不落泪，是吗？"

沐毅不想让姐姐伤心，但又不得不回答："姐，我真的喜欢宋爱瑜。"

闻言，沐良站起来指着他的鼻子骂道："沐毅，从今往后别叫我姐！"

掏出两张钞票丢在桌上，沐良头也不回地走远。

"姐！"

沐毅从后面追出来，可沐良压根不搭理他，快步走远。从小到大，沐毅还没让她这么生气过，真是要气晕过去！

她边走边生气，心里更多的还是伤心，他们姐弟二十年的感情，却抵不过一个宋爱瑜！

如果爸妈知道，肯定也要气得半死。沐良不敢告诉父母，生怕惹出什么大事。可沐毅这浑小子丝毫都没清醒的迹象，以后要怎么办才好？

沐良眉头紧锁，本来就不好的心情，此刻更加沉重。

大雪下了一夜，沐良睁开眼睛下床，窗外已是白雪皑皑，她迅速洗漱好，换上衣服跑下楼。

昨晚雪不小，地面的积雪足有十厘米厚，踩上去整个脚面都会陷入雪里。傅晋臣不知道沐良为何喜欢踩雪，他穿好外套下来找她的时候，雪地中满是她留下的脚印。

"你想做什么？"

沐良正在揉雪球，笑吟吟地回答："堆雪人。"

不是吧？傅晋臣扶额，都多大了还要堆雪人？

"要不要一起来？"

"不要！"

拉倒！沐良撇嘴，一个人玩得不亦乐乎。

不多久，傅晋臣瞥见她揉好的雪团，挽着袖子走过去："你那是圆形吗，怎么看都是四边形。"

"喊！"

沐良把头上的帽子摘下来，丢在边上，反驳道："这个很难弄的，要不然你来。"

"一边看着去！"傅晋臣毫不含糊，伸手接过她的雪球，这里修修那里改改，很快工夫竟然真的堆起一个雪人。

"行啊你！"沐良双手圈住他的脖子，整个人趴在他的后背上，"傅晋臣，没想到你还会这个。"

男人下意识伸手托着她，笑道："废话，哪个男孩子小时候没堆过雪人。"

沐良扬起唇在他脸颊亲了下，算是奖励，但她的吻还没来得及收回，傅晋臣转而扣住她的后脑，回吻过来。

唇齿间的悸动蔓延，沐良闷闷地想，她的心跳快成这样，恐怕是不能抽身了吧！

同一时间，半山腰的另外一处别墅内。林蔷清早赶来给宋儒风送文件，她刚走进院子，就看到宋清华穿件黑色的羽绒服，在院子里踩雪。

"好早。"眼见好友进门，宋清华笑道，"爸爸还没起床。"

林蔷抿唇轻笑，清华从小就喜欢踩雪，每年下雪时她都会赶在所有人没起床前，在大片的雪地上印上自己的足迹。

"蔷阿姨，早。"宋爱瑜换好衣服出来，热络地同她打招呼。

"早。"林蔷笑了笑。

用人手里提着一双保暖鞋出来，道："小姐，您给太太送过去，她还穿着拖鞋呢。"

"好。"宋爱瑜接过鞋子，几步跑到宋清华身边，"妈妈，先把鞋换上。"

随后，她挽着宋清华的胳膊，笑道："我们分工吧，你去那边踩，我在这边踩，看我们谁先踩完。"

"好啊！"宋清华应道，却在宋爱瑜说开始前，先行动起来。

"呜呜，妈妈赖皮！"宋爱瑜跳脚，噘嘴追上去。

雪地里，她们母女亲热地抱在一起。林蔷眼底的眸色暗了暗，她知道当年简怀亦留给宋清华的伤害太深，那个噩梦是她永远的心结，所以想要从她身上突破，恐怕太难了！

"林蔷来了啊。"宋儒风穿戴好出来，见到庭院里玩闹的女儿和外孙女，笑容温柔。

"董事长。"林蔷收回思绪。

宋儒风吩咐用人准备早餐，笑道："你也不是外人，我们边吃边谈。"

林蔷没有拒绝，跟他走进餐厅，心里却在算计别的事情。如今董事长已经动了要把股权转给宋爱瑜的念头，那她就必须要在这之前，让董事长知道，谁才是宋家真正的公主。

傍晚下班，沐良如常回到大宅。她刚走进庭院，就看到管家站在门廊下，似乎正在等她。

"四少奶奶。"

管家平时对傅晋臣颇为恭敬，对她也多份细心。

沐良现在学会了察言观色，见到管家脸色不对，她立刻警觉："有事？"

管家扫了眼院子里堆着的雪人，道："二少奶奶流产了。"

沐良眼神霎时沉下去。

迈步走进客厅，沐良脚跟还没站稳，迎面就传来质问："沐良，院子里的雪人是你堆的吗？"

客厅里坐着不少人，沐良还没来得及细看，最先听到的就是姚琴的逼问声。

"是。"她抿起唇。

"真的是你？"姚琴起身，怒声道，"母亲早就说过了，不许在院子里堆雪人，可你倒好，弄那么个破玩意儿，害得婉馨跌倒！"

"沐良，你安的什么心？"姚琴脸色阴沉，咄咄逼人。

傅欢颜听到姚琴的话立刻变脸，曹婉馨是摔倒了，可也不见得是因为那个雪人吧！她

182

还没来得及说话，已经有人先她一步。

"大嫂，雪人是我堆的！"

傅晋臣捏着车钥匙进来，伸手将沐良拉进怀里，锐利的眸子射向姚琴，冷冷笑道："你倒是说说看，我安的什么心？"

姚琴脸色变了变，嘴角渗出笑意："哎哟，老四，大嫂可没有怀疑你的意思。"

拉着沐良坐到沙发里，傅晋臣双腿交叠，俊脸带着几分笑意。他仰起头，深邃的双眸落在姚琴脸上，沉声道："那你就是怀疑她？"

他掌心落在沐良肩头，薄唇勾起一个嘲讽的笑："怀疑她就是怀疑我。"

姚琴眼角闪过一抹厉色："老四，你这话什么意思？"

"字面上的意思。"傅晋臣冷着脸，语气丝毫没有缓和，"在这个家里，我们连堆个雪人都要被人管制吗？二嫂摔倒了把责任推我老婆身上，大嫂，你心虚什么？"

"谁心虚了？"姚琴咻地站起身，神色紧张。

宽大的沙发里，尤储秀挑眉，轻声道："晋臣，别跟大嫂这么说话。"

话落，她眼神往傅培安方向看了看，寓意明显。

平时姚琴在家刻薄生事，但因为她是大嫂，又有傅培安撑腰，傅晋臣对她都足够忍让，可她变本加厉，信口雌黄，简直无法无天了！

"大哥，你是怎么想的？"傅晋臣敛眉，转而将话锋转到傅培安身上。

傅培安不动声色地笑："你大嫂也是着急，既然你说没有，那自然就是没有。"

什么叫你说没有，自然就是没有？

傅欢颜俏脸生怒，还嘴道："哟，大哥，你跟大嫂真是妇唱夫随啊，她说什么，是不是都你提前教好的，你们俩一个鼻孔出气！"

"傅欢颜！"

姚琴瞬间变脸，怒声道："你跟谁说话呢，没大没小！"

啪！

姚琴的话音还没落下，尤储秀拍了桌子，保养得体的脸上尽是阴霾："姚琴，傅欢颜再怎么没大没小，他们都姓傅！在我面前，还轮不到你来教训我的女儿！"

"我……"姚琴憋口气，看到尤储秀沉下的脸，意识到自己的失态。

纵然对尤储秀再怎么不服气，但辈分明摆着，她不得不低头。

"母亲。"

难得傅培安主动开口，语气温和："姚琴也是有口无心，您千万别跟她计较。欢颜是我唯一的妹妹，我怎么会跟她较真。"

傅培安是傅家长子，尤储秀当年嫁过来的时候，他已经十五岁。虽然这些年他对尤储秀还算恭敬，但外人不难看出，他那副谦恭的表情下，掩藏的并非是孝顺。

"老大，"尤储秀缓口气，道，"你媳妇越来越有能耐，现在连我的家都敢当了！"

"母亲，我没有这个意思。"姚琴立刻掩去刚才的气焰，声音低下来，"您千万别跟我生气，我只是心疼婉馨，您说好好的一个孩子，怎么说没就没了。"

尤储秀目光凛冽地看向她，别有深意道："是啊，好好的一个孩子，怎么说没就没了呢？"

姚琴低头，躲开她的目光。

这边唇枪舌剑好不犀利，沐良暗暗咬牙，婆婆气场强大，她想要开口说话，被傅欢颜拉住，在她耳边小声道："你别管，让我妈教训他们！"

沐良盯着姚琴不服气的模样，垂下目光。今早出门的时候，她还看到曹婉馨满面红光，怎么转眼就流产了呢？

庭院里有汽车声，傅政跟在傅东亭身后进来，他们刚从医院看完曹婉馨回来。

"婉馨怎么样？"尤储秀迎过去，方才脸上的愠怒，在见到傅东亭后，尽数散去，不曾表露分毫。

傅政扶着爷爷坐下，沐良抬起头，恰好看到他投来的目光。

"情绪不太好。"傅东亭坐稳，尤储秀把事先泡好的参茶端过来。

尤储秀不断地安慰丈夫，他上了年纪，心里又对抱孙子有着殷切的期盼，生怕他急坏身子。

突然间希望落空，傅东亭的脸色明显不好。他抬手揉了揉酸胀的眉头，低声道："我不想吃了，你们开饭吧。"

他往卧室走，尤储秀忙跟进去。

傅欢颜神情也不怎么好，她昨天还买了一套小衣服，兴高采烈地准备当姑姑。

"开饭。"

傅欢颜瘪嘴往餐厅走，经过姚琴身边时冷冷哼了声，态度嚣张。

她平时没少让姚琴受气吃亏，但都因为有人庇护，姚琴只能生闷气，不敢对她怎么样。傅东亭心尖的那块肉，谁敢轻易触动？

傅晋臣拥着沐良走进餐厅，整顿晚饭下来，他都没有搭理过姚琴。

吃过饭不久，傅晋臣带沐良开车离开大宅，直奔医院。无论怎么样，曹婉馨流产都是大事，他们不能不去看看。

"别搭理我大嫂，"傅晋臣双手握着方向盘，道，"她就是唯恐天下不乱！"

沐良眼神暗暗的："你说，会不会真是因为我们……"

"别乱想！"

傅晋臣打断她的话："我们先去看看二嫂。"

沐良拉过他的一只手，牢牢握在掌心。

来到特护病房，傅晋臣轻轻推开门，沐良跟在他身后进去，一眼就看到曹婉馨靠在床上，脸色煞白。

傅橙坐在床边，格外乖巧地依偎着妈妈，并不闹，安静地陪在她身边。孩子似乎能感觉到莫名的悲伤，肉嘟嘟的小手紧紧拉着曹婉馨的手。

傅世钧坐在轮椅里，神色沉重，他听到开门声，转头看过来："你们来了。"

傅晋臣牵着沐良过去，将带来的营养品放在桌上，沉声道："二嫂怎么样？"

傅世钧动了动嘴："还好。"

曹婉馨眼睛红肿，沐良也跟着难过。她跟曹婉馨的关系不算深厚，但都是傅家儿媳妇，她自然希望能够当婶婶。

"二嫂，不要太难过。"沐良坐在床边，轻声劝她。

曹婉馨轻点下头，她的脸色很苍白，唇瓣干干的，看着就让人心疼。沐良虽没经历过这种痛，可也能感同身受，失去自己的骨肉，一定很难过！

傅晋臣是男人，不好开口劝曹婉馨，都是傅家的子孙，他同样不希望发生这样的事情。

黑色轿车停在宋氏大厦外，宋儒风从车里出来，直接乘坐电梯回到办公室。林蔷准时拿着药进来，催促他服下。

"董事长。"林蔷见他把药喝掉才开口，"每年的员工体检，又要开始了。"

宋儒风点头，戴上老花镜开始翻看桌上的文件。

"这次体检，我觉得公司所有高层也要参加。"林蔷手里捧着记事本，笑道："我们的精英们，必须要保持良好的身体素质。"

"还是你办事周到。"

林蔷不动声色："那我去安排。"

"去吧。"宋儒风并没多想，只觉得林蔷这个助手，越来越得力。

秘书推开办公室的门进去，催促道："宋经理，您该去体检了。"

"一定要去？"宋爱瑜正在起草计划案。

"是的，"秘书如实道，"刚才董事长下过命令，公司全部高管都要去体检。"

"好吧。"宋爱瑜无奈地走出办公室，外公的花样真是越来越多，没事搞什么体检！

走廊里，林蔷眼见宋爱瑜走进体检室，方才转身离开。

清早起来，推开玻璃窗，外面吹来的风凛冽冻人，沐良站在窗口，忍不住缩起双肩，冷得打了个哆嗦。化雪的天气，总比起下雪天更冷。

知道外面的温度后，沐良走到衣柜前，拿出一件高领毛衣，一件厚重的羽绒服。好看不好看倒是其次，只要保暖就好。

换好衣服，沐良提着包下来。

餐厅中，尤储秀指挥着用人，布置餐点。姚琴在她身边帮忙，一副讨好的意味。因着前几天的事情，尤储秀对大儿媳妇一直没有好脸色，她也识相地收敛不少。

沐良插不上手，也不想装样子。傅晋臣下来时，早饭都已经摆好，他牵着沐良的手，拉着她去餐厅吃饭。

傅东亭这几天脸色都不太好，似乎还没从悲伤中出来。尤储秀对他关怀备至，照顾得分外细致。

餐桌上一片沉默，傅政依旧寡言少语，吃完他的早餐就出门，几乎没有开口说话。

"婉馨，多吃点。"尤储秀给曹婉馨夹菜，同时吩咐厨房把炖好的燕窝端给她，"你要多吃，尽快把身子调养好。"

曹婉馨握着勺子，眼眶霎时泛红。她应了声，低头小口地吃。

这些日子，尤储秀让她休息，傅橙吃饭都是用人在喂。

沐良看到曹婉馨黯然的神色，不禁也跟着叹气。前两天她听尤储秀提过，二嫂流掉的这个孩子应该是个男孩儿。

好可惜！

沐良心情沉重，莫名地为那个逝去的宝宝心疼。

这天临近下班的时候，沐良忽然接到沐毅的电话，可是接通后，电话里的声音并不是沐毅本人，而是他的同学。

挂断电话，沐良脸色发白。

"怎么了？"乔笛看她神色不对。

沐良急忙收拾东西："沐毅打篮球的时候受伤了。"她找辛歆请了假，在乔笛的叮嘱声中，从公司出来赶去医院。

赶到市医院时，沐毅已经被推进手术室。下午在篮球馆打球，沐毅因为上次的腿伤，大腿力度不够，不小心被一根竖起来的铁管扎伤腿根，偏巧伤到股动脉，失血过多。

"谁是病人家属？"护士急匆匆过来问。

"我是。"

沐良急得满头大汗。

"病人失血过多，需要输血。"护士如实道，"为了以防血库的血量不够，请家属先去验个血。"

"好的。"沐良跟着护士去化验室。

须臾，沐良回到手术室外，看到红灯已经灭了。

"沐毅！"

看到被护士推出来的弟弟，她眼眶瞬间发红。

"姐，我没事。"沐毅脸色发白，声音沙哑。

医生跟出来交代一些注意事项，虽然沐毅失血过多，但伤口并不严重，输过血就没什么大事了，只要住院观察两天就可以出院。

沐良紧提着的心，终于放下了。她去办了住院手续，转身走回病房时，意外地看到有一抹靓丽的身影朝这边过来。

"你来干什么？"沐良站在病房外面，语气带怒。

宋爱瑜提着包，俏脸微有急色。她看到站在对面的沐良，嘴角滑过一丝嘲弄："我来看看沐毅。"

"他很好，不用你看。"沐良直接赶人。

"是吗？"宋爱瑜轻笑出声，"可是我怎么觉得，沐毅更想见到的人是我。"

"宋爱瑜！"

沐良怒声道："你别欺骗我弟弟感情，他还小，什么都不懂。"

"欺骗？"宋爱瑜摇头，"现在是什么年代，哪有谁欺骗谁的？我们在一起很开心，谁也管不着！"

她耸耸肩，笑道："而且沐毅不小了，他什么都懂。"

"你……"

沐良被呛声，怒火高涨。

"姐！"

病房里的人听到外面的争吵声，语气透着几分哀求："你让爱瑜进来，我想见她。"

沐良气得脸色发青，垂在身侧的双手狠狠收紧。

宋爱瑜得意地推门进去。

"沐毅，"宋爱瑜看到沐毅腿上裹着厚厚的纱布，眉头紧蹙，"你没事吧？"

"没事没事！"沐毅拉过她的手握住，看着脸色阴沉的姐姐，声音不自觉地低下去，"姐，你别生我们的气。"

不生气才怪！沐良觉得，她真要被气死了！

瞪着深情相拥的两人，沐良愤然转身，气哼哼地冲出病房，任由沐毅在身后一个劲儿地喊。

"完了，我姐真生气了。"沐毅微微一动，牵扯到伤口，痛得额头直冒冷汗。

宋爱瑜伸手将他扶回去，神情冷冽，哼，每次看到沐良，她就觉得不痛快！

沐良经过化验室时，有护士叫住她。

"沐小姐！"

护士拿着化验单子出来，惊喜道："你的血型很特殊，可以给我们留个电话吗？如果以后有危急病人需要救助，还希望你能积极配合，挽救生命。"

特殊？

沐良接过化验单看了看，心蓦然一沉，AB型RH阴性血，俗称"熊猫血"。这种血型万分之一，实属罕见。

脑袋里嗡嗡地响，沐良忽然想起上次沐毅义务献血时，曾经捧着献血证给她说过：姐，你看咱爸妈都是O型血，我也是O型，算上你就是四个O啊。

那时候他们姐弟还在开玩笑，说他们家有这么多的零，将来肯定有钱！

"护士，"沐良喉咙发紧，"如果父母是O型血，有可能生出AB型血的孩子吗？"

护士摇头，肯定地告诉她："绝无可能。"

绝无可能！

沐良手脚一阵发冷，如同被判了死刑。

187

傍晚，雾气浓重。

洗过澡，傅晋臣掀开被子上床，拉过身边的人，问："吃饭了吗？"

"吃过了。"沐良如实道。刚才回家，厨房特别给她留了晚饭，她吃过才上楼。

傅晋臣俯下脸，轻嗅她发丝间的幽香，手指不自觉地撩开她睡衣的下摆。

"不许动我。"

沐良把他的手从睡衣里拉出来，道："我来'大姨妈'了。"

"怎么又来？"傅晋臣瞬间怔住。

沐良无语："不来就要出事了啊。"

"难道我们不应该出事吗？"傅晋臣反问，最近这段时间都没做安全措施，难道他还不如二哥吗？

傅晋臣因为这种猜测很受伤！

沐良怔了怔，不禁也想到什么，是啊，这些日子他们都没有避孕，难道没有怀孕的机会吗？

转身躺回被子里，沐良鼓着腮帮子，道："这种事情，应该问你。"

傅晋臣差点吐血！

将背对他的人拉进怀里，傅晋臣恨声道："沐良，你这是怀疑我的能力？"

眼见他眼神凶狠，沐良抿起唇："没有！"

她嘴角微勾，道："这种事情要看运气嘛。"

运气？

傅晋臣敛眉，爷凭的是实力，不是运气！不过这都几个月了也没动静，难道他的实力……打折扣了吗？

傅晋臣沉着脸躺下，健硕的胸口起伏不止，这种事情有些伤自尊，他郁闷了！

身边的人极其安静，傅晋臣瞥了眼情绪低迷的沐良，问她："你有心事？"

沐良靠在他的怀里，动了动嘴，喉咙里干干的，声音酸涩："没有。"

要她怎么说？

全家四口人，有三个都是O型血，只有她自己是AB型血，而且还是稀有"熊猫血"。

这种结果意味着什么，沐良知道。

沐良眼里的神色黯淡，在他怀里撒娇："你抱抱我。"

傅晋臣轻笑，把她紧紧拥在心口最暖的位置。不是都说，女人来"大姨妈"的时候，情绪比较脆弱吗，他只以为她身体不舒服。

沐良环住傅晋臣的腰，找到那个让她心安的位置，眼眶渐渐发酸。一个在她心底早已被认定为事实的东西忽然被颠覆，并且毫无悬念，这种冲击太过强烈，她需要时间来接受！

怀里的人睡得不算安稳，傅晋臣关掉床头灯，力度合适地搂紧她，很快合上眼睛。

翌日早上，沐良睁开眼睛的时候，身边的男人已经不在。今天是周末，但傅晋臣还是要出门去应酬。

临近年底，各大集团都是最忙的时候，沐良可以理解。

她穿戴整齐下楼，用人将预留好的早餐给她端出来。早上傅晋臣出门前，吩咐用人不要叫醒她，让她睡到自然醒。

傅东亭与尤储秀也不在家，傅培安一家三口都跟着他们出门，说是去参加哪个集团的年会，要到晚上才能回来。

傅欢颜不喜欢这种应酬，躲去了她的画廊。

曹婉馨流产后，身体还没彻底复原。如今天气冷，尤储秀叮嘱她不要出门，所以他们三口都在后面的小楼里。

前厅冷冷清清的，什么人影也没有。沐良勉强吃些早餐，整个人都没有精神。她心情不好，做什么事情都提不起劲来。

偏巧她心里闷着的那些话，又不能对乔笛倾诉。

换了套衣服，沐良提着包出门，闷在家里，她更难受，所以宁愿一个人出去走走。

司机将她送到市中心，沐良在商业街附近下车。她沿着广场漫步，因为是周末，有不少孩子都在家长的陪同下出来玩。

广场的一角，有很多游乐设施。有的孩子在玩滑梯，有的孩子在玩单杠，还有不少孩子在排队荡秋千。

有孩子的地方，总是欢笑声不断。沐良坐在边上的长椅上，盯着远处，神色莫名。

须臾，她拿出手机，将电话拨回到家里。

沐良捧着电话，想要听听妈妈的声音。

蔡永芬声音温柔："良良，你吃饭了吗？"

"还没有。"沐良轻咬唇瓣，道，"我在外面逛街，不饿。"

闻言，蔡永芬笑了笑，叮嘱她："天气冷，你要记得多加件衣服。还有啊，马上就要过年了，你有时间就要帮婆婆做事，不要总出来玩，知道吗？"

"我知道。"沐良垂下头，眼睛盯着脚尖。

蔡永芬说了半天，却发现好像总也说不完，她叮嘱女儿这个，又叮嘱女儿那个，很多事情她都不放心。

"妈妈！"

沐良紧紧握着手机，眼眶蓦然发红："我想你了，想爸爸。"

电话那端的人怔了怔，缓和半天才开口，只是声音明显酸涩："我们也想你。"

顿了下，蔡永芬捧着电话，小心翼翼地问："过年你们能回家吗？"

"嗯。"沐良用力吸吸鼻子，道，"过年我们回家。"

"好。"蔡永芬终于露出一抹笑容。

电话挂断后，蔡永芬依旧盯着电话发呆，直到沐占年从地窖里把菜都拿回来，她还在愣神。

"你最近怎么了？"沐占年把菜拿进厨房，"怎么每天都是一副魂不守舍的模样？"

蔡永芬站起身，接过白菜往厨房走，声音低下去："我前些日子，见到一个人。"

"什么人？"

蔡永芬将白菜码放好，语气沉重："当年把良良抱给我的人。"

沐占年脸色一惊。

重重地叹了口气，蔡永芬目光纠结地看向丈夫，道："你说，要是他们后悔了，想把良良要回去，我们……要怎么办？"

闻言，沐占年走到桌边坐下，掏出一根烟点上。

蔡永芬看着他的背影，抿唇走进厨房，将白菜叶子一片片剥开。她盯着手里的菜，双眼不受控制地泛红。

原本以为给爸妈打个电话，心里能好受一些，可沐良发觉，她的心情没有舒服反而愈加沉重。她一个人漫无目的地走着，茫然失落。

情不自禁走到宋氏琴行，沐良抬脚进去，店员见到她来，立时笑道："沐小姐你来得真巧，董事长也刚到。"

"爷爷也在？"沐良惊诧。说话的工夫，宋儒风已换上便装，从后面走出来。

"小丫头！"

宋儒风没想到她今天会来，眼底难掩笑意。

周末来买琴的人很多，店员几乎没有休息的时候。宋儒风坐在边上，看着他心爱的宝贝一件件售出，眉宇间难掩开心。

如果它们都能找到真正的主人，何尝不是一种幸福。

"爷爷，"沐良盯着宋儒风脸上淡淡的喜色，问道，"那些琴都是您的宝贝，失去它们，您不会觉得难过吗？"

宋儒风笑了笑，语气温柔："舍不得是会有的，但它们就像是我的孩子，孩子大了总要飞的，看着它们物得其所，我才真的高兴。"

沐良双手握着茶杯，蒸腾的热气熏得她眼睛湿湿的："爷爷，我不开心。"

听到她的话，宋儒风挑眉看过来，问道："怎么，傅家人给你委屈受了？"

"不是。"沐良摇头。

"那是什么？"宋儒风手掌轻抚在沐良的头顶，"有什么你告诉爷爷，爷爷给你做主。"

沐良眼眶霎时一酸，心底的情绪翻涌得厉害。她咬着唇，哽咽道："我爸爸妈妈还有弟弟都是O型血，可我不是。"

宋儒风动了动嘴，怔怔惊呆："是不是弄错了？"

"不会，"沐良低着头，声音发颤，"医院验过的，我是AB型RH阴性血，"熊猫血"。医生说，O型血的父母，不可能生出AB型血的孩子！"

AB型RH阴性血。

宋儒风的目光沉了沉，这种血型确实特殊，但他并不陌生，简怀亦就是这样的血型，想到往事，他眼底的神色也跟着黯淡。

怎么这孩子的血型，竟然跟怀亦一样？这种巧合，真是太难得！

"别难过！"宋儒风面对这突然的消息，也觉得措手不及，不知道应该如何安慰她，"良良，你想要怎么做？要去找你的亲生父母吗？"

"如果你想，爷爷肯定帮你。"宋儒风抿起唇，更加心疼沐良。

沐良轻轻将头靠在他的肩膀上，声音艰涩："爷爷，我昨晚想了一整夜，后来我就想明白了。其实血型有什么重要的呢？反正他们是我的爸爸妈妈，是我最爱的人，我是他们的女儿，一辈子都是！"

似乎没有想到她能这样说，宋儒风动了动嘴，伸手将她拥在怀里，不住地叹气。多好的孩子，她的亲生父母，怎么能忍心不要她？

名海市很快就要迎来新的一年，盛氏的计划案悬而未决，始终吊着大家的胃口。晚餐桌上，傅东亭再三追问合作进展。

傅培安原先觉得拿下盛氏并不困难，可几次交锋下来，他深感盛铭湛虽年纪轻轻，但手段了得，不愧于他十五岁就出来做生意，那份骨子里的精明，只怕十个傅培安都抵不上。

"爷爷，"傅政说话的时候，总是神色淡然，让人无法看出他是什么情绪，"盛铭湛迟迟不做决定，分明就是让我们四家集团内讧，如果这中间谁先沉不住气了，那么其他三家必然有机可乘，大吃小的结果就是盛氏得利。"

"对！"傅东亭点头，表示长孙分析得极对，"小政，你有什么别的办法，能逼着盛氏早点松口吗？"

傅政敛眉，道："目前还没到时候，盛铭湛有意拖到现在，肯定有他的打算。"

这边椅子里，傅晋臣放下筷子，沉声道："盛铭湛是个孝子，他过年肯定要回家。听说盛氏在海外的大部分资金要在年底才能回笼，所以他只能用拖延战术。"

"嗯。"傅东亭笑了笑，赞许道："看起来，你们都用心做了功课。"

傅培安挑起眉，瞥向对面的傅晋臣，黑眸动了动。

餐桌上的气氛有些不寻常，沐良坐在椅子里，目光落在傅晋臣的侧脸上，却见他拿起筷子，给傅橙夹菜，神色如常。

这项计划案，资金链大，同时还能带动相关产业，傅东亭尤为重视，如果顺利合作，那么在未来五年内，傅氏集团将进一步发展壮大。

傅东亭正襟危坐，他在场，其他人都不敢轻易讲话。尤储秀抱着傅橙正在喂饭，并不插嘴公司里的事情，她很清楚什么话该说，什么话不该说，分寸把握得当。

"这样吧！"

傅东亭精明的双眸闪了闪，沉声道："总公司总裁的位置空虚多年，这次谁能拿下盛氏，谁就带着计划案坐上这个位置！"

"这次的竞争，咱们不分辈分，全看实力！"傅东亭语气凛然，显然是经过了深思熟虑。

不分辈分？

尤储秀脸色微变，朝着傅政看过去。那也就是说，傅政也有机会坐上那个位置。她垂下眸，眼神微变。

这席话，波澜不小。傅培安抿唇，眼神落在儿子身上，神情松了松。反正他们是两父子，他的一切早晚也是给傅政。

沐良忽然失去胃口，爸爸这样的安排，根本就有失偏颇。傅培安和傅政是父子，这不是明显降低傅晋臣赢的概率吗！

她轻轻伸出手，握住傅晋臣的手，与他十指紧扣。

男人惊诧地偏过头，见到沐良眼底的安慰，他慢慢明白过来，她这是觉得他可怜吗？

傅晋臣嘴角微勾，哑然失笑。这算什么，这些年他被排挤、被打压、被夺权的时候还少吗？如今他早就见怪不怪了！老头子想要扶持他的孙子嘛，他这个永远不被待见的儿子，自然要沦为牺牲品！

海景酒店的高级套房中，酒气熏天。莫劲拿着房卡走进屋，看到地毯上散落着几个空酒瓶，而倒在沙发里的人，正在仰头灌酒。

"又喝酒？"莫劲一把夺过舒云歌手中的酒瓶，质问道。

喝酒？

舒云歌脸颊绯红，勾起的嘴角透着惨淡的笑："我要是不喝酒，怎么帮你拉客户？"

莫劲蹙眉，厉声道："你用得着把话说得那么难听吗？"

"难听？"舒云歌偏过头，微微仰着尖细的下巴，盯着他问，"莫劲，我说错了吗？这些年，如果不是我让人占便宜，你的生意能越做越大吗？"

"舒云歌！"

莫劲瞬间沉下脸，语气阴沉道："当年你穷途末路，如果不是我帮你还债，你都要去坐牢了！是我挽救了你，难道你不应该报答我吗？"

他脱掉西装外套，站在舒云歌的面前，指着她的鼻子吼道："别以为我不知道，这么多年，你人在我身边，但是心里想的却是另外的男人！可你忘记了吗？当初是谁把你逼到绝路的？又是谁救了你？"

舒云歌咻地站起身，俏脸阴寒地瞪着他："莫劲，就算你当初帮我，可是这些年我已经还你还够了！"

"哼！"

莫劲嘲弄道："你死心吧，现在你是莫太太，是我莫劲的老婆！"

舒云歌脸色煞白，心口因为他的话，生生地疼。她伸手夺过莫劲手里的酒瓶，转身回到卧室，并且砰的一声，将房门锁上。

"你！"

莫劲恼怒，生气地敲门。舒云歌抱着酒瓶坐在床沿，根本没有理会。她不想吵架，只想喝酒，醉了就可以做梦了。

用过早餐，宋儒风坐车来到公司，他只是例行出席会议，公司大权早已交给女儿宋清华。

宋儒风拄着拐杖，站在落地窗前俯瞰下去，心绪微动。这是他穷尽一生的心血，他势必要交到能让他心安的人手里。

可惜他这辈子无子，膝下只有清华这个独女，以及宋爱瑜这唯一的外孙女。

纵然心有不甘，却也无可奈何。

当初就是因为他的这份不甘心，想要栽培简怀亦，所以才害了这两个孩子。这么多年，他看着女儿郁郁寡欢，怎么会不心疼呢？

往事不堪回首，每次宋儒风想起，都会自责。他回身坐在椅子里，一眼就看到摆在桌前的体检报告。

宋儒风随意扫了眼，发现最上面这张就是宋爱瑜的体检报告。他拿起来看了看，眼睛滑到血型那一栏的时候，神情蓦然怔住。

突然想起上次沐良跟他说过的话，这种稀有血型，本该遗传的，可为什么宋爱瑜却不是？

宋儒风拿起电话，给体检的医院拨过去。

办公室外，林蔷看到他放下电话，终于暗暗松了口气。

公司大厦的顶层，阳光透过落地窗照射进来，暖暖地洒满一室。钱响靠在转椅里，倚在窗边懒洋洋地晒着太阳。

"四哥，我发现你这里的采光就是比我那边好。"钱响仰着头，双腿搭在桌脚。

傅晋臣锐利的双眸扫了他一眼，道："这里让给你？"

"别！"

钱响咻地直起身，把双腿放下来："我不敢篡权！"

傅晋臣锐利的双眸眯了眯，并没有搭理他。他眼睛盯着电脑屏幕，似乎正在想什么事情，薄唇轻轻抿成一条直线。

"四哥。"

钱响推着椅子来到他身边，道："我昨晚跟人去吃饭，看到嫂……舒云歌了。"

他剑眉轻挑，观察着傅晋臣的神色，见他没有发怒，才继续往下说："莫劲那老头怎么让个女人拉关系？"

傅晋臣俊脸冷峻，并没有说话。

如果算起来，钱响认识舒云歌的时间也不短。当初舒云歌跟在傅晋臣身边，对他们这些朋友一直都挺照顾，所以他看到昨晚的情景，总觉得憋气。

傅晋臣微微扬起头，深邃的黑眸沉寂如潭："当初让你查的东西，都属实吗？"

"肯定属实。"钱响保证，补充道，"有一点我觉得奇怪，当年舒云歌正是走红的时候，怎么突然间就与经纪公司解约，并且还赔了一大笔赔偿金？"

这点的确说不通。当初傅晋臣不想让舒云歌在那个圈子发展，但她却因为太喜欢音乐，不愿意离开。怎么转眼间，她就退出歌坛，并且消失无踪？

钱响似乎也想到了傅晋臣的疑惑，眼神瞬间沉下来。他抿起唇，道："四哥，有一个环节我没有查过。"

傅晋臣黑眸紧紧盯着他："什么？"

钱响敛眉，眼底的轻浮尽数隐去，别有深意地道："你身边的人。"

他身边的人？

傅晋臣上半身靠进座椅里，内敛的双眸一点点泛起涟漪，薄唇瞬间抿紧。

临近下班，宋爱瑜接到沐毅的电话，约她晚上见面。最近这段时间，她都有意识地回避见他，每次见面沐毅都会缠着她没完没了地闹，她害怕太过张扬，被家里人发现！

"今晚一定要见？"宋爱瑜撅嘴。

电话那端的人，语气决绝："对，我一定要见到你。"

"好吧，"宋爱瑜无奈，道，"下班后见。"

"我去公司接你。"

"不用！"宋爱瑜果断拒绝，"我开车去找你，你在学校等我。"

沐毅应了声，兴高采烈地挂断电话。

秘书把明天开会需要的资料送来，宋爱瑜仔细核对过后，再三确认无误。

笃笃笃……

宋爱瑜抬起头看向门外，眼底顿生笑意："妈妈。"

"宝贝，还不下班吗？"宋清华穿着一件白色貂绒大衣，眼神温柔，"我们去吃日本料理？"

"今天不行，"宋爱瑜摇头，"我约了客户，明晚我们去吃？"

宋清华耸耸肩："看起来，我们家宝贝的工作态度，要超越她妈喽！"

"妈妈！"宋爱瑜噘嘴，有些不好意思，"你笑话我！"

宋清华失笑，走过来抱抱女儿，柔声道："妈妈是开心，你能如此上进，妈妈和外公都为你骄傲。"

194

"我会努力的。"宋爱瑜抿起唇,在她脸颊狠狠亲了下,调侃道,"我的漂亮妈妈,今晚你的那个小男友,没有约你共进晚餐吗?"

闻言,宋清华抬手在她鼻尖刮了下:"狡猾!"

宋爱瑜笑得眼睛眯起来,依偎在她怀里撒娇。须臾,宋清华提着包出来,宋爱瑜跟在后面叮嘱她:"妈妈,小心开车。"

"嗯,"宋清华点头,同时也告诉她,"出去应酬不要太晚,妈妈等你回来。"

"我知道。"

宋爱瑜目送妈妈走进电梯,然后又稍微多等了会儿,才离开办公室。

红色跑车开过闹市,宋爱瑜将车开到沐毅的学校外。见到站在路边的人,她缓缓将车停过去。

宋爱瑜把车停在巷子口,里面的路太狭窄,车子开不进来。

"这是哪儿?"

沐毅拽着她往里走,神情带着几分得意:"你看过就知道了。"

宋爱瑜被他拉着手腕,只能深一脚浅一脚地往里走。沐毅拉她上到三楼,掏出钥匙把门打开。

"进来!"沐毅半抱着愣神的人进来。

一套不大的房子,面积八十多平方米的两居室。虽然这房子有些房龄,但房屋结构还是不错的。

"怎么样?"沐毅拉她到处看,不时给她显摆,"这墙壁我都重新刷过,家具还没买,回来我们一起去选,选你喜欢的。阳台我重新收拾的,我们腾出一块地方,还能养花……"

宋爱瑜彻底愣住,回过神后,目光落在前面的方桌上,那上面摆着一个相框,里面是她和沐毅照的大头贴照片。

"沐毅,你什么意思?"宋爱瑜挑眉。

沐毅放下背包,朝她走过来:"这里是我租的,以后我们就能在这里见面了。"

原来是为这个?宋爱瑜松了口气,笑道:"酒店比这里条件好啊!"

"不去,"沐毅垂眸,"每次去酒店都是你付钱,我有压力。"

宋爱瑜难掩笑意,踮起脚尖在他脸颊亲了下:"哎哟,大男子主义。"

伸手圈住她的腰,沐毅将她拥入怀里亲了亲,觉得不过瘾,又一把将她推到床上,俯身压下来。

"沐毅……"

宋爱瑜挣扎的气息渐弱,她得承认,她是想念沐毅的。

衣衫渐乱,身下的床板咯吱咯吱响。沐毅薄唇紧抿,俊脸上神情尴尬,他嘴角贴着宋爱瑜的耳根,道:"真讨厌!我们要先把这张床换了,买张结实的!"

他呼出的热气滚烫,宋爱瑜抬起双臂环住他的脖子,俏脸微红:"我们去酒店吧。"

沐毅双臂撑在她的身体两侧，望着她闪动的目光，心口的情愫涌动："爱瑜，过了年我带你见我爸妈，我们结婚吧！"

　　"结婚？"宋爱瑜瞬间清醒。

　　沐毅点头，目光灼灼地盯着她，道："我过年后就能拿到毕业证，我们结婚后先暂时住在这里，等我赚钱了，我们就可以买房。"

　　"沐毅！"

　　宋爱瑜一把推开他坐起身，语气淡漠："你胡说什么？发烧烧糊涂了吗？"

　　说话间，她站起身，迅速整理好凌乱的衣衫。

　　沐毅反手扳过她的双肩，看着她的眼睛："我没有开玩笑，我是认真的，我要娶你！"

　　"娶我？"宋爱瑜耻笑道，"你凭什么娶我？你又拿什么娶我？"

　　宋爱瑜沉下脸，语言犀利："你知道我的生活条件吧，我从小就住在有前后花园的别墅里，我每天都要在泳池游泳保持身材，我每天都必须喝鲜榨果汁，我每个月买衣服的钱，买护肤品的钱，买首饰的钱有多少，你知道吗？"

　　顿了下，宋爱瑜挑眉，打量着这套简陋的房子，轻笑道："我妈每月给我的零花钱，足够你租二十年这样的房子！所以，你觉得，自己有什么资本娶我？"

　　沐毅动了动嘴，神色黯然："爱瑜，目前的我还不能给你那样的生活，但我一定会努力的！"

　　"不是目前，"宋爱瑜反驳，"是永远都没可能！"

　　听到她的话，沐毅的双眸沉下去。

　　"沐毅，我们是生活在两个世界的人！"

　　宋爱瑜伸手拿起外套，开始往身上穿，却被沐毅一把拉过去，他双手捧住她的脸，急声道："我知道我差很多，但是我可以拼命努力。只要你喜欢我，想要跟我在一起，我相信很快我就有机会出头！"

　　"呵呵……"

　　宋爱瑜笑出声："沐毅，你以为，凭你没家世没背景就能出人头地吗？不可能，你不要做梦了！"

　　她推开沐毅的手，拿起外套和皮包，转身就往外走。

　　"那我呢？"沐毅再次拉住她，质问道，"宋爱瑜，你喜欢我吗？"

　　望着他黑沉的眸子，宋爱瑜勾起唇，回答："喜欢。"

　　沐毅眉间染笑，缓缓俯下身，却听她冷漠的声音炸开在头顶："我喜欢你给我的快乐，喜欢你年轻帅气的外表，更喜欢……你在床上给我的满足。"

　　沐毅不可置信地盯着她，却只能看到宋爱瑜残忍的笑。

　　"如果你觉得，这样也算喜欢，那我喜欢你。"

　　"宋爱瑜！"

沐毅脸色铁青。

"我们本来就是这种关系，难道不是吗？"她的表情冰冷，沐毅心口一痛，语气激动："当然不是！"

扣住她的肩膀，沐毅愤怒地吼道："宋爱瑜，我对你是认真的，我爱你！"

"我不爱你！"

宋爱瑜目光凛然，声音冷到极点："在这个世上，我只爱我妈妈！"

她决然地推开沐毅，在他悲伤的眼神中，一字一句道："沐毅，我们分手吧！"

撂下这句话，宋爱瑜提着包，迅速离开这个她根本无法忍受的地方。

"等等！"

沐毅从后面追出来，下楼的时候脚步太快，伤过的那条腿绊了下，一阵钻心的疼。他急忙伸手扶住斑驳的墙壁，这才站稳。

等他再追过来，明显晚了一步，那辆红色跑车，咻地开远，丝毫都没有犹豫。

"爱瑜……"

沐毅抬脚就追，可他两条腿，不可能赶上四个轱辘，更何况他另外一条腿还伤了。

透过后视镜，宋爱瑜看到沐毅沿着路边追车。她抿起唇，将脚下的油门踩到底，好像后面追她的是洪水猛兽。

"宋爱瑜！"

沐毅追着她的车跑出去很远，但只能看着车越来越远。他右腿渐渐吃不上力，只听咔嚓一声，他身体晃动了下，人半跪在地上。

刚才跑得太快太急，牵扯到原先受伤的地方，沐毅的俊脸扭曲在一起。他身上只穿件毛衣，修剪整齐的两鬓渗出一层细密的汗珠。

"宋爱瑜……"沐毅轻唤，但回答他的，只有车轮碾压过的尘土。他单手扶着地面，慢慢站起身，但右腿膝盖处针刺般的疼。

他不敢再迈大步，只能一小步一小步地往回挪。

上身的毛衣都被冷汗打湿，沐毅微微仰起头，喉结不自觉地动了下。

三天后，林蔷刚到公司，秘书就跑进来，道："林特助，董事长请您过去。"

林蔷点点头："我知道了。"

转椅里，宋儒风眼神锐利。看到林蔷进来，他愤然把鉴定书丢过来："说吧，你们都瞒了我什么？"

董事长终究是董事长，林蔷知道他很快就能想明白，所以自己也完全没有隐瞒的必要。

"当年清华以死相逼，让我把孩子换了。"

宋儒风一巴掌狠狠拍在桌上，脸气得煞白："你们怎么敢？"

"董事长！"

林蔷见他捂着心口，立刻把口袋里带着的药掏出来，喂他服下两粒。她害怕宋儒风经受不住这样的打击，所以才一步步试探着来，生怕忽然告诉他，他的身体承受不住。

缓过那口气，他布满皱纹的脸上黯淡无光："林蔷，这么多年，我是如此信任你，可是你竟然背着我做这样的事情！"

"对不起，董事长！"

林蔷无言以对，这些年她受到良心的折磨，常常辗转难眠。她眼眶泛红，哽咽道："我对不起您，对不起宋家，更对不起那个孩子。"

宋儒风抬起手里的拐杖，重重敲在地板上，质问道："对不起有什么用？我的外孙女在哪里？她在哪里？"

林蔷弯腰，蹲在宋儒风的身边："董事长，其实您已经见过她了。"

"谁？"宋儒风挑眉，目露惊讶，"你说我见过谁？"

"当年被换走的那个孩子。"

林蔷嘴角勾起笑，安慰道："那个孩子不是别人，就是沐良。"

沐良？

宋儒风蹭地站起身，激动得嘴唇都在颤抖："你说，沐良是我的外孙女，她才是我们宋家的孩子？"

"对。"林蔷用力地点头，将她带来的资料递给宋儒风。

宋儒风从头到尾浏览一遍，眼眶逐渐湿润。难怪每次见她都觉得似曾相识，却原来，这是一种血缘的牵绊。

傍晚的半山腰，笼罩着一片雾气。远远望去，雾霭沉沉，山峦都隐藏在浓雾里，只能看到隐约的轮廓。

忽然间，原本沉睡的人猛地坐起，宋清华拥着被子，额头满是冷汗。

喉咙里早已发不出尖叫声，以前做梦，她都会哭醒。可时间久了，她已经哭不出来，但每次梦到，还是全身发抖。

这个噩梦已经缠绕她二十多年，无论日夜，只要她闭上眼睛，它总会无孔不入，钻进她的心里，折腾得她血肉模糊。

耳边似乎还回荡着桑瑜绝望的质问声，他说："清华，你要嫁给他吗？你要背弃我们的誓约了吗？你要把我一个人丢下吗？"

宋清华双手攥紧被单，眼眶酸酸地难受。她很想大声地回答他："不，桑瑜，我不会背叛你，我不会把你一个人丢下！"

可是她能吗？

已经被人占有的身体，无情地打碎了她的梦！

"唔！"

宋清华痛苦地弯下腰，将脸埋入掌心。她忘不了桑瑜临死前，被大火侵蚀得面目全非的身体，更忘不了他奄奄一息时，对她的叮嘱。

如果这一生注定要分离，她只能怀揣着对他的思念，帮他照顾好家人，衷心期盼下辈子他们能早点相遇。

"太太，"烟姨推开门进来，见她脸色煞白，立时会意，"又做噩梦了？"

宋清华抬起头，敛起痛苦的神情："有事？"

"老爷让你去书房。"

掀开被子下床，宋清华整了整衣服，迈步往外走。烟姨跟在她身后："老爷好像情绪不对，看着很生气的样子。"

宋清华眼底悄然闪过什么，快步往楼下走。

红色跑车停在庭院里，宋爱瑜拎着皮包进来，眼见宋清华神色匆匆地走进书房，她喊了句，但没人回应她。

"小姐！"

烟姨跟在后面下楼，不着痕迹地挡在宋爱瑜身前，道："老爷吩咐过，只让太太进去，说是小姐回家后，先去餐厅吃晚饭。"

"外公不让我进去？"宋爱瑜瞪眼，这是什么情况？

烟姨笑了笑，道："老爷特别吩咐厨房，煮了小姐喜欢吃的菜，他是怕你吃冷饭，所以才让你先过去餐厅。"

"这样啊，"宋爱瑜撇嘴，神色缓和道，"那好吧。"

她提着包，走进餐厅。

烟姨站在书房外，严格遵循宋儒风的嘱咐，不让任何人靠近。

晚饭都是宋爱瑜爱吃的菜色，家里的用人小心伺候着，不敢在她面前出错，大家都知道爱瑜小姐脾气大，做错事被她骂都是轻的。

手机一直振动，宋爱瑜盯着那个号码，红唇紧抿。沐毅不停地给她打电话，她盯着手机，神色犹豫。

那天她说的话，是不是太重了？宋爱瑜烦躁地放下筷子，神情不悦。

一个人吃饭没意思，她没吃多少就离开了。

书房门前，烟姨尽责地守着。宋爱瑜微微瞥了眼，抬脚走到楼上。

回到二楼，宋爱瑜从后面的楼梯下来，顺着一楼洗衣房的窗口爬出去，绕到庭院的那棵松柏树下，那里是书房的外墙。

小时候宋爱瑜喜欢玩捉迷藏，这条路线是她自己找到的，长大以后，她许久不曾这样闹过。

今晚外公不让她靠近，莫名让她觉得好奇，她只好又按照儿时的路线，来到高大的松柏树下。

儿时，她想要偷看，总会在脚下垫上石头，可她现在已经长大，只需要踮起脚尖，便能看到书房里亮着的灯。

不过，今晚林蔷也在，外公为什么偏偏不让她进？她抿唇，缩着肩膀站在窗口下，竖起耳朵听着妈妈说话的声音。

推开书房的门，宋清华看到站在父亲身边的林蔷，心里也就明白大半。她抿唇站在书桌前，沉声道："爸，你叫我有事？"

"哼！"

宋儒风拍了下桌子，将手里的亲子鉴定书朝她狠狠丢过去："你还有脸问我？"

鉴定书纷乱地落在脚边，宋清华弯腰一张张捡起来，道："林蔷都告诉你了。"

顿了下，她勾起嘴角，看向林蔷的目光含怒："我早就应该知道，二十多年的朋友也会靠不住，没人能永远为别人保守秘密。"

"清华！"林蔷蹙眉，语气无奈，"当年的事情我们都错了，应该改正过来。"

"改正？"宋清华挑眉，"怎么改正？"

"把我的外孙女领回来！"宋儒风开口，不容拒绝的口气。

书房靠窗的那面墙外，宋爱瑜俏脸瞬间变色，外公知道了吗？

宋儒风脸上的神情复杂："清华，你知道那个孩子是谁吗？"

宋清华红唇紧抿，垂在身侧的双手不断收紧。宋儒风对着林蔷使了个眼色，示意她将资料拿过去。

林蔷打开资料夹，走到宋清华面前："你看看。"

眼角的余光瞥见资料中的那张照片，宋清华眼角蓦然一沉。

是她？沐良！

她记得这个名字，初次见她，这孩子坐在钢琴前演奏的模样，莫名让她喜欢。

原来，竟然是她。

"这孩子注定跟你有缘。"林蔷嘴角含笑，道，"这些年沐家夫妻将她抚养得很好，虽然他们后来又生了儿子，但对沐良一直视如己出。"

沐良？

宋爱瑜杏目圆瞪，她几乎不敢相信自己听到的事实，那个本该在宋家养尊处优的公主，竟然是沐良？

"呵呵……"

宋爱瑜冷笑，老天真是跟她开了一个很大的玩笑！

迟疑几秒钟，宋清华抬手把资料夹合上，面容冷峻："爸，我的女儿是宋爱瑜。"

"混账！"

宋儒风站起身，举起手里的拐杖就要打过来，但被林蔷拦住。

"清华，你别这么固执。"林蔷瞪着她，厉声道，"你不能那样对你的女儿！"

宋儒风气得全身发抖，他指着女儿的鼻子，骂道："宋清华，只要我还活着，这个家里就轮不到你做主！"

200

宋清华嘲弄地笑出声："你是要逼我离开这个家？"

"你！"

"董事长！"

林蔷眼见宋儒风捂着心口，立刻掏出药丸给他服下，同时将他扶进沙发里坐好。

宋儒风背靠着沙发，怒声道："你竟然把桑家的孩子抱回来养？这么多年，我对你照顾桑家都睁一只眼闭一只眼，只要你高兴，我都顺着你。可是你竟然把自己的孩子换走，你为什么就是不肯听我的话，我当年就说过，桑瑜心术不正，怎么你就是执迷不悟？"

"爸！"

宋清华咬着唇，眼底的神色渐渐暗沉："我当初已经听过一次你的话，可我现在过的是什么日子？我的前半辈子已经毁了，难道你还要让我后辈子过得人不人鬼不鬼吗？"

听到她的话，宋儒风眉头皱了皱："沐良有什么错？她是你的骨肉，也是我们宋家的骨肉！"

"她是没错，那你告诉我，谁有错？"

宋清华眼眶发红，颤声道："是你的错？是我的错？还是简怀亦或者桑瑜的错？爸爸你告诉我，究竟是谁的错？"

宋儒风叹了口气，道："这孩子从小就没有爸爸，已经够可怜了。清华啊，爸爸好心疼她，你让我怎么跟你妈妈交代？就算我死了，我都不能瞑目啊！"

林蔷站在边上，同样神色黯然：哎，这笔账要怎么算，又要怎么了结？

"没有爸爸？"

宋清华轻笑，眼角蓦然滚出泪来，她仰起头，却还是抑制不住滚烫的泪水。

"难道你要我告诉她，因为她的爸爸强暴了她的妈妈，所以她才来到这个世上，所以她永远都是我心里的魔障，是我无法摆脱的噩梦？"

"清华！"

宋儒风站起身："当年的事情，也许不全是怀亦的错！"

"不许你替他说话！"宋清华瞬间目光凌厉。

走到女儿面前，宋儒风哽咽道："如果你要恨要怨，就对爸爸来吧，千万别记恨孩子！"

他伸手把女儿搂在怀里，心疼道："清华啊，你跟怀亦的事情，是爸爸没有处理好。如果要怪，你就怪爸爸，都是爸爸的错！"

宋清华泪流满面，她抬起手抚着父亲染白的两鬓，哽咽道："爸，我以前真的恨过你！可你终究是我爸爸。"

言毕，父女两人都是一阵心酸。

宋清华抬手抹去眼泪，沉声道："爸爸，我不能见到她，要不然我会死的！"

话落，她拉开书房的门，转身走远。

"清华……"

宋儒风沉着脸喊她，却被林蔷阻止："董事长，您先给清华一段时间，让她想想。"

半晌，宋儒风才失落地点点头。是啊，这件事太突然，又牵扯到两个孩子的命运，有很多事情，他是要想想的。

书房里的争吵声消失，宋爱瑜沿着她出来的路线，用最快的速度回去。今晚听到的这些话，带给了她巨大的冲击。

原来妈妈当初是被简怀亦强暴，所以才生下的沐良，难怪妈妈不要她，刚出生就要把她换走，这中间竟然隐藏着如此丑陋的真相！

揪紧的心，再度松了松。宋爱瑜强迫自己冷静，不要慌乱。既然外公知道了，根据外公的性格，自然会偏心沐良。

外公想要妈妈把沐良带回来，那她怎么办？

不可以！

宋爱瑜的神色逐渐变冷，她看着镜中自己惨白的一张脸，心不住地收缩。这个家里的一切，都是属于她的，她不会让给任何人！

一路快步回到房间，宋清华伸手将房门关上，背靠着门板大口喘气。她走到床边坐下，手脚还很僵硬。

须臾，宋清华拉开梳妆镜的抽屉，那里最下面有一个带密码锁的抽屉，她将锁打开，取出里面的盒子。

一件不大的粉色小褂，摊开只有成人的两只手掌大小。宋清华捧在手里，盯着那上面不算细密的针脚，眼神沉寂下去。

为什么是她？沐良？

当年的画面重又浮现在眼前，宋清华还记得，她第一次把那个孩子抱在怀里的感觉，小小的，软软的，香香的。

那孩子有着乌黑浓密的胎发，红彤彤皱巴巴的小脸，还有尖细的小下巴。她对那孩子的记忆，总是停留在那刻，似乎时间也停住，不曾流过。

宋清华俯下脸，鼻尖轻蹭着手中的衣服。为什么过去这么久了，那股奶香味还是萦绕不散。

她勾起唇，苦笑了下。究竟是这味道能保存得如此长远，还是这味道，早已深深印入她的心底。

清早起来，宋儒风来到餐厅时，用人已经将早餐准备好。

"外公早。"宋爱瑜坐在椅子里，神色如常地同他打招呼。

"早。"

宋儒风坐下，扫了眼对面空着的椅子，问道："清华呢？"

"妈妈昨晚头疼，早上才睡着。"宋爱瑜噘起嘴，道，"我刚去房间看她，等她吃了药睡着，我才下来的。"

宋儒风叹了口气，不想在宋爱瑜面前表现出异常。

"外公，"宋爱瑜举起手里折到一半的彩纸，问道，"你小时候教我折的纸青蛙，我怎么折不出来了？"

宋儒风笑着接过去："你有两步折错了。"

"嗯？"宋爱瑜凑到他身边，认真地看。

宋儒风很快把折错的地方改正过来，几下就把青蛙叠好。

"哈哈，还是外公厉害。"

宋爱瑜将纸青蛙摆在桌上，手指轻轻扣住青蛙的额头，用力按下去再松开，青蛙往前跳开。

"外公，小时候没人陪我玩，只有你每天抱我哄我，"宋爱瑜挽着他的胳膊，笑道，"妈妈说，让我长大后孝顺外公。"

宋儒风掌心落在她的头顶，这个孩子是他亲手抱大养大的，二十几年的祖孙情意，他同样难舍。

"爱瑜，"宋儒风敛眉，嘴角的笑容温柔，"外公知道你孝顺，外公也疼你。"

"嗯。"

宋爱瑜笑道："爱瑜最爱妈妈和外公，有你们在我身边，我就开心。"

"乖！"

轻轻将她揽入怀里，宋儒风心想，如今这份疼爱，他要分出一半给沐良那个可怜的孩子。

哎，手心手背都是肉，宋儒风心中酸涩不已。

宋爱瑜听到外公轻叹的声音，黑眸垂下。她知道，外公从小疼她，可现在他们知道了沐良的真正身份，这份对她的宠爱，又能维持多久？

如果，终有一天，她的位置要被沐良取代，那么，她必须先下手为强！

大年三十，傅家大宅红灯高悬。

趁着年夜饭前的空当儿，傅晋臣开车把沐良带到海边。

夜晚的海平面宁静幽暗，尤其是这样的夜晚，四周一个人影都没有。

沐良拢紧外套，双手揉搓着脸颊："这么冷来海边做什么？"

男人将围巾解下来，给她围好，而后打开车后备厢，把里面的烟花一个个搬出来："放烟花。"

沐良盯着那些烟花，忽然想起他们举行婚礼的前一晚，傅晋臣为她绽放的漫天烟火。

"怎么又放？"沐良撇起嘴，笑着问他。那种极致的浪漫，一次足够。

傅晋臣双眸微闪，瞎扯道："上次的烟花不是我亲手放的。"

这算理由？沐良哑然失笑，却因为他的话，脸上泛起甜蜜的笑。

傅晋臣手里举着打火机，弯腰蹲在烟花前，光线昏暗，他用手机的手电筒照亮，将并排的烟花全部点燃。

砰！

傅晋臣望着她眼底亮起的火光，黑眸眯了眯，上次绽放的漫天烟火，他只是为了完成对另一个女人的承诺。

砰砰砰……

依次点燃的烟花，如火树银花般竞相在静谧的夜空中开放。傅晋臣拥紧怀里的人，眼底的神情温柔。

沐良，这一晚的烟花，是我亲手为你燃放的。

开车回到家，年夜饭正好开席。

兜里的手机不断振动，傅晋臣掏出来扫了眼，是个陌生号码，他原本不想接，但电话持续不断地响起。

"你先进去。"放开怀里的人，傅晋臣将外套脱下来，披在沐良的身上。

沐良看他握着手机，便先回到屋里。

"喂！"

舒云歌喜极而泣："晋臣，是我。"

双方都一阵沉默，在电话接通的那刻，他们能够辨认出彼此的声音。

"不要挂断！"舒云歌心急地阻止他，哽咽道，"你还记得，五年前的今晚吗？"

傅晋臣握着手机的五指，缓缓收紧。

好不容易熬到初五，终于没人登门了。傅晋臣早上起来去了公司，后天员工们也都陆续上班，所以老总们都提前去准备。

顶层办公室，高森推门进来。

"四少，查到了。"高森将资料打开，道，"当年舒小姐所属的那家经纪公司，曾在三年前被人收购，两年前宣布倒闭。"

傅晋臣脸色一沉："谁收购的那家公司？"

"董事长。"

抓起桌上的车钥匙，傅晋臣大步离开。

当初能有实力一夜间帮他摆脱官司纠缠，又能将当红歌星毁于一旦的人，除了他爸爸，还能有谁？只可惜，傅晋臣怎么都没想到，他爸爸竟然不惜毁掉儿子的名誉，硬是逼迫舒云歌对他做出如此严重的指控。难道他不知道，稍有差错，他就会坐牢吗！

前方红灯亮起，傅晋臣没有按照规定停下来，他将车子强行左拐，心底的怒火一浪高过一浪。

这才是舒云歌远走他乡的真正原因，难怪她要委曲求全嫁给莫劲，傅东亭给她制造的千万债务，同样足以使她坐牢！

原来他伟大的父亲早就算计好，如果舒云歌不妥协，她就要进监狱，名誉扫地，如果她听话，虽然免去牢狱之灾，但从此星路被毁，必然要远走他乡。

这样就可以永远拆开他们，永远免于后患。

傅晋臣薄唇划过一丝冷笑，心底的愤怒无以复加。

嘎吱……

车刚刚熄火，傅晋臣就推门跳下来，大步往里走。

"四少爷。"用人们轻唤，傅晋臣面无表情地上楼，没有搭理任何人。

二楼书房的门被人推开，傅东亭正在看影集，眉间神色不悦："有事？"

傅晋臣站在门前，隔着不远不近的距离，直直望向对面的人。

他是谁？傅东亭，傅氏江山的掌权人，傅家的族长。他手里握着至高无上的权力，足以使人欢喜，使人忧愁。

这样的父亲，强大到不能超越！

傅晋臣敛去眼底异色，神情恢复如常："没什么大事，公司的董事们想要跟您吃饭，让我来约个时间。"

傅东亭随手翻开日历："今晚吧，你跟我一起去。"

"好，"傅晋臣应了声，"我来安排。"

傅东亭点点头，没再多问。

转身走出书房，傅晋臣垂在身侧的双手狠狠收紧。真可笑，他的人生，他的感情，凭什么全被别人无情左右？竟然，还用如此卑鄙的手段！

沐良睁开眼睛，坐在床上伸了个懒腰。今天是假期的最后一天，明天又要投入紧张的工作中。她走到窗口，刚好看到傅晋臣的车开出别墅。

怎么回来了？

"四少奶奶。"

用人端着餐盘敲门，问道："您睡醒了吗？"

沐良指着楼下问道："傅晋臣回来了？"

"是的，"用人将鸡汤放下，"四少爷找老爷有事，刚刚又出门了。"

他回来都不来看看她？

"您的鸡汤。"用人把勺子递过来，道，"大少奶奶吩咐，让您趁热喝。"

"放下吧。"

用人转身下楼。

每月都会有几天固定喝这种鸡汤，沐良不喜欢这味道。她舀起来闻了闻，立刻皱眉，明明都是同样的材料，为什么乔笛炖的汤就那么好喝？

轻轻搅动碗里的鸡汤，沐良疑惑渐起，把汤里的当归挑出来一些，小心用纸包好，放进包里，她要送去药房问问，看到底是不是过期的！要不然为什么那么苦！

随后，沐良端着鸡汤走进浴室，打开马桶的盖子全部倒进去。这么难喝的东西，反正她不要喝。

年后上班，第一个感觉就是累。明明已经休息好多天，却还是感觉没有休息够，真想假期能再长一些。

午饭时，乔笛不敢慢悠悠地吃，她的工作总结不合格，总监只给两天时间修改。沐良见她狼吞虎咽地吃饭，摇了摇头。

这丫头总是没心没肺，将来不知道要遇上怎样的男人，才能与她共度一生。

沐良咬着虾仁，口袋里的手机响起来。

"爷爷。"

沐良气喘吁吁地跑过来："您怎么来了？"

宋儒风提着饭盒，染满皱纹的脸颊笑意盎然："小丫头，过年我们都没见面，爷爷想你了。"

"对不起爷爷，"沐良拉过他的手，主动承认错误，"我过年好忙的，都没来得及去看您。"

"小丫头，别跟爷爷说对不起。"

他垂下脸，心尖发颤。孩子，是爷爷对不起你啊！

"您来找我是……"

"你吃饭了吗？"

隔着饭盒，沐良都能闻到香气。宋儒风拉她坐在身边，将冒着热气的煲仔饭递给她，道："趁热吃。"

"谢谢爷爷。"沐良捧着饭盒，舀了一大口塞进嘴里。鸡肉嫩滑，米饭入味，那滋味超级棒。

"好吃，"沐良频频点头，端着饭盒含糊不清地问，"爷爷，您吃饭了吗？"

"吃过了。"宋儒风眼神宠溺。

这碗饭并不算珍贵，但却透出一股家的滋味。

宋儒风盯着沐良嘴边的油渍，掏出手帕轻轻为她擦拭，眼神越来越温柔："慢慢吃，细嚼慢咽对胃好。"

沐良鼓着腮帮子，甜甜地笑，心中无限温暖。爷爷竟然亲自给她送饭，这太让她意外，也太让她觉得幸福了。

路边的黑色轿车里，林蔷定定望着坐在阳光下的那对祖孙，眼眶一阵酸涩。董事长心里那么想要认回自己的亲外孙女，却又要顾及沐良的幸福，不敢贸然说破。

如果有一天，沐良得知自己的身世，她还能不能如现在这般，亲热地依偎在宋儒风身边，接受这份迟来的亲情与疼爱呢？

一份煲仔饭，沐良吃得干干净净，她将饭盒收拾好，叮嘱身边的人："爷爷，以后你要是有好吃的，打电话叫我过去就行，不要亲自跑来。"

她抬起手，帮宋儒风围好围巾，柔声道："虽然天气转暖，但我妈妈说春捂秋冻，您还是要多穿衣服，不能着凉，知道吗？"

宋儒风怕自己忍不住，慌忙别开视线，他低垂的眼眸里，一片晶莹。

"爷爷。"

沐良含笑靠在他的肩头，道："我最近可能比较忙，抽不出什么时间去弹琴。不过等我有空，一定去琴行给你弹好听的曲子。"

"乖。"宋儒风心底酸涩。

不多时候，沐良站起身，同时也把宋儒风搀扶起来，送到车前。

林蔷打开车门出来，代替她扶住宋儒风。

"林阿姨，"沐良眼神带笑，"爷爷年纪大了，还请您多照顾他。"

"放心，我会的。"林蔷目光温柔。

沐良转身往回走，站在旋转门前又回头看过来，对着宋儒风和林蔷摆摆手，然后才进去。

"董事长？"

宋儒风收回目光，沉着脸坐进车里，吩咐道："去沐家。"

"是。"林蔷会意，吩咐司机开车。

自从上次遇见林蔷，蔡永芬就知道，总有一天，他们会找上门来。只是她没有想到，这天来得如此快。

"您好。"林蔷站在门外，十分礼貌，道，"沐太太，我们可以进去吗？"

蔡永芬将门打开："请进。"

林蔷扶着宋儒风，一起进屋。

不大的四方桌前，几个人面对面坐着，沐占年手里夹着一根烟，并没有点燃。

蔡永芬泡了茶出来，端到宋儒风面前。

"您请喝茶。"

"多谢。"宋儒风忙伸手接过去。

刚才林蔷已经将宋儒风的真实身份介绍过了，蔡永芬惊讶之余，却也没有多说什么。当年在妇产医院，她见到宋清华住在高级病房，而且举止穿着都不似普通人，自然知道她家境富有，只是没有想到，她竟然是宋家人。

"老爷子，您过来的目的是……"沐占年抿起唇，说话很是客气。毕竟宋儒风的年纪，足以当他的长辈。

"哎！"

宋儒风叹口气，沉声道："当年的事情，我真是一言难尽，不知道要如何跟你们解释！不过你们放心，我今天登门，并不是要来跟你们抢孩子。"

面对这对淳朴的夫妻，宋儒风心中充满感激。

"你们对良良一直视如己出，疼爱有加。把孩子教养得很好，让我觉得惭愧！"

拄着拐杖，宋儒风缓缓直起身，忽然对着沐家夫妻，弯下腰，深深鞠了三个躬。

207

"您别这样！"

沐占年跟蔡永芬急忙起身将他搀扶起来，道："老爷子，您别这样，这是折煞我们！"

"不……"

宋儒风摇头，哽咽道："这份养育之恩，我们宋家无以为报。我这个老头子，活到这把年纪，还能遇见你们这样的好人，真是天大的幸运，也是这孩子的造化！"

"老爷子，"蔡永芬打断他的话，眼角滚出泪来，"您别这么说，当年我把良良抱回家，也是跟这个孩子有缘，我们夫妻给不了她富贵的生活，只是竭尽所能不委屈她，希望她一生幸福安好。"

"你们已经给她很多了，"宋儒风激动地拉着他们夫妻的手，道，"你们给良良的一切，都是我无法给她的，也是宋家无法给她的。看到她这么聪明、懂事，又如此乖巧、善良，我发自内心地高兴，你们把她教得这么出色，付出的心血可想而知。"

往事历历在目，蔡永芬捂住嘴，泪流满面。是啊，这二十几年的一幕幕，仿佛就发生在昨天，不过眨眼的工夫，曾经那个抱在怀里的孩子，已经出落得亭亭玉立。

林蔷搀扶宋儒风坐回到椅子里，掏出药丸给他服下一粒，生怕他情绪太过激动，身体承受不住。

当年的这场错误，使大家如今陷入两难的境地，林蔷悔恨，却又无计可施。

"林蔷。"宋儒风缓了口气，吩咐道。

林蔷打开皮包，掏出一张支票，道："这是董事长的心意，他知道不该给你们钱，可是也请你们体会他的心情！这笔钱，他只是希望你们能够生活得好一些，绝对没有任何其他的意思，还请你们千万不要误会！"

蔡永芬盯着丈夫，事情全凭他做主。须臾，沐占年将支票推回去，道："老爷子，您的心情我们理解，如今良良已经长大了，也已经结婚成家，如果您想把她认回去……"

话说到此，他微微停顿了下，才又开口："如果是对良良好，我们夫妻都不会反对的。况且，你们才是她真正的亲人，想要让她认祖归宗，也不过分。

"但是这笔钱，我们不能要！孩子们都大了，我们的生活越来越好，用不到这些。您的心意，我们领了。"

虽然早有预见，他们夫妻不会接受这笔钱，但宋儒风心底还是微有失落。林蔷不敢勉强，只能把支票收回。

"你们放心，我不会贸然跟良良相认的。"宋儒风开口。

蔡永芬红着眼睛，道："良良这孩子性格倔强，您先别着急，让我们慢慢跟她渗透，要一点点来才行。"

"我明白。"宋儒风应道，他自然也想到了这一点。他虽然很想认回自己的亲外孙女，可又不能不顾及孩子的感受。毕竟她在沐家长大，又得沐家夫妇疼爱二十几年，忽然让她知道真相，肯定无法接受！

许久后，宋儒风才离开沐家。沐占年跟妻子站在门前相送，望着渐渐远去的车身，内心无比惆怅。

虽说孩子能够认祖归宗是好事，可这块心头肉他们养育了二十几年，心中难以割舍。如果可以，他们情愿永远不去揭开这个秘密，但他们身为父母，又不能不为她考虑，不能那么自私！

傍晚下班，沐良往公交车站走，经过药房时，想起包里的当归，她迈步进去。

"您好。"

走到中药柜前，她将包里的东西掏出来。

"我想请问一下，为什么我的当归是苦的？"

药剂师拿起来看了看，又放到鼻子下面轻嗅："这是在我们药房买的吗？"

"不是。"

药剂师推了下眼镜，道："这当归好像泡过什么东西，但我没办法检测，你送去医院化验一下吧。"

"泡过东西？"沐良暗暗吃惊。

拿着东西走出药房，心底疑惑渐起。

家里只有她跟二嫂喝这种鸡汤，起先她以为是姚琴安排的进补汤，如今回想起来，事情很是奇怪。上次二嫂无缘无故流产，难道真是因为摔跤吗？

沐良直接赶到医院，将那些当归送去化验室。化验结果要三天后才能出来，她只好先回家。

应酬大多千篇一律——喝酒聊天吹牛皮，傅晋臣不怎么说话，多是听那些人说，偶尔抿几口酒，态度满是敷衍。

趁着有人撒酒疯，傅晋臣拉开包厢的门，到走廊里透气。里面那些人说的话，越来越难入耳，他懒得听，觉得烦躁。

走廊亮着昏黄的水晶灯，傅晋臣站在包厢外面，从口袋里掏出一根烟，打算抽根烟缓缓。侧面那间包厢的门一开一合，走出来的身影蓦然撞进他的眼底。

舒云歌穿件金色长裙，长发披散，疲惫地靠在墙上。一杯接一杯的烈酒灌下，胃里火烧火燎地难受，她已经吐过两次，都不能再吐了。

这样的日子，什么时候才能到头？

为什么，她的日子总是处处艰辛？为什么，她的生活中，总是连一丝曙光都没有？为什么，命运要如此对她，让她尝尽这世间太多的辛酸痛楚，却还要让她如此艰难地活着？有时候，她甚至都觉得，还不如死了好！

可是，她还不能死，她还有很多事情没有完成！在这个世上，她还有亲人没有找到，还有她眷恋的深爱的男人，所以无论多苦多难，她都要强迫自己支撑下去！

眼前忽然出现那抹时刻想念着的身影，舒云歌捧住醉酒的脑袋，嘴角勾起一抹嘲弄的笑。

看吧，今天醉得好快，这么早就看到他了，不过这样也好，看到他，心里就会觉得温暖，不会感觉那么委屈。

只是，为什么今晚他的目光，如此冷冽，不似平日里温暖。

"你喝了多少？"傅晋臣站在她的对面，抿唇问道。

舒云歌没有多想，下意识回道："两瓶红酒。"

话落，她惊讶地挑起眉，心蓦然沉下去。这不是幻觉，傅晋臣此时就站在她的面前，还主动开口跟她说话。

傅晋臣盯着舒云歌煞白的脸，拽着她往外走。

他的动作太过突然，舒云歌完全没有想到。她迈着虚浮的步子，晃晃悠悠随他走出酒店。

"等着。"

傅晋臣转身去取车。

寒风中，舒云歌俏脸泛红，眼底一点点酸涩起来。包里的手机在响，她看到莫劲的电话，稳住声音接通："我头疼得厉害，要去买点药吃。"

车朝路边开过来，舒云歌收起手机，乖巧地站在路边。

"上车。"傅晋臣将另外一侧的车门打开。

舒云歌犹豫了下，低头坐进去。

夜晚的海边，幽暗静谧。黑色路虎停在海岸边，舒云歌背靠座椅，双手轻揉着太阳穴。酒喝得太猛，她只觉得头晕。

车窗半开，舒云歌盯着前方一波波袭向岸边的海水，红唇不自觉地勾起。这里是她的故乡，可惜留存在她记忆中的，似乎只有痛苦。

不多时候，傅晋臣提着一个药袋回来。他拉开车门上去，反手将袋子丢给身边的人："醒酒药。"

舒云歌看着药袋，鼻尖酸了酸："谢谢。"

她拿起一个深棕色药瓶，用力拧开后，仰头喝掉。

眼见她喝了药，傅晋臣才发动引擎，将车开走。

"你住在哪里？"

"明湾别墅。"

安静的车厢里，只有暖风的出风口发出沙沙声。舒云歌两只手紧张地交叠在一起，她微微抬眸，盯着傅晋臣的侧脸，唇角微动，却不知道要说些什么。

男人修长的手指骨节分明，舒云歌心头微动，低头盯着自己同样纤细的五指，嘴角泛起一丝笑意。曾经，他总是用他温暖的手掌，牵着她的手。

眼前闪过傅晋臣与沐良共同弹琴的画面，舒云歌垂下目光，心底五味杂陈。如果她没有放开他的手，那么如今与他共奏的那个人，绝对不会是别的女人。

黑色路虎很快停在一片别墅区外，傅晋臣将车靠在路边，沉声道："到了。"

舒云歌惊讶地抬起头，果然看到熟悉的房子。

解开安全带，她握着皮包，手指搭在门锁上："谢谢你送我回来。"

傅晋臣没有回答她的话，舒云歌尴尬地低下头，拉开车门准备下车。

"当初逼你陷害我的人，是谁？"

舒云歌眼神一沉，不可置信地回头望他。

"你……"

她紧咬着唇，紧张得面无血色，他全都知道了吗？

傅晋臣深邃的黑眸盯着她的眼睛，质问道："是我爸吗？"

他的眼神凛冽，舒云歌眉心紧蹙，不得不点头。

"是。"

她别开目光，同时又松了口气。

傅晋臣锐利的眸子眯了眯，唇边滑过一丝冷笑。明明已经证实的事情，为什么还要再问一遍？他的心里还存在什么侥幸，或者自欺欺人这些都是误会吗？

傅东亭亲自出手办的事情，素来都不允许出现任何差错。他从来不会做任何无把握的决定，只要是他认定的，自然不会考虑别人的感受！

而傅晋臣能做的，只有无条件地服从。

如同当初，傅沐两家的婚事，因为傅东亭的一句话，傅晋臣就要跟一个素未谋面的女人登记结婚，只有他同意结婚，傅东亭才肯在傅氏给他一席之地。这个分公司总裁的职位，就是他爸爸施舍给他的。

真可笑！

为什么他的人生，被人无情地操纵在手，而他却连说不的权利都没有！

"晋臣？"

缓缓平复心底的怒火，傅晋臣抬起头，问她："为什么不告诉我？"

舒云歌眼眶发红。

傅晋臣望着她，轻笑道："你也跟他一样，从来都看不起我，不相信我能够保护你，是吗？"

"不是！"

舒云歌坚定地摇头，哽咽道："晋臣，我没有不相信你！我只是不想因为我，让你们父子不合，更不想让你一无所有！"

傅晋臣挑眉："难道我还不够一无所有？"

"如果你要怪，就怪我吧。"顿了下，舒云歌低下头，声音发颤，"是我没有坚持，是我的错。"

她拉开车门，提着包走下去。

"Ann。"

身后的男人蓦然开口，舒云歌惊喜地转过头。

傅晋臣握着方向盘，发现自己不知道应该说什么。

"我明白的，"舒云歌明亮的黑眸落在他的眼底，"我会照顾好自己。"

她将车门关上，笑着叮嘱他："你回去吧，小心开车。"

不久，黑色路虎驶走，舒云歌定定望着远去的车身，眼角滚下一串热泪。如果她的生活中没有他，她怎么可能照顾好自己？

提着包转身往回走，舒云歌混沌的脑袋逐渐清醒。她用力深吸一口气，发觉每个器官都在疼，那种疼痛，已深入五脏六腑。

推开别墅的大门，舒云歌站在玄关处换鞋。她脚跟还没站稳，只听啪的一声，客厅的水晶吊灯刺眼地亮起来。

"你在家？"舒云歌看到坐在窗前的莫劲。

莫劲双腿交叠坐在沙发里，目光阴沉："你是不是希望我不在家，这样就没人打扰你跟你的初恋情人私会？"

舒云歌冷着脸往里走："什么私会，你少胡思乱想！"

莫劲一把拽住她的手腕，把人拉到沙发里。他俯下身，双手掐着她的脖子，吼道："舒云歌，因为我不能满足你，所以你想要给我戴绿帽子吗？"

"绿帽子？"

舒云歌眼底的神情满是嘲弄："如果我想给你戴绿帽子，还用等到今天吗？

我不会为你守身的！"

冷冷推开他掐在脖子上的手，舒云歌直起身，拢起散落的碎发，笑道："我虽然嫁给你，但是我们早就说好是互相利用，所以我不欠你什么。"

"贱人！"莫劲脸色铁青。

"贱？"舒云歌忽然弯下腰，俏脸抵在他的面前，嘲笑道，"你娶我是为什么？难道不是因为我年轻漂亮，能够帮你应酬生意上那些男人吗？莫劲，你都肯让自己的老婆抛头露面出去拉生意，我跟别人见个面都不行吗？我们到底谁更贱？"

"你！"莫劲被她气得脸色发青，捂着胸口瘫坐在沙发里。

回手拾起皮包，舒云歌转身往楼上走，同时把家里的用人喊出来："给先生吃药，药在书房的第二格抽屉里。"

"是的，太太。"用人看到莫劲脸色痛苦，立刻上楼取药。

回到卧室，舒云歌将门反锁。她背靠门板，听到用人搀扶着吃过药的莫劲上楼，将他安置在另外一间卧室后，才慢慢放松下来。

长长地舒了口气，舒云歌脱掉身上染着酒气的长裙，走进浴室洗澡。温热的水漫过她姣好的身体，她背靠浴缸，明亮的黑眸此刻黯淡无光。

望着镜中黯淡的容颜，她心底的滋味复杂。三年，一千多个日夜，她每天都过着如此煎熬的生活。这种日子，她真是过够了！

三天后，沐良趁着午休时间，打车到医院拿化验结果。化验师跟她说，她送去的当归，应该是在中药汁里浸泡了很久，所以中药慢慢渗透到当归里。

沐良追问是什么中药，化验的医生也说不太清楚。不过医生说，那中药里面应该含有避孕的成分，如果长时间服用，便会造成不孕不育。

握着化验单子走出医院，沐良手脚都是冰冷的。她站在暖阳里，却没感觉到温暖。难怪二嫂的宝宝会流产，她长期服用这种当归鸡汤，肯定伤到身体，孩子必定保不住。

回到公司，沐良整个下午都情绪低迷。下班后，她没顾上跟乔笛打招呼，第一个离开公司打车回家。

事关重大，沐良必须确保万无一失。她努力抑制住激动的心情，走进厨房。

"四少奶奶。"用人正在准备晚饭。

沐良扫了眼放药材的柜子，沉声道："我想自己炖鸡汤，给我一些当归。"

"好的。"用人打开柜子，将当归取出来一些给她。

沐良接过去，再次确认："这是大嫂拿回来的当归吗？"

"是，"用人肯定地点头，"大少奶奶昨天回娘家，这是她新带回来的。"

"知道了。"沐良将当归收起来，妥帖地放进包里，转身离开。

厨房侧面，姚琴进来看看晚饭的准备情况，结果看到沐良刚刚离开的身影。

"四少奶奶来做什么？"姚琴看到打开的药材柜子，嘴角沉了下。

用人将东西收拾好，回道："四少奶奶说，要用大少奶奶拿回来的当归炖鸡汤。"

闻言，姚琴脸色大变。

晚餐桌上，沐良捧着饭碗，低头吃饭，神色看不出异常。傅培安出差不在家，今晚的应酬由傅东亭带着傅晋臣出席。

"留一些酒酿丸子给四少爷，"尤储秀细心地吩咐厨房，"等他晚上回来吃。"

"是。"

曹婉馨端着饭碗给傅橙喂饭："母亲就是心疼老四。"

尤储秀伸手抱起傅橙搂在怀里，道："你先吃饭吧，我来喂橙橙。"

她看着曹婉馨依旧不算好的气色，关心道："最近身体怎么样？想吃什么告诉厨房，你爸爸昨晚还念叨，今年怎么也要再抱上一个金孙！"

曹婉馨眼神暗了暗，因为这话，心中顿觉失落，她掌心贴向小腹，神色黯然。

姚琴手中的筷子一抖，掉在地上。

"快给大少奶奶换一双。"尤储秀吩咐道。

姚琴生怕被尤储秀看出什么，赶忙抬起头，却见沐良直勾勾盯着她，让她心头一阵慌乱。

"我头疼，上去休息一会儿。"姚琴放下筷子。

尤储秀拿起手帕给傅橙擦嘴，问道："严重吗？要不要把张医生请来？"

"不用，"姚琴站起身，"我吃点药就行。"

"去吧。"

尤储秀没再多问，只吩咐厨房准备消夜，等姚琴好些再送去卧室。

不多时候，沐良也放下筷子，回到卧室。傅晋臣没在家，她心里沉甸甸的，堵得难受。明天要再去化验一次，如果结果还是一样，她绝对不能坐视不管！

姚琴慌忙关上卧室的门，想给傅培安打电话。可他人在外地，远水救不了近火，这样火烧眉毛的事情，他也是鞭长莫及！

庭院里响起汽车声，姚琴跑到窗口，看到儿子回来后，好像看到救星般，赶忙来到傅政的房间。

事情算是瞒不住了，姚琴只能一五一十全都告诉他。

"小政，你说妈妈要怎么办？"

傅政坐在床边，垂在身侧的双手紧握成拳。

"为什么要做这种事情？"

"为什么？"姚琴咬着唇，"因为你啊，儿子。"

她走到傅政身边，道："你是傅家的长孙，未来这个家里的一切都应该是属于你的。如果再有其他孩子出生，就会分割原本属于你的东西！傅橙就是一个意外，我绝对不允许再有……"

"妈！"

傅政双目灼灼地瞪着她，眼里满是绝望。

"为什么让我活得这么沉重？为什么你们总要在我身上加上一道又一道的枷锁？为什么都不肯给我喘口气的机会？难道，你们还要让我背负手足相残的罪名吗？"

"儿子……"

姚琴眼眶泛红。

"可是妈妈不这么做，那你要怎么办？傅家不是只有你一个继承人，傅欢颜、傅晋臣，或者是傅世钧，还有傅橙，都是你的竞争对手！妈妈无法阻止那些人，只能帮你把后面的威胁除掉！"

"威胁？你们有没有想过，他们都姓傅！"傅政仰起脸，盯着姚琴的眼睛，问她，"从小到大，你们逼我做我不喜欢的事情，我都没有反抗过，因为你们是我的父母！可是，你们有没有问过我，喜欢你们为我安排的一切吗？"

"傅政！"

姚琴反驳道："你是傅家的长孙，你从出生起，就注定不能过一般人的悠闲日子。这个家里，如果你不争取，什么机会都会被别人抢走！"

傅政低下头，忽然安静下来。

眼见儿子的情绪平静下来，姚琴急声道："小政，现在不是追究对错的时候。如果这件事被沐良查出来，咱们一家三口，绝对会被赶出傅家的！"

听到沐良两个字，傅政幽深的双眸沉了沉，道："这件事交给我处理，你不要再做任

214

何事情。"

"可是……"

"妈！"

傅政黑着脸，语气含着警告："我可以帮你处理好，但是你不许插手！"

"好吧。"

姚琴不情不愿地答应，眼角寒意渐渐收敛。这个沐良真是祸害，自从她进门，自己不知道吃了多少亏，如今还被她发现鸡汤的秘密，更是棘手！

翌日早上，沐良出门前，看到曹婉馨站在院子里，眼睛盯着上次摔倒的地方，怔怔发呆。

"二嫂。"

曹婉馨抹掉眼泪："你要出门了？"

沐良看到她发红的眼睛，心情莫名沉重。她轻轻拉住曹婉馨的手，道："二嫂，也许你流产并不是摔倒的原因。"

"不是摔倒的原因？"曹婉馨惊讶。

沐良还不能说破："你有没有觉得，身体会有不舒服的地方？"

听到她的话，曹婉馨心底咯噔一下，似乎想到什么。

目前只能点到即止，沐良转身离开。望着她走远的背影，曹婉馨的脸色慢慢变白。

再次把当归送去医院检验，沐良的心情比起第一次沉重很多，她隐隐希望之前的化验结果有误，可惜三天后看到的结果，让她心中的侥幸荡然无存。

果然是当归的问题！

提前从公司回到家，沐良带着化验单子进门。不过这个时候，傅东亭不在家，尤储秀也恰好外出，家里很冷清。

沐良没有跟傅晋臣细说，她想等傅东亭回来，当着全家人的面一次说清。

回到卧室换好衣服，用人敲门进来："四少奶奶，少爷在楼下花园等您。"

傅政？

沐良微微惊讶，并没有多想，把皮包放到柜子里，迈步往楼下走。

眼见她下楼，用人扫了眼她放进衣柜的皮包，嘴角滑过一丝浅笑。

花园里凋零的树木，渐渐泛出新绿。傅政坐在一棵大榕树下，神色淡漠。

沐良走到他身后，顺着他的目光往上看，只见高高的树枝上，层次错落地搭着三个喜鹊巢穴。辛勤的喜鹊妈妈，正在喂养喜鹊宝宝。

沐良观赏好一会儿，紧抿的唇角逐渐扬起，笑容温柔明媚。天底下的母亲都是疼爱自己孩子的，哪怕一只小小的喜鹊，都如此舐犊情深。

"你找我，不是来看喜鹊宝宝吧？"沐良盯着总是一副深沉模样的傅政，眼底不禁滑过一抹怅然。

其实傅政对她，算是有恩。当初在学校，他三番四次相帮，但她一直都没有找到机会报答。可姚琴做的事情，手段太过卑鄙残忍，就算有傅政在前，她也不能心软。

"你知道这树上，一共有多少只喜鹊吗？"傅政仰着头，脸色平静。

"不知道。"

"七只。"

这个他都清楚？沐良轻笑，眼神温和下来。她叹了口气，道："其实有件事情，我……"

她的话还没说完，傅政已经将目光落在她的身后。

沐良下意识地转头，刚才上楼请她下来的那个用人，正对着傅政点头。

她不可置信地瞪着傅政，脸色铁青地往回走，却被傅政扣住手腕："良良。"

"放手！"

沐良狠狠推开他："傅政，原来你是这样的人！"

"我就是这样的人！"傅政目光凛然，"她是我妈，我不能不帮她。"

沐良气得冷笑："她是你妈，就可以做这么多狠毒的事情吗？二嫂的宝宝也是一条生命，你们怎么忍心在鸡汤里下毒，做出这么残忍卑鄙的事情？"

"我保证，这种事情，以后都不会再发生！"傅政看着她的眼睛，却看不到她的任何信任。

"保证？"沐良惨笑，"这种保证，有什么意义？"

她深吸一口气，神情激动，道："我一直以为，你还是我在学校认识的那个不爱笑的大男孩，虽然你总是冷冰冰的一张脸，但你是善良的！你有同情心，你喜欢帮助别人，可是为什么，你要变成这样？"

"喜欢帮助别人？"傅政轻笑，"沐良我告诉你，我一点儿也不喜欢多管闲事，因为是你的事情，所以我才愿意关心，愿意安排，愿意帮你筹划好一切！"

"你知道为什么吗？"傅政直勾勾盯着她的眼睛。

"……"

他的话，让沐良的心骤然紧缩。

"我不相信。从今以后，你说的任何话，我都不相信！"

"那你相信谁？"

傅政扣住她的肩膀，将她拽到面前，吼道："你相信我四叔的话吗？"

他望着沐良徒然睁大的双眼，嘴角勾起的弧度满是嘲弄："可是你知道吗？我四叔也在骗你，他答应爷爷娶你，不过是为了得到分公司总裁的位置！他爱的人是舒云歌，当年舒云歌是被爷爷逼走的，他们才是真正相爱的人！"

"闭嘴！"

沐良扬起手，傅政盯着她的眸子，并没有躲闪。

举起的手掌，硬生生僵在半空中。沐良咬着唇，慢慢收回手，心底的情绪翻涌起伏。

216

她只觉得额头两边的太阳穴突突地跳，血管好像都要崩裂开来。

原来当初傅晋臣答应跟她结婚，不过是想要分公司总裁的位置，这才是他同意结婚的真正原因！

"傅政！"

沐良甩开他的手："你告诉我这些，想要怎么样？"

"想要打击傅晋臣，还是打击我？"沐良冷声质问，"这也是你们的一种手段吧，只要我们过得不好，你们就可以开心，可以高枕无忧了是吧？"

"那你就省省吧。"沐良垂下目光，道，"我不管当初舒云歌为什么离开，总之她已经是莫太太，而我才是傅太太。"

她扬起精致的下巴，看着傅政布满阴霾的脸。

"还有，我是你的长辈，以后请你叫我四婶！"

一口气说完，沐良决然转过身。

"不死心是吗？"傅政微微低头，沉声道，"如果你不相信我的话，那就自己去找答案！"

撂下这句话，傅政走远。

沐良眼睛盯着脚尖，只觉得眼眶发酸。

花园侧面一角，曹婉馨怀里抱着傅橙的皮球，眼底布满阴霾。她早就想到姚琴，只是一直都没有证据，却没有想到，问题出在鸡汤上面。

曹婉馨掌心落在小腹处，眼眶霎时泛红。可怜她已经足月的孩子，竟然死得这么不明不白！

第九章
再也回不去的爱

一路从花园跑回卧室，沐良推门进去，打开衣柜将她之前放进去的皮包拿出来。拉链还是合着的，可她知道肯定有人动过。

她咬牙拉开，那份化验结果果真没有了！

几乎不用再去求证，沐良已经肯定，厨房里那些有问题的当归，自然也都被清除干净，不会留半点痕迹。

怔怔望着皮包，沐良转身坐在床沿，整个人都在发抖。

卧室里开着暖气，可为什么她还是觉得好冷？

"呵呵……"

沐良蜷起双腿，紧咬着唇瓣，心中止不住地冷笑。原来当初结婚，傅东亭抛给傅晋臣如此诱人的条件，难怪他会同意。是啊，要不然风流潇洒的傅家四少，为什么要答应跟她这样出身的人结婚？

也不知道过了多久，直到楼梯间响起熟悉的脚步声，沐良才回过神。

"怎么不开灯？"

沐良目光定在衣柜前的男人身上。

"傅晋臣，你答应跟我结婚，是因为分公司总裁的位置？"

男人换衣服的动作一顿，惊诧地转过身。

"听谁说的？"

"谁说的有那么重要吗？"

沐良耸耸肩，笑道："这个条件那么诱人，傻子才会不答应。"

傅晋臣剑眉紧蹙，走到她对面坐下。

"你想说什么？"

想说什么？沐良失笑，她还能说什么吗？事到如今，她还可以说什么吗？

傅晋臣心底莫名烦躁，他伸手拉起面前的人，捏住她尖尖的下巴，问道："笑什么？"

"可笑！"

沐良推开他的手，道："我一直都觉得奇怪，是什么能让玩世不恭的傅家四少甘心跟我这样的人结婚，如果说报恩，你怎么肯屈从？却没有想到，原来是分公司的权力在诱惑你。"

"沐良。"

傅晋臣觉得她的话刺耳。当初结婚，原本就是有条件的。他接受这段婚姻，得到分公司有错吗？

"你别一副咄咄逼人的语气跟我说话！"傅晋臣松开衣领，剑眉拧成川字，"当初我们结婚，你不是也跟我妈说过，我们只是互相利用，两年后离婚吗？"

沐良心尖痛了下。结婚登记前她确实跟尤储秀说过，也曾经协议过两年后双方和平分手，互不亏欠，可是……

可世上的事情，总会有意外。她现在喜欢他了，所以才会在乎这段婚姻初始的那些瑕疵，难道他一点儿都不明白吗？

吵架的时候，总是想到什么话解气，便会冲口而出。沐良仰起精致的小脸，瞪着面前的男人，怒声道："不错，我当初确实那么想的！可是傅晋臣你别忘记，后来是你求着我要结婚的，不是我主动要嫁给你的！"

"……"

因为她的锐利回击，傅晋臣气得脸色铁青，他额头青筋紧绷，头皮发麻。

"沐良，你有种！"

一拳狠狠捶在门板上，傅晋臣夺门而去。

心中憋着的那口气发泄出来，沐良才意识到自己说了什么。她盯着那辆黑色路虎开出别墅大门，委屈地皱了皱鼻子。

傅晋臣，你个浑蛋！车子飞速开出别墅，傅晋臣一把扯下领带，狠狠丢在边上。人家说的也没错，后来结婚确实是他求人家的，是他犯贱嘛！

倾城专属包厢，服务员送进来两瓶威士忌，还有一桶冰块，随后离开。

今晚傅晋臣只有一个人。

独立三层别墅中亮着灯，用过晚饭，舒云歌拿着药瓶回到楼上卧室。

"吃药吧。"舒云歌坐在床边，将药给莫劲服下。

"要不要去医院？"

"不用了。"莫劲拍了拍她的手背，脸色看着还好。

见他没什么大碍，舒云歌给他掖好被子。

"那你休息吧。"

莫劲应了声。

关好卧室门，舒云歌回到隔壁房间换衣服，提着包出门。

"先生已经服过药，你们不要打扰他休息。"

"是的太太。"

舒云歌开车离开别墅，在家里闷了几天，她想找个地方散散心。

吧台前，舒云歌俏脸低垂，对于频频示好的男人们一概视而不见，冰山美人的气质，惹得那些男人不敢贸然靠近。

这两年总有应酬，她的酒量早已锻炼出来，半瓶红酒，对她不算什么。

"洗手间在哪儿？"

"一楼的洗手间在装修，请您上二楼左转。"服务员将她引导到楼梯口。

舒云歌按照指示图标找到洗手间，有服务员从一号包厢出来，正在找傅家的电话。

"什么事？"舒云歌以前跟傅晋臣经常来这里，她知道那个包厢是他的专属。

"四少喝醉了。"

舒云歌惊讶，他的酒量一直都很好，不会轻易醉酒。

"我去看看。"包厢中，傅晋臣倒在沙发里，茶几上有两个空酒瓶。

舒云歌秀眉紧蹙："喝这么多。"

听到她的声音，傅晋臣咻地睁开眼睛，目露惊讶。

"你怎么在这里？"

守在门边的服务员，见他们相识，放心地离开。

"来喝酒。"

舒云歌坐在边上，盯着他泛红的眼睛。

"要我送你回家吗？"

听到回家这两个字，傅晋臣还是觉得被气得肝疼。眼前的视线有些模糊，他分不清来人是谁："一起喝。"

舒云歌敛眉，吩咐人把酒换成一壶浓茶。不知何时又下起了雪，舒云歌起身走到窗口，地面已经落满厚厚的积雪。

她想要叫醒傅晋臣，却发觉他已睡熟了。

舒云歌让他平躺在沙发上，拿起她的羊绒大衣，为傅晋臣盖在身上。

纵然天气恶劣，酒吧里依旧人声鼎沸。包厢里温度适中，舒云歌盯着身边的人，心情一点点平静下来。

她跪在沙发边上，盯着他睡着的模样，眼眶慢慢湿润。

以前在温哥华的公寓里，她总是很早起来做好早餐，然后也是这样跪在床边，先要欣赏一会儿他的睡相，才会叫他起床吃早餐。

"晋臣……"

舒云歌指尖轻抚在他紧蹙的眉心，喃喃自语："为什么不开心？"

睡着的男人，自然不会回答她。睡梦中的傅晋臣，眉头紧皱，在梦里早已把那个惹他生气的罪魁祸首，不知道惩罚了多少遍。

夜空飘着大片雪花，沐良倚在窗前，盯着空旷的庭院发呆。握在她手里的电话始终都没有响，而傅晋臣也一夜未归。

翌日早上，沐良提着皮包下楼，脸色并不算好。尤储秀在厨房吩咐用人们做事，曹婉馨在前厅哄傅橙玩，大家都与往日无异。

眼见她下来，姚琴主动打招呼。

"良良，怎么就你一个人，老四呢？"

姚琴眼底的挑衅十分明显，可她现在无凭无据，如果现在就说姚琴的鸡汤有问题，最后可能会落个诬陷他人的罪名。

姚琴站在她身前，压低声音道："你以为自己有点小聪明，就能把我赶出傅家吗？你做梦！我告诉你，别得意得太早。"

"亏心事做多了，总会遇见鬼，我祝你一夜好梦！"沐良见到她变白的脸，转身走开。

与傅政擦肩而过时，她目不斜视，傅政神情一僵。

前厅中，曹婉馨抱着傅橙转过身，嘴角的笑容僵硬。

清早，傅晋臣揉着宿醉后的脑袋醒来。

"醒了。"

"你怎么在这里？"

"昨晚你喝醉了，"舒云歌递给他一条热毛巾，"头疼吗？"

话落，她将早就准备好的浓茶递过去。

"谢谢。"傅晋臣擦把脸，又喝了些浓茶才觉得头疼稍缓。

"整晚都在陪我？"

舒云歌如实点头。

看到时间，傅晋臣拿起茶几上的车钥匙，道："走吧。"

舒云歌穿上外套，跟他离开。

昨晚的大雪早已停歇，傅晋臣打开车门，想到什么后转身问她："需要我送你吗？"

"不用，"舒云歌扬起车钥匙，道，"路上小心。"

"好。"傅晋臣应了声，将车开走。

等到他的车身消失不见，舒云歌才驾车离开。

开车回到别墅，刚走进大门，用人就惊慌失措地跑过来："太太，先生出事了！"

救护车刚刚开走，舒云歌沉下脸，只听用人哭道："先生心脏病忽然发作，救护车没来之前，人就已经断……断气了。"

"什么？"舒云歌杏目圆瞪，手里的皮包掉在地上。

驱车回到大宅，傅晋臣捏着车钥匙进去，俊脸染着宿醉后的疲惫。

"四叔。"

一手将小公主提起来，傅晋臣抱着她往里走。

"吃早餐了吗？"

"吃过了，"傅橙黑眼珠眨了眨，似乎在跟他报告，"橙橙看到四婶没吃早餐。"

客厅没看到沐良的身影，傅晋臣薄唇轻抿，抱着傅橙走进餐厅："妈。"

尤储秀脸色微怒。

曹婉馨将女儿抱过去，带去院子里玩。

"你昨晚去了哪里？"尤储秀吩咐用人准备早餐，把泡好的参茶递给儿子。

傅晋臣喝了口，道："有应酬。"

"你啊，"尤储秀神色不悦，"你爸昨晚临睡前还问起你，以后不许再这样。"

傅晋臣蹙起眉，觉得烦躁。

用人将热气腾腾的早餐端上来，尤储秀把热牛奶送到儿子手边，也就没再啰唆，陪他用早餐。

随意吃了几口，傅晋臣没什么胃口，转身上楼。推开卧室的门，满室清幽，床褥都收拾得很整齐，与平时并无差别。

傅晋臣迅速洗了澡，围着浴巾站在衣柜前选衣服。

他穿衣服比较挑剔，不喜欢的颜色不穿，不喜欢的牌子不穿，不喜欢的款式也不穿。必须要颜色、牌子、款式都符合他的心意，那件衣服才能套到他的身上。

傅晋臣选了套喜欢的黑色西装，动作熟练地穿戴好。洗过热水澡，身体的疲惫褪去大半，不过头依旧有些疼，算是醉酒的后遗症。

梳妆台上的物品摆放得很整齐，傅晋臣随手拿起一只口红拧开，那抹亮眼的玫红色十分诱人。他指尖拨弄一番后，又把东西放回去。

昨晚他整夜都没回家，沐良连个电话都不打。哼！压根不在乎他是吧！

下午新开发的项目研讨会上，傅晋臣话锋犀利，咄咄逼人的气势，让大家倍感压力。他处处挑毛病，闹到后来大家都不敢发言了。

"都没话说了？"傅晋臣把面前的提交方案全部退回去，"全部重做。"

嗷呜！

众人苦不堪言，总裁一句话，他们至少要加班十天。

秘书认真地做工作计划，不敢有半点马虎，今天总裁心情不好，不是瞎子的都能看到！

"总裁，您下午三点还有视频会议。"

钱响推门进来，神色焦急："四哥。"

见秘书离开，钱响才继续开口。

"莫劲昨晚心脏病发，抢救无效，已经死亡。"

傅晋臣眼神瞬间沉下去。

"消息确定？"

"绝对！"钱响保证。

"怎么回事？"

"具体原因还不清楚，"钱响拉开椅子坐下，如实道，"莫劲的女儿带着律师从香港赶回来，非说莫劲的死跟舒云歌有关，这会儿警察已经过去了，莫家乱成一锅粥！"

钱响看到傅晋臣紧绷的俊脸，问："这事，咱们管还是不管？"

傅晋臣手指轻叩桌面："莫劲的女儿这么闹，还有别的目的吗？"

"哼！"钱响冷哼了声，"听说莫劲那老头死得太突然，还没有立遗嘱。"

原来是这样。

傅晋臣哑然失笑，深邃的双眸微眯。

"舒云歌不会杀人的。"

"我也觉得不会。"钱响点头，不过终究有些犹豫，"可这种事情，不怕一万就怕万一。"

"没有万一。"

傅晋臣沉声道："她昨晚跟我在一起，怎么可能杀人？"

"啊？"

钱响反应过来："你们俩昨晚……那啥了？"

"滚！"

傅晋臣怒骂，拿起车钥匙。

"把蔺叔给我请去警察局，记住了，要客气点。"

"我办事你放心。"

钱响下意识问了句："四哥，你帮舒云歌，要是你们家小野猫知道了怎么办？"

"你以为爷是妻管严？"

"没！"

钱响摆手："我没这意思，只是为安定团结着想。"

懒得搭理钱响，傅晋臣拿了车钥匙，直接赶去警局。

傅家大宅里气氛依旧，沐良回到三楼，先去换了衣服，然后下楼吃晚饭。

身边的位置空空的，沐良秀眉紧蹙，他加班吗？

"傅老四呢？"傅欢颜随口道。

尤储秀正吩咐用人上菜，见傅东亭蹙眉，急忙解释："老四刚给我打过电话，说他有事晚点回来。"

傅东亭面色不悦，但没有发火。

不回家吃饭，连个电话都不给她打吗？

沐良盯着墙上的时钟，心底的滋味复杂，她犹豫良久后，才把电话拨出去。

手机铃声响过很久，最后一声才被接通。

"喂？"

"你在哪里？"

傅晋臣走到比较安静的地方回话："我今晚有事，要晚回去。"

眼见蔺识出来，傅晋臣急忙挂断电话。

电话那端的声音嘈杂，沐良还没来得及细问，电话已经被掐断。她沉着脸躺回被子里，神情失落。

凌晨三点，蔺识才办好一切手续。

"谢谢蔺叔。"傅晋臣亲自为他打开车门。

"四少客气了。"蔺识看向不远处的舒云歌，别有深意道，"虽然有你的证词，不过目前莫太太最好不要有任何异常的举动，否则很容易引起警方的怀疑。"

"我明白。"傅晋臣应道。

黑色路虎平稳地行驶在车道上，傅晋臣双手握着方向盘，问："你还好吗？"

"还好，就是有些累。"

舒云歌用力吸吸鼻子，将眼眶里的泪水逼回去。

傅晋臣将车停在别墅外，转身看着她，道："我帮你找了个律师，关于莫劲的财产，等到清算后就能开始遗产继承。"

"谢谢，"舒云歌眼眶发红，哽咽道，"晋臣，真的谢谢你。"

"出事为什么不告诉我？如果我不出现，你就不打算告诉警察，昨晚我们一直在一起吗？"

舒云歌垂下眼，神色黯然。

"我不想给你惹麻烦。"

傅晋臣看着舒云歌发白的脸，想到她在警察局孤苦无依的模样，眉心不自觉地揪紧。

"Ann，"傅晋臣敛眉，"有事你可以打电话给我。"

舒云歌咬着唇，眼眶酸胀。

"你不恨我了吗？"

恨？

傅晋臣别开目光，声音凉薄："过去的事情，我不想说。"

舒云歌站在车前，直到他的车身消失不见，才转身回去。

翌日清早，沐良睁开眼睛，身边的男人并没在。她洗漱好，提着包下楼，还没走进客厅，就听到傅东亭震怒的声音。

沐良快步往餐厅走，大家都站在客厅里，没有人敢靠近。

傅东亭神情恼怒，而傅晋臣垂头站在他的面前。

把丢在地上的报纸拾起来，沐良看到了醒目的头版新闻标题：《傅家四少亲自做证，为莫氏总裁夫人洗脱杀夫嫌疑，两人来往密切，疑似旧情复燃》。

沐良终于知道，为什么傅东亭清早发火。

原来这两个晚上，傅晋臣都跟舒云歌在一起。

"跟我上来。"傅东亭沉着脸上楼。

傅晋臣目光恰好落在沐良的脸上，别有深意。

书房的门关上，尤储秀的心紧跟着提起来。

砰！

摔东西的声音，隔着书房的门都能传出来。

"东亭！"

尤储秀大惊失色，众人脸色皆变。

"良良，"傅欢颜急得犹如热锅上的蚂蚁，拉她道，"我爸最喜欢你了，你快去劝劝。"

傅老四这次又闯祸了，可他终究是自己的亲弟弟，傅欢颜不可能坐视不管。

姚琴嘴角滑过一抹淡笑："欢颜，你急什么？人家沐良都不急！"

傅欢颜狠狠地瞪她一眼。

沐良手里握着报纸，眼睛落在那张照片上，神情看不出什么变化。

"开门！东亭你开门啊！"

尤储秀使劲拍门。

傅欢颜盯着沐良木然的表情，哎哟了声，转身往楼上跑。

"爸爸，你别真动手！"傅欢颜趴在门板上，叫道，"傅老四，你倒是快点认错啊！别惹爸爸生气！"

大家见状，纷纷往楼上走。

将报纸揉成一团丢开，沐良头也不回地走出大门。

两扇巨大的铁门一开一合，沐良站在空旷的山道上，慢慢才想起来，今天是周末，她不需要上班。

好久才拦到一辆出租车，她来到市中心的宋氏琴行。

"沐小姐。"店员看到她来，笑着打招呼。

沐良站在门外往里瞅："爷爷在吗？"

"今天周末，董事长不会来。"

是啊，今天是周末，人家都会待在家里跟家人团聚吧。

沐良黯然转身，站在熙攘的街道上，心底一片茫然。

指着店铺外面的台阶，沐良问道："我可以在这里坐一会儿吗？"

店员点头。有人看到沐良情绪反常，偷偷给宋儒风打电话。

不久，一辆黑色轿车停在琴行外。宋儒风推门下车，沐良转了转呆滞的眼睛，确定自己没有看错人。

"小丫头。"宋儒风拄着拐杖朝她走来。

沐良眼眶蓦然发酸，委屈道："爷爷。"

琴行外的石阶又硬又冷，宋儒风心疼她，再一次劝道："小丫头，有话我们进去说吧。"

沐良眼睛盯着脚尖，倔强地不肯动。

这孩子固执起来，简直跟清华一模一样。宋儒风眼底满是无奈，明明是亲生母女，却偏偏相见不相识！

宋儒风拗不过她，只好陪她坐下，道："爷爷不逼你，你想开口的时候再说。"

她将头靠在他的肩上，道："爷爷，您对我真好。"

宋儒风轻笑：爷爷不对你好，还能对谁好？

前天下过雪，温度偏低。沐良拉高衣领，问："爷爷，您以前和您太太的感情，是不是很好？"

宋儒风嘴角勾起一抹笑，回手指着这家琴行，道："这家琴行是我师傅传给我的，也就是美琼的父亲，我的岳父。当年我来这里学徒，师傅全家人都对我很好。美琼算是我的小师妹吧，她钢琴弹得很好。"

顿了下，宋儒风低头，眼神温柔地看着沐良，道："良良，你琴弹得也很好，很像美琼。尤其你弹琴的模样，简直跟美琼一模一样。"

"美琼，"沐良轻念，宋氏出产的每架钢琴上都有这个图标，她脸颊染笑，道，"我以前就在想这两个字是什么意思，原来是奶奶的名字。"

宋儒风眼眶发红："对，是奶奶，是奶奶！"

见他情绪稍有激动，沐良还以为他怀念爱妻，并没有深想。

"当年美琼比我小一岁，每天都在琴行帮忙做事。我们跟师傅学习如何制琴，她每天负责给我们做饭，闲暇时候，还会弹琴给我们听。"

"煲仔饭就是美琼最拿手的。"提到与妻子相处的时光，宋儒风整个人都变得分外柔和。

沐良见爷爷眼底隐约闪动的泪光，心头酸酸的。他们夫妻感情一定很好，所以奶奶去世这么多年，爷爷依旧对她念念不忘。

"后来师傅把琴行传给我，又把美琼嫁给我。"宋儒风一脸感慨，道，"直到我们生了清华，爷爷的生意才越做越大，后来发展为如今的宋氏集团。"

宋儒风眼神落在琴行的牌匾上，他紧紧拉住沐良的手，说："良良，这家琴行是爷爷和奶奶一辈子的心血，宋氏的根基在这里！这里，还有我们一生最美好的时光。"

"如果有天爷爷不在了，你愿意帮我守护这里吗？"宋儒风问得突然，沐良傻傻地愣住。

沐良秀气的眉头紧蹙，问："您胡说什么啊？您身体很好，怎么会不在了？"

宋儒风眼神暗了暗，笑道："爷爷今年已经七十八岁了，都说人活七十古来稀，爷爷这辈子没什么可遗憾的，要说遗憾就是你……"

沐良觉得爷爷今天好像总是话里有话。

"小丫头，"宋儒风笑着问她，"爷爷说完心事了，应该轮到你了。"

沐良眼神黯淡下去，道："爷爷，也许你说得对。"

"什么？"

"傅家太复杂，不适合我。"

"出了什么事情？"宋儒风关心地问。

沐良轻咬唇瓣，用几乎听不到的声音说："也许傅晋臣，也不适合我。"

宋儒风的脸不自觉绷紧，道："告诉爷爷，他们让你受委屈了吗？还是傅晋臣那臭小

226

子，做了什么事伤了你的心？"

沐良神色微惊，问："能看出来我伤心了吗？"

宋儒风心底的滋味复杂。他怎么会看不出来？上次去傅家为傅东亭庆寿，他早就看出来沐良对傅晋臣那小子喜欢得紧。

也许真是遗传，宋儒风轻叹一口气。这孩子对待感情的态度，恐怕跟清华一样执着，如果心里认定一个人，这辈子都会念念不忘。

"良良，"宋儒风眼神温柔，"爷爷不会让你受委屈的！"

沐良鼻尖酸涩，她跟爷爷相识不过数月，可爷爷对她的好，数不胜数。

"爷爷！"

沐良盯着他的眼睛，哽咽道："如果您是我的亲爷爷多好。"

她的眼底泪光闪动，宋儒风一时间情难自抑，矢口道："孩子，我就是你的亲爷爷！

"你知道吗？你就是我们宋家的孩子，是我的亲外孙女！"

沐良皮包掉在地上，她好久才回过神来："爷爷，您开什么玩笑？"

既然话都已经说了，宋儒风不想继续隐瞒，这个孩子，他必须要认回宋家。

"良良，爷爷没有开玩笑。你上次不是说，你不是沐家的孩子吗？当年是林蔷把你抱给你现在的妈妈，你是AB型RH阴性血，你的亲生父亲就是这个稀有血型，还有你……"

"够了……"

沐良咻地站起身，脸色瞬间惨白："我觉得，这个玩笑一点儿都不好笑！"

她弯腰拾起皮包，转身就走。

"良良！"

宋儒风拄着拐杖追上她，心急地解释："孩子啊，爷爷知道你一时间很难接受，但是这中间有很多事，爷爷要慢慢跟你解释。但我今天跟你说的话，都是事实，如果你不相信，可以去问你爸妈，他们都会原原本本地告诉你。"

"你见过我爸妈？"

"对，"宋儒风点头，道，"我们已经见过面了。"

沐良喉咙里火烧火燎的，很难受。

望着她大步走远的背影，宋儒风心底难掩失落，想追又不敢追。

离开宋氏琴行，沐良直接坐车赶回家。一路上，她双手紧紧握住包带，用力到指尖泛白。

如果她真是宋家的孩子，那么宋清华就是她的……亲生妈妈。

她承认，这一刻，她想要知道事情的真相，如果她真的是宋家的孩子，那她要怎么办？

才到路口，远远就看到站在小院外的妈妈，蔡永芬也似乎知道她要回来，神色平静地走过来，拉起她的手，将她带进屋里。

沐占年坐在桌前，依旧泡好她喜欢喝的茶。

"外面天气冷，先喝杯热茶。"沐占年把早就准备好的茶杯，放到女儿面前。

沐良端起来喝了口，声音涩涩的："爸爸，妈妈……"

她忽然问不出口。

蔡永芬抱过来一个木匣子，那里面都是沐良这些年弹钢琴获得的证书。她坐在椅子里，语气低沉："二十三年前，我在妇产医院做护工。那天我值班，经过贵宾病房时，看到有个长得很漂亮的待产妈妈，挺着个大肚子，坐在钢琴前弹奏。虽然她弹的曲子我不懂，可我总记得，那首曲子很好听。"

拉开木匣，蔡永芬将里面的证书取出来，道："我跟你爸结婚八年都没有孩子，那时候我以为自己这辈子都做不了母亲，所以跑到妇产医院当护工。我就想着，自己生不出来，看看人家的孩子也好啊。可我做梦都没有想到，后来那个住在贵宾病房里的夫人，竟然把她的孩子抱给我！"

蔡永芬盯着沐良的脸，比了比掌心里的那件小衣服。

"当年把你抱在怀里，你身上就穿着这件粉色小褂，全身软绵绵的。我都不敢用力，生怕把你伤着。"

"唔！"

沐良双手捂着嘴巴，眼角滚出泪来。

"良良，"蔡永芬握住女儿的手，哽咽道，"妈妈这些年让你学钢琴，不为别的，只想着要是真有一天，你的家里人后悔了，想要把你要回去……你身上总要有像你妈妈的地方，那样她才能喜欢你。"

后面的话，蔡永芬再也说不出来，她咬着唇，泪如雨下。

"妈……"

沐良伸手抱住她，哭道："你才是我的妈妈，是我唯一的妈妈！你为什么说他们要把我要回去，你不要我了吗？"

蔡永芬紧紧咬着嘴角。

"妈妈怎么会不要你，可是你外公来找你了，他想让你回宋家。"

托起女儿的脸，她道："良良，其实妈妈是开心的，能找到你真正的亲人，妈妈为你高兴。"

"不要！"

沐良目光落在父亲脸上。

"爸爸，我是你们的女儿，永远都是！"

沐占年笑道："你当然是我们的女儿，可你也是宋家的女儿！爸妈希望你过得好，跟在我们身边这些年委屈你了。"

"不委屈。"沐良拼命摇头，"我从来都没有觉得委屈过！我有妈妈，有爸爸，有弟弟，你们从小都宠我爱我，怎么会委屈我？"

"可你本来应该生活在无忧无虑的家庭里，"沐占年看了眼自己破旧的房屋，神色黯然，"我们能力有限，能给你的只有粗茶淡饭，你本应该是宋家的公主！"

沐占年掌心落在女儿的肩头，柔声道："你外公刚打电话来，他希望能让你回家。"

"我不去！"沐良抱住蔡永芬，才觉得颤抖的心平稳下来。

这孩子脾气倔强，蔡永芬知道要慢慢跟她说。她拉着女儿坐下，抬手抹掉她的眼泪，笑道："傻孩子，你以为我们不要你了吗？爸妈辛苦把你养这么大，真要是有人跟我抢你，妈妈死都不会答应！"

沐良紧紧握住她的手："我也不答应。"

蔡永芬将眼眶里的泪水逼回去："如果妈妈后来不曾有沐毅，也许这辈子都不会告诉你这个秘密。可妈妈经历过十月怀胎的辛苦，尝过那种滋味，不想让你恨她。"

蔡永芬眼底含着的情绪，让沐良心尖发软。

她掌心轻抚女儿的脸颊，道："她毕竟是生你的妈妈，你不想回去看看？"

沐良脸色一怔。

"这里永远都是你的家，"蔡永芬一点点打消她的顾虑，"我们永远都是你的爸妈，你永远都是我们的女儿，这是谁也改变不了的事实。"

"去吧，良良！"

蔡永芬眼神充满慈爱，如同儿时哄她入眠般温柔："去看看吧。"

妈妈说让她去看看！沐良垂下头，心中有些松动。

天色逐渐暗下来，宋儒风兴高采烈地吩咐厨房准备晚饭。他特别打电话问过沐家夫妻，知道沐良的口味后，安排厨房赶紧准备。

今晚特意将宋爱瑜支开，宋儒风想着先让她们母女相认，然后再慢慢跟爱瑜解释。

"爸！"

宋清华看到父亲不停张罗，笑道："有客人来？"她没看到女儿，又问，"爱瑜呢？"

"她不回来，"宋儒风催促，"你去换件衣服。"

"哎哟，什么重要客人？"宋清华放下手包。

"良良要过来。"宋儒风吩咐厨房把海鲜汤准备好。

宋清华嘴角的笑容，蓦然僵硬。

别墅大门外，沐良站了好一会儿。这栋房子的华丽，令她怎么都迈不开步子。明明这里面的人，她都不陌生，或者应该说熟悉，可此时此刻，她心底依然五味杂陈。

宋儒风，宋清华，还有宋爱瑜。他们分别以不同的面貌，出现在她的生命里，却又与她有着千丝万缕的关系。

沐良做梦都不会想到，宋儒风是她的亲外公，宋清华是她的亲生母亲，而宋爱瑜竟然是那个代替了本该属于她的宋家公主身份的人。

"沐小姐？"烟姨看到她，急忙迎出来。宋儒风早就交代过，所以她态度很恭敬，"请跟我进来。"

有那么一刻，沐良很想转身离开，但又不自觉迈步进去。

红色跑车在别墅外面熄了火，宋爱瑜解开安全带，拿着包进去。她突然想回家换件衣服，然后再去跟朋友们聚会。

远远看到有抹熟悉的身影，宋爱瑜怔在原地，她确定不会看错，小心翼翼地绕到侧面楼梯，回避开众人的视线，她的目光落在灯火通明的客厅内。

客厅亮着灯，餐桌上摆满热腾腾的饭菜。宋爱瑜冷笑，难怪今晚外公要把她支开，这是想要认亲吗？

"爸！"

餐厅里，宋清华面色阴沉，质问道："您之前为什么不告诉我？"

宋儒风神情不悦："难道你还想拦我？"

他手里握着拐杖，语气渐沉："清华，爸爸最近身体不好，我不能眼看着我们宋家的孩子不能回家。良良是你的女儿，也是我的外孙女，是我们宋家的骨肉。"

"那爱瑜呢？"宋清华蹙眉，"您都不考虑她的感受吗？"

"你不用担心爱瑜，"宋儒风显然计划周全，"她也是我的外孙女，是我从小养大的孩子，我不会不管她。应该属于她的东西，自然也不会少！"

侧面楼梯，宋爱瑜听到后，眼神沉下去。

"我不同意。"

宋清华冷着脸："我早就说过，我不能接受沐良。"

"我只有一个女儿，那就是宋爱瑜！"

"你！"

宋儒风气得拍了桌子，却在转头的瞬间，看到站在他们身后的人。

"良良……"

宋清华看到沐良抬起的目光。

同样的冷，同样的冰，同样的清幽。

宋清华心头一窒，垂在身侧的双手缓缓收紧。

"良良过来。"宋儒风伸出手，开心道。

"你说，你只有宋爱瑜一个女儿？"沐良仰起头。

自从知道她就是当年被换走的孩子后，这还是宋清华第一次再见她。垂在身侧的双手，反复收紧。

"你都听到了，那就不用我再重复。"

"清华！"宋儒风脸色铁青。

沐良笑了笑："对，我都听到了。"

她往前迈出一大步，直直站在宋清华面前，一字一句道："如果宋爱瑜是你的女儿，那我算什么？"

宋清华别开目光。

宋儒风拉住沐良的手："你妈妈说错了，你别生气。"

"她不是我妈妈！"

230

沐良甩开宋儒风的手，神情出奇的平静。

"其实我来，就是想要告诉你们，我姓沐，我叫沐良，我爸爸叫沐占年，我妈妈叫蔡永芬，我弟弟叫沐毅。我是沐家的女儿，跟你们宋家，一点儿关系都没有！"

"良良……"宋儒风霎时白了脸。

"你们听清了吗？"

沐良勾起唇，锐利眸子射在宋清华身上，道："如果你们不清楚，我可以再说一遍，或者再说一百遍！"

她忽然笑道："爷爷，谢谢你之前对我的照顾，可是从今以后，我们不能再做朋友了。"

"孩子，你听外公说……"

沐良后退着，根本不给他开口的机会："我不想听。从今以后，请你们不要再来打扰我，或者我爸妈的生活！"

撂下这句话，沐良面无表情地转过身，一口气跑出大门。

"良良！"

宋儒风追了两步，但她头也不回地跑远，他预感到，自己要永远失去这个孩子了。

"爸！"

宋儒风捂着胸口倒地，宋清华急忙摸出他口袋里的药，喂他服下。

"快去请医生！"

前院一片混乱，宋爱瑜冷着脸，趁乱溜出后门。

傅晋臣双手插兜站在回廊下，又一次掐灭手里的烟。他拿出车钥匙，沉着脸就要上车。

前方走来一道熟悉的身影，傅晋臣大步过去。

"沐良，你一天都不接我电话，到底什么意思？"

沐良僵硬地抬起脸，双眸发红。

"你怎么了？"

沐良直勾勾地盯着他，不肯说话。

早上的事情，他还没来得及解释，如今又看沐良这副模样，傅晋臣抿唇拽着她往楼上走。

"我们进去说。"

沐良被动地随着他的脚步，回到卧室。

"早上的报纸，那些记者都是瞎写的。莫劲猝死，他女儿想要争夺遗产，所以诬陷舒云歌，我不得不给她做个证。"

做证？

沐良看着男人深邃的黑眸，问道："你们整晚都在一起？"

"是，"傅晋臣点头，又补充道，"我前天在倾城喝醉了，她只是照顾我而已。"

如果是在几个小时以前，也许沐良不会轻易相信他的话。可此时，傅晋臣黑亮的眸子直勾勾盯着她的眼睛，让她心头莫名松了松。

"傅晋臣。"

沐良往前一步，伸手环住他的腰。

"我不想追究了。"

傅晋臣原本还要解释的那些说辞，一下子都说不出来了。他抬起沐良的下巴，看着她问："你不问？"

沐良摇了摇头。她现在什么都不想问，她希望凭着感觉，给彼此一次机会。

将脸贴在他的胸口，沐良变得很安静。此时的她，与早上怒目而去的她，截然不同。

傅晋臣有些心慌，再次托起她的脸，问道："你到底怎么了？"

"我很好，"沐良固执地回答，"从来没这么好过。"

傅晋臣无奈，见她手心冰冷，只好先让她去洗澡。不过他观察沐良的神情后，并未发现什么异常。

洗过热水澡，沐良换上干净的睡衣，人恢复了一些。用人送来热粥，她吃了几口，然后钻进被子里。

傅晋臣洗好澡出来，发现沐良背对他躺着。他掀开被子上床，瞥眼身边的人，见她并没有睡着。

"我明天要出门办事，大概晚上回来。"傅晋臣声音很低。

沐良蜷缩在被子里，还是觉得冷，皱眉往他怀里缩。

"去做什么？"

"要看一块地皮。"傅晋臣如实回道。

沐良关掉床头灯，忍住鼻尖的酸意："睡觉吧。"

虽然怀里的人并无异常，但傅晋臣总是隐隐觉得不安。他双臂撑在她的身侧，目光灼灼地盯着她，问："你是不是有事瞒着我？"

"我不会骗人，"沐良回道，"要骗人，也是你。"

傅晋臣微怒，猛然低头吻住她的唇。关于舒云歌这件事情，他原是准备了很多说辞，但沐良不按常理出牌。她气冲冲出门，转悠一圈回来后态度大变。

女人的心，果然难测。

唇上的吻，逐渐变得火热。怀里的人馨香柔软，傅晋臣渐渐忘情，压抑的动作，在得到她的默许后，逐渐肆无忌惮起来。

床头柜里的东西好久没用过，傅晋臣压根不想碰。他望着沐良绯红的脸颊，心头一片柔软。

"我可以不做措施吗？"

"唔！"

沐良秀气的眉头紧皱，贝齿轻咬唇瓣。她告诉自己：如果喜欢他，那就给他一次机会吧！

今晚她莫名的十分配合，傅晋臣满足地抱起她，将彼此的身体清理干净后，牢牢拥住她睡去。

翌日早上，沐良还没睡醒，傅晋臣已经起床。他穿戴整齐坐在床边，对着赖床的人，道："我出门了，晚上回来。"

沐良迷糊地应了声。

傅晋臣捏着车钥匙下楼，经过客厅时看到曹婉馨，主动打招呼："二嫂。"

"要出去？"曹婉馨正陪女儿玩。

"去办点事，晚点回来。"傅晋臣想起什么，问她，"你上次说有家卤品店的东西很好吃，在哪里？"

沐良喜欢吃卤蛋，傅晋臣觉得她最近心情不好，想买点哄她开心。

"我把地址写给你。"曹婉馨把纸条递给傅晋臣。

傅晋臣放进口袋，含笑走远。

汽车驶出别墅大门，曹婉馨听到傅橙不耐烦地催促："妈妈，到你捡球了。"

"橙橙，你喜欢四婶吗？"

"喜欢。"傅橙点头。

这个家里，应该喜欢她的，不应该喜欢她的，都在心疼她。

傅橙抱着皮球跑开，胖胖的小身子十分灵活。

曹婉馨眼眶含着一片水雾，虽然傅东亭心疼傅橙，但她终究只是孙女，如果沐良生出孙子，傅橙拥有的这份宠爱，早晚会被代替！

掌心落向小腹，曹婉馨笑容惨淡。如果她以后都没机会再怀孕，那么至少要保证傅橙应该得到的宠爱不被分走。傅世钧在这个家里，已经足够被排挤，如果傅橙再失宠，那他们一家三口的日子可想而知。

"哎哟，天气不错。"姚琴伸懒腰下楼，恰好看到傅晋臣开出去的车尾，阴阳怪气道，"婉馨，你看，咱们家老四就是得宠，爸爸每次也都是雷声大雨点小！现在他又娶个得宠的媳妇儿，更是无法无天喽。"

曹婉馨勾起唇，脸色平静："大嫂何必担心这个，反正你有小政撑腰。"

姚琴得意地笑了笑，转身走远。

望着姚琴的背影，曹婉馨眼底的神情逐渐变得阴冷。这么多年，姚琴明里暗里欺压她，她都可以忍，但这丧子之仇，她怎么还能忍得下去？

用过午饭，沐良坐在庭院前的玉兰树下发呆。大雪之后，天气忽然转暖，院子里的玉兰树冒出花骨朵。

忽然记起去年夏天，她就站在这株玉兰盛开的树下，遇见归家的傅晋臣。

即便今日，她依然记得当时自己的心情有多么紧张，生怕被他认出来，导致前功尽弃。

有时候她那些小心思层出不穷，经常把傅晋臣气得上蹿下跳，逼他摆出一副想要狠狠掐死她的凶狠模样。

午后的阳光很温暖，沐良贪恋这份宁静。她靠坐在躺椅里，手中握着电话，听到妈妈压抑的哭声，她很想笑说：妈妈你别哭，我都没有哭。

话到嘴边，却又说不出来。

一股汹涌的泪意，硬是被她逼回眼眶。

心狠狠伤过，就不会再痛了。这样也好，沐良笑着安慰自己，她死了心，从今以后不会再有犹豫，一心一意做沐家的女儿，只爱她的爸爸妈妈。

沐良挂断电话，勾起唇，轻笑了声。

"四婶。"

沐良回头，傅橙的手臂已经缠上她的肩膀。

"二嫂。"

曹婉馨坐下来，道："橙橙不肯午睡，非要出来玩。"

"你最近气色都不好，"曹婉馨握着沐良的手，语气关切，"有什么事情不开心吗？"

何止不开心？

沐良垂眸，道："没什么，工作忙，有些累。"

"你们上班的人都很辛苦，平时要多多保养才行，尤其每天对着电脑，人很容易就疲劳的。"

"是啊。"沐良揉了揉肩膀，附和道。

"二嫂给你按摩一下吧。"

沐良惊讶："你会这个？"

"会呀！"傅橙坐在妈妈腿上，笑眯眯地抢话，"妈妈每天都要给爸爸按摩，爸爸都说妈妈按摩得很舒服，很棒的！"

曹婉馨眼神暗了暗，道："世钧的腿不好，我每晚睡前都要给他按摩。为了能有些效果，我还专门学过。"

听她提起傅世钧，沐良也跟着叹气。

"走啦四婶，"傅橙拽着沐良站起身，拉着她往楼上走，"橙橙要看按摩。"

沐良拗不过她，只好站起身往里走。

三楼很安静，独立分割出来的空间很私密。沐良打开卧室的门，问："二嫂，我要躺下吗？"

曹婉馨看到卧室中央的大床，笑了笑，道："最好躺下，效果比较好。"

随后沐良趴到床上，曹婉馨拿起枕头，垫在她的双臂下面。

傅橙跪在床沿，双手托腮等着看。

"这样可以吗？"沐良双臂垂下来，腿也放平。

曹婉馨洗过手出来，拿出一瓶精油，站在床前："外套脱掉，放松就好。"

脱掉外套只剩一件吊带，沐良偏过头，笑着跟傅橙说话。

"最近按时练琴了吗？"沐良下颌垫在枕头上，语气微有严厉。

傅橙鼓着腮帮子，底气不足："昨天没练。"

"只有昨天？"

"……好像前天也忘记练了。"

沐良忍住笑意："一会儿四婶带你去练琴。"

"好啊。"傅橙猛点头。

曹婉馨神情温和，掌心揉搓精油，顺着沐良的脊椎骨，一寸寸往下，循序渐进地按揉穴位。

才按压几下，沐良就觉得挺舒服，问道："二嫂，按摩难学吗？"

"不难。"

如果不难学的话，以后她要抽时间跟二嫂学学，给傅晋臣一个惊喜。

全身神经逐渐放松，沐良慢慢感觉有睡意。这几晚她睡得都不好，所以当下她只以为是身体舒缓后的自然反应。

傅橙小眉头紧蹙，盯着沐良慢慢闭上的眼睛，问："妈妈，四婶怎么睡着了？"

将精油瓶子收进口袋里，曹婉馨拉过边上的被子给沐良盖上，同时牵过女儿的手，柔声道："四婶困了，我们不要打扰她睡觉，好不好？"

傅橙微感失落，跟着曹婉馨离开三楼。刚刚四婶还说要陪她练琴，怎么睡着了？

昨晚连夜赶出一份计划案，傅政又再修改，午饭都没吃。确定好最后一组数据，他关掉电脑，走到院子里散步。

玉兰树已经发芽，逐渐显露的花骨朵，预示着今年又将盛放。

用人慌慌张张地跑出来，傅政蹙眉："什么事？"

"少爷，四少奶奶好像身体不舒服！四少爷不在家，太太还在午睡，这可怎么办？"

"严重吗？"

用人点头。

傅政转身上楼，吩咐道："去请张医生。"

三楼卧室门没关，傅政进去时，沐良躺在床上，双眸紧紧合着。

"良良？"他伸手推了下，却不见她清醒。

她的额头温度正常，傅政松了口气。起身离开时瞥见沐良的睡颜，他双腿僵硬，站在原地。

傅政幽深的目光落在沐良的脸上，忍不住抬手抚上去，如果可以，他情愿不让沐良看到这个家的阴暗与丑陋，但很多事情，并不是他可以控制的。

所以当初，他只是静静守护在她的身边，只要能看到她干净的笑容就好。

曾经沐良问他："傅政，你不会笑吗？"

傅政眼底的眸色暗了暗，自从他懂事以后，似乎真的没有再笑过。不是不会，而是他早已忘记了笑的滋味。

楼梯间有脚步声，傅欢颜的嗓音尤其明显："良良不舒服吗？请医生没有？"

235

傅政脸色一变，顷刻间恍然大悟。

傅欢颜站在门口，惊愕地瞪大双眸："小政，你怎么在这里？"

大门外，尤储秀身边跟着姚琴，后面还有曹婉馨。

"我来看看。"

"你看什么？"傅欢颜看到躺在床上的沐良，又看看神情紧绷的傅政，霎时变脸。

"母亲，"曹婉馨往前一步，笑道，"我刚给良良按摩，她忽然晕倒了，我担心有事才把你们都叫上来看看。没想到小政动作比咱们快多了，真是有心啊！"

"什么意思？"

姚琴瞪着曹婉馨质问道："曹婉馨你别话里有话，诬陷我儿子！"

"大嫂，"曹婉馨淡淡一笑，"我就随口说说，你急什么？"

门外乱哄哄的，沐良揉着额头坐起来，逐渐看清周围的人，这是什么情况？她低头扫了眼身上的衣服，急忙拿起边上的外套穿好。

曹婉馨目光挑衅般盯着姚琴："小政关心良良也是正常的，他们年纪相当，以前又是同学，关系好也是难免的。"

闻言，尤储秀神情沉下去。

"曹婉馨，你越说越过分了吧！"

姚琴彻底被激怒，一把拽过儿子，吼道："好啊你，这是想要往我儿子身上泼脏水是吧？我以前怎么没看出来，会咬人的狗不叫，你这么歹毒！"

"歹毒？"曹婉馨眯了眯眸子，厉声道，"跟大嫂比狠毒，我还真是比不过！"

"你……"

姚琴终究心虚。

"良良，你醒了。"傅欢颜听得云里雾里，见到沐良下床，急忙问她，"她们都给我说糊涂了，你说说到底怎么回事？"

沐良也想知道怎么回事？不是正在按摩吗？怎么转眼傅政站在这里，大家都站在这里？

"二嫂，这是怎么回事？"沐良秀眉紧蹙。

曹婉馨淡然道："良良，你们的事情，我怎么知道？"

你们的事情？

沐良看到曹婉馨眼底的笑意，立刻明白过来。

从来都是姚琴压过别人一头，几时轮到她被人如此打压，此刻她心口的怒火一浪高过一浪，曹婉馨每句话都使劲把傅政往圈里拽，气得姚琴全身发抖。

"曹婉馨，你再敢胡说八道，我撕烂你的嘴！"

"我胡说了吗？"曹婉馨不服气，"所有人一起上来的，大家不是都一起看到的吗？"

"看什么？"

姚琴震怒，她最不能容忍有人想要对她儿子下手："我看就是你故意的，是你把小政引上来的吧！"

"大嫂，说话要讲证据！"

"证据？你自己生不出儿子，又守着个病秧子傅世钧，就要把我们小政拉下水是不是？"

姚琴说话恶毒，曹婉馨瞬间爆发，扬手朝她扇过去。

傅政拉过姚琴，可姚琴也不是吃亏的人，随手抄起边上的烟灰缸，用力丢过去。

那个烟灰缸飞出的方向，正对着沐良。

砰！

沐良头还没抬，傅政已经伸手将她护在怀里。烟灰缸恰好砸在他的额头，尖利的棱角，瞬间割破他的皮肉。

眼见傅政的额头渗出血迹，姚琴整个人都呆在原地。

手背沾染的血迹还温热，沐良抬起头，傅政英俊的眉眼模糊在一片血色里。

"快叫张医生！"

尤储秀冷静地吩咐下去，姚琴回过神来，哭道："儿子，你没事吧？"

姚琴狠狠推开沐良："都是你！沐良我告诉你，要是我们小政有什么，我饶不了你！"

"都给我闭嘴！"

傅东亭震怒的声音突兀地响起，尤储秀回过身，见他脸色铁青。

大家识相地闭嘴，谁也不敢再说话。

看到傅政流血的额头，傅东亭脸色阴沉。

"送少爷去医院。"

"是。"管家安排车，姚琴用手帕捂住傅政的伤口下楼。

沐良第一次看到傅东亭对自己有这样愠怒的神情。

视线里，不知何时落入一双阴鸷的眸子。傅晋臣背光而站，手里提着一个袋子，眼底涌起的怒气，却让沐良越看越心寒。

他的眼神，足以说明他的怀疑。

沐良目光平静，并没有躲闪他的目光。她安静地站在那里，看着傅晋臣紧绷的俊脸，默不作声。

尤储秀扶着丈夫下楼，经过傅欢颜身边时，伸手将她拽走。

三楼地板上，依稀滴落着几滴鲜血。沐良怔怔盯着那些印记，却见傅晋臣忽然扬手，将他手里提着的袋子丢过来。

啪嗒……

袋子落在脚下，保温饭盒里的卤蛋散落满地。沐良怔了怔，卤蛋圆滚滚的小身子，转眼间沾满灰尘。

片刻后，她顾不上换鞋，朝楼下跑去。

轰！

黑色路虎马力十足，沐良叫道："傅晋臣，你站住！"

男人一脚油门踩下去，毫不犹豫地将车开走。

车身转瞬开出大门，沐良心口压抑得难受。回到楼上，她把掉在地上的卤蛋拾起来。

卤蛋尚有余温，可见傅晋臣开车回来的速度很快。

沐良蹲在地上，无声冷笑。她尖尖的下巴埋在两膝间，干涩的眼底渐渐染上湿润。

晨曦的朝阳火红热烈，沐良坐在床边，摊开掌心遮挡在眼前。凌晨三点钟她就坐在这里，一直到天亮。

"四少奶奶，太太请您过去。"

沐良麻木地抬起头，道："我很快下去。"

尤储秀习惯早起，她先去厨房安排好家里人的早餐，便会去阳光房，照顾一下她养的那些花草。

"太太在里面。"用人将沐良带到阳光房外，将门推开。

沐良提着包走进去，全部由玻璃制成的阳光房，不但光线充足，湿度也充分。

"妈。"

"坐吧。"尤储秀面前摆着一盆紫葵，她正在修剪枝叶。

沐良没有动，依旧站在她的对面。

尤储秀瞥了眼，淡淡一笑："东亭昨晚都没睡好，我还没见他生过这么大的气。"

"昨天的事情，不是你们看到的那样。"沐良红唇紧抿。

"呵呵……"

尤储秀摇摇头，锐利目光落在她的脸上："昨天的事情究竟怎么样，其实都不重要！"

她将修剪好的紫葵放入花架最暖的位置，道："你知道，东亭最忌讳什么吗？"

沐良心尖发紧。

"傅晋臣是他的儿子，傅政是他的长孙，而你夹在他们中间。"尤储秀将花盘放好，又拿起边上的水壶，给那些娇艳的花朵浇水，"你犯了东亭心里的大忌！即使你跟傅政之前什么都没有发生过，但傅政为你受伤，你觉得，你还可以撇清这层关系吗？"

尤储秀偏过头，望向沐良的眼睛："这就是你想要帮人的下场？"

沐良一怔，忽然想起上次她和曹婉馨喝鸡汤时，尤储秀就坐在边上抱着傅橙玩。厨房里的一切事务，平时都由尤储秀把关，难道她真的什么都不知道？还是她早就知道，却故意不阻拦！

寒气蹿上四肢，沐良咬着唇，眼底一片晦涩。

"你都知道，是吗？"

尤储秀回到长椅里坐好，道："我只知道，我要保护好我的孩子们不受伤害。在他们

238

还没长大以前，在他们还没有强大以前，我要像老鹰那样，紧紧保护我身后的孩子，避免他们被人伤害！"

尤储秀挑起眉，道："你是晋臣的妻子，也会是未来接替我继续守护他的那个人。我想知道，你能不能像我这样，在任何情形下，都不问对错，所做的每一件事，所说的每一句话都是为他，且全心全意。"

"你可以做到吗？"尤储秀紧紧盯着沐良的眼睛。

沐良感觉胸口压着什么，闷得喘不过气来。

"不能是吗？"尤储秀似乎早有预料，话锋猛然犀利，"既然你不能，那我又怎么能把我的儿子交给你？"

沐良唇角抿成一条直线。

"如果你要我无视这种残忍和卑鄙，我确实做不到。"

也许早就猜到她会这么说，尤储秀没有太过失望。她慢慢走到沐良面前，沉声道："我很早前就说过，我不要求你能够配得上晋臣，但至少，你不能拖他的后腿。你们之间，终究相差太远！"

尤储秀指尖轻抬，抚着那株含苞的兰花，眼神幽暗。

"沐良，还记得我们当初的约定吗？"

沐良知道她说的是那个两年之约，那时候她说过，只要沐良陪傅晋臣演一场戏，两年后就能还她自由身。

"记得。"

尤储秀点点头，笑道："那个约定，在我这里，永远都作数。"

花房的光线太刺眼，沐良忍不住眯起眸子。她提着包出来时，经过前院回廊。

迎面走来的男子，额前裹着纱布。沐良细看过去，傅政的脸依然是平时那般冷漠，那双眼眸更加沉寂。

"你的伤？"想起他昨天满面的鲜血，沐良动了动嘴。

姚琴一把拉过儿子，侧身挡在沐良身前，明显隔开他们的距离。她拉着傅政的胳膊，催促道："快进去，爷爷还在等你。"

傅政几乎没有看向沐良，直接跟姚琴进去。

用人将早饭端到后面小楼里，傅世钧这几天身体不好，没有出来过。这家里的每个人，似乎都与往常一样。

除了沐良。

走出傅家大门，那种令人窒息的压迫感仍如影随形。沐良走到公交车站，按部就班坐车来到公司。

一，二，三……十三。

再次走满十三步，沐良静静地站在原地，面前却空无一人。明明还是上次的地方，明明心里默默祈祷他还能出现，但视线里一片空白，无人填满。

也许，终究只是一个传说。

傅氏大厦顶层，求饶声不断。

钱响红着眼盯着电脑屏幕，第N次打着哈欠，无精打采道："四哥，我想睡觉。"

"不许睡！"

傅晋臣右手紧握的鼠标快速滑动，钱响眼见自己被他包围，并且自己的战斗力急速下降，哀号道："要不然你直接打死我吧，别没完没了地折磨我！"

"我乐意！"傅晋臣眼神凌厉，收起金光闪闪的魔戒，偏要一刀刀凌迟。

"不玩了！"

钱响被欺负了一晚上，忍无可忍："没见过你这样打BOSS的！"

心头默默滴血，好歹他也是白金一级，却因为傅晋臣，无数次原地复活，他都要累吐血了！

"你敢出这个门试试？！"傅晋臣脸色阴沉得瘆人。

钱响瘪嘴回来，沮丧道："四哥，你不能这样吧？我都被你折腾一晚上了，你要有精力回家折腾你们家小野猫去！"

傅晋臣冷着脸，嘴角的寒意四起。

门外传来敲门声，钱响终于等到他要的东西。

"来了来了。"钱响双手捧着一份资料放在傅晋臣面前，如释重负。

傅晋臣一页页看完，神情看不出什么变化。

钱响坐在他对面，见他分外冷静的脸，心里发虚，问："怎么样？"

"不够详细！"

傅晋臣把资料丢回去："继续查。"

"不是吧？"

钱响俊脸扭曲："咱不带这么玩的！你们家侄子，跟你们家老婆，都是你的家人，凭什么扯上我啊？再说了，你让我查他们大学四年的所有情况，我要去哪里查啊？"

"那是你的问题。"傅晋臣没有丝毫动容。

钱响气得要吐血："你是不是魔障了？

"傅政不是男女不沾吗？是不是搞错了？"

傅晋臣深邃的眸子里燃起怒意，正是因为傅政这么多年性情孤僻清冷，所以当他昨晚紧紧把沐良护在怀里的那刻，他才会觉得震撼！

自从傅政成年，傅晋臣几乎没看他笑过，更别说看他跟任何人亲近，即便是家里人，他都从未给予一个笑容。

可他却肯默默筹划，为沐良安排各种条件良好的兼职，处心积虑地帮她解决学校里一切可以避免的麻烦。

傅晋臣冷冷勾起唇，这么小心翼翼，如此细心周到，确实只有傅政才能做出来。能让傅政把事情做到这个份儿上，可见这个人，对他来说多重要！

"四哥，"钱响探身过来，八卦道，"你真的相信，他们……"

傅晋臣黑眸微眯。

"算我没说。"

"上班时间快到了，"钱响站起身，打算开溜，"我去准备一下。"

"站住！"

身后那道声音冷得掉冰碴，钱响顿觉不妙。

"你最近的工作就是这个，查不出详细资料，别想睡觉！"

钱响欲哭无泪。

这是多大点事啊，不就是你侄子偷偷喜欢你老婆，你吃醋吃得抓心挠肝吗？为什么要把火撒到他身上？他招谁惹谁了？

深夜，傅家大宅周围的景观灯错落有序。尤储秀端着参茶，轻轻推开书房的门，柔声问道："这么晚还不休息？"

傅东亭随手将老花镜摘下来，问："几点了？"

"快十一点了。"

接过参茶轻抿一口，傅东亭问："他们都回来了吗？"

尤储秀知道他问的是谁，脸色微沉："还没有。"

"怎么回事？"

尤储秀走到丈夫身后，揉捏他的肩膀，道："东亭，我知道当初你要晋臣娶沐家的女儿是想要报恩，但你想过没有，沐家跟咱们家悬殊太大。沐良跟晋臣两个人从小生活的环境，长大后接触的人和物，全都天差地别。硬是把他们凑在一起，孩子们真能过得好吗？"

"良良跟你诉苦了？"傅东亭蹙眉。

"没有。"尤储秀敛下眉，掌心压在傅东亭后背，"她就是什么都不说，所以我才着急。这孩子的性格不适合老四。"

闻言，傅东亭缓缓叹了口气。

"还有小政。"

抬起傅东亭的右臂，尤储秀手指力度适中。

"那天的事情你都看到了，以后有沐良夹在中间，老四跟小政怎么相处？"

这话直达傅东亭的心："这件事情是我的疏忽，我怎么都忘记他们以前是同学了。"

尤储秀抿起唇，神色清冷，道："原本我就不同意让老四娶沐良，但这桩心事不了，我知道你也放不下，我才不得不默许。"

傅东亭脸色更加难看，他盯着挂在供桌上的相框，道："我答应过爸爸，要报答沐家这份恩情。"

"东亭，"尤储秀垂下头，眼神温和，"爸以前最疼老四，他也希望老四好。其实报

241

答沐家的方法有很多，不见得非要拿咱们儿子去牺牲！"

"你的意思是……"

尤储秀挽起他的胳膊，微微一笑，道："我的意思是你应该休息了，小心明天血压不稳定。"

话落，她拉着傅东亭走出书房，聪明地没有点破。

不多时候，黑色路虎开进庭院。傅晋臣熄火，望着一片漆黑的三楼，脸色阴沉。

"四叔！"

傅政额头裹着的白色纱布十分刺眼。

眼前的男孩，已经长大。儿时的傅政其实很爱笑，那时傅晋臣经常去打篮球，偶尔傅政缠着要跟他一起，他总是指派这个小侄子捡球。

每次傅政屁颠屁颠抱球回来，都会说"四叔，你的球"。

忘记从何时开始，傅晋臣再也没有从他脸上看到过笑容，取而代之的，是一副沉稳老练的表情，深沉得让人渐渐看不懂。

傅政单手插兜，缓缓走到傅晋臣的身边，双眸无波无澜。

"那天的事情，我……"

"打住！"

傅晋臣沉下脸："用不着你来解释。"

"四叔，这个家里的事情，我们从小看到大，不需要多说什么。可她不是，她什么都不懂。"

"她是不懂。"傅晋臣眼里的阴霾一闪而过，"但是你懂，为什么还要让这样的事情发生？"

"别说你是无心的！"傅晋臣手里勾着车钥匙，道，"这些年，你任何事情都置身事外，怎么这次会意外？"

傅政沉默。

因为他用了心，所以他连一贯清冷的面具都忘记戴上了，慌了才会出错！

"傅政。"

傅晋臣的双眸轻轻眯起，缓缓开口："你给我记着，你终究要喊我一声四叔！这个家里，我不争才能轮到你，如果是我的东西，你就只能远远地看着，懂吗？"

傅政平静的眼眸，瞬间凝聚起疾风骤雨。

"老四回来了。"姚琴快步上前，一把将儿子拉到身侧。

傅晋臣转身上楼。

楼梯间铺着厚重的白色地毯，傅晋臣眸底带着凉薄的笑。他一直都觉得奇怪，为什么傅政总是对任何事情都提不起劲，原来是那些东西都不入他的眼，原来对他在乎的东西，他同样也会竖起尖利的爪子，想要牢牢保护！

卧室里没有开灯，傅晋臣随手打开卧室灯，却见床脚呆呆坐着一团身影。

"吃饭了吗？"

傅晋臣蹙眉，上前握住她的手。

她的手有些凉。

不知道坐了多久，沐良只觉得双腿麻木。

"我们离婚吧。"

傅晋臣双眸一阵收缩，惊愕地看着她："再说一遍。"

沐良仰起头，平静地看着他："我们离婚，各自回到起点。"

"你敢跟我说离婚？"傅晋臣狠狠捏住她的下巴。

沐良无视他的震怒，继续道："结婚是你先说的，一人一次的话，离婚应该轮到我来说。"

"沐！良！"

傅晋臣发誓，这辈子他还没遇见过能这么气他的人！他全身血液都往头顶冲，手脚发麻，呼吸困难，却又偏偏不能动手掐死她！

"傅晋臣！"

沐良同样回视他，一字一句，问道："如果当初不是以你得到分公司为筹码，你还会坚持这场婚姻吗？"

傅晋臣黑眸微眯，心底的怒气翻涌，他剑眉紧蹙，已然被气得理智全无，道："既然你知道，因为娶你，我才能得到分公司。那你觉得，我会傻到要跟你离婚，被我爸扫地出门吗？"

这就是他不离婚的理由？

沐良心口猛然一窒。

"想要离婚是吧？"傅晋臣薄唇抿成一条直线，"你别想！"

撂下这句话，傅晋臣转身走到隔壁房间，用力关上门。

额头两边隐隐作痛，沐良倒在床上，鼻子塞住了，身体也发烫。

也许是太过疲劳，连带思维都迟缓，沐良顾不上计较刚刚傅晋臣说的话，很快合上眼睛，迷迷糊糊地睡着。

第二天早上，沐良被手机设定的闹钟惊醒。迟钝的思绪逐渐回笼，她下床，洗漱过后，直接出门。

叮咚——

乔笛穿着睡衣开门，惊讶道："良良？"

"嗯，"沐良推门往里走，"我好困，什么都别问。"

完蛋了！

眼见沐良进屋，乔笛来不及阻止。浴室的门打开，走出来的男人好死不死连件睡衣都没穿，只在腰间围着一条浴巾。

瞪着进来的人，钱响哀号一声，又跑回浴室。

傅晋臣前脚刚到办公室，钱响后脚就跟进来。

"四哥，有你们两口子这样的吗？"

"怎么了？"

"你们家小野猫大早上就去敲门，敲门不说还让乔笛把我赶出来！"钱响还没遇到过这种事情，脸色气得铁青。

傅晋臣深邃的黑眸动了动。

"四哥？"

忽然间，钱响握着遥控器的手指僵住，他指着正在播出的早间新闻，目露惊讶。

"快看，出事了……"

傅晋臣烦躁地转过头，画面里，受伤的舒云歌被抬上急救车，记者播报的声音传来："今早发生一起两车相撞事故，莫氏集团已故董事长的夫人因车祸入院，现在警方怀疑因为前段时间莫氏遗产纠纷问题，有人故意制造车祸……"

傅晋臣蹙眉。

清早起来，半山腰的别墅里阳光暖暖，干净明亮。

宋清华站在落地窗前，手中捧着马克杯，双眸定定地望着朝阳，神情冷寂。天还没亮，她就已经睁开眼，再也没了睡意。

市中心一间茶楼，宋清华到时，蔡永芬已入座。

"对不起，我来晚了。"宋清华语气歉然。

蔡永芬指了指对面的椅子，礼貌道："坐吧，是我习惯早出门。"

宋清华拉开椅子坐下，对面的妇人是谁，林蔷已经告诉过她。

"清华，"蔡永芬主动开口，打破这片尴尬，"你不介意我这么叫你吧？"

"不会。"宋清华目光温和。

桌上泡着一壶龙井，有袅袅水汽缭绕。蔡永芬给她倒了杯茶，拉开包将带来的相册拿出来，轻轻打开。

"这个相册都是良良弹钢琴得奖后，我给她拍的。"

蔡永芬推过相册，神色温柔："从三岁让她学琴，一晃十几年，每次有比赛，她都会捧个奖杯回来。"

宋清华盯着相册，怔怔失神。

"也许你根本不会记得我，可我一直记得你。"蔡永芬望着对面依旧美丽的妇人，笑道，"当年你在妇产医院时，我曾经是那里的护工，有次我看到你挺着个大肚子，坐在房间里弹琴，弹得可好听了。"

宋清华努力回想，却没有任何记忆。

"我跟我丈夫结婚很多年都没有孩子，我一直都以为这辈子，我们只能夫妻二人相依为命。"蔡永芬目光暗淡，"可我没有想到那天早上，林小姐竟然会把你的女儿抱给我。"

　　她手指抚上相册，缓缓翻开到第一页，那里夹着的照片上，是一张尚在襁褓中的婴儿："良良抱到我怀里时，只有三天大。我把她抱回家的那天晚上，她整整哭了一夜，无论我怎么哄，她都不肯停，最后哭到小嗓子都哑了，吓得我紧紧搂着她，陪她哭。"

　　宋清华低着头，放在腿间的五指渐渐收拢。

　　"也许那么小的孩子，并不是什么都不懂吧，"蔡永芬眼眶发红，永远都忘不了那个让她揪心的夜晚，"一直到天亮，良良才止住哭声，累倒在我怀里。"

　　蔡永芬勾起唇，道："从那晚以后，她再也没有哭过。我没有奶水喂她，只能买牛奶，她每次都会很乖地把整瓶奶吃完，然后对我笑，笑得好漂亮。"

　　"如果不是在良良的婚礼上再次看到你，我甚至都已经忘记，她不是我亲生的。"蔡永芬翻动相册，道，"三岁让她学琴，一学就是十五年，风雨无阻。因为学琴，她不能跟其他小孩子一起玩；因为学琴，她每天都要对着枯燥的五线谱一遍又一遍地练习；因为学琴，她十个手指新茧代替老茧，但她从没叫过一声苦。"

　　"清华，"蔡永芬抬起头，忍不住问她，"我们良良这么乖，琴弹得这么好，你为什么还是不喜欢她？为什么不要她？"

　　宋清华的心蓦然一紧，说不出话来。

　　抬手抹去眼角的泪水，蔡永芬沉下脸，道："你知道你伤了孩子的心吗？当初你把她送走，已经伤了她一次，现在你不认她，又伤了她一次！"

　　"我……不能。"宋清华双手紧扣。

　　蔡永芬敛起眉，神情冷下来。

　　"我这次见你，是觉得无论如何，我们都应该见一面。还有就是，我要告诉你，沐良她姓沐，是我们沐家的孩子，是我们的心肝宝贝。"

　　顿了下，蔡永芬挑起眉，望着宋清华讶异的表情，道："既然良良做了选择，我们夫妻都会尊重她的意思。所以，我告诉你一声，这孩子我不会再还给你了！从今以后，请你们宋家的人，不要再来打扰我们，永远都不要打扰我们的生活！"

　　"沐太太！"

　　宋清华盯着蔡永芬离开的背影，动了动嘴。

　　蔡永芬微微侧过脸，看向宋清华的神情笃定："失去良良，总有一天你会后悔的！"

　　宋清华很想追上去，可她双腿僵硬，根本迈不动步子。

　　她追上去又要说什么？

　　窗外微风拂动，杯中的雨前龙井茶香四溢。宋清华坐回椅子里，桌上摊开放着那本泛黄的相册，她握在手里，一张张翻看里面的照片。

昏睡大半天，沐良再次睁开眼睛的时候，已经是下午两点，肚子叽里咕噜地叫，她完全是被饿醒的。

　　好饿啊！

　　沐良揉着眼睛坐起身，觉得全身都不怎么舒服。她从卧室出来，远远见到餐桌上摆着碗筷，还有吃的东西。

　　"好香。"

　　沐良掀开盖子，锅里的粥还冒着热气。乔笛心思细腻，还做了两样小菜。

　　顾不上洗手，沐良盛了粥就吃。暖暖的白粥入胃，整个人都跟着热起来。

　　小菜清淡可口，微辣的滋味诱人。

　　沐良咬着泡菜，满足地想，以后她就跟乔笛过得了，每天吃她做的饭。

　　家里太冷清，她随手打开电视，一边吃一边换台。这个时间没什么电视剧，新闻台正在回放早上的新闻报道。

　　舒云歌被抬上救护车的画面十分清晰，沐良咀嚼的动作明显变慢。半晌，她关掉电视，急忙喝了口粥，将堵在喉咙里的东西咽下去。

　　"阿嚏！"

　　沐良抽出纸巾擦擦鼻子，心想真是感冒了。她将碗里的粥喝掉，果腹后再也没了食欲。

　　总觉得睡不够，脑袋昏沉沉的难受，沐良倒在沙发里不想动。

　　窗外阳光暖暖的，沐良难得请假，却无心享受。以前总是听说女人有第六感，她不以为然，但此刻，她不知不觉把自己的行为归咎为第六感。

　　站在医院大门外，沐良嘴角溢出的笑容苦涩。无论她是否愿意承认，在她内心深处，总归想要一个答案。

　　医院楼前，傅晋臣那辆黑色路虎，极容易辨认。

　　亲眼看到他的车停在这里，沐良抿起唇，沿着楼梯走向三楼。

　　三楼全部都是VIP病房，房间面积很大，内部设施一应俱全。沐良没有太费力，看到沿途经过的护士们窃窃私语，就能猜到舒云歌住在哪间病房。

　　曾经红极一时的歌后，风流倜傥的傅家四少，这两个人出现的地方，注定要受到万人瞩目。

　　"哇，舒云歌本人比电视上好看多了。"

　　"是啊是啊，不过她这次伤到前额，肯定要留疤。"

　　"人家现在继承大笔遗产，留疤有什么好怕的吗？整形就好了呀……"

　　护士站的小护士们低笑讨论，没人注意到沐良的经过。

　　最里面的VIP病房，与其他病房都不相邻，病人能够得到更好的休息。沐良盯着那扇半掩的病房门，勒住皮包带的手指尖泛白。

　　病房里，消毒水的味道很重。舒云歌背靠床头，脖子上带着护颈，头上裹着纱布，左手也伤了，缠着绷带。

"伤口还疼吗？"傅晋臣将病床往上摇起来一些，她有轻微的脑震荡，目前还不能下床，需要进一步观察。

"好多了。"舒云歌嘴角微肿，勉强挤出一丝笑，但又牵扯到伤口，痛得倒吸口气。

傅晋臣蹙眉，道："别动。"

舒云歌被送来医院时，全身多处受伤。因为那辆车是迎面冲撞过来，所以她头部受伤比较严重，额头有道挺深的伤口。

"你打算怎么办？"傅晋臣坐在床边，问她，"监控录像应该能拍到莫洁的脸。"

舒云歌垂下眸，蛾眉轻蹙："我不想追究了。"

顿了下，她失落道："莫劲才刚走，我不想让他看到，他的女儿坐牢。"

傅晋臣没有多说什么，毕竟她是当事人，追究或者不追究，都应该由她自己决定。

舒云歌想抬起右手，却牵动脖子，脸色顿时一白。

傅晋臣按住她的肩，端起水杯，送到她的嘴边。

"你要什么告诉我，别自己伸手。"

水的温度正好，舒云歌喝了两口，道："谢谢。"

傅晋臣将靠垫放在她的腰下："医生交代需要家属二十四小时陪护，你有什么需要就告诉我。"

家属？

舒云歌眼眶蓦然一红。她没有家属，五岁以后，她就再也没有亲人了。

"Ann，"傅晋臣掌心落在她的肩头，"好好养伤，我会尽力照顾你。"

"晋臣。"

舒云歌看着他的眼睛，举起左手，颤声道："你说，我的手以后还能弹琴吗？"

"可以。"傅晋臣安抚她，"医生不是说了吗，不会有太大影响。"

"如果医生骗我呢？"

"不会。"

傅晋臣笑道："我问过医生了，你的手没有伤到骨头，不会有后遗症。"

"我还要弹琴，"舒云歌用另外一只手紧紧握住傅晋臣温暖的手掌，"那半首曲子，我还没教会你。"

傅晋臣的眼神瞬间沉寂下去。

这场车祸，再次让舒云歌体会到由生到死的滋味，她望着坐在面前的男人，心头百感交集。

如果她死了，这辈子就再也看不到他了。

"晋臣……"

舒云歌握住他的手："当年我离开你，你是不是特别恨我？"

傅晋臣蹙眉，他并不想再提起这个话题。

247

"你应该恨我的。"舒云歌声音低下去，眼底闪过的情绪复杂。她咬着唇，用力扣紧他的掌心，道，"无论你相不相信，我虽然嫁给莫劲，可我跟他从来都没有在一起过。"

傅晋臣眼底掠过一丝惊讶。

"真的！"舒云歌扬起脸，"我发誓！"

"Ann……"

"晋臣！"舒云歌猛然止住他的话，"除了你，我接受不了任何别的男人！"

傅晋臣双眸微眯。

"我们在温哥华初遇的那晚，好冷，那天是新年，我想要试试运气，看能不能找到同样黑头发黑眼睛的人一起过年，没想到真的让我遇见，而且还是遇见你。"

她双眸含满泪水。

"晋臣，我们分开的这些年，每个新年都是我最痛苦的日子，我会不停地想起你，想起我们的过去，想起我们在温哥华的家。"

"你说过，等到我们结婚的时候，要燃放满天的烟火。这个梦，我梦了整整三年，每一晚我都会看到，你站在绚烂的烟火中对我笑。"舒云歌咬着唇，泪如雨下，"这三年，我就是这样活过来的，在有你的梦里活下来的！"

轻轻将头靠在他的肩上，舒云歌环住他的腰，热泪不断滚出。

"如果不是三年前的那件事，我们现在早就结婚了。在温哥华的某条街上，我们手牵手，过着属于我们的生活，不被任何人打扰。"

傅晋臣薄唇紧绷，当初他说过，如果家里不同意他们结婚，他就带着舒云歌永远待在温哥华，过着属于他们的日子。

舒云歌仰起头，泛着泪痕的脸颊染满哀伤。

"我们的过去，我片刻都没有忘记过。晋臣，你告诉我，你还记得吗？你有没有忘记我们的过去？"

傅晋臣敛下眉，指尖抚过她眼角的泪痕。

"没有，我也没有忘记。"

"Ann，"傅晋臣薄唇轻抿，道，"可是我们……"

舒云歌情绪徒然激动起来："我就知道你不会忘记，你肯定不会！"

她将头埋进傅晋臣的胸口，痛哭流涕："晋臣，我真的好爱你。"

病房外，沐良定定望着他们相拥的背影，嘴角的笑容一寸寸拉开。

他说，他没有忘记。

沐良无声冷笑，原来那晚满天的烟火，是他用来实现对另外一个女人的承诺。

只是为什么，要用她来祭奠他们的爱情？

她的丈夫，抱着别的女人情话绵绵，不忘他们的过去。可是难道他忘记，他曾经也给过自己承诺吗？

她曾经问过："傅晋臣，什么样的男人是好男人？"

那时，他一字一句信誓旦旦："好男人就像你老公这样，爱一个女人，爱一辈子！"

却原来，他的承诺，不过是个笑话。

倏地，傅晋臣转过头，看到站在身后的人。

"你怎么在这里？"傅晋臣发问。

沐良没有转身走远，而是一步步朝他们走来。她站在病床前，还能看到舒云歌脸上的泪痕。

晶莹剔透，惹人怜爱。

沐良指着她还挽在傅晋臣胳膊上的手，声音异常冷静："莫太太，拿开你的手。"

舒云歌蒙了，下意识将手移开。

傅晋臣眸光微闪，紧提着的心莫名松了松。只可惜，他的嘴角还没来得及勾起，沐良就已经开口："你用不着急成这样，我们很快就离婚了。"

傅晋臣眼角一沉："沐良！"

她还天天把离婚挂在嘴边了？

"傅晋臣！"

沐良转过头，锐利的目光落在傅晋臣脸上："你利用我得到分公司，我也利用你帮助我的家人，我们彼此利用得都很彻底。"

彼此利用？

男人黑眸染着几分怒意。

沐良轻笑，继而往前逼近一步。

"既然都利用完了，那就请你快滚！我不想看恶心的画面，你想要跟她旧情复燃也好，藕断丝连也罢，都请你给我滚得远远的！"

傅晋臣没有想到她会这么说，怒火中烧。

"你让我滚？"

沐良仰起脸，眼神凛冽："有多远滚多远！"

望着傅晋臣惊愕到不能自已的表情，沐良头也不回地走远。

病床里，舒云歌看到傅晋臣震怒的模样，整颗心沉到谷底。

走出医院大门，头顶阳光正盛。沐良站在路中央，望着面前车流交汇的街道，脑袋里一片空白。

她这是在哪里？又要往哪里去？

滴！

一阵车鸣，司机探出头来，叫道："走路不长眼睛啊！"

沐良提着包闪开，发觉自己竟然走到机动车道上。

斑马线内，她跟众多等待过马路的行人站在一起。

渐渐地，有人朝她看，有人小声议论，有个穿着校服的女生走过来，关心道："大姐姐，你怎么哭了？"

沐良伸手抹了把脸，那冰凉的泪水，令她心惊。

这些眼泪，都是她的吗？

穿校服的女生跑过马路，在路对面朝她招招手，然后走远。沐良回过神时，竟然也走到马路的另外一端。

前方笔直的道路平坦漫长，沐良低下头，眼睛又酸又涩。不知道走了多远，直到她双腿发酸，她才坐在路边不再走动。

吧嗒……

有什么东西从眼角滚落，沐良摊开掌心，原来是一颗颗晶莹的泪珠。她能感觉到那眼泪落在皮肤上，带来的温热触感。

而她此时的心，却是冷的，冷到麻木，冷到感觉不到痛。

她曾经以为的幸福，如同那阳光下的泡沫，消失了。

天色渐暗，包里的手机不停响铃。沐良接通后，脸色大变。

傅家大宅，此刻灯火通明。

沐良回来的时候，沐占年和蔡永芬都已经被姚琴派司机接来。

客厅中众人满座，甚至连刚刚还在医院里的傅晋臣，也已经赶回来。

"爸妈，你们怎么来了？"

"他们当然要来。"姚琴挽起唇，眼神嚣张，"你也坐下，听我慢慢说。"

沐良不得不坐下。

傅东亭脸色不悦："别卖关子，有什么话赶紧说。"

"爸，您要有思想准备。"姚琴用眼神示意用人，捧着傅东亭长年服用的药。

尤储秀面色深沉，姚琴如此兴师动众，恐怕真有大事！

"说吧。"傅东亭推开用人准备好的药。

傅培安拍了拍妻子的手背，道："该到的人都到了，开始吧。"

"好。"姚琴得意地站起身，将手里的资料袋打开。

傅晋臣见到大哥那副胸有成竹的模样，薄唇紧抿。

"在我说之前，看在我们妯娌一场的分儿上，我先给你一个机会。"姚琴朝沐良走过去，眼神逼人，"我问你，你是沐家的女儿吗？"

沐良咻地抬起头，沐家夫妻的脸色皆变。

瞧见他们的表情，姚琴嘴角滑过一丝笑，又问了一遍："你要自己说吗？"

"大嫂！"

傅欢颜听得不耐烦，尤其看不惯她那种嘴脸。

"你有话就说，怎么总针对良良？"

"不是我针对她，"姚琴撇嘴，"是她欺骗了我们大家！"

"欺骗？"傅欢颜惊讶。

"对！"

垂在身侧的双手握成拳，沐良明白过来。

傅政额头的纱布已经揭开，露出的伤口依旧红肿。他显然并不知情，神色中透着紧张与不安。

傅世钧挨着傅晋臣，见气氛沉重，立刻抱紧女儿。

曹婉馨这几天都没怎么露脸，看到今晚姚琴将矛头直指沐良，她嘴角隐隐上翘。

"既然你不说，那这个恶人，只能我来做。"姚琴盯着沐良，扬声道，"你们知道吗，沐良根本就不是沐家的孩子，她是沐家抱养回来的孩子！"

傅晋臣瞬间目光凌厉，她不是沐家的孩子？

傅欢颜杏目圆瞪，本能叫道："大嫂，你胡扯什么！"

"我没胡扯！"姚琴把资料递给傅东亭，"这些都是我调查过的，沐家只有沐毅一个儿子，哪有什么女儿。"

傅东亭沉着脸将资料接过去，逐行细看。

"伯父，伯母，我没有说谎吧？"姚琴偏过头问沐家夫妇，"说谎的是你们！"

闻言，沐占年垂下脸，蔡永芬紧紧拉住沐良的手，掌心一片寒意。

"呵呵……"姚琴得意地扬起唇，"其实也难怪啊，我们傅家这块肥肉谁不想吃，有机会能沾上，谁会傻到不要呢！如果我是你们，也会把抱养的女儿，说是亲生的！"

"胡说！"

沐占年脸色带怒，道："在我们心里，良良就是亲生的，跟攀附傅家没有任何关系！"

"哎哟，"姚琴满脸嘲讽，"你现在当然是怎么好听怎么说了，当初爸爸让我们老四娶的是沐家的亲生女儿，不是一个养女，你们竟然隐瞒事实，还如此心安理得！"

"我们不是故意隐瞒，"蔡永芬想起最近的这些事情，心疼道，"良良从小就跟着我们，在我们心里她就是我们的亲生女儿！"

"哼！"

姚琴双手叉腰，厉声道："可她不是！你们利用我们家老爷子想要报恩的心，故意把假女儿嫁过来，分明就是骗婚！"

"你！"

沐良拉住爸爸的手，道："爸爸，您别跟她生气。"

将爸爸按坐在椅子里，沐良目光冷冽起来："你再说一遍？"

"我……"姚琴看到沐良的眼神，有些发怵。她后退到儿子身边，道，"难道我说错了吗？你既然不是沐家的人，凭什么还跟我们老四结婚？"

姚琴推了推傅晋臣："老四，你看到没有，他们全家都在骗你。"

"亲家，这件事情是真的？"傅东亭不愿意相信。

沐占年觉得很心酸，这种时候他不能不承认。关于沐良的身世，先前宋家已经让沐良

251

备受打击，现在他们自然不会再提起。

"是。"沐占年点头。

"啪！"

傅东亭丢开手里的资料，神情转冷："如果这中间有隐情，为什么你们不告诉我？"

事情不是一两句话可以解释清楚的，沐占年眉头紧锁。

"爸爸，您都听到了。"傅培安走到父亲身边，"姚琴没有说谎，我们傅家太好骗，竟然被人家耍了这么久。"

"良良！"傅欢颜不能相信，"你真的不是？"

沐良说不出话。

"傅老四！"

傅欢颜炸毛，道："你倒是说话啊。"

傅晋臣缓缓走到她的面前，望向沐良平静坦然的脸，声音极冷："你早就知道的是吗？为什么不告诉我？"

沐良笑了笑，别开视线，没有看他。

从现在开始，她的任何事情，都已经与他无关。

她嘴角漠然的笑，狠狠刺痛傅晋臣的心。发生这么大的事情，她竟然对他只字未提，让他跟个傻子一样，等到最后这一刻，眼见姚琴跟傅培安利用这个机会张狂！

究竟在她心里，他傅晋臣被摆在什么位置？

"爸妈，你们回去。"沐良把父母拉起来。她什么都能忍受，却不能看到父母坐在这里，任由他们傅家人指指点点。

"站住！"姚琴往前阻止，"事情还没说完，不能走。"

沐良的隐忍达到极限，所以当她伸手出去，扣住姚琴的肩膀时，那速度只有傅晋臣能看清。

"啊！"

姚琴还没明白怎么回事，人已经脸朝下被摔在地上。

"我的腰！"

"妈！"傅政快步跑过去。

傅培安震怒："这是要反了吗？敢跟大嫂动手！"

噗！

傅欢颜承认她不是故意的，但那个画面太好笑了。

一把将沐良拉到怀里，傅晋臣挑眉看向傅培安，表情严肃。

场面乱了套，沐良动作奇快地给姚琴一个过肩摔，连傅东亭都没有料到。

尤储秀适时起身，拿出当家主母的威严："好了，都给我闭嘴！"

"快去请医生，再准备一辆车送亲家回去。"

"是。"

冷冷推开身边的男人，沐良拉着父母往外走。

司机很快将车开来。

"你们先回去。"沐良拉开车门，声音低沉。

"良良……"蔡永芬见事情闹成这样，心里很不是滋味，沐占年更是不放心，拉她一起上车。

"爸、妈。"

沐良目光落在他们脸上："有件事我早就想跟你们说了。

"我要离婚。"

蔡永芬大惊失色："为什么？因为你的身世吗？妈妈去找他们……"

"不是。"

沐良摇头，语气冷然："当初我答应嫁给傅晋臣，完全是因为沐毅和爸爸。我们根本也不稀罕他们傅家一毛钱，为什么要被他们欺负？"

"这些事情，爸爸可以慢慢跟傅家的人解释。你不要因为我们就意气用事，只要你跟晋臣，你们两个……"

"爸！"

沐良忽然伸手抱住沐占年："你们不要劝我，我已经决定了。"

看到女儿泛红的眼眶，沐占年立刻明白过来。他就觉得最近不对劲，现在看到女儿这副模样，知道良良是受气了！

车子开远，沐良才转回身。

身后的男人，双手插兜，深邃眼眸满是怒火。

演戏？

很好，她的演技真是不赖！

震惊过后，沐良很快平静下来，她不在乎傅晋臣在她身后站了多久，又听到什么。

绕过他，沐良来到二楼书房。

书房门开着，傅东亭似乎正在等她。

沐良走到桌前。

"说吧。"

沐良摇头："没有什么可说的。"

傅东亭怔了怔，在这个家里，还没人敢这样跟他说话。

"爸。"沐良轻轻开口，想起他以往对自己的好，语气真挚，"您还记得，曾经允诺过我一个特权吗？您说，只要我有要求，您都会答应。"

"我记得。"傅东亭记忆力很好。

沐良松口气，不卑不亢地开口："我要跟傅晋臣离婚。"

傅东亭嘴角沉下去。

253

第十章
画地为牢的男人

翌日早上，沐良提着行李箱下楼。

曹婉馨抱着女儿，看到沐良就远远躲开，昨晚姚琴被摔，她越想越害怕！

"良良。"傅欢颜先一步拉住沐良的胳膊，"真的要离婚？"

"是。"沐良点头。

傅欢颜变了脸色，道："你是不是生傅老四的气？他是不是惹你了？"

"欢颜！"尤储秀把女儿拉过来，语气微有责备，"你爸爸还没说话，轮不到你开口。"

"妈，"傅欢颜着急，"难道你希望老四离婚？"

尤储秀脸色如常，道："不是我希望，而是这件事从一开始就错了。"

从一开始就错了。

沐良淡淡笑出声。

"太太。"管家快步进来，神色为难。

沐良顺着他的目光往外看，惊讶道："爸爸，你怎么来了？"

沐占年穿件黑色外套，手里提着包进来。

旋转楼梯纤尘不染，傅晋臣双手插兜下来，恰好看到进门的沐占年，他还没来得及喊人，沐占年已越过他进去。

"亲家。"傅东亭听到消息出来，笑着打招呼。

沐占年将包打开，拿出支票递过去。

"这是当初你给我们的聘礼，整整一百万，原数奉还！"

"亲家？"傅东亭愣住。

"关于良良的身世，我们确实隐瞒了，"沐占年沉下脸，道，"可是我们隐瞒，并非想要沾得傅家什么好处！"

傅东亭想要开口，却被沐占年止住。

接过沐良的行李箱，沐占年温柔的目光落在女儿脸上："良良，爸爸接你回家。"

所有的坚持与强撑，都在爸爸这句话中软化。沐良鼻尖发酸，拉住爸爸的手，哽咽道："嗯，我们回家。"

"让人准备车。"傅东亭吩咐，沐占年头也不回："不用了。"

沐良跟着爸爸出去，经过傅晋臣身边时，脚步没有丝毫停顿。

"四婶！"

傅橙突然挣脱开妈妈的怀抱，跑过去抱住沐良的大腿。

"呜呜，四婶，你要去哪儿？你要回家了吗？要去多久？橙橙也想去，行吗？"

沐良回过头，看到傅橙哭花的一张小脸，心头酸了酸。孩子总归没有错，即便他们的父母心机深重，但她还什么都不懂。

"橙橙，你以后要好好练习钢琴，知道吗？"

傅橙紧紧拉住沐良的手："橙橙乖乖练琴，四婶不要走好吗？"

她还不太懂离婚是什么意思，但她知道，从今以后，四婶再也不会出现在这个家里了！

沐良想要对她笑一笑，但嘴角僵硬，挤不出笑意。

曹婉馨急忙将孩子抱回来，哄道："橙橙不哭。"

气氛瞬间悲凉，傅欢颜是性情中人，她不在乎沐良到底是不是沐家的女儿，同样落下泪来："良良，我也舍不得你走。"

"姐。"沐良抹掉她的眼泪，笑道，"你对我的好，我都带走了。如果以后我有机会帮你，一定尽力。"

"为什么要离婚？"傅欢颜回手将傅晋臣拉过来，硬往她身边推，"你们两个人到底怎么回事？说结婚就结婚，说离婚就离婚，当我是死人吗，都不问我的意见？气死我啊，呜呜……"

傅欢颜太孩子气，尤储秀拿她也没办法。

傅晋臣额头两边的太阳穴疼得厉害，他盯着沐良毫不动容的脸，薄唇勾起的弧度一点点僵硬。

"爸爸，走吧。"

转过身，沐良拉起沐占年的手，头也不回地离开。

"良良！"傅欢颜还要追，被傅晋臣一把扼住手腕。

"啊！"傅欢颜惨叫一声，"傅老四，你要死啊，疼死我了！"

甩开傅欢颜的手，傅晋臣脸色阴沉地回到三楼。

尤储秀见他气哼哼地上楼，脸色微沉。

拿起沐占年丢下的支票，傅东亭神情失落，转身又回去书房。

傅欢颜坐在沙发上抹眼泪，尤储秀环住她的肩膀："你哭什么？"

"我心里难受嘛。"傅欢颜撇嘴，揉着发红的手腕，骂道，"傅老四这个没良心的，我帮他留老婆，他还掐我。"

"四少奶奶。"用人将大门打开，恭敬道。

沐良亲手将大门关上，拉过父亲的胳膊，道："爸爸，把行李箱给我。"

"上来。"沐占年微微弯下腰，指了指自己的后背。

沐良怔了怔，随后笑着趴在爸爸的背上。

"回家喽。"沐占年将女儿背起来，手里提着皮箱，明显有些吃力。

沐良想要下去，但他不肯。

"爸爸，我很重的。"沐良双手圈住他的脖子，伸手将行李箱接过来提着。

"跟小时候差不多。"

沐占年背着女儿，一步步往前走。

轻轻将脸贴在爸爸的后背上，沐良用力吸吸鼻子，眼眶里含着泪水。

"爸，有你真好。"

尤其在这样的时候，有爸爸在她身边，她觉得那些委屈都不算什么。

"良良，"沐占年双手托着女儿，眼眶渐渐湿润，"在爸爸和妈妈心里，你姓什么没有区别。你永远是我们的女儿，只要我们活着，就会保护你，不让任何人欺负你！"

"爸爸……"

沐良咬着唇，强忍的泪水夺眶而出。什么叫爱，在她最需要的时候，那份不离不弃，就是对她最大的爱！

幸好她还有爸爸妈妈，在她已经快要撑不住的时候，帮她撑起另一片天！

不远处的露天阳台上，傅晋臣直勾勾望着沐良趴在爸爸的背上，喉结不自觉动了动。

三天后，民政局。

早上九点，沐良准时出现。

高森快步跑过来："您来了，四少在楼上。"

沐良点点头，跟他上楼。

结婚登记处排着长长的队伍，相比结婚的程序，离婚手续更加简单。

双方没有财产纠纷，没有子女，手续比较简便。

前后不过十分钟，工作人员便将两本离婚证书递过去。

傅晋臣面无表情地坐在椅子里，动也不动，高森接过工作人员手里的离婚证，转而放进包里。

沐良静静地看着这一幕，忽然想笑，多么熟悉的画面，当初结婚在这里，傅晋臣的表情动作，几乎与此刻无异。

"完事了吗？"傅晋臣声音极冷。

"手续都办好了。"

傅晋臣不着痕迹地看向身边的人，眼神冷得可以掉冰碴。

沐良拿过离婚证书装好，转身下楼。

从头至尾，她都没有看过傅晋臣，也没有跟他说过一句话。

"呵呵……"

傅晋臣冷冷笑起来。

高森都不敢说话，跟他下楼。

也许今天日子好，才十点，前来领证的人已经排起长龙，排在后面的一个小伙子，看到沐良跟傅晋臣出来，随口问道："你们领完证了？前面人还有多少？手续复杂吗？"

沐良面色尴尬。

傅晋臣垂在身侧的五指收紧，抬眼瞪过去，目光里满是警告。

小伙子吓了一跳，心想：不是吧，就算你老婆长得漂亮，也不用这样吧？

"结婚手续复杂点，估计你们还要等等。"沐良笑了笑，扬起手里的证件，"我领的离婚证。"

噗！

高森差点吐血。

傅晋臣捏着车钥匙，脸色黑沉地走开。

"那个……"高森犹豫了下，还是问道，"需要送您回去吗？"

沐良摇头："不用。"

民政局大门外，阳光刺眼。沐良站在路边，张开手掌遮住强烈的光，愣怔的瞬间，那辆熟悉的黑色路虎，咻地从她面前驶过。

傅晋臣双手握着方向盘，一脚油门踩到底，车身擦着路边飞速远去。

车轮碾压得尘土飞扬，沐良盯着远去的车身，唇角轻抿。终究太过熟悉了，她想要装作没看到，视线却不受控制。

当初领完结婚证，她站在这里，感觉如释重负，今天她依然站在这里，想要对自己笑一笑，却发觉竟连牵起嘴角都很困难。

终究不一样了。

林蔷来的时候，宋儒风正坐在桌前吃东西。

"坐。"

林蔷坐在他边上，神情不太对。

宋儒风心里一突："有事？"

林蔷觉得事情瞒不住，如实道："沐良跟傅晋臣离婚了。"

"什么？"宋儒风大惊，起身的速度太快，整个人差点晕倒。

"董事长！"

林蔷扶住他，想要去喊医生，却被他拉住。

"我们去沐家。"

心知阻拦不住，林蔷小心翼翼地陪他出门。

黑色轿车驶向渝城，一路上宋儒风都是双手紧握拐杖，面色沉重。

午后的渝城格外安静，街上几乎看不到人。宋儒风坐在车里，半天都没动。林蔷不敢催促，明白他心中的顾虑。

须臾，宋儒风拄着拐杖站在车前，瞧着对面的院子发呆。

蔡永芬洗好衣服直起腰，一眼看到对面的人，嘴角立刻抿紧。宋儒风上了年纪，她不忍心为难老人，但想起女儿承受的打击，她只能狠下心，转身将院门关上。

林蔷作势要上前，宋儒风伸手拦住。

"董事长，您大老远来一次，我……"

"回去吧。"

宋儒风黯然转身，林蔷见他脸色苍白地捂住胸口。

"快回医院！"林蔷心惊，吩咐司机全速赶回医院。

两个小时后，医生从急救室出来，面色沉重。

"宋老爷子情况不太好。"

"怎么不好？"宋清华神色慌张。

"心衰。"医生如实道，"到了他这个年纪，这种情况不可避免。"

宋清华心尖一紧："我爸……会不会？"

"要有这个思想准备，"医生摘下口罩，道，"宋老爷子现在的情况，基本上一天一个样子，你们家属一定要有准备！"

宋爱瑜眸色一暗："医生，外公没有治愈的可能吗？"

医生摇摇头，道："人到这个年龄，身体各器官都要衰竭，耗尽最后那点能量，自然就停止工作了。我理解家属的心情，但也请你们明白，医生只能治病，却改变不了自然规律。"

顿了下，医生安抚道："目前情况还算稳定，但能坚持多久，谁都说不好。不过你们放心，我们一定竭尽所能！"

"谢谢医生。"宋爱瑜搀扶宋清华坐下，乖巧地紧挨着她。

林蔷心底滋味复杂。

很短的工夫，护士将宋儒风推进病房。宋清华坐在病床前，紧握住父亲的手。

宋爱瑜低着头，不知道在想什么。

"爸爸？"病床上的人似乎动了动，宋清华难掩欣喜地叫道。

宋爱瑜一个箭步冲过来："外公，您醒了吗？"

宋儒风缓缓睁开眼睛。

"爸，"宋清华哽咽道，"您别吓我，好不好？"

宋儒风动了下，林蔷忙将他扶起来，在他耳边低声说："董事长，医生说您不能激动。"

宋儒风唇色泛白，掌心落在宋清华的头顶，笑道："清华啊，爸爸刚才做梦了，梦见你妈妈对我笑。她说，儒风你怎么还不来，我都等了你好久。"

宋清华眼角渗出泪来。

"爸爸，您别生我的气。"

"傻孩子，"宋儒风感叹，目光温柔，"天底下有哪个父母会真生孩子的气？爸爸只是心疼你。"

将脸贴紧父亲的手背，宋清华道："爸，我知道您疼我。"

"外公。"

宋爱瑜坐在床边，眼眶也是红的。宋儒风看着她笑了笑："爱瑜，送你妈妈回去，外公累了，想要休息。"

"好。"宋爱瑜拉起宋清华，将她带走。

等到她们离开，林蔷才沉声道："董事长，您想怎么做？"

宋儒风欣慰地笑了。林蔷跟在他身边这么些年，难得有这份默契与心细。

"现在看来要让良良心甘情愿回宋家，不可能了。"

"是，"林蔷同意，附和道，"良良的性格跟清华很像，都是一条道走到底的人。"

宋儒风眼睛盯着窗外："可惜我日子不多了，不能看到她们母女相认的那一天。"

"董事长！"

宋儒风笑道："我都这把年纪了，早就知道要有这一天。"

林蔷红了眼眶。

"我要重新立遗嘱！"宋儒风敛起异色，神情瞬间变得清明。

似乎猜到他会如此，林蔷转身欲走："我去通知律师。"

"等等。"

宋儒风叫住她，低声吩咐："我要先见傅东亭。"

林蔷愣住。

"丫头，你相信我这个老头子吗？"宋儒风神情含着几分笑。

林蔷揣测不出他心里的想法："相信。"

"那就好，"宋儒风躺回到病床上，"去安排吧。"

"是。"

玻璃窗外的树枝冒出嫩芽，宋儒风定定望向某处，神情晦涩。

办理好离婚手续的第二天，沐良递交了辞职报告。

关于她与傅晋臣的夫妻关系，辛歆做梦都没想到，却不想她得知真相的这一天，竟是沐良要离开的时刻。

尽管再三挽留，但她去意已决。辛歆无奈，只得放行。

乔笛担心沐良的情绪，硬是挤在沐家住下。

"快起来，一会儿不去上班吗？"

"唔！"乔笛缩回被窝里，"我不要上班。"

沐良没搭理她，直接掀开被子："快洗脸，我妈早饭都要做好了。"

"哦。"乔笛无奈地走进浴室。

桌上的手机嗡嗡振动起来，沐良看到来电显示，脸色微变。

"喂。"

"不打扰你吧？"

电话那端的男人声音温柔，沐良松口气，道："有事？"

盛铭湛坐在车里，目光落向对面的小院。

"没什么，就是想告诉你，我回来了。"

人家回美国过新年，不过来回的工夫，她的生活却发生了翻天覆地的变化。

"你……还好吗？"

"很好。"

傅家四少离婚的消息掩藏不住，沐良勾起唇："比你想象的要好。"

盛铭湛轻笑出声，长长舒了口气："我请你吃顿饭？"

隔着电话，沐良也笑了："谢谢，可我现在不想吃饭。"

盛铭湛走到车前，盯着她窗口的花色窗帘："沐良，不要跟我失去联系。至少让我知道，你过得很好。"

握着手机的五指缓缓收紧，沐良眼眶热热的："好，保持联系。"

须臾，盛铭湛收起电话，将车开走。

手中的电话还有热度，沐良用力吸吸鼻子，告诉自己：沐良，你要很好！

还有这么多人关心你，你一定要很好

卫生间里传来乔笛的喊声："良良，有卫生巾吗？"

沐良拉开柜子，取出一包新的卫生巾送进去。

不多时，乔笛噘着嘴出来："来'大姨妈'好痛苦。"

"你肯定又吃了很多冰激凌。"

乔笛语塞，转换话题："你肚子疼吗？咱们不是差不多的日子吗？"

在卧室床前叠被子的沐良，听到好友的话，脸色逐渐变白。这次的月经期过了，她的为什么还没来？

清早起床，宋爱瑜换好衣服下楼，走进餐厅。

"妈妈，早。"

"早。"宋清华把早报放在桌上。

最近各大报纸新闻，头版都在报道傅家四少离婚的消息。今天的标题更是显眼：《灰姑娘嫁入豪门梦破碎，傅四少与旧爱旧情复燃！》

关于被抛弃的灰姑娘，新闻报道很不详细，但傅晋臣出入医院照顾舒云歌的照片，倒是频频看到。

宋爱瑜端起牛奶喝了口，心情舒畅。

庭院里响起汽车声，林蔷搀扶着宋儒风进门。

"外公！"

"爸，您怎么出院了？"

宋儒风坐进沙发里，笑道："与其在医院里等死，还不如多跟你们相处。"

"爸！"宋清华忌讳这种话。

宋儒风眼神含笑，拉过宋爱瑜坐在身旁。

"我不想每天都对着医生护士，生死有命。我还有更重要的事情要做。"

"外公，"宋爱瑜道，"您一定长命百岁。"

"乖！"

林蔷提着行李箱送去楼上。

"爱瑜啊，外公最不放心你。"宋儒风脸色黯然，"总要在我走之前，看到你找到满意的人家。"

宋清华忽然想起刚刚那份报纸，脸色有些难看。

"爱瑜，外公问你件事，你要老实回答。"

压抑住心底的紧张，宋爱瑜笑道："好。"

"想嫁进傅家吗？"宋儒风深邃的双眸微眯。

"爸爸！"宋清华变脸。

宋儒风看都不看她："你别说话，让爱瑜回答我。"

宋爱瑜目露惊讶，揣测不出外公的心思。当初她确实很想嫁入傅家，论起门第，自然傅宋两家最为般配。

"我……"宋爱瑜心中慌乱。

"别担心，你只要告诉外公，想还是不想？"宋儒风神色分外平静。

"我想！"

宋儒风笑着点点头，满意道："我就知道，我外孙女的眼光高。"

傅家能够与宋爱瑜相配的，只有傅政与傅晋臣。宋爱瑜掌心冒出一层细汗："外公，您的意思？"

宋儒风抿起嘴轻笑："傅政年纪虽与你相近，终究比傅晋臣小一辈！爱瑜，如果外公中意傅晋臣，你觉得怎么样？"

宋爱瑜惊愕不已。

"不喜欢？"宋儒风又问。

"不是！"宋爱瑜摇头，"只是傅晋臣他……"

宋儒风勾起唇："只有他才配得上你。"

林蔷下楼时，恰好听到宋爱瑜回答："爱瑜听外公的"。

"好！"宋儒风难掩兴奋，"我们宋家跟傅家，才是门当户对的两家人。"

对面沙发里，宋清华神色黯然。

宋氏大厦主楼，高大气派。落地窗上，映照出一张妆容精致的脸孔，宋爱瑜双手环胸，红唇弯起明艳的弧度。

她脚下踩着宋氏未来，手中紧握高贵身份。

沐良，我不仅要你一无所有，还要你的男人！只有让你彻底失去反击的能力，我才能高枕无忧！

二楼妇产科，沐良坐在椅子里，护士按照顺序叫号。不久，她拿着化验单子进去，医生看过后，道："你怀孕了。"

沐良心情还算平静："多久了。"

"五周半。"医生仔细看过检查单，"一切正常。"

"你丈夫呢？"

沐良眼睛盯着脚尖。

医生经常遇见这种情况："不想要？"

沐良下意识抽出病历本，起身离开。她脚步很快，不知不觉间撞到什么人，却都没有意识到，大步冲出医院。

林蔷肩膀被撞到，她还没来得及喊人，只见后面追出来一个医生："喂，那个女孩子，你要想做手术要早点来！"

"什么手术？"林蔷蹙眉。

"你是她的家属？"

林蔷点头："我是她的阿姨。"

"那正好，你们家属劝劝。"医生抿起唇，将沐良落下的B超单子递给林蔷，"胎儿一切正常，最好留下。"

胎儿？

林蔷怔住。

走出医院大门，沐良慌乱的心慢慢平静。她意识到自己走得太快，忙放慢脚步。

这个孩子，她应该留下来吗？

坐车回到渝城，沐良一路都在挣扎。轻轻关上卧室门，她不敢在父母面前多待，生怕被他们看出破绽。

镜中的自己，面色苍白，沐良眼眶渐渐湿润。每一个宝宝都是天使，被妈妈抛弃的天使是会流泪的。

沐良轻咬唇瓣，掌心紧贴小腹，她不能，不能让她的宝宝流泪！

傍晚，傅晋臣开车回到家。

"晋臣，你回来了。"

傅晋臣偏过头，黑眸微眯："你怎么在这里？"

262

"伯母让我来吃饭。"宋爱瑜笑得自然。

她指着手中的袋子，问他："帮我看看，我买的礼物周全吗？伯父的茶叶、伯母的丝巾，还有哥哥嫂子们的礼物，对了，还有傅政和傅橙的。"

"宋爱瑜，你想干什么？"傅晋臣蹙眉。

"搞好关系。"宋爱瑜耸耸肩。

说话间，她自顾自往里走："我们一起进去。"

大宅餐厅中，灯光闪亮。傅东亭正襟危坐，尤储秀看到宋爱瑜进门，主动相迎："爱瑜，过来坐。"

"伯父，伯母。"

尤储秀把她拉到自己身边，竟然比姚琴还高一个位置。

众人脸色皆变。

傅欢颜不喜欢她，皱眉道："妈，今天是家宴，怎么让外人来吃饭？"

"你懂什么，"尤储秀低斥，"也许很快就不是外人了。"

闻言，傅晋臣眼角闪过怒色。

姚琴有气憋在心口，脸色阴沉。刚刚赶走一只狼，这会儿又来只虎，真是一波未平一波又起！

"开饭吧。"

傅东亭开口，众人纷纷拿起筷子。尤储秀一个劲儿给宋爱瑜夹菜，神色温柔："爱瑜，菜合不合口味？"

"很好，"宋爱瑜笑了笑，盛碗汤放到尤储秀面前，"您也吃。"

姚琴冷冷哼了声。

曹婉馨抱着女儿喂饭，眉间不时轻皱。

用过晚饭，傅晋臣被父亲叫进书房，尤储秀陪宋爱瑜聊天。

傅欢颜脸色不悦道："还有事吗？没事我回画廊。"

"你这孩子，怎么总不在家待。"

"不爱待。"傅欢颜背着画架出门。

"姐，我送你吧。"宋爱瑜讨好地站起身。

姐？

傅欢颜瞪着她嘴角的笑容，冷笑出声："傅老四都不叫我姐，你叫得着吗？"

她完全不给面子，宋爱瑜神情尴尬。

"欢颜！"尤储秀皱眉。

无视妈妈的脸色，傅欢颜骑上脚踏车离开。

倏地，楼上书房里传来傅东亭震怒的声音："你说什么？"

傅晋臣笔直地站在书桌前，道："其实我不介意你把我卖了，不过我能提点意见吗？麻烦下次卖我的时候，最好找到满意的再下手，别把我卖完一次，又卖一次，这样价钱都

263

要打折！"

"你！"

傅晋臣双手插兜下楼，无视傅东亭的吼声。

他们父子吵闹声很大，客厅里的人都能听到。姚琴幸灾乐祸地笑了笑，心想沐良一个没背景的都不好对付，要是宋爱瑜再进了门，那就更是难上加难！

"爱瑜，老四说话张狂惯了，你别搭理他。"尤储秀忙解释。

宋爱瑜笑容得体："没关系，我不会介意。"

稍后，她提着包出来："晋臣！"

傅晋臣脚步顿了顿，宋爱瑜走到他身边，道："其实你不觉得，宋家跟傅家才是最合适的吗？"

傅晋臣一双黑眸落在她脸上，语气不耐："你要是看上傅家了，就去找傅政，别打我的主意！"

"傅政？"宋爱瑜挑眉，"我对傅政没兴趣。"

"我对你也没兴趣！"傅晋臣捏着车钥匙，拉开车门。

宋爱瑜一把按住他的手："傅晋臣，难道你要把自己应该得到的东西，亲手送给别人吗？"

她眼神闪亮，盯着傅晋臣紧蹙的眉头，道："傅培安跟傅政是2，而你只有1，你连打成平手的机会都没有。"

傅晋臣冷着脸推开她的手，径自离开。

瞅着被他推开的那只手，宋爱瑜淡淡勾唇，她还就不信，她不能嫁进傅家！

每天早上，医生都会过来给宋儒风检查一次。烟姨将医生送走，林蔷搀扶着宋儒风坐进椅子里，帮他将挽起的袖口抚平。

等他服过药后，林蔷才开口："我查过了，良良离婚前，姚琴在家里大闹过，她掌握的那些资料，我查不到是通过什么途径到她手里的。"

"您说爱瑜是不是知道了？"林蔷反复琢磨这件事情。

宋儒风走到落地窗前，树梢间嫩芽新绿。

"这世上最难看懂的就是人心，一念善一念恶，即使她是我亲手养大的孩子，但她终究没有流着宋家的血。"

林蔷赞同他的话。

"董事长……"林蔷犹豫了一整晚。

"说吧，"宋儒风笑容温和，"现在还有什么，是我不能承受的吗？"

林蔷打开皮包，拿出B超单子。

宋儒风双手微微发抖："良良怀孕了？"

"是。"

摘掉老花镜，宋儒风背靠沙发，黯然叹息："难道这真是我们宋家人的宿命？怎么她

264

们母女都一个样。"

林蔷缄默不语。

"傅家那边有消息吗？"

"傅晋臣不同意订婚。"

宋儒风颤巍巍地把B超单子收好："你说良良，会不会走她妈妈的老路？"

林蔷不敢回答。

"我决不能让这种事情再发生一次！"宋儒风拄着拐杖出门，林蔷忙跟上。

市郊度假村，依山傍水，风景秀丽。傅晋臣盯着鱼竿，不停皱眉。

他不喜欢钓鱼。

"钓过鱼吗？"宋儒风坐在折椅中，神情温和。

"不喜欢。"

宋儒风笑了笑，把放出去的渔线快速卷起，钩出水面后，鱼钩上吊着一条不小的鱼。

"你别看我，倒是钓啊！"宋儒风将鱼丢回湖中，"不想饿肚子就快点让鱼上钩。"

傅晋臣瞥着那些扭动的红色蚯蚓，脸色大变。

"你小时候，我还抱过你。"宋儒风看着鱼竿，道，"那时候，你爷爷总带你来我们家下棋。"

傅晋臣扬起胳膊，把鱼竿甩出去："是啊，我爷爷每次还要悔棋，您都不让他。"

"喊！"宋儒风蹙眉，"我赢他一局也不容易，哪里能让他。"

湖面缓缓波动，傅晋臣想起小时候的事，心底感触颇深。

"听说你不愿意跟爱瑜订婚？"

傅晋臣收回心思，直言道："宋爷爷，您要是还想赢棋我不拦着，可别把棋子落在我身上。"

"小子！"宋儒风沉下脸，"用得着把话说得那么难听吗？"

他偏过脸，看向傅晋臣的眼睛："我只问你一句，你想要永远被人压着，不能翻身吗？"

傅晋臣眼神微动。

"如果家里的人不能帮你，也许外面的人可以。"宋儒风再次收起渔线，这次上钩的鱼，比起刚才那条要大。

"盛氏这个合作案，宋氏可以拱手相让，并且五年内，宋氏不会涉足房地产业，我相信这五年足够你扎根。"宋儒风解开鱼钩，又把鱼放回湖中，"如果宋氏能够助你一臂之力，你是否愿意听从我的安排？"

"为什么？"傅晋臣瞪着他问。

宋儒风扬手甩出鱼钩："为了我外孙女的幸福。"

湖面突然漾起一阵涟漪，傅晋臣拉起鱼竿，有鱼上钩。

宋儒风满意地笑了笑。

入夜，书房的灯依旧亮着。尤储秀把外套披在丈夫的肩上，柔声道："冷了，早点休息吧。"

傅东亭拢住睡袍，脸色透着疑惑："宋儒风并不中意我们家，为什么突然态度大变，硬是让宋爱瑜跟老四订婚？"

"听说他最近身体很不好，"尤储秀站在丈夫身边，"前段时间住院，医生已经下过病危通知书。"

傅东亭似乎明白过来。

"东亭，"尤储秀语重心长，道，"我知道你顾忌宋家，但别忘记还有一个舒云歌。如果不给老四定下来，让那个女人钻了空子，只怕更棘手！"

这话倒也不错，傅东亭眉头舒展，下巴轻点："那你去准备吧。"

尤储秀终于松了口气，只要能得到宋氏相助，傅晋臣将来的胜算就会更大一些！

昨晚从琴行回来，宋儒风又出现短暂昏迷，宋清华守了父亲一整晚，眼睛浮肿。

林蔷送走医生，脸色沉重地回来。

"爸爸，您觉得好些吗？"

宋儒风背靠床头，声音很虚弱："好多了。"

"我们去医院吧。"

宋儒风摇摇头。

"外公！"宋爱瑜眼眶发红，"听妈妈的话，我们去医院。"

"外公没事。"宋儒风摸摸她的头，"我还没看到你订婚，绝对不会有事的。"

宋爱瑜握住他冰冷的手，哽咽道："我不只要您看我订婚，还要您看我穿上婚纱嫁人。"

宋儒风笑了笑："你妈妈昨晚一夜没睡，让她去睡一会儿。"

宋爱瑜拉起妈妈，两人离开房间。

卧室门关上，宋儒风问："我还能坚持多久？"

林蔷别开视线，没有开口。

宋儒风拉开床头抽屉，取出遗嘱，亲自交到林蔷的手里，道："这是我重新立的遗嘱，我把它交给你来保管！你要记住，这份遗嘱在良良回到宋家之前，绝对不能公布，甚至连清华也不能告诉！"

"我明白。"林蔷打开公文包，将遗嘱放进去。

"书房的保险柜里有我之前的遗嘱，那份不要动，一直放在里面。"宋儒风说话声很低，林蔷端来温水，送到他的嘴边。

"董事长，我想问您一件事。"

"说吧。"

宋儒风才说几句话，已经气喘吁吁。

"您为什么一定要选傅晋臣？"

266

床头柜上的相框里是张三个人的合照，宋爱瑜站在中间，宋清华跟宋儒风分别站在两边。宋儒风轻抚相片，笑道："我死以后，宋氏必有动荡，清华纵然强势，但她一人也难撑大局。这种时候，能够帮她稳住局面的，只有傅家！

"傅宋两家联姻以后，各自都有所得。即便只是挂着这个名头，外面那些人也不敢贸然动手，这是其一。"宋儒风眼底神情逐渐凛冽，继续说道，"其二，如果爱瑜已经知道了她的身世，若是心存贪念，找到除了傅晋臣以外的任何人联手，未来都有可能颠覆宋氏！"

"难道傅晋臣不会帮她吗？"林蔷不明白。

宋儒风笑得别有深意。他这个老头子，若说有什么过人的本事，那就是饱经风霜后看人的透彻！

如果傅晋臣心里有爱瑜，他之前就不会不同意订婚，非要自己出面以利益相压，他才不情不愿地点头。

而且，在傅东亭的寿宴上，他与沐良共奏的那首曲子婉转流畅，只怕动情的并非良良一个人。

赌一次吧！倘若还有时间，他不会如此安排，可惜……

"如果傅晋臣是不择手段的人，今时今日他在傅家也不会处处受制于人。所谓玉不琢不成器，我还是相信我的眼光。"

"他跟当年的桑瑜，终究是不同的！"宋儒风神色笃定。

林蔷心情豁然开朗，原来董事长一定要宋爱瑜跟傅晋臣订婚，是要把宋爱瑜困死在这个圈里，让她失去联合外敌的机会！

"有当年清华的前车之鉴，我必须要谨慎。"宋儒风嘴角的笑容苦涩，"当初我若这样一步步筹划，也不会让桑瑜钻了空子，害得清华一生痛苦！"

"董事长，"林蔷出言安抚，"您的苦心，清华总有一天能明白。"

宋儒风神情黯然，他等不到那天了。

"丫头，你看外面那株沉香树。"宋儒风颤巍巍地抬起手，指向正对他窗口的那株树，"明明都已经枯了，今年又冒出了新芽。"

林蔷果然见到干枯的枝丫上出现了新绿。

"人生有太多的事情，我们无法预料，人心如是，事事如此。"宋儒风两鬓的白发梳理得很整齐，他长长地叹口气，道，"这次我把选择的机会留给良良，我能做的，只是在她还没回家前，帮她牢牢守护好，原本应该属于她的一切。"

林蔷愧疚不已："都怪我不好，当初我要是没有把孩子抱走，也不至于如此。"

"命中注定！"

宋儒风释然一笑："这样也好，要是良良留在宋家，清华心里的那个结，也许这辈子都解不开。"

"您放心，"林蔷紧紧握住他的手，道，"我一定竭尽所能，让她们母女相认。"

宋儒风点头，嘴角微颤："有你在清华身边，我可以安心。"

"那爱瑜呢？"林蔷终究心有疑惑。

宋儒风望着手中的相框，沉声道："我养了她二十几年，怎么能没有感情？不过为宋家，为良良，我不能不防！你要帮我牢牢盯着她，如果她安分，这份遗嘱里自有属于她的，如果她有异动……"

林蔷缓缓点头，已然明白。

"林蔷，你跟在我身边多年，咱们也算父女一场，"宋儒风打开首饰盒，拿出一串和田玉串珠，"留给你，做个纪念吧。"

"董事长，您别这样说。"林蔷忍不住落泪。

"其实是我难为你了，"宋儒风轻拍她的肩，"以后你肩上的担子很重，要帮我守护宋氏，还要帮我守着她们母女。"

"林蔷甘之如饴，"林蔷发自心底地承诺，"只要我活着，一定让良良回到宋家。"

"好，我等着那一天。"宋儒风欣然点头。他不怕死，只是心里有太多放不下的人，可终究等不到那一天了。

起床后，沐良在浴室吐得稀里哗啦。最近反应强烈，昨天被蔡永芬看到，她硬说胃不舒服，才算糊弄过去。可还能隐瞒多久，她自己心里都没底。

既然离婚，就应同傅家断得彻底。但她腹中的这个小生命是无辜的，她不能不要他！

爸妈为她承受的已经太多，如果她要把这个孩子生下来，他们还能接受吗？

简单用过早餐，沐良背着包出门，想去看看沐毅。

进到商场里，她无意中看到母婴用品，于是买了双可爱的婴儿鞋偷偷放进包里。

临近中午时，沐良给乔笛打电话，打算跟她吃过午饭，下午再去找沐毅。

"亲爱的，你怎么来了？"乔笛语气微羞。

"我不能来？"

"不是，你在哪儿？"

"百货公司。"

乔笛看眼腕表，道："你站在那里别动啊，一定不要乱跑，我现在过去找你。"还没等沐良回答，乔笛就已经把电话挂断。

沐良将手机收起来，并没深想，经过商场一楼广告牌时，霍然被正在播放的新闻吸引。

"今日中午十二时，傅氏集团四公子傅晋臣，将在海边度假酒店与宋氏集团千金宋爱瑜小姐举行订婚仪式……"

主持人声音嘹亮，沐良却觉得耳边嗡嗡地响，视线一片模糊。

临近十二点，宋爱瑜身穿粉色抹胸礼服亮相。

大家看到她出来，纷纷致以热烈的掌声。宋清华低下头，心情复杂。

宋爱瑜顺势将手臂放入男人的臂弯中，笑道："走吧。"

傅晋臣动作僵硬地转过身。

人群中一片骚动，相携而来的两人，再次惹来掌声。舒云歌额头的伤还没痊愈，她咬唇盯着走来的男女，眼眶发酸。

"傅晋臣！"

忽然有人冲出来。

宋爱瑜还没来得及反应，沐毅已经扬起拳头，狠狠挥向傅晋臣。

砰！

傅晋臣嘴角渗出鲜血。

钱响上前，却被傅晋臣反手推开。

"啊……"

人群一片哗然。

尤储秀立刻喊来酒店保安。

"放开我！"

沐毅俊脸紧绷，他指着傅晋臣的鼻子，吼道："傅晋臣，你跟我姐离婚，就是因为她？"

抬起拇指按下嘴角，傅晋臣尝到淡淡的甜腥味。这个左勾拳，还是他亲自教给沐毅的，没想到他学得倒是快！

"还要再来吗？"傅晋臣仰起头，微微挽起袖口。

大家都看傻了，这是什么情况？哪有要举行订婚仪式的主角，主动要求打架的？

"不许胡闹！"尤储秀拉过儿子，同时示意那些保安上前，将沐毅拉走。

"别动！"傅晋臣眼神沉了沉。

场面一下子乱套，宋爱瑜盯着沐毅，神情慌张。

"你先，还是我先？"傅晋臣挽起袖口。

沐毅冷笑："你不要我姐，就是因为这个理由？"

他阴沉的眼睛瞪向宋爱瑜，问她："你爱他？"

宋爱瑜用力咬住唇瓣。

场面需要控制，宋清华往这边走，却被父亲拉住。

"我跟你姐的事情，不需要跟你解释。"傅晋臣敛眉，面色阴沉，"你要是觉得不舒服，可以跟我打一架！"

傅晋臣的话还没说完，沐毅已经伸出拳头，这次傅晋臣早有防备，他挥臂挡开，反手一拳正中沐毅下巴。

"沐毅！"

沐良挤入人群，傅晋臣瞥见她，已经扬起的拳头瞬间缩回去。

砰！

傅晋臣嘴角再次结结实实挨了一拳。

"晋臣！"宋爱瑜急忙上前，射向沐毅的目光满是愤怒。

沐良及时出手把弟弟拉到身边。

傅晋臣站在原地，深邃黑眸看向沐良，却只看到她眼底越来越淡漠的神色。

保安们纷纷围过来，将沐毅困在中间。

人群议论纷纷，盛铭湛刚到就见此动静，大步赶来。

"你们要干什么？"沐良戒备地问。

傅东亭扫了眼儿子嘴角的伤，道："时间要到了，都去准备！"

"东亭？"尤储秀不想善罢甘休。

傅东亭没有继续追究。

不能当众反驳他的意见，尤储秀的脸色十分难看。

"我们走。"沐良拉起弟弟的手，却见他直勾勾盯着宋爱瑜。

他眼底闪过的寒意，令宋爱瑜打了个寒战。遇见沐毅那么久，她从来都没有看到过，他这样让人惧怕的眼神。

曾经那双对她染满笑意与深情的眼眸中，此刻沉甸甸全是恨意。

沐毅勾起唇，在宋爱瑜惊愕的目光中，转身跑远。

"沐毅！"

沐良伸手拉他，被他推开。

电梯门合上，沐毅的身影瞬间消失。沐良偏过头，明亮黑眸望向傅晋臣，那一刻她的眼神，令傅晋臣手脚冰冷。

傅晋臣，从此以后，她彻底死心了。

眼前的人转身走远，傅晋臣想要追上去，宋爱瑜却紧紧拽住他的胳膊，道："仪式马上就要开始了。"

"四哥。"

钱响问他："要追吗？"

傅晋臣低下头，眼底神情尽数隐藏在暗影中。半晌，他转身走进宴会厅。

他转身那刻的眼神，钱响忽然看懂了，望着沐良消失的方向，他只能无奈叹气。

宴会厅窗前，宋儒风坐在轮椅里，看着沐良跑走的身影，眼神无奈。

中午十二点，订婚仪式准时开始。

高高的台阶上，傅晋臣一身黑色西装，俊美五官并没有因为嘴角的伤而受到丝毫影响，他带伤站在人群中，依然足够吸引眼球。

宋爱瑜垂头，隐约可见嘴角的笑容，只是那抹笑意，却不达眼底。

宴席桌前，宋儒风紧握的双手突然垂下去。

"董事长！"林蔷惊叫。

"救护车……"

仪式尚未结束，宋儒风就被送上救护车。

沐良一路从电梯追出来，却始终不见沐毅的踪影。她掏出手机打电话，沐毅的电话却已经关机。

"上车。"

路边开过来一辆黑色轿车，盛铭湛将车门打开，道："我带你去找。"

沐良心慌得要命，来不及多想只能上车。

车子停在沐毅租住的房子楼下，沐良上去敲门，根本没人应答。

"他能去哪里？"

"别急，我已经让人去查，很快会有消息的。"盛铭湛安慰她。

不久，盛铭湛等到了另一个糟糕的消息。

二十分钟后，汽车停在医院外面，盛铭湛看看身边的人，道："你先上去。"

沐良拉开车门，林蔷见她出现，立刻拉她上楼。

医院走廊十分安静，沐良心中有种不好的猜测，这让她全身汗毛直立。

"进去吧。"林蔷打开病房的门。

沐良见到躺在床上的人，心猛地一沉。

"小丫头，你来了。"宋儒风靠在床头，脸色煞白。

"过来。"他招招手，沐良低头走到床前。

"孩子，别哭。"

沐良咬着唇，这才发觉自己泪流满面。

"良良！"宋儒风虚弱地抬起手，"爷爷要走了，可是爷爷舍不得你。"

"不要……"沐良拼命摇头，"您会没事的。"

掌心轻柔地落在她的头顶，宋儒风笑道："如果可以，爷爷真想再活二十年，那样就能帮你带孩子了。"

沐良怔了怔，逐渐明白过来。

"告诉爷爷，你会不会走你妈妈的老路？"

沐良轻轻牵过宋儒风的手，将他掌心贴在自己的腹部，眼神坚定地说："不会！你放心吧，我一定会像我的爸爸妈妈爱我一样来爱他！我要看他出生，我要教他走路，我要教他弹钢琴，我还要陪他慢慢长大……"

"好孩子！"宋儒风笑着点头，眼角有热泪涌出，"爷爷知道，爷爷没有看错人。"

沐良弯腰，脸贴在宋儒风的手背上，哑声道："我可以照顾好自己，也可以照顾好我的孩子，你不要担心我。"

宋儒风淡然一笑，托起沐良满是泪水的脸庞，缓缓开口："你身体里始终流着我们宋家人的血，总有一天，你要回到宋家！"

沐良心口紧了紧。

"良良……"

宋儒风嘴角颤抖，看向沐良的眼神带着一丝祈求："能不能，喊我一声外公？"

"我喊了，是不是就能留住你？"

沐良握紧宋儒风的手，一个字一个字地说："外公。

"外公，别丢下我行吗？"

"等到我的孩子出世，你还要教他做琴。"

宋儒风心底一片悲凉，他当然想等到那天，他没有牵过儿时的沐良，这份遗憾终生难以弥补。

张开双臂将她拥入怀里，宋儒风颤抖地呢喃："外公不会丢下良良……"

他捧住沐良的脸，留给她的笑容里尽是温柔宠溺。

"记住外公的话，无论外公在哪里，我都会看着你，都会保佑你！"

沐良只觉心如刀割。

医院走廊传来急切的脚步声，宋清华白着脸赶来，身后跟着宋爱瑜。

"爸爸怎么样？"宋清华想要进去，被林蔷拦住。

须臾，沐良拉开病房的门出来。

"你怎么在这里？"宋爱瑜瞪着她。

沐良眼眶通红，径直下楼。

林蔷将门打开，道："清华，董事长在等你。"

宋清华收回看向沐良的目光，低头进去。宋爱瑜想要上前，再度被林蔷拦在门外，"爱瑜，你等一下。"

病房里光线充足，宋清华几步走到床前。

"爸！"她眼里含着泪水，"你感觉怎么样？"

宋儒风缓缓叹口气，心里蓦然觉得分外轻松。

"爸爸等了好久好久，终于等到这一刻，我很快就能见到你妈妈了。"

宋清华泪如雨下，她早年丧母，父亲独自一人将她抚养长大。

"我和美琼只有你一个孩子，"宋儒风眼神沉寂，"我们都将你视作掌上明珠，也许就是从小对你太娇惯，所以才养成你现在任性的脾气！"

"爸爸，我……"

宋儒风打断她的话："良良这件事，我也有责任。"

宋儒风勾起唇，道："爸爸不反对你把爱瑜留在宋家，可是爸爸死后，这个世上，只有良良才是你的亲人，是你唯一的亲人！"

宋清华唇角紧抿，没有说话。

"清华啊，"宋儒风目光暗下去，"爸爸最不放心的人，其实是你！以后我不在你身边，你要怎么办呢……"

他说话的气息瞬间弱下去，宋清华按下床头红灯，叫道："医生！医生！"

宋儒风呼吸渐渐急促，他一把拉住女儿的手，开口说话已经非常艰难："其实怀亦他，他也许……"

"爸！"

宋儒风话还没说完，整个人就昏过去了。

272

医生进来，护士将宋清华推出去："家属在外面等。"

"外公！"

宋儒风再次昏迷，宋爱瑜挣扎着往里跑，却被护士拦住。

沐良双手环住肩膀，愣愣地坐在台阶上。

周围不停有护士推着仪器车跑进跑出，沐良盯着急救室，整颗心都提到嗓子眼儿。

医生护士陆陆续续出来，留给家属最后话别的时间。宋爱瑜白着脸跑进去，趴在急救床前，妆容精致的一张脸早已泪水模糊："外公。"

宋清华站在床前，紧紧握住父亲的手。

宋儒风勉强睁了眼，想要抹去宋爱瑜脸上的泪水，可他伸出去的手，却在半空垂落下来。

"爸爸！"

"外公！"

急救室的心脏监控器亮起一条直线，林蔷怔怔落下泪来。

盛铭湛将车停好后，急忙跑上楼。他才走到二楼，就听到走廊中传来的哭喊声。他脚下的步子顿了顿，随后三步并作两步往上冲。

楼梯台阶上，沐良听见响起的哭声，缩起双肩瑟瑟发抖。慢慢地，她将脸埋入掌心，却还是抑制不住汹涌而出的泪水。

盛铭湛走向坐在楼梯上发抖的人，朝她伸出手："如果你想哭，可以大声地哭！"

心底压抑的所有情绪，似乎都在这一刻爆发。沐良扣住盛铭湛的手腕，借助他的力气站起来。她将头靠在他的肩膀上，道："借我用一下，用一下就好。"

肩头落下的灼热泪水，透过衣衫渗入盛铭湛的心底。

楼梯左侧，姗姗来迟的傅晋臣，眼见沐良靠在盛铭湛怀里，神情一点点变冷。

从市医院开车回到渝城，一个多小时的车程，盛铭湛车速不快，他时不时瞥一眼坐在副驾驶的人，她没有再哭，只是眼睛红肿。

黑色迈巴赫驶入渝城的小村落，周围有不少邻居好奇地张望。

"前面停吧。"沐良声音沙哑。

距离她家的小院还有段路，盛铭湛将车靠在边上，问："感觉好点没有？"

沐良点点头，解开安全带下车。

盛铭湛跟她出来："你真的没事？"

"没事。"沐良脸色不算好看，她很努力地笑了笑，"放心，我没事。"

她回答得肯定，心里的念头更坚定，现在的沐良，不是一个人，她肚子里还有需要她保护的小生命，她一定要好起来！

"三天后宋老爷子下葬，你会来吗？"

沐良没有回答，转身回家。

盛铭湛没有再问，担忧地驾车离开。

回家时，蔡永芬正在做饭。

273

"找到小毅了吗？"

沐良低头换鞋，蔡永芬看到她眼睛通红。

"怎么了？"

沐良抬起脸，看到妈妈温柔的目光后，眼泪滚落："外公去世了。"

"什么！"

蔡永芬脸色大变，想起那天宋儒风站在家门口的画面，内疚不已。

沐毅电话始终关机，盛铭湛一时间也查不到沐毅的行踪，唯一可以肯定的是他目前并没离开名海市。

傍晚的小城，格外安静。沐良靠在床头，想起宋儒风最后跟她说的每句话，无声落泪。

如果可以，她希望能早点与外公相遇，至少可以让她尽孝。但她什么都来不及做，外公就这样走了，永远地离开了她。

今晚阴天，看不到月亮。沐良掌心贴着小腹，虽然她还什么都感觉不到，但她知道，她的宝宝正在茁壮成长。

外公，答应你的事，我一定做到。

客厅中的电视机正在播放晚间新闻，宋爱瑜擦擦眼泪，从妈妈的卧室出来。宋清华情绪不好，她好说歹说劝妈妈吃过药才放心。

报道的新闻中，有一则下午发生在西城仓库的伤人案件，引起宋爱瑜的关注。画面拍摄得不算清楚，那个倒在血泊里男人手臂有刺青，警方目前只说怀疑是恶性斗殴，但现场没有目击证人，也没有任何证据。

那个男人手臂的刺青很醒目，宋爱瑜一眼就辨认出来。那次沐毅被人打伤腿，嫌疑人不就是手臂有刺青的人吗？

匆匆拿起外套，宋爱瑜抓起茶几上的车钥匙，离开别墅。

车子停在出租房外，她找到楼门，快步上去。那套房子的防盗门开着，有个中年女人提着一大包东西出来，嘴里骂骂咧咧的："真倒霉，把我的房子弄得乱七八糟，还连人都不见了！那死小子还欠我一个月房租呢！"

"房子里的人呢？"宋爱瑜探着脑袋往里面看。

"鬼知道！"房东太太气得不轻，瞅眼宋爱瑜的穿着，笑道，"小姐，你认识那个姓沐的穷学生？"

"不认识！"宋爱瑜否认。

房东撇嘴："不认识瞎打听什么？"

她提着东西，气哼哼拎到楼下丢掉。

老旧小区的垃圾桶很破，宋爱瑜弯腰拾起被房东丢出来的袋子。

袋子里装的都是沐毅的东西，有他的球衣，还有篮球。宋爱瑜拿起一个相框，轻轻握在手里。

回到车里，宋爱瑜并没有发动引擎，她盯着手中的那张大头贴，眼神暗淡。

纵使没有证据，但她肯定下午发生在西城仓库的事件，与沐毅有关。

宋爱瑜拿起电话，对方已经关机。

将手机丢在边上，她望着照片中笑得一脸灿烂的男人，心底滋味复杂。

市郊墓园，清早的雾气朦胧。宋清华捧着父亲的骨灰，亲手将他与母亲合葬。她流着泪，合上墓碑的那刻，哽咽道："爸爸妈妈，你们安息吧！"

林蔷蹲在她的身边，柔声道："清华，不要太难过。"

今天的葬礼，简单而隆重。宋儒风曾经交代不要大办，所以请来的多数都是亲朋好友，商业圈的友人一概没有让来墓园。

墓碑前，宋爱瑜手捧百花，跪在遗像前，痛哭流涕。

空地侧面前来送葬的人，全都一袭黑衣。傅晋臣一身黑色西装，微微垂着头，脸色分外冷冽。

不远处，盛铭湛手捧白花。

气氛哀伤沉重，送葬人群的侧后方，沐良笔直站立，眼睛酸涩难抑。她告诉自己不要哭，不要让外公看到她流泪。

她要让外公知道，她很好，很坚强。

"外公，你要走好！"

沐良仰起头，瞅见天空中的白色云朵，笑道："外婆，从今以后，你们又能在一起了。"

前方的男人，忽然转过头，傅晋臣锐利眼神精准捕捉到那道身影，黑眸闪动。

不久，沐良压抑住心头的哀伤，走出墓园。

一辆黑色路虎开得很慢，傅晋臣双手握着方向盘，目光投向前面低头走路的某人，眉头不自觉蹙起。

滴——

身边驶过另外一辆黑色轿车，傅晋臣立时将车停下，盛铭湛拉过沐良，将她带到车里一起离开。

几秒钟后，傅晋臣沉着脸，将车朝相反方向开走。

原来这就是他和她的结果，背道而驰。

沐良在公交车站下了车。

"谢谢你送我。"

"其实我可以送你到家。"盛铭湛挑眉笑道。

"又不顺路，不麻烦了。"

早就知道她的脾气，盛铭湛语气无奈："好吧，我们再联络。"

"好，再联络。"

沐良转身前想到什么，道："我要离开这里一段时间。"

盛铭湛愣了下："去哪里？"

"我想保密，可以吗？"

她的神情并无异常，盛铭湛指了指手里的电话，叮嘱道："记住我的话，保持联系。"

沐良含笑点头。

坐上回渝城的长途车，沐良神色疲惫。今早换衣服，她发觉小腹有微微的凸起。当时她的心情，复杂又开心。能够看到宝宝长大，这说明他很健康，可他长得这么快，她想要瞒住父母更加困难。

几天联系不到沐毅，她心中十分担忧。盛铭湛那边也没什么消息，她真的不知道沐毅会去哪里。

包里的手机忽然响了，沐良看到来电后，惊喜道："沐毅。"

"姐！"

"你什么时候回家？"

沐毅语气顿了顿，道："有很长一段时间，我都不能回家了。"

"为什么？"

"姐，我要让那些曾经伤害过我们的人都后悔！"

"沐毅！"沐良察觉到不对劲，"你不要做傻事，爸爸妈妈还在家里等你。听姐姐的话，快点回来好不好？"

沐毅握着手机，声音低沉："我不在家的时候，你要帮我照顾好爸妈，等我回来。"

电话猝然挂断，沐良心头大骇。

"沐毅——"

她慌忙回拨，对方已经关机。

沐良手脚一阵寒意。

小院前方的大树后，沐毅望着坐在院子里的妈妈，眼眶渐渐发红。

"毅哥，该走了。"

身后有人催促，沐毅抿起唇，狠心离开。

黑色轿车开出渝城，沐毅薄唇紧抿，眼底泛起的寒意瘆人。

周一招标会上，盛铭湛居中而坐。今天会公布各大集团最后一次修订的计划案，敲定后将正式签约。

早上九点，各大集团负责人纷纷出席。

傅氏独占两个名额，傅培安与傅晋臣相邻，傅政坐在父亲右侧。

先前莫氏集团总裁离世，由遗孀舒云歌全权代理，她带助理出现时，有人窃窃私语，甚至有人将目光在她与傅晋臣之间徘徊。

傅晋臣目光如炬，脸上什么表情也没有。

对面转椅中，宋爱瑜一套黑色职业装，笑容浅浅。如今她的身份是傅晋臣的未婚妻，大家见她在场，自然不敢胡乱八卦。

盛铭湛扫了一眼众人，道："开始吧。"

之前计划案由傅政负责，他第一个起身，走到投影仪前从头至尾详细讲述了一遍。

傅培安听着儿子言辞精炼的解说，频频露出笑意，虽然傅晋臣有宋氏与之联手，但他们还是有胜算的！

哗——

傅政回到座位，周围掌声不断。

盛铭湛神色间对他的这份计划案颇为赞赏。

辛歆紧蹙眉头，她对自己的方案同样有自信，但傅政的计划案令她吃惊。

幸好傅晋臣足够信任她，在她起身前，低声道："别紧张，慢慢来。"

"好的，傅总。"

辛歆干净利落地解说过后，同样换来无数掌声。她回到座位，心头颇有感触。这份计划案里包含不少沐良的心血，只可惜，她没有看到今天这一幕！

由于宋氏与傅氏的联姻，宋氏这次的计划案内容明显缩减，并且毫无遗漏地表现出，宋氏拥戴傅晋臣的潜在含义。

最后轮到莫氏，舒云歌的黑眸从傅晋臣脸上掠过，她薄唇轻启，宣布出令人震惊的消息："莫氏退出这次的竞争。"

"啊！"

众人惊诧万分。

傅培安不可置信地抬起头，傅政似乎也没想到会如此，脸色霎时变化。

宋氏拥戴傅晋臣，莫氏忽然宣布退出，这么明显的局面，傻子都能看出来！傅晋臣看向舒云歌的目光带着一丝探究。

舒云歌并没回避他的眼神，脸色异常平静。

看到那边的模样，宋爱瑜觉得分外刺眼，初恋情人又怎么样？寡妇还想跟她抢男人吗？

情势逆转，盛铭湛眼底掠过一丝浅笑。

不久，盛氏将早已准备的合作计划案，送到傅晋臣的面前。

盛铭湛主动伸出手，笑道："傅总，合作愉快！"

傅晋臣回握："合作愉快！"

低头的瞬间，傅晋臣望向盛铭湛的目光，极冷。

签约仪式愉快结束，傅培安看到签有傅晋臣名字的计划案，心有不甘。

一周后，长途车站。

看到父母不舍的目光，沐良心头酸涩。她目前只能离开，等她把孩子生下来，爸妈即使反对也已成定局。

有时候，沐良很任性。

长途车缓缓开动，沐良坐在窗边，看着拼命挥手的乔笛，还有依依不舍的父母，眼角湿润。

　　景城的气候，同名海市差不多，同样临海，温度适宜。

　　搬来这里几个月，沐良已经逐渐适应。她租住的那套房子，房东太太很热心，每天早上都会帮她买些新鲜便宜的蔬菜。

　　沐良托着琴谱，她刚刚结束一小时的钢琴家教。她每周有五天要去家教，每个月收入有三千块钱。扣除房租和日常开销，每月还能存八百。这样积少成多，等到宝宝出生的时候，也是一小笔存款。

　　"唔！"

　　沐良摸了摸隆起的腹部，笑道："小家伙，你又饿了是不是？"

　　她现在食量惊人，每餐要吃两碗饭。

　　今早房东太太买来新鲜的竹笋、茭白，还有一条鱼。她抱着书本，笑吟吟地往家走，那条鱼很大，她可以把鱼头分出来，煮汤喝。

　　现在的沐良，对于生活总是精打细算。

　　路边的黑色轿车中，盛铭湛看到走过的人，神情由惊讶转为平静。难怪她消失几个月都不跟自己联系，原来……

　　吧嗒！

　　琴谱不慎滑落，沐良缓缓弯下腰，却有人先她一步将琴谱捡起。

　　"你？"

　　见到面前的男人，沐良愣住。

　　擦掉书本上的灰尘，盛铭湛笑道："几个月不见，不认识我了？"

　　沐良下意识往后退开，护住隆起的腹部。

　　盛铭湛先是蹙眉，后又温柔地笑起来。

　　"说话不算话，明明说过不会失去联系，为什么一个人搬来这里？"

　　沐良神色尴尬，等她看清盛铭湛眼底的笑意，终于松口气。

　　景城沿海，气候宜人。沐良穿着宽松的长裙，五个月的身孕让她的腹部明显隆起，但她身材纤瘦，并不怎么显出孕态。

　　穿上宽大的衣衫后，如果不近看，基本看不出她的肚子。

　　一直到天黑，盛铭湛才告辞。小路不好走，沐良举着手电筒相送，担心他迷路。

　　她没有说话，不知道在想什么。

　　走出巷口，盛铭湛捏着车钥匙，问她："还有什么需要？"

　　"不需要，我现在过得很好。"

　　好？

　　想起那间狭小的院落，盛铭湛眉头紧蹙："你要一直这样吗？"

　　"当然。"沐良笑了笑，掌心轻柔地落在小腹上，"我们现在很好。"

　　盛铭湛抿唇。

"预产期什么时候？"盛铭湛又问了句。

"年底。"

路边灯光昏暗，盛铭湛微微扬起头，眼角忽然扫到什么，他猛地伸手，将沐良拉进怀里。

轰——

一阵摩托车疾驰的声音闪过，沐良僵硬地靠在盛铭湛怀里，只听他开口："别动！"

前方闪过的灯光消失，盛铭湛松开怀里的人："你快回去吧。"

"好。"沐良没有深究，在他的视线中，一步步走回家中。

须臾，盛铭湛沉下脸，朝刚才亮灯的地方扫了眼，神色莫名。

一个小时后，钱响把收到的图片打印出来，左右端详半天才敢呈上去。

"四哥，本照片纯属真实拍摄，与我毫无关系。"

"拿来！"

傅晋臣一声冷喝，钱响把照片交出去。

照片拍摄的距离比较远，但拍摄角度还算清晰。昏暗路灯下，那对紧紧相拥的男女，动作亲密，盛铭湛双臂紧紧护住沐良，他的身子恰好挡住沐良的前身，只露出她的脸。而沐良睁着一双黑亮的眸子，嘴角扬起的笑容温柔。

"咳咳——"

钱响倚在桌前，试探道："哎呀，反正你们都没关系了，她爱跟谁好就跟谁好吧。"

傅晋臣眼底寒意四起。

"四哥？"钱响见他不说话，忍不住蹙眉。

"你滚吧。"

钱响撇嘴，拿起外套走了。他不想当垫背的，识相地溜之大吉。

办公桌前的黑色转椅里，傅晋臣看着照片中的那两人，五指攥紧，随后把揉成团的照片丢进垃圾桶。

翌日早上，沐良起床后，习惯性轻抚小腹，边走边笑道："宝宝，起床喽！"

拉开房门，她嘴角的笑容彻底僵硬。

"良良！"

"爸爸妈妈……"

景城这样的地方，傅晋臣第一次来。他不熟悉路，开着导航有些地段还是无法找到。最后将车停在很远的地方，步行才能找到这条小巷。

费力寻找到这间小院，傅晋臣站在院前打量半天，一直没有见到那抹熟悉的身影。

"你找谁？"房东太太买菜回来。

傅晋臣微微侧过身，问道："沐良住在这里吗？"

"沐良？"房东太太见他脸色冷冰冰的，有些不高兴，"你认识良良？"

"对。"傅晋臣对于不熟悉的人，总是态度清冷。

房东太太不愿多说："她搬走了。"

"搬走了？"

"是啊。"

傅晋臣追问："她搬去哪里了？"

房东太太轻哼了声，明显不耐烦："不知道。"

傅晋臣吃了闭门羹，阴着脸沿原路返回。他坐在车里，直到手机响起。

"四少，还要继续找吗？"高森隔着电话问他。

傅晋臣望着路边那条小路，想起照片里沐良靠在盛铭湛怀里时温柔的神色，嘴角勾了勾："算了吧。"

他将手机丢在边上，发动引擎。

傅晋臣，算了吧，就到这里为止吧。

轰——

黑色路虎绝尘而去。

距离预产期还有半个月，一大早蔡永芬坐车赶回家，为女儿做最后的准备。这段时间，妈妈总是两边跑，既要照顾她，又要照顾远在渝城的父亲，很是辛苦。

临近生产，沐良每晚都睡不好。她看完短信，将手机收起来。

沐毅定期都给她发来一条报平安的短信，却始终见不到人。

早起去市场买菜，沐良回来时，楼下有人等候。

"来很久了吗？"

盛铭湛抬起腕表："一个小时二十分钟。"

沐良带他上楼。外面很冷，站这么久肯定冻坏了。

屋里暖和，沐良把外套脱掉，端着一杯热水出来："暖和一下。"

房间收拾得整洁干净，盛铭湛笑道："伯母呢？"

"今早回家了，"沐良神色紧张道，"她说要去拿些海参、干贝，等我坐月子的时候吃，还有别的什么，反正好多东西。"

"你爸妈真好。"盛铭湛看到屋子里摆放的婴儿床、婴儿车，还有孩子必备的所有物品，由衷地感叹。

"有眼光！"

沐良拿起妈妈还没做完的一件小衣服，眼神温柔："我爸妈是这个世上最好的！"

盛铭湛抿起唇。

早上出门前，蔡永芬已经准备好餐食，只要加热就能吃。盛铭湛留下吃午饭，沐良也没跟他客气。这几个月里，他总会定期过来看看，每次都会买很多东西。

起初沐良还拒绝，可他还是偷偷把东西放在房门外，根本不给她推诿的机会。后来沐良也渐渐习惯，干脆把东西收下来。

她知道，如果拒绝就会让盛铭湛失落，即便是朋友也好，接受对方的关心，才是对他的一种尊重。

"外面又下雪了。"沐良站在窗口，盛铭湛主动收拾碗筷。

窗外大雪纷飞，不知道是谁在路边堆起了一个小雪人。沐良眼眸动了动，掌心落向高高隆起的腹部。

再有几天，宝宝就要出生了。

视线不自觉定格在那个雪人身上，沐良想到什么，心情变得复杂。

临近傍晚，蔡永芬给女儿打电话，说要耽搁两天，把家里收拾好以后，跟沐占年一起过来，准备迎接小宝贝的出生。

沐良很开心。

"宝宝，外公外婆好像都等不及了，你是不是也很想出来看看？"

"唔！"

"怎么了？"

盛铭湛挽着袖子走出厨房，远远见她捂着肚子，忙问："要去医院吗？"

沐良直起腰，笑道："不用，这小家伙踹我。"

扶她到沙发坐下，盛铭湛松了口气。

窗外寒风凛冽，沐良看看路况，道："你今晚住下吧，明早再走。"

"好。"

盛铭湛并不是无缘无故来的，早上蔡永芬给他打电话，拜托他抽空过来看看，她要回家一天，后天回来。

室外温度很低，沐良找出厚毯子，铺在沙发里。盛铭湛洗好澡出来，接过她手里的东西，不让她弯腰："我自己弄。"

"没关系啦。"沐良笑了笑，"你早点睡，晚安。"

"晚安。"盛铭湛看她走进卧室后，才掀开被子躺进沙发里。

虽说电话里，沐良告诉妈妈不用担心，但她一个人在家，还是有些紧张的，尤其到晚上，幸好今晚有盛铭湛，她安心不少。

躺进暖意融融的被子里，沐良放松神经，很快睡着。等她再次醒来，发现腹部一阵阵地疼。她起先以为是宝宝在肚子里闹腾，后来渐渐发觉不对劲。

打开床头灯，已经凌晨一点。沐良咬牙披上外套，走到客厅。

"盛铭湛……"

卧室门刚打开，盛铭湛就惊醒，其实他根本没睡，总觉得不安心。

见到沐良苍白的脸色，他立刻穿上外套，拿起车钥匙。

开车去医院的路上，沐良一直在深呼吸，她记得前几天上产前辅导课时，老师曾经教过的方法：尽量控制呼吸频率。

三个小时后，沐良满头大汗，双手死死揪住盛铭湛的胳膊，咬牙问："我是不是要死了？"

医生进来检查了下，笑道："放心，你现在可以进产房了。"

盛铭湛神色凝重："医生，会不会有危险？"

"危险当然有，"医生说道，"生孩子哪能没有危险。"

闻言，沐良手脚冰冷。

护士推着产床向前，盛铭湛紧紧跟随在旁。沐良觉得很害怕，毕竟是第一次，她什么都不懂，担心孩子，也害怕那些在电视里看到的画面。

"很痛吗？"盛铭湛看到沐良汗湿的两鬓，担心道。

沐良狠狠瞪他一眼："你试试就知道了。"

盛铭湛干笑了声，心想她还能开玩笑，应该没关系。

眼看就要进入产房，沐良一把握紧盛铭湛的手，道："盛铭湛，我如果死了，你一定要把我的孩子养大！"

盛铭湛哭笑不得："放心，就算我死了，你也不会死！"

身体的疼痛，令沐良莫名地恐惧。

盛铭湛一直陪她到产房外面，护士再也不允许他跟进来："家属在外面等。"

"等等！"

沐良忽然坐起身，护士急忙按住她的肩膀："不要乱动。"

盛铭湛吓了一跳，拉住她的手，道："我已经问过医生了，如果顺产困难，他们会剖腹产，你不用担心。"

深深吸了口气，沐良忍住腹部一阵阵的疼痛，盯着眼前的男人，眼睛发酸："盛铭湛，如果我还能活着出来……我一定报答你。"

似乎没有想到她会这样说，盛铭湛怔了怔，薄唇瞬时弯起一个温柔的弧度。他牢牢握住沐良的手，指尖交扣的瞬间，轻声道："记住你说过的话，我就站在这里等你，等着你们出来！"

在这个孤单凄冷的黑夜，沐良凝望着他温柔的眼睛，眼角溢出一滴热泪。

护士很快将人推进去，盛铭湛站在产房外，看着关闭的大门，神情异常紧张。

窗外天色逐渐泛白，他焦急地来回踱步。

产房里什么动静也没有，医生护士均见不到，他心里着急得要命，又不能冲进去。

彼时，名海市。

天还没亮，傅晋臣却再也没了睡意。

窗外飘着大片雪花，他穿着睡袍，站在窗口，外面白茫茫一片。

墙上时针指向凌晨四点，傅晋臣揉了揉酸胀的眉头，觉得今天醒得比昨天还早。自从离婚后，他就搬出了傅家大宅，重新回到紫竹公馆。

他名下有很多套闲置的公寓，这套并不算最好的，却是当初沐良曾经住过的。

不对，应该说，是他们共同住过的。

走到吧台倒了杯红酒，傅晋臣端着，走到客厅中央的钢琴前，慢慢坐下。

打开琴盖，黑白琴键如旧。他蜷起手指，敲下的音符深沉有力。

哆——

钢琴厚重的音律环绕，傅晋臣手指轻轻落下，弹出的曲调断断续续。

"傅晋臣，你手腕要立起来，手指要有力！

"就像这样，看我的手！

"喂！你真笨啊，一个手指对应一个音，你怎么总是弹错？"

耳边萦绕的声音如此清晰，傅晋臣心头讶然。原本他以为自己早就忘记了，却发现不知从什么时候开始，这些记忆竟如此清晰地印在他的心底。

不曾被时间抹去，不曾被任何人代替。

傅晋臣剑眉轻蹙，伸手碰到酒杯，却不想杯子猝然滑落在地。他弯下腰捡起碎片，有一片玻璃尖利的棱角，狠狠割破他的手指。

心尖蓦然痛了下，傅晋臣没来由地心慌。

远处朝阳缓缓升起，日光明媚耀眼。傅晋臣抬起手，盯着指尖伤口处凝固的血迹，薄唇抿成一条直线。

同一时刻，景城妇产医院里，响起一道嘹亮的啼哭。

哇哇哇——

这声洪亮的啼哭，整个医院都能听到，盛铭湛惊喜地抬起头。

护士抱着孩子出来，通知家属："母子平安。"

"宝宝很漂亮。"

盛铭湛低头，目光讶异地瞅着襁褓里的婴儿。

护士将新生儿抱走进行一系列检查，盛铭湛看到沐良被推出产房，立时上前："沐良，你还好吗？"

沐良虚弱地笑了笑，没力气说话，护士把产妇送进病房，盛铭湛也跟着进去。

安抚好产妇，护士拿着出生证明进来，要家属签字。

盛铭湛握着笔，瞪着父亲那一栏，神色犹豫。

半晌，他看着熟睡的沐良，一笔一画，签下"盛铭湛"三个字。

且以深情共余生

[下]

汐奚 [著]

青岛出版社
QINGDAO PUBLISHING HOUSE

第十一章

我有个超人爸爸

四年后。

名海市中心以东，沿线几百公里范围内，将要建造融商业、娱乐、办公于一体的现代化园区。未来规划蓝图中，CBD商业中心将在三年之内，成为本市最具代表性的中央商业园区。

这项开发项目，开发者为现任傅氏集团总裁——傅晋臣。此次大片规划开发，是他成功开发南湖度假村后，又一次具有突破性的大手笔。

上午九点整，傅晋臣一袭黑色手工西装，准时出现在奠基仪式上。本次开发项目巨大，牵扯资金链也大，同时合股的还有其他几个颇具实力的集团。

"傅总，您先请！"各大集团老总们手持铁铲，语气恭敬。

傅晋臣微微颔首，并没有推让，掀动手中铁铲，将第一铲土掷向奠基石碑。

哗哗哗——全场响起一片热烈掌声。

周围的记者们蜂拥而至，举着麦克风挤向主席台，相机闪光灯闪烁不断。保安一字排开，拦阻在主席台前，不让他们太过靠近。

"请问傅总，您对未来三年内新开发的商业园区有什么新展望吗？"

"请问您上次筹建的南湖度假村如此成功，是不是将加速巩固您在傅氏集团的核心地位？"

傅晋臣剑眉轻蹙，轮廓分明的五官深邃。他仰起脸，那张颠倒众生的面容令人怦然心动："关于新开发的园区，傅氏除了考虑它的商业性、实用性，同时也会兼顾园区内的环保性。未来我们新建的写字楼将最大限度地使用环保性材料，同时在园区内还将筹建多个环保项目！毕竟我们的地球只有一个，爱护我们的家，人人有责！"

傅晋臣发表的观点，立刻引来众人的赞同。未来所有的发展项目，都应该以环保作为前提。

圈子里，宋爱瑜身着华服，笑意盈盈地望向台上的男人。身为傅氏集团总裁未婚妻，同时又是宋氏集团总经理，这双重身份带给她无限的荣耀。

记者们眼尖，看到宋爱瑜脸上温柔的笑意，话锋一转："还有一个私人问题想要问傅总，您与宋氏千金已经订婚几年，为什么还不见你们举行婚礼？"

"难道真如外界传言，你们两位只是纯粹的商业联姻？"

傅晋臣微侧过头，辛歆即刻上前，笑道："对不起各位，傅总今天只回答有关商业区的提问，私人话题无可奉告。"

保安们上前阻止，傅晋臣快步走出包围圈。

"晋臣，"宋爱瑜含笑上前，挽住他的臂弯，"你要去哪里？"

傅晋臣推开她的手，没有回答。

黑色路虎轰然驶远，车轮卷起的尘土，令宋爱瑜的脸色一点点黯淡下来。

"宋小姐，请问您跟四少的婚礼什么时候举行？"

记者们见到傅晋臣离开，纷纷把矛头指向宋爱瑜。她被大批记者们围堵在中间，神情尴尬。

"您不肯回答，难道正如外界传闻，四少对初恋旧情难忘，你们的感情亮起红灯？！"那些娱乐版的记者们，专门挖各种深藏猛料，任何蛛丝马迹都不会放过。

"这怎么可能？"宋爱瑜被逼得没有办法，嘴角勾起一丝笑，"我跟晋臣的感情很好，只是我们工作都非常忙，抽不出时间安排婚礼。不过我们正在准备结婚的事情，有确切消息后，会通知你们。"

"真的吗？宋小姐，请您多透露一点！婚礼什么时间举行？要在哪里举行？"

宋爱瑜转过身，对助理使眼色。大批保安上前，将紧追不放的记者们阻挡在外。

须臾，宋爱瑜冷着脸坐进黑色轿车里，回到宋氏大厦。

黑色路虎开出市内，傅晋臣一路往西，来到景城。前几天朋友聚会，有人说这几年景城发展良好，适合建厂。不知道是否因为友人的建议，总之他以此为由，坚定而来。

三个小时的车程，傅晋臣到达景城时，天色已暗。他开车在城里兜了一圈，发觉这里比起他上次来时，确实有了很大的改变。

街道变宽，中心地带繁华，沿海旅游资源开发迅速。

将车停在海边，他打开车门站在岸边。视线中能看到五光十色的霓虹灯不断闪烁，这种大都市才有的标志，已悄悄在这里扎根。

确实是个好地方。

傅晋臣打电话吩咐高森，让他尽快汇总出景城近几年地皮升值情况。这里还有大片土地没被开发建设，他绝对不能让别人抢去先机。

海风吹来的风微有凉意，傅晋臣对这座小城并不熟悉，上次来是因为某个人。一别几年，他再次站在这里，心底竟然有种说不出的感觉。

景城酒吧街，一间叫作"沐"的酒吧最近两年生意很火。每周五晚，酒吧都会有花式调酒表演。

今晚又是座无虚席，人声鼎沸。

透明吧台后，身穿一身黑色修身西装的女子，长发盘起，戴着爵士帽，微微压下的帽檐隐约遮住半张脸。

"哇，要开始啦！"

卡座里，不少客人都翘首以盼，准备观看今晚的表演。

吧台两边各自嵌入长长灯带，随着灯光的变化，只见那名女子两手执起酒瓶，双臂同时往上高高抛起，在酒瓶快速下降时，猛然张开双手把酒瓶稳稳接住。

起先两个酒瓶，渐渐变成三个酒瓶。酒瓶中的液体，一滴都不会飞溅出来，高高抛掷到顶点后，迅速坠落的酒瓶被她行云流水般翻转在掌心里。

"好！"

台下开始有人叫好，吧台前的女子丝毫不为所动。她眼睛只盯着抛起的酒瓶，目不斜视，异常冷静。

忽然间，沐良将抛起的酒瓶全部接住，最后只在手里各自留下一瓶。而后她将酒瓶抛高，再次精准接住，把嘴里含的酒水对准酒瓶喷去。

两团火花四起，她手中酒瓶的顶端，瞬间燃烧出绚丽光芒。

"HOHOHO——"正对吧台的圆桌前，有一个小身影双手叉腰站在桌上。他穿件黑色小礼服，头顶也戴着一顶黑色爵士帽。

"HOHOHO——"站在桌上的沐果果，双手叉腰，高高仰起小脑袋。他往上抬起双臂，同时扭动他的小翘屁股，摆动小身子，吹起一个响亮的口哨，"沐沐美女，我好爱你哟——"

"啊——"周围一片尖叫声，大家都把目光落在那个扭腰的小正太身上。

这孩子长得太好看了吧！

沐果果撇嘴，看到那些女生投来的热切目光，沉着一张小脸转过身，沿着圆桌迈步过去，走向坐在他对面的男人。

男人双腿交叠坐在椅子里，笑吟吟地看着他。

沐果果走上前，动作熟练地完成三步：第一步，双手圈住男人的脖子；第二步，抬起一条腿跨上他的肩膀；第三步，仰首挺胸坐在他的肩头。

三个步骤，每一步都分毫不差，显然已经做过无数遍。

盛铭湛任由他舒服地坐好，伸出一只手护住他的腰，害怕他太过得意掉下来。

"哇，你们快看啊！那对父子帅死了！"

面对周围的议论声，沐果果小朋友不耐烦地蹙起眉，随手摘下头顶的爵士帽，朝喧闹的人群丢过去。

"啊——"人群再次一片尖叫，很多女孩子跳起来去接帽子。

287

沐果果见到他的帽子被一个年轻女孩接住，眨了眨黑亮的眸子，撅起小嘴丢出一个飞吻。

大家的心都被萌化，有人蠢蠢欲动想上前，却被盛铭湛冷冽的目光震慑住。

"啧啧！"沐果果小嘴巴上翘，"这些女人真没有内涵。"

听到他的话，盛铭湛抿起唇，笑道："你懂什么叫内涵？"

"懂啊！"沐果果下巴朝前点过去，齐刘海的蘑菇头可爱至极，"像我们家沐沐美女那样的女人，才叫有内涵！"

盛铭湛一把托住他的后颈，直接从肩头拉下，转而把沐果果抱坐在自己大腿上："小子！算你有眼光！"

"你们说什么呢？"

吧台里的女子笑着走过来，将她刚调好的酒放在盛铭湛面前。

"沐沐美女，"沐果果看到妈妈，撅起小屁股扑过去，抱紧她的脖子在她胸前磨蹭，"我好爱你哟！"

沐良忍住笑，抱起儿子，弯起食指在他鼻尖刮了下，道："果果，不许搞怪！"

"我没有啦。"沐果果不承认，指了指周围那些眼冒星星的女孩子们，他烦躁地问，"她们是不是想吃掉我？"

"……"沐良无奈摇摇头，她这个儿子将来要怎么办呢？

"老板娘！"酒吧服务员过来请示，"那边有客人想要点您调的酒。"

沐良松开儿子，交给盛铭湛看管："我去一下。"

"去吧。"盛铭湛嘴角的笑容温柔。

妈妈转身离开，沐果果回到盛铭湛怀里吃爆米花，喝饮料。他长着一双黑溜溜的大眼睛，闪闪的，萌化人心。

不一会儿，沐果果仰起头："超人爸爸，我想尿尿。"

盛铭湛起身抱他，却不想沐果果滑到地上。

"我要自己去厕所。"

"你可以吗？"盛铭湛弯腰问他。

沐果果肯定点头，很骄傲地告诉他："我昨天在幼儿园自己尿尿，都没有弄脏裤子，老师说我很厉害！"

盛铭湛无奈地看着他熟门熟路地跑去卫生间。

果果独立性很强，虽然才四岁，明显表现出超越同龄孩子的自理能力。这间酒吧里的人，几乎都认识沐果果，盛铭湛并不太担心，只吩咐店员盯着点。

离开海边，傅晋臣想开车在周围转悠转悠。车子行驶到繁华中心，沿着大街小巷穿行，他忽然看到一块很特别的招牌。

这条酒吧街环境清幽，并没灯红酒绿的迷乱。其中一家酒吧的招牌，用钢琴的琴键作为背景。酒吧的名字更有意思，竟然叫"沐"。

三点水的沐。

傅晋臣心尖莫名动了动，他停好车，走进酒吧。

一眼望去，酒吧内座无虚席。傅晋臣选好座位，点了杯红酒。

舞池里有音乐表演，不同于其他酒吧的喧闹，这里的表演明显经过精心设计。

周围的人们还在议论刚刚那场花式调酒表演，傅晋臣偏过头，朝吧台看过去。

可惜表演已经结束，吧台里只有穿着制服的服务员。

喝了两杯酒，周围安逸的气氛能够令人放松神经。工作一天，需要释放紧张情绪的白领们，倒是很需要来这里坐一坐。

傅晋臣双手插兜走向卫生间，他似乎看到什么，还没来得及反应，一道影子已经撞上他的大腿。

男人下意识弯腰，牢牢扣住那个晃晃悠悠的小身体。他迅速张开掌心，避免孩子的头磕到坚硬墙壁。

"走路都不看人吗？"傅晋臣低头，盯着抱住他大腿的孩子。

沐果果揉揉撞疼的小鼻子，精致五官团在一起，他抬起小手指过去，嘴里振振有词："我是直行，你是转弯，你要负全责好不好？！"

傅晋臣怔了怔，笑道："小子！你懂得还挺多！"

小子？沐果果皱眉，除了超人爸爸，他不喜欢别人这么叫他。他双手叉腰，忽然对面前的男人勾勾手指。

傅晋臣想也没想，弯腰蹲在他面前："有话说？"

沐果果仰起尖尖的小下巴，黑亮眼睛瞪着他，道："大叔，虽然我现在还小，但我总有一天可以长成你这么大！但是呢，你就别想再变回我这么小了！哼！"

"……"傅晋臣嘴角一抽，无话可说。

沐果果气哼哼地跑开。

那抹身影转瞬跑远，傅晋臣眼底渐渐漫过一丝笑意。这孩子挺好玩的，那么小年纪说出来的话却能气死人！不过他尖尖的小下巴，使他不由自主地想起一个人。

盛铭湛等好久都没看到沐果果回来，蹙眉往这边走，远远见到迎面走来的男人："傅总！"

他出现在这里，盛铭湛明显觉得惊讶。

傅晋臣显然也没想到他在，薄唇含笑道："盛总，你怎么在这里？"

"朋友的酒吧，没事过来坐坐。"盛铭湛敛起异色，回答得滴水不漏。

傅晋臣与他闲聊几句，很快回到座位。

眼见他走远，盛铭湛剑眉紧蹙，将电话拨出去："良良，你在哪里？"

"我在卫生间，怎么了？"

"没什么。"盛铭湛隐隐松了口气，道，"你先别出来，果果要玩捉迷藏。"

"这样啊。"沐良抽出纸巾擦干手，语气温柔，"好吧，你不许偷偷告诉他。"

盛铭湛侧过身，见傅晋臣将杯里的酒喝掉："好的，我不告诉他。"

晚上九点，沐良准时离开酒吧。平时她都会稍晚一些离开，但今天沐果果在，她不会耗到很晚。

开车回去的路上，沐果果坐在车后座玩变形金刚。沐良坐在副驾驶座，道："铭湛，年底我能凑出一笔钱，把之前合股的钱给你。"

"不急。"车子转过弯，盛铭湛嘴角的笑容温和。

这间酒吧三年前由盛铭湛出资，那时候沐良没有本钱，但他非要拉她入股。当时约定，等她把本钱存出来，才算正式入股。因为要带儿子，一般的工作时间安排不过来，所以这几年她把心血都用在经营酒吧上面。

皇天不负有心人，三年经营，酒吧盈利越来越多。沐良没有愧对盛铭湛对她的信任。

车停在楼下，盛铭湛抱着果果下车。

沐良接过儿子："这次回来，你能够待多久？"

盛铭湛弯起唇角："也许能久一点儿。"

这几年他经常来回景城，有时候只待三四天，有时候可以住半个月。每次他回来，都是沐果果最开心的时候。

"好耶！"沐果果情绪激动，"超人爸爸，我想去游乐园玩。"

沐良看了看时间，叮嘱道："路上小心开车。"

"好，"盛铭湛摸摸沐果果的头，又看向沐良，道，"晚安。"

"超人爸爸晚安。"沐果果使劲在他脸上亲了下。

盛铭湛满足地转身，发动引擎前他神色微沉："良良……"

"有事？"

沐果果舒服地窝在妈妈怀里，盛铭湛敛眉，笑道："没有，你们早点睡。"

沐良目送他的车子开走，抱儿子上楼。

回到家，沐果果第一时间拿起电话给外公外婆拨过去。他电话号码记得很熟，一个数字都不会错。

最近两个月，沐占年风湿病发作得比较严重，沐良不让妈妈两边跑。她自己能把时间调整好，照顾儿子也没什么大问题。

沐果果打完电话，沐良抱着儿子走进浴室，很快就给他洗好澡，换上干净的衣服，又把他的头发吹干。

孩子发质柔软，黑亮头发剪成齐刘海的蘑菇头，帅气又可爱。

沐良放下吹风机，亲亲儿子香喷喷的小脸蛋："果果，妈妈去洗澡。"

"好。"沐果果回到卧室。

盥洗台前，沐良轻轻揉搓儿子的衣服，心底颇有感触。转眼果果已经四岁，还记得儿子出生那天，她睁开眼睛，第一次看到他的脸。

那时候，她眼里含着泪花，心头无尽感慨。

儿子是她的生命，是她最重要的人。

不久，沐良洗好澡出来，茶几上的手机有信息提示，她划开屏幕看到盛铭湛的信息。这些年，盛铭湛对他们母子的照顾，不是一句感激可以说清的。

沐良很快回复，笑容温柔。

卧室书桌前开着灯，沐果果趴在上面，认真画着什么。

"果果？"沐良看到他画的东西，不禁惊讶。

"嘘！"沐果果对她笑，"妈妈要保密。"

将儿子抱到床上，沐良眼睛弯弯的："好，妈妈保密。"

大床温暖舒适，又有妈妈在身边，沐果果很快闭上眼睛，靠在妈妈怀里睡着。

等到儿子睡熟，沐良给他掖好被子，轻手轻脚走到书桌前。

摊开的画纸上，儿子用彩色蜡笔勾画出一幅画：蓝天白云间，一个穿着蓝色紧身衣，身披红色斗篷的超级英雄，穿梭在高楼大厦中。

沐良双手托起画纸，只见最下面的空白处，沐果果歪歪扭扭写着几个字。他会写的字有限，但孩子想要表达的意思很清楚——"我有一个超人爸爸"。

沐果果只会写爸爸两个字，他不会写超人，就用蜡笔往上对着超人的图像画个箭头，却把爸爸这两个字写得异常工整。

沐良眼眶微湿，日历页上有个用红笔勾起的日子，那天是盛铭湛的生日，这幅画是儿子要送他的生日礼物。

傍晚六点刚过，家里的门铃响起。沐果果从沙发跳下来，跑去开门："超人爸爸！"

盛铭湛抱起他，站在玄关换了鞋："又在偷吃零食？"

"嘘！"沐果果捂住他的嘴，声音很小，"别让妈妈听到。"

听到门铃声，沐良戴着围裙从厨房出来："来了。"

放下孩子，盛铭湛先去洗手，然后走进厨房："真的不用我帮忙？"

"不用不用。"沐良把他往外推，"你去跟果果看电视吧。"

盛铭湛心里不太放心，不过见她一脸兴奋，他又不愿意打消她的积极性，只好坐在沙发里，抱着果果看电视。

半个小时后，沐良将饭菜端上桌，召唤他们吃饭："快去洗手。"

"哇！"闻到饭菜香，沐果果屁颠屁颠地把手洗干净，自己拉开椅子坐到他的位置。

"妈妈做的饭好香！"沐果果总是恰到好处地拍马屁。

沐良给儿子夹菜，心情大好。

这道糖醋排骨，沐良苦练一个多月，她刚才尝过味道，做得很成功。

她夹到盛铭湛碗里，道："尝尝。"

颜色挺有食欲，盛铭湛低头咬了口，盯着她道："果然教会徒弟饿死师父。"

沐良笑喷，心想哪有那么夸张啊。她拍了拍盛铭湛的肩膀："放心，我很有良心，不会把你饿死。"

"是吗？"盛铭湛笑着揶揄，"那我应该说声谢谢。"

"不客气不客气。"沐良随声附和。

沐果果眨着黑眼睛，看他们两人有说有笑，小脸上的笑容很甜蜜。

"果果！"儿子又在挑食，沐良沉下脸，"把虾仁吃掉，对身体好。"

"不要！"沐果果往嘴里塞了一大口米饭，"我要吃排骨。"他自己伸手，夹起一块很大的糖醋排骨往嘴里塞，边吃边道，"我不爱吃海鲜，好恶心！"

这孩子过分挑食，任何海鲜他都不吃。怎么会这样？她明明很爱吃海鲜的嘛！

"张嘴！"沐良夹起一个虾仁，送到儿子嘴边。

沐果果闭紧小嘴巴，硬是不张。看到妈妈严厉的脸色，他眼眶发红，很快有泪光闪动。

盛铭湛把沐良筷子上的虾仁夹到自己碗里，笑道："好了，果果还小，偏食也是正常的。"

看到儿子要哭了，沐良的心也软了，尤其盛铭湛在，沐果果铁定不会妥协的。她抿起唇："沐果果，以后如果你再挑食，妈妈罚你一个星期不许吃零食。"

嗷呜！沐果果委屈地低头，依旧不肯吃盘子里的虾仁。他不爱吃嘛，就是不爱吃！

儿子固执且挑剔的毛病，令沐良心情忽然变得烦躁。她低头吃饭，再也没有说过话。

用过晚饭，沐果果坐在边上吃水果，盛铭湛起身走到厨房，盯着沐良刷碗的背影："还在跟孩子生气？"

"没有。"沐良摇头。

她扫了眼盯着动漫的儿子，心底掠过一丝感叹。其实有些事情，本来就是与生俱来，即便她排斥，还是不能改变什么。

"我想回去看爸爸。"沐良关上水龙头，将洗好的碗擦干，"昨晚给妈妈打电话，她说爸爸腿的毛病挺厉害，前街有个老中医专治风湿，我抓几副药给爸爸试试。"

"也好，你好久都没回去了。"盛铭湛显然赞同。

沐良收拾好，眼神落在儿子身上。

"这几天我在，果果交给我。"盛铭湛看穿她的顾虑。

"我明天回去，后天回来。"沐良点头。

沐果果听说妈妈要离开，原本正要闹，却被盛铭湛先一步吸引注意力："明天超人爸爸去幼儿园接你，然后带你去吃汉堡？"

"好棒！"沐果果眼前浮现出大大的汉堡、可乐，还有薯条。

沐良皱眉："那种东西不健康。"平时她都不会让孩子吃，总觉得对身体发育不好。

盛铭湛眉眼含笑："偶尔吃一次，你不要管了。"

"对啊。"沐果果拼命点头。

好吧，反正他们两个人总是团结一致，联合反抗她！

晚上九点，沐良命令儿子洗漱，上床睡觉。盛铭湛起身，也要离开。

"这是钥匙。"沐良拿出一套全新的钥匙，交到盛铭湛手里。

盛铭湛眼神微动："这么信任我？"

沐良环视四周，笑起来："反正都是你花钱买的，你还能自己偷自己？"

"呵呵……"盛铭湛失笑，"明早我来接果果去幼儿园，你直接回家。"

"好。"

他微微侧过身，忍不住揉了揉她的头顶："早点睡。"

"你也是。"沐良目送他下楼，关上门后走到窗前，恰好看到他打开车门，同时也转过身朝她所站的位置看过来。

沐良挥挥手，直至他开车离开，才回到卧室。

将儿子哄睡后，沐良把明天回家要带的东西收拾好。她掀开被子上床，背靠床头有些失神。这几年为了照顾她和孩子，爸爸妈妈总是两边跑，现在他们年纪越来越大，身体也不好，总是这样来回折腾也不是长久之计。而且果果越来越大，她的担心似乎也越来越明显。

景城生活虽说安逸，到底距离家远。当初为还给傅家那一百万，沐占年将祖坟的地皮卖掉，这件事爸爸不说，可沐良知道那是他永远的心病。

爸妈在渝城生活几十年，亲戚朋友都在那里，临到晚年让他们换了环境，连一个熟悉的朋友都没有，沐良于心不忍。

第二天清早，盛铭湛把沐果果送去幼儿园。沐良收拾好东西，坐车回到渝城。她提着东西往家走，远远看到小院前停着几辆豪车。

"滚出去！"

听到沐占年声音激动，沐良抬脚往家跑。

"站住——"守在门外的两个男人拦住沐良。

"你们是谁？"

"你是谁？"

那两个男人穿着黑色西装，口气不善："毅哥在里面，闲杂人等不许乱闯！"

"毅哥？"沐良沉下脸。

听到外面的动静，屋门打开，走出来的男人身材颀长，他上身穿件黑色衬衫，下身紧身皮裤勾勒出修长的双腿。

"姐。"沐毅含笑上前，"都滚远点，那是我姐。"

"是，毅哥。"两个男人立刻退开。

"你怎么回来了？"沐良脸上没有太大惊喜。

沐毅过来环住她的肩膀："我刚从泰国回来，来看看爸妈。"

蔡永芬好不容易安抚好丈夫，推门出来。

"妈。"沐毅拉过母亲，从口袋里掏出一个丝绒盒子，道，"这是我给你买的，平时要戴着。"

蔡永芬打开扫了眼，皱眉往回推："这么贵重，妈不要。"

"为什么不要？"沐毅把翡翠项链取下来，给母亲戴好，"这是你儿子孝敬你的。"

沐良把被父亲丢出来的补品拾起来，放在边上。

"姐，你也有。"沐毅同样塞给姐姐一个盒子。

"小毅，"蔡永芬瞅着院外那些人，蹙眉道，"你到底做什么生意？"

"赚钱的生意。"沐毅拍了拍母亲的肩膀，安抚她，"妈你放心，从现在开始我们全家都可以过上好日子了。"

蔡永芬叹口气，摇头道："妈不指望过好日子，只要你上进，别让我们操心就行。"

沐占年还在生儿子的气，始终都不接受他的东西。他坐在屋子里，喊妻子进去。

"爸还要气多久？"沐毅挑眉。

蔡永芬神色无奈，叮嘱儿子："你以后回来不要买这些东西，你爸不会要的。"

"这些东西对你们身体好，爸爸就是固执！"沐毅不以为意。

沐占年似乎听到他的话，眼见又要发火。沐良忙将她带来的中药交给母亲，道："妈，把这药给爸爸试试，有效果我再开。"

蔡永芬点头，转身进去，生怕丈夫动怒又把儿子赶走。

"姐！"沐毅拉住沐良的手腕，直接将她拉上车，"我带你去个地方。"

沐良来不及拒绝，沐毅已经将车开走。

不多时候，车停在一处高级别墅区内。沐毅熄火后，带姐姐往里走。

一栋四百多平方米的独立别墅，前面花园有一个圆形泳池，别墅周围绿树成荫，是典型的高档住宅。

"怎么样？"沐毅揽着姐姐双肩，带她前后参观一遍。

沐良眼睛盯着脚尖："挺好的。"

沐毅抽出一根烟，拨动手里的白金打火机，幽蓝色火花闪过，他深吸一口后，笑道："我想让爸妈搬过来住，可他们不肯。姐，你劝劝他们！对了，你也要搬来，别住在景城那种小地方了，那里不适合你。"

沐良缓下嘴角的笑容，道："爸妈住在渝城习惯了，你让他们来这样的地方，估计他们整晚都睡不着。"

"慢慢习惯嘛。"沐毅拉着姐姐坐在沙发里，"什么事都需要习惯和适应。"

"沐毅，"沐良盯着面前这张俊逸的脸庞，红唇微动，"这几年，你到底在做什么？"

当年沐毅打架伤人被学校开除，此后消失了很久。等他再次出现时，便是如今的模样，穿名牌、开豪车、住豪宅，走到哪里都有一帮人跟随。

沐良神情黯然，她知道，弟弟之所以被学校开除，都是因为宋爱瑜。说到底，还是因为她，改变了沐毅的人生轨迹。

"姐，你也不相信我？"

"没有，"沐良轻握住他的手，道，"姐姐只是担心你。"

她不知道沐毅这几年都经历过什么，只是看他挥金如土，觉得揪心。弟弟彻底变了，变得让她感到陌生。

手里的烟蒂捻灭在烟灰缸内，沐毅勾起唇，道："姐，我不是小孩子了，我知道我要什么。"

沐良抬起脸，沐毅右耳上的钻石耳钉，闪亮得异常刺目。她拒绝弟弟再三挽留，提着包离开这栋超级豪华的别墅。

再好的地方，变了味道，依旧令人压抑。

离开别墅区，沐良拦上一辆出租车。她原本想要回家看望父亲，但人还没进屋就被沐毅拉到这里，既然已经在市里，那就应该跟乔笛见一面。

前两次回来，她没来得及跟乔笛打招呼，气得那丫头一个劲儿哭，说要跟她绝交！

其实沐良感到有些亏欠好友。关于儿子的事情，她一直都没有告诉乔笛。但为了果果，她又不能不这么做。

"娇滴滴，很忙吗？"

乔笛惊讶："你来名海了吗？"

"嗯。"沐良应了声，"我们晚上一起吃饭？"

"必须啊！"乔笛捧着电话声音激动。

现在距离晚上还有些时间，沐良去百货公司打发时间。她直接去三楼童装部，给儿子买了两套衣服。沐果果天生爱臭美，她选的都是最新款，不过价钱也让人心疼。

买完东西，时间还有些富余。沐良提着袋子走了走，好久没有回来，这里又有新变化。那边的写字楼好像比前年更多了，南面新建一个公园，绿化很好。

不知不觉间，沐良走到宋氏琴行。她缓缓停住脚步，仰头看向那块牌匾，眼前浮现出外公含笑的脸庞。

"小丫头，你来了。"

那么熟悉的声音，沐良鼻尖酸了酸。可惜，她再也听不到。

沐良站在玻璃门外，隔着不算远的距离，能看到摆放在展厅中央的钢琴，黑色依旧闪烁。

外公，良良来看你了。沐良抿起唇，心底滋味酸涩。

"欢迎光临。"店员打开门。

店员已经更换，并不是她熟悉的，沐良摇摇头，并没有进去，转过身一步步离开。

有些东西，她心里放不下，但只要看看就好。

路边的黑色轿车里，司机蹙眉问后座的人："林副总，您还去琴行查看吗？"

自从宋儒风去世，林蔷每月都会来琴行检查，盯着走远的沐良，她脸色失落。

在景城三天，傅晋臣收获很大。那里确实是个值得开发的好地方，目前还达不到一线城市水平，不过未来几年绝对有巨大的升值空间。

夜风透过降下的车窗，拂过男人俊逸的脸庞。

前方路口亮起红灯。

傅晋臣将车停下，微微侧目，恰好见到对面的民政局大楼。这个地方，他不陌生。

两次来这里，都是为同一个人。

他们初次相遇在这里，他们结束一切也在这里。

滴——后面的车用力按喇叭，傅晋臣收回目光，将车发动起来。他戴上蓝牙耳机，目光如炬："钱响，你在哪里？"

"四哥，我正跟刘总吃饭呢，你要过来吗？"

傅晋臣担心钱响一个人搞不定，应道："二十分钟后到。"

"成，我们等你。"

前方路口转弯，傅晋臣透过后视镜，望着渐行渐远的民政局大楼，薄唇抿成一条直线。

下班以后，乔笛马不停蹄地赶来。

沐良打量着这家气派的酒店，秀眉微蹙："就我们两个人吃饭，用不着这么浪费吧？"

"不会，"乔笛拽住沐良进去，"这家店的酸菜鱼很好吃，你一定喜欢。"

酒店经理见乔笛过来，笑道："乔小姐，您来了，钱总也在呢。"

乔笛摆摆手："我不找他，自己吃。"

经理吩咐服务员另开一间包厢，面积不算大，但环境清幽，适合聊天。

乔笛很满意，接过菜单："良良，你喜欢吃什么随便点。"

沐良把菜单推给她，道："你来吧，我等着吃就好。"

以前每次出来吃饭，沐良都不点菜，乔笛比较有研究，每次点的菜都是最有特色、味道最好的。

稍后，乔笛点好菜，打发服务员离开。

"你好忙啊，这么久才回来一次。"乔笛喝口茶，埋怨道。

沐良如实道："酒吧刚上轨道，我要盯着。"

"喂！"乔笛伸长脖子，八卦特质难改，"你跟盛铭湛在一起了吗？"

"你跟钱响在一起了吗？"

乔笛撇嘴，敷衍道："就那么回事吧。"

就那么回事？沐良别有深意地笑起来。乔笛这孩子表面大大咧咧，其实心思细腻。既然她愿意跟在钱响身边四年，那就说明对他是用心的。

"怎么还没结婚？"沐良问。

乔笛鼓着腮帮子，神情渐黯："他家里不同意。"

大概猜到原因，沐良无声叹气。是啊，钱响家里也算名门，人家只有一个儿子，固然乔笛家境不错，但到底是暴发户，没有根基没有背景，与那些豪门千金比起来，她自然不能被认可！

"娇滴滴，"沐良握住乔笛的手，道，"别太难为自己。"

乔笛苦笑了声："我没什么可难为的！反正我就这样，我又不能投胎重生一次，选个豪门爸妈，爱怎么样怎么样吧！"

沐良心口一阵收紧。

服务员端着餐盘进来，一道道色香味俱全的菜肴上桌。

乔笛勾起笑，打趣道："我们开动，那些不开心的事情吃完再说。"

沐良点点头。

"今晚别回去，跟我睡啊。"乔笛好久才能见她一面，自然有说不完的话。

沐良犹豫了下，看到她期盼的眼神只能答应。

这家酒店的川菜很好，沐良吃得尽兴。每次跟乔笛一起吃东西都是件很快乐的事情，她们口味相同，爱好相似，真像前世失散的姐妹。

"吃饱了！"

乔笛揉揉肚子，沐良去趟卫生间也回来了。

"我们走吧。"乔笛提着包起身，挽着沐良往外走，"结了账我们回家恩爱去！"

她平时说话总是这样，沐良含笑跟在她身后。

最里面的包厢门打开，钱响把傅晋臣推出来，蹙眉道："四哥，你在外面醒醒酒，这些人明显针对你。"

傅晋臣笑了笑，俊脸染着几分疲惫。

"你去外面等我，"钱响叼着烟，骂道，"看我怎么收拾这帮孙子！"

"小心点。"傅晋臣拍拍他的肩膀叮嘱。

钱响回身往里走："我知道。"

背靠墙站住，傅晋臣缓了口气，确实感觉有些醉意。他喝得不算多，却脑袋发沉。

前厅的沙发里，傅晋臣一下下按揉酸胀眉头，不时盯着腕表。再过十五分钟钱响不出来，他就要进去救人了。

乔笛掏出钱夹，把沐良推到边上："这是姐的地盘，你要想请，下次吧。"

见她那副架势，沐良没有争抢。她站在前厅的侧门前，等乔笛结账出来。

已经八点多了，沐良算计着，这个时候盛铭湛应该给儿子洗过澡，准备哄他睡觉了。她想要给家里打个电话，余光却看到什么人。

酒店大厅人来人往，高高悬挂的水晶吊灯，光线刺眼。

傅晋臣站在沙发前，眼底映入的身影令他心尖发颤。他怔怔地立在原地，深邃黑眸中一点点泛起涟漪。

纵然过去四年，但他在人群中，依旧能第一眼就分辨出她。

那股熟悉的气息，无论相距多远，总能吸引他。

男人那双锐利眼眸慑人，沐良不经意地抬头，目光恰好落入他眼底。这双眼睛，一如当初的黑沉，幽深不见底。

"良良，我们可以走……"乔笛结账回来，看到傅晋臣站在对面，不禁愣住，"总裁？！"

傅晋臣目光不曾有片刻离开沐良的脸。刚刚这一眼，看得他全身汗毛直立，酒劲瞬间清醒大半。

"四哥，那帮孙子都搞定了。"钱响得意洋洋地过来，瞅见眼前的情形后，皱眉瞪向乔笛："怎么回事？"

乔笛无辜摇头，表示不知道。

"走吧。"沐良平静地开口。

"嗯？"乔笛瞪大眼睛。

"账结好了吗？"

乔笛点头。沐良拉起乔笛的手："那不就行了，咱们走吧。"

她们转身离开，钱响原本想阻止，但身边的男人比他出手更快。

"等等！"

手腕被人握住，沐良被迫停下脚步。手腕间传来的温度，莫名熟悉，她慢慢转过身，眼底一片平静。

抽回手腕，沐良看向他，不怒不悲。她的眼睛里，没有惊诧，没有震怒，甚至没有波澜。

沉默的这一分钟里，傅晋臣思绪是空白的。她那双沉寂的眼睛，只令他心尖发紧，一阵紧似一阵，那种近乎窒息的感觉，逼得他倒退一步。

喉咙里堵着的那些话，都在她淡漠的视线中消失殆尽。傅晋臣动了动嘴，发觉他的声音竟是那么无力。

旋转玻璃门一闪，沐良已冲了出去，乔笛握紧车钥匙追上去。她朝钱响耸耸肩，带沐良上车后离开。

路边那辆白车的车身消失，钱响解释道："乔笛不知道咱们今晚在这里吃饭，真的是巧合。"

傅晋臣薄唇勾起的弧度冷然："巧合？"他轻笑出声，沉着脸头也不回地走远。

"四哥！"钱响追了两步，看他的脸色，没有继续纠缠。这叫什么事情？这么多年没见，偏巧今晚沐良是被乔笛带来的，真是倒霉！

回到乔笛住处，沐良神情没有太大变化。几年没来，这里变化不大，但还是有不一样的地方，多出不少成双成对的物品。

乔笛小心观察她的神色："良良，你还好吧？"

"挺好。"沐良笑眯眯地回答。

乔笛没有看出什么异常，总算放下心来。

"我先去洗澡。"乔笛朝浴室走，"今晚我们要像上学时那样，秉烛夜谈。"

沐良没有反驳。

随手打开电视，等到浴室里有水声后，沐良才把手机拿出来。

儿子还没睡，正在等她的电话。

"妈妈，你怎么才打电话？"沐果果靠在盛铭湛怀里打呵欠，"我都要困死了。"

"对不起，"沐良赶快道歉，道，"妈妈刚才有事，你晚上吃的是什么？洗过澡了吗？"

沐果果笑着回答："超人爸爸给我洗的，我们吃的是汉堡还有冰淇淋。"

儿子说话声音低下去，盛铭湛将电话接过来，安顿孩子躺好："你吃过晚饭了吗？"

他的声音低沉温柔，沐良紧蹙的眉头逐渐平复，她背靠沙发，嘴角弯起自然的弧度："吃过了，跟乔笛一起吃的。"

顺着透明玻璃窗望出去，远处一盏盏亮起的街灯，繁华炫目。沐良倚在窗边，能够看到自己的脸："铭湛……"

"怎么？"盛铭湛眉眼含笑，"别说你想我。"

沐良轻哼了声，反驳道："我想儿子。"

"……"早就知道她不肯吃亏，一句话都不让。

沐良换上乔笛的睡衣，从浴室走出来。

茶几上有很多零食，还有两瓶鸡尾酒，乔笛抱起这些东西走进客卧，把东西都摊在床上。

"还记得咱们以前在宿舍吗？"乔笛掀开被子，沐良擦干头发在她身边坐下。

"每次熄灯以后，手电筒一照，照样窝在床上看鬼故事，吃零食。"

"还好意思说？"沐良挑眉，"是谁晚上不敢一个人去厕所，每次都要拽着我的？你那也叫爱看鬼故事？！"

"咳咳！"乔笛不自然地咳嗽，还嘴，"你干什么揭我老底啊？"随手撕开一包薯片，她气哼哼往嘴里塞。

"好嘛，"沐良环住她的肩膀，"我错了。"

"这还差不多。"乔笛顺了口气，端起酒瓶跟她碰了下，笑道，"哪天休假我去景城找你，这几年我还没去看过你。"

"没什么好看的，景城跟名海差距很大。"

乔笛眯了眯眼，坏笑着问她："是不是藏了什么，害怕我看到，嗯？"

"不会！"

沐良回答得肯定，表情却很不自然。若是被乔笛发现果果的存在，估计她能闹得满城

299

风雨。

　　"喝酒。"沐良把鸡尾酒塞到她手里，暂时转移她的注意力。

　　两瓶鸡尾酒进肚，乔笛靠在沐良肩头："你离开这几年，我都好想你，好想念我们在一起时的日子。"

　　"娇滴滴，钱响对你好吗？"

　　"还算好吧，"乔笛握着酒瓶，有些黯然，"可是良良，我有点累了。"她把脸伸到沐良面前，指着眼角，道，"看我眼角的细纹！前几天同学聚会，胖妞的儿子都两岁了，我还是孤家寡人一个！"

　　"胖妞？"沐良笑出声。当年她们断言胖妞三十岁都嫁不出去，没想到人家不但三十岁前结了婚，竟然连儿子都有了。

　　"你来跟我比。"沐良安慰她。

　　"你？"不说还好，一说乔笛更沮丧，恨声道，"你都把傅晋臣甩了，谁能跟你比啊？良良你知道吗，要是让我嫁一次那样的男人，我就是往后都一个人也要偷笑！"

　　沐良倒吸口气。

　　乔笛还是愤愤不平的模样："这几年你是没有看到，那个宋爱瑜简直作死了！每次看她跟在傅晋臣身边，我就恨不得冲过去给她两个耳光，她凭什么啊？！"

　　"良良，你……"见到沐良异常平静的目光，乔笛忍不住问她，"今晚见到傅晋臣，你什么感觉？"

　　沐良笑了笑："没感觉。"

　　"真的？"

　　"你看我的眼睛。"

　　乔笛伸脑袋过去，紧紧注视沐良的眼睛，看不出任何起伏。"唉……"往后倒在床上，乔笛失落地道，"良良，我觉得你比我狠心。"

　　狠心吗？沐良敛下眉，红唇轻弯。

　　她们两个人许久未见，自然有说不完的话。最后还是乔笛先支撑不住，倒在床上睡着了，沐良贴心地给她掖好被子。

　　收拾好吃剩的东西，沐良才回到床上，挨着乔笛躺好。

　　窗外月光皎洁，那抹银色莫名染上几分寒意。沐良侧过身，她已经习惯每晚搂着儿子，嗅着他身上甜甜的味道入眠。此时怀里空空的，心里也空空的，她竟无半点睡意。

　　大都市的繁华，永远都不会因为黑暗来临而消退。紫竹公馆，屹立在繁华闹市中，偏又有独特的宁静。

　　客厅中光线昏暗。黑色转角沙发里，男人穿件白色睡袍，双腿搭在茶几上。他手中轻握酒杯，红色的液体，慢慢滑入他的口中。

　　影视墙巨大的嵌入式液晶电视，屏幕亮着，立体声效果极强。画面中出现的是一间玻璃屋，服务员推着蛋糕车进来。沐良站在车前，双手轻拍，口中轻唱生日歌。她牵过身边男人的手，催促道："傅晋臣，现在可以吹蜡烛了！不对不对，你要先许愿，许愿以后再吹！"

蜡烛被一口气吹灭，沐良笑得眯起眼睛。

画面转过，餐厅的钢琴前，沐良双手流转黑白琴键上。红唇轻贴面前的麦克风，神色温柔地对他唱道：

> 哎呦哎呦哎呦哎呦哎呦哎呦
>
> 你说你说，我们要不要在一起
>
> 柔情的日子里生活得不费力气
>
> 傻傻看你只要和你在一起
>
> 哎呦哎呦哎呦哎呦哎呦哎呦
>
> 我说我说，我要我们在一起
>
> 柔情的日子里爱你不费力气
>
> 傻傻看你只要和你在一起
>
> ……

这段录像，傅晋臣后来从那家法国餐厅花高价买下。他反复播放，发觉那晚沐良对他唱这首歌的时候，神情竟是如此迷人。

她黑亮的眼睛，清澈见底，一如她那时的表情，单纯干净。

画面定格，傅晋臣起身走到电视前，一点点弯下腰，修长手指滑过屏幕中她的脸，指尖反复摩挲。

那一刻，她嘴角的笑容，温柔如水。

天还没亮，沐良轻手轻脚起床。简单洗漱后，她留下一张纸条便离开了。从名海市到景城，她一路归心似箭。

回到家不到七点，沐良轻轻打开门，生怕吵到家里的人。她洗过手出来，盛铭湛已经抱着孩子站在她面前。

"妈妈。"

"果果！"

沐良伸手接过儿子，使劲亲他的小脸："想妈妈吗？"

"唔。"沐果果显然还没睡醒，往她胸前磨蹭，"想。"

"妈妈也想你。"沐良搂紧儿子，见盛铭湛也穿着睡衣、头发凌乱的模样有些可笑。

"这么早回来？"

沐良把儿子抱回卧室，道："你们再睡一会儿，我去准备早餐。"

窗外阳光明媚，沐良安心地走进厨房准备早餐。

每次盛铭湛离开景城，沐果果都要闹脾气，他撅着小嘴，扭着小屁股坐在车前盖上，怎么都不肯下来。

"果果，"沐良哄他，"跟妈妈去画画好吗？"

"不要。"沐果果态度坚决，叫道，"超人爸爸不许走！"

盛铭湛俯下身，眼底神色温柔："超人爸爸要回美国一趟，不会很久，最多下周就回来。"

"不行！"沐果果不答应，"美国是什么国？我也要去！"

"等你大一些，我就带你去。"

"我现在就要去！"

沐果果小朋友在胡搅蛮缠方面很有一套。

"沐果果！"沐良沉下脸。

眼见妈妈态度变化，沐果果心里是害怕的。在家里他只怕妈妈一个人，所以他委屈地低下头。

"果果，超人爸爸答应你，回来给你带礼物。"盛铭湛抱起他，耐心地诱哄。

"我要最新版超人。"沐果果改变战术。

"好。"盛铭湛同他勾手指。

"铭湛，你太宠他了。"

"孩子还小，慢慢引导。"盛铭湛坐上车，朝他们微笑，"我下周回来。"

下周是他的生日，沐良叮嘱他："要按时回来，我跟果果都有礼物送给你。"

"都有？"

沐良笑得别有深意："嗯，都有。"

也许因为这几年的默契，盛铭湛见到沐良眼底闪过的柔色，似乎有什么预感。四年的相依相伴，不知道对于沐良来说，他意味着什么。但对于他来说，她和果果已经是他生命里不可或缺的部分。

良良，这次你是否愿意往前迈进一步？

黑色车身很快消失，沐良抱儿子上楼。沐果果神情失落，趴在妈妈肩头，闷声道："妈妈，为什么超人爸爸不和我们住在一起？"

沐良怔了下，打开房门走进屋。

沐果果仰起小脑袋："妞妞的爸爸妈妈都睡在一张床上，我们为什么不和超人爸爸睡在一张床上呢？"

沐良牵着儿子的手坐下，道："超人爸爸工作很忙，所以不能跟我们住在一起。"

"哦。"沐果果小眉头皱了起来。

儿子的表情，让沐良心情变得沉重。

一大早，沐良按时出门。盛铭湛不在的时候，他们要步行去幼儿园，所以要比平时提早十五分钟出门。

沐果果小朋友穿着幼儿园的园服，欢快地背着书包，拉起妞妞的手，两个人一蹦一跳往前跑。

沐良跟在儿子身后，不敢有丝毫放松。

路边的黑色轿车里，微微降下的车窗内，不断传来按动快门的声音，母子的身影被清晰地拍摄下来。

车后座里的女人一身干练的职业装，盯着从车前走过的人，嘴角轻抿。

"林副总，您要的照片。"助理收起相机，递上已收到照片的笔记本电脑。

林蔷看过后比较满意。

"现在就要发送吗？"

"对。"

前方背影渐远，林蔷神色无奈。良良，不要怪阿姨，为了董事长的遗愿，我只能出此下策。

上午十点，傅氏集团每月例会，准时召开。

傅东亭居中而坐，左手边第一个位置就是四公子傅晋臣。虽然他在家中辈分小，如今身为集团总裁，按照职位远高出傅培安一级。

这世界永远看实力说话，纵然傅培安为长子，但他职位是副总，必须坐在傅晋臣之下。

"晋臣，景城那边地皮考察得怎么样？"

傅晋臣吩咐助理将资料分发下去，同父亲汇报道："这是最新的地皮增值分析报告书，那些增长值告诉我们，未来三年景城的地皮价值，应该会以几十倍的速度增长。"他手指轻扣桌面，语气笃定，"盛氏已经瞄准这块地，盛铭湛从前年开始陆续对景城投资，我相信这里绝对有发展潜力。"

傅东亭认同他的观点。

"我不这么认为。"傅培安出言反驳，"与其冒着极高的风险去投资二线城市，为什么我们不加大力度追求眼前的利润？名海市还有很多未开发的资源，我们也可以往相邻的一线城市发展。"

"大哥，"傅晋臣单手轻托下颌，笑道，"你以为这是买东西吗？哪里人多你就往哪里排队？"

"你……"

"好了！"傅东亭制止他们的对话，眼神落在傅晋臣身上，"这样吧，你尽快把详细计划准备出来，下周例会上我们讨论。"

"好。"傅晋臣应允。

侧面椅子里，傅政低着头，始终没有发言。

散会后，傅培安冷着脸离开，任何人都能看出他很生气。

傅东亭眼底闪过一丝不悦。

回到办公室，傅晋臣边走边问："计划书完成了吗？"

"四哥，你有人性吗？"钱响背靠沙发，面色疲惫，"从前天到现在，我们已经连续加班三十多个小时了，还让人活吗？"

扫一眼时间，傅晋臣面无表情，道："再给你两个小时，你的团队要是交不出计划案，你就带头引咎辞职。"

钱响嘴角狠狠一抽。

不过动力果然来自压力，两个小时后，傅晋臣看到递交上来的计划案，终于露出一丝笑意。

看到他笑，钱响总算松口气。他品尝着蓝山咖啡独有的浓香，随手点开新收到的电子邮件。

噗！邮件发送过来的照片，瞬间令钱响睁大眼睛："四哥，你快过来！"

傅晋臣正在琢磨计划案，没有搭理他。

钱响抱起电脑过去："看这个。"

看到照片中那对母子脸部清晰的线条，傅晋臣视线瞬间凝固。

沐良背着包跟着一个小男孩，那个孩子留着齐刘海的蘑菇头，黑亮的眼神引人瞩目。

那晚在景城的酒吧里，傅晋臣曾经见过这个孩子。

"四哥！"钱响咽了咽口水，"这孩子……是谁的？"

傅晋臣黑眸轻眯，目光紧紧盯着照片中那一大一小，神情阴霾。

是啊，这孩子是谁的？！

凌晨三点半，傅晋臣烦躁地睁开眼睛，拿起床边的睡袍披在身上，走到窗前拉开厚重的窗帘。

落地窗外天色黑暗，路灯一盏盏地勾勒出迷离光影。

男人长身玉立，倚在窗前，幽暗眼眸定定地望向前方某个点，又是一夜未眠。

傅晋臣按压酸胀的眉头，薄唇紧抿成一条直线。这几年他经常失眠，看过很多医生，吃过很多特效药都不见有效。

他倒杯红酒，又从边上的小柜里拿出药瓶，倒出一粒白色药片，混合红酒吞下。

太阳穴一跳一跳地疼。傅晋臣喝干杯中酒，推开落地窗的玻璃门，走到外面的阳台上。

天空笼罩在暗色中，傅晋臣神情失落。当年沐良离开前，他没有发觉任何不对劲，也没有发现她有怀孕的迹象。

难道他漏掉什么？

盛夏天气闷热，傅晋臣洗过澡出来，在腰间围着一条白色浴巾。洗过热水澡，又吃过止疼药，他头痛的症状逐渐缓解。

凌晨五点，傅晋臣拿起手机，把电话拨过去。

"喂？"电话铃声响了半天，那端的人才接。

"查到没有？"傅晋臣语气不耐烦。

钱响哀号一声，捧着手机走到外间，小声道："四哥，你越来越过分了吧！你现在的行为，已经严重影响我的幸福生活。"

"没有消息，信不信我让你什么生活都没有？！"

钱响瞬间清醒过来，"嘿嘿，四哥你听我说啊，不是我不查，是盛铭湛动了手脚，我要慢慢查起，给我一点时间哈！"

"多久？"

钱响不得不回答："最晚明天。"

啪——傅晋臣挂断电话。

衣柜前，男人的指尖滑过整排衬衫，挑挑拣拣选出一件。他左手提着衬衫，右手挑选领带，每天花在搭配衣着上的时间不少。

换上满意的衣服，傅晋臣才拿起车钥匙出门。

开车到景城需要两个小时，早上车流量少，傅晋臣又开得比较快，一个小半小时后，他的车停在一处普通小区内。

小区环境嘈杂，早上有很多大爷大娘们出来运动。傅晋臣的车停在比较隐秘的地方，窗口正对旁边楼的第三层窗户。

那套房子，正是沐良目前居住的地方。

六点半刚过，沐良洗好衣服，一件件晾晒在阳台的衣架上。衣服多数都是孩子的，傅晋臣见她将湿衣服展开，然后踮起脚尖，挂在晾衣杆上。

刚起床的她身上还穿着睡裙，长发随意披散，在晨曦中仰起脸孔，露出尖尖下颌。

傅晋臣眯起眼睛，她的模样没有什么变化，依旧身材纤细，无论怎么看，都看不出她已经生过孩子了！

阳台的身影很快消失，傅晋臣依旧坐在车里。

大约七点钟，楼门口走出几道人影。跑在最前面的小男孩，留着齐刘海的蘑菇头，一身帅气的牛仔装，朝身后的人招手："妈妈，快点！"

他拉起身边小女孩的手，一前一后往前跑。

"果果！"沐良追过去，生怕儿子摔跤。

车里的男人发动引擎，车速缓慢地跟在后面。相隔不远的距离，傅晋臣几乎能听到孩子撒娇的说话声。

幼儿园大门外，沐果果搂住妈妈的脖子，道："妈妈要第一个来接果果。"

"好。"沐良轻笑，牵过他的手走进去。

傅晋臣双手握紧方向盘，瞧着那抹小身影发呆。

酒吧街后巷，沐良穿着简单的T恤、牛仔裤，戴着手套搬酒箱。

"老板娘，这种活儿让我们来就好。"有几个男店员跑过来，接过她手里的东西。

沐良把手套递给他们："小心安全。"

"知道了。"大家七手八脚地动手，酒箱都被搬进仓库。沐良捧着本子，一边清点，一边记录，生怕出错。

"今晚要用的酒都准备好了吗？"沐良点算好，将本子收起。

"都准备好了，"店员玩笑道，"老板娘放心。"

这些人都是酒吧的老员工，沐良对他们比较放心。她一直都想纠正老板娘这三个字，始终没找到机会开口。

后来酒吧里总免不了这样那样的事情，考虑到这样叫能免去不少麻烦，她也就默许了。

大家关上酒吧后门，开始准备工作。

傅晋臣倚在车前，抽出一根烟点上，吐出长串的烟圈，弥漫在眼前。酒吧上方那块以琴键为背景的牌匾，格外醒目。

他指间夹着烟，盯着那个"沐"字，神情冷厉。

黑色路虎开出酒吧街，车子驶向高速公路，开回傅氏总部。

"四哥，你一上午跑去哪里了？"钱响屁颠屁颠地跟进来。

"有事？"

"咱们西街歌剧院下个星期开幕，结果沐毅在隔壁街弄个大型酒吧，今天开业！这是故意跟咱们对着干啊！"

傅晋臣拉开椅子坐下，唇边勾起一抹淡笑。

"你还笑得出来？"钱响骂道，"他就是存心恶心咱们！"

"这几年他也混得不错，"傅晋臣翻看桌上的资料，笑道，"之前几次投资，沐毅眼光都挺准的。"

"哼！"

钱响火大："可是你不觉得，他发家发得太快了吗？那家金融公司看起来好像没什么不对，但那些大笔的资金流动，绝对有问题。"

傅晋臣并没生气，出言安抚他："不着急，慢慢来。我倒是想要看看，他究竟要怎么样？"

既然四哥这么说，钱响再大的火气也要压下。

"四少爷。"用人见到傅晋臣回来，急忙跑进去通知。

"怎么今天回来了？"尤储秀惊喜不已。

"不想看到我？"

"你这孩子，"尤储秀拉过儿子的手，"吃饭了吗？"

"还没有。"

吩咐用人备好午饭后，尤储秀坐在边上，亲自伺候儿子。

"最近瘦了。"她不断给儿子夹菜。

傅晋臣低头吃东西，随口道："还是那么帅就行。"

听到他的玩笑，尤储秀也跟着松口气。她小心翼翼地试探着问："儿子啊，你跟爱瑜订婚也好几年了，打算什么时候办婚礼？"

傅晋臣动作一僵，声音冷下来："妈，你也想让我卖得更彻底点！"

尤储秀瞬间变脸。

这个话题似乎成为禁忌，自从与宋爱瑜订婚后，傅晋臣跟傅东亭的关系比原来还要紧张。父子俩如今除了谈公事，在家里见面也几乎不说话。

偶尔傅东亭开口，那肯定是傅晋臣挨骂的时候。

"儿子，你别这么说。"尤储秀神情无奈，"爱瑜家世跟我们家很般配，而且她又是未来宋氏的继承人，你跟她的婚姻才是门当户对。"

"我吃饱了。"傅晋臣放下碗筷，转身往外走。

"晋臣！"尤储秀拉住他的胳膊。

"妈，"傅晋臣目光极冷地盯着母亲的脸，"如果这个家，连你都不想让我回来，那我以后就不回来了。"

"儿子，妈不是这个意思……"尤储秀软了语气。

傅晋臣打断她："我下午还要开会，先回公司了。"

这几年傅晋臣变化很大，尤储秀神情失落。现在他连她说话也听不进去，这孩子的心思真是越来越莫测。

夜晚，皇宫酒店。

应酬完酒席，已经晚上十点了。宋爱瑜提着皮包，拉开包厢的门出来。

"宋经理既年轻又漂亮，不愧是未来宋氏的接班人。"身穿笔挺西装的中年男人，紧紧握住宋爱瑜的手，硬是不肯放开。

宋爱瑜笑得恰到好处："肖总您过奖了，希望我们合作愉快。"

好不容易抽回手，宋爱瑜眼底闪过一丝厌恶。这些老总们没有一个容易应付的，明知道她是傅晋臣的未婚妻，还敢动手动脚，真讨厌！

"合作愉快，一定愉快！"肖总眼神闪烁，不断打量宋爱瑜姣好的身段。

吩咐助手把那位肖总送上车，宋爱瑜脸上的笑容瞬间变冷。她将合同递给助理，吩咐道："回去立刻把合同公证，我以后再也不想见到这些人！"

"是，总经理。"助理领命去办事。

夜风阵阵，吹散了一些酒气。宋爱瑜独自站在路边，酒意上涌。这几年为扩大宋氏的业务，她经常需要亲自出面。外面的人都看到宋爱瑜如何风光无限，但她受的委屈，又有谁能明白？！

"毅哥！"

玻璃门转动，为首的男人单手插兜，前呼后拥地走了出来。

宋爱瑜看过去，视线瞬间凝固。

沐毅穿着一件黑色短袖衬衫，随意解开三颗纽扣，微微垂着脸，右耳上钻石耳钉闪耀，令人眩目。他的容貌没有太大改变，看起来比原来黑一些。不过他身边拥着的女伴，却深深刺痛宋爱瑜的眼睛。

沐毅回来了。

宋爱瑜提包追上去，人还没靠近，便被周围那些保镖拦住。

"我认识他。"宋爱瑜欲上前，那些人一把将她推到边上。

"喂！"宋爱瑜沉下脸，吼道，"你们敢动我？"

"哎哟，我们不会怜香惜玉的！"男人们调笑道，"这位小姐，每天想要接近我们毅哥的女人太多了，你还是省省吧！"

宋爱瑜气得脸色大变。

沐毅走到路边的车前，宋爱瑜皱眉，使劲跑出两步，扯着嗓子喊道："沐毅！"

前方背对她站的男人，神情看不出丝毫变化。他打开车门，拥紧身边的女人坐进车里。

白色兰博基尼，嚣张地开走。宋爱瑜咬牙去追，她脚下穿着十二厘米高的高跟鞋，没跑几步就被绊倒在地。

"唔！"宋爱瑜咬紧唇，低头看着磨破的膝盖，痛得皱眉。等她再次抬头，前方的白色车身早已消失不见。

接到钱响的电话，傅晋臣用最快的速度赶回办公室。

"拿来。"

钱响把刚刚查到的出生证明递过去。

男人黑亮的眸子滑过那张表格中的出生日期，脸色立刻阴沉下去。等他看到孩子父亲那栏的名字后，彻底震怒。

"我的儿子，为什么父亲一栏写着盛铭湛的名字？"傅晋臣薄唇紧抿。

钱响摸了摸鼻子，心想这种事情，您应该问别人吧？

傅晋臣起身往外走，想到什么后，冷冷瞪着身后正在拿手机的钱响，道："如果你敢通风报信，我会让你死得很难看！"

钱响手一抖，差点把手机扔了："四哥，你想要怎么样？"钱响心慌。

傅晋臣握着钥匙的手背青筋紧绷，一言不发地离开。

"四哥！"坏了，不会闹出人命吧！

沐良半夜睡得正沉，突然惊醒。她做了个噩梦，睁开眼睛时满头冷汗，盯着身边睡颜沉沉的儿子，她还没喘过那口气，房门就被人敲响。

深更半夜有这种动静，绝对让人害怕。

沐良掀开被子下床，把屋里的灯全部打开。她走到门前，只听外面的人声音含怒道：

"沐良，把门打开。"

这声音……沐良变脸。

停顿了几秒钟后，男人显然失去耐心。

房门一阵响动，紧接着门被人从外面拉开。

"你们？"

开锁师站在外面，傅晋臣走进来，身后还跟着两个男人。

"把孩子带走！"

这一切都来得太快，沐良反应过来的时候，那两个男人已经走进卧室，把还在睡梦中的沐果果抱出来，直接往楼下走。

"果果！"

沐良脸色煞白，抬脚要追上去时却被傅晋臣一把拽到怀里。

"傅晋臣！"沐良心头大骇，吼道，"放开我儿子！"

傅晋臣缓缓俯下脸，在沐良心惊的目光中，嘴角染笑："他是谁的儿子？"

沐良心尖发紧。

"你敢让我的儿子，喊别的男人爸爸？"

傅晋臣两指捏住沐良下颚，俊脸染怒："当初你怀孕，为什么不告诉我？"

沐良轻笑："为什么要告诉你？"

"把我的孩子生下来，却瞒着我，不让我知道孩子的存在，你有想过我的感受吗？"傅晋臣盯着她的眼睛，怒火翻涌，"如果我没有发现孩子，你真要瞒我一辈子？"

一把推开他的手，沐良别开目光。这个问题，她不是没有想过，她并不想隐瞒孩子一辈子，但至少要等孩子懂事才会告诉他。

沐良缓了口气："果果太小了，他还不懂大人间的纠葛。我不想让儿子受伤，只想让他快乐长大。"

傅晋臣薄唇紧抿："我不能看着我的儿子，喊别的男人爸爸。"

"你……"沐良脸色铁青。

她含怒的小脸，令傅晋臣有几分笑意："既然你敢瞒我这么久，那就要付出代价。"顿了下，他语气坚定，"我会要回儿子的抚养权！"

"不可以！"沐良一把揪住他的胳膊，眼眶泛红，"儿子不能离开我！"

"你还有一个选择。"傅晋臣弯起唇，盯着她的眼睛，道，"回到我身边，儿子不会离开你，其他的事情都由我来处理。"

沐良瞳孔猛然收缩，垂在身侧的双手狠狠收紧："回到你身边？"她扬起手腕，狠狠朝面前那张脸扇过去。

幸好傅晋臣早有防备，要不然肯定中招。他转身将她抱到怀里，双臂箍紧她的腰。

"还是这么暴力？"傅晋臣健硕身躯压下，轻易压制住她挣扎的身体。男女力气悬殊，沐良不能挣扎，额头渗出一层薄汗。

"放开我！"

虽然怀里人恨不得咬死他，但傅晋臣心尖柔软，有多久没有这种感觉了，久到让他此时的心颤抖不已。

"不放。"傅晋臣好整以暇看她做无用功。

此情此景，曾经多么熟悉，甚至连对话台词都一模一样的。

只可惜，心境早已天差地别。

"傅晋臣，我不会回到你身边，永远都不会！就算你用儿子要挟我，我也不会！"沐良回答得掷地有声。

男人含笑的嘴角，瞬间沉下去。

第十二章
争夺儿子抚养权

第一次上法庭，沐良除去紧张外，更多的是担忧。

"别怕，"盛铭湛倒杯水给她，"我在这里等你。"

沐良看着他的眼睛，轻声开口："铭湛，我能有多少胜算？"

盛铭湛动了动嘴，没有回答。

深吸口气，沐良强迫自己镇定下来。

"可以进去了。"

沐良起身，跟律师进去。

坐在法庭被告席，沐良微微垂着头，不知道在想什么。

前方一阵骚动，沐良抬起头，只见傅晋臣身穿一套黑色西装，脸色冷冽而来。他身后跟着蔺识，顿时让她整颗心沉到谷底。

蔺识这些年打官司，几乎没有输过。他的出现，不仅代表傅晋臣的决心，更代表傅家的决心。

沐良偏过头，紧张神色恰好落入傅晋臣眼底。

法庭是一个讲究证据的地方。当沐良看到对方律师递交的证据后，就已经知道傅晋臣早已准备充分。

沐良见过蔺识，也曾听傅晋臣谈起过他。他一直都是傅家御用律师，平时并不轻易出面，除非有重大事情才能请出他来。

沐良轻笑，看来这次的事情，对于傅家来说，又要掀起波澜。

蔺识递交第一份证据，是亲子鉴定书。这份证据，证明傅晋臣与沐果果之间的亲子关系毋庸置疑。

随后他们又陆续提交出关于傅晋臣个人资产评估、收入证明，还有他目前的生活情况。这几年，傅晋臣没有任何花边新闻，没有任何行为不良记录，也没有恶习，所有证据都对他很有利。

沐良手脚发冷，她望向对面的男人，心情复杂。

自始至终，傅晋臣都没有说话。他坐姿笔直，双手微微交叉，那张令人眩目的脸庞表情平静，看不出半点起伏。

庭审持续时间不算长，被告律师无奈苦笑。这场官司，他们本来就没得可打，如今蔺识亲自出面，连争取探视权都有问题。

推开法庭大门，一行人陆陆续续往外走。盛铭湛丢掉水杯，大步跑来："怎么样？"

沐良整张脸黯淡无光。

"盛总，"律师出言安慰，"我一定尽力争取探视权。"

身边陆续走过来一行人，傅晋臣走在最前面，余光瞥见边上那两个人，脚步并未有丝毫停留。

蔺识走在后面，经过沐良身边时，对她微微颔首，算是打过招呼。

他胸有成竹的模样，令沐良更加担忧。

回到傅氏大厦，傅晋臣亲自搬开椅子："蔺叔，您坐。"

"四少客气了。"蔺识转身坐下。

"倒茶进来。"

秘书立刻准备，随后将茶碗放在蔺识面前。

"四少，"蔺识轻啜口茶，赞赏地笑了，"我们胜券在握。"杯中茶香四溢，他试探地问，"依照目前情况来看，女方能否享有探视权也看我们的。"

闻言，傅晋臣勾起唇，笑道："蔺叔，我知道让您来打这种官司，对您来说太小儿科了。我只想要儿子的监护权，并不希望孩子见不到妈妈。"

蔺识怔了下，很快笑道："好，那我就明白四少的心意了。"

"关于我爸那边，还请蔺叔帮忙周旋。"傅晋臣拉开抽屉，拿出一个锦盒，那里面是从香港拍卖会买来的上好羊脂玉，"我知道您喜欢，看看合心意吗？"

"四少太客气。"蔺识将玉托在手中仔细瞧，点头道，"果然是好东西。"

蔺识收起锦盒："既然四少还想留有余地，那我肯定会在董事长面前周旋。"

"谢谢蔺叔。"

傅晋臣看他走进电梯，才转身。

钱响恰好过来，眼见蔺识美滋滋地离开，立刻皱眉道："四哥，上周托人找到的那块玉，为了孝敬他？"

"你觉得呢？"

"董事长派蔺叔出面，不就想要一了百了？你在后面搞小动作，不怕他发现？"钱响侧身倚在桌前，有些看笑话的样子。

"话真多！"傅晋臣皱眉。

钱响拉开椅子坐下，道："你何必呢？人家生儿子都不告诉你，你费尽心思帮她周旋，她也不会念你的情！"

办公室大门关上，聒噪声消失。

回家后，傅晋臣坐在黑色转椅中，抽出病历袋中的孕检病历，一张张翻看沐良怀孕时的检查记录，看到其中的B超单子，眼神动了动。

八个月的宝宝在妈妈肚子里，竟然是这样的？那张四维彩超的单子，图像比较清晰，傅晋臣能够清楚看到宝宝蜷起的身体和轮廓清晰的脸部表情。他好像闭着眼睛，正在吸吮大拇指。

"呵呵。"傅晋臣轻笑了声，以前他从来不知道，宝宝在孕育期可以有很多丰富表情，很多夸张动作，甚至还能做梦。

宝贝，你在妈妈肚子里做梦的时候，有没有梦到过爸爸？

有太多时光他已错过，来不及参与，所以看得格外认真。

窗外阳光明媚，傅晋臣嘴角弯起的笑容温柔，他张开手掌与出生证明的宝宝手印相比，那个小小的红色印记，还不如他掌心大。

那天傅晋臣把儿子强行抢走后，很快又将孩子送回来。沐良仔细检查过儿子，他身上并无伤痕。她又多次询问，但儿子闭口不谈发生过什么。

只在回家的那天，沐果果一脸愤怒地说，那个男人是坏大叔。

坏大叔？沐良无奈，她不清楚傅晋臣做过什么，却很明白他绝对来者不善。

酒吧上午不营业，沐良站在吧台后核对账本，有店员过来通知。她挑眉看向门外，瞬间皱起眉。

林蔷身穿一身职业装，含笑走来："我们可以谈谈吗？"

角落的沙发里，林蔷接过她递来的茶，笑道："良良，很久不见。"

沐良垂下目光："您找我有事？"

林蔷直言道："我一直都在关注你和果果，这是董事长去世前交代我的，听说傅晋臣要抢回孩子的抚养权？"

沐良没有说话。

这间酒吧环境高端，但毕竟人流复杂。林蔷神色担忧："你现在的生活环境对你很不利。"

有些东西是天生的，如傅家那样的豪门，不是人人可以沾边的。

"其实，你不输给他们！"林蔷看着她的眼睛，沉声道，"你外公把宋氏集团董事长的位置留给你。这么多年，我都在等你，希望你能改变心意，早点回来。"

沐良冷笑："回哪里？"

"宋家。"轻轻握住她的手，林蔷激动道，"你是时候回到宋家了。"

沐良抽回手，语气平静："对不起，我姓沐，跟宋家没有关系。"

"良良！"林蔷眉头紧蹙，"我知道清华伤了你的心，可她是你亲生的妈妈，你们母女……"

"够了！"沐良打断她的话，眼神变得犀利，"林阿姨，你来看我，我很欢迎。不过其他的事，我们免谈！"

她起身要走，林蔷往前挡住："傅晋臣执意要把果果抢走，你准备怎么办？"

垂在身侧的双手紧了紧，沐良心口发堵。

"傅家在名海市的地位，你不是不知道，以你现在的情况，根本不可能跟他们对抗！"林蔷语重心长地劝她，"而且我相信，傅东亭知道他的孙子在你这里，一定会不惜一切代价把孩子带回傅家的！"

沐良眼底泛起一片厉色。

林蔷叹息道："董事长不忍心你难过，他老人家的苦心，你能明白吗？"

沐良自然明白外公的苦心，除了宋儒风，她不想跟任何宋家的人有牵扯，更不想承认她身上流着宋家人的血。

"林阿姨，您回去吧，我的事情我自己能处理好。"沐良起身，赶人的意思明显。

林蔷看她固执的模样，无力地叹气。她离开前，又丢下一句话："阿姨不逼你，等你想好了，随时都可以来找我。"

林蔷没有再劝，转身离开。

一周后法庭宣判，判决结果没有太大意外。沐果果的抚养权被判给男方，傅晋臣成为孩子的合法监护人。

而沐良仅有探视权。

法庭大门打开，傅晋臣一出现，立刻被记者们包围。大家纷纷举起话筒围拢过来，讨要最新信息。

有人出面简单介绍，傅晋臣站在人群中，目光深邃。

沐良看着他的侧脸，双手紧握成拳。

高森小跑过来，语气颇为恭敬："沐小姐，四少让我来问，什么时候……接孩子？"

沐良紧咬唇瓣："明天吧。"

"好。"高森没有多说。

不少记者朝沐良过来，盛铭湛眼疾手快带她离开。

安静的车厢中，只有车轮碾压地面的声响。盛铭湛单手握着方向盘，脸色也很难看："别担心，虽然我们败诉，但律师也说过，只要我们有新的证据，随时都能再起诉。"

沐良望着窗外风景，没有回答。

"别让我爸妈知道，"她艰涩地开口，"先瞒着他们，慢慢说。"

"我明白。"

那晚傅晋臣把儿子带走，隔天又送回来。儿子离开的一天一夜，沐良并不知道发生过什么。她几次问儿子，但沐果果都不愿意谈起，只说他是坏大叔。

回到家，沐良依旧先给儿子洗澡，只是今晚洗澡的时候，她特别用手机拍了很多张照

314

片，每一张都是儿子笑的模样。

哄儿子睡下，沐良把衣架上的衣服取下，折叠好装进箱子里。沐良把儿子常用的画笔画纸也收拾好，他喜欢每晚睡前画一幅画，还有他的玩具变形金刚，走到哪里都要带着。

画本最上面那页，有沐良的画像。前几天儿子画好后，她还来不及装裱起来。她沿着折线轻轻撕下来，想着明天一定要装好。

吧嗒。眼角滚出的热泪，不期然地落在画纸上。沐良眼前视线一片模糊，抑制不住地泪水汹涌而出，将她彻底击垮。

"唔！"沐良跪在床边，颤着双手抚摸儿子熟睡的小脸，心如刀绞。

第二天早起，沐果果吃过早餐后，坐在沙发里等出门。沐良提着行李出来，他看到自己的行李箱后，惊喜道："妈妈，我们要去旅游吗？"

他没有找到妈妈的行李箱，立刻蹙眉："怎么只有果果的，没有妈妈的箱子？"

沐良缓缓蹲在儿子面前："妈妈有件事要告诉你，那个坏大叔，他是你爸爸。"

沐果果撇嘴："果果有超人爸爸。"

"爸爸和超人爸爸不一样，"沐良保持微笑，耐心跟儿子解释，"他是……生你的爸爸。"

生他的爸爸？沐果果明白过来："是不是跟妞妞的爸爸一样？"

沐良拉起儿子的手，道："今天爸爸来接你，你去爸爸家玩好不好？"

"不要！"儿子变脸，一把搂紧沐良，"我不要！"

"果果，"沐良拥住儿子，哽咽道，"爸爸家有很多玩具，有很多好玩的东西，你会很喜欢的。"

"我不要！"沐果果哇一声哭起来，"妈妈，果果不要去玩，果果要去幼儿园！"

孩子好像忽然明白了什么，使劲拽住沐良的手，往门边走："我们去幼儿园！"

盛铭湛推开门进来的时候，看到的就是这一幕。

"超人爸爸！"沐果果扑到他的怀里，哭道，"果果不要去别的地方玩，果果要跟妈妈和超人爸爸在一起！"

怀里的小身子瑟瑟发抖，盛铭湛用力抱紧他，却见沐良早已泪流满面。

"沐果果！"沐良反手将他抱下来，怒声道，"不许任性！"

"妈妈——"沐果果圈住妈妈大腿，拼命摇头，"果果不要离开妈妈！果果不要爸爸，果果要妈妈！果果要妈妈！"

"果果……"沐良蹲在儿子面前，双手捧住他的小脸，哽咽道，"妈妈不会离开果果，我们只是暂时分开一下，妈妈保证，很快会把你接回来。"

"不可以！"沐果果什么都听不进去，依旧死死搂住她的脖子，哭道，"我不要！"

这孩子任性起来很倔强。沐良整颗心都在疼，痛得她喘不过气来。

高森上来敲门，眼见这阵势，压根没敢进屋。

再多的纠缠，终究都要分开。如果可以，沐良情愿带儿子逃到天涯海角。但现在她终于明白，逃跑不能解决任何问题。

抱起儿子走到楼下，沐果果见到对面那辆黑色轿车，扯着嗓子使劲哭："妈妈，我不要去！"

傅晋臣身穿一套白色休闲服，站在车前，眼见那对紧紧相拥的母子，剑眉轻蹙。

"良良。"同来的还有傅欢颜，她叹口气，道，"你放心，我保证会照顾好果果的。"

沐良用力抱紧儿子，舍不得松开。

"呜呜呜呜——"沐果果一张小脸憋得通红，眼泪鼻涕都挂在脸上，他抗拒地推开傅欢颜，转而又跑回沐良身边，死死抱住她的大腿，"妈妈不要果果了吗？"

"不会！"沐良将儿子抱起来，流泪保证道，"妈妈永远都不会不要果果！记住妈妈的话，我们只是暂时分开，很快妈妈就会把你接回家。"

傅欢颜想要抱孩子，被沐果果一把推开。其实她心里也很难受，但事情已经这样，总要往前走才行。

"果果！"傅晋臣弯下腰朝他伸出手，"来爸爸这里。"

"不要！"沐果果狠狠拍掉他的手，转身要朝盛铭湛扑过去，但傅晋臣动作更快，一把圈住他的腰扣在怀里。

"妈妈！"沐果果神色大惊，手脚不停地蹬踹，"我讨厌你！我要找妈妈！"

讨厌？！傅晋臣夹紧挣扎的孩子，大步走向车子。

"果果！"沐良本能去追，被盛铭湛拉住。

傅晋臣打开车门，将孩子放入后座，傅欢颜也立刻坐进车里。她微微转过头，丢给沐良一个让她放心的眼神。

锁上车厢，沐果果依旧不老实，小手拼命拍打玻璃，哭喊道："妈妈，我要跟你在一起，我不要离开妈妈！"

傅晋臣锐利双眸透过后视镜，望向不远处的沐良，见不到她有任何回转的心思。

车子绝尘而去。

"妈妈！"沐果果的尖叫声一闪而过，沐良挣脱开盛铭湛的手，往前追出去："果果！"

盛铭湛生怕她摔倒，上前圈住她的腰，硬将她按在怀里："良良，你别这样，这样会把果果吓坏的。"

"果果……"沐良怔怔看着远去的车身，泪水翻滚。傅晋臣，你怎么可以这样对我？！

卧室到处散落着孩子留下的物品，沐良坐在沙发里，什么表情都没有。盛铭湛一件件将东西小心收拾好，房门忽然被人敲响。

"果果，外公外婆来了……"

盛铭湛打开门，完全来不及掩盖。

而听说孩子被带走，沐占年气得犯了病，人被送进医院。

走廊外，沐良神色疲惫，道："铭湛，有件事我一直都没告诉过你。"

"什么？"盛铭湛拧开瓶盖，把水递给她。

"我不是爸妈的亲生女儿。"沐良眼睛盯着脚尖，"其实我是宋家不要的孩子，是被宋清华丢掉的女儿。"

她一口气说完，盛铭湛的神情变化，但很快平静，他没有想到，沐良背后还有这样的故事。

"我答应你，一定帮你把果果带回来。"

"不！"沐良仰起脸，含泪目光异常坚定，"我要自己赢回我的儿子！"

"你打算怎么做？"盛铭湛皱眉。

他看着沐良沉静的神情，似乎明白过来："无论你选择怎么做，我都会帮你，尽我所能！"

沐良缓缓勾起唇，对，她也要竭尽所能！

林蔷接到沐良的电话时，并不算意外。她站在窗前，分外冷静："想好了吗？"

"想好了。"沐良轻握手机，看向渐渐垂落的夕阳，道，"我可以接任宋氏董事长的位置，不过……我有一个条件。"

"你说。"

"我依旧还是沐良，是沐家的女儿，跟宋家毫无关系。"

"良良！"林蔷惊讶。

"如果你不答应，那我们免谈。"

林蔷无奈，长舒口气："我答应你。明天早上九点，准时来宋氏。"

"好。"沐良挂断电话。

林蔷丢开手机，心情烦躁。这孩子脾气真是倔强，不过好在她已经愿意接手宋氏，这是好的开端，后面的事情慢慢来。

走到病床前，沐良握住父亲的手："爸爸，你觉得怎么样？"

沐占年眼神发空："爸爸没事，还死不了！我们的果果要怎么办？"

蔡永芬用湿毛巾给丈夫擦了擦脸，眼眶红肿。

"爸妈！"沐良看向他们，目光沉下来，"我刚才做了一个决定，没有经过你们的允许。我答应接手宋氏。"

听到女儿的话，沐占年同妻子对望一眼："爸妈早就说过，这些本来就是属于你的东西，你不用顾忌我们。"

"爸爸……"沐良目光含泪，"我知道，无论我做什么，你们都会永远支持我！"

蔡永芬擦掉眼泪，抱住女儿。

沐良心中酸楚，因为有这样的爸妈，她才更不能辜负父母这份深刻浓烈的爱。

"你们放心，我们不会失去果果！"她郑重承诺，"最多半年，我一定把果果带回到你们的身边。"

这句承诺，沐良不单是对父母的保证，更是对她和儿子的保证！

最多半年，她一定要把儿子赢回来！

得到父母的支持，沐良再也没有任何负担。她走出病房，只见盛铭湛靠在椅子里闭上眼睛。

拿条毯子盖在他身上，沐良并没走开。这么多年，每次在她需要依靠的时候，盛铭湛都会在她身边，不离不弃。

沐良坐在他身边，眼底神色温柔。

医院走廊安静，沐良盯着远处暗沉的夜色想：这个时间，果果在做什么？

彼时，傅家大宅。

客厅沙发里，团坐着一个小身影。沐果果盘着腿，挺直腰，保持这个姿势几个小时没有动过。

沙发对面，傅晋臣双腿交叠，俊脸阴沉。父子两人保持着如出一辙的表情对峙，谁都不服谁！

"啊——"有人企图靠近，都会被沐果果一声尖叫震慑。

众人无奈，傅晋臣朝儿子走过去。

"沐果果！我数到三，你自己下来！"傅晋臣脸色阴沉，"一、二、三……下来！"他处于暴怒边缘。

"四、五、六……不下！"沐果果双手叉腰，仰首挺胸抗争到底。哼！数数是吗，他也会耶，这可难不倒他！

"噗——"傅欢颜很不厚道地笑了，竖起大拇指鼓励他，"果儿，姑姑挺你。"

男人的视线扫过去，傅欢颜撇嘴："瞪我干什么，有本事搞定你儿子！"

尤储秀伸出手，笑容温和："果果，奶奶抱。"

"不要！"沐果果毫不留情地拍掉她的手。

傅晋臣一把提起儿子，捏着他的小下巴："沐果果，对长辈怎么可以这么没礼貌，嗯？！"

沐果果脸上还挂着泪痕，一双大眼睛红彤彤的，他咬着唇的倔强表情，完全跟沐良一模一样。

心底某处莫名酸涩，傅晋臣翻涌的怒火稍减。

"咳咳！"傅东亭伸手把孙子接过去，低斥道，"孩子还小，谁也不许凶他。"

沐果果小朋友察言观色的本事绝对厉害。他进门没多久，已经发现傅东亭很厉害，在这个家里没人敢惹，所以被他抱着，沐果果没有挣扎。

好吧，还有一个重要原因，他总保持一个姿势，真的很累，总要歇息一下嘛。

"果果，以后你坐在爷爷身边。"傅东亭直接把孙子抱进餐厅，放在他身边，连尤储秀都要让位。

"告诉爷爷，喜欢吃什么？"傅东亭端起饭碗，给孙子喂饭。

尤储秀想接过去，被沐果果推开："不要你喂。"

"我来喂。"傅东亭把碗筷拿回去，尤储秀脸色尴尬，孙子压根一点儿面子都不给她。

沐果果坐在椅子里，还是不开心："我要找妈妈。"

傅东亭轻声哄他："妈妈没有来，我们先吃饭好吗？"

沐果果撇起小嘴，指向对面的傅晋臣："是他不让妈妈来，他是坏大叔，我讨厌他！"

啪！傅晋臣摔了筷子，作势要揍他。

"你给我坐下！"傅东亭急忙搂住孩子，骂道，"别吓着我孙子！"

眼见傅晋臣挨骂，沐果果立刻委屈地眨眨眼，往外挤眼泪，告状道："爷爷，他对果果好凶，果果好怕，呜呜……"

傅东亭听孙子喊爷爷，高兴得合不拢嘴，低头亲亲他的小脸蛋，心疼地道："果果乖，爷爷疼你，以后这个家里没人敢对你凶！"

大家全都变了脸色。这话虽是安抚孩子，却暗藏很多含义。

姚琴不敢说话，这才多大点的孩子，爸爸这么偏心，以后还能得了吗？

儿子表情委屈，脸颊上挂满泪珠，但他看着自己的神情，带着满满的挑衅。傅晋臣忽然感觉哭笑不得。

这孩子明摆着在装！可偏偏他那副模样，又无法不叫人心疼！

"姑姑喂你吃饭好吗？"

"不要。"沐果果依旧抗拒。

孩子哭了整个下午，一口水没喝，一点儿东西都没吃。傅东亭担心。

"弟弟，姐姐喂你吃饭吧。"傅橙端起自己的饭碗过来，曹婉馨没拦住。

沐果果盯着面前的小姐姐，渐渐忘记装哭，安静下来。小孩子之间很容易沟通，傅橙已经快十岁了，完全能够照顾比她小的孩子。

"姐姐给你呼呼就不烫了。"傅橙舀起一勺米饭，吹凉后喂给沐果果，笑道，"弟弟张嘴。"

沐果果努着嘴，犹豫半天还是张开了。

儿子终于吃东西，傅晋臣松口气。

傅东亭夸赞孙女懂事。曹婉馨想把女儿拉回来的手，悄悄放下。

姚琴气哼哼地偏过头，却见傅政盯着沐果果愣神，她脸色一变，抬手给儿子夹菜："小政，吃饭。"

傅政面无表情地低下头。

吃过晚饭，大家都坐在客厅里聊天，只有沐果果一个人，站在客厅角落，面朝花园，定定地望着漆黑的夜色，动也不动。

傅欢颜拿着很多零食过去，耐心哄他："果儿，你想吃什么？"

沐果果依旧盯着外面黑漆漆的天。

"外面有什么好看的？"傅欢颜跟着看出去，院子里什么都没有。

"我想回家。"沐果果睁着一双大大的黑眼睛，恳求地望向傅欢颜，"姑姑，果果想回家，想妈妈抱抱。"

傅欢颜差点落下泪来，她轻轻把孩子搂在怀里，不断安慰："果果乖，妈妈有事，你先跟爸爸在一起，周末就能看到妈妈了。"

沐果果撅起嘴，眼看就要哭出来。

"不许哭！"傅晋臣一只手把他抱起来，按住他挣扎的手脚，厉声道，"你是男孩子，不能总是哭，没出息！"

沐果果收敛起哭意，明摆跟他作对。

傅欢颜无奈，这孩子的脾气跟傅老四绝对有一拼，且看这父子两人，谁能倔强过谁吧。

拿起车钥匙，傅晋臣抱起儿子准备离开。

"去哪儿？"傅东亭问了声。

尤储秀拉住他的胳膊："你带着孩子还不在家住？"

"不在。"傅晋臣目光坚定。

傅东亭气哼哼地上楼。

"四叔！"傅橙举起手里的玩偶递过去，"这个给弟弟玩。"

"谢谢橙橙。"

"不谢，"傅橙摆手，看着弟弟说道，"弟弟明天还要来哦，姐姐喂你吃饭。"

沐果果不高兴地哼了声，心想谁要你喂啊，人家早就会自己吃饭了！

前方一大一小的身影消失在夜色中，尤储秀神情失落。

开车回去的路上，沐果果坐在后排的安全座椅里，低头摆弄刚才傅橙给他的蒙奇奇。这个蒙奇奇脸上长着雀斑，嘴里还叼着一个奶嘴，模样很可爱。但他不怎么喜欢，他喜欢变形金刚，还有超人，可惜玩具他都没有带来。他不要带出来，这样妈妈一定会记得他，不会把他忘记。

想起妈妈，沐果果又开始揉眼睛。

透过后视镜，傅晋臣仔细观察儿子的一举一动。

他已经派人收拾房间，用最快速度布置出一间儿童房，家具摆设，床单被褥全都是新的，符合幼儿年纪的颜色款式。

沐果果站在门外，嘴巴张成O形。他喜欢那张大大的书桌，还有高高的衣柜，可以随便把水彩笔摆满桌子，也可以放很多好看的衣服。

"喜欢吗？"傅晋臣低头问儿子。

沐果果背着他的小书包，不说话。

"把东西放下，我们去洗澡。"傅晋臣伸手去拿他的书包，却被儿子闪躲开。

"不要！"沐果果紧紧护住书包，小脸涨得通红，叫道，"书包是妈妈给我买的！"

傅晋臣愣了下："书包你可以留下，先去洗澡。"

"不要！"沐果果再次拒绝，倒退很远。

又是不要？傅晋臣的太阳穴突突直跳。以前沐良很爱说这两个字，那时候她每次反抗自己说不要，他都会把她压在床上，狠狠惩罚她！现在儿子跟她一模一样的行为，他要怎么惩罚？！

"沐果果，我再问你一遍，要不要洗澡？"

"不！要！"昨晚妈妈才给他洗过的，他只让妈妈给他洗澡。

傅晋臣眼神沉下来，厉声道："很好，不洗澡你就给我上床睡觉！"话落，他转身回到主卧。

面前的男人消失，沐果果回过头，望着空空的儿童房变了脸色。从小到大，他每晚睡觉都是跟妈妈睡在一张床上，从来没有单独睡过。

"妈妈"——沐果果抱着书包，可怜巴巴站在床边，皱着小鼻子流泪。他要妈妈，这个坏大叔好坏好坏，他要回家找超人爸爸来打败他！

傅晋臣竟然被一个四岁的孩子气得头疼。他站在浴室花洒下，胸口不住起伏。

洗过澡，他身披睡袍，走到酒柜前倒了杯酒，见隔壁房间门关着。

干掉杯中酒，他掀开被子上床。从早折腾到晚，全身神经紧绷，没有片刻松懈。

他刚要躺下休息，沐果果穿着睡衣，抱着蒙奇奇出现在门边。

"有事？"傅晋臣立刻坐起来。

沐果果侧身站在卧室门前，低下头，手指一下下拨弄蒙奇奇叼着的小奶嘴。

"为什么不睡觉？"傅晋臣又问一遍。

"我要给妈妈打电话。"

"不可以。"

"我要回家！"

"这里就是你的家。"傅晋臣态度强硬。

"我想要妈妈……"沐果果仰起脸，语气里似乎带着一丝祈求。

傅晋臣掀开被子下床，把他带回隔壁房间的床上，道："马上睡觉！"

他以为只是孩子故意怄气，跟他对着干！

沐果果被丢上床，眼睛写满对他的控诉，那副委屈的模样，又让傅晋臣想到另外一张脸。

关上门，傅晋臣重新躺回卧室的床上，盯着天花板，显然气得不轻。

嘎吱！房门再次被推开，沐果果又站在门边。这次他只低着头，抱紧蒙奇奇，一句话都不说。

"沐果果！"傅晋臣打开床头灯，"你到底想要怎么样？"

无视他的怒吼，沐果果安静站在那里，不看他，也不跟他说话，手里摆弄着玩具不肯离开。

嘀嗒嘀嗒，时钟指针，一圈圈走过。沐果果身穿小超人版睡衣，笔直地站在门边，眼睛一直盯着手里的玩具，看都不看傅晋臣。

两个小时过去，他竟然动都不动。

傅晋臣惊讶之余，心中怒意也在膨胀。每次看到他跟盛铭湛站在一起，他都"超人爸爸"叫得亲热，还能肆无忌惮地笑，怎么跟他在一起，这小子就好像变个人，如此排斥抗拒？

傅晋臣同样动也不动。父子两人硬是耗上了！

也不知道过去多久，傅晋臣睁开了眼睛，发现满屋子的光亮。他下意识地转头看向房门，却见儿子背靠大门睡着了。

走到门边将儿子轻柔地抱起来，只见他睡着时撅着嘴，眼角还有泪痕。

傅晋臣满腔怒火，无力发作。他知道儿子想妈妈，但如果儿子在沐良身边，也许这辈子他都没有机会跟儿子相处了。

低头想在他脸颊亲一下，沐果果突然睁开眼睛，满目惊恐。

"别怕。"傅晋臣轻拍儿子后背，低声安慰。

醒来看不到妈妈，沐果果眼睛红红的，又想哭了，可想起昨晚傅晋臣板着脸跟他说，男子汉不许流泪，他又把眼泪憋回去。

"放我下去！"清醒过后，沐果果又开始挣扎。

强势地把他带回房间，傅晋臣用最快的速度让他洗漱，换好衣服，然后带他出门，赶去幼儿园。

市中心一家贵族幼儿园，是傅晋臣精心为儿子挑选的地方。他把车停好，从车后座把沐果果抱下来，牵着他的手往里走。

沐果果很有骨气，硬是不让他碰，哪怕手都不行。

来到教室，老师站在门前迎接新来的孩子。

"果果，你好。"年轻老师很漂亮，轻抚沐果果的小脑袋，夸赞道，"果果好帅啊。"

沐果果终于露出一丝笑容。

"傅先生，您放心吧，我会特别留心果果。"老师牵过沐果果的手，神情温柔，"果果，跟爸爸说再见。"

"哼！"沐果果冷哼，反驳道，"他才不是我爸爸呢，他是坏大叔！"

老师惊讶万分。如果这个男人不是傅晋臣，估计老师都要怀疑他虐待儿童了。

傅晋臣尴尬地笑了笑，咬牙切齿瞪着儿子。

沐果果小朋友压根不搭理他，直接跟在老师身后，走向自己的座椅。

离开幼儿园，傅晋臣心情烦躁地回到公司。

"给我一杯咖啡。"松开衬衫衣领，他疲惫地靠在转椅里。昨晚基本没睡觉，临近天亮才眯了一小会儿，他这时候觉得头痛！

傅晋臣揉着酸胀的额头。这小子的精力比他大，昨晚跟他抗争不累吗？

一夜未眠，天亮后沐良先去医院看父亲，医生说他血压降下来就能出院。盛铭湛暂时没有离开景城，等沐占年安稳下来，把他们送了回去。

将父母交给盛铭湛，沐良放心。她收拾好东西，一个人坐车回到名海市。

站在宋氏大厦楼前，沐良有片刻迟疑。此时包里手机响起来，她心急地接通："果果怎么样？"

"放心，果果很好。"傅欢颜捧着手机，笑道，"果果昨天一来，立刻把我爸拿下了。你知道的啊，在我们家只要有我爸撑腰，他就可以无法无天！虽然孩子还是有些不习惯，不过慢慢就会适应的。"傅欢颜想了想，又道，"傅老四今早给果果送去幼儿园了，你要是想见孩子，随时给我打电话。"

沐良鼻尖酸了酸："姐，谢谢你。"

"不谢，"傅欢颜叹了口气，"良良，在我心里，我们永远都是一家人。"

沐良没有回答，挂断电话后，眼底的犹豫散去。

宋氏大厦二十层会议室里，今早要召开月度例会。

林蔷来的时候，宋清华已经到了。

她一套黑色正装，妆容精致。桌上摊开的报纸，有傅家夺子的醒目报道。

宋清华端起咖啡杯："蔷，我记得咱们那个大学同学，是不是专打离婚案，而且对争夺孩子的抚养权方面比较有经验？"

林蔷挑眉看她，低低笑道："她需要的不仅仅是律师。"

宋清华目光黯淡下去。

"妈妈早，蔷阿姨早。"宋爱瑜推门进来，直接坐在正中间的位置。自从宋儒风去世，那个董事长的位置都是她坐。

林蔷抿起唇。

早上九点钟，所有股东及集团高层聚齐。宋清华微微颔首，道："开会吧。"

"等等。"秘书进来通知，林蔷走向门边，"今天还有一个人必须出席。"

"谁啊？"宋爱瑜玩笑般的口气。

办公室大门打开，宋爱瑜看到进来的人，笑容顿时僵住："她来干什么？"

宋清华显然也没想到沐良会出现，神色也有些波动。

今天沐良穿件黑色长裙，精致的五官映照在日光里，有种别样的妖娆。

大家面面相觑，并不知道她的来历。

林蔷含笑拉过沐良，让她站在自己身边，拿出早已准备好的文件夹宣布："根据董事长先前的遗愿，他将宋氏集团现任董事长的职位，授权给沐良小姐担任。"

"啊——"全场哗然，众人难以置信，纷纷看向早已坐在董事长座位上的宋爱瑜。

"怎么回事？"宋爱瑜盯着林蔷问。

林蔷把文件递给她："这是你外公的意思，我也不知道怎么回事。"顿了下，林蔷摊开文件的最后一页，指着给众人看，"这份文件早已公证过，任何人有怀疑都可以拿去核实，董事长的亲笔签名不会假。"

"总裁，您怎么看？"

宋清华盯着那处签名，神色黯然："是爸爸的签名。"

"啊——"股东们再度愕然，完全摸不着头脑。

"就算这是外公的签名，可她跟我们宋氏一点儿关系都没有，凭什么让她接任董事长？"宋爱瑜怒火攻心，被这份授权打得措手不及。

"以前是没有关系，"林蔷笑了笑，"不过以后，沐良就是集团的董事长，她的决策就是我们集团的最高决策，这关系可就大了！"

"你——"林蔷回答得无懈可击，宋爱瑜无言以对。

"林副总，"沐良放下手里的包，偏过头看向宋爱瑜，问道，"根据集团的规定，股东们及高层的座位，是不是按照等级划分的？"

"是的。"林蔷极为配合地回答。

沐良点点头，迈步走到宋爱瑜面前，声音冷下来："这个位置是属于我的，宋爱瑜，你的位置不在这里！"

大家齐刷刷地看过来，宋爱瑜站也不是，坐也不是，脸色瞬间涨红。

对面的椅子里，宋清华看着沐良，神色莫名复杂。

办公室迎面的落地窗通透明亮，沐良一眼望出去，远处蓝天碧海尽收眼底。

这间办公室是宋氏大厦的最高点。站在这里俯瞰，能看到海港以及碧蓝色的海面，使人心旷神怡。

"喜欢吗？"

沐良回答诚恳："喜欢。"

"这里的一切，都保持着董事长在世时的样子。"林蔷走到办公桌前，轻抚纤尘不染的桌面，感叹道，"每次我觉得累的时候，都会来这里坐一坐，看着这些东西，好像董事长还没离开。"

沐良拿起摆在桌上的相框，宋儒风嘴角的那抹笑，如同温暖的阳光。

外公，良良回来了。

办公桌对面有架黑色钢琴，沐良坐在琴凳前，眼底染上几分笑意。

"这架钢琴是这栋大楼落成那年，董事长为了庆祝制造的。"林蔷走到钢琴前，声音不自觉地低下去，"良良，你弹一首吧，董事长很久都没有听过你弹琴了。"

是啊，很久没有弹琴给外公听了，他一定很想听。

沐良修长的手指，滑动在琴键间，音符飘然而出。音乐声由开启的办公室门，飘散至整个走廊。

不远处，宋清华望着坐在琴凳中弹奏的女子，面容沉静。她弹琴的模样，还跟几年前一模一样，专注灵动，没有丝毫改变。

虽然沐良曾在傅氏工作过一段时间，但与现在接手的工作相差甚远。林蔷特别给她配备两名工作经验丰富的助理。

"良良，这些是宋氏最近一年的发展趋向，还有重大合作案，你需要抓紧时间，三天内消化理解。"林蔷将厚厚一摞文件夹放在她面前，问了句，"是不是时间太紧？你能看完吗？"

"应该可以。"沐良扫了眼，笑道，"当初跟过辛姐，还有什么不能的吗？"

林蔷笑了笑。辛歆严苛的工作态度，在这个圈子里出名，她曾经很想把这个人才挖到宋氏，可惜辛歆死心塌地跟随傅晋臣，不是见利忘义的人。

"有问题随时问我。"

"好。"

林蔷递给她一个信封，道："这是公寓的钥匙，我帮你选的地方虽然不大，但交通便利，环境清幽，方便你上下班。"

"谢谢林阿姨。"沐良没有喊林副总，喊的是阿姨。

林蔷眼神温柔："良良，阿姨希望能够弥补我曾经的过失。"

过失吗？沐良眼神变了变，但没有说破。随后，她吩咐助理将行李送到公寓，等她晚上回去再收拾。

"你工作吧，我不打扰。"林蔷交代完必要的事情，转身离开。

回到办公室，她一眼看到坐在她椅子里的人。

"你跟爸爸都瞒着我？"宋清华握着一支笔，眼神阴沉。

林蔷坐在她对面，道："如果事先告诉你，你能同意吗？"

"这是我的家事。"

"不！"林蔷蹙起眉，并不认同，"这不仅仅是你的家事，也是关系到集团的大事。清华，难道董事长的用心，你真的不明白？"

宋清华眼神躲闪。

"现在良良回来了，我希望她能帮你。"林蔷站在宋清华面前，沉声道，"她才是你的女儿，你应该相信的人是她。"

"你在怀疑爱瑜？"宋清华瞬间蹙眉。

林蔷摇头，表情有些复杂："没有证据前，我不会轻易怀疑什么人。毕竟爱瑜也是我从小看着长大的，我希望她不会让我们失望。"

走廊里，宋爱瑜抱着资料怒愤然走远。

整个上午，沐良都没有离开过办公室，林蔷给她的所有资料，都是经过细心筛选，不能再少，她必须全力以赴消化掉。

"董事长，午饭时间到了。"助理敲门进来。

沐良愣了下，对于这个称呼还有些不习惯："帮我订一份简单的工作餐。"

助理应了声。

没有时间去餐厅吃饭，沐良几乎把能利用的时间都用上。以前上学，有些东西是学过的，但是荒废太久，基本都要从头再来。

连续五个小时，沐良终于研究完一份资料。她拿起手机，发现中午就有短信进来。

点开看到是盛铭湛的信息，说沐占年已经出院，他把老人们送回渝城安顿好，让她不用担心。

沐良编辑几个字发送出去，很快又收到回信："很忙吗？"

"非常忙。"

沐良如此回复，盛铭湛大概已经能猜到。

点开手机相册，沐良看着儿子的照片，心情柔和下来。她狠狠亲了下照片，笑道："果果，妈妈一定加油。"

短暂休息过后，沐良又继续全神贯注地埋头在厚厚的公文夹中了。

傅晋臣看过度假村最新方案，不够满意。

"好了，今天就到这里。"

下属们如蒙大赦，风一样地离开，生怕总裁反悔。

离开公司，傅晋臣先去幼儿园接儿子。

回到家后，这小家伙一言不发。

傅晋臣蹙眉，孩子身上穿的衣服，都是从家里带来的，他新买的那些，沐果果都拒绝接受。行李箱最底部有个白色硬皮本，他打开本子，都是沐良的字迹。

硬皮本满满写了很多页，一笔一画，字迹工整，都是关于儿子的生活习惯、作息时间，还有他平时的喜好，以及孩子生病时简单的护理方法。

傅晋臣坐在床边，一页页翻看。他透过那些字迹，似乎能看到沐良站在他眼前，一句话一句话地叮嘱他。

果果习惯洗澡用温水，不要太热，那样他会不愿意洗头。

果果睡前都要吃一点儿水果，这样能够让他第二天排便通畅。

对了，他上厕所的时候，必须要垫儿童马桶圈。

傅晋臣微微低头，果然看到箱子里的黄色儿童马桶圈。他薄唇轻抿，继续往下看。

果果晚上怕黑，如果他不想睡觉，可以给他念一段超人的卡通书。

他吃饭挑食，不要太纵容他，各种蔬菜里面都有不同的营养。

326

良久，傅晋臣将本子里写的东西都看完。他把本子妥帖放好，盯着儿子坐在客厅沙发里的背影，若有所思。

　　浴缸放满温水，傅晋臣走到儿子面前："果果，洗澡了。"

　　"不要。"沐果果拒绝。

　　关掉电视，傅晋臣把他抱起来，直接带进浴室。

　　"放开我！"沐果果趴在他肩上挣扎。

　　傅晋臣脸色并不凶狠，但有一种能够震慑他的威严："如果你不肯洗澡，周末就不能见妈妈。"

　　沐果果立刻紧张："不要，我洗澡。"

　　水温不冷不热，沐果果抗拒的动作渐渐停止。他仰起头，盯着傅晋臣的脸，一双大眼睛眨啊眨，不知道在想什么。

　　洗过澡，傅晋臣用浴巾将儿子裹好抱出来，给他穿好衣服。

　　他手忙脚乱的模样，引来沐果果的挑剔："动作好慢哟，妈妈每次给我穿衣服都好快！"

　　半跪在床边的男人嘴角一抽，这臭小子，好歹你爸爸才接手你第二天！

　　"吹头发。"沐果果洗舒服了，又开始指使他，"妈妈都给我把头发吹干，说如果头发不干睡觉会生病。"

　　好吧，傅晋臣认命地拿来吹风机，将风速调好，站在床边给儿子吹发。

　　孩子发质柔软，齐刘海蘑菇头很可爱。

　　傅晋臣盯着他的小脑袋，发现他也有两个旋。哈哈哈，跟他一样啊，也是两个旋。难怪倔强，看起来是遗传他！

　　"这样可以了吗？"傅晋臣指着镜子里的小帅哥问。

　　沐果果撇撇嘴，径直回到儿童房。

　　傅晋臣暗自松口气，转身走进浴室。

　　二十分钟后，他穿着睡袍走到门前，见沐果果双手托腮，望着窗外愣神。

　　"睡觉了。"

　　卧室灯关上，沐果果惊惧地回头，眼神出卖了他的心思："我不要睡。"

　　抽出床头的故事书，傅晋臣走到床的另一侧，掀开被子躺进去。他黑沉的眼睛紧紧盯着沐果果，笑着问他："想听故事吗？"

　　沐果果眼底闪过一丝惊喜，却固执地不肯开口。

　　傅晋臣翻开书页，没有理会他的小傲娇。男人低沉的嗓音很有磁性，沐果果主动靠近过来，掀开被子钻进去。

　　傅晋臣眼睛盯着书本，声音温和："男子汉虽然要坚强，但也可以害怕。比如，不敢一个人睡觉。"

　　沐果果瞪大眼睛，突然被人看穿心事，羞涩地拉高被子把脸埋进去。

孩子毕竟是孩子，他只有四岁，心事难以掩藏。

傅晋臣弯起唇，继续念故事。

这两天沐果果吃不好睡不好，今晚洗过澡，本来就很舒服。再加上还有他熟悉的故事，紧绷的神经放松，很快睡着了。

调暗床头灯，傅晋臣给他掖好被子，亲了亲他柔嫩的小脸："儿子，晚安。"

第二天早起，男人还没睁眼，身体被一股大力摇醒。

沐果果笔直站在床前。

"怎么了？"

沐果果不说话，直接拉起他走到隔壁房间，指向儿童床。

傅晋臣狐疑地看过去，床中央有一大圈湿透的痕迹。

"你尿床？"

"你没有叫我起来嘘嘘。"沐果果理由充分，"妈妈都会叫我嘘嘘，所以尿床不是我一个人的责任。"

还敢犟嘴？"沐果果——"傅晋臣震怒。

沐果果飞快转身，扭着小屁股跑远。

望着一片狼藉的床单被褥，傅晋臣剑眉紧蹙。这要怎么收拾啊，他完全不会弄！

最近工作时间不稳定，沐良没有让司机接送，而是自己开车上下班。她住的地方，距离公司很近，帮她节省很多路上消耗的时间。

电梯大门合上前，走进来另外一道身影。

宋清华身穿香奈儿白色夏装，长发高高盘起，露出优美的颈项。她看到电梯里的沐良后，微微愣了下。

沐良眼睛盯着地面，神色淡漠，周围淡雅的香水味道，好像是紫罗兰的清香，并不浓烈。

镜面门通透，宋清华看到不断上升的红色数字，道："如果爸爸把宋氏交到你的手上才会觉得安心，我愿意成全他。"

宋清华精致的五官仿若少女般光彩照人，她看着沐良的眼睛，道："宋氏是我爸妈的心血，不是用来抢孩子的武器！"

叮。电梯门打开，沐良先她一步走了出来："我不会把宋氏用作武器，我也不会放弃我的儿子！"顿了下，她望向宋清华的神情染上几分嘲弄，"对于儿子，我永远都不会放弃，绝对不会像你！"

宋清华抿起唇。

整个上午，沐良都在跟林蔷研究标注的问题点。有些地方，林蔷之前有疏忽，如今听沐良提出来后，她立刻让人去调查。

安排好工作，林蔷笑了笑："良良，下周有个集团联谊酒会，届时我会正式对外宣布，宋氏董事长的位置由你接替。"

沐良神色微沉。

桌上内线响起："董事长，有位沐先生想要见您。"

沐先生？沐良怔了怔："请他进来。"

林蔷识趣地离开。

办公室里光线明亮，沐毅右耳的钻石耀眼："姐！"

沐良吩咐助理送咖啡进来。

周围环境气派精致，沐毅惊讶不已："我才出国没几天，你怎么摇身一变就成了宋氏的董事长？"

沐良拉他到沙发坐下："你回家了吗？"

"回过了。"

"爸爸怎么样？"沐良不放心。

沐毅叹了口气："你也知道爸的脾气，只要不是躺在床上起不来，他都说没事。"

明白爸妈心里惦记果果，她神色担忧。

"姐，你瞒我很多事情。"沐毅眉间似有不悦，"有孩子这么大的事情都不告诉我？"

当初沐毅离家出走，好几年都没有见到人影，她就算想告诉他都没机会。后来他回来，可她又因为顾虑到儿子，没找到合适的机会跟他说。

"还有宋氏怎么回事？"沐毅下巴朝前点过去，问她，"咱们家跟宋家，没有关系吧？"

沐良皱眉，她的身世不想让沐毅知道，免得生出事端："以前我跟宋爷爷机缘巧合下认识，我们很谈得来。至于他为什么把董事长的位置留给我，我也不太清楚。"

沐毅一脸不信："有这样的好事？"

轻哼声，沐良反问他："那你告诉我，你是怎么发家的？做什么生意这么赚钱，能让你如此挥霍？"

"呵呵，"沐毅勾起唇，笑道，"你还真就是我姐，总让我没话说。"

"小毅。"沐良语气担忧，"如果你还听姐姐的话，就不要做不应该做的事情。你要记住，你是我们家的支柱，是爸妈唯一的儿子！"

她的话别有深意，却又不能说得太清楚明白。

沐毅露出笑脸，安抚她："放心，你弟弟现在很有本事了，不是以前随便谁都能欺负的沐毅。姐，我会帮你报仇的！"

沐良脸色一变，助理送咖啡进来，放在茶几上。

"谢谢。"沐毅顺手接过去，朝年轻助理笑了笑。

面前的帅哥青春帅气又多金，小助理立刻心跳加速。

沐良更加担忧。

"姐，我今天过来是受爸妈委托，他们说不放心你，让我来看看。"沐毅单手揽住沐良的肩膀，笑道。

沐良大概猜到，她笑了笑，告诉他："你告诉爸妈，我很好。只是最近太忙，抽不出时间回去看他们。"

"对了，你下个月生日，想要怎么庆祝？"

沐良没有心思过生日，敷衍道："再说吧。"

眼见她情绪失落，沐毅凑到她面前："孩子的事情需要我帮你吗？傅家的人我早就看不顺眼了，我可以把孩子抢回来！"

"不行！"沐良断然拒绝，"你不能做任何违法的事情，知道吗？"

"激动什么？"沐毅撇嘴。

"答应我，不准胡来。"沐良按住他的肩膀，"我自己解决，不要你帮忙。"

"好吧，算我自作多情。"沐毅拿起车钥匙往外走。

"小毅。"沐良看出他不高兴，拉住他的胳膊，"姐姐知道你想要帮我，但傅晋臣毕竟是果果的爸爸，你能明白吗？"

沐毅垂着头，没有说话。

"现在你回来，爸妈心里很开心。"沐良握住弟弟的手，叮嘱道，"他们年纪大了，我们不能让他们操心伤身。小毅，姐姐最大的心愿就是希望我们全家人永远都好好的，永远都生活在一起。"

张开双臂轻轻抱住沐良，沐毅道："姐，我明白。"

沐毅很快离开，沐良紧皱的眉头没有舒展。现在的沐毅，早已不是那个站在阳光下的大男孩，她既担心又无奈。

刚出电梯门，宋爱瑜便被周围女员工的议论声吸引。

"哇，那个男人好帅！听说他来找咱们新上任的董事长，你们猜猜他们两个人什么关系啊？是不是情侣？"

大家七嘴八舌，宋爱瑜一眼扫过去，立刻抬脚追赶："沐毅！"

男人脚步未停。

"等等！"大厅旋转玻璃门前，宋爱瑜眼见沐毅坐上车，那辆白色兰博基尼嚣张远去。

宋爱瑜眼眶发酸——为什么不给她一个说话的机会？

消化理解完所有资料，沐良发现几处问题点，或多或少都跟宋爱瑜有关系。并不是她夹带私人感情，而是有理有据。

"请林副总过来一下。"

"是的，董事长。"

几分钟后，林蔷推门进来："有事找我？"

沐良示意她坐下："看看这个。"

林蔷翻开文件夹,眼底闪过什么:"我安排人去查。"

"尽快。"

林蔷明白这中间的牵扯,不敢耽搁:"酒会八点钟开始,你早点回去准备。"

"好。"沐良安排好工作离开公司。

今晚要参加集团联谊酒会,傅晋臣提早下班来幼儿园接孩子。沐果果被老师领出来,看到爸爸来接,小脸没有一丝笑意。

"傅先生,果果很聪明。"老师将孩子交给他。

傅晋臣同老师简单客套两句,才带儿子离开。

到家不久,门铃响了,沐果果跑过去打开门。

傅欢颜准时出现,傅晋臣要出门参加晚宴,她来负责看孩子。

傅晋臣换好西装出来,将傅欢颜拉到边上,叮嘱她:"洗澡水不要太热,还要给他吃一点水果,如果他不肯睡觉,就给他讲故事。"

傅欢颜难以置信:"几天没见,你带孩子的本事突飞猛进。"

傅晋臣拿起车钥匙,扫了眼坐在沙发看动漫的儿子,按时离开了家。

181会所是三年前由傅晋臣亲手设计,用心打造的顶级私人会所。会所依山傍水,周围还有几个度假村,周边开发项目很多。

这家私人会所采用会员制。今晚的商业联谊酒会,傅氏主导,傅晋臣作为集团总裁,全权负责安排酒会具体事宜。

"四少。"高森负责现场督导。

"都安排好了吗?"傅晋臣身穿黑色西装,面色从容地走进来。

高森拿着对讲机,随时能听到各部门的汇报:"都安排好了。"

他做事一向稳妥,傅晋臣比较放心。今晚傅东亭没有出席,傅氏除他外,还有傅培安与傅政父子出席。

距离开场时间不多了,傅晋臣转身欲走时被人喊住。

"晋臣。"宋爱瑜身上的酒红色晚礼服很是显眼,她笑容浅浅地挽住他的胳膊:"我们一起进去。"

一起?傅晋臣冷笑。外人看来,宋爱瑜是他的未婚妻,理应跟他一起出席。

大门外有些骚动,沐良一袭紫罗兰色的晚礼服走在盛铭湛身边,她面孔生疏,大家纷纷猜测他们的关系。

傅晋臣黑眸轻眯。

"盛总。"宋爱瑜含笑地站在他们面前。

盛铭湛神色未变,只看向对面的男人:"傅总。"

傅晋臣今晚算是半个主人,点了点头,算是打过招呼。不过他看到盛铭湛环在沐良腰侧的手后,眼神不自觉转冷。

"晋臣，我们进去吧。"宋爱瑜挽着傅晋臣的胳膊，故意盯着沐良的眼睛看。

这种场面，说起来有几分尴尬。来之前沐良早已想到，此时表情异常平静。

傅晋臣见沐良淡然的模样，心里很不是滋味。

"走吧。"盛铭湛适时地开口，沐良随他进去。

各大集团的负责人，除去莫氏集团遗孀舒云歌，其他几乎都到场。今晚宋清华亲自现身，她站在人群里，姿态冷傲。

大厅入口处一阵骚动，傅政黑沉的眼眸落在沐良脸上，薄唇缓缓抿起。

晚上八点钟，酒会正式开始。傅氏集团先开场，傅培安与傅晋臣并排走上高台，两人共同打开香槟。

砰！瓶盖弹开，掌声热烈不息。

集团负责人轮流发言，傅晋臣把发言的机会留给傅培安。这些年，傅晋臣地位压过傅家长子，外面众说纷纭。

轮到宋氏集团时，林蔷拉宋清华上台。她走到话筒前，眼神精准地落向人群："最近关于宋氏的新闻很多，现在我要跟大家郑重宣布，按照宋儒风董事长临终前的委托，现将宋氏集团董事长的职位，交予沐良小姐担任！"

"啊——"惊诧声四起，很多人都在问，沐良是谁？

林蔷招招手，沐良上台走到她的身边。

"这位就是宋氏集团最年轻的董事长，沐良小姐。"林蔷牵过她的手，同时也拉过宋清华，将她们的手握在一起。

无论心里有多不愿，但此时此刻，这个动作是必须的。沐良没有拒绝，嘴角的笑容保持得恰到好处。

宋清华身为集团总裁，又是宋儒风的女儿，没有她的认可，外界流言蜚语自然不能平息。

大家看到宋清华面带笑容，也就无话再说。

舞台下，傅晋臣有些失神。怎么宋氏的董事长的职位会落在沐良身上？！

意外的并不是他一个人，傅培安与傅政同样吃惊。

不远处，宋爱瑜看到宋清华与沐良紧紧相扣的手指，眼神阴郁。

香槟塔前，盛铭湛举起酒杯，朝高台上的沐良微笑。

她同样举起酒杯，笑容温柔。

酒会结束，沐良同盛铭湛一起离开。

"晋臣！"宋爱瑜快步追出来，道，"我明天有时间，可以去看果果。"

前方两道身影远去，傅晋臣收回视线，冷笑道："宋爱瑜，你以为你是谁？"

宋爱瑜笑容僵住。

男人嘴角的弧度阴厉，压根不给她回旋的余地："你外公让我跟你订婚，你不会不明白用意吧？现在五年已过，你是自己识相离开，还是等我赶你？"

"傅晋臣，你什么意思？"宋爱瑜被激怒。

"不懂？"傅晋臣勾起唇，"我会让你懂的！"

他转过身，宋爱瑜追上去："晋臣，你听我说……"

"宋爱瑜！"傅晋臣目光惬人，警告她，"离我儿子远点！"

她心底一突，心虚地怔在原地。

而在安静的车厢里，傅晋臣戴着蓝牙耳机，怒声道："给我查沐良现在的住址。"

接管宋氏董事长职位，同傅家争夺抚养权，这一件件惊天动地的大事，沐良无论如何都无法再对乔笛隐瞒。

得知事情前因后果，乔笛先是勃然大怒，后又泪眼汪汪。

"你很想孩子吧？"

自从儿子出生，他们母子就在一起，几乎没有分开过，现在忽然好多天才能见到儿子，她怎么能不想？！

乔笛握住沐良的手："因为果果你才这么做？"

这个问题，似乎很多人都在问。沐良起初接手宋氏确实因为儿子，但最近，她对宋氏又有了新的认识。

"我还是不明白，为什么宋老爷子把董事长的位置留给你？"乔笛表情气馁。

沐良眨了眨眼，笑道："因为我会弹琴，爷爷最喜欢听我弹琴。"

"早知道我也去学琴！"

沐良忍住笑："你现在学也不晚，我免费教你。不过我们可以去吃午饭了，我请客。"

听到有吃的，乔笛自动消气，她拿起包跟沐良下楼。

一路下楼，沿途有员工经过，都会恭敬地喊董事长。乔笛偷瞄沐良淡然的神情，不禁感叹。

乔笛看她熟练将车开出停车场，由衷感叹："良良啊，我怎么觉得，你天生就应该过这种日子？"

天生吗？沐良黯然一笑。

回到宋氏后，沐良整个下午的工作状态很好。她准时下班回家，洗过澡简单地吃了晚饭，坐在电话前等时间。

差不多八点，沐良握紧手机，将电话拨过去。铃声响过一声，迅速被人接起。

"妈妈！"

听到儿子稚嫩的声音，沐良霎时红了眼眶："果果！"

"妈妈，我好想你。"沐果果哽咽道。

沐良强忍泪水，不想让儿子听到她哭："果果，妈妈也好想你。"

房间外，傅晋臣侧身倚在门前，听到儿子兴奋地讲电话。他能看到儿子脸颊涌起的笑容灿烂，可惜他还没对自己那样笑过。

自儿子手里接过电话，傅晋臣放到耳边听了下，只剩下嘟嘟声。

男人剑眉蹙了蹙，将手机放在边上，掀开被子让孩子躺进去。

"睡觉。"傅晋臣把床头灯调暗，转身准备离开。

"那个……"沐果果双手揪住被子，盯着傅晋臣小声道，"我想听故事。"

傅晋臣站在床边："如果想听故事，你要先喊我爸爸。"

沐果果整个人气鼓鼓地缩回被子里，不肯说话。

儿子明显排斥他，傅晋臣拿起床头的故事书，失落地轻念。

沐果果缩进被子里的小脑袋露出来，侧过身盯着他，很认真地听故事。很快，他打个哈欠，闭上眼睛。

稍后，将傅晋臣亲了亲儿子的脸蛋，才起身离开。

上次听乔笛说，辛歆生病住院，沐良中午抽空来医院探望。

夏日午后，走廊格外安静。辛歆没什么大碍，沐良稍坐便离开。公司还有很多事情，她还要回去继续工作。

走廊地面光洁明亮，沐良放轻脚步，生怕影响别的病人休息。她下楼时经过走廊，眼角余光扫到什么，不自觉地抬起头。

病房内，倚在床头的女子穿着宽大病号服，长发松散地披在肩头，精致的脸庞憔悴，整个人清瘦不少。

坐在病床边的那抹背影熟悉，尤其男人那颠倒众生的侧脸，无论何时何地她都不会被人认错。

沐良收回视线，沿楼梯往下，轻笑了声。

回宋氏大厦后，沐良吩咐助理将下午需要完成的工作，全部送进她的办公室。

落地窗外阳光灿烂，沐良神情平静，她万分庆幸自己的选择。

而医院靠窗病床中，舒云歌脸色苍白，乌黑长发垂顺服帖。

她端起床头的水杯，含笑递过来："喝水吧。"

病房里消毒水味道刺鼻，傅晋臣握着水杯没有喝。他看向对面容颜憔悴的人，沉声道："酒精中毒很危险，你想死吗？"

舒云歌的黯淡双眸望向窗外："如果每天都要过这种日子，那还不如死了吧！"

傅晋臣俊脸阴沉："为什么这样说？"

"我每天睁开眼睛，周围只有空空的房子和花不完的钞票，想找个人跟我说说话都没有！"舒云歌咬着唇，声音沙哑，"晋臣，你能明白我的感觉吗？"

他紧绷的嘴角沉了沉。也许这种感觉他能明白，他也经常失眠，经常面对空空的房子，却找不到那个他愿意交谈的人。

舒云歌苍白的脸颊透着青色："我知道，你不喜欢宋爱瑜，你对她没感觉！你跟她订婚，只是因为傅氏。"她忽然握住傅晋臣的手，"我们回温哥华吧！我可以把莫氏还给莫劲的女儿，我们一起离开这里，永远都不要回来！"

334

抽回手，傅晋臣走到窗前。楼下绿荫萦绕的花园中，有不少人坐在树下乘凉，他单手插在口袋里，道："发生这么多事，你觉得，我们还能回去温哥华吗？"

　　"为什么不能？"舒云歌反问。

　　傅晋臣缓缓回过身，锐利双眸落在她脸上："当年你离开的时候，温哥华那间房子我就已经处理掉，我对自己说过，这辈子都不会再回去！"

　　"晋臣……"舒云歌揪住被子，热泪溢出，"不要这么对我，你说过没有忘记我们的过去的！"她趿着拖鞋跑到傅晋臣面前，哽咽道，"以前的事是我对不起你，可我真的有苦衷！"

　　"Ann，"傅晋臣勾起唇，淡淡地笑，"我最近发现一件很有趣的事情，原来有些事有些人，见面之后反而变淡。可有些人有些事，无论见面或者不见面，都不会忘记。"

　　傅晋臣微扬的唇角，有抹温柔的笑。

　　舒云歌整颗心收紧，手脚蹿过一阵寒意。她知道傅晋臣嘴里的"有些人有些事，无论见面或者不见面，都不会忘记"，不是指她，而是指另外一个女人。

　　她一直都以为，沐良离开了，她就能有机会靠近他。虽然有个宋爱瑜，但傅晋臣对宋爱瑜没有感情，并不能算障碍。

　　这些年无论舒云歌怎么努力，怎么想要挽回，傅晋臣的脚步始终都停在当初沐良离开的那个位置，她靠近不了，也无法将他拉回来。

　　"好好养病，"傅晋臣收回视线，语气里有种亲人般的关心，"你自己一个人，要懂得照顾自己。如果连你都不心疼自己，谁还能心疼你！"

　　话落，他抬脚往外走。

　　"晋臣！"舒云歌双手紧握成拳，望着傅晋臣的背影，颤声问他，"你爱上她了吗？"她用力咬着唇，目光艰涩，"给我一个答案。"

　　傅晋臣停住脚步，蓦然笑道："Ann，其实你早就知道答案了，何必再问？"

　　心瞬间收紧，舒云歌脸色苍白如纸。直到视线彻底模糊，她双腿一松，整个人半跪在地上。

　　"唔！"舒云歌掌心贴紧面颊，有温热泪水顺着指缝流淌。是啊，其实她很早前就知道答案，又何必再问？当初她离开三年，沐良就能融入他的心底。如今沐良离开五年，她却无法占据她那个空缺的位置。

　　舒云歌，你输了，输得彻底。更何况，他们之间还有一个儿子。她怎么能不输？！

　　车窗微微降下，热风拂过男人俊逸的脸庞，染上几许黯然。傅晋臣深邃的双眸落向前方笔直大路，心底情绪起伏。

　　傅晋臣，如果这个答案连Ann都知道，那你是不是也知道。

　　用过午餐，沐良有十五分钟休息时间。

　　林蔷推门进来，把礼盒放在她桌上："生日快乐。"她要出差，明天赶不回来。

　　沐良拆开礼物，是一枚宝石胸针："谢谢林阿姨。"

335

"不谢。"这个日子对于林蔷来说，终生无法忘记。二十几年前的闷热夏天，她亲眼看到这个小生命来到世界，又亲手把她送走。

"良良，"林蔷愧疚之情满满，"阿姨对不起你。"

沐良笑着安慰她："没有什么对不起，其实这样很好。"

林蔷离开时，眼眶红红的。

收起礼物，沐良神色有片刻的失落。她给远在渝城的爸妈打电话，听到他们的声音，心情才慢慢平复下来。

答应接受沐毅为自己庆生，沐良自然不能反悔。

盛铭湛听说后，语气明显透着失落："那我不是白准备了吗？"

沐良夹着手机，眼睛盯着电脑屏幕的数据："我答应小毅一起庆祝，但我可以空出一些时间给你。"

"这样啊，"盛铭湛的声音重燃活力，"你那边完事给我电话，我去接你。"

"OK。"

沐良核对数据时，发现两处不太对，用红笔标注并吩咐助理重新核算一次。

宋清华提着皮包，站在门外。

助理拿着文件夹出来，狐疑地问道："总裁，你找董事长有事吗？"

宋清华脸色尴尬地摆摆手，转身离开。

下班时间刚到，沐毅就打来电话催促。沐良收拾好东西，赶到海边度假酒店。

酒店九楼宴会厅，铺着红色纯手工澳洲羊毛地毯，香槟塔的杯子全部由水晶制成，桌上餐具都是鎏金边的，明晃晃得刺眼。

圆桌上摆满的菜肴更是高端。鲍鱼、鱼翅、燕窝，这些都成了小菜，桌子中间那只巨大的龙虾刺身，隐隐冒着冰雾。

沐良蹙起眉，道："这也太浪费了。"

拉姐姐坐下，沐毅击掌两声，立刻有人推着蛋糕车过来。

蛋糕分为九层，从下至上逐层缩小。每层蛋糕外围都有精致的花朵，而每朵花的花心都用珍珠点缀。

"姐，吹蜡烛！"推沐良走到最前面，沐毅嘴角的笑容深邃，"还记得那年我说过的话吗？我说：明年等姐过生日，我一定给你订个超级大的蛋糕。可惜，让姐姐等了这么多年。"

那年医院里的小蛋糕虽然简单，却深深温暖着她的心。此时此刻，沐良盯着面前一派奢华，内心竟然半点喜悦都没有。

"吹蜡烛吧。"

沐毅牵过姐姐的手，两人同时弯下腰，一口气将蜡烛吹灭。

"祝我亲爱的美艳的姐姐，青春常驻，永远快乐！"沐毅站在蛋糕前，重复着几年前说过的话。

沐良伸手抱住他："谢谢小毅。"

"礼物。"红色丝绒盒里是一条珍珠项链，珠子颗颗硕大圆润。这条项链价值不菲，她很想拒绝，又不忍破坏这一刻的温馨。

"分蛋糕！"吹了蜡烛，又送了礼物，沐毅满足地吩咐手下人。

餐桌前，沐毅不停给她夹菜："姐，你多吃点。"

看着周围这些人，还有那些昂贵的菜，沐良食欲全无。她把首饰盒放进包里，发了条短信就想出去。

"你要走？"沐毅挑眉，"等下我们还有节目，我在倾城订了位置。"

沐良不动声色："我跟铭湛约好了。"

"既然是未来姐夫，那我不拦着了。"

"不许胡说。"沐良低斥。

走出宴会厅，沐良松了口气。

沐毅站在窗口，手中夹着一支烟。

"毅哥，咱们还去倾城吗？"

见到沐良远去的背影，沐毅薄唇轻抿："为什么不去？"

"是。"

黑色轿车靠近路边，盛铭湛降下车窗："等很久？"

"二十分钟。"

"不是说等我到了，你再下来吗？"

沐良摇摇头："不想待，喘不过气。"顿了下，她撅起嘴，"快带我去吃饭，好饿。"

"你没吃？"盛铭湛目露惊讶，这么高级的酒店，她还能饿肚子？

沐良还是摇头，不愿多说。

盛铭湛没再问，车子朝他们常去的餐厅开去。

等待晚餐的过程中，沐果果小朋友跷起二郎腿，坐在椅子里剥瓜子吃。他动作不熟练，瓜子壳与瓜子仁分不开。

"笨！"傅晋臣戴着围裙过来，拿起一个瓜子给儿子示范，"看到没，你要这么把瓜子皮吐出来。"

"喊！"沐果果显然不服，"妈妈都不是这样吃的。"他气哼哼扭着小屁股，道，"难道你比妈妈还厉害？"

"我当然比你妈厉害！"傅晋臣手指在儿子额前轻弹。

这时，有什么味道飘过来，傅晋臣立刻变脸："我的菜！"

"哈哈哈！"沐果果幸灾乐祸地笑，看吧，谁让你说比妈妈厉害？！

晚饭的菜有些烧煳了，沐果果挑嘴不肯吃。傅晋臣自己也不爱吃，但他现在对面有个孩子，他渐渐发觉自己的言行会对孩子有影响。

"老师是不是教过不能浪费食物？"傅晋臣拿起筷子，递给儿子。

沐果果不情不愿地点头："教过。"

"那就好了，我们不能浪费。"傅晋臣自己主动伸筷子，夹起发黑的菜往嘴里塞，给儿子做榜样，"你看爸爸都吃了，你也能吃。"

孩子看看傅晋臣，又看看那盘菜，只能伸筷子夹起来。

傅晋臣心头有一丝窃喜，可惜那抹笑还没有展开，俊脸就被口中食物折磨得扭曲起来。

这么难吃的东西，谁做的？！

"很难吃是不是？"沐果果同样皱着小脸，委屈地盯着他。

傅晋臣不知怎么回答，抽走儿子手里的筷子，他起身："我们去外面吃饭好吗？"

沐果果双眼放光。

傅晋臣瞥见台历，笑道："今天是你妈妈生日，我们去给她过生日吧。"

"好耶！"沐果果欢呼兴奋，第一次对傅晋臣笑出声。

儿子嘴角那抹真挚的笑容，令傅晋臣心头收紧。也许，他真的做错很多事！

"去换衣服。"父子俩分头行动。

半个小时后，这对父子同时收拾好。傅晋臣看看儿子身上的黑色小礼服，赞赏道："小子，你眼光不错。"

沐果果挑起小眉毛，盯着面前的男人，眨了眨眼："大叔，你的衣服也很帅哦。"

"呵呵。"傅晋臣低头在儿子脸颊亲了下。这是在儿子没有睡着的情况下，傅晋臣第一次亲他。

沐果果怔了怔，没有推开他。

感觉到爸爸的气息，沐果果脸颊飘过一丝红晕。他主动牵过傅晋臣的手，拉他往外走："快走啦，我们要去给妈妈买生日蛋糕。"

晚饭吃得很饱，沐良坐在车里一直揉肚子："盛铭湛，以后别带我来这家吃了，每次都吃撑，我快要变成胖子了。"

"那样多好。"盛铭湛单手握着方向盘，笑道，"你变成胖子，只有我不会嫌弃你。"

沐良狠狠瞪他："你也太狠了吧！"

"你才知道？"

沐良撇嘴，不跟他争辩。这男人嘴巴毒，说不过他。

"良良，"车子转过弯道，盛铭湛将车停在小区外，问身边的人，"你到底什么时候才能成为我的女朋友？"

沐良解开安全带，暗暗紧张："铭湛，这些年你一直都在我们身边，很多事情你都是亲眼看我走过来的。我不想对你有任何隐瞒，现在儿子在我心里才是第一位，无论任何人都不可能超越沐果果的位置。我最爱的人，只能是我儿子，如果你不介意我心里永远都有这个小男人的话，我想……我们可以试试。"

"只是试试吗？"盛铭湛显然不满意。

沐良仰起脸，声音不自觉地温和了："因为是你，所以我愿意试试。可是铭湛，有很多事在我心里都有阴影，你能不能让我慢慢适应？"

今晚沐良能把话说到如此，盛铭湛已经很欣慰了。他含笑拥她入怀，柔声道："我都纵容你这么多年了，还能不答应吗？"

沐良眼眶一热，靠在他的肩头。

楼门前，沐果果双手托腮坐在台阶上，不时撇嘴："妈妈怎么还不回来？"

傅晋臣提着蛋糕盒子蹲在儿子面前："应该很快就回来了。"

前方有车灯闪过，沐果果起身跑过去："妈妈！"

夜色中，沐良与盛铭湛并肩走来。

他们交握的双手，深深刺痛傅晋臣的眼睛。

第十三章
每一个想她的夜晚

入夜，一辆黑色轿车开进傅家大宅，傅培安搀扶父亲下车："爸爸，您慢一点儿。"

尤储秀没有休息，看到傅东亭进门，立刻迎上去："东亭，哪里不舒服？"

傅培安蹙眉道："刚才饭还没吃完，爸爸就觉得心脏不舒服，我们刚从医院回来。"

"我来吧。"尤储秀将丈夫搀扶过去，刻意阻隔开傅培安，"把药给我。"

傅东亭这时候脸色缓过来些，看向长子，道："你也忙了半天，去休息吧。"

"好，"傅培安应了声，"如果有事，立刻叫我。"

傅东亭点点头，转身上楼。

眼角余光瞥见傅东亭的脸色，尤储秀神色担忧。最近这段日子老四忙着孩子的事情，基本不回家，献殷勤的事情都被老大抢先了。

傅培安回到楼上，姚琴站在门外等他："爸爸怎么样？"

她的声音很大，傅培安一把将她拉进去："小点声音，还怕没人知道吗？"

听到丈夫的斥责，姚琴尴尬地笑了笑："爸爸的病严重吗？"

傅培安脱掉外套："医生不跟我说。"

"嗯？"姚琴显然没明白。

傅培安低低一笑，道："既然医生不肯说，那就说明绝对不是小事！"

"你是说……"

傅培安制止住妻子的话，眼色不悦："你心里知道就行了，不许说出来。"

夏夜傍晚，微风吹拂带走白日里的热气。市中心高级公寓环境优雅，花园正对面有个音乐喷泉，每晚八点准时开启。喷泉周围的五彩射灯，缤纷炫目。

沐良洗过澡出来，客厅里开着电视，但儿子并不在沙发里。

"果果？"

"我在这里。"

儿子撅着小屁屁趴在餐桌前，双手托腮盯着面前的东西愣神。

"怎么了？"

沐果果仰起小脸，指着蛋糕："我想吃。"

这个时间不适合吃东西了，沐良耐心地跟儿子商量："已经很晚了，我们明天再吃好吗？"

"不好。"沐果果抿唇，"就吃一小块行吗？"

儿子喜欢吃蛋糕，沐良看他可怜巴巴的模样，不忍心拒绝，只能将盒子打开，打算给他切一小块。

双层小蛋糕，周围撒着儿子最爱的杏仁片，最上面那层有个巧克力小屋子，屋子前面三只可爱的卡通熊，一家三口，其乐融融。

沐良眼神沉了沉。

"妈妈喜欢吗？"沐果果站在椅子上，笑着问她，"蛋糕是我选的哦。"

"你选的？"沐良狐疑地问，"为什么选这个？"

沐果果嘿嘿地笑出声："我想吃巧克力房子。"

就知道是这样！沐良将有巧克力房子的那块切下来，放在盘子里："只能吃这一块。"

沐果果兴奋地接过去，来不及用叉子，一口把巧克力房子的顶端咬下来。他嘴角沾满巧克力，沐良抽出纸巾，帮他擦嘴。

"慢慢吃。"沐良生怕他噎着，忙倒杯水给他。

"妈妈，你也吃。"沐果果主动把蛋糕送到妈妈嘴边。

沐良下意识躲了下，却在看到儿子眼底的笑意后，不得不张开嘴。

"好吃吗？"沐果果眨着黑眼睛问。

沐良只能点头："好吃。"

沐果果很开心，把蛋糕全部吃完。这个蛋糕口味超级棒，大叔选得不错嘛！

收拾好回到卧室，儿子躺在床上打滚，挺起圆滚滚的小肚子笑得开心。

"妈妈！"双手搂住她的脖子，沐果果笑道，"能跟你一起睡了。"

沐良眼眶泛酸。母子两人玩闹一会儿，才倒在床上。

"这个家，比我们以前的家漂亮好多。"沐果果枕在妈妈肚子上，打量四周。

沐良揉揉儿子的脸："果果喜欢哪个家？"

"喜欢原来的。"几乎想都没想，沐果果直接回答。

"为什么？"

沐果果靠在她的怀里："我想妞妞，我想和妞妞一起去幼儿园。"

孩子的心思总是单纯，沐良笑着安慰他："妈妈有时间可以带你回去看妞妞。"

"真的吗？"

沐良再三保证，搂儿子躺好："果果，你在爸爸家过得好吗？"

沐果果撅起小嘴，数落道："他总让我一个人睡觉，给我做很难吃的饭，还不许我尿床，好讨厌啊！"

沐良眉头动了动："你又尿床？"

"呃……"沐果果捂住嘴巴，察觉到自己说错话，"有时候会。"

沐良叹了口气。

沐果果小脸磨蹭在妈妈胸前，好久都没有这种感觉，特别想念："妈妈，我们明天还能一起睡吗？"

闻言，沐良眼神黯然。今晚傅晋臣带儿子出现，她很意外，更让她意外的是，他竟然同意果果留下住一晚。

不多时候，沐果果睡熟了。她亲亲儿子的脸颊，眼神温柔。

床头柜上的手机亮了下，沐良害怕吵到孩子，特意设置成静音。划开屏幕，她看到盛铭湛的短信："果果睡了吗？"

沐良回道："刚睡。"

对方再度回复过来："你也早点睡，明早我送你们去幼儿园。"

沐良刚要放下手机，又见到盛铭湛的短信："生日快乐。"

她回复道："晚安，明天见。"

盛铭湛捧着手机，反复盯着"明天见"三个字，嘴角的弧度上扬。

接到电话，傅欢颜赶往幼儿园把沐果果接了回来，老师说他非要闹着回家，怎么都不肯吃午饭。

"果儿，怎么不听话？"

沐果果坐在客厅的沙发里，撅嘴道："幼儿园今天的饭不好吃，我不要吃！"

这小家伙挑嘴，傅欢颜无可奈何，吩咐厨房煮他爱吃的菜，不敢怠慢小少爷。

下午要去画廊，她又不敢把沐果果带去，有些为难。

"妈妈！"看到尤储秀要出门，傅欢颜急忙找救星，"你要去会所吗？"

"是啊。"每周三会所都有活动。

傅欢颜笑道："你带果果一起去，我要去画廊。"

"不要！"

尤储秀还没回答，沐果果先否决掉。

眼见孙子这么排斥自己，尤储秀立刻不高兴了。

"果儿，"傅欢颜上前讨好，"你先跟奶奶去会所玩，等姑姑忙完事情去接你。"

沐果果很不给面子地摇头："我不想跟她玩。"

"果果——"尤储秀沉下脸，"不准跟奶奶这么说话。"

沐果果轻哼一声，低头吃冰淇淋。

"让我跟他说。"傅欢颜朝母亲眨眼，继续游说沐果果小朋友，"果儿啊，奶奶要去的那家会所，有很多很多的蛋糕，还有巧克力，你都可以随便吃。"

蛋糕，还有巧克力！沐果果双眼立刻发直："真的吗？"

"姑姑保证！"

沐果果走到尤储秀身边，语气勉强："好吧，我跟你去。"

傅欢颜低头亲他一下，道："要听奶奶的话。"

女儿收拾好东西跑出门，尤储秀不放心地叮嘱了几句。她瞅着身边的孙子，嘴角勾起几分笑意。

现在很多人都知道她有孙子了，但都没有见过这孩子，尤储秀也很想带孩子去显摆显摆，让大家看看她的金孙。

"果果，奶奶带你去玩。"尤储秀抽出纸巾，给孙子擦干净小嘴。

沐果果想吃蛋糕和巧克力，拉起她的手："快走。"

市中心一家高级会所门口，司机将车停好，小跑过来打开车门。

尤储秀牵着沐果果的手，得意地进门。以她这年纪，早就应该抱孙子了，可傅晋臣始终都不肯结婚，这些年因为孙子的事情，她没少叹气。

虽然沐果果出现得突然，但有这么大一个孙子，尤储秀心里还是高兴的。

"果果，一会儿你要喊人。"尤储秀揉揉他的小脑袋，笑着叮嘱。

沐果果撇嘴，勉强答应。

会所大厅内，精心打扮过的贵妇人们正在聊天。忽见尤储秀带个孩子过来，大家不自觉看过去。

妇人们瞪大眼睛："储秀，这是谁家孩子？"

尤储秀笑眯眯揽过沐果果，得意道："什么谁家的？这是我们家老四的儿子，我孙子。"

"你孙子？"大家难以置信，"以前怎么没听你说起过？"

提起这个，尤储秀有些不高兴。

"奶奶好。"

沐果果主动打招呼，立刻把那些人收服："哎哟，这孩子长得真好看！"

有人将沐果果拉过去，摸摸他齐刘海的蘑菇头，笑道："这发型真好玩。"

沐果果不高兴地躲开，道："不要摸我的头发。"

从小到大，他最不喜欢被人摸头。哪怕是沐良，都只在洗发的时候才能碰。

"果果。"尤储秀低斥，不喜欢孙子说话的语气。他们傅家的孩子应该教养极好，怎么可以如此粗蛮？

茶几上摆放着三层蛋糕盘，沐果果看到好吃的，什么都顾不上。他拿起一块巧克力蛋糕，张嘴咬下一大口。

看他吃东西的模样，尤储秀再度蹙眉。傅家未来的继承人，怎能这个样子？

孩子从小生活在什么环境里，自然会被教成什么样。沐家那样的家庭，自然不会把她的孙子教好!

有人凑到她身边,问道:"这孩子是你原来儿媳妇生的?"

尤储秀抿唇。

"我就说嘛!"那人笑了声,眼神轻蔑,"你看这母亲出身不好,教养出来的孩子就是没规矩。你以后要把孩子盯紧了,千万不能学一身坏毛病!"

尤储秀感觉这话有道理,孙子她要亲自管教!

沐果果吃掉一块巧克力蛋糕,又朝奶油蛋糕下手。

围坐在一起的贵妇们,七嘴八舌议论。

"储秀啊,你当初不应该让你们家老四娶那什么姓沐的女人!门第悬殊这么大,能过得好吗?她还偷偷生个孩子,心机真够重的!"

尤储秀脸色微变:"有我在,她别想耍花招。"

沐果果边吃边听,渐渐明白那些话的含义,尤其他听到有人提起妈妈的名字,并且说的话不好。

啪!沐果果丢掉手里没吃完的蛋糕,气哼哼地指向对面的妇人:"不许说我妈妈坏话!"

他忽然冲上前,尤储秀非常惊讶。眼见孙子毫无礼貌的行为,她心头火起,怒声道:"果果,不许这么没礼貌!"

沐果果咬着唇,继续指着那个妇人:"她说我妈妈坏话!"

见到孩子凛冽的目光,先前议论的那些妇人,脸色尴尬地垂下头。

"沐果果,你太无礼了!"尤储秀震怒。

"喊什么?"身侧有人走来,语气嘲弄,"你们这些人当着孩子的面,议论他妈妈,又是多有礼貌?"

尤储秀没想到来人竟然是宋清华。

"漂亮阿姨。"沐果果噔噔噔地跑过去,仰起脑袋盯着她。

宋清华弯下腰,忍俊不禁:"我不是阿姨,你应该叫我奶奶。"

沐果果茫然了,阿姨这么年轻,为什么是奶奶?

"没想到你也在。"她虽然心里不怎么喜欢宋清华,但以她们现在的关系怎么也要打声招呼,毕竟也算半个亲家。

宋清华没什么表情。

"果果,过来。"尤储秀想把孙子带走。

"你好凶,果果不喜欢你!"

尤储秀火气再度高涨,伸手要把孙子拽过去,却不想有人比她出手更快。

"跟小孩子发脾气,算什么本事?"宋清华先一步把沐果果抱起来,看着尤储秀问道,"你们傅家把孩子抢过来,就是这么好好照顾的吗?"

"你……"尤储秀一阵气结,这事跟她有关系吗?

344

见到有人撑腰，沐果果本能抱住宋清华不肯撒手，并且在她耳边偷偷说了句什么。

宋清华嘴角露出一丝笑意。

"既然你们忙，孩子我先带走了。"宋清华抱紧沐果果，那副傲然的模样不改。

尤储秀拦住："这是我的孙子。"

"那又怎么样？"宋清华分毫不让。

这话直接把尤储秀问蒙了，太霸道了吧！

"告诉傅晋臣，我把孩子抱走了，让他自己来接！"话落，宋清华抱着孩子头也不回地离开。

众人完全被宋清华的气场镇住，虽然早知宋清华性格古怪，但今天才发现她何止古怪，根本就是霸道！

车子开出会所，沐果果双手扒着窗户，神色不安："漂亮阿姨，你是不是坏人？"

宋清华弯起唇，低头问他："你觉得呢？"

沐果果低头对手指："我也不知道！妈妈说过，不能跟陌生人走。"

"我不是陌生人。"宋清华目光一闪，"果果，我不是坏人。"

沐果果懵懂地点头，竟然没有闹。

司机将车停在别墅外，宋清华打开车门，带沐果果进去。

"哇，你家好漂亮啊！"沐果果穿着一条牛仔背带裤，惊叹不已。

宋清华吩咐用人准备很多零食，抱他到沙发坐下。

"这些都是给我的吗？"沐果果望着满满一篮零食，不确定地问。

"都是你的。"

沐果果心底那些不安，完全被零食取代。

望着眼前的孩子，宋清华不自觉看向客厅中央父亲的遗像，目光黯然。

"慢慢吃。"宋清华喂他喝水，笑道，"你喜欢吃蛋糕？"

沐果果用力点头。

宋清华眼底的笑容变得深刻，她也很喜欢吃蛋糕。

等到沐果果差不多吃饱了，自己跳下沙发，说："我想回家。"

"不着急，一会儿你爸爸接你回去。"宋清华摸摸他的小脸，问道，"果果，傅家那些人对你好吗？有没有人打你或者骂你？"

"呃……"沐果果蹙眉想了想，"逼我吃饭算不算？"

轻轻握住他的小手，宋清华道："如果有人欺负你，你就告诉我。"

"好啊。"沐果果觉得宋清华很神气，能把奶奶气得脸色发白，心里对她有些崇拜。

同一时间，沐良正在开会，忽然接到傅欢颜的电话："有事？"

傅欢颜语气焦急："果果被人带走了！"

"什么？"沐良扫一眼在座的众人，道，"今天的会议先开到这里，散会。"她捧着手机快步走出会议室，焦急地问："怎么回事？"

傅欢颜把事情简单说了一遍："傅老四手机打不通，我只能找你。"

"我知道了。"沐良沉着脸挂断电话，开车离开公司，赶往宋家别墅。

客厅落地窗前摆放着一架三角黑色钢琴，琴面的黑色光泽历久弥新，上面雕刻的海浪花纹致细腻。

"哇！"沐果果双手轻拍，惊叹道，"你家的钢琴好漂亮。"

孩子心思表达直白，他惊讶的时候，小嘴巴就会张成O字形，一双黑溜溜大眼睛发亮。

宋清华把他抱上琴凳，指着正前方悬挂的相框告诉他："这架钢琴是照片中的太外公做的。"

"太外公？"沐果果盯着照片发呆，"我没见过太外公耶。"

宋清华眼底掠过一丝失落："没关系，太外公一定见过你。"

"真的吗？"沐果果疑惑。太外公什么时候见过他，他怎么不知道？

宋清华没有再说，只问他："会弹琴吗？"

沐果果大声回答："妈妈弹琴超级好听。"

"超级好听？"孩子振振有词的回答令宋清华不得不承认她落后了，不过四岁的孩子，语言表达能力竟然这么厉害。

"对。"沐果果拼命点头，"我妈妈弹的曲子都好听。"

宋清华轻轻抬起手，修长手指跳跃过黑白琴键，指间弹出的曲子节奏感极强。

沐果果再次震惊，眼睛瞪得大大的："漂亮奶奶也会弹琴。"

拉过他的小手放在琴键上，宋清华笑道："你弹一个。"

缩起手指，沐果果嘿嘿笑："我只会弹《小星星》。"

"那也很了不起！"

沐果果撇嘴。妈妈教他弹了很多曲子，但他不怎么喜欢。一开始对钢琴好奇，后来新鲜劲过去就是边学边玩。

"弹一个给奶奶听。"宋清华试探地问他。

孩子的手很小，宋清华握住他的手腕，耐心帮他纠正指法。她嘴角牵起温柔的笑容，丝毫不见厌烦。

沐果果今天比较配合，挺直背脊端坐在琴凳上，竟也有模有样地弹奏着。

"果果真棒！"宋清华夸赞，一小段弹完后，她开心地拍起手。

得到肯定与赞赏，沐果果更加得意，他双手轻敲，没想到能把整首曲子都弹下来。

沐果果演奏后，仰起小脸，静等宋清华的表扬，却见她直勾勾地盯着自己的脸，语气沉下去："你弹琴的样子，真像你妈妈。"

"我妈妈？"沐果果讶异，"漂亮奶奶认识我妈妈？"

宋清华神色黯然："认识。"

漂亮奶奶认识妈妈，沐果果对她的疏离感顿时消减。

大门外，宋爱瑜紧紧盯着坐在宋清华身边的沐果果，神色幽暗。这幅画面，狠狠灼伤她的心。

从小到大，宋清华只教过她一个人弹琴。小时候妈妈也是这般坐在琴凳前，手把手教她每个音符、每个指法。

前方那一大一小两道身影，不时欢笑出声。宋爱瑜脸色阴沉地转过身，开车离开。

一路车速不断提升，沐良全身的神经紧绷。

将车停在别墅外面，她大步往里走。用人想要拦，烟姨恰好看到："沐小姐，您来了。"

几年过去，烟姨还记得她的样子。

沐良心急地往里看。

"您来接孩子？"烟姨别有深意地笑道，"在里面。"

烟姨请她进去，没有人再阻拦。

沐良跨上台阶，客厅中传来断断续续的钢琴声。

是果果弹琴的声音。

远远见到坐在钢琴前的两道背影，宋清华托住孩子的手腕，不时纠正他垂下的手指，神色平静。

半晌，沐良缓过神来，蹙眉道："果果。"

"妈妈！"

搂住跑来的儿子，沐良冷着脸看向宋清华。

她的神色戒备，宋清华并不以为意。她起身过来，道："孩子在我这里很好，你不用这么心急。"

怎么能不心急？沐良握住儿子的手，语气很冷："请你以后离我儿子远点儿！"

宋清华脸色有些僵硬。

沐果果能听懂大人间的对话，更能分辨他们是否生气。他看到沐良紧绷的脸，就知道妈妈生气了。

"妈妈。"沐果果仰起脸，"漂亮奶奶对我很好。"

孩子的眼里，世界都是温暖的。沐良无法跟他解释，她只能尽量保持微笑："我们走吧。"

他听话地跟在妈妈身边离开，却又返身回来。

"漂亮奶奶，谢谢你的蛋糕。"沐果果笑眯眯地道谢。

宋清华弯腰蹲在他面前，眼神不舍："果果乖。"

沐果果主动张开手，抱了抱她："漂亮奶奶，再见。"

孩子的拥抱，只是情绪的表达。宋清华全身僵硬，看着孩子清澈的眼睛，心底骤然揪痛。

道了谢，沐果果随妈妈离开。

宋清华怔在原地，半天都没回过神来。客厅茶几上摆满了零食，她拿起一个沐果果没吃完的糖果，塞进嘴里。

舌尖划过淡淡的一丝甜，一如她此刻的心情。

车子停在傅家大宅外，沐良盯着那扇巨大的黑色铁门。当年离开这里的时候，她告诉过自己，永远都不会回来。今天因为儿子，她必须要来。

傅欢颜焦急地等在外面，眼见他们母子进来："果果，你怎么样？"

"姑姑，我很好。"

孩子没事，傅欢颜松口气，试图解释："今天的事情也怪我，我要是自己带孩子就没事了。"

沐良没有说话，带儿子往里走。

傅欢颜快步跟上。

尤储秀坐在客厅沙发里，看到他们进门，神色看不出什么变化。

她起身想要把孩子领回来，沐果果抗拒地甩开她的手，抱住沐良的腰。

"果果，过来。"尤储秀喊了声，但沐果果压根不搭理她。

"果果，跟姑姑去玩。"沐良低头对着儿子笑了笑，语气温柔。

傅欢颜上前把孩子带到边上。

沐良眼神锐利，尤储秀问道："有话说？"

"今天的事情，只能是唯一一次！"沐良的声音很冷，开车来的路上，她已经从儿子口中听到事情经过。

儿子不会撒谎，也不会无缘无故发脾气！

"你这是跟我说话的态度吗？"尤储秀勾起唇，"怎么说我都是果果的奶奶，是你的长辈，难怪把我孙子教得这么没礼貌！"

"孙子？"沐良瞬间沉下脸，"你没忘记当初做过什么吧？"

尤储秀神色一变。

"虽然现在果果的抚养权归傅晋臣，但有人让我儿子受委屈，我都不会答应！"沐良挑起眉，声音不自觉收紧，"你们别忘记，孩子的抚养权，我还有机会要回来！"

"呵，"尤储秀轻笑，"以为坐上宋氏董事长的位置，就能跟我们抢果果吗？"尤储秀眼神轻蔑。沐良接任宋氏董事长的职位，大家都很震惊意外，但在她看来，她不过也就是个高级打工的！

"妈！"傅欢颜蹙起眉，"这事情本来就怪你。"

"你认为不能吗？"沐良往前一步，双目灼灼地盯着尤储秀的眼睛。明明只是反问句，却瞬间让尤储秀心头发慌。

"你……"

傅晋臣不知何时进门，尤储秀适时闭嘴。

348

沐良也看到赶回来的男人，面色阴沉："傅晋臣，请你尽好一个父亲的责任，不许让我的儿子受到任何伤害！"

傅晋臣接到消息，立刻驱车赶回来。

眼见妈妈要走，沐果果抱住她的大腿："妈妈，果果想跟你一起走。"

沐良鼻尖发酸，她必须要名正言顺把儿子带走："妈妈周末来接你。"

好吧，沐果果不想让妈妈难过，自己主动松开手，跟她挥手道别："妈妈，周末见。"

沐良真怕自己冲动，硬把儿子带走。

擦身而过的瞬间，她脚步丝毫未停，径直走到车前，驾车离开。

沐果果坐在沙发上，低头玩玩具。

"怎么回事？"

尤储秀心虚了下，道："其实也没什么，我带果果去会所玩，他很没有礼貌，所以我就说了他两句……"

傅晋臣制止她的话，把儿子叫过来，问："是这样吗？"

沐果果摇头，气愤地指过去："她们说妈妈坏话！"

"这孩子！"尤储秀气得变脸。

"妈，"傅晋臣神情阴沉，"你告诉我，究竟是你撒谎，还是我儿子说谎？"

"晋臣。"尤储秀明显底气不足。

望着她的神情，傅晋臣已经明白。

"老四，你听妈说。"

傅晋臣推开她的手，声音极冷："我不允许有人在背后议论我儿子，或者我儿子的母亲，这是我们的事情，谁也没资格多说半个字！"顿了下，傅晋臣薄唇紧抿，"这里面，同样包括你！"

沐果果双手环住傅晋臣的脖颈，趴在他肩头，嘴角露出一丝笑意。

话落，他抱起儿子离开，尤储秀完全阻拦不了。

夜晚，酒吧。

宋爱瑜坐在吧台前，点了杯烈酒，小口轻抿。想到宋清华教沐果果弹琴的那个画面，她心里就开始害怕。

也许她忽略了一点，就算宋清华讨厌沐良，不一定讨厌沐果果。

毕竟他们是有血缘关系的，这是谁也改变不了的事实！

心，再度慌乱不安起来。

舞池中响起一片尖叫声，她偏头看过去，那抹熟悉的身影吸引住她的目光。

几圈应酬下来，项北拉开包厢门出来透透气，恰好撞见一幕好戏。

酒吧经理刚要上前，被他喊过去。

"北少爷，您有事？"

项北抽出一根烟点上："没事情做吗？不该掺和的事情，最好别管，免得惹祸上身。"

他话里的意思容易懂，经理扫一眼舞池中被围在圈里的宋爱瑜，心中忌惮："宋小姐跟四少的关系……"

"这不用你操心，"项北抿起唇，"我会跟四少解释。"

既然项北这么说，经理果断从善如流。其实很多事情，只要不出大乱子，他也懒得管。最近沐毅经常来这里玩，他也看出对方的身家背景，并不想多惹是非。

"那我进去忙。"经理顺坡就下，叮嘱手下人看着点，如果真闹起来，直接报警就好。

项北侧身倚在栏杆上，等着看好戏。

平时宋家这位千金小姐，张扬跋扈是出了名的。尤其这几年跟傅晋臣订婚后，借着傅家未来四少奶奶的身份，更是没少欺负人。

项北自然知道傅晋臣的心思，对宋爱瑜也没好脸色。

"毅哥，她不跳啊！"舞池圈外，有人按捺不住，"咱是不是给她点颜色看看？"

说话间，不知道谁伸手，想要朝宋爱瑜摸过去。

被她看到，惊慌地缩起肩膀，尖叫道："不许碰我！"全身瞬间涌起一阵毛骨悚然的感觉，宋爱瑜真的很害怕，她吓得双手抱住脑袋，双腿不停抖动，脸色苍白。

"啧啧！"沐毅耸耸肩，失笑道，"宋小姐，出来玩就要放得开。你平时都这么玩？"

宋爱瑜狠狠倒吸口气，含怒的眸子射向沐毅："我不要玩了，你让我离开！"

"现在要离开？"沐毅伸出手，他身边的女子立时端起一杯酒送上，"这么多人都等着，你没点表示，怎么能离开？"

后背蓦然冒出冷汗，宋爱瑜盯着沐毅的眼睛，那里面只有嘲笑和淡漠。她明明记得，这双眼睛曾经注视她的时候，满满都是柔情。

"沐毅，如果你还在恨我的话，我可以道歉。"宋爱瑜嘴唇发抖，眼神充满乞求。

"道歉？"沐毅扬起一抹笑，那抹笑里掺着冷然，"真好笑，高高在上的宋家大小姐，为什么跟我道歉？"

"沐毅！"宋爱瑜被架高到桌上，完全动弹不得，"你先让我下去。"

周围那些男人越靠越近，宋爱瑜心里不住发慌。

"这不是我说了算。"沐毅压根不买账，"原本我们玩得好好的，你非要过来搅局，我怎么让你下去？"

宋爱瑜心尖揪了下，问他："你真的那么恨我？"

沐毅仰头灌掉手里的酒，随手把酒杯掷向茶几，没有说话。

僵持时间漫长，宋爱瑜觉得自己好像小丑一样，被人架在酒桌上，任由所有人打量嘲笑，甚至是鄙夷。

从小到大，她都在宋清华的精心呵护下长大，哪里受到过如此羞辱。她现在孤立无援，甚至都没有任何一个人过来帮她说一句话！

"你到底跳不跳？"有人急躁起来，一脚踹上桌子腿。

宋爱瑜重心不稳，惊恐地高声尖叫："啊！"

"哈哈哈——"大家看到她抱着脑袋慌乱蹲下身的狼狈模样，起哄声不断。多难得的画面，免费看到宋家豪门千金被人当作猴子般戏耍。

原来她害怕起来，全无平时那副高高在上的冷傲模样！

此起彼伏的哄笑声刺耳，宋爱瑜咬牙抬起头，还没看清楚怎么回事，就迎面被泼过来一杯红酒。

空掉的酒杯丢在她脚边，面前的女人仰起明艳的脸庞，得意地笑出声。

"咳咳！"因为全无防备，那杯酒很多都呛进鼻子里，宋爱瑜难受地咳嗽，红酒顺着她的额头流淌过下巴，妖娆的色彩最终留在她的白色长裙上。

"玩不起是吧？"沐毅迈步走到桌前，微微弯腰盯着宋爱瑜布满酒痕的脸颊，沉声道，"宋爱瑜，这种滋味好受吗？"

眼前视线一片模糊，宋爱瑜说不出话来，眼眶发酸。

很快，周围那些围观的人都散开。宋爱瑜瘫坐在圆桌上，两条腿使不出半点力气。她全身还在哆嗦，有些喘不过气来。

不远处，项北把手机收起来，随后离开。

失魂落魄地回到家，宋爱瑜上楼回到卧室。她直接站在花洒下冲洗，反复揉搓自己精致的脸庞，直到皮肤重新变得白皙。

温热水流飞溅在她的肩头，宋爱瑜仰起头，闭上眼睛，任由水流汹涌而来。半晌，她睁开眼睛，眼眶里有滚烫的泪水溢出。

沐毅，你真的不爱我了吗？！

接到林蔷的邀约，傅晋臣倍感意外。

市郊度假村，地方不算陌生，当初宋儒风曾经约他来过。

"来了。"林蔷坐在遮阳伞下，身边摆着两杆鱼竿，似乎与当年的画面一模一样，"这几年，我喜欢上钓鱼了。"林蔷笑道，指了指边上的位置，道，"过来吧，我们比比看，谁的鱼先上钩。"

傅晋臣剑眉紧蹙。这人葫芦里卖的什么药？他这些年与林蔷并没什么往来，只能算是泛泛之交，她为什么请自己钓鱼？

他耐着性子坐下，神情看不出明显起伏。

"当年董事长请你来这里钓鱼，你还记得吗？"林蔷甩出鱼竿，静等收获。

"记得。"这件事他怎么可能忘记？

林蔷淡淡一笑，随口道："四少跟爱瑜订婚多年，打算什么时候结婚？"

男人瞬间沉下脸："什么意思？"

"五年前，董事长要你跟爱瑜订婚，"林蔷握着钓竿，语气渐渐沉寂，"五年后的今天，你有没有找到答案，究竟是为什么？"

傅晋臣心头竟然掠过一丝慌张。

平静的水面忽然泛起涟漪，林蔷快速收起鱼线，上钩的鱼儿很大。她解开鱼钩，重新又把鱼儿放回水里。

傅晋臣盯着她的动作，眉头渐蹙："想跟我说什么？"

"你想知道，沐良跟宋家的关系吗？"林蔷微微侧目，笑着开口。

男人深邃的黑眸眯起，林蔷神色淡然，在他锐利的目光中，语出惊人："沐良才是宋家的公主，她是清华的亲生女儿。"

傅晋臣只觉得耳边一阵嗡鸣，心脏揪紧。他手里握着的鱼竿倏然断裂，已经上钩的鱼儿转瞬溜走。

宋爷爷，您这招太狠了吧！

黑色宾利轿车停在宋氏大厦外面，沐良解开安全带，语气如常："铭湛，今天我不算太忙，晚上可以陪你逛街。"

盛铭湛挑眉看她，笑道："逛街到底是谁陪谁？"

沐良语塞："你不愿意？"

"甘之如饴。"盛铭湛举手投降。

"咳咳——"他的话音刚落，又是一阵咳嗽。

沐良拿瓶水递给他："怎么还咳嗽？去医院检查了吗？"

盛铭湛压住咳声，喝口水："看过了，医生让我吃药。"

"一定要按时。"沐良不放心地叮嘱，"我要让助理盯着你，免得你忙起来就把吃药丢在一边。"

"欢迎你监管我。"盛铭湛玩笑道。

沐良轻嗤，提着包走进大厦。

傍晚从幼儿园回到家，沐果果换好衣服躲进房间，给沐良打电话。周三有家长开放日，他想要妈妈参加。

"果果！"

傅晋臣最近按时下班，把儿子接回来，然后煮饭。虽然他厨艺不怎样，经常让孩子等半天还要去外面吃，但小家伙由最初的抗拒，到如今的适应。

昨晚他把饭烧煳，儿子还主动开口安慰。

傅晋臣切好菜，准备下锅时儿子还没出来。他正要进房间，却见他提着小背包过来。

"喏，给你的。"沐果果把私藏的两块巧克力放到傅晋臣手里。

"送我的？"

"对，"沐果果帅气地点头，尽量表现大方，"我给你吃的。"

傅晋臣盯着掌心的巧克力，又看看儿子明亮的黑眸，心里酸了酸。他将儿子拥入怀里，低头在他脸颊上亲了下："儿子，谢谢你。"

大叔第一次跟他说谢谢啊，沐果果有些手足无措。他撅着小嘴想了半天才回道："不客气。"

这句不客气，还有两块皱巴巴的巧克力，对于傅晋臣来说全都弥足珍贵。他揉揉儿子的头，道："快去洗手，我们马上吃饭。"

"哦。"沐果果欢快地跑向卫生间。

巧克力甜腻的滋味融化在口中，傅晋臣弯起唇走进厨房。

一家环境清幽的私立医院，远离繁华闹市。

盛铭湛准时来复查，医生看过片子，笑道："阴影缩小了，看起来就是肺部感染。现在很多人听说阴影就怀疑得了绝症，完全没必要那么惊慌。"

"王主任，我还需要进一步检查吗？"

"如果不放心的话，还可以再详细检查。"医生的回答很委婉，"根据我的经验，没什么必要。"

医生给他开好药方，道："不过你的药还要继续吃，阴影还没完全消除。"

盛铭湛松口气，取药后离开医院。

早上，傅晋臣伺候好儿子，父子俩帅气逼人地出门。沐果果已习惯傅晋臣送他去幼儿园，不会再抗拒。

老师站在门前迎接入园的孩子，沐果果放下小背包，按照要求自己洗手喝水，然后回到他的座位。

"傅先生，果果很聪明。"老师不吝表扬。

傅晋臣得意地笑，他儿子肯定聪明。

"我们园里今天中午对家长开放，您有时间过来吗？"

"今天中午？"傅晋臣点头，"我准时参加。"

上午十点半，沐良事先设定的闹钟响起，她答应儿子参加幼儿园的活动。来到教室时，家长们都站在自己孩子身边。

"妈妈！"沐果果原本失落的小脸，在沐良出现后瞬间改变。他跑过来拉住妈妈的手，将她拽到自己身边。

活动时间马上开始，傅晋臣神色匆匆地赶来："对不起，路上有些堵车。"

他神色歉然地往里走，却看到儿子身边的沐良。

沐果果眨了眨眼，大叔怎么也来了？

"傅先生，"老师上前解释道，"我不知道果果通知妈妈来参加活动，既然父母都来了，那就一起参加吧。"

沐良来不及反驳，老师开始组织活动。

开放日的主要目的，是让家长有更多机会了解孩子们在幼儿园的日常情况。人家都是爸爸或者妈妈，只有沐果果身后站着两个人。

这种时候，沐良不能转身就走，她要顾及孩子的感受。

傅晋臣下意识站在外侧，小心观察半天，没有看到她要离开的迹象。

活动是孩子们汇报演出，有的小朋友展示画作，有的小朋友唱歌或者跳舞，还有的表演跆拳道。

轮到沐果果，他得意地坐在钢琴面前，弹奏保留曲目——《小星星》。

沐良忍俊不禁。也许外人看来，四岁孩子弹得不错，但她清楚儿子只会这一首。

傅晋臣第一次看到儿子弹钢琴，惊讶之余，嘴角不禁扬起。看吧，他儿子比他厉害耶，这么小就会弹曲子，了不起！

哗哗。全班小朋友，以及家长们都鼓掌。沐良看向儿子的眼神很温柔，见他站在台前朝大家挥手，气场强大。

沐果果跑回沐良身边，小声问道："妈妈，我弹得好吗？"

"很好。"沐良竖起大拇指。

沐果果得到妈妈的肯定还不满足，转头又问傅晋臣："我弹得好吗？"

傅晋臣轻抚儿子可爱的蘑菇头，道："比爸爸弹得好。"

"嘿嘿……"沐果果不好意思地低下头，没有反驳傅晋臣嘴里的爸爸。

沐良观察他们的表情，似乎发现什么变化。

孩子们吃完午饭，开放日活动也接近尾声。小朋友一个个都同参加的父母拍照留念，沐果果站在沐良跟傅晋臣中间，道："我们也拍照吧。"

我们？儿子用这个词，沐良抿起唇，并不想合影。

傅晋臣掏出手机，把儿子抱在腿上，不着痕迹地按住沐良的肩膀，将她拉进怀里。

怀里的人刚要挣扎，傅晋臣压低声音，道："别动，大家都在看我们。"

沐良全身紧绷。

咔嚓！按下相机快门，傅晋臣拍摄的这张照片有些古怪。三个人三种表情：沐果果大笑，傅晋臣微笑，沐良不笑。

临近中午，盛铭湛开车从医院回来，直接来宋氏找沐良。

助理看到他上来，起身道："盛总，董事长出去了。"

"去哪里？"

助理如实相告，盛铭湛开车赶去幼儿园。

开放日活动结束后，幼儿园下午放假，孩子们都回家了。沐果果背着小书包，紧紧拉住沐良，兴高采烈地往外走。

周围的家长都领着孩子离开，傅晋臣迈开步子走在儿子身边。

他们三个人并没有太过亲密的举动，但谁看到，都感觉这是一家人。

"妈妈，我肚子还饿。"沐果果可怜巴巴地说。

沐良惊讶："你刚刚才吃过午饭。"

"还想吃。"沐果果撒娇。

沐良没有点头，沐果果屁颠颠地跟她走出幼儿园。

"一起吃饭吧。"傅晋臣捏着车钥匙，主动开口邀请。

走过的家长还在跟她微笑打招呼，沐良语气平静："我不吃了，还要回公司。"

沐果果神色瞬间黯然。

一把将儿子扛在肩上，傅晋臣语气诚恳："一顿饭而已，别让孩子失望。"

儿子被他抱走，沐良不得已只好跟上。

眼角余光扫到她跟上来的身影，傅晋臣薄唇微扬。他把儿子放入安全座椅中，自己再回到驾驶座。

沐良开车跟在后面。

马路对面，盛铭湛定定望着他们远去的身影，神情幽暗。眼见沐良开车一同离开，他内敛的眸子寒冷如冰。

这一幕，恰好触到盛铭湛内心最不安的那个点。毕竟沐果果不是他的亲生儿子，他们之间没有血缘的牵绊。

整个下午，盛铭湛的工作都不在状态，直到桌上的手机响起来，他才回过神来。

"铭湛，"沐良的声音透过话筒传来，"我们晚上去哪儿吃海鲜，你下班了吗？"

盛铭湛揉揉酸胀的眉头，道："对不起良良，我晚上临时有事。"

沐良语气并没有责备："工作要紧，我们明天再吃。"

"好。"盛铭湛应了声，沉着脸将电话挂断。

窗外天色渐渐黑沉，助理推开门进来，适时提醒："总裁，您到吃药的时间了。沐小姐吩咐我，要按时提醒您。"

"知道了。"盛铭湛吩咐助理下班，他倒了杯温水，抠出两片药放进嘴里的前一刻，忽然停止动作。

随后，他把手中的药片丢开。

远处街灯一盏盏点亮，盛铭湛双手抱胸站在窗前，俯瞰脚下这片绚烂的夜景。

五年了，他用心呵护这么久的人，绝对不允许傅晋臣再次把她夺走！

每月例会，公司所有高层都会出席。

"我们宋氏在南山的那块地皮，这些年一直没有动作，如果只是建一间钢琴制造厂，

355

我觉得太可惜了。"沐良打开投影仪，指向屏幕，道，"我在景城看过一块地，地理位置便利，地皮价格偏低，选择在景城建厂各方面价格都有优势，绝对能缩减一笔巨大的开支。"

"南山那块地，是我外公早就选好的。"宋爱瑜冷冷开口，"你现在要去景城那种小地方另买地皮，不是舍近求远吗？"

"如果这个远，求得有价值有必要，那我们就要求。"沐良丢给宋爱瑜一份详细的地皮分析书，"这是两块地皮未来五年的发展趋势，现在景城的地价也在直线上升，虽然还属二线城市，但未来五年内，景城一定有更大的发展空间。"

"你怎么知道会有更大的发展空间？"宋爱瑜轻蔑地笑。

"因为我在那里生活过。"沐良转身坐回转椅里，"宋经理，请你在反驳别人的意见前，自己先去考察一下。"她微微抬起头，"景城与名海同样属于沿海城市，同样拥有便利的运输条件。景城目前还处于建设中，所以地皮价格不算高。但根据近半年的涨幅情况分析，已经有很多人看中景城的发展潜力，开始在那里建厂或者投资，按照这样的趋势，如果宋氏再没有行动，肯定就没有了先机。"

"我同意董事长的说法。"林蔷适时开口，帮她补充，"我先前去过景城，五年前的景城几乎都是渔村。从去年开始，高档写字楼已经占据全部中心位置，按照如此速度发展下去，用不了五年，景城必然发展起来。"

宋清华喝口咖啡，转而问道："如果在景城建厂，那我们南山那块地，要怎么办？"

林蔷的目光落在沐良身上。

拿出一组新的幻灯片，沐良神情沉寂下来："我想用南山那块地，建一座钢琴博物馆，从宋氏出产的第一架钢琴开始，随着发展，一件件陈列出来，包括造琴的工艺与过程，全都可以展示出来。"

宋爱瑜猛地站起身，怒声道："外公花高价买下的那块地，你竟然要弄个破博物馆？"

"对！"沐良肯定点头，"而且我们的博物馆要免费开放。"

"你疯了啊！"宋爱瑜彻底炸毛，"你知道那块地值多少钱吗？"

这个提议，不要说宋爱瑜惊讶，在座的所有公司高层都觉得不可思议。南山那么好的位置，就算不建厂，也不能造个博物馆啊，还是免费的。

"如果只想赚钱，那块地早就建厂了。"沐良偏过头，盯着幻灯片中那座博物馆的设计图，眼神莫名黯然。

外公，你留着这块地没动，是不是想要更多人能看到宋氏的琴？

"不行！"宋爱瑜气哼哼地坐下，"这么可笑的事情，我不能同意！"

"爱瑜，"林蔷对她的态度感到不悦，"董事长在世的时候，曾经不止一次说过，他想要宋氏琴永远流传下去，让他的子孙们不要忘本！"

宋爱瑜脸色阴郁："林副总，你说我忘本？"

"好了！"宋清华忽然开口，"现在还是讨论，用得着争得脸红脖子粗吗？"

"妈妈，这个提议太可笑了！"宋爱瑜放缓语气，虽然沐良跟林蔷一个鼻孔出气，但宋清华才是宋儒风的女儿，她在宋氏的话，永远都有任何人不能取代的分量。

"建博物馆是你的想法？"宋清华微微侧目，第一次直面沐良说话。

沐良关掉投影仪，道："是的。"

被宋清华无视，宋爱瑜怒火中烧。

"可以把那份设计图纸给我看看吗？"宋清华再次开口。

沐良将资料夹推给她，语气很公式化："宋总，现在各大集团都很重视自己集团的品牌文化，我希望宋氏在发展的同时，也不要忘记我们的根本。"

"根本"这两个字，深深触动到宋清华："今天的会谈先到这里，散会吧。"随后她拿着设计图离开。

众人见宋清华态度不明朗，纷纷私底下议论。宋爱瑜经过沐良身边时，狠狠瞪了她一眼。

午饭过后，花园里的蝉鸣大响。尤储秀睡不着，打理好花房中的宝贝后，又往二楼书房走去。

先把画室收拾一番，欢颜平时用过的东西总是随手乱丢，她又不让用人们碰，所以每次只有尤储秀亲自来收拾。

二楼右边第一间是傅东亭的书房，尤储秀推门进去，只觉一阵清凉。书房外墙，满布碧绿的爬山虎，这间书房即使不开空调都很凉爽。

桌面收拾得异常干净，尤储秀摸了摸，纤尘不染。傅东亭喜欢整洁，用人们打扫书房格外用心，她看到书架上有几本书没有放好，顺手规整了一下。

中间那排书架，整齐地码放着一排摄影集。尤储秀抽出一本翻开，影集册页有一行蝇头小楷，字体娟秀——与君初相识，犹如故人归。

啪！尤储秀动作生硬地把影集放回去，沉着脸下楼。

"太太。"管家大步上前，道，"四少说，晚上不回来吃饭。"

听到他的话，尤储秀脸色更加难看。

午休时分，钱响把办公室外的秘书支开，将身后的人带进办公室。

"四哥。"

傅晋臣双腿交叠坐在沙发里，直接把项北交给他的东西推过去："我要一个很大的新闻。"

那人看到照片，惊讶不已："这不是宋小姐吗？她可是您未婚妻啊！"

"这个不用你管，"钱响侧身倚着沙发，道，"你只要办事就好。"

"没问题，一定让您满意。"

稍后，钱响将人带出去。他转身回来，担忧地看向对面的男人："四哥，如果事情闹大了，伯父会不会……"

"随便他。"傅晋臣神情淡然。

既然他有把握，钱响也没有再多说。

终于盼到接儿子，沐良下班前特意约了盛铭湛。但秘书说他很忙，又在开会，甚至连电话都没有接。

忙忙忙！最近盛铭湛都很忙，吃饭没时间，约会没时间，现在连接果果都没时间！

周一早上，沐良把儿子送去幼儿园，直接开车来到盛氏。她一路坐电梯上来，秘书见她出现，立刻将桌上的信封盖住："沐小姐，您来了。"

"铭湛呢？"沐良看到秘书遮住了什么东西。

"盛总出去了，还没回来。"

办公室中没有他的身影，沐良左右看了看："他去哪里了？"

"这个……"秘书欲言又止，"我也不清楚。"

"你不肯告诉我？"

"不是。"秘书慌张摆手，"沐小姐，我真的不知道盛总去哪里了。"

"那好吧。"沐良缓和语气，"等他回来，你告诉我。"

"好的。"

沐良走远，秘书暗暗松口气。桌上内线电话响起来，挂断后她送文件去会议室。

走廊转角处，沐良折身回来，拿起刚才秘书掩藏起来的袋子。打开后里面装着带有盛铭湛名字的病历，其中一张X光片引起她的注意。

这些东西外行不懂，沐良把X光片装起来，快步离开。

半个小时后，她将带来的片子拿给医生看。

"肺部有阴影。"医生看过片子说。

沐良脸色发白："这是什么阴影？"

"病人来了吗？"医生问她。

沐良摇摇头。

医生将片子还给她，叮嘱道："尽快带病人过来，需要进一步检查。"

进一步检查？沐良心跳加快："医生，阴影会不会是……"

医生脸色沉了沉，没有回答她。

走出医院大楼，沐良心底的滋味复杂。盛铭湛，这么大的事情你竟然瞒着我？！难怪最近他都不肯见自己，原来是因为这个……盛铭湛，你这个笨蛋！

午后，盛铭湛开车回到公司。他停好车，低头往里走。

"盛铭湛！"沐良推开车门，怒气冲冲朝他走过来。她举起那张X光片，迎面质问他，"因为这个不理我？"

男人内敛的目光一沉，眉头轻蹙："你怎么知道的？"

"你不用管我怎么知道的，"沐良俏脸生怒，道，"你只要告诉我，是不是因为这才疏远我的？"

盛氏大厦的旋转门前，辛歆提着公文包，试探地喊："傅总？"

"你先去车上等我。"傅晋臣双手插兜，语气阴沉。

前方那两个人，辛歆也看到了。她望见傅晋臣紧蹙的眉头，无奈上车。

头顶阳光刺眼，盛铭湛脸色染着憔悴。

"良良，"他语气低沉，"我们分手吧。"

"分手？"沐良杏目圆瞪，"盛铭湛，你要跟我分手？！"

"对。"盛铭湛骨节分明的手指，攥紧车钥匙，道，"我很认真地想过了，我们不适合在一起。"

"盛！铭！湛！"沐良怒火高涨。

"对不起——"盛铭湛缓缓抬起头，"我不想连累你，所以我们到此结束吧。"

话落，他拉开车门进去。

"喂！"沐良见他坐进车里，想也没想地追上去。

"沐良！"眼见她追车，傅晋臣下意识也抬脚赶上。可惜他的声音，淹没在车流声中。

那么快的车速都敢追，沐良，你不要命了！

"盛铭湛！"沐良来不及多想，脱掉高跟鞋，赤脚朝前跑，"盛铭湛，你停车，停车！"

透过后视镜，盛铭湛能够看到沐良光着脚，拼命追赶。

吱。黑色轿车开出几十米后熄火，盛铭湛打开车门跑回来。

"你……"沐良一把揪住他的衣领，跑得上气不接下气。

"良良，不要追了。"

盛铭湛薄唇轻抿，道："你回去吧。"

"闭嘴！"沐良气得脸色发白，指着他的鼻子骂道，"盛铭湛，你怎么能如此看轻我？难道我们这些年的了解与相处，都是骗人的吗？在你心里，沐良是那种没情没义的人？"

"良良……你听我说！"

沐良不肯给他开口的机会，她眼眶微微发红，哽咽道："铭湛，这五年来，每次在我需要的时候，你都会在我身边，在我们母子身边！你知道，这对我来说，有多么珍贵吗？虽然我没有对你许诺过什么，但你在我心里拥有的那个位置，任何人都代替不了。现在我们好不容易能有机会在一起，你却要把我推开吗？"沐良咬着唇，眼眶湿润地问他，"就因为你可能得上绝症，不想连累我们？"

沐良光着脚，脚心有些地方已经磨破。她一步步走到盛铭湛面前，语气坚定地问他："盛铭湛，我只问你一次——你要因为这个可笑的理由，跟我分手吗？"

她眼底的神情真挚而坦然，盛铭湛心口热热的。他蓦然将她拥入怀里，笑道："我错了。"

盛铭湛俊脸微垂，与沐良额头相抵："我不要跟你分开。"

沐良鼻尖一阵酸涩，牢牢环住盛铭湛的腰。

路边的树下，傅晋臣望着他们相拥的画面，整颗心不断收紧。许久后，他才艰难地转过身，俊脸彻底失去光彩。

曾经，他以为自己是会七十二变的孙悟空。可惜，那是还没遇见能困住他的五指山。

远离市中心的一家私立医院，环境清幽。三楼VIP病房，设施齐备，落地窗视野极好。

"盛总，到休息时间了。"沐良打水回来，语气并不算客气。

"我才睡醒不久。"盛铭湛转过头，委屈地辩解。

拉上窗帘，沐良倒杯温水过来，又把药片放进他的手里，道："把药吃了。"

"哦。"盛铭湛乖乖地用温水将药片服下。

"躺下。"她站在病床前发号施令。

"又躺？我四十分钟前才起来的。"

"躺不躺？"沐良掀开被子，挑眉盯着他。

不出三秒，盛铭湛颓然地躺进被子里。他根本没有睡意，盯着天花板。

沐良拉过椅子坐在病床边，打开刚才还没看完的文件，神色认真。

"良良。"盛铭湛的视线落在沐良身上。

"想吃水果吗？"沐良拿起苹果削皮，道，"饭前吃一点水果，对身体很好。"

盛铭湛无奈："你把我当小孩子哄吗？"

"如果你真是小孩子就好了，省得我操心。"沐良把削掉皮的苹果切成小块，放入一次性碗里，用牙签插好才给他，"吃吧。"

盛铭湛拿起一块苹果放进嘴里："嗯，好吃。"顿了下，他又往嘴里塞了块，道，"我现在觉得，生病也挺好的。"

沐良眼底掠过一丝厉色："不许胡说！"

"咳咳——"盛铭湛忽然一阵咳嗽。

沐良轻拍他的背部，急声道："要不要叫医生？"

这份自然流露的情感骗不了人，盛铭湛握住沐良的手，嘴角勾着笑："良良，你很担心我是吗？"

沐良低着头，声音有些失落："我昨晚又做梦了。"

轻轻将她拥入怀里，盛铭湛眼神微动："对不起，让你担心我。"

"为什么要说对不起？"沐良敛起异色，"生病又不是你能控制的，只是你要答应我，以后无论有什么事情，都不要瞒着我，都要第一时间告诉我。"

"好。"盛铭湛弯起唇。

病房的门打开，穿着白大褂的医生进来。

沐良手心瞬间发冷，盛铭湛眼神也暗下去。

"感觉怎么样？"王主任走到床前。

"还不错。"盛铭湛语气如常地回答。

王主任身边还跟着盛铭湛的同学Henry，他主动打招呼："沐小姐你好，我是铭湛的同学。"

"你好。"沐良伸手同他握了握。

"检查结果出来了吗？"

"出来了。"

王主任把带来的病历打开，沐良不自觉地拉住盛铭湛的手，与他紧紧相握。

"切片看过后，阴影并不是恶性肿瘤，只是肺部感染。"王主任勾起唇，扫了眼坐在病床上的盛铭湛，语气肯定。

连日来的紧张担忧，终于在医生宣判后，彻底放松。

"铭湛！"沐良一把握住盛铭湛的手，惊喜道，"你听到了吗？"

"我听到了。"盛铭湛将她拉到身边。

王主任推了推鼻梁上的眼镜，再度开口："肺部感染也是可大可小，最好输液消炎。"

"好的，"沐良抢先回答，"一切都按照医生的安排。"

Henry看到坐在病床前的沐良，别有深意地笑了笑。他看到盛铭湛丢过来的眼神，立刻带王主任离开。

病房门关上，盛铭湛收回视线，见沐良呆呆地不说话，"怎么了？"

"没事。"沐良用力吸吸鼻子，道，"我只是太开心了。"

她眼底泛着泪花，盛铭湛不禁别开视线。

"中午想吃什么？"沐良心情大好。

"你安排吧，反正我吃什么，都要你说了算。"

"算你聪明。"沐良给他盖好被子，语气再度严厉，"刚才医生也说了，肺炎也很严重，所以我还要继续监管你，直到你彻底康复为止。"

眼见她远去的背影，盛铭湛心底百感交集。

夜晚，倾城酒吧。

沐毅仰头喝掉手里的酒，提前抽身离开。晚间娱乐报道关于宋爱瑜的新闻，那些照片明明是在这里发生的，怎么转眼间就被记者拍到了？

沐毅将车开出停车场，车刚转过弯，侧面突然蹿出一道人影，他下意识踩住刹车。

吱。地面划出一道车轮印子，沐毅沉着脸推门下来，吼道："你不想活了？"

被撞倒在地的人长发披散，她慢慢直起身，双手撑着地面艰难地站起来。沐毅看清那张脸："是你？"

宋爱瑜右腿膝盖流着血，脚步虚晃地走到他的面前："那些照片是你给记者的吗？"

"着急了？"沐毅站在车前，嘴角上扬，"闹出丑闻害怕你豪门少奶奶的地位不保，找我兴师问罪？"沐毅单手插兜，食指点向爱车，"你刮花我的车，这笔账要怎么算？"

"沐毅，"宋爱瑜红着眼睛，漂亮五官因为愤怒而扭曲，"你怎么能这么对我？你知道你这么做，我会怎么样？"

"呵呵……"沐毅耸耸肩，冷笑着问她，"你怎么样跟我有关吗？当年我满身是血站在你的面前，你管过我的死活吗？"

"我……"宋爱瑜紧紧咬唇，泪如雨下，"沐毅，我知道你恨我。可我当年离开你，也是有苦衷的。"

"苦衷？"沐毅轻笑，手指狠狠点在宋爱瑜的脸上，语气阴狠，"宋爱瑜，你还想骗我？你敢说你不是看上傅晋臣有钱有势？！他是我姐夫，你不知道吗？为什么要那么下贱跟他搞在一起？"

宋爱瑜心口狠狠揪了下，失控道："那是因为，我不是宋家的女儿！"

"什么？"沐毅惊讶地抬起头。

"哈哈！"宋爱瑜蓦然笑出声，肩膀一直发抖，"我不是妈妈的亲生女儿，我跟宋家半点关系都没有！我这个宋家的公主是假的，随时都有可能被扫地出门！"用力深吸一口气，宋爱瑜望着沐毅的眼睛，问他，"你知道，谁是宋家真正的公主吗？"

沐毅盯着她的眼睛："谁？"

"沐良！"宋爱瑜勾起唇，眼角滚出汹涌的泪水，"你亲爱的姐姐才是妈妈的亲生女儿。"

听到她的话，沐毅深感惊愕，有些事情的答案终于知晓。

原来姐姐是宋家的女儿，不是爸妈的孩子。

上午十点，医院的走廊很安静。盛铭湛揉着手背，护士将空掉的输液瓶撤走。他重新拿起床边报纸仔细阅读，直到病房门被人轻轻推开。

"不欢迎？"傅晋臣拿着鲜花，神色平静。

盛铭湛笑道："怎么会？请坐。"

将花篮放在桌上，傅晋臣在对面沙发坐下。

"找我有事？"

傅晋臣走到病床前，微微弯腰盯着盛铭湛的脸色："气色不错。"

听到他的话，盛铭湛嘴角的笑容霎时收敛。

傅晋臣满意地点点头，这才是他应该有的表情。

"盛铭湛！"傅晋臣直起身，修长双腿包裹在西装裤里，眼眸轻睐，"我以前怎么没发现，你除了做生意不赖，演戏也挺好。"

"彼此彼此。"盛铭湛淡淡一笑，气势丝毫不减，"你以为用果果要挟，就能让沐良回到你身边吗？"

他的话点在傅晋臣的痛处："盛铭湛，你是不是特别嫉妒我们有儿子？"

傅晋臣俊脸缓缓压低，抵在盛铭湛眼前，声音好像带着尖刺，狠狠刺进对方心底："你觉得，如果沐良不爱我，会把我的儿子生下来吗？"

盛铭湛霎时变脸。

回过神时，病房中已经只剩他一人。盛铭湛薄唇轻抿，刚刚傅晋臣那句话，毫无疑问在他心底激起千层浪。

蔚蓝色的海水清澈，水面波光粼粼，远处海港停泊着一艘艘白色货轮。沐良站在窗前，视线所及处，有种别样的安静。

办公室内的液晶电视声音回荡，娱乐版新闻正在播放一则轰动新闻：宋氏豪门千金宋爱瑜夜店厮混，私生活放荡，傅家四少宣布解除婚约！

各大报纸杂志的头版头条位置，全都是傅晋臣解除婚约的声明书。

"董事长，您等的客人到了。"助理进来提醒，沐良转过身，"去会议室，我马上到。"

"好的。"

经过左手第二间办公室，沐良脚步微顿。那张办公桌后空无一人，只有秘书在整理东西。

"宋经理请假了。"助理适时汇报。

宋爱瑜不敢露面，大批记者围堵在宋氏外，全部矛头都对准她！

会议桌主位右侧的椅子空着，沐良眼神询问助理。

助理摇摇头："总裁也没来。"

果然母女情深！"我们开始吧。"沐良没有过多心思想别的事情，只希望早点把钢琴博物馆的事情落实，早日完成外公的心愿。

解除婚约的新闻被炒作得沸沸扬扬，宋清华安抚好宋爱瑜，下午回到公司。早先她就不赞成这门婚约，如今这样，倒也不算坏。

宋爱瑜整天都把自己关在卧室里，当初她执意要同傅晋臣订婚，一是因为沐良，二是因为她自己的身世。但她怎么都没想到，傅晋臣竟然这么狠，将她推到风口浪尖！

这个仇她一定会报！

清早起来，沐良送早餐到医院。她下楼时，接到傅晋臣的电话。

一栋白色小洋楼，外墙爬满大片绿色藤蔓植物。沐良站在洋楼外，没看出有什么特别，甚至招牌都没有。

她犹豫了下，提包进去。

两扇大门内，全被白色装点，射灯下的一件件婚纱发出银光，吸引眼球。

婚纱对于每个女人来说，总有种致命的吸引力。沐良抚着半透明的轻纱，嘴角扬起弧度。

婚纱裙摆点缀着珍珠，一颗颗饱满光泽。

"喜欢吗？"

沐良转过身，见到身后的男人，问道："果果呢，他在哪里？"

傅晋臣双手抱胸，好整以暇地看着她。

沐良越过他往里走。

中间一个圆形客厅，屋顶全透明，阳光透过玻璃照射下来，墙壁四周摆放着高大的玻璃柜子，分层码放很多精致盒子。

她转了一圈，根本没有看到儿子的身影。

"果果在哪里？"沐良又问了一次。

傅晋臣直接拉沐良来到其中一个柜子前，打开玻璃柜门，拿出一对黑色绒盒，那里面是专门订制的戒指。

"戒指是我专门订做的。"傅晋臣拿起那枚女款钻戒，送到沐良眼前，"肯定符合你的尺寸。"

钻石的绚烂刺痛沐良的眼睛："儿子在哪儿？"

"这个时间，他应该在幼儿园听故事。"傅晋臣盯着腕表，回答得无懈可击。

沐良压住心底翻涌的怒火，转身要离开，却被他抓住手腕。

"不许走，我还有很多话要跟你说。"

沐良抽回手腕，眼神染怒："傅晋臣，你用儿子来骗我，有意思吗？"

"我觉得挺有意思。"傅晋臣转身坐进沙发里，"我不在乎这招用多少次，反正对你有用就可以。"

"你！"

"坐吧。"傅晋臣无视她的怒火，指向对面的沙发，"门锁了，你走不出去。"

傅晋臣就是傅晋臣，永远都这么不要脸！

沐良话还没出口，傅晋臣伸手点住她的唇："嘘！"

他的手指温热，沐良偏头躲开，脸色生寒。

拉过边上椅子，傅晋臣坐在沐良面前，道："当初我跟宋爱瑜订婚是被迫的。"

"你跟谁订婚，都不需要跟我解释。"

"你必须听我解释！"傅晋臣霸道地挡在她面前，那意思就是"你不听我说话就别想起来"。

沐良坐在他对面，距离近到彼此的呼吸都能感觉到，她挪动身体跟他拉开距离。

"宋爷爷当年要我跟宋爱瑜订婚，答应宋氏五年内不涉足房地产业，给我五年的时间扎根发展。"傅晋臣深邃的双眸眯了眯，道，"这五年来，我跟宋爱瑜没有过半点纠缠！"

沐良仰起头，轻笑问他："你跟我说这些话什么意思？"

"你不明白吗？"傅晋臣情不自禁俯下脸，语气低沉。

沐良目光平静，不想回答他的问题。

"为什么瞒着我？"

她的双眸清澈见底，傅晋臣缓缓抿起唇："你外公太狠了，要这么整我。"

外公？沐良一把将他推开："你怎么知道的？"

"盛铭湛都能知道的，我难道不应该知道吗？"傅晋臣话里染着几分怒意。

沐良没有再问。其实他知道与否都不重要，现在对她来说没有任何意义。

对面影视墙上的电视忽然亮起来，瞬间出现的画面令沐良措手不及。她坐在钢琴前，微微垂着脸，激情洋溢地为他弹奏。

画面里，沐良一个漂亮的滑音掠过，她微红着脸正对麦克风，唱出那句心声："我要我们在一起。"

"良良。"傅晋臣将她拉到面前，道，"回到我身边吧！"

"回到你身边？"

"对！"傅晋臣肯定地点头，他带沐良走到整排的婚纱面前，牵起她的手，一件件婚纱看过，"你喜欢哪件？如果不喜欢这些，我再找人重新设计，或者我们去国外选……"

"够了！"沐良抽回手，"你这是做什么？"

傅晋臣盯着她的眼睛，扬起手里的一份文件，口气不容拒绝："你只要签个字，我们这次省得去民政局，我会让高森办手续。"

手续？沐良心中的嘲讽更深。这个男人永远都是如此，每一次跟他说话，他总是咄咄逼人的态度，从来都是他占上风，从开始到现在，他始终都没有任何改变。

"呵呵。"沐良眼底的笑意一丝丝抽离。

电视画面还在反复播放，沐良看着曾经的她嘴角那抹笑，心底一片寒意。那时候的沐良，有多么傻多么可笑，傻傻地以为，只要她认真喜欢一个人，就能等到属于她的幸福。可事情的真相，却残忍地告诉她，那所有的一切，都是她虚幻的梦。

曾经那段不得不开始的婚姻，沐良没有选择的余地。她嫁进傅家，原本将她的心掩埋起来，只等解脱的那天。世事难料，面对傅晋臣给她的温柔与宠溺，她一步步深陷，可就在她把全部的自己给予他的时候，她才发现，自己原本小心翼翼守护的美好，不过是他用来怀念另外一个女人的手段。

"傅晋臣，我们之间的一切，早在五年前都结束了。"沐良深吸一口气道，"离婚的时候，我说得很清楚，这辈子我们都不会再有任何纠缠。"

这个世上，最痛的背叛不是只有捉奸在床。当她把自己全部的真心，小心翼翼捧在他的面前，他却没有珍惜过！那种真心被狠狠碾碎在脚下的滋味，沐良发誓一辈子都不会再尝！

"傅晋臣。"沐良渐渐平复下心情，道，"看在儿子的面上，我们都给彼此留一条退路吧。儿子年纪还小，我希望他可以跟我一起生活。"沐良提着皮包，沉声道，"你可以随时来看他。"

"难道我们之间，真的只剩下儿子？"

"是。"沐良点头。

这个答案，再度让傅晋臣心尖收紧。其实他自己也知道，如今的傅晋臣对于沐良能用的唯一手段，也就只剩下儿子。

"沐良，你真的以为盛铭湛没有私心吗？这么多年，他处心积虑地待在你身边，还不是因为想要得到你！"他走上前，在沐良眼前，"我告诉你，有我在，他别想得到你，永远都别想！"

沐良气得脸色发白，多说无益，她冲出小洋楼。

傅晋臣没有再阻拦。

驾车回到公司，她耳边反复盘旋傅晋臣说过的话，整个人烦躁不已。

桌上手机响起，沐良看到号码才拿起来："妈妈，有事？"

"良良啊，"蔡永芬的声音染着惊喜，"你一定要好好谢谢铭湛。"

"什么事？"

"之前你爸爸不是把祖坟的地卖掉了吗？铭湛帮咱们把地买回来了。"

当年为了让她扬眉吐气地离开傅家，沐占年将祖坟那块地卖掉还上一百万。这么多年过去，每次看到爸爸捧着爷爷奶奶的遗像发呆，她都觉得喘不过气来。

那块地不仅是爸爸的心病，也是沐良的心病。

盛铭湛竟然把那块地买回来了！

"妈，我知道了。"沐良应了声，随后挂断电话。

如果有那么一个人，给她五年不变的守护，他是不是能让她安心依靠的人？

傅晋臣开车赶回傅氏时，钱响焦急地等在大厅，见他进来立刻上前："四哥，出事了。"

这三个字，足以让傅晋臣明白过来。

电梯直达顶楼，钱响没有资格进去，只能在外面等。

傅晋臣推开董事长办公室大门，昂首站在桌前。

"四少来了。"蔺识看到他进来，特别出声打招呼。

"蔺叔。"

宽大的书桌后，傅东亭负手而立，侧脸神色肃然。

"董事长，您找我？"傅晋臣往前一步，这种时候所有话都能摊开说。

"你知道，我们股价降了多少百分点吗？"

"四个百分点。"

"哼！"

傅东亭脸色难看："你要怎么挽回这笔损失？"

"这种事不需要我处理，应该由拿着七位数年薪的高管负责。"傅晋臣回答得不卑不亢。

"强词夺理！"傅东亭拍着桌面报纸，厉声道，"这种影响你必须挽回！"

"怎么挽回？"傅晋臣冷冷勾起唇，"让我继续跟宋家联姻？"

"还有别的办法吗？"

"休想！"傅晋臣毫不退让。

"你——"傅东亭被气得说不出话来。

"四少……"蔺识试图缓解，但傅晋臣并没有领情。

傅东亭怒火攻心，脸色已然难看到极点，"傅晋臣，我给你两个选择！要么，你挽回集团的声誉；要么，你给我滚出傅氏！"

闻言，傅晋臣双眸眯了眯："一个小时后，我把辞职报告放在你的桌上。"傅晋臣语气里并不见慌乱，似乎早已做好准备。

傅东亭难得怔愣，看着儿子的眼神震怒。

不要说他，连旁边的蔺识都感觉惊讶。他急忙起身，劝道："四少不要冲动，跟董事长好好谈。"

"没有冲动。"傅晋臣敛下眉，声音异常冷静，"现代园区那个计划案，是我的团队从头跟到尾的，无论设计图纸或者运作计划都在我的手里，这案子没有人能够接手，所以我必须带走。"顿了下，他脸色平和，道，"占用的傅氏资金，你们可以全部撤走。"

"你要自立门户？"傅东亭语气阴沉。

傅晋臣眼睛盯着脚尖。

"哼！"傅东亭锐利的眼眸染着精光，"翅膀长硬了，想要飞了？"

"你笼子里养着那么多鸟，还需要管我飞不飞吗？"傅晋臣微微垂着头，笑道，"我这只散养的飞走，正好给他们腾地方！"

"你——"他们父子说话，从来都是针锋相对。

"我要回去准备辞职报告，先走了。"傅晋臣脚步不带丝毫留恋地离开。

"董事长……"蔺识见傅东亭脸色不太好，急忙将他搀扶到椅子里，拿起常用药给他服下两粒，才见他脸色逐渐好转。

"这个混账东西，想把我气死！"缓过那口气，傅东亭神色依旧愤怒。

蔺识偏过头笑了笑，道："您先别动气，四少心高气傲，让他出去闯闯也是好事。不过我看四少那架势，跟傅老爷子当初倒有几分像。"

听到蔺识的话，傅东亭紧蹙的眉头一沉。

董事长办公桌上，摆放着傅晋臣递交的辞呈。傅东亭面色凝重，认真看完后，眉头始终都没有松开。

翌日早上，新闻头版头条宣布傅氏总裁傅晋臣辞去集团一切职务。这个消息报道后，再次引起轩然大波。

早间晨会结束，林蔷坐在办公室发呆。她反反复复看着财经报的头版，神色幽暗。傅晋臣竟然辞职了？

不多时候，她随便拿起一份资料，来到董事长办公室。

"董事长。"

沐良抬起头，笑道："林阿姨，私下叫我名字就好。"

"良良，"林蔷拉开椅子坐在她对面，"你看今早的报纸了吗？"

"看过了。"沐良脸色并没有什么变化。

"傅晋臣离开了傅氏。"

红笔圈出一处错误，沐良挑眉，"所以呢？"

林蔷回答不出。

"林阿姨，"沐良放下手里的笔，"我的身世，你告诉傅晋臣的？"

"良良，无论怎么样，傅晋臣都是果果的爸爸，阿姨不希望你跟你妈妈一样。"

沐良打断她的话，接口道："傅氏的股价这几天都在持续波动，宋氏也会被波及，我们要快点防止股价下滑，否则下周那些股东们都要来兴师问罪的。"

"我明白。"林蔷点头，"我已经安排人把负面新闻都撤掉。"

"很好。"沐良红唇轻抿，道，"林阿姨，我知道你对我好，但这些事我希望能自己处理。"

"好的，我知道了。"林蔷无奈地离开。

一夜未眠，傅晋臣揉着酸胀的眉头，桌上都是空掉的咖啡杯。他看了眼时间，提醒傅欢颜按时送儿子去幼儿园。

昨晚沐果果睡着后，傅晋臣开车回到公司熬通宵。他带出来的人手不多，但贵在精，都是辛歆挑出来的人，一个能顶十个用。

"傅总。"辛歆把整理的资料拿来，"扣除我们手里的现有资金外，其余都需要申请贷款。我细算了一下，"辛歆摊开资料夹，干练地道，"只要我们能够准时启动二期工程，利用广告费就能供一期的贷款利息。等到二期开盘，一期的招租就能开始运作，所以我们完全可以应付。"

她的数据分析可靠，傅晋臣松口气，事实与他预想的差不多，只要咬牙忍过这一个月，等到二期开盘，他们手里的资金就能运转过来。项目有了资金启动，便能良性循环。

"贷款那边怎么样？"傅晋臣转头问身边哈欠连天的某人。

钱响抖擞精神，道："没什么问题，先前工业园区的广告打得那么响亮，大家都很看好，银行批贷应该不成问题。"

傅晋臣吩咐大家回去休息，等银行那边给消息。

名海市每年夏末都要举办商会，每届商会都会推举一位会长。去年的商会会长是傅东亭，今年按照惯例要从其他集团选举。

晚上八点，酒会准时开始。沐良作为宋氏的董事长，第一次出席商会。

林蓄陪她一起出席。

早在宴会前，商会已按照选票选好今年会长。上届傅东亭是众望所归，今年因为盛氏的几个合作案比较有影响，商会的会长自然非盛铭湛莫属。

高台上，盛铭湛身穿一套黑色西装，俊逸的脸庞微微噙着笑意，他站在麦克风前，举手投足间有种儒雅的风度。

沐良端起香槟，朝台上的男人举杯，无声轻笑。

"今晚，还请大家帮我见证一个对我来说很重要的时刻。"盛铭湛忽然跳下高台，大步走向对面的人。

人群自动围拢过来。

舞台正对面，沐良看到盛铭湛一步步靠近，心头瞬间掠过什么。

她没来得及反应，盛铭湛已经走到她的面前，并且单膝跪地："你愿意嫁给我吗？"

"啊——"全场一片哗然。

沐良怔在原地，任由盛铭湛牵起她的手。

"良良，也许你已经忘了，今天是我们第一次相遇的日子。"

沐良思绪倒退，她还记得，初见盛铭湛时带给她的震撼。那次见面，她甚至把这个人当作变态！

所有人目光齐刷刷地落在沐良身上，她尴尬地咬着唇，试图将他拉起来："你先起来。"

第一次有人跪在她的面前求婚，沐良很紧张。

"不起来。"盛铭湛勾起唇，郑重其事道，"沐良，请你答应我的求婚。"

哗哗哗——面对盛铭湛这样的勇气，众人拍手鼓掌。

红色丝绒盒子里，一枚钻戒闪耀，他取出后，捧送到沐良面前。

水晶灯光落在钻石上，反射出的光芒刺眼。沐良看着跪在她面前的男人，心中一片感动。

五年来的陪伴，盛铭湛给予他们母子太多的关爱。今晚他如此隆重的求婚，沐良找不到拒绝的理由。

"我答应。"沐良微微一笑。

盛铭湛惊喜地站起身，低头吻在沐良额前。

人群再次爆发出雷鸣般的掌声，盛氏总裁与宋氏董事长即将联姻，这又将是商界的一条爆炸性新闻。

大批记者蜂拥而至，盛铭湛下意识地护住沐良，阻挡那些试图靠近的记者们。场面微微有些混乱，幸好会所的保安们很快赶来控制局面。

会场中人声鼎沸，今晚的求婚仪式出现得毫无征兆。

林蓄无声叹气，神色并没有表现出多少惊喜。

第二天早上，傅晋臣刚到办公室，钱响后脚就跟进来："四哥，一个好消息，一个坏消息，你要先听哪个？"

傅晋臣道："说！"

"银行已经批贷，我们的项目开始运转。"

预料之中，傅晋臣挑眉问他："还有呢？"

钱响生怕被殃及，将电视打开："你自己看。"

看什么？傅晋臣蹙眉转过头，只听电视的声音传来。

"盛氏总裁盛铭湛先生，当选本年度商会会长。昨晚盛铭湛高调求婚宋氏现任董事长，同时盛氏总裁已经对外宣布，本月十三号举行订婚仪式……"

砰。有什么东西狠狠砸向电视屏幕，盛铭湛单膝下跪的画面一圈圈碎裂。

傅晋臣背对阳光，轮廓深邃的五官隐藏在暗影中。

第十四章

遇难，父子情深

入夜，男人身穿黑色睡袍，倚在阳台的栏杆前吸烟，红色火星渐渐将整根烟吞噬。

灼热刺痛皮肤，傅晋臣将烟蒂弹开。

儿童房内，沐果果早已睡着，他看着儿子熟睡的脸，神情变冷。

儿子是他唯一的武器，他还有机会选择吗？

几日后，市中心高级会所内，盛氏总裁的订婚礼将在这里举行。按照沐良的要求，订婚一切从简，仅按小型宴会规格，丝毫不见奢华。

那天求婚后，沐良没有同意他举行婚礼，盛铭湛觉得自己太心急，应该暂缓一步。

今晚订婚仪式，盛铭湛精心准备。邀请的嘉宾都是商界名流。他特别邀请宋氏高层出席，宋清华如约而来，却不想宋爱瑜也出现了。

"盛总，恭喜你。"宋爱瑜笑容浅浅地挽着宋清华的手臂，她们母女每次出场都很亲密。

盛铭湛脸色微顿，眉间似有不悦。碍于宋清华在场，又不能多说。

林蕾看到宋清华出现，快步走过来。

化妆间有人进来通知，沐良站起身，神色微有紧张。

乔笛竖起大拇指，道："亲爱的，你很美。"

大门外有骚动，沐良看到来人："小毅。"

"姐！"沐毅身着一套黑色西装，打扮正式了很多。他松开身边的女伴，转而拥住沐良，笑道："恭喜你。"

"谢谢。"

会所外面摆放长排的花篮，延伸到道路两边。

沐良蹙眉："太铺张。"

"怎么会？"沐毅环住她的肩膀，"今天是我姐姐的好日子，娘家人当然要撑场面。"

沐良不知道要说什么。

"小毅来了。"

"铭湛哥，恭喜你。"

盛铭湛见到那排鲜花，打趣道："这是给我警告，生怕我欺负你姐姐吗？"

"啧啧！"沐毅剑眉轻佻，"还是你懂我的心意。"

盛铭湛拍拍沐毅的肩膀，随后拉起沐良的手："到时间了。"

走廊铺着红色地毯，沐毅没有让身后的人进去。

宋爱瑜眼见沐毅面无表情从她身边走过，心底某个位置一阵抽痛。

晚七点钟，订婚仪式准时开始。

沐良身上的白色长裙，样式简约又不失高雅，乌黑长发垂至腰间，发梢微卷。

周围响起热烈掌声，盛铭湛紧握沐良的手，走到麦克风前对到场嘉宾们表示感激。

沐良微微垂头，有些紧张。

盛铭湛轻握钻戒，缓缓套进她的指间。

她的指间多出一抹闪亮，盛铭湛也低头轻吻她的额头。

人群中祝福声四起。

宋清华望着不远处的沐良，眼眸泛起涟漪。

先是傅晋臣，后又是盛铭湛，宋爱瑜握紧酒杯，为什么沐良的命那么好？

大厅角落，傅晋臣西装笔挺，仰头干掉杯中的红酒。

仪式结束后，沐毅先行离开。他只看姐姐的订婚仪式，与所谓名流们没有共同话题。

送走沐毅，沐良提着裙摆往回走。

"恭喜你。"傅晋臣神色从容，站在她身后。

戒备地倒退几步，沐良还不及开口，他已经转身离开。

邀请的宾客中没有傅晋臣，她不知道他怎么进来的，却感觉出他那抹笑太过诡异。

两天后，沐良如期来幼儿园接儿子。她没有见到沐果果，终于明白傅晋臣那晚的笑，为何如此笃定！

三十分钟后，沐良驱车赶到紫竹公馆。

沐良用力拍门："傅晋臣！"

门铃夹带喊声，动静不小，门里的男人不紧不慢地将门拉开。

"果果呢？"她提着包冲进来，每个房间都找遍，并没发现儿子的踪影。

傅晋臣倒杯水给她："找到没有？"

"儿子在哪里？"

"在一个很安全的地方。"

"我要见儿子。"沐良努力压住怒火。

傅晋臣弯起唇："你见不到。"

他坐在吧台的高脚椅中，道："我要把儿子送到国外去上学。"

"国外？"沐良瞬间瞪大眼睛，"你没权利这么做。"

傅晋臣倒了杯红酒："沐果果的监护人是我！"

沐良脸色一白，被他噎得说不出话。

"傅晋臣，你是故意不让我见儿子？！"她瞪着傅晋臣的眼神都能喷出火来。

"这都被你看出来了吗？"傅晋臣轻啜杯中的红酒。

"你浑蛋！"沐良被他嚣张的嘴脸气炸了。

"你又不是今天才认识我，不是早就知道我浑蛋吗？"

"……"沐良紧紧咬着唇，"我不想跟你吵架，我只想见儿子。"

他起身走来，单手插兜盯着她的眼睛："儿子很好，不需要见你，他在我身边，我可以给他最好的一切！"

"不！"沐良心慌不已，"傅晋臣，你不能不让我见儿子，不能把我和儿子分开！"

"我能！"男人再度往前一步，锐利目光直射向她，"沐良，你知道的，我能！"

沐良端起面前那杯水，尽数泼在这个男人脸上。

晶莹剔透的水珠，顺着男人饱满的额头流淌下来，滑过他锋锐的下颚，浸湿胸前的衬衫。

傅晋臣扣住沐良的腰，猛然将她推抵至墙上。

眼前压下一片黑影，沐良偏过头躲闪，但他更快，先一步固定住她的脑袋，吻住她的唇。

她动弹不得，面前这张完美到无懈可击的脸庞，以及舌尖沾染的熟悉味道，都让她全身僵直。

这个吻太过戏剧化，傅晋臣不仅要防住她手脚袭击，还要躲闪她不时紧闭的牙齿。一个失神，嘴里立刻渗出血腥的味道。

即便如此，男人心跳的频率，依旧远远超过他能控制的范围。

"停！"傅晋臣微微抬起脸，双手扣紧怀里的人，"中场休息。"

沐良手脚根本使不出力气，激烈的挣扎令她气喘吁吁。

怀里人眼底的那抹愤怒，似乎要把他碎尸万段。她每次生气时，小脸都会泛起淡淡的红晕，眉头拧起，看得他一阵无奈。

"放开我！"沐良咬牙切齿地低吼。

以前这种时候，傅晋臣都会识相地收敛。但今天他一点儿也不想放手，太久没有如此跟她面对面说过话，哪怕针锋相对也好，足够他怀念。

"还没完……"傅晋臣再度低下头。

沐良惊叫道："傅晋臣！"

男人薄唇，停留在距离沐良嘴角的一公分处，彻底愣住。

373

四目相对，沐良双眸直勾勾地落在傅晋臣眼中，而他深邃的眸子同样回视她。同样的眼神，同样的坚定，同样的决绝。

　　这一场无声较量中，他和她都是输家。

　　"一定要这样，不留退路吗？"

　　傅晋臣黯然轻笑，目光灼灼地盯着她，道："只要你不回到我身边，这辈子别想再看到儿子！"

　　儿子是她十月怀胎生下的，那是她身上掉下来的一块肉，是她心尖的珍宝，无论任何人，任何理由都不能剥夺她作为一个母亲的权利！

　　"傅晋臣，你没有权利这么做！我有儿子的探视权！"

　　"没有权利吗？"男人忽然松开手，笑容笃定，"那我们试试看。"

　　这句威胁，再次触上沐良心里那道伤口。

　　窗外夕阳的血色笼罩在傅晋臣身后，宛如男人张开的血盆大口。沐良眯起双眸，垂在身侧的五指收紧："记住你今天说过的话！"话落，沐良后退几步，在他的目光中转身离开。

　　半边天际绯红夺目，傅晋臣薄唇紧抿成一条直线。如果可以，他何尝不想要退路？可他只要退了，等待他的就是永远失去！

　　电梯门打开，沐良失神地往外走，盛铭湛正在给她打电话："良良，你怎么不接电话？"

　　"看到果果了吗？"

　　沐良的眼泪瞬间涌出："傅晋臣不让我见孩子，他要把果果送到国外去！"

　　"什么？"盛铭湛愕然。

　　一个小时后，律师提着公文包，神色匆匆赶来。

　　"根据目前的情形看，在我们没有拿回孩子的抚养权前，没有办法阻止孩子出国。"律师根据多年经验，如实相告，"而且争夺抚养权这种案子，一般费时比较久。如果对方已经把孩子送出国，那我们想要夺回监护权，也有一定困难。"

　　"不可以！"

　　沐良站起身，惊恐地道："我不能让他把果果带走！"

　　盛铭湛将她按坐在身边，不住安抚："别急，我们先听律师说。"

　　傅晋臣手里握着的，是她的命根子，她只要想起儿子的脸，心尖都会如针扎一样。

　　不多时候，盛铭湛将律师送到门外，律师犹豫了下，压低声音道："盛总，还有一个方法，也许能快点要回抚养权。"

　　盛铭湛远离房门，眼神示意律师继续说。

　　"如果发现对方监护不当，我们可以马上夺回抚养权。"

　　"你肯定？"盛铭湛眯起眼。

　　"肯定。"

送走律师，盛铭湛倒了杯温水，走到沐良面前："肚子饿不饿？"

沐良眼眶又酸又涨，一把拉住盛铭湛的手："我不能失去儿子！"

"我明白。"盛铭湛拥她入怀，能够感觉到她身体的颤抖。

入夜，沐良独自一个人靠在床头，怀里抱着儿子最喜欢的变形金刚。以前他每周过来，都会在离开的时候，把变形金刚交还给沐良，笑嘻嘻地说："妈妈，你要帮我看好大黄蜂哦，我下周过来还要玩。"

"果果……"沐良眼角滚出热泪。

同一时间，沐果果大发脾气，不肯吃东西。看护无计可施，只好给傅晋臣打电话。

二十分钟后，傅晋臣赶回市郊别墅。他走到绝食的儿子面前，问道："为什么不吃饭？"

"我要妈妈！"沐果果双手叉腰，表示他很生气。

"你暂时不能见妈妈。"

"为什么？"沐果果委屈地控诉，"果果按时吃饭，妈妈答应周末带我去玩。"

傅晋臣摸摸儿子的蘑菇头，语气缓和下来："如果你想要妈妈以后永远都在你身边，现在就要乖乖听话。"

沐果果一脸茫然。

傅晋臣想了想，尽量找一种方式跟孩子沟通："现在有坏人想要抢走妈妈，爸爸想办法把妈妈抢回来。"

"坏人？"沐果果眨了眨眼，"你说超人爸爸是坏人？"

闻言，傅晋臣忍不住笑出声，不愧是他儿子，理解力非同一般！

"超人爸爸不是坏人！"

听到儿子的袒护声，傅晋臣沉下脸。

沐果果继续反驳："超人爸爸很好，果果很喜欢他！"

"闭嘴！"傅晋臣站起来，自从把儿子带回身边，他第一次发这么大的脾气！

沐果果躲到看护身后。

四十岁左右的看护阿姨护着孩子开口："傅先生，孩子还小，别吓坏他。"

"喂他吃饭。"傅晋臣沉着脸坐回到沙发里，命令道。

看护见他脸色阴沉，只好端起饭碗，喂沐果果吃饭。可惜这孩子性情倔强，他说不吃，小嘴巴闭得死紧，愣是一条细缝都不肯张开。

"果果乖，吃一口。"看护阿姨哄他。

沐果果低着脑袋，不肯张嘴。

一大一小都是这副德行，傅晋臣抬脚狠狠踹在茶几上，发出很大动静。

巨响吓坏了孩子，沐果果哇一声哭了。

儿子第一次在他面前哭，哭得这么委屈，这么伤心。

"我要妈妈！"沐果果小脸憋得通红，一步步走到傅晋臣面前，拉着他的手，"果果想妈妈，果果要妈妈！我以后可以不吃巧克力，可以不尿床，好不好？"

心头蓦然酸涩难抑，傅晋臣将儿子抱起来，轻拍他的后背。

沐果果哭了很久，最后哭累了，趴在傅晋臣肩上睡着了。

将儿子抱回床上，傅晋臣轻轻擦掉他眼角的泪痕。孩子哭得很委屈，即使睡着了还是不住抽噎。

傅晋臣低头亲了亲儿子的脸蛋，轻手轻脚地退出儿童房。

这种时候，他不能心软。如果退让，那他之前所做的一切都失去意义。离开前，傅晋臣叮嘱好看护，等孩子醒来要想办法哄他吃饭。

看护为难地点点头，不住叹息。

一夜未眠，第二天沐良直接来到林蔷办公室。

"没事吧？"

"还好。"沐良应了声，盯着林蔷问道，"林阿姨，外公还有一份遗嘱留给我？"

林蔷点头："那份遗嘱一直保密，清华都不知道。你打算……"

"我要宣布遗嘱。"沐良神色平静。

也许这真是一个能够让沐良回到宋家的机会。虽说她接任董事长的位置，但她不持有股权，这就相当于一个将军没有令牌，终究难以服众。

"什么时候？"

沐良抿起唇："三天后，不是庆祝盛氏与傅氏合作五周年的庆典吗？"

林蔷瞬间明白过来："我懂了。"

入夜，酒吧里喧闹声鼎沸。

盛铭湛坐在吧台前，微微垂着脸，不知道在想什么。

不多时候，沐毅拉开椅子坐在他身边。

盛铭湛点了杯酒给他。

沐毅一口干掉，又要了杯："找我有事？"

"果果的事情，你知道了吗？"

沐毅点头："我姐怎么样？"

"不太好。"盛铭眼睛盯着杯中淡淡的琥珀色。

"傅家真以为我们沐家的人这么好欺负？"沐毅眼底厉色四起。

盛铭湛抿起唇，沉声道："我们问过律师了，按照正常程序走，你姐想要拿回抚养权，需要很久。"

"没有别的办法吗？"沐毅蹙眉。

周围音乐声喧闹，盛铭湛薄唇贴近沐毅耳边："如果发现对方有监护不当的行为，那就可以早点把果果要回来。"

"监护不当？"沐毅这些年混迹江湖，很多事情一点就透，他偏过头，盯着盛铭湛，"你的意思是，我们可以制造一下监护不当？"

盛铭湛端起酒杯："这是能够把果果留在你姐身边的最好办法。"

沐毅认同，还有更重要的，应该给傅家那些人点颜色瞧瞧！

"知道果果在哪里吗？"沐毅将杯里的酒全部干掉。

"听说傅晋臣在市郊有套别墅。"盛铭湛回答得很谨慎。

沐毅明白过来，不久便起身离开酒吧。

前方舞池灯光闪烁，盛铭湛剑眉轻蹙，傅晋臣手里握着果果这张王牌，对于沐良来说永远都是威胁。他必须要永远解除这种危机，并且以最快的速度！

三天后的酒会，如期而至。盛氏与傅氏两大集团合作五年，双方各自收益颇多。尤其最近傅政一直都在跟盛铭湛接触，希望未来五年双方能够继续保持合作。

先前与盛氏合作的计划，全部由傅晋臣经手。如今他离开，傅政身为傅家长孙，自然不负众望。

宴会傍晚八点开始，傅东亭特意早些回家。每次出席重要场合，他都要与夫人一起。

尤储秀穿了一件香槟色套装，仪态万方。

作为集团即将上任的总裁，傅培安也将出席。傅东亭有意给他亮明身份，难道他还会推辞吗？如今更有傅政帮衬，他觉得自己将要平步青云。

"母亲。"

尤储秀挽着傅东亭出来，脚步还没站稳就看到对面的姚琴。

姚琴长发盘起，穿件黑色礼服，打扮正式。

"怎么，你也要去？"

"对呀！"姚琴得意地仰起头，道，"培安说，这种场合我应该出面。而且我们小政，也希望我去呢。"

听到她的话，尤储秀沉下脸。自从傅晋臣离开傅氏，傅培安父子如鱼得水。

傅东亭转身出去，尤储秀跟在他身边，一起坐进车里。

姚琴站在门庭前，为丈夫抚平衣领，嘴角的笑容得意。

"大嫂，"曹婉馨推着傅世钧出来，看到他们都打扮得如此隆重，不冷不热说道，"你要玩得开心点。"

自从那年的事情，姚琴与曹婉馨虽没撕破脸，但都彼此心知肚明。

"那当然，"姚琴笑了笑，看到坐在轮椅里的傅世钧，嘲弄道，"你在家好好照顾老二吧，这种场合不适合你们露面。"

"你……"曹婉馨气得脸色发红，却被傅世钧按住手背。

"好了。"傅培安不耐烦地催促，道，"爸爸都已经出门，你还磨蹭什么？"

姚琴哼了声，不再多说，随丈夫离开。

大宅开出两辆黑色轿车，一前一后驶离。曹婉馨紧紧扣住轮椅扶手，目光染着愤恨。

"婉馨，我们去吃饭。"傅世钧拍了拍妻子的手。

曹婉馨盯着他并拢的双腿，推着轮椅走进餐厅。

晚上八点，众人准时来到酒店顶层的宴会厅。傅东亭很多应酬早就推给儿子们，但今晚他出现，足以说明他很愿意与盛氏继续合作下去。

名海市各大集团的负责人，今晚都赶来捧场。这两大集团，都是众人赶着巴结的对象。据说盛氏要再次与傅氏签约，宴会相当于记者招待会。

晚上八点，沐良与盛铭湛同时出席。众人看到他们出现，不自觉围拢过来，称赞声此起彼伏。众人对锦上添花的恭维，一向乐此不疲。

沐良穿着一件白色长裙，五官精致，在人群中异常出众。今晚宋氏总裁宋清华缺席，宋爱瑜作为宋氏的代表出席。

沐良出场后的光彩，足以掩盖宋爱瑜。她俏脸生怒，嘴角挤出的笑容僵硬。

"傅董事长。"盛铭湛笑着走上前，语气礼貌。

前后两届商会会长，握手场面非常和谐。两家集团决策人，似乎也表明彼此心迹。

沐良站在盛铭湛身边，神色平静。

姚琴挽着傅培安的胳膊，站在外侧，主动笑着打招呼："盛总。"

盛铭湛似乎没有听到她的话，依旧与傅东亭说着什么。

姚琴神色尴尬，连带傅培安都觉得脸上挂不住。

看到姚琴夫妻吃了冷脸，尤储秀抿唇一笑。

今晚傅政始终跟在傅东亭身边，见到沐良出现，平静的眼波闪过什么。

周围掌声雷动，盛铭湛与傅东亭走上高台致辞。

沐良站在台下，林蔷带着一位律师，神色匆匆在沐良耳边说了句什么。

宋爱瑜距离她们不远。她认识跟在林蔷身后的林律师，那是外公以前经常用的人，为什么林律师今晚出现在这里？

林蔷安排好事情，抬眸的瞬间，恰好看到宋爱瑜投来的目光。她抿起唇，漠然地别开视线。

这一眼，令宋爱瑜心惊。宋清华远在欧洲考察，沐良坐着宋氏董事长的位置，又有林蔷帮她，如果她们两人合谋什么……宋爱瑜神色一变。

酒店门前，傅晋臣拿着请柬往里走。既然盛铭湛给他发了请柬，他也绝不会避而不见。

高台上方镁光灯耀眼，盛铭湛站在麦克风前，声音颇有磁性："盛氏与傅氏五年来的合作很成功，也很愉快。不过未来五年，盛氏并不想继续发展地产业，所以我在这里郑重表示，盛氏与傅氏的合作将画上圆满的句号。"

盛铭湛低沉的声音，透过话筒传来。傅东亭嘴角的笑容瞬时僵硬。

前一刻，众人还在翘首期盼两家集团继续合作，后一刻，盛铭湛竟然宣布两家集团的合作将要画上圆满的句号。

傅家众人脸色皆变，傅政锐利的目光望向盛铭湛，却只看到他恰到好处的笑容。

合作与否，原本就是两家集团自愿协商。虽然之前，盛铭湛给傅政的那些暗示，都足以让他相信，盛氏想要与傅氏继续合作。可空口无凭，人家完全可以翻脸不认！

盛铭湛牵着沐良走到身侧，宣布道："下周一，盛氏将与宋氏联合召开记者会，签订未来五年的发展计划。"

盛氏踢开傅氏，转而跟宋氏合作？

不过还有更加令人震惊的消息宣布。当林蔷带着律师走到高台前，当众宣读出宋儒风订立的最后那份遗嘱后，众人更加难以置信。

林律师手捧遗嘱公证书，读道："根据宋儒风生前本人意愿，将在他去世后，将他名下持有的百分之四十的宋氏股份，全部交由他的亲外孙女沐良小姐继承。"

全场爆发出一片抽气声！

宋儒风的亲外孙女是沐良，那宋爱瑜又是谁？！

"怎么回事？"姚琴脸色大变，"培安，我没听错吧？怎么沐良是宋儒风的外孙女！"

不要说姚琴变脸，就连尤储秀，此时脸色也微微发白。沐良才是宋家的女儿？

傅东亭同样震惊。他定定望着灯光下的沐良，眉头紧蹙。

人群中议论声此起彼伏，简直炸翻天。许多前来的记者们，一窝蜂举着麦克风冲到台前。

"请问沐小姐，刚才宣读已故宋氏董事长的遗嘱，您才是他的外孙女，这到底是怎么回事？"

"如果您是宋氏的继承人，那么宋爱瑜小姐又是什么身份？"

"还有，您不是姓沐吗？怎么又变成宋家的女儿？"

记者们七嘴八舌地追问，沐良被围在人群中，幸好有盛铭湛将她护住。林蔷适时往前一步，缓缓道："下周宋氏会召开记者会，大家的疑问我们到时候解答。"

这边问不出答案，记者们把矛头指向宋爱瑜。

眨眼，宋爱瑜已经被众人包围在中间。

"宋小姐，请问沐良小姐是宋家的女儿，那您是什么身份？"

宋爱瑜脸色惨白到极点，她后退着步子，惊恐地望着她面前的相机和话筒，全身忍不住发抖。

真相的突然曝光，完全令宋爱瑜措手不及。她没有想到，沐良竟然敢在这样的场合，宣读出外公的遗嘱。

而最让她心惊的是，外公竟然早就另立遗嘱，把全部股权都留给沐良！

"啊！"

宋爱瑜双手抱着脑袋，情绪失控。记者们先是被她吓了一跳，然后再度蜂拥而上，将她团团围住。

"宋小姐，请您回答我们的问题，你的真实身份究竟是什么？"

真实身份？宋爱瑜忽然觉得喘不过气来，她低头往外走，却被记者们团团围住。

"让开！"宋爱瑜白着脸叫道。

但记者们每天都在等头条爆炸新闻，怎么可能轻易放过她？

她越是步步后退，那些人越是步步紧逼。

脚下的长裙勾住鞋跟，她重心不稳，整个人狠狠摔在地上。

宋爱瑜狼狈跌倒在地的画面，被记者拿起相机抓拍，闪光灯一个劲儿亮。

啪啪啪！记者们瞅准时机，拍出的照片里，宋爱瑜脸色苍白如纸，那双慌乱的眼睛里染满惊恐。

"滚开！"身边这么多人，没有一个人肯伸手扶她，宋爱瑜扯着嗓子尖叫道，"都滚开，不许靠近我！"

她拿起皮包朝那些记者挥舞过去，众人往后退开。

宋爱瑜趁乱起身，跌跌撞撞跑进电梯里。

"快追！"

电梯门合上。众人惋惜之余，又纷纷对她刚才表现出来的状态嗤之以鼻。看起来，这个宋爱瑜果然有问题！

记者们依旧穷追不舍，电梯没有赶上，已经有不少人拿着相机，顺着楼梯往下去围堵。这第一手资料，怎么都不能被别人抢先。

刚才喧闹的场面，戏剧化地收场了。

傅晋臣眼见那些记者们从身边跑过，神色沉寂。他缓缓抬起头，隔着不远不近的距离，目光落在沐良身上。

舞台上方的灯光垂落，傅晋臣站在原地，思绪有片刻空白。

上次林蔷来找他的时候，曾经说过，沐良不想回宋家。虽然她没有说过，但他明白，如果不是万不得已，她是不会去揭开这道伤疤的。

傅晋臣心里清楚，因为儿子，沐良已被逼到极点。

当她站在豪门权贵的顶尖，光耀满身，傅晋臣心底的滋味万般复杂。

酒会结束在一片哗然声中，沐良眼神平静而坚韧，既然终究要走这条路，那她只能选择往前。

翌日早上，傅晋臣办公桌上放着一份起诉书。

沐良向法院起诉，要夺回儿子的抚养权。

钱响推门进来，傅晋臣恼怒地抬起头。

"四哥。"钱响表情慌张。

傅晋臣敛下眉："怎么了？"

"我们二期的那块地，给压住了。"

傅晋臣猛地站起身，神情冷厉。

消息传得很快，才几个小时，电视里就开始报道。傅东亭气色不算好，他看着新闻里的报道，眼睛一直盯着电话。

等待很久，都没有铃声响起。

"董事长。"秘书进来请示，"银行那边打电话来问，四少的贷款，傅氏会不会担保？"

傅东亭关掉电视："告诉他们，傅氏不会参与项目。"

秘书迟疑了下，点头出去。

窗外天色昏暗，太阳转瞬隐匿在云层中。

两个小时后，傅晋臣接到电话，银行正式通知，贷款终止。

第二天财经报道整篇都是关于现代园区二期工程搁置的消息。二期工程无法进行，那就意味着傅晋臣投入的资金不能回笼。

盛铭湛看完早报，双眸眯了眯。秘书进来通知例会时间到，他起身往外走，嘴角隐隐上扬。

清早起来，沐果果又发脾气不肯吃东西。看护怎么哄都没有用，只好把他带到院子里玩。

别墅不远处，停靠一辆黑色轿车。两个男人戴着鸭舌帽，神色诡异地朝这边过来。

看护将昨晚孩子换下的衣服洗好，沐果果抱着玩具车，独自蹲在一边玩。

"大姐，请问63号是哪家？"院门前，走过来一个男人。

看护把衣服晾好，擦了擦手走过去。

"63号？"看护阿姨蹙起眉，"这里好像没有63号啊！"

"没有吗？"男人皱眉，故意搭话，"我来找我表姐的，这是她给我的地址，应该不会错啊！"

那边角落里，沐果果扫了一眼说话的男人，继续玩。

"果果。"

身后有人叫他，沐果果转过头，狐疑道："叔叔，你认识我？"

"对啊。"戴着鸭舌帽的男人小心靠近，语气温柔，"叔叔知道你叫果果，还知道你喜欢吃巧克力。"

说话间，男人从口袋里拿出两块巧克力递过去。

沐果果并没有碰，妈妈说过，不能吃陌生人的东西。

他抱着汽车要进屋，却听那人又说道："果果，你想不想妈妈？"

听到妈妈这两个字，沐果果双眼放光："叔叔认识我妈妈？"

"叔叔认识。"戴着鸭舌帽的男人笑道："你妈妈叫沐良，对不对？"

"对！"沐果果兴奋点头。孩子只有四岁，他全部的注意力都被妈妈吸引。

"叔叔带你去找妈妈。"男人朝孩子伸出手。

沐果果犹豫了下，随后将汽车丢在地上，朝他跑过去。男人站在护栏外，顺着早就支起的梯子，探过身体把沐果果抱出去。

"嘘！"

男人对他做出一个噤声的动作。沐果果瞥了一眼身后的看护阿姨，很配合地没有发出任何声音，任由他抱走。

短短一分钟，前院男人看到同伴得手，立刻找托词离开："哎哟大姐，可能我把门牌记错了，应该是36号。"

"36号啊？"看护阿姨往前指了指，"转过这个花园，那家就是36号。"

黑衣男人道谢，迅速溜走。

收拾好剩下的衣服，看护转过身叫道："果果，我们进去了。"

她喊了一声，没有听到孩子答应，还以为他又在闹脾气。等看护见到丢在地上的汽车，还有矗立院外的梯子后，脸色大变。

"天哪！"看护慌张跑进屋，给傅晋臣打电话。

同一时间，傅欢颜冲进宋氏董事长办公室："良良，傅老四出事了！"

助理无法阻拦，沐良摆摆手："倒杯咖啡来。"

傅欢颜哪有心情喝咖啡，急得脸色发红："傅老四的贷款被银行停了，我爸又不肯担保，他这不是死路一条吗？"

沐良刚刚看到晨报新闻。

傅欢颜一把拉住她的手，道："我知道最近这些事情，让你很难过！可是傅晋臣到底是我弟弟，我不能看着他真的倒霉，现在他跟我爸怄气，死都不低头，我爸这次也铁了心，我跟我妈都要急死了！"

沐良端起咖啡递给她："先喝点东西。"

"我不喝。"

出事以后，她第一时间想起沐良："这次傅老四出去单干，把他全部身家都压进去了。你能不能救救他？"

"我救？"沐良敛眉，淡然笑道，"傅晋臣哪里需要我来救？他属猫的，有九条命。"

傅欢颜脸色一沉，黯然轻语："果果的事情你气傅老四，也气我们家里的人！傅老四他也是不得已，他并不是真要把果果送到国外去！"

沐良猛地抬起头："你知道果果在哪里？"

这种时候救傅老四比较重要！傅欢颜拉起沐良的手："走，我带你去接果果。"

不久，沐良把车停在别墅前，傅欢颜推门进去，边跑边叫："果果，姑姑把你妈妈带来了！"

院子里有儿子的玩具，沐良快步跟上，却怎么都没看到孩子。

"果果在哪里？"

看护阿姨吓得全身发抖，支支吾吾地说不出话来。

沐良忽然心跳加速，也许出于某种感应，她意识到什么。

吱——一阵刹车声响起，随后傅晋臣气喘吁吁地跑来。看护阿姨哭着跑上前："傅先生，果果……不见了。"

果果不见了！沐良耳边炸开的只有这一句话，傅欢颜倒吸口气，怔在原地。

一个小时后，警察通过调看物业的监控录像，证实两个半小时前，有辆黑色轿车曾经在这附近出现过。那辆车停靠时间不长，通过画面可以看到，车里两人下车后大约一分钟再出现，其中一人怀里用衣服裹着什么。衣服的缝隙间，孩子侧脸一闪而过。

"果果！"沐良神色激动地指着屏幕，"是果果！"

傅晋臣也跟着点头，语气肯定："是我儿子没错！"

可惜并没有拍到车牌号。

根据目前的线索，基本认定孩子被绑架。

"绑架？！"沐良杏目圆瞪，绑架这个定义的后面，隐藏太多血腥的事实，她唇瓣的血色瞬间褪尽。

傅晋臣薄唇抿成一条直线。

"良良，别急。"傅欢颜自己也在发抖，手心冰冷，"果果不会有事的！"

沐良眼睛盯着地面，什么话都没有。

"怎么样？"项北闻讯赶来。

"果果被人绑架了！"

这么严重的字眼，项北难以接受。他拥住怀里的人，安慰道："别哭，肯定会没事的。"

傅欢颜不敢太过表现情绪，因为沐良的眼神，实在让她揪心。

别墅外，盛铭湛停车后，风风火火往里跑。

"良良！"盛铭湛蹲在沐良面前，急声追问，"怎么回事？"

听到他的声音，沐良动了动嘴，发觉喉咙好干，竟然说不出话来。

傅晋臣隔着不远的距离看着他们，眼见沐良将头靠在盛铭湛的肩上。

警察部署好一切，过来通知："四少，目前还不能确定是什么人绑走孩子，所以消息要封锁。"

傅晋臣明白。

警察扫了眼别墅里的人，蹙眉道："我们会留下两名工作人员，其余人都分散在别墅周围。这里也不要有太多人，孩子的父母留守就可以。"

傅欢颜经过傅晋臣身边时，叮嘱他："有消息一定通知我，爸爸也知道了，他说如果对方要钱，无论多少我们都给。"

傅晋臣黑沉的眸子低垂，神情幽暗。

须臾，项北带傅欢颜离开。

沐良拉起盛铭湛，道："你先回去，我在这里等消息。"

他清楚，沐良不可能离开。

"相信我，果果一定没事。"盛铭湛语气坚定。

见不到儿子安全回来，这些话对她没有任何意义。

沐良忽然想起什么，神色凝重地叮嘱他："果果的事情，千万别让我爸妈知道！"

"你放心，我会安排好。"

沐良眼眶发红，果果已经出事，如果爸妈再有事，她都不敢想。

盛铭湛轻轻将她拥入怀里："我保证。"

听他承诺，沐良才算松口气。

那栋别墅，盛铭湛却无法名正言顺地留在这里。一句"孩子的父母"，彻底把他隔绝在外。

发动引擎，他脸色阴沉地离开。

而在偏僻的城郊，一辆白色跑车停在小院前。车子并没熄火，两个男人拉开后门钻进车里："毅哥。"

沐毅上身穿件黑色T恤，薄唇轻抿："孩子怎么样？"

"挺好。"

掏出一摞钱丢给他们，沐毅冷声吩咐："这两天给我仔细点，孩子不许出任何差错。"

收到钱，他们美滋滋地答应："毅哥放心。"

沐毅下车走到门前，透过窗户见到沐果果坐在椅子里玩汽车，这才放心离去。

午后的天气阴沉，雨渐渐沥沥地下着。别墅大门打开，司机刚把车停下，宋清华已经推门下来。

"太太。"烟姨举伞过来接。

宋清华神情远比天气还要阴郁，宋氏突然宣布遗产声明，她连夜坐飞机赶回名海市。

"爱瑜呢？"

"在卧室里。"

二楼卧室的门已锁，宋清华用力敲门："爱瑜，我是妈妈，开门。"

卧室里没有动静。

"小姐在里面吗？"

烟姨点头："在啊，昨晚我来给小姐送饭，她一口都没有吃，还发了好大的脾气！"

"快去拿钥匙。"宋清华神情紧张。

用人取来钥匙，宋清华打开门进去，只见红木地板上有个白色药瓶。

"爱瑜！"宋清华拿起药瓶看了眼，"快叫救护车！"

急救室外的红灯亮起，宋清华紧张不已。

林蔷一路赶来："爱瑜怎么样？"

她怎么都没想到，宋爱瑜竟然会吞安眠药自杀！

"林蔷！"宋清华眯了眯眼，"我们认识几十年，你竟然背着我做这么多事！你们趁我不在当众宣布遗嘱，想要逼死宋爱瑜？"

林蔷蹙起眉，这自杀真是巧合，不早不晚，只在宋清华进门？

"清华，我们也不知道会发生这种事情。"林蔷暗暗惊讶。看来，她从小看大的宋爱瑜，隐藏着太多面。

"如果爱瑜有事，我不会原谅你们！"宋清华紧紧盯着急救室的大门。这孩子她从小养大，二十年多年来，每次在她孤独无助的时候，都是她给予她力量和安慰。虽然她们没有血缘关系，但也是她的孩子！

不久，医生通知家属，病人已经洗过胃，没有生命危险，只需住院观察。

病床上宋爱瑜闭着眼睛，脸色苍白。宋清华寸步不离地守在床边。

林蔷暗自庆幸董事长早有准备。当年，宋爱瑜是她亲手抱给宋清华的，但她怎么都不会想到，曾经那么无邪的孩子，如今变得心机深沉。

别墅客厅中，落地灯光线昏黄。暗色光晕笼罩在沐良肩头，她长发垂落两颊，遮掩住那双明亮的黑眸。

茶几上摆放着双棕色小皮鞋，沐良双手穿过鞋带系好，又在下一刻，把系好的鞋带松开，如此反复。

傅晋臣微垂的视线里，只有她不停动作的手指。

他弯下腰，按住她的手背："良良。"

对面的人似乎没有听到他的声音，抽回手后继续刚才的动作。

"沐良！"

她反复几十遍，继续下去，鞋带都要断掉。

"果果最喜欢这双鞋，"沐良呆滞的眼神动了动，声音沙哑，"以前每次穿，他都会让我来系鞋带。"

是啊，儿子最喜欢这双鞋。

"我的果果只有四岁，我还没有教会他系鞋带。"沐良眼睛酸涩，"他还不会过马路，还不会自己洗澡，还不会写我的名字……"

未出口的言语全都淹没在哽咽声中，沐良痛苦地弯下腰。

白色地毯晕开一圈湿痕，傅晋臣抬起她的脸，看到一双通红的眼睛。

这是傅晋臣第一次看到泪流满面的沐良。

当年离婚时，沐良都没有在他面前哭过。

"为什么要跟我抢儿子？"沐良瞪着他质问，"为什么？"

沐良再度反问，眼角滚落出来的泪水汹涌。她的眼泪，悄无声息地渗入傅晋臣的心头，令他觉得呼吸困难。

"傅晋臣，你知道儿子对我来说，意味着什么吗？"沐良颤抖着双唇，眼底话落的热泪顺着唇角渗入，那股咸涩的味道，如同她此时的心情。

傅晋臣神情黯然："今天的事情，是我疏忽了！但果果也是我儿子！"

心底太多压抑的情绪，起伏翻涌。沐良仰起脸，盯着他道："你们傅家的人，凭什么来跟我抢孩子？"

她含着热泪的眼睛，迸发出犀利光芒："当年曹婉馨流产了那个孩子，你知道是因为什么吗？"

闻言，傅晋臣眯起眼。

"呵呵……"沐良轻笑声，道，"姚琴在我们喝的鸡汤里放了有毒的当归，那些药可以让人不孕，曹婉馨的孩子就是那样失去的。"

傅晋臣完全被这个消息震惊："鸡汤？你是说，那个鸡汤可以让人流产？"

"不只是流产，"沐良平静地补充，"如果长时间服用，就不会怀孕了。"

傅晋臣脸色霎时阴沉。

望着他紧蹙的眉头，沐良缓口气，再度开口的话，却狠狠袭向傅晋臣的心头，"如果不是我无意中发现这个秘密，根本不会有果果。而你妈妈就是最好的观众，她放任姚琴做这些事情，只为你没有更多的竞争对手！"

"我妈？"傅晋臣难以置信。

"对，你妈。"沐良回忆起那段日子，心尖不断收紧，"你们傅家的人，一个个深藏不露，你们有什么资格来跟我抢孩子！"

"还有什么事情？"傅晋臣扣住她的肩膀，逼问道，"你还有什么事情没告诉我？"

还有？沐良不想再提起。她一把揪住傅晋臣的衣领，吼道："傅晋臣，你怎么能把儿子弄丢了？"

这句话，狠狠戳中傅晋臣的心脏。是啊，他怎么能把儿子弄丢呢！

傅晋臣猛地将沐良拥入怀里，不顾她的挣扎，牢牢抱紧她："对不起！"

她的眼泪汹涌溢出，摇头道："我不要对不起，我要儿子！傅晋臣，你把儿子还给我！"

眼见她情绪激动地挣扎，傅晋臣害怕她伤到自己，只能将她的双手禁锢住，不让她乱动："良良，别动。"

沐良根本听不进去他的话，她现在只想要儿子，她全身紧绷的那根弦已经处在断裂的边缘。

"放开我！"

"不放！"

傅晋臣不敢松手，强而有力的手臂困住她纤细的腰肢，将她牢牢抱在怀里。

"唔！"

沐良张开嘴，狠狠咬在傅晋臣肩头。

肩膀传来一阵剧痛，却比不上傅晋臣此刻心尖那种撕扯的疼。原本以为，他能够给身边的人最好的生活，最好的保护。可为什么，沐良在他身边经历的事情，他丝毫都没有察觉？而今天，他以为可以照顾好儿子，却把儿子弄丢了？！

直到牙根发酸，沐良整个人才无力地倒在他肩头。全身的力量仿佛被抽干，只要想起儿子，她的心都要碎成千万片。

肩头的衬衫上晕染开大片水痕，一阵阵传来刺痛。傅晋臣眉头轻皱，不愿意松开怀里的人。

沐良不想在他面前哭，但太多情绪，她抑制不住。儿子被绑走，彻底击溃她的心理防线。

眼泪肆无忌惮地流淌，沐良模糊的视线里，这张近在咫尺的脸庞如此熟悉，又如此陌生。

"如果儿子有什么事，我就跟你同归于尽。"她挤出的声音沙哑。

傅晋臣抱住怀里的人，什么话都没有说。如果儿子真的有事，又何止是同归于尽！

不知道过去多久，怀里的人渐渐停止哭泣，闭上眼睛昏睡过去。傅晋臣轻托她的后脑，把她放躺在沙发里。

自从儿子失踪，十几个小时里，沐良一口水都没有喝过，一粒米也没有吃过。她强撑着全部的精神，直到此时才将情绪全部发泄出来。

傅晋臣拿来薄被盖在她身上，不吃不喝，人根本支撑不了多久，他抿唇坐在边上，静静注视她沉睡的脸庞。

她明显比之前消瘦，为夺回儿子的抚养权，她已是用尽所有的办法。

傅晋臣定定望着她的脸，手指伸到半空又收回来。他不想伤害她，为什么每次都是两败俱伤？

掬起一把冷水浇在脸上，整个人清醒很多。往上抬起的动作牵动到肩膀，傅晋臣拉开衣领，肩膀处的深红色齿痕，清晰可见。

齿痕周围渗着血迹，傅晋臣用棉签简单清理，伤口很深，估计会有疤痕。

经过二楼儿童房，地板上散落着很多玩具。傅晋臣弯腰坐下，随手拿起个越野车模型。

儿子喜欢汽车，家里的玩具多数都是车模。

那晚沐果果洗完澡跑过来找他，要跟他比赛。当时他手里还有工作没有处理完，没有陪他一起玩。

如今回想起儿子失望的眼神，傅晋臣眼眶蓦然一热。

客厅沙发中，沐良拥着被子惊坐起身："果果！"

她的心脏还在激烈跳动，等她平复后才意识到是梦。这个梦太可怕，她不敢再次闭眼。

淅沥的小雨渐渐停歇，隔着白色纱帘望去，水雾密布。

警方工作人员都在书房里忙碌，偶尔有轻微的声响传来。沐良转身上楼，见有光从儿童房照射出来。

男人侧身坐在床边，手里托着一件格子衬衫。他垂着脸，看不清表情。

沐良站在门外，眼见傅晋臣抬起掌心遮住眼帘。

傅晋臣始终维持那个姿势，许久都没有动过。

沐良背靠走廊，眼眶酸涩泛红。这个煎熬的夜晚，无论她承认或是不承认，他们的心都拴在儿子身上。

凌晨，沐毅开车回到别墅。他习惯性打开电视，倒了杯酒坐在沙发里。

电视节目正在回放新闻，沐良站在高台之上笑容浅浅，与台下被众记者们围追堵截的宋爱瑜，形成鲜明对比。记者抓拍到宋爱瑜狼狈摔倒在地的画面，她惊恐无助的面容惨白。

沐毅盯着电视，直到电话响起："喂？"

"毅哥！"电话那端的男人声音无奈，"您外甥太闹了，我们怎么哄都哄不好。"

"别废话，给我看好孩子！"

挂断电话，沐毅关掉电视，回到楼上。

天亮之后，沐果果穿好衣服出来，走向打瞌睡的男人："叔叔。"

男人颓然地道："小祖宗，你又想怎么样？"

"我肚子饿了。"沐果果模样乖巧。

男人把面包递给他，沐果果摇头："不要，我想吃巧克力。"

"巧克力？"男人蹙眉，找了找袋子，"都被你吃光了。"

"我就要吃巧克力。"沐果果又要哭。

男人最怕他闹，不敢打骂，只能哄着。

沐果果不搭理他，哭闹不止。

"小祖宗！"害怕哭声引来周围人的注意，男人服软，"你别哭，叔叔给你买巧克力去。"

将同伴摇醒后，男人叮嘱道："你看着孩子，我去买东西。"

不多时候，男人打开门出去。这里地方偏僻，也不知道能不能找到。

沐果果拉开椅子，坐在剩下的男人面前，含笑问他："叔叔，我们玩游戏吧？"

"游戏？"

"对呀。"

沐果果道："我们继续玩捉迷藏。"

光头男人起身往外跑："叔叔先去厕所，你乖乖等着啊。"

把门锁上，光头男人很快离开。

等他走远，沐果果笑着拿起丢在桌上的手机。哼，以为他四岁不会用手机吗？真是笨蛋！

沐果果天生对数字比较敏感，沐良没有特意教他，但他却能把手机号背诵得丝毫不差。小家伙打开手机，手指快速按下一串号码。

红木圆桌前，沐良呆呆坐着。一天一夜，绑走果果的人没有任何消息传来，简直要把人逼疯！

傅晋臣端起一杯热牛奶，直接推到她面前："喝了。"

沐良没有搭理他。

"如果你想见到儿子的时候，还有力气抱他，就把早餐全部吃掉。"傅晋臣话音落下，沐良终于端起牛奶。

桌上手机忽然响起来，号码并不认识，她原是不想接，又怕有急事。

"喂。"

"妈妈！"

沐良猛然站起身："果果？！"

她这一叫，工作人员立刻连接电脑，同时示意她要拖延讲话时间。

"别吓坏他，慢慢说。"傅晋臣揽住沐良的肩膀，在她耳边低喃。

沐良努力压制激动的情绪，问道："果果，你在哪里？"

"妈妈，果果好想你哦。"

沐良咬着唇，哽咽道："妈妈也想你，果果乖，告诉妈妈你在哪里？"

"我也不知道这是哪里。"沐果果撅着嘴巴，"这里有很多海。"

很多海！

"果果吃饭了吗？把你带走的人，有没有打你？"

"没有呢，他们不敢欺负我，哼！"

沐良还要再问，那边突然挂断。

"果果——"

信号中断，沐良整颗心再度揪紧。通话时间比较短，警方不能确定具体位置，不过可以确定一片区域。

警方安排人员出动，赶往圈定的范围搜寻。

"我也去！"沐良拉住傅晋臣，无论如何她都不会留在这里等消息。

傅晋臣犹豫了下，将她带上车，一行人朝海边出发。

与此同时，沐毅被一阵电话铃声吵醒："谁？"

"毅哥，出事了！"

听他们说完后，沐毅蹙起眉："你们这帮废物！"

389

"现在怎么办？"

"把孩子给我送过来。"沐毅吩咐。

"是。"两个男人用最快的速度收拾好，抱起沐果果离开。

车子越开越远，沐果果神情失落。刚才妈妈说要他在这里等，若是他离开，妈妈肯定找不到了。

"叔叔，我要等妈妈！"沐果果很不配合。昨晚他被带到这里，又被关在房子里，已经分辨出这两个男人是坏叔叔。

男人们不搭理他，迅速离开渔村。如果被警方抓到，他们肯定要倒霉，必须溜之大吉。

沐果果心里拔凉拔凉的，脸朝窗外，不知道在想什么。

蓦地，沐果果捂着肚子，叫道："我要尿尿！我要尿尿！"

后座男人瞥了一眼孩子，见他小脸通红，看着不像骗人。从这里开回去还要好久，男人拍了拍前坐，道："前面停车，我带他去厕所。"

车子停在路口，男人抱着沐果果出来，快速跑进附近收费站的厕所。

沐果果解开裤子，男人低头催促道："你倒是快点尿啊。"

沐果果摇头："叔叔盯着人家看，人家不能嘘嘘。"

他一个小屁孩有啥看头？男人无奈转身："好了，你动作快点儿！"

"哦。"沐果果把裤子脱下来，转身朝前面的男人尿出去！

"啊！"男人觉得裤子一热，再看时已经湿透了。

"嘿嘿。"沐果果笑得很无害，"对不起哦叔叔，我不是故意的。"

男人扬起的手不得不放下，他要是打了这孩子，这孩子回去找毅哥告状，吃亏的还是他！算了，他只能自认倒霉！

"叔叔，那里可以洗手。"沐果果好心告知。

男人走到水池前洗手。

沐果果瞅准时机，迈开小短腿，转身往外跑。

这里是收费站，来来往往有很多车经过。沐果果腿短，跑步的速度肯定比不过大人。那个男人眼看要追上来，他灵活的小身子突然钻进一辆发动的车里。

"喂！"男人只差一步，眼睁睁看到白色轿车开走。他等同伴把车开过来，早已找不到那辆白色轿车。

"完蛋了！"两个男人面面相觑。这次孩子真的丢了，他们不敢耽误，立刻赶去见沐毅。

"蠢货，孩子呢？"

两个男人一人挨了一个耳光，捂着脸蹲在边上，道："不……不知道！"

沐毅抬脚踹过去，骂道："不知道你们还敢回来？找死是吗？"

"毅哥！"男人吓得抱住沐毅大腿，求饶道："我们不是故意的，都是您外甥太能折

390

腾，我们招架不住啊！"

"毅哥，他们已经报警了，这事情闹大了！"

沐毅被他们气得头疼，冷静下来后，拿出钱丢给他们，"最快的速度给我消失，等到风声过了再回来。"

"明白。"男人们接过钱，一溜烟离开。

原本计划好的事情，忽然陷入僵局。沐毅不得不求助："铭湛哥。"

盛铭湛接到电话的时候正在开会，他捧着电话退出会议室，走到安静的角落："小毅，有事？"

"果果不见了。"沐毅俊脸紧绷。

"不见了？"盛铭湛似乎没明白。

沐毅按压眉头，颓然道："这次真的丢了。"

"什么？！"盛铭湛变了脸。

小院前，警方正在取证。沐良坐在车里发呆，地上丢弃的生活垃圾中有很多巧克力糖纸，她确定儿子曾在这里。

但此刻，屋里空无一人。

再一次失去儿子的线索，她觉得自己承受的极限要到了。

那些人如果为钱，早应该打电话勒索。对方始终没有动静，她猜不透目的是什么，整个人如同被放入油锅中反复煎熬。

嘀嘀。手机提示有短信。沐良划开屏幕，瞬间惊愕。她回拨过去，号码打不通。

"傅晋臣！"沐良把收到的短信拿给傅晋臣看。

警方研究过后，决定按照短信里提供的路段搜寻。

"上车。"

黑色路虎沿车道，来到短信中提示的公路。高速路收费站，过往车辆四通八达，很难确定具体位置。

"果果会在哪里？"沐良望着那些过往车辆，只觉无助。

位置太难判断，他们只能把所有可能性都排查一遍。傅晋臣仰起头，心中同样茫然。

不过想起儿子打来的电话，他心中又无比安慰。一个四岁的孩子，面临这种事的时候并没有慌乱大哭，而是表现出如此超常的能力，他的儿子很棒！

儿子，爸爸一定可以找到你！

警方四散去找，傅晋臣带沐良上车，沿高速路往前行驶。这段路只要有分叉口，他都会把车开下去，仔细找过每个角落后，再继续向前。

如此反复几遍，沐良怀揣希望，但每次都落空。这种煎熬的心情，足以使她的神经面临严峻的考验。

沐果果小朋友起先为躲避才钻进车里，后来发现这辆车帮他将那两个男人甩开，便美滋滋地藏在后座下面，不肯出来。

车身晃动起来，孩子很快睡着。等他一觉睡醒，发现自己被关在车里，根本无法跑出去。

密闭的车厢，瞬间令孩子产生一种恐惧感。沐果果拼命拉扯车门，无论怎么使劲都拽不开。

四周空旷无人，沐果果跪在车窗前，双手不断拍打，始终看不到任何人影："让我出去，我要找妈妈！"

沐果果扯着嗓子大喊，害怕地哭起来："哇，我要找妈妈！妈妈！妈妈！"

这次他真的害怕了，小脸憋得通红，眼泪鼻涕横流。

黑色路虎沿高速路转下来，傅晋臣双手握着方向盘，车速缓慢行驶。沐良眼睛一直盯着窗外，眼眶又酸又涩，她瞪大眼睛去看，却不见儿子半点踪影。

前方指示牌下有个露天停车场，傅晋臣将车转弯，迅速开进停车场里。

根据先前收到的匿名短信，曾经提到过孩子被一辆白色汽车带走。傅晋臣此时无法思考这条短信来源的真实性，他不敢放过任何一个细节。

"下来。"傅晋臣将车熄火，拉沐良出来。这是一个很大的停车场，抬眼望去停着几百辆车，密密麻麻的。

沐良心情沉重，果果会在这里吗？如果希望再一次落空，她真的快要支持不住了！

"我……"沐良喉咙发干。

傅晋臣走到她的面前，道："儿子一定很想我们，他一定在某个地方，正在等着我们！"

沐良眼眶湿润。

轻轻将她拥入怀中，傅晋臣薄唇贴紧她的耳边："我们要坚持，就算这里没有，我们也要再去另外的地方找！"他捧住沐良的脸，眼眸里染着一抹鼓舞，"相信我，我们一定能找到儿子！"

沐良在他坚毅的目光中重重点头。

对，他们一定能找到儿子！

"分头找。"傅晋臣抹掉她眼角的泪痕，先一步转身往左。

沐良转身往右，虽然短信说是白色车子，但她不敢大意。从她身边经过的每辆车，她都会仔仔细细地查看一遍。

二十多分钟过去，沐良脱掉脚上的高跟鞋，只为能走得快一点儿。她一辆车一辆车地排查，不敢马虎。

蓦然间，前方那辆白色轿车里似乎有什么晃过。沐良神色紧张地跑过去，一眼就看到倒在车后座的儿子。

"果果！"沐良大声叫道，"果果！"

孩子揉着眼睛坐起身，看清车窗外的沐良，顿时哭出声来："妈妈！妈妈！"

"果果——"沐良既惊且喜，第一时间想起傅晋臣，扯着嗓子叫道，"傅晋臣，在这里！果果在这里！"

远处的男人听到喊声，飞快朝这边跑过来。

"果果！"傅晋臣跑到车前，看到儿子发白的小脸，整颗心都揪起来。这么密闭的空间，孩子也不知道待了多久！

"果果别哭！"

沐良看到儿子嘴唇发白，心疼地一个劲掉眼泪。她趴在车窗前，隔着一层玻璃，无法触碰到儿子："果果不要怕，爸爸和妈妈都在这里！"

沐果果显然受惊，看到父母都在，情绪越发激动，哭声更大。因为大哭，沐良明显看到儿子呼吸都困难了。

傅晋臣通知警方后，立刻挂断电话。空旷的停车场，想要找到车主很难。他想找到什么东西破窗，但四周都是车，别的什么都没有。

"果果别怕！"傅晋臣出声安抚儿子，"果果，你离开窗子！"

沐果果哭得上气不接下气，整个身体紧紧趴在车窗前。傅晋臣眼见如此，朝沐良使个眼色，道："你站在这里哄儿子，我去那边。"

沐良似乎明白了他的意图，还没来得及说话，傅晋臣已经跑到车窗另外一侧。

砰！傅晋臣站在车门的另外一侧，保证儿子不会受到伤害。他猛然抬起手肘，狠狠撞向车窗的玻璃。

这一声巨响惊住正在哭闹的儿子，同时也狠狠砸在沐良的心头。

砰！又一声，车窗玻璃受到大力撞击，一圈圈碎裂成蜘蛛网状。

"果果别怕！"沐良安抚车里的儿子。

砰！傅晋臣连着用手肘两次撞向玻璃，已经有血迹渗出。车窗还没有彻底砸开，他转而将右手紧握成拳，再次砸向已经有裂纹的玻璃。

"傅晋臣！"沐良的声音，淹没在一片碎裂声中。

哗啦——车窗玻璃彻底碎裂，傅晋臣把染血的手伸进去，将车门拉开。

"果果！"傅晋臣弯下腰，朝儿子伸出手。

沐良看到车门打开，急忙跑到他们这侧。

也许刚才的情景吓坏了沐果果，他缩在车椅里，直勾勾盯着傅晋臣，动也不动。

生怕吓坏儿子，傅晋臣看向沐良："你把果果抱出来。"

沐良拉开皮包，抽出一条丝巾想把他的右手包扎好。丝巾还没裹好，就被鲜血瞬间浸透了。

沐良别开视线。

"我自己来。"傅晋臣接过丝巾，将她拉到前面，只想早点把儿子抱出来。

沐良知道儿子吓坏了，勉强挤出一抹笑："果果，妈妈在这里。"

听到妈妈两个字，沐果果呆滞的眼睛动了动，如同小时候那样，手脚并用地爬出来。

沐良紧紧搂住儿子："果果！"

沐果果似乎真的吓坏了，刚才还在哭，此时被沐良抱着，不哭不闹。

沐良有些紧张，不自觉看向傅晋臣。

傅晋臣把伤口包裹住，刚转过身，却见儿子朝他扑过来。

"爸爸——"沐果果挣脱的力气很大，沐良抱不住，幸好傅晋臣及时伸手，把儿子稳稳接在怀里。

"爸爸！"沐果果双手圈住他的脖子，哇一声在傅晋臣怀里哭出声。他两条小胳膊，死死勒紧傅晋臣的脖子，死活不肯撒手，"呜呜呜——"

男人胸前的衬衫湿润，他牢牢抱住儿子发抖的小身体，眼底一片湿意："果果乖，爸爸在这里，不要怕。"

沐果果委屈地抽噎着，小脑袋搭在傅晋臣肩头，惊魂未定。

这是第一次，儿子在惊恐无助的时候，没有抱紧沐良。

看到他们父子亲密相拥，沐良潸然泪下。

盛铭湛赶到医院的时候，沐果果正在急诊室检查。

"良良！"男人一把将沐良拉到面前，"你没事吧？"

"我很好。"

"果果怎么样？"盛铭湛眉头紧锁。

沐良眼睛盯着急救室的大门："还在检查。"

对面椅子里，傅晋臣背靠椅背，右手裹着丝巾，渗出的血迹已然干涸。

盛铭湛瞥眼他受伤的手，眼神顿时沉下去。

隔着一臂的距离，傅晋臣看到盛铭湛掌心落在沐良肩头不住安慰。他别开视线，不知道哪里碰到受伤的地方，只觉钻心地疼。

"别担心，果果不会有事。"盛铭湛站在沐良身边，柔声安慰。

没有看到儿子出来，她不会放心。

傅晋臣解开被鲜血染红的丝巾，折叠好揣进口袋里。

沐良扬起的视线，恰好看到他露出的伤口，不禁蹙起眉。

急救室大门被推开，沐良跟傅晋臣同时迈步，跑到医生面前。

"医生，我儿子怎么样？"两人异口同声。

医生笑道："别紧张，孩子挺好的。没有受伤迹象，但是受到惊吓。最好住院观察一天，如果没什么大问题，明天就能出院。"

"好的。"沐良十分配合，傅晋臣也以孩子为主。

盛铭湛完全找不到机会插嘴。

须臾，护士推着病床出来，沐果果躺在上面，一张小脸发白。

"果果……"沐良握住儿子的手，心疼地低喃，儿子刚打过针，现在睡着了。

盛铭湛想上前，却被傅晋臣有意地隔开。

动作温柔地将儿子抱进病床，傅晋臣拿过被子盖在孩子身上。

他右手背上一片血色，沐良看得心惊："护士小姐，麻烦带他去包扎。"

护士看到他的伤口，催促道："这么深的伤口赶快去治疗。"

傅晋臣没有动。

眼见他那副表情，沐良叹口气，道："果果醒来看到，一定会害怕。"

片刻后，傅晋臣抿唇走出病房。

安顿好儿子，沐良守在病床前。医生说过低烧并不碍事，孩子过度惊吓，肯定有如此症状。

"你们在哪里找到孩子？"盛铭湛眼神落在沐果果身上。

"停车场。"沐良用棉签沾着水点在儿子嘴角，稍后，她把收到的匿名短信拿给他看，"你说短信是什么人发的？"

能够知道她的号码，并且知道果果失踪的线索，沐良百思不得其解。

"警方怎么说？"盛铭湛脸色如常。

沐良摇头道："还没线索。"

"别想太多。"盛铭湛轻拍在她的肩头，"最重要的是果果平安回来。"

是啊，最重要的是儿子能平安回来！不过这条短信太过诡异，她还是感觉哪里不对劲。

"我去买些吃的。"

沐良拉住他的手："我什么都不想吃。"顿了下，她又道，"果果没事，你回公司去吧，我今晚要留下来陪儿子。"

原本陪儿子很正常，但盛铭湛想起傅晋臣，眸色加深："要我陪你吗？"

"不要了，你先回去，明天再来看果果。"她担心儿子情绪不稳定，还是父母在身边比较好。

闻言，盛铭湛嘴角的笑容霎时收敛，很快又恢复如常："那我先回去，有事给我打电话。"

沐良将他送到病房外，叮嘱："我爸妈年纪大了，能不让他们知道的，尽量瞒住。"

"我明白。"

等到盛铭湛离开，她才转身回到病房。

有碎玻璃刺进皮肉，医生费力地清洗伤口。傅晋臣俊脸紧绷，额头微微渗出一层冷汗。

很快，医生处理好伤口。

"一周不能沾水，三天换药一次。"医生开单子时，细心叮嘱。

傅晋臣道声谢，拿药回到病房时，透过窗口只看到沐良一个人坐在床边。

儿子还没醒，依稀能看到他皱眉的表情。傅晋臣心疼地皱了皱眉，没有进病房，而是转身下楼。

傅家大宅前，傅晋臣停下车。

"四少。"

"我妈在哪儿？"客厅没有人影。

用人垂首："太太在花房。"

透明阳光室中，尤储秀坐在藤椅里修剪盆栽，抬眼看到儿子回来："果果怎么样？"

傅晋臣脸色阴沉："妈，你瞒着我做过什么？"

望见儿子那副表情，她似乎猜到什么："只要对你有利的事情，妈妈都会做。"

傅晋臣往前一步："你知道鸡汤有问题，还给沐良喝？"

尤储秀挑眉，笑道："如果她连自己都保护不了，我怎么能放心让她来保护你，或者我的孙子？"

"妈！"傅晋臣厉声道，"你有想过我的感受吗？"

"我当然想过！"尤储秀站起身，神情变得深不可测，"晋臣，妈妈再说一遍，只要对你有利的事情，我都可以做！甚至是委屈，我也都能承受！"

傅晋臣想起儿子可爱的小脸，心口不断收紧。如果沐良没有发现这个秘密，是不是他们的儿子永远都不会来到这个世界上！

砰一声巨响，前排几盆名贵的兰花，应声摔碎在地。

傅晋臣此时眼底的眼神，令她心惊胆战。

"晋臣……"

"为什么要伤害我在乎的人？难道你不知道，沐良对我意味什么？"

尤储秀无言以对。当初接受沐家这门婚事，门不当户不对。但世事难料，谁能想到沐良摇身一变，竟是宋家的孩子？这巨大的转变，完全让人措手不及！

"怎么回事？"姚琴快步走来。

傅晋臣看向她的目光如刀，姚琴心虚地退后两步，笑道："哎哟，老四回来了！"

姚琴吓得脸色发白，她听见傅晋臣质问那些话，正要离开，却见傅政进门。

"儿子！"姚琴急忙喊人。

傅晋臣谁也不看，一把扣住姚琴的脖子，虎口紧紧卡在她的喉咙处："你敢下毒？"

姚琴瞬间失去反抗能力，尖叫道："救命！救命啊！"

家里人都被惊动了，傅欢颜从画室出来，看到傅晋臣不对劲，急忙跑过来。

"怎么回事？"傅欢颜不知道什么状况。

尤储秀走出花房，见到儿子掐住姚琴的脖子，彻底惊呆了。傅晋臣自幼桀骜，但他还没为了谁如此与家人决裂过！

用人跑去通知傅东亭。

"放手！"傅政大步跑过来，"妈！"

客厅乱成一锅粥，曹婉馨瞧见这场面，吓得往后缩。

"妈妈，四叔怎么了？"傅橙问道。

"嘘！"曹婉馨把女儿推回去，小声道，"快回去，不许出来。"

傅橙有些害怕，转身跑回小楼。曹婉馨躲在安全的角落里，不敢露面。

"傅老四！"傅欢颜搂住他的腰，声音颤抖，"听姐姐的话快点放手，真要闹出人命了！"

也许傅欢颜的话刺激到他，傅晋臣收拢的五指蓦然松开。

"咳咳！"姚琴倒在地上，呼吸急促，整张脸煞白。

傅政脚跟还没站稳，被傅晋臣揪住衣领，狠狠一拳落在他的嘴角。

"小政！"姚琴哭出声来，伸手护住儿子。

傅政嘴角渗出血迹，却没有还手。

"傅政。"傅晋臣右手再度渗出血迹，瞪着倒在地上的傅政，道，"这一拳，五年前就应该打你。"

傅政喉结滚动了下，没有说话。

"你的手怎么回事？"尤储秀跑上前。

傅晋臣躲开她的触碰，母子两人对望，尤储秀却从他眼底看到愤恨。

庭院中有汽车声。傅东亭一进门看到这种场面，震惊道："怎么回事？"

傅晋臣缓缓抬起头，看向傅东亭的眼神幽冷："你去问他们！"

话落，他拾起车钥匙，经过傅东亭身边时，道："从今天开始，我跟傅家，跟你们都没有半点关系！"

傅东亭挂着拐杖的手臂一阵发抖。

"老四！"尤储秀心头大骇，她起身追赶，儿子却头也不回地离开。

客厅沙发前，所有人都低头不语。傅东亭神情难看到极点："谁先说？"

姚琴心知隐瞒不了，她捂着脖颈上留下的掐痕，主动坦白。

她话还没说完，傅东亭摔碎面前的茶碗，气倒在沙发里。

"快去请医生！"

傅家再度大乱。

医院病房中，沐良许久都不见傅晋臣回来。包扎伤口要这么久？

有电话打进来，她走到窗边，听到傅欢颜的哭诉后，心情沉重地挂断电话。

回到医院后，傅晋臣又去处理伤口。等他走到病房外，儿子还没睡醒。

转身坐在走廊的长椅中，傅晋臣仰起头，目光黯然。

他从小生活在傅家那种环境里，早已适应，只是怎么都不会想到，自己的母亲竟如此冷酷无情！

病房门打开，沐良递给他一杯水。

"果果还没醒？"傅晋臣接过去喝了口。

沐良坐在他身边："刚醒来问你去了哪里。"

傅晋臣丢掉纸杯，走到病床边，他弯腰盯着儿子的脸，嘴角晕开一抹笑。

夕阳垂落，病房一片幽静。沐良看到他嘴角勾起的笑，心情复杂。

儿子睁开眼第一句话就问"爸爸在哪里？"此时她才深深体会到父亲对于孩子的重要。大人之间的争夺，受伤最深的是孩子。

儿子是最无辜的！

傅晋臣亲了亲儿子的脸，走到沐良面前："撤诉吧！"窗外残阳孤寂，他偏过头，道，"儿子的抚养权，我还给你。"

沐良明亮的双眸，恰好落入傅晋臣眼底。

这一刻，她心底的滋味百般复杂。

儿子交给傅晋臣，沐良惦记公司的事情，直接回到宋氏。电梯门打开，她边接电话边往办公室方向走："铭湛，我先去工作，中午联系。"

迎面有道黑影，沐良挂断电话。

宋清华目光犀利地瞪着她："公布遗嘱是你的主意？"

昨晚林蔷阿姨说宋爱瑜闹自杀。怎么，心疼女儿了吗？

"那是属于我的东西！"沐良平静地回视她。

"你的东西？"宋清华怒声道，"你回来就是因为宋家的钱？"

"你觉得呢？"沐良反问，神情透着嘲弄，"难道还能因为你？"

宋清华精致的五官因为怒意而格外清冷，"你这么做，差点逼死爱瑜！沐良，我真没想到，你的心思如此狠毒？！"

"狠毒？"沐良轻笑，"跟你比，我怎么能算狠毒？"

握紧手里的皮包，她一步步走到宋清华面前，尖尖的下颌微抬："我一直都想问问，既然你不想要我，为什么把我生下来？"

宋清华心尖蓦然收紧。

沐良再往前一步，直抵她面前："又或者，你应该生下来就把我掐死！"

她此时的表情，尤其像一个人，宋清华瞳孔一阵收缩，下意识地抬手朝沐良挥过去。

沐良扣住她伸来的手："在这个世上，除了我父母，没人有资格打我！"

宋清华看到她眼底染着恨意。

"良良你没事吧？"林蔷过来将宋清华拽过去。

沐良掩藏起所有的情绪："林副总，通知各部门一个小时后开会！"

这对母女剑拔弩张，林蔷眉头紧锁。

回到办公室，宋清华脸色铁青道："你都看到了吧，她刚才那个表情跟简怀亦一模一样!"

林蔷倒杯水给她,无奈叹气。良良是你们的女儿,不像你们像谁?"你只知道爱瑜有事,知道良良这两天怎么过的吗?"

宋清华眼神一沉:"怎么?"

"果果被人绑架了!"

"什么?"宋清华起身就往外冲。

林蔷将她拉回来:"已经找到了。"

"果果怎么样?"宋清华担忧的神色真切。

林蔷告诉她:"果果没事。"

宋清华坐回椅子里,林蔷站在她身边,神色复杂。她们母女针锋相对,到底要怎么办?

市中心一处小区中,傅晋臣将车子熄火后,一只手牵着儿子,一只手提着行李箱,两人上楼。

叮咚。

沐良将门打开。

"妈妈!"沐果果一把抱住妈妈的大腿。

弯腰搂住儿子,沐良在他脸颊亲了下。

傅晋臣站在门外,不着痕迹地观察屋内,暗暗松口气。

"进来坐坐吗?"沐良把行李箱接过去。

"不了,我还有很多事情要去处理。"昨天陪儿子时,工地那边的状况颇多。

沐良大概知道一些情况。

"果果,"傅晋臣将儿子拉到面前,"跟爸爸说再见。"

沐果果突然甩开爸爸的手,一溜烟跑进房间,将门关上。

他们两人变了脸色,在儿子的意识里,只要他不说再见,爸爸就不会走。

傅晋臣大抵明白儿子的心情,勉强挤出一丝笑,道:"果果在你这里,我很放心。"瞥了眼儿子关上的房门,他沉声道,"我先走了。"

"傅晋臣!"沐良叫住他,目光坚定,"你可以随时来看儿子,这是我的承诺。"

"好。"傅晋臣沉默良久,才转身离开。

落地窗前,沐果果看到开走的黑色路虎,小身子躲在窗帘后面。

"果果,"沐良轻轻把儿子拥入怀里,"爸爸工作忙,他有时间一定来看果果好吗?"

窝在妈妈肩头,沐果果盯着开远的车子,委屈地哭出声:"好……"

儿子哭的声音很小,抽噎低泣着。感到怀里的小身体一阵阵颤抖,沐良心尖发紧。平时沐果果耍赖都会歇斯底里地哭,如此刻委屈低泣很少。

第一次这样哭，因为他心爱的大黄蜂坏掉了。这次儿子哭，是因为傅晋臣。

沐良看到他眼角的泪痕，同样心情压抑。

窗外夕阳垂落，前方安静的工地中，灰色水泥楼板参差不齐地排列，远远望去，有种残垣断壁的萧瑟。

当初建造这片现代园区，不仅为傅氏，也为他自己的梦想。他想要这座城市有一处地方，是傅晋臣亲手营造的。

回到紫竹公馆，傅晋臣只带走常用随身物品，那些华而不实的东西都被留下。这几年他购置了几套公寓，手中也有一些股份，全都卖出后凑出一笔不小的资金。

这笔钱他都交给辛歆，命她还清所有欠款。而他自己几乎一无所有。

清早，沐良把儿子送到幼儿园。傅晋臣选的幼儿园各方面条件都好，最重要的是管理严谨。经过上次的事情，她生怕再有任何疏漏。

商会有活动，林蔷等沐良回来，一起出席。

中午聚餐，宋氏代表为宋清华与沐良。先前宣布遗嘱，大家对于沐良的身世极其好奇，又因为主角是宋清华，众人不敢多议论。

盛铭湛趁着空闲过来，恰好见到宋清华："宋总。"

宋清华素来冷傲，不会因为盛铭湛商会会长的身份就给他好脸色，她淡淡笑了声，转身离开。

眼见她如此态度，盛铭湛蹙眉，这未来丈母娘还真是难缠。

走进人群中，他把沐良拉到边上说话："果果怎么样？"

"还好。"沐良想起儿子今早失望的眼神，心头微动，他想爸爸了。

"果果有说过什么吗？"盛铭湛语气如常。

"没有。"

盛铭湛松了口气："良良，"握住沐良的手心，笑道，"我妈明天到，晚上一起吃饭？"

"明天？"沐良稍有惊讶。

盛铭湛勾起唇，笑容深邃："紧张吗？"

"很紧张。"沐良回答肯定。

"放心，我妈一定喜欢你。"

沐良笑了笑，心里总是不安。

聚餐结束，宋清华先行离开，林蔷让司机准备好车，与沐良一起离开会所。

盛铭湛还有没处理完的事情，跟沐良约定明天傍晚见面。

开车回去的路上，车子经过停工的园区，沐良降下车窗，吩咐司机："停车。"

园区静谧无声，沐良走上一处高台，黑色高跟鞋踩在水泥地面上："风景果然不错。"

"是啊，"林蔷站在她身后，"傅晋臣眼光独到，去年这里还是一片荒地，被他这样一规划，倒也有模有样。"

沐良认同林蔷的说法。这片地多年荒废，无人问津。傅晋臣用最低的价格把地皮买下，当初并不被众人看好。当他把这片规划区的蓝图展现出来后，先前不看好该项目的人，又纷纷抛出橄榄枝。

这片园区已经初具规模，沐良嘴角轻抿。

林蔷看到她眼神的变化，轻声道："宋氏对地产并不熟悉，这么大一片园区想要接手，资金相当巨大。"

"我知道。"沐良眼角微抬，盯着远处一栋栋残缺的楼体，轻声叹气。这里属于傅晋臣，除了他，没人能够撑起来。

林蔷犹豫许久，道："良良，当年你外公要傅晋臣跟宋爱瑜订婚的目的，你能明白吗？"

沐良脸色一变。

市中心一处普通小区，高森取出行李箱下车，走在前面："四少，您跟我走。"

傅晋臣提着包，跟在高森后面上楼。

一套八十多平方米的两居室，采光很好，楼层也不错，房间布局合理，完全满足一个人居住的需要。这套房子虽不能同他以前的居住环境比，但也算中上水平了。

"您看看满意吗？"

傅晋臣看过后，点头："比我想象的好很多。"

原本傅晋臣给高森一笔钱另谋职业，他死活不离开。他从大学毕业后就跟在傅晋臣身边，这么多年过去，他们之间早有默契。

傅晋臣没有太过强硬，园区工程虽然停下，但公司还在，他没有留下钱响和辛歆，只有高森陪在身边。

纵然一切从头再来，傅晋臣依然志在必得。

今晚见盛铭湛母亲，沐良只能让乔笛照看儿子。

"娇滴滴，晚饭我都准备好了。"沐良解开围裙。

乔笛搂着沐果果坐在沙发里看电视："我们现在不饿。"她低头问怀里的沐果果，"果果饿吗？"

"不饿。"沐果果依偎在干妈的怀里。

沐良指着茶几上的零食："少给他吃，影响他吃饭。"

"知道了。"乔笛继续我行我素。

平时沐良不会让儿子吃这些东西，干妈出现他就有了靠山。乔笛跟儿子相处融洽，随他们吧。

"我出去了。"沐良站在玄关换鞋，不忘告诉儿子，"妈妈九点回来，你要乖乖听干妈的话，吃过晚饭要洗澡哦。"

"嗯。"沐果果跳下沙发跑过来，踮起脚尖亲她一下，"妈妈早点回来。"

"好。"

沐良赶到酒店，来到事先预订好的包厢，根据盛铭湛的交代点了一些菜。

不久，包厢门打开，盛铭湛拥住身边的妇人，一起进来。

"伯母。"沐良迅速起身。

盛夫人身材高挑，一套宝蓝色的套装，非常符合她的年纪。既显得雍容，又不会太过张扬，她的颈间系条香槟色丝巾。

这丝巾有些眼熟，她迟疑片刻，想起这是当年通过盛铭湛转送给他母亲的那条丝巾。

"你就是良良？"盛夫人眼神温和，"本人比照片漂亮很多。"

沐良脸色一红。

"妈。"盛铭湛拉过母亲，打趣道，"您坐下慢慢看。"

盛夫人坐在红木椅中，眼神始终停留在沐良身上，不住打量。

"您请喝茶。"沐良倒茶送到她面前。

盛夫人接过去喝了口。

服务员进来上菜，盛夫人眼底顿生笑意："良良真细心，都是我喜欢的口味。"

"伯母，这都是铭湛告诉我的。"沐良偏过头，黑眸落向盛铭湛，笑道，"他才是细心，告诉我您喜欢什么，不喜欢什么。"

盛夫人抿唇轻笑。

晚餐气氛愉快，盛夫人早年也在国内生活过，后来跟丈夫移居海外。

包厢门开合的瞬间，门外走过的男人眼角扫到什么，转身返回。傅晋臣单手插兜，盯着屋内相谈甚欢的三人。

听不清他们说些什么，只见沐良脸颊飘过一抹绯红。

傅晋臣剑眉紧蹙。这么心急地把他母亲从美国接回来，盛铭湛的心思何等明显！

晚饭后，盛夫人由司机送回别墅。

"伯母您慢走。"沐良站在车前相送。

盛夫人挑眉扫眼儿子，又看看沐良，笑道："过几天来家里，伯母给你做好吃的。"

"好。"沐良乖巧应对。

司机将车开走，昏暗车厢里，盛夫人嘴角勾起的笑容，渐渐收敛。

车子停在楼下，还没到九点。沐良解开安全带，笑道："铭湛，你妈妈人很好。"

盛铭湛眼神含笑："我没骗你吧？"

沐良如释重负："我先上去，果果肯定还在等我。"

沐良担心儿子，盛铭湛不高兴地拉住她："这么多天没见，你不想我吗？"

"呃……"沐良脸颊微红，"对不起，最近事情太多，等我忙过这阵子，一定补偿你。"

"怎么补偿？"

沐良眨了眨眼："给你做顿好吃的。"

男人神色透着失落，他将沐良拥入怀里，沉声道："我会让妈妈选个日子，我们早点结婚吧。"

沐良轻靠在他的肩头，没有说话。

客厅什么声音都没有，沐良轻手轻脚推开卧室门，儿子已经睡着，乔笛躺在他身边。

沐良把乔笛叫醒，让她过来跟自己一起睡。

"果果听话吗？"洗过澡后，沐良掀开被子上床。

乔笛得意地弯起唇："亲爱的，我很会照顾孩子。你未来婆婆怎么样？"

"挺好的，"沐良滑进被子里，笑道，"人很温和。"

乔笛往她身边磨蹭过去，愤愤道："不公平啊，怎么你遇见的男人都是极品，遇见的婆婆也都是极品呢？"

沐良笑出声，凑到乔笛面前："娇滴滴，我们定娃娃亲吧，以后你生个女儿，给我儿子做媳妇。"

乔笛瞬间精神，勾起她的小指："一言为定。"

"一言为定。"

两人筹划几十年后成为亲家的画面，叽叽喳喳聊天闹到很晚。

第二天，沐果果先起床，叫醒差点迟到的妈妈和干妈。

昨晚没休息好，沐良神情有些倦怠。例会结束后，她的手机提示音响起。

今天盛铭湛要去医院复查，这段时间没空关心他，她吩咐秘书空出两个小时，开车赶往私立医院。

她故意没打电话通知盛铭湛，想给他一个惊喜。

二楼走廊，安静整洁。

沐良走到诊室外，听到盛铭湛磁性的声音："怎么样，还有炎症吗？"

诊室里，Henry看过刚拍的片子，笑道："没有了。"

Henry取下片子，叮嘱他："虽然炎症消了，但还要注意生活习惯，不要过度饮酒，不要经常熬夜。"

"啰唆。"盛铭湛轻笑。

"老同学，看你最近春风得意，佳人追到手了吗？"

"要你管。"

"啧啧，这是过河拆桥吗？"Henry摇头失笑，"上次那张肺炎感染的片子，被诱导成肺部阴影，你当时跟我说话的态度，可不是这样的！"

盛铭湛将挽起的袖口放下来："少娇情，以后请你喝喜酒。"

"这还差不多……"

诊室里的调侃声清晰。沐良身体僵直地转回身，迅速离开医院。

午后阳光充沛，顺着玻璃窗照射进来。沐良坐在黑色转椅中，直到手机响起："铭湛。"

"吃饭了吗？"他的温柔如旧。

"嗯，你去医院复查了吗？"

"去过了，"盛铭湛双手握着方向盘，眼底染笑，"医生说炎症已经消除，以后要多注意生活习惯。"

指间的钻石光芒刺眼，沐良低着头，柔顺长发垂下遮住她的侧脸。

但无论白天心情如何，只要想到马上能见到儿子，她的嘴角便会上扬。

幼儿园门前，有人显然比她早到。

"果果，"傅晋臣弯腰接住跑来的儿子，"慢点。"

"哇！"沐果果开心地尖叫，双手圈住傅晋臣的脖子，"你怎么好几天都不来？"

傅晋臣亲亲儿子的小脸，笑道："对不起，爸爸工作比较忙。"

沐果果小朋友开心地眨眨眼，随后学着爸爸的模样，也在他脸颊亲了下。

循环模式开启，父子两人亲来亲去。

沐良眼底泛起的笑容温暖。儿子很想爸爸，每晚睡觉前都要问，什么时候可以看到爸爸。

"果果。"父子两人同时转过头，他们嘴角弯起的弧度，异常相似。

沐良心头蓦然闪过什么。

"妈妈。"沐果果朝她伸出手，撒娇道："我们今天去吃汉堡好吗？"

"好吧。"

难得妈妈答应，沐果果兴奋地扑到傅晋臣怀里。

路边停着一辆普通黑色轿车。

沐良怔了怔："你的车？"

"换了。"傅晋臣坦然回答，"这种车型比较省油，适合现在的我。"

现在的我？沐良眼神一黯。

沐果果瞥眼爸爸的新车，不客气地给出评语："没有原来的车车酷哦。"

靠窗的座椅里，沐果果左边是傅晋臣，右边是沐良。他面前放着一个很大的托盘，里面都是他喜欢的食物。

沐良不断擦掉儿子嘴角沾染的番茄酱。

"好好吃。"沐果果嚼着薯条，低头吸口橙汁。

平时她总是按照营养搭配为儿子做饭，也没见他吃得这么香。

拿起一根薯条沾好番茄酱，沐果果送到妈妈嘴边，道："妈妈吃。"

沐良张开嘴，语气温柔："谢谢果果。"

"不客气！"小家伙按照刚才的步骤，同样把薯条递到傅晋臣嘴边。

他们三人并排坐在一起，神态亲密，任何人看来，都会羡慕这和谐的三口之家。

儿子吃得狼吞虎咽，傅晋臣亦是如此，父子两人互看对方鼓起的腮帮子，大笑出声。

傅晋臣熟练地撕开番茄酱包装，沐良挑眉问他："经常吃？"

"以前没吃过，最近经常。"傅晋臣耸耸肩，笑道，"难怪那么多人喜欢，确实挺好吃的。"

曾经的傅晋臣哪里会碰这些食物，他的口味一直都很刁钻，即使厨师细心烹制的菜肴他都会挑剔。沐良带他吃过一次馄饨，当时他厌恶的表情，沐良至今都没忘记。

如今的傅晋臣，竟然说快餐好吃？

沐良默默叹气。

晚饭后分手时，沐果果情绪低落。

傅晋臣蹲在儿子面前，耐心跟他解释："爸爸有很多事情要做，等我有空就来看你。"

"什么时候有空？"沐果果撇嘴。

傅晋臣内心感慨万千。之前他把孩子强行带走时，小家伙简直把他当作敌人，如今儿子眼底的依恋令他感觉所有挫败都不算什么。

"爸爸保证，一定尽快来看你。"傅晋臣郑重其事地承诺。

沐良静静站在他们身后。

虽然沐果果不开心，却很懂事。他眨了眨黑溜溜的大眼睛，拉开背包拉链，把他存了一个星期的巧克力都拿出来，塞到傅晋臣手里。

"吃完这些，就要来看我。"沐果果煞有介事的模样可爱极了，妈妈每天只让他吃两块巧克力，所以吃完这些，爸爸就可以来看他啦！

望着儿子掌心里的巧克力，傅晋臣眼眶微热，将他拥入怀里："好。"

偏过头在爸爸脸上亲了下，他才回到沐良身边。

"爸爸，再见。"沐果果的笑容如同最强烈的阳光，照亮傅晋臣前方的路。

这是儿子出院后，再一次喊爸爸。

"再见。"傅晋臣抬起手，这句道别，不仅仅对儿子。

沐良双手握住方向盘，将车平稳地开走。沐果果一直摆手，直到看不到路边那抹身影，才失落地坐好。

透过后视镜看到他的表情，沐良笑了笑："爸爸下周会来看果果。"

沐果果低着头，不出声。

"你可以每天都给爸爸打电话。"

"好。"沐果果瞬间露出笑脸。

熄火后，沐良打开车门抱出儿子。

沐果果眼尖，看到对面的男人："超人爸爸。"

盛铭湛手里提着东西，已经来了很久。

"小超人。"盛铭湛弯腰将沐果果抱起，"果果去哪里了，怎么才回家？"

"我们去吃汉堡。"沐果果神秘兮兮地在盛铭湛耳边，道，"我跟妈妈还有爸爸一起吃的汉堡哦。"

爸爸？盛铭湛瞬间沉下脸。

沐良接过他手里的袋子："你来之前要提前告诉我，免得等门。"

"我也是临时决定的，"盛铭湛笑了笑，"你最近瘦了，这是我妈熬的汤。"

"谢谢。"

沐良顺手将儿子抱过去："很晚了，果果要睡觉。"

她的意思明显，盛铭湛眼神微动："晚安。"

"小心开车。"沐良叮嘱他，然后转身上楼。

盛铭湛倚在车前，眼见他们母子走远。

今晚的沐良神情不太对，难道因为傅晋臣？

别墅内的客厅亮着灯，盛夫人坐在沙发里："回来了？"

"怎么还没睡？"

"时差还没倒过来。"盛夫人想起儿子匆匆离开的身影，问道，"你刚去看沐良？"

"嗯。"盛铭湛应声。

盛夫人眸色渐沉："铭湛，如果她不是宋家的继承人，妈妈肯定不会答应。"

轻握住儿子的手，盛夫人悲伤地说："医生说你爸爸撑不了多久，盛家那些人各个对你虎视眈眈，妈妈好担心。"

环住母亲的肩膀，盛铭湛低声安慰："放心，我会处理好。"

虽然儿子这些年行事精明，但盛夫人依旧难以安心。对于沐良，完全是考虑到她的身份，自己才勉强答应。

安慰好母亲，盛铭湛回到卧室。

窗外夜色深沉，他耳边反复回荡沐果果那声爸爸。

五年的相伴与疼爱，终究抵不过血缘的亲近。到底不是他的儿子，没有那份亲密。孩子变得如此快，那她呢？

傅晋臣曾经说过："如果沐良不爱我，怎么会生下我的孩子？"

这句话，盛铭湛一直没有忘记，那根刺深深扎在他的肉里。

夜晚酒吧，音乐劲爆，舞池中扭动的身影迷乱。宋爱瑜坐在吧台前，一杯酒接着一杯酒。手机振动不止，她不想接。

自从宣布遗嘱后，宋爱瑜白天都没有出来露过面。

沐良好狠毒！

前方一片刺耳的尖叫声，宋爱瑜喝干酒，朝人群走过去。

两名身材姣好的女子正在热舞，那些人见到她顿时嘲笑道："哎哟，这是不是宋家的落魄千金吗？"

沐毅眼眸微闪。

冷嘲热讽最近听多了，她拿起个酒瓶握在手里："沐毅，让她们离开。"

沐毅背靠沙发，没有搭理她。

啪！酒瓶碎裂，众人愣住。

"毅哥！"

男人们将宋爱瑜围住。

沐毅指间夹着一根香烟："你又想玩什么花样？"

如今的宋爱瑜落魄到极点，可以任由他们羞辱嘲弄。她什么都不怕了！"我再说一遍，让那些女人离开！"

沐毅觉得好笑："如果我不呢？"

"不？"宋爱瑜笑了笑，猛地用尖利的玻璃割破手腕。鲜红的血液顺着她白皙的腕间流淌。

"啊！"周围有人尖叫。沐毅眯起眼。

"还要我继续吗？"宋爱瑜瞪着他。

她再次刺向自己的手腕，似乎感觉不到疼，麻木地看着那刺眼的红色。

眼见这情形，众人纷纷散开。

沐毅掐住她的手腕，吼道："宋爱瑜，你找死啊！"

伤口不断涌出温热的液体，宋爱瑜苍白的脸颊勾起一抹笑。如果她真的死了，这世上有谁会为她难过？

市中心一处别墅内，屋顶垂下的水晶吊灯光彩炫目，白色真皮沙发里，宋爱瑜紧紧咬着唇。

"唔！"

医生将绷带缠紧，而她手腕处伤口比较深。

"宋小姐的伤口已经包扎好了。"医生语气恭敬，道，"不过伤口比较深，以后会留疤，还要按时换药。"

沐毅弹开指间烟蒂，医生把需要的药膏留下，很快离开。

"你可以走了。"

庭院前的泳池波光粼粼，宋爱瑜侧身倚在窗前："当年我说过的话，如今你都实现了。"

"当年？"沐毅双手插兜走到窗前，眼角的厉色渐起，"宋爱瑜，其实我应该感谢你，如果不是因为你，也许我没有今天。"

宋爱瑜小心翼翼地问："这五年，你过得好吗？"

"怎么会不好？"

如今的沐毅，不同寻常。

宋爱瑜深吸口气，望向他的脸："对不起！无论你相信或者不相信，这些年我都没有忘记你！"

"呵呵……"沐毅失笑，"宋爱瑜，我是不是应该感谢你，还记得我？"

"当年我去你租的房子找过你，可你已经离开了。"

他的眼底染满深深怒意。

宋爱瑜盯着庭院中的泳池，含泪说道："从懂事开始，我就知道，我是宋氏未来的继承人。妈妈和外公疼我宠我，宋爱瑜一直都是要风得风，要雨得雨，突然有一天，我发现自己不姓宋，只是被妈妈抱回家养大的孩子，我根本就不是宋家的公主！"

沐毅抿唇，神色莫名。

"沐毅，你能理解那种感觉吗？"宋爱瑜全身发冷，"我没有爸爸，在我的世界里，只有妈妈和外公。然而，我最爱的人却跟我半点血缘关系都没有，那种绝望比死更可怕！尤其当我知道，妈妈的亲生女儿竟然是你姐姐，我真的不能接受！"宋爱瑜眼神忽然变得犀利，她转头盯着沐毅，问道，"为什么老天要这么对我？为什么那个人要是沐良，竟然还是你姐姐？！"

沐毅知道真相后，也很意外。他们姐弟感情好，他从没想过，姐姐跟他没有血缘关系。

宋爱瑜情绪陡然激动起来："外公知道沐良是他的外孙女，偏心地想要把她带回宋家。如果她回到宋家，那我要怎么办？"她垂在身侧的双手蓦然收紧，刚包扎好的伤口，再度渗出血来。

沐毅扣住她的手腕："放松。"

白色纱布渗出血迹。宋爱瑜往前一步，握住沐毅的手："只有你和妈妈真心对我好。"她扬起的视线里一片模糊，"我跟傅晋臣订婚，只想给自己一个保障，我不喜欢他！沐毅，我喜欢的人是你。"

沐毅望着她，没有说话。

宋爱瑜眼中含着的泪光盈盈闪动："我们好了以后，我再也没有接受过别的男人。"她扬手在他面前郑重发誓，"我发誓，这些年我只有你一个人。"

"宋爱瑜，"沐毅视线滑过她苍白的脸颊，问道，"这次你又想做什么？傅晋臣那棵大树靠不住，才来找我？"

"我……"她自幼高高在上，何曾一次次低声下气求得一个男人的原谅？

宋爱瑜走到茶几前，拿起药膏："对不起，打扰你了。"

手腕忽然被人握住，宋爱瑜回过头，惊喜地看着他。

"为什么还要出现在我面前？"沐毅轻声低喃。

"沐毅！"宋爱瑜流着泪，哽咽道，"我真的喜欢你。"她把脸埋在沐毅胸前，泪水汹涌滚落，"我已经一无所有了，你不能不要我！"

一无所有。沐毅胸前的衬衫晕染开湿痕，他神色紧绷，却没有再次推开怀里的人。

远离市中心的写字楼，位置偏远，交通不算便利，唯一好处就是租金便宜。如今公司成员，包括傅晋臣在内才五个人，公司开支降到最低。

斑驳的电梯门上贴着不少小广告，舒云歌捧着地址，再三确认后才来到八层。

楼层最里面，有块不算明显的牌匾。高森出来办事，恰好与舒云歌迎面撞上。

"莫太太？"

舒云歌尴尬一笑，直言道："晋臣在吗？"

"四少在里面。"高森带她进去。

这套面积狭小的办公室，设备条件简陋。这地方，还不及原来傅晋臣办公室的一个角落。

"你怎么来了？"

"来看看。"舒云歌笑道，"不欢迎？"

傅晋臣将大门打开："请进。"他倒杯水过来，"抱歉，这里只有白开水。"

"没关系。"舒云歌伸手接过，"白开水很好。"

"有事？"

喝口水，舒云歌拿出两份合同给他："如果没有问题，咱们把合同签了。"

傅晋臣看完合同内容，脸色沉下来："这份合同，分明是莫氏白白给我送钱。"

"签字吧。"她把笔递过去。

"不能签。"

"为什么？"舒云歌蹙眉，"哪里不满意你说，我让秘书马上修改。"

"Ann！"傅晋臣眼神幽暗，"你在可怜我吗？"

"晋臣，我只想帮你。"

自从傅晋臣公司出事到现在，他连通电话都没有给自己打过，他宁可苦着，都不愿意向她寻求一丝帮助吗？

"谢谢你的好意。"傅晋臣把合同推给她，"我不能接受。"

"晋臣……"

抬手制止她的话，傅晋臣直言道："希望你明白。"

舒云歌眼底的光亮渐渐黯然。高傲如傅晋臣，怎么可能接受她这样明显的帮助？

当年她离开，傅晋臣也是如此，绝不肯挽回一丝一毫。更何况此时他落魄，自然不希望接受她的援手。

舒云歌心底的滋味复杂，原来她始终没有真正靠近过他。这个男人只肯把光鲜的一面展露在她面前，不会让她目睹他的伤口。

410

她忽然很想问他："如果今天沐良来帮你，你会不会同样拒她于千里之外？！"

楼上窗前，傅晋臣双手环胸，看着舒云歌黯然走远的背影，眼神异常平静。他吩咐高森将下午要见的客户资料拿进来，全身心投入到工作中。

未来一段很长的时间里，他都要面对严苛的竞争与残酷的厮杀。这是从头再来的必经阶段，他不会跳过任何步骤，每走一步都要稳扎稳打。

沐良的身世公布后，集团很多人不服气，不过也只敢私下议论，见到她时，都会毕恭毕敬地喊她董事长。

早间例会如常进行，沐良与宋清华同时拥有集团的最高决策权。也就是说，公司的重大事宜，需要她们一起批准才能通过。

"董事长，"林蔷办事能力强，多年来都是宋清华的得力助手，"最近有家集团几次都想要与咱们合作，我们应该见一见。"

"主动找我们？"沐良挑眉。

林蔷把那家集团的资料推过去："这家Y集团，最近几年增长迅猛，它们同样以造琴业起家，如今集团的业务已经涉及大型购物中心和电子领域，听说他们集团打算今年在名海市投资一座同国际接轨的多功能音乐厅。"

沐良认真地浏览资料。

"清华，你有什么意见？"宋清华单手托腮，眼神从侧方空空的座椅中收回，"既然这家集团正在发展期，以前也没有跟我们合作过，为什么忽然之间找上我们？"

"对方一直都在寻求合作伙伴，"林蔷笑道，"论起来，咱们与Y集团算是同根，人家找上我们并不奇怪。"

宋清华显然不感兴趣。

"林副总，约对方见个面吧。"沐良合上资料，与宋清华意见相反。

"好，我来安排。"

"见面我不反对，"宋清华声音很冷，"但集团的最高决策权，不是只有你一个人。"

对面椅子一直空着，最近宋爱瑜精神与身体都很不好。宋清华收回目光，冷冷站起身，道："散会吧。"

众人看出气氛不对，纷纷持保留意见。宋清华执掌宋氏多年，又是宋儒风唯一的女儿，她才是宋氏的掌权人。

回去的路上，经过琴行，宋清华将车停在路边，心情沉重。宋氏从这里起步，一点点才拥有今天的辉煌。

"总裁。"店员急忙将玻璃门打开。

琴行内光线良好，宋清华放下手里的包，沿着外侧，走过一架架钢琴。父亲临终前，她答应过要好好将琴行传承下去，每隔一段时间，她都会跟当初的父亲一样，来这里看看。

411

店铺中央，摆放着那架三角钢琴。

这架琴是父亲送给母亲的礼物，她还能记得，小时候看到妈妈坐在琴前，为她弹奏最美妙的乐曲。

辗转几十年，这架钢琴依旧完好如初，她的父母都已离开。

宋清华心情失落。这架琴是非卖品，无论客人出多高的价钱，宋家都不会卖。

琴盖上方，雕刻着海浪的花纹。宋清华每次看到那个图标，都会觉得心情平和，妈妈喜欢海，所以父亲将海浪作为宋氏钢琴的标志。

她回想着儿时记忆中的母亲，手指落向黑白琴键。

悠扬琴声回荡整个展厅，客人们不时朝这边看。

宋清华温和的目光如水。

身后有掌声轻拍，宋清华狐疑地抬起头，对面的男人黑眸中染着笑意。

"云杉木的音质，果然不同凡响。"男人穿着一套黑色西装，声音微有沙哑。

宋清华惊讶之余，心底又有一丝窃喜："你懂制琴？"

"略知一二。"站在琴前的中年男人，眉目俊朗，深邃的眸子里闪过一片精光。

宋清华没有见过他，当她望向男人深沉的眼睛时，心尖没由来紧了紧。她站起身，礼貌地笑了笑。

男人收回注视她的目光，沿着琴行的摆台走过去。宋氏琴行的钢琴，每年都有固定产量，因此价格一直居高不下。

宋清华好奇张望，见他站在一架黑色三角钢琴前。

"对不起先生。"店员适时解释，"这架钢琴，已经有人预订了。"

男人眼底明显闪过一抹失落。

随手招来店员，宋清华低声询问几句。店员回到琴前的男人身边："先生，您可以预订另外一台。"

"预订？"男人接过店员的单子，填好所需填写的内容，"需要等多久？"

店员看过他填好的单子，笑道："我们的琴都是手工制作，一般周期是四十天，如果您着急的话，我们可以赶工，最快也要一个月。"

男人点头："我可以等。"

"这个订单特别处理。"宋清华吩咐店员。

"是。"店员转身办事。

男人打量面前的人，笑道："我姓郁，郁坚。"

"宋清华。"

"景昃鸣禽集，水木湛清华。"

宋清华猛然抬起头，定定地望着他，蹙起眉。

看到她惊讶的神色，郁坚神情没有太大起伏："这个名字很适合你，人如其名。谢谢。"道谢后，他转身离开。

路边黑色车身消失不见，宋清华站在橱窗前，眼神有片刻茫然。她的名字是爸爸取的，就是出自这首诗。

这个男人似乎对制琴颇有研究，看他的言谈举止都不似普通人。

傍晚时分，庭院中景观灯依次亮起，宋清华倚在窗前，盯着院中那株沉香树，神情黯然。

一辆白色跑车停在别墅外，宋爱瑜下车后站在门前，直到车子开走，再也看不到，她才回到别墅。

上楼换过衣服，她才走到隔壁房间门前敲门，卧室门没锁："妈妈。"

屋里没人，浴室亮着灯，稍后，宋清华穿着浴袍出来："吃饭了吗？"

"没有。"宋爱瑜摇头。

"你的手怎么了？"

"不小心弄伤的。"

宋清华握住她的手，眼眶发酸："还在生妈妈的气？"

"没有。"

当年的事情，各种原因万般复杂，宋清华不知道要如何跟她说起，更不知道要怎么解释。

"妈妈……"宋爱瑜低着头，哽咽道，"我从来都没有想过，我不是你的女儿！"

想起那天宋爱瑜脸色苍白地倒在地上，宋清华愧疚道："爱瑜，妈妈应该早点告诉你。"

"妈妈，你会不会不要我？因为有了亲生女儿，所以就不要我了？"

宋清华伸手将宋爱瑜拉到身边："爱瑜，是妈妈不好。"轻抚她受伤的手腕，宋清华心疼道，"你永远都是我的女儿！"

"真的？"宋爱瑜眼含热泪。

抬手抹掉她眼角的泪痕，宋清华心中感慨万千："真的！你永远都是我的女儿，永远都是我的小爱瑜。"

"妈妈！"宋爱瑜张开双手拥住她，提着的那颗心终于放下。妈妈是她最在乎的人，无论谁都别想把妈妈从她身边夺走！虽然沐良赢了一局，但不代表她就是最后的赢家！

第二天清早，宋清华挽着宋爱瑜的手，同时出现在宋氏集团。

议论声四起。

沐良走进大厅，恰好看到她们母女两人亲亲热热的身影，她握着皮包的五指紧了紧。

她进入了办公室，看到办公桌后的转椅里，宋爱瑜笑着转过身："这里的风景真好。"

沐良眯了眯眼："谁让你进来的？"

"需要别人允许吗？"宋爱瑜笑道，"这里也是我外公的办公室，只要我想，我随时

413

都能来。"

"出去！"

"生气了？"宋爱瑜不紧不慢朝她走来，"以为公布遗嘱，就能赢我？"

"赢你？"沐良冷笑，"我没兴趣赢你。"

"可是我想！"宋爱瑜仰起脸，"虽然外公把股权和董事长的位置留给你，但你别忘记，妈妈从来都没有承认过你是她的女儿！别得意得太早了！"宋爱瑜指了指前方那把黑色转椅，"妈妈手里也有集团百分之四十的股权，那个位置最终归谁，还不一定！"

沐良越过她，径直走向转椅："这个位置，现在属于我。"

"有个问题，难道你都不好奇吗？"宋爱瑜声音恶毒，"妈妈这么讨厌你，你知道为什么吗？"

沐良厉目而视。

"呵呵。"宋爱瑜双手环胸，道，"沐良，我们的战争刚刚开始。"

书桌右上角摆放着一个白色相框，沐良缓缓抿唇。

午后，高森提着便当盒子，快步走进写字楼。

路边的黑色轿车内，傅东亭穿件黑色风衣，颈间戴着同色的围巾。他盯着高森手中的白色快餐盒子，神色黯然。

不多时，傅晋臣同高森一起出现。两人边说，边走向路边的车子。

高森丢掉餐盒，转身去办别的事情。

傅晋臣满腹心事，并没有留心周围的车辆。

车后座中，傅东亭看到儿子一闪而过的脸庞，眼神再度黯了黯。

"董事长。"司机问道，"我们要跟上去吗？"

傅东亭降下车窗，盯着傅晋臣所租的那层楼，许久才收回目光："回去吧。"

"是。"司机将车开走。

回去的路上，傅东亭几次咳嗽，他手背抵在唇边，神色紧绷。

高级定制婚纱店内，盛铭湛已经喝掉两杯红茶。他看向身边蹙眉的人，笑道："还是选不出来？"

沐良颓然："好难选。"

盛铭湛握住她的手："不急，我们有很多时间。"

他的手指干燥有力，这五年中，曾经带给她很多的温暖，都令她不能忘记。上次他有意隐瞒病情，是不是因为自己做得不够好，所以他才会试探？

沐良问他："我们结婚的日子，伯母选好了吗？"

"我妈还在选，你爸妈有什么意见？"

"没有。"沐良微笑。

这段时间，盛铭湛每次提起结婚的日期，沐良都没有正面回答过。没想到她今天主动询问，霎时让他高悬的心落了地。

"良良，"盛铭湛薄唇轻扬，"下个周末，你带果果过来，跟我妈一起吃饭。"

既然决定要走下去，那么这一步早晚都要面对。沐良点头，继续翻看婚纱画册。

"这款吧。"翻到中间那页，沐良下定决心。

她喜欢什么，盛铭湛自然没有意见。店员忙去准备尺子，她们需要仔细测量记录，只为婚纱绝对符合新娘的身材。

坐在这里一下午，盛铭湛有些累。他握住沐良的手，想起最近又时常出现的那个梦，倍感困扰："良良，你有没有经常做过同一个梦？"

做梦？沐良轻笑，女孩子大概都有同一个梦，关于白马王子的梦。

显然盛铭湛的话不是这层意思，沐良挑眉问他："你梦见什么？"

梦的内容他几乎忘记，但在梦里，始终有个名字萦绕不散。即使这么多年过去，盛铭湛依旧记忆深刻。"梦我记不住，"盛铭湛神色无奈，"好像有两个字。"

"哪两个字？"

盛铭湛第一次把心底的疑问，吐露在沐良的面前："石头。"

石头？沐良笑道："你的小名？"

"你也觉得像是名字？"盛铭湛激动地望着她。

她的话，恰好证实盛铭湛的猜测。如果这是个名字，到底是谁的名字？从小到大，他都没听父母提起过石头这个名字，倘若是他的小名，为什么没有人提过？但如果跟他无关，又为什么总会在他耳边响起？！

清晨的玉湖边，湖水清澈见底。特殊的地理原因，让这里的水常年不会结冰，四季水温几乎没有太大变化。

傅东亭习惯晨练，每天早上都要到玉湖边上走走。在湖边静坐良久，他觉得有些冷，站起身往回走。

湖边一侧，有两株枝叶缠绕的香樟树，年代久远。傅东亭仰起头看去，浓密的枝叶伸展宛如巨网，紧密交织在一起。

这几十年他忙忙碌碌，错过生命中太多的风景。从什么时候开始，它们竟已变得密不可分。

儿子们小时候都喜欢在这里玩耍，一个个爬上爬下的。傅晋臣最顽皮，不顾家人的警告，偷偷爬上树。每次被发现，他都要挨打。可是挨打以后，他依然不改初衷，继续来这里玩。

"唉……"傅东亭叹息。虽然他有三个儿子，但三人脾气秉性各不相同。他曾对长子傅培安寄予厚望，但他资质有限；次子傅世钧从小体弱，多年来与世无争；傅晋臣从小聪明，算是几个儿子里资质最好的。当年父亲就很看重疼爱他，经常把他带在身边。可惜这孩子骨子里有些叛逆，这么多年，傅东亭跟他不知道闹过多少次！

傅欢颜毕竟是女儿，无法承袭家业。傅政成熟内敛，但终究是晚辈。

偌大个傅家，却找不到一个能够让他安心相托的人，何其悲凉？！

傅东亭神色黯然回到前院。

"爸爸。"傅世钧推着轮椅靠近，"您早上没戴围巾。"他松开扶着轮椅的手，把腿上的羊毛围巾捧送到父亲面前，"山里风大，小心着凉。"

傅东亭怔了怔，接过他递来的围巾，绕在脖颈上。

"世钧。"他看着儿子盖在毛毯的双腿，脸色疼惜，"这些年爸爸忽略你了，你是不是觉得很委屈？"

"没有。"傅世钧低下头，"我身体不好，不能帮爸爸分担，是儿子不孝。"

次子自幼体弱，出生后就失去亲生母亲。三十多年来，他对世钧的关心确实少得可怜！

"爸，您是不是很想晋臣，我可以试试叫他回来。"傅世钧看到父亲憔悴的面容，想帮他分忧。

傅东亭拍拍他的肩膀，并没点头。

"东亭，"尤储秀拿着外套过来，"穿这么少出来，很容易感冒。"

她想给丈夫披上，却见他沉着脸躲开。

傅东亭接过外套披在傅世钧肩上，道："早上雾大，你快点进去，别生病。"

"咳咳！"傅东亭咳嗽两声。

尤储秀正欲上前，但他已经转身离开。

傅世钧看着尤储秀失神的脸，道："母亲，我进去了。"

今早山里有雾，白茫茫一片，尤储秀嘴角的弧度深邃。上次的事情闹起来，傅东亭显然被气得不轻。

如果不是傅政跪地求饶，姚琴肯定要被赶出傅家。傅培安他们因此事受挫，连带傅东亭对她都没有好脸色！

尤储秀盯着儿子以前经常停车的地方，眼眶发红。这孩子离开家这么久，一个电话都不给她打。即便她打过去，他也不接。

最近傅东亭的身体明显不太好，她整天提心吊胆，身边找不到人分担。

整个上午，傅晋臣都耗在工地上。项目不大，好歹能维持几个月开支，这种低利润的活儿，以前他连看都懒得看一眼，现在却要因为竞争，软磨硬泡用尽各种手段。

黑色轿车停在路口，等待指示灯变化。他微微偏过头，路边几辆豪车很是惹眼。

为首那辆白色兰博基尼跑车前，沐毅被众人簇拥，嘴上叼着一根烟，低声吩咐身边的人什么。那些人对他极为恭敬。

傅晋臣眉头不自觉地皱起。很多年过去，在他的印象中，沐毅还是躺在病床上满眼崇拜地喊他姐夫时的样子。

当年他知道沐毅跟宋爱瑜的事情时，已经来不及挽回什么。作为男人，他似乎能理解沐毅的心情。虽然他跟宋爱瑜并没有任何纠缠，但因为沐良，因为沐家，这根刺永远会扎在沐毅心里，无法消除。

对面忽然走到沐毅身边的男人，吸引住傅晋臣的目光。他记忆力超强，上次果果失踪时，他曾经反复看过监控画面。抱走果果的人尽力遮掩容貌，只被拍到一次侧脸。

他掏出手机，对准那人拍下两张照片。

嘀——后方有车鸣笛催促，傅晋臣在前方路口转弯，开车来到幼儿园。

小朋友们刚吃过饭，老师把沐果果带出来："傅先生。"

"麻烦了。"傅晋臣礼貌道，"我只跟孩子说几句话。"

"好的。"老师松开沐果果的手。

"爸爸！"沐果果看到爸爸先给他一个拥抱，"你怎么来了？是不是来给果果送巧克力？"

傅晋臣勾起唇，果然从口袋里掏出一盒巧克力。儿子双眼放光，他语气颇为严厉："妈妈说过，不能多吃。"

"嗯嗯，"沐果果拼命点头，"果果记住了。"

儿子抱着巧克力很开心，傅晋臣把手机拍到的照片拿给儿子看："认识这个叔叔吗？"

沐果果咬着巧克力，看到照片后立刻点头："认识，这个就是带果果走的叔叔。"

傅晋臣眼神霎时阴沉。

"爸爸，"沐果果撅起嘴巴，脸色有些发白，"这个叔叔把我藏起来，果果好害怕！"

傅晋臣不想让儿子留下心理阴影，笑了笑，尽量温和地跟他解释："叔叔对你好吗？"

"他给果果很多巧克力吃。"

轻抚儿子的额头，傅晋臣语气平静："叔叔在跟果果玩捉迷藏，但果果要记住，以后不能再跟任何人离开，除了爸爸和妈妈！知道吗？"

听到爸爸的话，沐果果脸色才有所缓和，扬声问道："爸爸，是不是果果太可爱了，所以叔叔才来跟我玩？"

傅晋臣哭笑不得："记住爸爸的话。"

沐果果撅嘴在他脸颊亲了下，表示讨好："知道了，果果以后绝对不跟陌生人离开！"

儿子的吻，瞬间软化傅晋臣的心。他就算再怎么生气，面对儿子的时候，都没法发作出来！

老师把沐果果带回教室。

通过辨认照片，证实了他心中的猜测。

回到公司，傅晋臣直接给项北打电话。

"四少，怎么想起我？"项北调侃道。

"给我查件事情。"

"什么？"

傅晋臣没心情开玩笑："查查我儿子失踪前，沐毅见过什么人。"

"沐毅？"项北笑道，"你原来的小舅子？"

"少废话。"傅晋臣不耐烦，"一个小时给我答案。"

啪！电话中只剩忙音，项北无奈摇头。傅晋臣就是傅晋臣，求人办事也这么傲娇！

没到规定时间，傅晋臣的手机就响起来。

"查到了。"项北语气沉下来，"我给你发传真过去。"

"好。"

项北查到的资料还算详细，傅晋臣仔细看过，心头萦绕的所有猜测逐渐清晰。

盛铭湛，你好大的胆子？！

周日早上，沐良带儿子下楼时，盛铭湛已经到了。他打开车门，沐良抱起儿子坐在后座，车子很快离开。

侧方黑色轿车中，傅晋臣定定望着他们三个人消失的身影，薄唇轻抿成一条直线。如果让他眼睁睁看到沐良嫁给别的男人，那是绝对不可能的事情！这次他还没想到方法阻止，对方却已露出马脚！

海边度假酒店，站在大厅看出去，波光粼粼的海面蔚蓝。沐果果站在观光电梯里，格外兴奋。

儿子开心，沐良心情也不错。盛铭湛主动牵着沐果果另外一只手，带他们走进包厢。

"妈！"

盛夫人早就到了，含笑抬起头，却在见到他们三人手牵手的身影后，眼神沉了沉。

"奶奶好。"沐果果表现特别好，主动喊人。

盛夫人微微弯下腰，嘴角勾起的笑容温和："果果真乖。"

听到表扬声，沐果果有些害羞地回到妈妈身边。

沐良顺势握住儿子的手，表示对他行为的肯定。

"坐吧。"盛夫人神色看不出什么变化。

盛铭湛拉开身边的椅子，沐良并没有坐，而是先把儿子放进去，然后拉开边上的椅子，她自己才坐下。

看着她的动作，盛夫人脸色再次沉了沉。

菜肴口味大部分根据他们母子的爱好，小家伙不认生，尤其是有他喜欢的菜，更加大快朵颐。

"慢点。"沐良轻轻给儿子擦嘴。

盛铭湛倒杯果汁给他，神色也很温柔。

盛夫人握着筷子的手，半天都没有夹菜。

手机嗡嗡振动，盛铭湛站起身："你们先吃，我去接个电话。"

"去吧。"见到儿子出去，盛夫人夹些菜，放进沐果果碗里。

"谢谢伯母。"沐良代替儿子道谢。

"果果四岁了吧？"

"年底就四岁了。"沐良将鸡肉分成小块，这样方便儿子吃。

盛夫人忽然开口："有没有想过，把孩子送到国外去读书？"

"国外？"沐良惊讶地抬起头。

"是啊。"盛夫人眼底含着的笑容温和，"国外的环境相对要好，你跟铭湛工作都很忙，哪有时间照顾孩子？如果孩子从小生活在国外，他长大后无论眼界还是学识，肯定都是拔尖儿的！"

闻言，沐良脸色冷下来。

"我不要离开妈妈！"沐果果马上丢掉手里的筷子。

沐良将儿子抱进怀里，低声安慰："果果乖，你不会离开妈妈。"

盛夫人脸色大变。

须臾，盛铭湛去而复返，笑问："你们聊什么呢？"

沐果果撅着嘴依偎在妈妈怀里，连带地对他都没给好脸色："妈妈，我要尿尿。"

"我带果果去卫生间。"

盛铭湛狐疑地望向母亲。

她正好夹菜过来："尝尝这个，你最喜欢的。"

从卫生间出来，沐果果表现出明显的抗拒："妈妈，我不喜欢那个奶奶，我们回家吧。"

沐良柔声哄他："果果，不能没有礼貌哦。"

听到妈妈的话，沐果果没有继续闹腾。他跟着妈妈往前走，眼角余光看到什么，突然转头指过去："妈妈，那是舅舅。"

顺着儿子指的方向看过去，隐约见到沐毅的侧脸，他周围跟着很多人，沐良不想叫他。

沐果果眼睛尖，看到沐毅身边的男人，神色一变。

他们母子再次回到包厢，气氛全然不对了。沐良没有笑过，沐果果也低着脑袋，一直靠在妈妈怀里。

勉强吃完饭，盛铭湛吩咐司机将母亲送回家。他亲自开车，送沐良跟孩子回去。

车子停在楼下，沐果果倒在妈妈怀里睡着了，盛铭湛打开后门，想要把孩子接过来，但沐良并没有让他伸手。

"我自己可以。"

"良良，你怎么了？"盛铭湛忍不住问她。

沐良抬起头，望着他的眼神复杂："铭湛，对于果果我很早前就告诉过你，他是我的

419

全部，我永远都不能放弃的一部分！"

"我知道。"盛铭湛忽然意识到什么。

沐良没有再说什么。她越过面前的男人，抱着儿子走进电梯。

她头也不回地离开，盛铭湛飞速开回别墅。

"妈！"盛铭湛沉着脸过来，直接问道，"您跟沐良说过什么？"

盛夫人正在泡茶，倒是没有计较儿子的语气："我建议她把孩子送去国外，这样对你或者对她，都是最好的选择。"

"妈！"盛铭湛语气染怒，"我早就跟你说过，我不在意果果的存在。"

茶杯应声而碎，盛夫人气得不轻："你不在意？那你问过我跟你爸的想法吗？"话落，盛夫人怒气冲冲地回到房间。

盛铭湛掀翻茶几上的东西，眼神中闪过一抹厉色。

回到家后，沐良如常为儿子洗澡。她蹲在浴缸边，发现儿子情绪不太对："果果，为什么不开心？"

沐果果低着头："我看到那个叔叔。"

"哪个叔叔？"

"把果果抱走的叔叔。"

沐良一怔，急忙将儿子抱出浴缸安抚。

宽大的办公桌前，沐良背靠黑色转椅。窗外海港幽静，她望着那一条条井然有序停靠着的船舶，内心情绪起伏。

拉开办公桌的抽屉，她捧着儿子的照片静看许久。

"铭湛，中午有时间吗？"

盛铭湛没想到她能主动打电话："有。"

"良良，"他声音不自觉紧张，"昨天我妈对你说的话……"

"见面说吧。"

"好，中午见。"

临近中午，沐良离开公司，开车来到预订的餐厅。她到的时候，盛铭湛已经在等，有服务员将她带到座位。

盛铭湛亲自站起身，帮她把椅子拉出来。

"谢谢。"沐良笑着坐下。

男人翻开餐单，问她："想吃什么？"

沐良点了两种她喜欢的，其他都让盛铭湛做主。服务员记好单子，很快去准备。

"良良，"盛铭湛俊脸微垂，眼神明显含着愧疚，"我妈说的话，你不要多想。那只是她一个人的想法。"

"是吗？"沐良端起面前的水杯，浅浅抿了口。

420

她的反问，让盛铭湛没由来地心虚起来："我会好好跟她沟通。"

桌上铺着的餐巾下摆坠着流苏，沐良眼神动了动，并没有接他的话。她今天中午约他见面，还有另外的事情。

"铭湛。"

"有事？"

沐良望着他的眼神平静："我刚才去过警局，上次给我发匿名短信的人，已经找到线索。"

闻言，盛铭湛愣了下，下意识地蹙起眉。

察觉到他眉间不自然的轻蹙，沐良深吸一口气，继续说道："不过警方还不能肯定，大概要进一步搜集证据。"

"这样啊。"盛铭湛抿起嘴，"希望能查到。"

沐良看到服务员端来的牛排，慢慢站起身："对不起，我先去趟洗手间。"

等她离开，盛铭湛立刻拿出手机，匆忙给沐毅拨打过去。

"铭湛哥，有事？"

盛铭湛黑眸深沉，道："刚才良良说，警方那边找到了证据。"

"这不可能！"沐毅回答得斩钉截铁。

盛铭湛眼眸眯了眯，似乎反应过来什么。他惊愕地抬起头，却不知道沐良何时已经站在他的身侧。

四目相对，有那么一刻，盛铭湛看到沐良眼底有什么渐渐消散。

拿过他的手机放在耳边，沐良听到沐毅狐疑的喊声："铭湛哥，你在听吗？"

紧提着的心，这刻竟能轻松放下。沐良抿起唇，冷笑一声："是我。"

电话那端的人瞬间愣住，许久才反应过来："姐……你听我解释。"

沐良挂断电话。

盛铭湛站起身："良良，你听我说。"

"我在听。"她脸色平静。

盛铭湛缓和许久，才能开口："这件事是我跟沐毅商量好的，可我们只是想要帮你拿回果果的抚养权。"

沐良坐在对面的椅子里，看向他的眼神锐利："你故意找医生引导自己的病情，让我以为是绝症，又是因为什么？！"

盛铭湛难以置信地眯起眼睛："你怎么知道的？"

"你去医院复查的那天，我曾经去找过你。"沐良回答的语气很平和，并不见慌乱。

男人低下头，垂在身侧的双手狠狠收紧。那就是说，她早就知道病历的事情。

"为什么要这样做？"沐良直勾勾地盯着他。

"因为我不想失去你。"盛铭湛薄唇抿起。

沐良轻叹，声音艰涩："我以为这五年，我们之间足够建立起信任。可是我错了，其实你从来都没有信任过我！"

"良良！"盛铭湛握紧她的手，蹙眉道，"我不是不相信你，只是不相信傅晋臣！"

"呵呵，"沐良笑出声，神色失望，"我跟傅晋臣的过去，我无力改变。这就如同果果是他的儿子一样不能改变！铭湛，其实你心里还是很介意，介意这所有的一切！"

男人好看的剑眉瞬间皱起，下意识地反驳："我没有。果果的事情，我们真的没有想到能发生意外，我们最初的想法就是要把孩子带回来。"

看到他眼神有片刻躲闪，沐良心尖一阵发紧。她抽回手，沉声道："可是你们忘记，所有事情都会有万一吗？"

盛铭湛瞬间怔住，说不出话来。

"夺回儿子的抚养权，我只会用正当的方法！"沐良神色坚定，"如果要用这样的手段，那我何必回到宋家？"她目光变得犀利，"你知道，对于一个四岁的孩子来说，被关在车里多久就会有生命危险吗？"

盛铭湛惊愕。

沐良回想起找到儿子的那刻，依旧胆战心惊。她脸色发白，说到后面竟然慢慢哽咽："你有没有想过，如果我们没能及时找到果果……会发生什么事情？"

盛铭湛心口一阵发紧，起身朝她走过去。

眼见他伸过来的手，沐良情不自禁退开一步："你唆使沐毅去做这种事情？这不但伤害到我儿子，还把我弟弟牵扯进来！"

"良良……"

抬手制止他的话，沐良轻咬唇瓣，神色极为清冷："盛铭湛，你怎么能让我的儿子陷入危险之中？！"

盛铭湛动了动嘴，却找不到任何理由解释。

半晌，沐良转身离开。

盛铭湛回过神，立刻去追。他刚出酒店大门，沐良的车已绝尘而去。

前方蔚蓝的海水不断袭向岸边，一波波似乎永远都不会停歇。

沐良靠着椅背，黑眸中的神色渐渐黯然。五年的相处，点点滴滴渗入心头，她曾经以为对盛铭湛已有足够的了解，可是今天的事情，彻底让她觉得心寒。先前病历的事情，她已经选择相信他一次，但他竟然还让沐毅去绑架果果？！

难道他从来都没想过，沐毅被牵连进来会是什么后果？如果事情失控，果果又会面临怎么样的危险吗？！

沐良心底的滋味复杂。到底果果与盛铭湛没有血缘关系，那份痛彻心扉的血脉相连，他们是没有的！

车厢里的手机一直振动，沐良看到那个熟悉的名字，没有接听。她现在心很乱，不知道还能跟他说什么。

傍晚，沐良如常来到幼儿园。沐果果大步跑来，却像藏着什么心事，不如以往活跃。

吃过晚饭，沐良给儿子洗好澡，小家伙舒舒服服地享受妈妈的服务。他穿着睡衣，躺在床上不住打滚。

"乖乖的，妈妈去收拾一下。"

"好。"

沐果果瞥见妈妈走进浴室，立刻拿起电话打给傅晋臣："爸爸，你在干什么？"

傅晋臣看眼时间，抿唇笑道："爸爸还在加班。"

沐果果在电话里说了很多，把白天在幼儿园里的事情都告诉他。

傅晋臣的脸上渐染笑容，他一点儿都不觉得儿子烦，听到他的声音神经都会舒缓。

"爸爸，"沐果果说了半天，终于问出心底的疑惑，"结婚是什么东东？"

"结婚？"傅晋臣问他，"谁要结婚？"

"妈妈呀。"那天吃饭时，沐果果记住了这个词。

怎么还要结婚？难道她没发现果果的事情？！

"果果。"沐良从浴室出来，远远就听到儿子的声音。

沐果果嗷一声挂断电话，动作迅速地拉开被子钻进去装睡。

儿子动作滑稽，沐良推门进来，坐在床边。

沐果果原本装睡，感觉到妈妈坐在身边，渐渐真的睡着了。不久，沐良低头在他额头亲了下，帮他掖好被子。

儿子发质很软，沐良掌心落在他的头顶轻抚，眼神异常温柔。这世间最能软化她心的就是儿子，每次她难过的时候，只要亲亲儿子的脸，嗅着他身上独有的奶香味，心情都会平和。

窗外淅淅沥沥下起小雨，沐良眼神落在儿子头顶的两个发旋上，眼神微动。

叮咚叮咚，急促的门铃声突兀。

沐良将卧室门关上，生怕惊醒熟睡的儿子。她脸色愠怒地拉开门，却见门外的男人，外套落着水渍，利落的短发也被雨水淋湿。

"你……"

沐良话还没说完，傅晋臣一把扣紧她手腕，"沐良，你还敢结婚？！"

他没头没脑地冒出这么句话，让沐良惊诧不已。想起儿子刚打的电话，她立时明白过来，肯定是果果说了什么，让他误会吧？！

"我……"

"我不许！"

傅晋臣将她拉到面前，眼神异常坚定："沐良，我不许你嫁给别的男人！"

沐良无语，怎么每次见他都是这句话？！看着他黑发间有水珠滴落，沐良问他："你为什么不许？"

为什么不许？傅晋臣抹了把脸上的雨水，纵然一路急奔而来，此时依旧不显任何狼狈。他捧住沐良的脸，在她惊讶的眼神里，一字一句道："因为你是我的女人，是我儿子的母亲，在这个世界上，只有我能名正言顺地拥有你！"

沐良心尖猛然一颤。

男人俯下脸，滚烫呼吸落在沐良脸颊。这么近的距离，他身上那股清冽的味道弥漫在周围。

他黑沉的眼眸，似乎带着某种魔力。沐良只看一眼，目光便不由自主在他脸上停留，无法移开。

"良良……"傅晋臣薄唇抵在她的鼻尖，柔声道，"你听到我的话了吗？"

迎面的气息逼人，沐良往后退开一步："你没开车？"

扫眼身上的衣服，傅晋臣后知后觉地点头："太急，忘记开车了。"

这也能忘？沐良把大门打开："先进来吧，你这样很容易生病。"

他满腔的热血，好像没激起她半点涟漪。

"坐吧。"

傅晋臣跟在她身后，犹豫了下，坐进沙发里。屋里的暖意扑面，他缩了缩肩膀："果果被绑走的事情，你都知道了吗？"

沐良看着他的眼睛，想起儿子最近的反常，问他："你早就知道了？"

傅晋臣没隐瞒："我是前几天无意中知道的。"

"那天果果说去海边酒店，是你教他的？"

"对。"

他蹙眉解释道："我要你知道真相！"

沐良眼睛盯着脚尖，没有说话，这个真相，她确实应该知道！

傅晋臣打个冷战。

"把外套脱下来。"沐良拿来干毛巾给他，顺手将他脱下来的外套清理烘干。

傅晋臣擦干头发，盯着她忙碌的身影发呆。

"吃饭了吗？"沐良收拾好衣服问他。

"还没。"

从厨房加热一份晚饭，沐良放在他面前："这是我跟果果吃剩下的，凑合吃吧。"

"这是给我的？"

"你觉得呢？"

"谢谢。"傅晋臣捧起饭碗，低头开吃。没吃几口，他难以置信地问，"这些菜都是你煮的？"

沐良翻个白眼。这男人怎么傻了？

看过儿子出来，客厅里并没人。她蹙眉往前，迎面见傅晋臣挽着袖子从厨房出来。

"果果没醒吧？"他修长的手指上还沾染着些许水珠。

沐良摇头，见到厨台上摆放着清洗干净的餐具。

"我收拾好了。"

以前的傅晋臣哪里会收拾碗筷呢？家务活他碰都不会碰。

相比之前的针锋相对，此时他们之间的这份平静，如同寂静湖面激起的一波涟漪，缓缓荡漾，进入彼此的心湖。

傅晋臣盯着身边的人，不情愿地开口："很晚了，我先回去。"

沐良把他的外套取出来："可以穿了。"

傅晋臣神色失落地往外走。

沐良在他出门时，叫道："等等！"

她拿起一把雨伞递过来："外面还在下雨，这把伞给你用。"

轻轻拉住她的手，傅晋臣低声道："良良，我刚才说的话，你听到没有？"

"听到了。"

沐良眼底的目光平静："傅晋臣，我们现在这样不是很好吗？你来看果果，儿子很开心，儿子开心我就开心。"

"就因为儿子开心？"

沐良目光里那抹坦然，令傅晋臣气馁。如果以前，他肯定将她压进怀里，狠狠吻住她的唇，咬牙切齿问她："你怎么能说只为儿子？"

但如今的傅晋臣却能反过来想，她说心里有儿子，那也说明有他。因为儿子有他一半的基因，这样想他心里就舒服很多。

"沐良！"傅晋臣手肘撑在门框上，紧盯着她的眼睛，道，"我不会再强迫你什么，但我也不会放弃你！"

沐良还不及开口，傅晋臣已然转身离开。

客厅落地窗前，沐良见他撑开那把黑色雨伞，转头往楼上看。

沐良立刻躲开。

等她再度站在窗前时，他的身影已经消失。

小雨渐渐停歇，玻璃窗上残留的水珠汇聚一起，蜿蜒滑落。沐良倚在窗前，呆呆地望着前方某个点，嘴角轻抿。

第二天早上，家里门铃很早响起。她看到门外的人，犹豫下才把门打开。

"这么早？"

"还伞。"傅晋臣找到一个理由。

沐良无法拒绝。

"爸爸！"

见沐果果跑过来，傅晋臣抱起儿子，大摇大摆进屋。傅晋臣一手抱着儿子，一手提着袋子，走进厨房，把买来的东西摆放在台面上。

"你……"沐良秀眉微蹙，"这些是给我的？"

"我不能白吃你的饭，应该礼尚往来，这里还有儿子喜欢吃的。"害怕她拒绝，傅晋臣忙补充。

沐良把新鲜蔬菜放进冰箱，沐果果配合爸爸，指着西红柿叫道："妈妈，果果晚上要吃西红柿炒蛋。"

"好。"

沐良问身边的男人："吃早餐了吗？"

傅晋臣蹙眉，他去早市买菜，没时间吃早餐。

"带儿子玩一会儿，十分钟就好。"

厨房中响起油煎东西的声音，傅晋臣侧过脸，隔着不算远的距离，盯着厨台前的沐良，心底一片暖意。

"爸爸，你要送我去幼儿园吗？"沐果果背着书包，仰起小脸站在傅晋臣面前。

沐良心底阵阵发酸。这个小没良心的，有了爸爸忘了妈妈，哼！

傅晋臣瞥眼吃醋的沐良，暗暗发笑："爸爸还有事，下次送果果好吗？"

沐果果懂事地点头，乖巧地走到沐良身边："爸爸再见。"

"再见。"

沐良把儿子放进车后座，挑眉看向对面的男人。傅晋臣穿着一套白色运动服，双手插兜。

"要我送你一段吗？"

"不用了，从我家到你家，跑步只要二十分钟。"

"怎么会？"沐良倍感惊讶。

男人眼角闪过一丝狡黠："我上周搬家了，这样方便看儿子。"

"……"

"要迟到了。"

傅晋臣好心提醒，沐良发动引擎，将车开走。

整个上午，沐良都被困在办公室，被一个又一个等待审核的案子折磨得头疼。

"董事长。"午休时间，助理终于坚持不住，"盛总来过很多电话，想要约您见一面。"

沐良打开手机，逐一看完盛铭湛发来的短信："告诉他，我最近很忙。"

"好的。"

办公室大门关上，沐良起身走到窗前。连续几天阴霾的天气总算放晴，一眼望去，碧蓝的海水波光粼粼。

指间钻石耀眼，沐良缓缓抬起手，取下那枚戒指。

连续三天，傅晋臣早上跑来送菜。沐良打开门，他提着手里的袋子，直接将新鲜的蔬

426

菜水果放进冰箱。

沐良无奈，找不到理由拒绝。儿子跟在傅晋臣身边，一手抱着他大腿，整个身子几乎都挂在他身上，嘴里"爸爸爸爸"不停叫。

这一刻的温暖，沐良不忍心打破。自从傅晋臣出现后，儿子的生活也发生着改变。比如最近这段时间，沐果果一次都没有尿床。每天晚上，他都会自己起床去厕所，再也不需要沐良的陪伴。

无论她愿不愿意承认，父亲对于孩子的教育，有很大一部分是她不能代替的！

"吃早餐吧。"傅晋臣把买来的早餐端出来，招呼她过来吃。沐果果拽着妈妈的手，直接把她拉到椅子里。

"妈妈，"沐果果爬到沐良腿上坐好，瞪着冒热气的叉烧包，差点流口水，"果果也想吃。"

幼儿园提供早餐，沐良平时都会让儿子去学校吃。不过最近这几天，傅晋臣每天早上都买东西过来，闹得儿子也忍不住要吃。

傅晋臣分出一副碗筷给儿子，笑道："少吃一点还是可以的。"

沐良没有阻止。总不能他们两个人吃，硬让儿子看着吧。

"好好吃。"沐果果咬着叉烧包，眼睛眯成一条细缝，"爸爸，果果明天还要吃。"

沐良蹙眉，对面的男人却笑容满面："好啊，爸爸明天还给你买。"

"傅晋臣，"沐良沉声道，"你不用每天都来帮我买菜，我自己可以的。"

"顺路嘛。"傅晋臣回答得有模有样，"我每天早上都要跑步，正好经过菜市场。"

"你跑步？"

傅晋臣耐心解释："我现在才发现，其实不用去健身房也能锻炼。早上跑步空气新鲜，还能省钱，而且早市买菜比超市便宜很多。"

"嘿嘿。"沐果果咬着包子，很配合地笑出声。虽然他听不懂爸爸的话，但只要爸爸在，他都很开心。

去早市买菜？傅晋臣竟然会为省钱去早市买菜？！

"对了！"傅晋臣似乎想到什么，往厨房指了指，道，"那里有束花，是我送你的。我多跑二十分钟去早市，省下来的钱正好够买花。"

沐良忽然没了胃口，她走进厨房。干净的台面上，摆放着一束鲜艳的黄玫瑰。

盯着这束花，她足足失神一分钟。当初她也收到过傅晋臣送的一束黄玫瑰，气派奢华的九百九十九朵。此时，她捧着只有简单透明包装纸装扮的黄玫瑰，心情复杂。

水晶花瓶中倒入清水，沐良把玫瑰一枝一枝地修剪好，插进花瓶。

玫瑰花枝上有尖利的刺，她食指不小心被划了下。客厅传来儿子的笑声，她偏头看过去，傅晋臣正跪在沙发边，耐心为儿子换衣服。

花瓶中那束鲜花平淡无奇，沐良看着看着，眼眶蓦地泛酸。

几个计划案，终于前后落实。林蔷欣喜地报告好消息："良良，今晚那些人做东，你怎么也要露露面。"

沐良最讨厌应对这些场合，却也不能推辞："好吧，几点？"

"八点。"林蔷久经商场，可谓老谋深算，"你晚点去，我帮你打掩护。"

"谢谢林阿姨。"

既然晚上要去应酬，自然不能陪儿子。沐良又给乔笛打电话，将照顾儿子的重任交给她。乔笛母爱泛滥，恨不得把沐果果抱回家自己养着。

"亲爱的，你放心吧。"乔笛捧着电话，兴奋地道，"果果很好带，交给我肯定没问题。"

沐良上次已经见识到乔笛的本事，以后她有孩子一定是个好妈妈！

推开包厢的门，迎面烟雾缭绕。沐良暗暗庆幸，幸好有林蔷阿姨帮她挡着。这种场合，吃饭联络感情，酒桌上怎么能没酒？

沐良深藏不露，那些男人们起先轻敌，等他们意识到不对劲的时候，已然被灌得七七八八。

林蔷偷笑，没想到良良酒量惊人！

"诸位都喝好了吗？"沐良端起半杯白酒，没人敢出来跟她碰杯。她低低一笑，随后将酒杯放下。看吧，这些人就是欠收拾，以为女人不能喝酒吗？！

"沐董事长年纪轻轻，有能力又漂亮，酒量还这么好！"大家一致夸奖，言辞间多是吹捧，"以后的宋氏，真是前途不可限量啊！"

沐良保持优雅的笑容，自有林蔷与其他人帮她抵挡。那些人不敢再闹，谁也不敢再往她眼前敬酒。

"对不起，失陪一下。"沐良提着包起身，碍于面子不能先走。包厢空气太差，她需要透透气。

林蔷递来一个眼色，她会想办法尽快结束。

沐良不动声色，提着包出去。

外面空气果然不错，沐良站在天台，眼角扫到某个熟悉的身影。她一路往前，只见高森快步跑来，道："四少，这是解酒药。"

傅晋臣背靠护栏，接过去，拧开瓶盖一口喝掉。

高森剑眉紧蹙，道："您别进去了，那些人都是故意的，这样喝下去，人都要喝坏的。"

深吸一口气，傅晋臣缓解掉那阵头晕，拍拍他的肩膀："没关系，我就不信那些人有多大的量！眼看合同就要签了，总不能因为这个放弃！"

话落，傅晋臣脚步虚浮地往包厢走。高森欲言又止，紧紧跟在他身边。

沐良盯着傅晋臣推开的包厢门，眼眸轻眯。

包厢酒气熏天，男人们显然喝高了，幺蛾子层出不穷。傅晋臣被那些人包围在中间，纵然他酒量好，也禁不住对方人多。

"傅总,你还没跟我喝。"又有人提着酒瓶过来,这里很多人以前就见过傅晋臣,但那时他是高高在上的傅家四少,这些人根本都找不到机会靠近。

此时傅晋臣离开傅家,自己独撑大局。原本那些他看不都会看的小合同,如今都要费尽心思争取。很多人确实是故意刁难,来看笑话的!

"慢着!"中年男人手持酒瓶,笑吟吟地走过来,"傅总,酒可不是这么喝的!"

说话间,男人拿过一瓶白酒,还有一瓶啤酒,取过一个很大的玻璃杯,将两种酒一起倒满后,放在傅晋臣的面前:"这样喝才有诚意!"

诚意?傅晋臣剑眉瞬间沉下去,这哪里是诚意?分明就是整他!

"四少,不能喝!"高森一个箭步冲过去,挡在傅晋臣身前。

"你是什么东西?"男人变脸,"傅总没有诚意吗?"

傅晋臣按住高森的手,单手扶着椅背站起来。胃里酒气不断上涌,他今晚真的喝了不少了,先前喝的那瓶解酒药效果并不明显。

"这样就是有诚意吗?"傅晋臣俊脸微抬,端起那杯酒,语气听不出喜怒。

虽然傅晋臣并没有发怒,但他冷冽的黑眸始终让人感到压迫。那男人明显愣了愣,又碍于这么多人看着,面子挂不住,只能硬着头皮,道:"只要你喝了,这合同我们立马签字。"

傅晋臣突然感觉手腕一沉,紧接着酒杯脱离他的掌心。

整杯酒尽数泼向对面男人。

"你又是什么东西?!"沐良握住空掉的酒杯,手指气得发抖。

"靠!"

被泼酒的男人瞬间夯毛,手朝沐良伸过来。傅晋臣一把圈住沐良的腰,将她扣入怀里,抬脚将面前的男人狠狠踹过去。

男人身体摔出去好远。

四周大乱,对方人多,眼见自己人吃亏,仗着酒劲都开始动手。包厢里喧闹声四起,林蔷处理好事情,眼见这边包厢有沐良的身影,立刻带人冲进来。

"怎么回事?"

沐良挽起袖子,揪住男人衣领正要抬腿,见林蔷他们冲进来,想到自己此时的形象,还是决定把腿放下。

"你没事吧。"林蔷万分惊诧。这是什么情况?

"没事。"

沐良把挽起的袖口抚平,不要说她身边有傅晋臣护着,她自己早先也练过跆拳道,一般动手这种事情都伤不到她!确定傅晋臣没事后,她才上前。

"你——"沐良指着倒在地上半天没站起来的男人,道,"你什么公司的?"

男人明显被吓傻了,他不认识沐良,但认识林蔷。为能同宋氏攀上关系,他不知道用过多少方法,却始终没成功!

"你……你……"男人觉得丢了面子，怒声道，"你又是什么公司的？"

林蔷看出些门道，低低一笑，道："她是我们宋氏的董事长。"

"董事长？"男人瞬间白了脸。

沐良指着地上脸色惨白的男人，吩咐道："林副总，我不管他什么公司，从今以后我都不想看到或者听到！"

"是，董事长。"林蔷很给力地回答。

先前闹事那些人彻底傻眼。明明他们想整的是傅晋臣啊，怎么转眼把宋氏董事长给得罪了？！

"我们走。"沐良拉起傅晋臣的手腕，将他拽出去。

高森拾起散落的合同，终于松口气。

沿着包厢的走廊，沐良一路脚步很快，似乎隐忍什么。

刚才里面一通闹，傅晋臣觉得酒气再度上涌，他蹙起眉："别走这么快，我头晕。"

沐良甩开他的手："头晕你还敢喝那么多？"

"偶尔。"傅晋臣回答得很小心。

"傅晋臣！"沐良陡然提高音量，心底的怒意夹带着某种涌动的情绪，彻底失控，"你还是傅晋臣吗？以前的傅晋臣不会让人这样欺负！以前的傅晋臣，应该把那杯酒狠狠泼在那个浑蛋的脸上，并且用酒瓶打破他的头！"

傅晋臣耸耸肩，嘴角牵起一抹笑："我本来想的，可还没动，你就出现了！"

"为什么？"沐良盯着他的眼睛。

"什么？"

沐良心口压抑得难受："为什么要让那些人践踏你的尊严？"

"尊严？"傅晋臣缓缓勾起唇，笑道，"以前的傅晋臣把面子看得比什么都重要，可是现在的傅晋臣知道，如果这个月我签不下订单，公司里的人都要跟我一起喝西北风！良良，"他仰起脸，嘴角弯起的弧度苦涩，"那些人在我最落魄的时候没有离开我，所以我不能再让他们跟我受委屈！不过一杯酒而已，这点儿委屈不算什么！"傅晋臣轻声回答，性感的喉结滚了滚，眼底有片刻黯然。

金碧辉煌的大厅，水晶吊灯垂落的光线耀眼。沐良清楚看到他俊脸染着的那抹疲惫，她心口一紧，眼眶中蓄满的泪水，悄无声息地滚落出来。

眼前一片模糊，那些温热的眼泪，争先恐后地涌出她的眼眶。其实她不想哭，泪水就是不受控制。

相隔两步的距离，傅晋臣见到她溢出的泪水，不禁怔住。他动动嘴，想要说些什么，却感觉喉咙发紧，如同失声。

半晌，他喘过那口气，走到沐良面前。指尖触碰到沾染她温热泪水的脸颊，他终于确定，此时的一切都是真实的。

傅晋臣醉意熏染的黑眸中，渐渐荡漾起一抹微笑。穷困落魄的傅晋臣，四面楚歌的傅

430

晋臣，或是输得一败涂地的傅晋臣，其实都不算什么。所有的一切，都比不上，她此刻的泪水重要！

大厅电梯内，盛铭湛定定地望着前方那两人。看得出他们之间，明明没有紧密相拥，却早已容不得任何人插足。

打开傅晋臣的房门，沐良来不及细看，立刻揽他坐进沙发。

安顿好他，沐良才开始打量这套房子。一室一厅的面积，能使用的空间有限，厨房小，卧室小，客厅也小。

厨房收拾很干净，倒让沐良有些意外。她打开冰箱，里面有几种简单的蔬菜，水果没有，牛奶也没有，只有青菜。

沐良拿起暖瓶，竟是空的。她摇摇头，打开火烧水。

单身男人的日子，真是凄惨。

她端着温水出来，看到客厅满地杂乱又蹙起眉。

傅晋臣手长脚长睡得并不安稳，西装鞋子满地乱丢，衬衫半解开，整个人脸朝下趴在沙发里。

"怎么还是这样？"沐良习惯性地收拾起他丢在地上的衣服，起身去浴室拿来热毛巾，把他的身体反转过来，用热毛巾顺着他的额头轻轻擦拭。

"傅晋臣……"沐良低声喊他，"你起来，要睡去屋里睡。"

这个男人酒品很好，喝醉不会闹，也不会吐，只是安静地睡觉。从这点上来说，他和她是有些相像的。

傅晋臣突然拉住面前的人，沐良挣扎了下，手腕被他死死箍住，挣脱不开。

"傅晋臣！"沐良沉下脸，男人抬手点在她的唇上。

对面男人呼出的滚烫气息落在脸颊，沐良缩了缩脖子。手腕被他扣住，她不能躲闪，只能看他渐渐靠近。

交缠的呼吸中，有淡淡的酒气弥漫。沐良本能低头，回避开他炙热的目光。

"良良……"傅晋臣眼底的神情温柔，"我只想要一个拥抱。"

他的话音落下，沐良身体迅速被圈入温暖的怀抱。她想要挣脱，但傅晋臣用不紧不松的力度，既不会伤到她，又不会让她挣脱。

"你没醉？"沐良质问。

"呵呵，"傅晋臣轻笑，声音慵懒，"我真的醉了。"

醉了还能这样头脑冷静？沐良不信。

这个男人依旧如往昔般霸道，无论他身处顺境还是逆境，他身上那种傲然的霸气，一刻都不曾离开他！

沐良尖尖的下颌靠在他肩头，抬起的视线恰好落在床头摆放的缘分天使上。前段时间，她也曾买过一个，怎么都找不到这款。当年离开傅家，她什么都没有带走，唯独这个娃娃让她觉得惋惜。

这么多年过去，她没有想到，傅晋臣还把娃娃带在身边。

她不想回忆那些事情，慢慢推开傅晋臣的怀抱，目光平静，道："我做了一份三明治，如果你酒醒了就去吃点东西。我要回家了，果果还在等我。"

傅晋臣恋恋不舍地收回双手。他不想以任何理由打破今晚这份难得的和谐："谢谢。"

沐良起身走到外间。傅晋臣跟她出来。

"小心开车。"他脚步发虚，比刚才已经好很多。沐良看他酒劲散去大半，也就安心下来。

出门前，沐良转过身，目光灼灼地盯着他："傅晋臣，你的尊严现在不仅仅属于你！为了儿子，你要保护好它！"

他走到沐良面前，掌心滑过她额前散下的碎发，道："为你和儿子，我一定让你们亲眼看到，我再一次把那些人踩在脚下的时刻！"

沐良怔住，继而苦笑。这样的傅晋臣，霸气桀骜，才是他本来该有的面目！

楼梯间的声控灯光线昏暗，傅晋臣站在门边，望着沐良渐行渐远的身影，嘴角勾起的笑容温暖。今晚沐良为他流下的眼泪，清楚地告诉他，他所做的一切都值得。

清早起来，沐良开车匆匆赶往预订的茶餐厅。她点好餐，不想却接到对方电话，客户因故失约了。

满桌子的精致点心，沐良只能独自享用。虾饺外皮晶莹剔透，虾仁鲜嫩，她难得享用如此丰盛的一餐。

准备离开时，她忽然听到一声轻响。

原来是袖口的一颗纽扣掉落了。这件衬衫衣扣特别，不容易配到。沐良弯下腰，把两边碎发摁到耳后，一点点地找寻。

侧方包厢，服务员将餐点送进去，出来时门没有关严。

墙角绿色盆栽枝叶茂盛，沐良拢着头发，心急地找纽扣。她慢慢往前挪动，霍然看到掉落在墙角的那颗扣子。

"找到了。"沐良欣喜地把扣子捏起来，放进皮包。

不经意地环视周围，包厢有抹身影熟悉，是傅东亭背靠椅子，表情含怒。

"我这次回来，想把女儿带走。"红木椅中，一位长相清秀的女子轻轻开口。她的年纪看上去，应该不算年轻，但皮肤保养得很好。

"不行！"傅东亭沉下脸，"她是傅家的女儿！"

女子抬起头："她在你身边三十几年，难道你要我到死都不能跟女儿相认吗？"

傅东亭抿起唇。

傅家的女儿？

他们的说话声隐隐传来，在这安静的走廊尤其突兀。

沐良握着皮包的五指收紧。

只听那女子重重叹口气，语气缓和下来："东亭，欢颜年纪不小了，难道要让她跟项北的婚事，一直这样耗下去吗？"

"那是我们傅家的事情。"傅东亭言辞依旧犀利。

女子蹙起眉，道："傅欢颜是我的女儿！"

沐良瞬间瞪大眼睛，果然是傅欢颜！她慌忙退后一步，这个女人才是傅欢颜的亲生母亲？！

此时，包厢门被人用力拉开，傅东亭怒气冲冲出来，恰好撞见还没来得及离开的沐良。

第十六章
真相&解除婚约

"董事长，"助理推门进来通知，"Y集团总裁到了。"

"知道了。"

沐良心情还没平复过来。在她的印象里，傅欢颜总是无忧无虑的，能做任何她喜欢的事情。在傅家她享受着得天独厚的待遇，如果有天她得知身世真相，该多么残忍！

稍后，她整理好思绪，快步走向会议室。

此时的宋清华穿过走廊向前，眼角余光扫到一抹身影。

"那个男人是谁？"

秘书跟在她身边，声音清脆地回答："听说是Y集团总裁。"

"Y集团？"宋清华盯着郁坚消失的身影，没想到他是Y集团总裁。

会议室迎面大门打开，林蔷听到动静抬起头，见到进来的男人时怔了怔。

郁坚身穿一套黑色西装，款款走来。沐良起身，主动伸手道："郁总裁，您好，我叫沐良。"

郁坚眼底的神色温柔："沐董事长。"

这句董事长，喊得沐良有些不好意思。人家年纪比她大，用尊称她不习惯，"郁总，您以后喊我名字就好。"

双方开场气氛融洽，林蔷直奔主题。四十分钟的简短谈话，两家集团对于初步合作达成共识。

郁坚似乎不爱说话，偶尔抬起头很有礼貌地倾听沐良的意见。

"希望我们合作愉快。"

"合作愉快。"

约定下次见面的时间，郁坚起身往外走，经过林蔷身边时，他特别停下脚步，朝她点点头，然后才离开。

沐良礼貌相送，林蕾的目光落在郁坚肩头，眼神莫名一沉。郁坚的眼睛令她有种熟悉的感觉！这些年，她心底始终深藏着一个疑问。那件事情，只有她和宋儒风知晓。

下班赶去幼儿园接儿子，回到家时，沐良感觉有些不对劲。

玄关处放着一双男士运动鞋，儿子从她怀里挣脱下地，一溜烟跑进厨房："爸爸！"

傅晋臣戴着围裙，手里拿着锅铲迎出来："你们回来了。"

沐果果扑进他怀里，傅晋臣抱住儿子，笑道："肚子饿吗？"

"饿。"沐果果猛点头，"爸爸在做什么？"

"蛋炒饭。"

"好耶，果果要吃蛋炒饭。"

沐良看看儿子，又看看傅晋臣，慢慢抿起唇。她那天真不应该好心给他一把钥匙！

"你怎么过来了？"

"来看儿子啊。"傅晋臣语气自然，"果果昨晚给我打电话，说想吃我做的蛋炒饭，我今天正好有时间。"

沐果果一个劲儿点头，帮他爹打圆场："对呢，果果喜欢吃爸爸的蛋炒饭。"

他们两个联合？

"果果，"沐良语气透着严厉，"回到家第一件事，要做什么？"

沐果果小朋友撅起嘴巴："洗手。"

"还不快去？"

傅晋臣放下儿子："快去洗手，很快可以吃饭了。"

沐果果看到爸爸的眼神，笑嘻嘻地跑去浴室洗手。

"你也去洗手吧。"傅晋臣丝毫没有受到沐良怒气的感染。

盯着他穿围裙的模样，沐良蹙眉："傅晋臣，我给你钥匙是让你看儿子，不是让你随便出入我家的。"

傅晋臣挑了挑眉："有区别吗？"

"……"

晚饭很丰盛，沐良狐疑地夹菜尝了尝："都是你做的？"

把蛋炒饭放在儿子面前，傅晋臣摸摸鼻子："做是来不及，买还是可以的。蛋炒饭是我做的！"他不忘补充，白瓷盘中有几个卤蛋，他语气温和，"还是热的。"

沐良怔了怔，夹起来一个放进碗里。

沐果果探着小脑袋过来："我也要吃。"

卤蛋从中间夹开，分给儿子一半。她低头将剩下的卤蛋吃完，真的很好吃！

"傅晋臣……"

男人捧着饭碗，目光柔和："有事？"

沐良摇摇头，傅欢颜的事情她不能说。

435

用过晚饭，傅晋臣主动将碗筷收拾干净，然后便离开。他现在很知道把握分寸，今晚已经有很大进步，要懂得及时抽身。

　　沐果果抱住爸爸撒娇："我想跟你睡。"

　　傅晋臣蹲在儿子面前，视线与他平行："爸爸刚才怎么教你的？"

　　沐果果撇嘴，低头道："爸爸说，果果要保护妈妈，妈妈一个人会害怕！"

　　沐良险些笑喷，傅晋臣啊傅晋臣，你要不要这么幼稚？！

　　"晚安。"他的眼底有某种柔色闪过，沐良下意识别开眼睛。

　　沐果果摇晃妈妈的手，坚定站在爸爸这边："妈妈，你没有跟爸爸说晚安。"

　　沐良无奈："晚安。"

　　一直到面前的男人消失，沐良才抬起头，看着他背影的眼神复杂。

　　晨曦微露，深秋的冷清尽染，寒风卷起满地枯黄的枝叶盘旋。

　　沐良刚出电梯，助理快步跑过来："董事长，盛总在里面等您。"

　　助理去泡茶，她推开办公室的门进去："早。"

　　"早。"盛铭湛提着保温饭盒过来，"还没吃早餐吧，我让人准备的，趁热吃。"

　　沐良放下包："我吃过了。"

　　盛铭湛嘴角扬起的弧度僵硬。

　　不是沐良说谎，最近傅晋臣每天早上准时出现，带着热腾腾的早餐，沐良眼睛盯着脚尖，她竟然觉得无话可说。

　　"良良，"盛铭湛薄唇轻抿，声音低沉，"果果的事情，是我错了！我不该利用沐毅，也不该让孩子经历危难！"顿了下，他轻轻牵过沐良的手，道，"对不起，你原谅我好吗？"

　　原谅？沐良心口窒闷，她抽回手，看向他的目光平静。这五年中相处的点点滴滴涌上心头，无法说清。

　　"铭湛，"沐良眼神清澈，"我最近很累，我们冷静一段时间吧！"

　　"要多久？"盛铭湛追问。

　　沐良低下头："别逼我。"

　　她的手指修长好看，盛铭湛锐利的眸子扫到她空空的指尖，他亲手戴进去的那枚戒指已然不见。他脸色蓦然沉下去。

　　"我不逼你。"盛铭湛语气瞬间紧绷，"你要相信，我从来都没有想过要伤害果果，或者你和你的家人。"

　　这句话，沐良是相信的。她亲眼见证盛铭湛对果果的疼爱，她也相信他并不是有意要去伤害孩子，只是他选择的方法，她绝对不能接受！

　　落地窗前，沐良眺望远处幽静的海港，心情沉重。曾在她生命中守护五年的男人，如今却让她有种陌生的感觉！

市中心往北，闹中取静。这条街商业气息不浓，每一间门面都透着艺术气息。

傅欢颜将脚踏车随意靠在墙角，打开画室的门，长桌上还摆放着她昨晚没有画完的那幅画。

她放下背包，立刻走到画板前。来时的路上，迎着秋风中的梧桐树，她的灵感爆发。

两个小时过去，她没有喝过一口水，为画画她可以废寝忘食，绝对不能被任何事情打扰。

这间画室分为上下两层，上层被装修成休息区，有时候傅欢颜住在这里。外墙粉刷成乳白色，画室尖屋顶上，有她自己手绘的图案。

她喜欢抽象派，画出来的东西，没多少人能看懂。

外间小路走来一道身影，女子留着短发，仰头盯着这间画室，神情逐渐温柔。她举起手里的单反相机，随手拍摄几张照片。她每年来，这面墙都会有新的改变。

敲门声响起。

"连阿姨，您怎么来了？"

连漪抿唇笑了笑，问她："不打扰你吧？"

"不打扰。"傅欢颜将人请进画室。

"坐。"她把沙发里的画卷拿起来，又去倒水，但壶里空空，什么都没有。

"不用忙了。"连漪放下手中的相机。

"不好意思啊，"傅欢颜脸颊微红，"我这里什么都没有。"

连漪将她拉到身边："别客气，我不喝。"

来者是客，傅欢颜拿起茶几上的一罐饮料，放到连漪面前："您喝这个吧，我昨天刚买的。"

"谢谢。"连漪紧紧握在手里。

傅欢颜算计着日子，猜到连阿姨差不多会过来。最近家里事情多，她跟着分神，画没有如期完成。

"我还在画，"傅欢颜指指画板，道，"您放心吧，我一定按期把画完成。"

连漪走到画板前，眼神轻眯。傅欢颜画的是一幅晚秋的景象，虚幻背景，高大的梧桐树，还有满地金灿灿的落叶，有种淡淡的悲伤。

"怎么样？"傅欢颜紧张地问。

"跟去年的相比，我更喜欢这幅。"

听到她的肯定，傅欢颜笑起来。她自己也是这种感觉，觉得这幅画已经超越去年的那幅。

这位连阿姨每年都来买画，今年刚好第十幅。价钱虽不高，但有人能够懂她的作品，能够欣赏，对于傅欢颜来说，远比什么都可贵！

钱财对她来说，一直都不太重要。她出身傅家这样的家族，并不稀罕钱，也不稀罕珠宝首饰，只是热爱画画！

"大概下周吧，"傅欢颜算好时间，道，"下周这幅画我就能给您。"

"不急。"连漪应了声，"我这次回来，也许会多待一些时间。"

"是吗？"傅欢颜挑眉，"您有事？"

连漪点头："有些事情，需要说清楚了。"

傅欢颜没有继续深问。她兴高采烈地将另外一幅油画拿给连漪看，两个人看看说说，各抒己见。

午后，尤储秀拎着保温饭盒下车，霍然看到前方那抹身影："站住！"

连漪转过身。

果然是她？！尤储秀瞥眼画室，沉着脸将连漪拉走。

画室不远的一间茶楼中，尤储秀先发制人："为什么要回来？"

"因为欢颜。"连漪回答得很肯定。

"欢颜？"尤储秀冷笑了声，"傅欢颜是我的女儿。"

"傅太太，"连漪抬起头，异常平静，"你已经做了欢颜三十几年的妈妈，是时候把她还给我了。"

"还给你？"尤储秀双眸噙着寒光，"当初我们就说好的，这个孩子永远都要在傅家长大，永远都是我的女儿！"

"当初我是迫不得已，"连漪眉头蹙了蹙，"如今欢颜已经长大了，而且她的婚事因为傅家的关系迟迟未定，难道你忍心看着她把最好的时光都耗费过去？！"

"当然不会！"尤储秀表情很冷，"欢颜跟项北不合适。"

连漪摇头："欢颜喜欢他。"

这件事吵吵闹闹很多年，始终没有理清。傅欢颜不肯听话，一直跟项北这么耗着！

"傅太太。"连漪双手握住茶杯，声音低下去，"我这次回来，想把欢颜带走。"

"这不可能！"尤储秀猛地站起身，保养得宜的脸庞因为愤怒而扭曲，"连漪，我再说一遍，傅欢颜是我的女儿！"

"我才是她的亲生母亲。"连漪同样分毫不让。

尤储秀一口气憋在心口，眼神变得冷厉："你这个亲生母亲，会让她觉得羞辱！如果欢颜知道自己是个私生女，你让她怎么办？！"

羞辱？！这两个字，狠狠刺伤连漪的心。她偏过头，眼神有片刻的动容。因为当年的事情，她忍受母女分离的痛苦，这三十几年的飘零，算是对自己的惩罚，难道还不够吗？

画室大门被人轻轻推开，傅欢颜头也没回地叫道："妈，你怎么来了？"

"你怎么知道是我？"尤储秀笑着走过来。

傅欢颜握着画笔耸耸肩："只有你来不敲门。"

"这孩子。"尤储秀放下手里的东西，弯腰将她散落满地的画纸一张张收起来，折叠整齐摆放在画桌上。

傅欢颜看着挽起袖子收拾的母亲，轻轻握住她的手："是不是爸爸又给你脸色看？"

尤储秀低下头。

家里气氛冷淡，傅欢颜不怎么回家。她捧住尤储秀的脸颊，笑着哄她："好了，我不喜欢看你皱眉！我爸就是那个脾气，等我过几天回家哄哄他，保证他不会再气你。"傅欢颜撅起嘴巴，又道，"还有傅老四也是，等我抽空去找他，一定把他给你带回家！"

尤储秀眼眶蓦然发酸。

"妈妈，"傅欢颜张开双臂环住她的腰，将脸贴在她的心口，"最近咱们家好冷，我都不想回家。还是小时候好，你带着我跟傅老四住在聿沣市，我们三个人多开心。"

尤储秀不敢表现得太过明显，深吸一口气，将眼泪逼回眼眶。

掌心轻落在傅欢颜的头顶，尤储秀心底滋味复杂。曾经有很长一段时间，她对这孩子心存芥蒂，但三十几年的母女之情，她早把傅欢颜当作亲生女儿。现在让她割舍，是万万不能的！

停车场光线昏暗，沐良打开车控锁，才看到一个穿着黑色休闲服戴墨镜的男人站在车前。

"沐董事长。"

男人声音很低，沐良顿生戒备："我不认识你。"

"您不需要认识我。"

来者不善。

沐良关上车门，站在左边："你是什么人？"

"一个无名小卒。"

男人也往左边迈了半步："我手里有样东西，也许沐董事长感兴趣。"

沐良看到他随身携带的相机："你是记者？"

"好眼光。"男人没有否认。

沐良如今身处的位置，总会引来无数人的关注。早前林蔷跟她说过，如果有人故意跑来滋事，或者假装爆料，都不予回应。

"什么东西？"

男人勾起唇，指着信封，道："五十万，这些东西您肯定有兴趣。"

五十万？真是狮子大开口！她自问没有任何把柄被人捏住，而且这种人多半信口雌黄，真有什么重要的东西，恐怕早拿去炒作了！

"我没兴趣。"沐良冷下脸，"你身后有摄像头，你跟我的谈话都被拍下来了，要是不想给自己惹麻烦，最好不要再露面。"

前方几米处果然有摄像头，男人脸色沉下来。

"呵呵……"男人压低脑袋，轻笑一声后很快消失。

之前曾遇见过一次这样的事情，沐良有经验。她平复下心绪，驾车离开。

早上会议，又结束在盛铭湛的吼声里。最近半个多月，盛氏的员工如惊弓之鸟，即便小心翼翼，依旧难逃被骂的厄运。

凡交上去的计划案，无一例外都被驳回，并且都被盛铭湛眼光狠毒地挑出错误。这种高度紧张的工作状态，员工们个个愁眉不展，每天打起十二万分的精神应对。

"总裁，"秘书托着日程表，谨慎地站在办公桌前，"您十点钟有视频会议，中午要去会所参加活动，下午两点还有……"

"取消！"盛铭湛开口的声音很冷，"全部取消。"

秘书把所有活动全部划掉："是，总裁。"

"预订一家口味独特的餐厅，我要跟我母亲吃午饭。"盛铭湛背靠椅背，声音低沉磁性。

"是，我马上去预订。"

办公室门合上，盛铭湛深邃的眼眸眯了眯。从小到大，母亲都对他宠爱有加，原本他与沐良的婚事家里已经同意，却没想到对于沐果果，父母竟是如此抗拒。

上次果果被绑走的事情，沐良知道了真相。如今又有父母不愿接受果果，这无疑是雪上加霜，只会让他与沐良的关系越来越恶化！

窗外天色阴沉，盛铭湛拿起车钥匙，打算先去选件礼物，讨好母亲。如果妈妈同意，事情便会迎刃而解。

停车场，有人恭候多时。

"盛总！"

盛铭湛偏过头，对面男人戴着一副黑色墨镜，声音很低："我这里有样东西，您应该有兴趣。"

盛铭湛没见过这个男人，自然也对他嘴里说的东西不感兴趣。他打开车门要离开，却听那人笑道："您的未婚妻已经错过，难道您也要错过？"

闻言，盛铭湛神色沉下来："你去找过我的未婚妻？！"

"别误会。"男人举了举手，表示无辜，"我什么都没做。"

停车场拐角处，盛铭湛捏着车钥匙："什么东西？"

男人笑了笑，抽出信封交给他："打开看看。"

盛铭湛犹豫了下，将信封打开。照片选取角度巧妙，傅东亭的脸拍得很清晰，走在他身边的短发女人并不熟悉。

他不记得在圈子里见过这个女人。

"怎么样？"男人得意地问。

盛铭湛将照片丢给他："没兴趣。"他单手插兜转身离开。

"等等。"身后的男人蹙起眉，"盛总对情敌的家事，丝毫不关心吗？"

情敌？盛铭湛神色变得阴沉："看起来，你知道得还挺多？"

440

男人耸耸肩："职业习惯。您别小看这些照片，里面还有门道。"

抽出一根烟点上，盛铭湛问他："说吧，多少钱？"

"五十万。"

指间燃着的烟头有火星闪过，盛铭湛轻笑："这些东西值五十万吗？"

男人眼神微动，指着照片里的女人，道："这女人是傅东亭第一任太太的妹妹，也就是他小姨子。这姐夫跟小姨子之间……"

盛铭湛没有打断他的话，示意他继续说。

"三十多年前，这女人忽然离开傅家，以后再也没有出现过。奇怪的是同年，现任傅太太生下一对龙凤胎，您说这事情巧不巧？！"

盛铭湛抬起锃亮的黑色皮鞋，狠狠将烟头捻灭。抽出口袋里的支票，他写好数目，两指夹起递给对面的男人。

男人看看支票的数目，兴高采烈地将东西全部交给他："还是您有眼光。"

将支票小心收好，男人补充了句："盛总如此大方，我免费给您提供一个线索。听说早些年，傅太太带着一双儿女在聿沣市住过几年，如果您要查，可以从那里入手。"

盛铭湛眸色冷然，点了点对面的男人，警告他："不许再去骚扰我的未婚妻。"

"明白。"男人点头哈腰地应道。

"滚吧！"

照片背景是家茶楼，盛铭湛脸色渐变。

傅东亭在商界的威望极高，处事作风很讲原则，难得几十年没被人抓到什么把柄，但他到底是个普通男人，难道真能那么干净？！

周一早上，助理将上午需要用的所有资料整理好，工整地放在办公桌上。

经过周末的休息，沐良疲劳的精神得到缓解。她打开电脑，先检查邮件，随后拿起早间晨报习惯性地阅读。

今日报纸头版的篇幅，全被一则桃色新闻代替。新闻标题是"某集团董事长密会神秘女人"。

报纸刊登出来的照片，竟是那天在茶楼的画面。沐良眉头紧锁，看完整篇报道，脸色大变。

报道含沙射影地指出，傅东亭与照片中的女人过往不简单，更是大胆地对傅家曾经轰动一时的龙凤胎姐弟诸多猜测，矛头直接指向傅欢颜与傅晋臣两个人！

她忽然想起那天在地下停车场，曾来找过她的那个男人！

办公桌上的电话响起，傅东亭震怒的声音隔着话筒都能听到："你马上来我这里。"

还不等她回答，对方已经挂断电话。

沐良叹口气，报道的事情偏巧是那天她撞见的，不被怀疑才怪！

不多时候，司机将车停在傅氏大厦前，沐良下车进去。

傅晋臣把车停在路边，远远看到前方熟悉的人影。

　　她为什么来这里？

　　傅氏大厦最顶层，呈现尖顶的设计。绝对的高度，保证视野宽广。电梯门打开，沐良提着包出来，秘书亲自带她进去。

　　巨大的办公室，如同小型宫殿。整面落地窗，阳光刺眼，沐良本能地眯了眯眸子，偏过头躲开那阵强光。

　　前方那张黑色书桌后，傅东亭正襟危坐，锐利眼眸直直地落在刚进来的人身上。

　　"出去吧。"

　　"是，董事长。"秘书离开。

　　沐良垂眸站在书桌前，神情平静。等她逐渐适应对面那束灼人的光线后，才慢慢抬起头，目光与傅东亭平视。

　　"说吧！"傅东亭声音很冷。

　　沐良能听出勃然的怒意："这件事与我无关。"

　　"无关？"傅东亭嘴角勾起，"那天你亲口告诉我，不会多说半个字，今天照片刊登出来，怎么跟你无关？"

　　"确实无关！"沐良回答掷地有声，"我答应的事情，一定做到。"

　　"哼！"傅东亭把报纸丢在她脚边，"如果跟你无关，这些照片怎么解释？"

　　"我也不知道。"沐良脸色很难看。照片的来源，她非常不解。

　　"沐良！"这是傅东亭第一次叫她全名，怒气明显，"你想要报复傅家？"

　　沐良盯着他的眼睛："如果我要报复傅家，早就报复了，还要等到今天吗？"心底怒气翻涌，她沉声道，"就算看在我儿子的面上，我也不会对傅家怎么样。"

　　她的一双眼睛干净清透，傅东亭似乎想明白了什么。

　　"四少，您不能进去！"秘书上前阻拦，奈何无济于事。

　　下一刻，傅晋臣推门进来："把她带来做什么？"

　　他出口就是质问的语气，傅东亭沉下脸："轮得到你跟我这么说话吗？"

　　眼见他们父子神色不对，沐良害怕他们冲突，不得不往前一步，拉住傅晋臣的手腕："你怎么来了？"

　　"没事？"傅晋臣目光在她身上打量。

　　沐良神色如常道："没事。"

　　"傅晋臣，你越来越放肆！"傅东亭本来就心里有火，再看儿子还是如此态度，怒意更甚，"谁让你这样闯进我的办公室？给我滚出去！"

　　怎么这父子两人就没有好好说话的时候，以前开口就是剑拔弩张，现在更是针锋相对！

　　傅晋臣扣住沐良的手腕，道："我不管你找她什么事情，但是请你记住，她是我的女人，她的任何事都请你跟我说！"

沐良怔怔望着身侧的男人，半句话都说不出来。

傅晋臣的眼眸，仿若令傅东亭看到几十年前的自己。只可惜，眼前的男人，远比当初的他要有魄力与霸气！

"还有，"傅晋臣指了指地上的报纸，"我今天来是想知道这是怎么回事？你欠我一个交代！"话落，他拉着沐良头也不回地离开。

他们的身影如疾风般扫过。

秘书站在原地，问道："董事长，您看……"

傅东亭脸色比方才有些好转，他摆了摆手，没有开口。

秘书心领神会，拾起地上的报纸，重新放在书桌上。

走出傅氏大厦，傅晋臣驾车来到海边。那片独属于他的海滩。

傅晋臣径自下车，沐良解开安全带，跟着出来。

"傅晋臣！"

他的背影紧绷，沐良见他黯然双眸，没由来地紧张。

"我爸为什么找你？"

沐良提着包，眼睛盯着脚尖："有些误会。"

傅晋臣目光平视前方蔚蓝海水，道："我不是我爸亲生的吧！"

大脑有片刻的空白，沐良极不厚道地笑喷了。她忍不住笑意，这男人的想象力……真是太丰富了！

"你笑什么？"傅晋臣眼底微有怒气。

沐良承认在人家悲伤的眼神里笑出声确实很过分，可……她真的忍不住啊！

"傅晋臣，"沐良咬着唇，笑道，"给我一分钟，我坚持不住了！"

她背过身，双手捂嘴，肩膀不停抖动。哈哈哈哈，天哪，傅晋臣那个表情，真的……好可爱。

傅晋臣眼底的神色更加晦暗："其实我早就应该猜到的，从小到大他处处针对我，看我不顺眼，原来是这个原因。"

沐良一口气卡在喉咙里，只觉得上不来下不去。她转过身，狠狠瞪他一眼："屁原因啊！傅晋臣，你这想象力还挺丰富，不当编剧可惜了。"她神情平静下来，"别胡思乱想，这件事情跟你没关。"

"跟傅欢颜有关？"

沐良慢慢点头。既然照片曝光，事情早晚闹出来，她不应该隐瞒傅晋臣。

"怎么回事？"傅晋臣心底早有猜测。

她将那天无意中在茶楼撞见傅东亭的事情全盘告知，甚至还把有陌生男人来找她的事情也说出来。

"有那男人的照片吗？"傅晋臣神色阴森。

沐良眼珠转了转，道："应该有录像。"

443

她掏出手机，吩咐助理找出那天地下车场监控录像，将视频发到傅晋臣的邮箱里。

"走吧。"

两人再度上车。

中午约了母亲吃饭，盛铭湛开车来到酒店。

"盛总，您到了。"餐厅负责人亲自过来迎接。

周围用餐的客人很多，如果不是提前预订，根本没有位置。

盛夫人远远朝儿子招手。

侧面有张圆桌，端坐着他熟悉的女子。舒云歌看到走来的男人，站身打招呼："盛总，你也来这里用餐？"

早先盛氏与莫氏曾有合作，这几年舒云歌执掌莫氏集团，众人对她不敢小觑。盛铭湛敷衍地笑了笑，道："陪母亲。"

舒云歌扫向那边沙发，称赞道："难得盛总如此孝顺。"

"莫太太客气了。"盛铭湛道谢后离开。

"妈，"盛铭湛坐在母亲对面，语气温柔，"你等很久？"

"没有，"盛夫人盯着刚才那女人，狐疑道，"她是谁？"

"合作伙伴。"盛铭湛简单扼要地解释。他今天约母亲来这里吃饭，最重要的目的是沐良。

服务员将餐点端上桌，盛夫人听着儿子的话，脸色逐渐阴沉："这件事情没有商量的余地。如果只是沐良，我跟你爸看在宋氏的分上，也就勉强接纳。可那个孩子，绝对不行！"

盛铭湛剑眉紧紧蹙起："果果从小在我身边长大，我们相处得很好。"

"那也不行。"盛夫人抿起唇，脸色透着一股黯然，"铭湛，你听妈妈的话。人家的儿子有爸爸，他们才是有血缘关系的。"

"难道没有血缘关系就不行吗？"盛铭湛突然冷脸。

盛夫人猛地站起身，脸色苍白地离开。

"妈！"盛铭湛意识到自己的话过分，步伐慌乱地想要去追。

有服务员端着热汤过来，盛铭湛莽撞地冲过来，对方躲闪不及，热汤洒在盛铭湛的左手腕上，他立刻将袖口松开。

"盛总！"舒云歌起身过来帮忙，她握着白色餐巾，动作麻利地擦拭盛铭湛的手腕，不经意中看到他手腕内侧有一个半圆形的疤痕。

那个疤痕……舒云歌如遭雷击。

"谢谢。"盛铭湛擦干手腕，迅速离开。

"等等！"舒云歌大步追赶出去，却只看到盛铭湛的轿车一闪而过。她站在路边，眼底因为激动泛起泪光。

那个伤疤她不会认错，难道盛铭湛是石头？

傍晚，别墅内。

舒云歌听到敲门声，将门打开："怎么样，查到了吗？"

"太太。"用人递给她一个黑色信封。

锁上门，舒云歌迫不及待地撕开信封，将里面的东西都倒出来。

调查结果有些失望，助理说盛铭湛的个人资料很少，他常年身居海外，只能查到基本信息。

舒云歌一个字一个字地看。盛铭湛两岁以后才移居国外，这点非常可疑。

"为什么是两岁？"舒云歌握着资料的手指不住颤抖，这是不是说明盛铭湛就是石头？是她失散多年的亲弟弟？！

"石头！"舒云歌眼角有热泪滚落，"姐姐是不是找到你了？"

她的疑问，以及诸多巧合，令她空落落的心，再次找到跳动的感觉。

连续几天赶着作画，傅欢颜的工作室已然坐吃山空。收拾好东西，她骑着脚踏车回家。

哪家的千金小姐汽车不开，天天骑脚踏车？偏巧傅欢颜就是如此，家里人没少说她，但她依旧我行我素。

"妈妈！"傅欢颜背着包往里走。客厅里没人，用人们都在整理打扫，看到她回来，立刻迎过来，"三小姐，您回来了。"

傅欢颜把包丢进沙发里，吩咐道："快去给我准备点吃的。"

"是。"用人转身去厨房准备。

拿起茶几上的水果吃了两口，她眼角的余光瞥见身上的衣服，起身往楼上走。

二楼转弯处，传来书房里的说话声。

"爸爸没去公司？"傅欢颜笑着上前。

"东亭，这些照片是不是她泄露出去的？"尤储秀声音激动。

"不可能！"

"为什么不可能？"

傅东亭坐在书桌后，神色不悦："她不会做这种事情！"

她不会做这种事情？尤储秀的心被狠狠刺伤："为了欢颜，她有什么事情不能做？"

"胡说！"

爸妈在吵架！她怔在原地，最近家里不太平，不是吵架就是打架，早知道她听傅老四的话，不回来了！

傅东亭再次发怒。

尤储秀盯着他，怒意翻滚："我不管她有什么目的，欢颜永远都是我的女儿！要是有人敢伤害她，我绝对不能允许！"

傅东亭眼神有片刻的黯淡："那也是她的女儿，她不会做伤害欢颜的事情。"

她的女儿？！

傅欢颜揉了揉耳朵，确定自己没有听错。纵然她心思简单，也听出不对劲！

一溜烟跑下楼，傅欢颜骑上脚踏车冲出傅家大宅。

会所活动结束得早，沐良驱车来到一家音像店，打算买张钢琴曲的CD。平时忙工作，她很少有时间弹琴，甚至连儿子的钢琴课都没有时间亲自教导。

货架上摆满着各种音乐CD，她挑挑选选好久，终于找到一张自己喜欢的。

"请问，这张CD还有吗？"

沐良转过头，郁坚站在她的身后。

"郁总？"沐良语气带着几分惊讶。

郁坚盯着她手里的CD："没想到在这里遇见你。"

"好巧。"沐良低头结账。

店员快速查看后，遗憾地告知："对不起先生，这张CD是最后一张。"

"以后都没有了吗？"郁坚蹙眉。

店员摇摇头："这个我们也不知道。"

"您也喜欢？"沐良扬起手里的CD。

郁坚笑了笑，直言道："挺喜欢的。"

将手里的袋子给他，沐良笑道："这张送您吧。"

"不行。"郁坚拒绝，"你自己也很喜欢。"

"没关系。"沐良耸耸肩，"我家里还有很多，反正也不缺这一张。难得有人跟我相同品位，您别客气。"

"这个……"郁坚习惯性地把钱包摸出来，却及时制止自己掏钱的动作。他眼神动了动，询问身边的人，"我请你喝杯咖啡，算是我的谢意？"

"好。"沐良没有推辞。她真怕人家给钱，多么尴尬！

前方的男人步伐平稳，沐良发觉他走路的速度很快，并且路线明确。这常年身居国外的人，倒是让她这个土生土长的本地人汗颜。

这几年名海市变化很大，有些街道，甚至连沐良都不能第一时间找到。

"到了。"

一处窗口前，郁坚熟练地拿出钱包排队买咖啡。沐良帮不上忙，只好站在他的身边，陪他说说话。

大概十分钟，郁坚买到两杯咖啡。沐良接过一杯，低头便闻到扑鼻的香气。她浅浅尝了口，立时竖起大拇指："好喝，难怪这么多人排队。"

"我不知道你的口味，所以只加了一份奶和糖。"郁坚将她拉到路边的长椅里坐下。

沐良笑道："您猜得很准，这就是我的口味。"

"呵呵。"听到她的话，郁坚嘴角勾起温柔的弧度，他指着后面还在排队买咖啡的人，声音沙哑，"平时这家店只早上卖，今天是老板的生日，才会全天售卖。"

"难怪。"沐良轻抿杯中的咖啡，在寒气四溢的初冬里，整个人都是暖的。她盯着那些络绎不绝的顾客，肯定道："这家咖啡很棒，排队也值得。"

郁坚赞同地点头，深邃的眼眸落在她身上："沐董事长，你父母身体还好吗？"

"还可以。"沐良及时纠正他，"您叫我沐良就行。"

郁坚神情温和："我叫你良良可以吗？"

"可以啊。"沐良完全没有抗拒，面前的人年纪足以当她的长辈。

看到她眼底的笑意，郁坚也不自觉勾起唇。

"您的家人……都在国外吗？"沐良试探地问。对于郁坚，她莫名有种小八卦的心理。

郁坚垂下眸："我有一个女儿。"

"您女儿多大？"

郁坚捧着咖啡杯，柔声道："跟你一样大。"

"是吗？"沐良惊喜，"以后有机会，我们可以认识一下。"

闻言，郁坚的眼神愈发温柔。

喝完咖啡，沐良站起身告辞："郁总，我要去接儿子放学。"

郁坚同样站起身："好，不耽误你。"

"再见。"

"再见。"

望着前方渐远的车子，郁坚握着手中的CD，眼底难掩一丝失落。

往幼儿园的路上，沐良害怕迟到，特别绕道而行，正巧经过盛氏所在的那条街。

远远见到气派的盛氏大厦，她跟盛铭湛约好明天中午见面，有些话她深思好久，应该再跟盛铭湛开诚布公地谈一谈。

前方路口驶来一辆宝蓝色汽车，沐良减缓车速，稍稍回避了下。那辆车开过去，她才重新发动引擎。

大厦侧门外，沐良一眼就看到盛铭湛。他双手插兜站在停车场，似乎等什么人。

沐良没有着急将车开走。

很快，停车场出口跑过来一个男人。因为距离不算远，沐良能看到那个男人的侧脸。那黑色墨镜，瞬间吸引她的目光。

短短几分钟，沐良如同身处冰窖。戴着墨镜的男人就是那个记者，上次来地下车场找她的记者！

沐良沉着脸发动引擎，将车开走。

从幼儿园回来的路上，沐良接到林蔷的电话。消息传播速度很快，两个小时内各大媒体网络疯传傅家私生女的新闻！

晚饭气氛沉闷，沐良没有动过筷子。沐果果察觉妈妈的脸色不太好，吃完饭自己去玩了。

她犹豫良久才给傅晋臣打电话，铃声响过很久，却没人接听。

傅欢颜电话关机！

深夜，沐良靠在床前，她给儿子掖好被子，拿起手机走到卧室外。

"林阿姨，帮我查一件事。"

林蔷调查速度很快，沐良得到她的答复，心底的侥幸彻底打破。

盛铭湛，为什么是你？！

一夜辗转反侧，天刚亮她便起床。儿子还没睡醒，她划开屏幕，果然看到傅晋臣的短信。

短信是凌晨发过来的，告诉她没事。

怎么可能没事？

沐良煮了杯咖啡，觉得头很疼。窗外天色逐渐明亮，今早傅晋臣绝对不会过来了。

叮咚。

沐良打开门，高森提着热气腾腾的早餐进来："沐小姐，早。"

"早。"

"四少让我来送早餐。"

沐良将东西接过去，早餐还是她跟儿子喜欢的口味。

"发生什么事情了吗？"沐良不放心地问。

高森没有隐瞒："欢颜小姐不见了，四少和项少找了整晚，还没找到。"

她猜到会发生这种情况，心中担忧更深。

高森转身就要离开。

沐良望着外面阴暗的天色，道："你告诉他，不要着急，欢颜一定没事的！外面天冷，不要生病！"

高森愣了愣，应道："我会转告四少。"

稍后，沐良用最快的速度将儿子送去幼儿园，直接赶到盛氏。

"沐董事长，请您稍等。"秘书拿起电话，请示办公室里的男人。

大门忽然打开，盛铭湛牵过沐良往里走："我们不是中午才见面，怎么一早过来？"

沐良没有说话。

"要喝东西吗？"盛铭湛等不到她回答，吩咐秘书送一杯热牛奶进来，"有事？"他坐在沐良身边。

深吸口气，沐良盯着他的眼睛，问："傅欢颜的事情跟你有关吗？"

盛铭湛嘴角的笑瞬间凝固。

"有关。"他俊脸微抬，"前段时间有人来找我，带来一些照片。"

"然后呢？"

端起面前的牛奶杯递给沐良，他语气不见慌乱："合理利用而已。"

"合理利用？"沐良扬手将他递来的杯子推开，厉声道，"盛铭湛，你说这是合理利用？"

"良良！"盛铭湛背靠沙发，薄唇抿成一条直线，"傅氏是我们的竞争对手，对方强了，我们就会被挤弱，这不是一个很好的机会吗？"

"呵呵。"沐良怒极反笑，指着盛铭湛的脸，语气犀利，"傅欢颜是无辜的，她是我朋友，是我永远都不会伤害的朋友！"

"没有什么是永远的。"盛铭湛缓缓起身，平静眼底暗藏着一种沐良害怕的冷漠。他弯腰将掉在地上的杯子捡起，道，"良良，对于傅家你太心慈手软了，难道你忘记他们以前对你做过什么吗？"

"你是不是要告诉我，今天的事情全都是为我？！"

盛铭湛薄唇轻抿，并没反驳。

心底的怒火慢慢转为心惊，沐良垂在身侧的双手握紧："盛铭湛，你为什么要这么做？"

她还是不死心，想要再问一遍。

"我们很快要结婚了，所有影响我们感情的人和事，我都有义务为你清除。"盛铭湛神色冷厉，回答得不带一丝感情。

"影响我们感情的人和事？"沐良冷笑反问，"你是不是想把傅晋臣跟沐果果也都一并清理干净？"

"不会！"盛铭湛垂下眸，"我不会伤害果果！"

"够了！"沐良再也抑制不住心底的愤怒，"我之前以为是因为果果的关系，可我现在才明白，其实谁的关系都不是，是你自己心里有鬼！"顿了下，她红唇轻抿，"盛铭湛，其实我们之间的问题，根本与傅晋臣无关！是你一直把他横梗在我们中间，是你自己始终都放不下！"

听到她的话，盛铭湛双眸眯了眯。

拉开皮包，沐良把戒指盒放进他的手里。

"什么意思？"

沐良眼神忧郁，语气艰涩地道："盛铭湛，我们解除婚约吧！"她眼眶发红，声音渐渐哽咽，"如果这五年你也在我面前戴着面具，那我情愿走到这里！因为，我不想看到你摘下面具的那一刻！"

办公室的大门一上午都紧闭，秘书不敢轻易进去。自从沐良离开后，气氛异常紧张。直到中午，婚纱店的人匆忙将预订好的婚纱送来，秘书犹豫再三，才把人带进去。

"盛总！"

秘书示意身后两人将婚纱放在桌上。婚纱店的人把盒子打开，颇为得意地开口："盛总，婚纱如期送到，您看看还有哪里不满意？"

黑色书桌后，男人阴沉着一张脸。他缓缓抬起头，目光注视着面前那件洁白的婚纱，忽然扬手将婚纱打翻在地，抬脚想要踢飞，却又在想到什么后，一点点收回脚尖。

终究还是舍不得。

"滚！"男人低吼，压抑着他所有挫败的情绪。

众人在他的震怒声中，头也不回地走掉。

办公室大门再次合上，盛铭湛倚在桌前，许久后才弯下腰，轻轻掸去婚纱上面的灰尘，重新把它放入盒中。

阳光透过玻璃窗，洒在桌面。钻戒的闪亮越发夺目，盛铭湛双眸轻眯，依旧被狠狠刺伤。

傅晋臣几天都没怎么休息，终于找到了傅欢颜，他和项北两人都松口气。

回到名海市，他直接把傅欢颜送去项北的住处，没有回傅家。现在家里外面全都乱成一团，把她放在项北身边，他能够安心一些。

谣言四起后，傅氏股价连续一周下跌，形势不容乐观。

结束晨会，沐良站在窗前，心情沉闷。傅家这场风波来势汹汹，中间要殃及到多少无辜的人，根本无法计算。

这一切都是盛铭湛推波助澜，处心积虑想要的结果。她心底如同打破的五味瓶，各种滋味渗入心尖，莫名复杂。

与盛铭湛解除婚约的消息发布，沐良把主动权留给对方。这种做法在某种程度上直接影响宋氏，但她坚持选择。

这五年的点滴，沐良没有忘记，无论怎么样，她做人做事不想步步紧逼。

沐良吩咐手下人，尽快准备好应对措施，势必把对宋氏的影响减到最低。

傅氏股市持续下跌，虽短期不会殃及到宋氏，但巨大的冲击连带效应非常严重，倾巢之下无完卵，只怕这次波动后，傅氏要面临的局面会是前所未有的严峻。

"四少。"高森将收录的傅氏股价汇总，递交给傅晋臣过目。

傅晋臣详细看完后，黑眸轻眯。

"比我们想象中的情况严重。"高森适时开口。

男人神情似乎看不出什么起伏。

须臾，高森收拾好资料离开。

傅晋臣没有开口，但高森清楚他此时的心情。

周一早上，沐良刚到公司，早间晨报便刊登出盛铭湛与沐良婚期延后的消息。他没有明说解除婚约，延后已足够外界猜测。

林蔷担忧地问："良良，你没事吧？"

"没有。"将报纸放起来，沐良叹息，"我们的股价怎么样？"

"还好。"林蔷拉过椅子坐在她的身边，"事先有准备，一切都在可以控制的范围内。"

"那就好。"沐良松口气，最怕因为自己的事情影响公司。面对盛铭湛的做法，她也算理解，盛氏的股价也需要稳固，他的做法最为稳妥。

"你跟铭湛……"林蓓追问。

沐良翻开资料夹："太多问题不能解决。"

她的回答简单明了，林蓓也是聪明人，自然不会多问："阿姨明白。"

这件事情，沐良没敢跟家里的父母说。她寻思着周末带果果回家，见面解释。

连着两天阴天，始终没等来风雪。傍晚，林蓓开车来到宋家，宋清华约她来喝酒。

庭院石凳上，宋清华喝酒望天。

"怎么喝冷酒？"林蓓拿过她手里的酒。

宋清华皱眉又把酒瓶夺回去："偶尔一次。"

这种时候跟她计较，林蓓赢不了。她放下包，转身坐在她的身边，同样拿起一瓶酒，仰头喝了口。

这是一种特殊的葡萄酒，是宋儒风生前酿造的。家里的酒窖里还有不少，这些年宋清华一直都舍不得喝。

"嗯，好酒。"林蓓肯定地点头。

宋清华偏头看看她，笑道："回头给你两瓶。"

"两瓶？"林蓓不高兴地蹙眉，"宋清华，你太小气。"

"嘁！"宋清华垂下脸，反驳道，"那是我爸留给我的遗物，别人我都不让碰。"

闻言，林蓓眼神黯了黯，抿酒的动作越来越小。这酒确实来之不易，她要好好珍惜。

"爱瑜呢？"林蓓没看到宋爱瑜的身影。

"出去了。"宋清华眉头轻蹙。

"爱瑜经常不在家吗？"

宋清华点了点头："她心情一直都不好，我也不想硬逼她。"

"蓓，我现在有些害怕看到爱瑜。"

"为什么？"

宋清华握紧酒瓶，语气艰涩："每次看到她伤心的表情，我都会觉得很难受。"

林蓓抱着酒瓶，缓缓开口："当年的事情是个错误。清华，我不应该答应你，如果没有把孩子换了，今天良良跟爱瑜都不会受伤！"

闻言，宋清华垂下头，精致的五官隐藏在暗影中："当年我知道自己怀孕了，不知道多少次都想把孩子打掉，起先是我爸让人时刻看着我，后来他以死相逼让我跟简怀亦结婚，我不能不答应。"深吸一口气，宋清华眼底的神色黯然，"一直到我第一次感觉到胎动，我才放弃想要打掉这个孩子的念头！虽然她不应该来到这个世界，可她已经来了……"

"清华。"林蓓环住她的肩膀。

"只是我没想到桑瑜死得那么惨，"宋清华眼神瞬间变得锐利，她激动地握住林蓓的

451

手，道，"简怀亦已经得到我了，为什么还不放过桑瑜？那天他气冲冲地去找桑瑜，我挺着大肚子拦不住他……我应该拦住他的，我应该拦住他的！"

"好了好了！"林蔷见她情绪又失控，急忙按住她的肩膀，"我们不要说那些事情了！"当初宋清华临产前，简怀亦忽然去找桑瑜，没人知道因为什么。最后简怀亦的车子在高速路发生车祸，致使他们两人同时遇难。

桑瑜被送到医院的时候，已经断气，没有抢救的可能。因为车子失火，桑瑜全身被烧得惨不忍睹。宋清华赶到医院，见到的就是血肉模糊的桑瑜，那一幕的画面，深深烙印在她的心底，成为这么多年，她心底始终徘徊不去的阴影。

当时同被送到医院的简怀亦，同样烧伤严重。不过万幸的是，简怀亦并没有死，而是被宋儒风偷偷安排出国治疗。

考虑到当时宋清华的身体状况，宋儒风只能把这件事隐瞒下来。但没想到安排简怀亦治疗的那家疗养院，后来发生火宅，而那场大火后，简怀亦竟然失踪了。

说是失踪，是因为那场大火里并没有发现简怀亦的尸体。这么多年来，宋儒风不间断地去国外寻找，却始终都没有简怀亦的消息。

事情至今没有下文。林蔷无数次想过，如果当年他真的没死，为什么一直毫无音信？！

"蔷！"宋清华仰头灌下一大口酒，甘甜辛辣的味道滑过她的喉咙，如同她此时的心情，她偏过头盯着园中那株沉香树，轻笑一声，"我知道，你一直暗恋简怀亦。"

"胡说！"林蔷下意识地反驳。

"胡说吗？"宋清华眯了眯眼睛，笑道，"如果不是，那你为什么始终都不嫁人。"

"唉……"林蔷抿唇一笑，"你以为人人都跟你一样好命啊，那么多人爱你！我也想嫁人啊，可惜始终都没等到。"

园里那株沉香树，这几年越发长得好。宋清华靠在林蔷肩头，道："你还记得那株沉香吗？"

"记得。"林蔷眼神温和下来，"那株沉香，还是你跟怀亦亲手种的。"

眼底有片刻的迷茫，宋清华勾起唇："如果我跟简怀亦永远都能停在三十年前多好。"

林蔷黑眸动了动，惋惜道："是啊，如果我们都能回到三十年前，也许今天的一切都不会发生！"

宋清华握着酒瓶，心底的滋味复杂。她是宋家唯一的女儿，宋儒风自幼对她宠爱有加，可惜这家业，总要有人继承才行。一次偶遇，宋儒风碰到为母亲筹措医药费的简怀亦。那时的简怀亦还在读高中，因为父亲早逝，家中只有他与母亲相依为命。这样凄苦的身世，令宋儒风想起童年的自己，不禁心生爱怜，主动出资帮助简怀亦的母亲治病，还资助简怀亦的学费。一直到简怀亦考上大学，他的母亲才离世。三十年前的那天，宋儒风将孤身一人的简怀亦带回宋家。

宋清华与他同年，又同在一所大学就读。那时候，宋清华、简怀亦，还有林蔷，他们三个人感情很好。

"景昃鸣禽集，水木湛清华。"第一眼相遇，简怀亦的开场白就是这句，"你的名字很适合你，人如其名。"

那时年仅十八岁的宋清华，因为他的话，微微低下头，满心羞涩。后来的相处中，她渐渐把简怀亦当作知己，有什么秘密，她不敢告诉爸爸的，都会告诉他。

这样美好而纯真的日子，直到宋清华遇见桑瑜的那刻被打破。宛如翩翩公子的桑瑜，很快掳获宋清华的芳心。

有多少个夏夜，宋清华偷偷顺着简怀亦的窗口爬出去，并且叮嘱他："怀亦，我去找桑瑜弹琴，要是爸爸来找我，你一定帮我敷衍哦。"

每次简怀亦都会站在窗口，盯着宋清华欢快地跑远。起先，宋清华总也搞不懂，为什么对她温柔呵护的简怀亦，总在她去找桑瑜的时候冷脸相对，甚至冷到让她害怕。

终于在那个滂沱的雨夜，她醒来看到一丝不挂躺在床上的自己，还有她身边的简怀亦时，彻底幡然醒悟！

身体的痛，远比心里的伤严重。为什么，对她那么好的怀亦，忽然变得如此可怕，如此陌生！

"清华！"望着身边瑟瑟发抖的人，林蔷知道她又陷入回忆里。那些事情千缠百结，很多都解释不清。

林蔷将她拉起来，带回房间。

上午十点，盛铭湛刚刚结束晨会，秘书立刻进来通知："总裁，莫太太要见您。"

"莫太太？"盛铭湛挑眉。

秘书急忙解释："对，莫氏的莫太太。"

"让她上来吧。"

"是。"

最近莫氏与盛氏并没有业务往来，舒云歌来见他有什么事情？盛铭湛背靠椅背，内敛的双眸轻眯。

须臾，舒云歌穿件白色大衣，快步进来。

"盛总。"

盛铭湛请她到沙发坐，吩咐秘书泡咖啡。

"莫太太，找我有事？"盛铭湛喝口咖啡，主动开口。

舒云歌坐在他的身边，一双眼睛不住地在盛铭湛身上打量。她仔细瞧着他的脸，那些仅有的记忆被时间冲淡，变得极其模糊。

"盛总，您是哪里人？"舒云歌忍不住问。

盛铭湛剑眉轻蹙，他是哪里人跟她有什么关系？

"你来找我是问这个？"

意识到自己失态，舒云歌急忙拉开皮包，将里面的文件夹取出来："盛总，你看看这个。"

她将文件放在桌上，依旧盯着盛铭湛的脸。

对于她的眼神，盛铭湛觉得分外不自在，他看过资料内容，脸色微变。

"你们想要跟盛氏合作？"

"对。"

合作案倒是不错，可惜盛铭湛兴趣不大。现在盛氏不缺合作伙伴，与莫氏合作也不过是锦上添花。

因为沐良的关系，他本人对舒云歌的印象不怎么样！

"莫太太，盛氏今年的合作案都安排满了。"盛铭湛将资料退还给她，道，"你们还是另选合作伙伴吧。"

"盛总！"似乎早就预想到他这么说，舒云歌重又拿出一份合作案，再次递给他，"这个合作案的价格，我们莫氏可以降到最低。"

盛铭湛觉得有些意外。他没想到对方能让出这么多利润："莫太太，这个价格，你们完全没钱赚。"

"没关系。"舒云歌眉头都不皱，直言道，"我不在乎钱。"

这做生意的，难道还有不在乎钱的吗？就算她不在乎钱，这种天上掉馅饼的事情，也不应该找他盛铭湛啊，如果舒云歌要讨好，理应去讨好傅晋臣吧！

"莫太太。"盛铭湛脸色沉下来，"你忽然带来这么大利润的案子给盛氏，葫芦里卖的什么药？是不是有人指使你？"

"没有！"舒云歌心急地摆手，解释道，"盛总你别误会，我很诚心地想要跟盛氏合作，没有人指使我，我也没有别的目的！"

这个理由，盛铭湛完全不会相信。商场上的尔虞我诈，他从很小就见识过，早已历练得百毒不侵。

"对不起，盛氏不能与莫氏合作。"

他冷着脸站起身，却被舒云歌一把按住肩膀："铭湛，你听我解释！"

铭湛？男人的目光骤然冷冽，他们之间关系好到可以直呼名字吗？

"莫太太，你失礼了。"盛铭湛口气很冷。

舒云歌心里着急，以至于方寸大乱。面前的这个男人，极有可能是她失散多年的亲人，怎么能让她不激动，不方寸大乱？！

"对不起盛总！"舒云歌有些语无伦次，看到盛铭湛冷冽的眼神，她立刻松开搭在他肩头的手，却在起身瞬间，打翻面前的咖啡。

咖啡弄脏盛铭湛的西装外套。

"啊！"舒云歌惊叫一声，弯腰去擦。

454

盛铭湛皱眉，解开袖口，抽出纸巾将咖啡污渍擦干净。他露出手腕，那个半圆形的疤痕明显。

舒云歌一把拽住他的手，拉到面前。

"放开！"

盛铭湛冰冷的声音足能掉冰碴，舒云歌死死咬着唇，盯着他手腕的疤痕，整颗心不断收紧。她抬起泛红的眼睛，问道："你的疤怎么弄的？"

狠狠推开她的手，盛铭湛的薄唇抿成一条直线。这个疤痕自从他记事就有，具体是怎么弄的，他也不清楚。后来他几次问过母亲，母亲每次都笑说，是他小时候贪玩受伤留下的。

具体怎么贪玩留下的，母亲并没说明。

"莫太太，我的事情跟你有关吗？"盛铭湛清理好袖口，出声赶人，"我还有很多事情要做，请你回去吧。"

"等等！"舒云歌情绪激动地挡在他面前，道，"盛总，你可能是我弟弟。"

"你弟弟？"盛铭湛嗤笑出声。他指了指舒云歌的额头，"莫太太，你是不是精神有问题？"

"不是……"舒云歌不知道要如何解释。

盛铭湛不愿意再看到她，走到书桌前准备吩咐赶人。舒云歌先一步按住电话，深吸一口气，问道："盛总，你知道石头吗？"

石头？！盛铭湛慢慢放下电话，目光锐利地瞪着舒云歌，质问道："你怎么知道石头？"

"石头是我弟弟，是我亲弟弟。"

闻言，盛铭湛脑海一片空白。

石头是舒云歌的弟弟？那他跟石头又有什么关系？

傍晚回到家，盛铭湛捏着车钥匙往里走。

客厅中水晶灯光线耀眼。盛夫人坐在沙发里，正在翻看手中的相册，盛铭湛进门，她都没有听到脚步声。

"妈。"

盛夫人抬起头，眼眶微微发红。

"怎么了？"

盛夫人叹口气，握着儿子的手，道："妈妈在看你小时候的照片，这一转眼，你就已经长大成人了。"

盛铭湛笑了笑："那当然，你儿子已经长大了。"

时光匆匆，盛夫人热泪盈眶："铭湛啊，你就是爸爸和妈妈的希望。"

"我知道。"盛铭湛揽住母亲的肩膀，语气温柔，"从小爸就对我说，盛家的未来在我手上，所以我竭尽所能，不让你们失望！"

盛夫人感动得落泪，儿子确实是他们的骄傲。

调整好心情，她眼神蓦然沉寂："儿子，你跟沐良的事情这样收场也很好，我本来也不愿意。刚才医生来过电话，说你爸爸最近病情又反复，我想这次你跟妈妈一起回去，我们把盛氏的业务也都收回去吧。"

听到她的话，盛铭湛黑眸微动，道："妈，我们在这里的分公司已经扎根，哪儿那么容易说收就收。"

盛夫人抿起唇："是不能收，还是你不想收？"

盛铭湛俊脸紧绷。

盛夫人眉头轻蹙，语气渐渐缓和："铭湛，妈妈没有别的要求，只希望我跟你爸老的时候，你能在我们身边，别让我们孤独无依……"

母亲边说边落泪，盛铭湛最怕看到她哭，立刻软了语气哄她："我不会撇下你们，你担心什么。"

盛夫人神色有片刻的不自然，盛铭湛盯着她眼底闪过的那抹异色，眉头蹙起。

随手翻看几页相册，盛铭湛状似不经意地问："为什么没有我两岁之前的照片？"

盛夫人手里的水果掉在地上，盛铭湛拾起来，抽出纸巾擦干净。

"那时候我跟你爸工作太忙，没时间给你拍照。" 盛夫人平静地回答。

"这样啊。"盛铭湛耸耸肩，掌心落在母亲肩头轻抚，"我先去洗澡，然后陪你吃晚饭。"

"好。"盛夫人应了声，眼神温柔。

盛铭湛转身上楼，嘴角扬起的弧度慢慢收敛。

早上起床不久，傅晋臣换好衣服下楼。他正准备买早餐给沐良跟儿子送去，下楼看到项北的车停在楼前。

"有事？"

项北薄唇紧抿，眼底的神色已然暴怒。他丢给傅晋臣一个信封，抽出支烟点上："你知道欢颜的事情，是谁捅出去的吗？"

调查结果比较详细，傅晋臣看完后，神情同项北一样阴沉。

"哼！"项北丢掉烟蒂，狠狠碾压在脚下，"盛铭湛胆子不小，在名海市还敢有这样的动作！"

傅欢颜昨晚又是一夜没睡，项北心底的怒火不断高涨。他转身要上车，却被傅晋臣扣住肩膀。

"你不能去！"傅晋臣将他拉回来，"你现在要盯好傅欢颜，千万别让她有事，其他的交给我！"

话落，他迅速坐进自己的车里。

"晋臣！"项北不放心，"我们一起。"

"不用。"傅晋臣决绝地关上车门，冷笑道，"我跟盛铭湛之间，有很多笔账要算，不只傅欢颜这一笔！"

项北拦不住，傅晋臣将车开走。他知道傅晋臣的脾气，之前的事情也了解一些。犹豫了下，还是决定给沐良打个电话。

昨晚睡得不算好，盛铭湛来到办公室，沉声吩咐："给我一杯咖啡。"

"是，总裁。"秘书表情为难，"那个……"

"怎么？"

秘书指指大门："莫太太很早就过来了。"

盛铭湛示意秘书离开，抿唇进去。

"石头！"舒云歌惊喜地上前。

盛铭湛冷着脸瞥她一眼，回答得毫无感情："莫太太，请你不要乱叫。"

"我乱叫了吗？"

他反手将东西放在桌上："我对你的话，完全不相信。"

"为什么不信？"舒云歌一把抓住盛铭湛的手腕，"这个疤痕就是证明啊，你是我弟弟，石头两岁那年被烫到，所以才会留下这块疤。"

盛铭湛眼神微动，还没来得及说话，就听秘书叫道："这位先生，没有总裁的允许，您不能进去！"

"滚开！"

傅晋臣的声音很冲，舒云歌转过头，恰好看到他推门进来。

"总裁，他非要硬闯！"秘书后面跟进来，"要不要报警？"

盛铭湛双眸轻眯，笑道："不用。"

"盛铭湛，是男人你就跟我一对一。"傅晋臣修长的双腿微微分开，神色冷然地站在盛铭湛对面。

眼见他怒气冲冲而来，盛铭湛大概猜到原因，他示意秘书出去。

"晋臣，你怎么来了？"舒云歌察觉到气氛不对。

傅晋臣这才发觉她也在，好看的剑眉蹙了蹙，没有回答。

"出去！"盛铭湛冷脸下命令。

舒云歌心急地动了动嘴，却又在看到傅晋臣后，不能多说什么。

"你们……有话好好说。"

大门合上的那刻，舒云歌清楚地看到傅晋臣脱掉外套，挽起衬衫袖口。每次他有这个动作都意味着……

电梯门打开，沐良神色匆匆赶来。秘书看到她出现，立刻跑过来："沐董事长，出事了！"

457

办公室门前站着抹熟悉的身影，沐良怔了怔，很快忽略掉。她手刚刚触到门把，只听里面一声巨响。

沐良双手用力推开大门，迎面那声巨响震耳欲聋。椅子飞出去撞上钢化玻璃，发出的动静很大。

茶几已经被踹翻在地，碎玻璃到处都是，桌椅七扭八歪地横在地上。眼前的两个人身高相仿，出手同样灵活，沐良只能看到他们身影晃动，紧接着就听到拳头落在对方脸上的闷响。

"傅晋臣！"

傅晋臣眼角的余光瞥见她，吼道："不许过来！"

满地的碎玻璃点点晶亮，沐良缩回脚，眉头皱得更紧。

微微失神，盛铭湛挥起的拳头已经逼在眼前。傅晋臣后退半步，脑袋往下低了低，躲闪过他的动作后，反手同样回击。

盛铭湛松开五指，掌心恰好包裹住袭击来的拳头。他挥臂往上挡开，能够感觉到傅晋臣的拳头险险擦着他的脸颊飞过。

他们两人拉开的架势，完全就是拼命！

沐良心里又急又气，她回头想要找些什么东西，发现周围能利用上的物品，已然全部都被他们打碎。

又是一声巨响，书桌上的台灯被打碎。秘书彻底看傻了眼，吓得脸色发白，转头询问身边的沐良："沐董事长，要不要报警？"

舒云歌整颗心都提在嗓子眼，她双手揪住衣服，秀眉紧锁："这样打，要闹出人命的！"

沐良衡量了下两个男人的距离，把手里的皮包丢开，抬腿冲进去。

"沐董事长！"秘书想要拉住，但沐良动作很快。

"够了！"

中间忽然多出一抹熟悉的身影，两个男人反应都很快，几乎同一刻收回拳头。傅晋臣健硕的胸口轻轻起伏，剑眉不禁蹙起："你让开！"

"不让！"

沐良脚下踩着碎玻璃，她红唇轻抿，眼底的怒意明显："你们两个人都多大年纪了，还打架？"

盛铭湛抬手擦了擦嘴角，将那一抹殷红抹掉。他看到沐良周围都是碎玻璃，伸手想要把她拉过来，无奈对面的男人比他更快！

傅晋臣先一步得手，扣紧沐良的手腕，将她拽到自己身侧。

盛铭湛伸出去的手，颓然停在半空中。

"你没事吗？"男人不断在她身上打量。

沐良摇头："没事。"

458

她人是没事，被他们两个人吓得半死。这样的阵仗，沐良也是第一次看到，而且她夹在中间，心情极其复杂。

对面的男人目光直射而来，沐良挑眉看过去，见到盛铭湛红肿的嘴角，她黑眸动了动，瞬间抽回被傅晋臣握住的手腕。

"打够了吗？"平复下心情，沐良开口的声音很冷。

盛铭湛松开袖口，瞥了一眼对面的男人，笑道："这次平手，下次继续？"

"随时奉陪。"傅晋臣语气阴沉。

沐良听得一阵头大，没完没了？

眼见他们停手，舒云歌惨白的脸色才回转。见到沐良站在他们中间，才迫使这两个人不得不停下来的画面，她心尖又狠狠刺痛起来。

傅晋臣走到盛铭湛面前，手指一下下点在他心口："盛铭湛，有本事你冲我来，别总动我身边的人！那样很没种，知道吗？！"

闻言，盛铭湛眼中寒光四起。

沐良再次站在他们中间，厉声道："都给我闭嘴！"

傅晋臣看到她紧紧蹙起的眉头，沉着脸拉起她的手："走了。"

沐良还没来得及说话，已经被他拽走。她不放心地回过头，看到盛铭湛直勾勾盯着她的眼睛。

"石头，你没事吧？"舒云歌小跑过来，声音关切。

电梯门合上前，沐良见到舒云歌一脸紧张。

石头？她怔了怔，记得盛铭湛对她讲过这个名字。

电梯急速下降，傅晋臣脸色阴沉地往外走，沐良跟在他身后。他嘴角发红，手背上也有被玻璃划伤的伤口。

"要不要去医院？"

傅晋臣抿唇："不用。"

沐良扫了眼他的手，硬是将他拉进车里："你去哪里，我送你。"

傅晋臣坐在副驾驶座上，倒是没有挣扎，脸色依旧难看："公司。"

"你早就知道欢颜的事情，跟他有关？"

沐良双手握着方向盘，没有说话。她的手指空空的，那抹闪亮的戒指已然不在。

"你们解除婚约了？"傅晋臣扬起嘴角，"因为欢颜的事？"

车子停在大厦前，沐良敛眉，道："因为很多事情。"

傅晋臣泛红的嘴角勾起一抹笑。这个"很多事情"听着真顺耳，今天这场架打得挺值得！

"今天的事情，到此为止！"她仰起头，盯着他的眼睛，"以后不要打架。"

这算是关心他，还是关心盛铭湛？

"还有更好的解决方法吗？"傅晋臣轻笑。

车厢内的气氛莫名压抑，傅晋臣的眼眸轻眯，道："如果今天因为你，盛铭湛想要打压我，他用多么卑鄙的手段我都不介意！但他伤害了不应该伤害的人，我不能原谅！"

沐良心口压得难受。

直到傅晋臣下车很久，沐良才缓过神来。她眼见他的身影消失在那扇窄小的楼门后，神色越发沉重。

秘书安排人将办公室收拾干净，舒云歌提着医药箱去而复返。

"石头！"

把盛铭湛拉到沙发里，舒云歌打开药箱拿出消毒药水，还有棉签。

"怎么还不走？"

"你受伤了。"舒云歌指着他嘴角的伤。

盛铭湛偏过头，接过她手里的棉签："你可以走了。"

他的态度极其冷淡，舒云歌心头酸涩。看到傅晋臣跟他动手，她心里急得要命，又无能为力。

"石头……"

"停！"盛铭湛心情烦躁，"别老石头石头地叫，叫得我头疼。"

打开皮包，舒云歌拿出一张照片递给他，道："这是我们的全家福，你真的是我弟弟，我没有骗你。"

消毒药水擦过伤口，泛起刺痛。盛铭湛见到那张照片，忍不住笑出声："那个孩子才几个月大，你确定没找错人？"

那张全家福的照片中，被母亲抱在怀里的弟弟只有五六个月，五官模样与现在的盛铭湛无法对比。舒云歌不能从容貌上分辨，她凭着感觉，坚定地认为盛铭湛就是她的弟弟。

"虽然那时候我们还小，但我不会感觉错的。"舒云歌漆黑的眼眸里透着水雾，"我在爸妈的坟前发过誓，一定要找到弟弟。"

盛铭湛态度始终冷淡："莫太太，请你离开。"

"石……"舒云歌改口，道，"铭湛，如果你不相信我的话，我们可以去做血亲鉴定，等到结果出来就可以证明我的话。"

血亲鉴定？盛铭湛脸色微沉。

舒云歌直言，道："鉴定结果无非两种，是或者不是。如果不是，那就是我认错人了！"

闻言，盛铭湛眼底的厉色渐渐褪去。

第十七章
久别五年的深吻

名海市今年的第一场雪很大。清早起床，沐果果自己主动穿衣，表现乖巧。

"妈妈。"

沐良蹲在儿子面前，用温热的毛巾给他擦拭小脸："怎么了？"

"果果好久都没看到超人爸爸了。"

手中擦拭的动作一顿，沐良挑眉看着儿子："果果想超人爸爸吗？"

"想。"沐果果抿唇点头。顿了下，他似乎想到什么，赶快补充，"不过跟想我爸爸比，还差一点点。"

傅晋臣多小气啊，把儿子都折磨成这样？"超人爸爸最近工作忙，"沐良给他擦上润肤霜，又把外套、鞋子帮他摆好，"过段时间妈妈带你去看超人爸爸。"

"要多久？"沐果果问。

沐良回答："也许要有一段时间。"

"等我放寒假吗？"沐果果继续问。

沐良点头。

看到妈妈首肯，沐果果才算改变话题。

沐果果小朋友爱臭美。外套、鞋子、围巾、手套，全部都是他自己搭配。一件黑色羽绒服，一双咖啡色雪地靴，搭配千鸟格的围巾手套，沐果果小帅哥终于满意。

"妈妈，这样好吗？"

沐良早就穿戴整齐，提着包站在儿子身后。她不住地摇头，心想儿子以后长大怎么办？四岁就招摇成这样，再过二十年还得了？

不行！她一定要跟傅晋臣谈谈，不能继续纵容儿子！

"很好。"沐良无奈地开口。

沐果果兴高采烈拿起自己的小背包，拽着妈妈的手，一起出门。

室外温度下降，沐良开车送儿子去幼儿园，随后又来到博物馆的工地。

工地进展顺利，天气寒冷，却不会影响工期。沐良头戴安全帽，绕全场检查一遍，她手里握着图纸，严格监控，发现有问题的地方，绝不懈怠。

这里是外公一辈子的希望，她必须要尽心尽力，丝毫不敢放松。

宋氏与Y集团合作计划初具意向。自从上次沐良与郁坚见面后，按照规定，今天要见郁坚的应该是宋清华。

早上九点，宋清华一套黑色职业套装，干练地走进会议室。助理将需要的所有资料都整理好，她手里端着杯咖啡，眼神专注。

助理把大门打开："郁总，我们总裁在里面等您。"

"谢谢。"男人嗓音沙哑。

宋清华挑起眉，恰好看到郁坚投来的惊愕目光。

"怎么是你？"

宋清华笑了笑，道："坐吧。"

男人拉开椅子坐下："看起来，是我的疏忽。"

宋清华笑而不语。

会议室外，林蔷抱着文件夹，并没有进去。她紧盯着郁坚的侧脸，表情不断变化。

须臾，她转身离开。

上次沐良与郁坚见面后，双方集团的合作案便已有意向。宋清华看过全部资料后，没有反对意见。

"下周我们可以签合同。"宋清华谈公事的时候，与平时截然不同。此时的她，将长发盘起，脸上不带半点笑容。

"可以。"郁坚吩咐助理安排日程。

"郁总，希望我们合作愉快。"

"合作愉快。"

宋清华先离开，郁坚瞅着她走远的背影，嘴角扬起的弧度变冷。

迎面走过一道身影，大家微微往后退开："宋经理。"

"宋经理！"郁坚停下脚步，望着对面的人。

宋爱瑜扫了眼郁坚，蹙眉道："你认识我？"

"宋氏最年轻的总经理。"郁坚双眸含着几分笑，"久仰大名。"

宋爱瑜面带喜色，她倒是不知道自己这么出名。

身边的男人转身而过，宋爱瑜盯着他消失的背影，问身边的秘书："这个男人是谁？怎么会在宋氏出入？"

"他就是Y集团的总裁。"秘书垂首回答。

"Y集团总裁，郁坚？"两家集团准备合作，她知道郁坚这个人。

秘书点头。

宋爱瑜收起惊讶之色，心想早知道他就是郁坚，刚才应该多说些什么。

回到办公室，宋清华看到坐在沙发里玩手机的林蔷："刚才开会你怎么不去？"

"你一个人挺好，我去也是多余。"林蔷正在玩游戏，一个分神输掉这局。

"还说我幼稚，你不是也喜欢这些东西。"

"偶尔玩玩。"林蔷反驳。

"博物馆的工程怎么样？"宋清华打开电脑，开始查看这个季度的报表。

"良良一直在跟进，不会耽误完工日期。"

握着鼠标的手指顿了顿，宋清华眼神并没离开电脑屏幕。

林蔷盯着她的表情，叹了口气。

"等等！"宋清华拉开抽屉，拿出一个包装精致的盒子，"有机会替我送给果果。"

盒子里是最新款的玩具。林蔷问她："怎么不自己去送？"

"故意跟我吵架是吧？"宋清华沉下脸。

林蔷抿唇走到她的身边："你喜欢果果？"

"这孩子很聪明，又很可爱。"宋清华想起沐果果的时候，眼神出奇温柔，她眼神落在玩具盒上，语气里有一丝遗憾，"如果有机会，你把他带来让我看看。"

自从上次跟沐果果见面之后，宋清华一直都惦记着那个小家伙。她还记得那天午后，她坐在钢琴前手把手教他弹琴，那画面印刻在她的心头。

林蔷忍不住叹气："何必呢？"

她掌心落在宋清华的肩头，语气沉下来："清华，现在良良每天都在你身边，难道你就不想做点什么？"

"我能做什么？"宋清华起身走到落地窗前，神色黯然，道，"蔷，这么多年里，我曾经不止一次地想过，如果我不是出生在宋家，如果我只是出生在一个平凡的家庭里，那么今天的我，是不是可以过着我这个年龄的女人，应该过的生活？"她抿起唇，"哪怕是清苦也好，我也许能有块地，种些蔬菜水果，养几只鸡鸭，每天不用操心怎么给公司的员工提高福利，不用担心股价的波动，不用去想宋氏今年排名第几，明年的目标是什么。"

林蔷走到她的身侧："我知道你很累。"

宋清华眼神动了动，"因为我是宋家的女儿，是爸爸妈妈唯一的寄托，我不能辜负爸爸的心愿，我一定要把宋氏发展下去，这是我的使命，也是我的宿命！我从来都没有机会选择！"

"清华……"

林蔷心底滋味复杂："所以当年你让我把良良送走的时候，才对我有那两个要求：第一，不要给她找家庭太富足的环境；第二，一定要给她找个夫妻恩爱的家庭。"

眼底泛起一片温热，宋清华目光沉静，道："也许在外人看来，能够生在我们这样的家庭里是一种幸福。可是当这种所谓的幸福禁锢住自由时，它就会变成一把枷锁，而且是终生都无法解开的枷锁。"

"清华，其实你对良良，并不是那么冷酷的，为什么总在她面前强装成那副模样？"

"我只能这样吧！"宋清华轻笑一声，她握住林蔷的手，道，"蔷，我身边那些让我爱的、恨的、怨的人都已经离开我，只剩下你了！你答应我，要永远陪着我，不能不理我！"

"傻瓜！"林蔷有些哭笑不得，心底的滋味复杂，"你还有良良啊，她身上流着你的血，她才是你的亲人，是你在这个世界上，最亲的亲人！"

窗外阳光刺眼，宋清华觉得眼眶一阵酸涩。这几十年的分别，注定她跟沐良之间错过很多很多。

临近中午，傅晋臣正在因为预算犯愁，高森神色匆匆地推门进来："四少。"

"说。"

"太太来了。"高森不得不开口。

高森搀扶尤储秀进来，她右脚的脚踝处肿起有馒头大小。

"你的脚怎么回事？"傅晋臣眼神沉下去。

尤储秀顾不上解释这些，一把拉住傅晋臣："欢颜回家把东西都带走了。"

傅晋臣似乎早有预料，他按住尤储秀的肩膀坐在椅子里，蹲下身卷起她的裤脚，蹙眉道："走吧，我带你去医院。"

"老四！"

尤储秀拉住儿子的手，哽咽道："你还在生妈妈的气？"

傅晋臣扶住尤储秀的肩膀，薄唇轻抿。

儿子目光清冷，尤储秀咬着唇，哭道："欢颜不回家，你也不回家，你们是不是都不要我了？"

暗暗叹口气，傅晋臣沉声道："不会，我们先去医院。"

须臾，傅晋臣搀扶母亲下楼，开车赶去医院。

回到家的时候，已是午夜。盛铭湛将车熄火后，在车里稍微平静了下，然后才打开车门，轻手轻脚地往里走。

他打开玄关的灯，久候的盛夫人快步过来："怎么才回来？"

"妈，你怎么还没睡？"

"你不回来，妈睡不着。"盛夫人拉起儿子的手，"吃晚饭了吗？"

"还没。"

盛夫人吩咐用人热饭，摆在餐厅里。

名海市的冬天很冷，盛夫人不适应这里的气候，坐在空旷的客厅里打了个寒战。

"拿件外套来。"盛铭湛亲手将披肩为母亲裹好。

盛夫人温柔地笑了笑，陪着盛铭湛坐在餐桌前，眼神落在儿子身上，心疼道："铭湛，你最近瘦了。"

饭菜热气腾腾，盛铭湛神色如常，"哪有？你儿子的体重，常年保持一致。"

"呵呵……"盛夫人难得溢出一丝笑，都是因为儿子的贴心。

"妈！"盛铭湛放下筷子，"我订了明天的机票，我们回去看爸爸。"

"明天？"盛夫人惊讶，"你有时间吗？"

"我能腾出两天来。"

"也好，"盛夫人点点头，"我之前找的那些偏方都没什么效果，回去我要把你爸之前的病历都带回来，再找个好的中医问问。"

盛铭湛环住母亲的肩膀，扶她一起上楼："早点休息，我们明天还要赶飞机。"

"你也早点睡。"盛夫人同样叮嘱儿子。

回到卧室，他随手打开灯，转身倒在床里。

盯着屋顶垂下的水晶灯，盛铭湛双手交叠垫在后脑，仰躺着一动不动。化验结果证明他与舒云歌为亲缘关系。

这个消息对他来说，似乎太过突然，却又好像潜藏在他心里许久，只等爆发出来而已。

心头盘旋太多的疑问猜忌，盛铭湛还无法肯定答案。他必须还要求证一次，如果答案相同，他才能相信。

清早睁开眼睛，傅欢颜裹上所有被子，还是觉得冷。她动作迅速地套上能穿的衣服——厚重的羽绒服和雪地靴，跑下楼。

站在画板前，重新审视昨晚没有画完的作品，她还算满意。可惜今早的寒意，将她昨晚的灵感冻跑，此时她握着画笔，脑袋里空白一片。

此时，有人敲门，傅欢颜以为是项北。她打开门，嘴角的笑意蓦然僵住："你来干什么？"

连漪神色尴尬："我能进来吗？"

傅欢颜转过身，并没有回答。

室内温度比外面的寒意更重，连漪扫眼周围："你怎么能待在这么冷的地方？"

傅欢颜裹紧身上的羽绒服，眼神比室温更冷："跟你没关系。"

"欢颜！"连漪激动地开口。

"不许这么叫我！"傅欢颜丢开手里的笔，"画我已经交给你了，如果你有不满意可以退，如果没有，就请离开！"

连漪脸色一阵发白，手指刚要触上她的肩膀，却见她躲闪开："欢颜，我才是你的妈妈。"

"呵……"傅欢颜嘲弄地轻笑，看向她的目光凛冽，"我应该感谢你是吗？感激你给我这样一个美好的身世，让所有人都嘲笑我？！"

"我……"连漪心狠狠收紧。

傅欢颜忍住发酸的眼眶，恨声道："我不想看到你，永远都不想！"话落，她低着头跑上楼，头也不回。

连漪紧咬唇瓣，整张脸惨白如纸。明明她们母女相距不过一步，但她永远都无法触碰到自己的孩子。

傅欢颜一口气跑回楼上，紧紧关上门。她心底压抑着太多的羞愤与怒气，根本无法接受连漪的出现。本是随口的发泄，却不想她的那些话，竟然成为她们母女的诀别。

司机将车停在画室外，尤储秀提着保温盒下车，一眼就见到出来的连漪。

"你还敢来？"

连漪脸上的哀伤还来不及收起："我只想来看看我的孩子。"

"你的孩子？"尤储秀眼神沉下来，"因为你的出现，事情才闹成这样。这三十几年，傅欢颜都生活得开开心心、无忧无虑，连漪，这就是你的目的？"

"不是！"

连漪抬起头，盯着面前的女人，道："当年我怀孕的消息，是你告诉傅家的人吧？"

听到她的问话，尤储秀低下头。

当年傅家老太爷还在世，知道连漪怀着傅家的骨肉，绝对不会允许傅家的孩子在外面长大。那时尤储秀同样有着身孕，后来傅家老太爷将连漪所生的孩子交由她来抚养，这才有后来尤储秀生下双胞胎的说法。

连漪眼底划过一抹暗色，傅家不允许她把孩子带走，又因为心底的愧疚与难堪，她才只能忍痛将女儿留下。那种骨肉分离的痛苦，无时无刻不在折磨她的心，所以她只能偷偷跑回来看看女儿，却从来不敢惊动她。

尤其是看到傅欢颜越来越大，在傅家越来越得宠，连漪更加找不到把她接回到身边的理由。但终究是她的骨肉，她想要听自己的女儿喊自己一声妈妈！

那些往事，连漪不想再去追究。她只想要傅欢颜开心地生活，一辈子幸福。

尤储秀弯起唇角，声音里有种莫名的哀伤："你离开吧！"她盯着连漪黯然的目光，沉声道，"事情闹成这样，东亭绝不会让你把欢颜带走。而且欢颜也不会跟你走！所以，只有你离开，才能平息这一切！"

连漪眼底那抹忧伤，愈加浓烈。

前方的那抹身影渐行渐远，尤储秀五指用力收紧，才能把眼眶中的酸涩逼退回去。当年傅东亭遵从父命迎娶尤储秀，他与连漪早就暗生情愫，只是碍于连漪的身份，所以傅老爷子始终不同意他们的事情。

嫁进傅家，成为傅家的当家主母，尤储秀经受着各种压力。她要面对傅家的长子与次子，扮演好继母的角色，还要应对傅家各方的排挤争斗。尤其在她怀孕后，更要步步为营，步步小心，直到她知道连漪竟也有孕，满心震惊与愤怒。冷静后的她，必须要为自己肚子里的孩子铺路。

她想尽办法将连漪的孩子接纳，这不仅断了傅东亭与连漪的联系，还能让傅老爷子对她更加信任与倚重，坐稳傅家当家主母的位置，为她的儿子赢得重要的地位！

尤储秀长叹，事情始于算计，这三十多年的母女情分却是真的！自从把傅欢颜带在身边，她看到这一双儿女，早已全心全意接纳了她。

傅家的丑闻曝光后，虽被傅东亭全力压下，影响远比他想象得深远。傅氏股价连续十天波动，昨天的股价更是跌破最低点。

一辆出租车，沿着市中心的街道行驶。连漪坐在车后座，望着窗外不断飞逝的景物，她嘴角轻抿："师傅，请您在前面停一停。"

司机将车停在傅氏大厦对面，连漪降下车窗，眼睛沿着大楼一层层往上看，直到将目光落在最高的那层。

前方车水马龙的街道繁华，连漪隔着这片喧闹，心头出奇安静。

与君初相识，犹如故人归。

这是她第一次见到傅东亭时，发自心底的声音。可惜这世上的事和人，总会有那么多的错过，他们的相遇，注定是场遗憾。

"要不要掉头过去？"司机转头问后座的人，"这里不能停车太久。"

"不用了。"连漪收回远眺的目光，"去机场吧。"

司机发动引擎，将车开走。连漪拢紧身上的披肩，俏丽短发迎着寒风轻轻吹起，她始终盯着落在身后的那栋大厦，直至彻底消失在她的眼中。

当年初来名海，连漪只身一人，如今离开亦是孑然一身。终点又回到起点，只徒增这三十几年的想念罢了。

眼角滚落出温热的泪水，连漪敛起视线，抑制不住心底的酸楚。第一最好不相见，如此便可不相恋。

三天后，连漪前往南极拍照，因发生雪崩不幸遇难。

凌晨四点钟，沐良睡意全无。她低头亲了下儿子，拿起披肩，走出卧室。

电视里还在报道昨天的晚间新闻，画面是在机场拍到的。傅欢颜一身黑色装扮，戴着大大的黑色墨镜，被项北小心翼翼拥在怀里，绕过周遭包围的记者。

提问声不断，傅欢颜一直低着头，什么话都不说。项北有意地遮住她的脸，将她护在身边，神情冷峻。

他们刚下飞机就被围堵，可见傅家这段丑闻风波仍在继续。接到连漪出事的消息后，傅欢颜跟项北立刻赶往南极。那里是摄影爱好者的梦想之地，连漪原本想为她最后一本影集拍摄几组照片，却没有想到，这一去竟是永别。

沐良关掉电视，心情很不好。客厅里的温度有点低，她拢紧披肩，拿起手机犹豫了下，还是选择发短信的形式。

几十秒钟后，短信回复过来："你也失眠了？"

沐良看到他说也，知道他应该也没休息好："嗯，欢颜怎么样？"

"不太好。"

"需要我帮忙吗？"

"目前还不需要。"

沐良盯着他的回复，正在想下句要说什么，他的短信先一步进来。

"良良……"

"？"

差不多一分钟后，傅晋臣的短信才再度回复过来："答应我，永远都不要一个人去那么远的地方！"

沐良握着手机，眨了眨眼，泛起一阵酸意。这场意外带给大家太多感触，心都变得脆弱，她抿起唇，回复道："不会，我舍不得儿子。"

"难道你舍不得的，只有儿子？"

男人发短信的速度明显提高，沐良瞪着手机，选择这条短信不予回复。

用人沿着庭院寻找，远远看到尤储秀坐在树下："太太。"

尤储秀扶着树干站起身，弹去身上的尘土："什么事？"

"三小姐回来了。"用人如实道。

尤储秀脚步急切地往回走，刚刚复原的右脚还有些刺痛。她赶回客厅，只见傅欢颜神色冷然地站在正中间。

傅欢颜脸色憔悴，两边脸颊都凹陷下去，短发贴在脸颊，愈加显得她气色不好。她一身黑衣裹身，耳边别着一朵素白的小花。

尤储秀眼眶发酸："欢颜……"

傅欢颜微微侧目，望向她的眼睛里布满血丝："她死了。"

这三个字，滑过傅东亭的心。他抿唇坐在沙发里，握着茶杯的五指缓缓用力收紧。

"欢颜，"尤储秀将女儿拥进怀里，"别难过。"

"为什么不能难过？"傅欢颜推开尤储秀的怀抱。女儿含着眼泪的双眸直勾勾的，竟然让她心头一阵发颤。

"欢颜，妈妈不是这个意思。"尤储秀心急地想要解释。

傅欢颜咬着唇："为什么瞒着我？"

这些日子以来，傅欢颜从没质问过，今天是她第一次站在父母面前质问他们。

傅东亭脸色很难看，他扫了眼周围的那些人，道："你们都回去。"

姚琴不想错过看笑话的机会，但傅政拉起她的手腕。

"小政！"姚琴不满，傅政动作麻利地将她拽上楼。

傅东亭发话，众人自然不敢围观。曹婉馨推着傅世钧的轮椅转身，擦身的间隙，傅世钧看了看傅欢颜，不忘轻声叮嘱她："欢颜，跟爸爸好好说。"

好好说？！傅欢颜冷笑了声。

客厅中安静下来，傅东亭看着面前的女儿，道："因为你是傅家的孩子，只能在傅家长大。"

傅欢颜挑眉，笑道："那你有问过我的意见吗？"她眼中含着泪，质问他们，"你们从来都不告诉我，我还有一个妈妈。这三十多年，我甚至都不知道她的存在，这对她公平吗？对我又公平吗？！"

"公平？"傅东亭笑了笑，眼底的神色黯然，"你出生在傅家，拥有的东西多出别人那么多，这本来就不公平！"

"我不想……"傅欢颜冷下脸，声音含着怒气，"我不想要这种不公平！"从怀里拿出连漪留下的那封信，她哽咽道，"如果这种不公平，要换掉我的亲生妈妈，我不要！"

"欢颜！"尤储秀神色大惊。

傅欢颜看看尤储秀，又看看傅东亭，眼泪不住在眼眶中打转："我还来不及接受这个事实，就已经永远失去了她！甚至……甚至都没来得及喊她一声妈妈。"

傅东亭紧绷的脸色渐渐转为苍白。他抿着唇，说不出话来。

"我讨厌你们！"傅欢颜抬手抹掉眼泪，锐利的目光落在他们的身上，"讨厌你们每一个人！"

话落，她不顾尤储秀的阻拦，转身跑远。

"欢颜！"尤储秀眼见她推开自己的手，头也不回地跑远。

"东亭，欢颜她……"尤储秀的话还没说完，就看到傅东亭煞白的脸色，她急忙跑到他身边，从他口袋里拿出药瓶，倒出两粒白色药丸喂进他的嘴里。

"去请医生来。"尤储秀把管家喊来，让他去请医生，同时叮嘱他不许张扬。

管家了然地点点头，并亲自动身去请。

别墅后面的小院里，傅世钧坐在轮椅中，恰好看到管家神色匆匆离开的身影。他苍白的脸上神色平静，低头铺平腿上搭着的毛毯。

早上例会结束，林蔷带着需要签字的文件，来到董事长办公室。

"哎哟！"扑面而来的花香袭人，林蔷指了指花瓶里的黄玫瑰，"谁送的？"

"蔷阿姨，你好八卦！"

接过沐良签好字的文件，她道："良良，傅晋臣出差很久了吗？"

沐良怔了怔，随口道："不知道。"

眼见她微红的脸颊，林蔷适时收起玩笑。

办公室的门关上后，沐良才抬起头。她丢开手里的笔，轻数瓶中的黄玫瑰，有些已经凋落残败，她都没舍得丢掉："一、二、三……二十三。"

哦，原来傅晋臣已经离开二十三天了。他竟然一个电话都不打，难道不想儿子吗？

沐良想起他那天的话。

他说："我要是一次送九百九十九朵，你就只能感动一次。所以我每天只送一朵，那你就能感动九百九十九天。"

白天玩得太累，沐果果很快睡着。沐良掖好被子，把床头灯调暗，才走到外间，开始收拾屋子。

平时工作繁忙，难得有时间收拾家。今晚她有时间，先把儿子和她的衣服分别清洗干净，又把客厅和厨房这两个最乱的地方收拾好。

一个小时后，沐良看着整洁的家，满意地笑了笑。清理厨房收拾出来一大袋垃圾，她见儿子睡得熟，便穿上外套，拿着钥匙下楼丢垃圾。

外面天气沁凉，沐良丢掉垃圾袋子，没走几步，忽然停下步子。

闭上眼睛，往前行走十三步。

这个游戏，沐良很早以前就玩过。她还记得，第一次玩的时候，她走完十三步，遇见的人是傅晋臣。后来她又走过一次，碰见的却是电线杆。

这次，她同样闭眼默数，不知道睁开眼的那刻，能遇见什么？

沐良每次迈出一步，都会很大声地数数。其实她也很孩子气，明知此时已是深夜，周围一个人都没有，还想要碰碰运气！

数到十三，沐良睁开眼睛，映入她眼帘的，只有楼前的玻璃门。眼底悄然滑过一丝失落，她双手放在嘴边哈着热气，来回搓了搓。

沐良啊沐良，怎么年龄越大，越幼稚了呢！她撇撇嘴，心想赶快回家吧，如果儿子醒来看不到她，肯定要哭。

"你在等我吗？"＞我了的话，沐良轻笑道："记得，二十八岁之前生孩子，我对不起她！

身后蓦然响起一道熟悉的嗓音，沐良整个人怔在原地。垂在身侧的双手一点点蜷起，她轻咬唇瓣，甚至都不敢转过身。

等了半天，她还是背对自己，傅晋臣终于失去耐性。他迈步走到她面前，道："这么晚，你下楼来干什么？"

"我……"沐良眨了眨眼，"丢垃圾。"

傅晋臣先是一愣，而后蜷起食指狠狠弹在她的额前，恨声道："沐良，你回答得还能再煞风景点吗？"

沐良脑海中里有片刻空白。她刚刚数到十三，傅晋臣就出现了是不是？！

望着她呆滞的表情，傅晋臣好看的剑眉紧蹙："不认识我了？"

沐良还是不回答，紧紧盯着眼前的男人。她玩过三次十三步的游戏，有两次都遇见同一个男人，每一次都是傅晋臣。

这么久没见，她竟然是这副表情。难道都没有想过他吗？

"你想我吗？"傅晋臣不死心地问。

沐良只觉得心口涌动的情绪，排山倒海而来。想吗？她眼眶渐渐发酸，如果不想为什么大半夜不睡觉，苦苦期盼什么？！

日夜思念的人近在咫尺，傅晋臣再也按捺不住心头的感情。他猛然扣住沐良的脸，低头将吻落在她的唇边。

怀里的人并没有抗拒，这足以让傅晋臣心花怒放。他并不敢深入纠缠，渐渐松开她。

直到沐良环抱住他的肩膀，傅晋臣惊愕之余，难耐欣喜。他一把将沐良拥入怀里，再次低下头，这次的吻犹如疾风骤雨般激烈。

唇上的吻，几乎令人窒息。沐良手脚发软，整个人毫无抵抗力。她身体的全部重量都依附在傅晋臣的怀抱里，想要寻找一个支撑点，也是枉然。

"唔！"她困难地发出喘息声，傅晋臣将她的唇瓣堵得严严实实，不留一丝缝隙。

心口压抑得难受，沐良掌心贴在他的肩头，用力推了推。她突然用力推搡，立刻唤醒男人的警惕。

傅晋臣恶狠狠瞪着怀里的人，那眼神足以吃了她！

沐良有几分忌惮。他的眼神好可怕！

"那个……"许久都没见过他如此凶恶的表情，沐良的声音都发颤。

傅晋臣胸口不住起伏，掌心贴在她腰间，呼出的气息滚烫："怎么？"

她打断的理由必须要足够充分，否则饶不了她！

似乎察觉到他的心思，沐良惊惧地咽了咽口水，沉声道："我们都在楼下，要是儿子醒来怎么办？"

儿子？傅晋臣竟然觉得儿子的存在有些碍手碍脚。

"我要上去了。"沐良拉开同他的距离，脸颊红似火烧。

电梯门打开，傅晋臣顺势跟她进来。

"你怎么不回家？"沐良戒备地问。

傅晋臣一只手圈住她的腰，道："去看我儿子。"

他跟在沐良身后，理直气壮地进门。

客厅开着一盏落地灯，光线昏暗，儿童房的门关着，沐良推门进去，很快又笑着出来："还在睡。"

傅晋臣呆呆站在原地。

沐良拿出男士拖鞋，放在他的脚边："换鞋，我刚擦过地板。"

他依旧不动，眼眸直勾勾地盯着她："沐良……"

面前的男人忽然出声，沐良下意识抬头，嘴巴微微张开。她的反应，恰好给予男人可乘之机。

他忽然低头，吻再次落下。

腰间缠上一双大手，后背抵在门板上，她瞬间变为人家囊中之物。

"疼！"刚刚那个吻，嘴角的刺痛犹在。沐良缩着脑袋想要躲开，傅晋臣掌心落在她的后脑，有技巧地控制住她，不让她乱动。

"不会让你疼。"

耳边拂过一阵热气，沐良脸颊发红。她能看到面前的男人嘴角的笑有多么暧昧。

流氓！沐良狠狠瞪他，扣在他肩膀的五指用力收紧。傅晋臣眯起眼睛，指腹轻轻按压在她的嘴角，果然看到有淡淡的红痕。

这是他咬的吗？傅晋臣似乎想不起来。刚才情绪太过激动，他做过什么，压根没印象。

"补偿你。"在她惊讶的目光中，傅晋臣再次低头。

情难自禁的动作，撩拨着傅晋臣的心。他掌心沿着她的后背一路往下，渐渐发觉沐良外套下面只穿着睡衣。

"嗯，穿睡衣很好。"薄唇紧贴她的耳边，他坏笑道。

沐良生怕吵醒儿子，拽住他的手："傅晋臣！"

她的声音含着暴怒，傅晋臣自然听到了。他有再强大的意志力，经过五年独守，也会觉得难耐！

"良良……"耳边的声音暗示某种信息。

"不行！"沐良一脸慌张，"儿子会醒来的。"

"要是果果不醒呢？"傅晋臣笑着反问。

沐良脸色红透，狠狠朝他腰间掐去。

傅晋臣没有躲闪，瞬间将她压入怀里。

对面房间的门忽然拉开，她转过头，只见儿子揉着眼睛，迷迷糊糊地往外走："妈妈，我要尿尿。"

"放我下来。"沐良压低声音。

这小子醒来得真是时候！

沐果果眨了眨眼睛，看清那两人后，扯着嗓子尖叫："啊！"

沐良赶紧掰开傅晋臣的手，几步跑到儿子面前："果果怎么了？"

"妈妈，果果做梦了。"沐果果瞪着面前的男人，表情呆萌。

"爸爸回来了。"

"真的？"

"果果！"傅晋臣笑着开口。

沐果果伸出肉嘟嘟的小手拉住他的胳膊："爸爸，你回来了。"

儿子的笑脸，足以抵消被破坏好事的愤怒。傅晋臣低头亲了亲他的脸蛋，柔声道："对，爸爸回来了。"

沐果果脑袋枕在他的肩头："我要尿尿。"

儿子有要求，傅晋臣自然要满足。他抱着儿子去浴室，帮他解决好后，又把睡眼惺忪的儿子送回卧室。

既然答应他留下来，沐良便要准备东西，她把儿童房收拾干净，回来却见傅晋臣躺在

472

她的床上，怀里抱着儿子。

"傅晋臣！"

沐良还没来得及爆发，儿子已经拍拍身边的位置，笑道："妈妈过来这边哦。"

她走到儿子身边坐下，沐果果爬到妈妈怀抱里："妈妈，爸爸，还有果果。"

儿子开心的低喃却令沐良心酸。自从儿子出生后，这还是第一次，他能同时待在父母身边。

傅晋臣掌心轻落在她的头顶，动了动嘴，无声道："别让儿子失望。"

是啊，沐良不忍心儿子失望。

"晚安。"傅晋臣轻吻儿子额头，同时也吻在沐良额前。

沐果果高兴地翘起嘴角。

"晚安。"沐良读懂傅晋臣的眼神，从现在开始，他们都要努力把亏欠儿子的还上。

窗外月色撩人，沐良听着儿子渐渐平稳的呼吸，神情温柔。这张床忽然多出一个男人，她不习惯。

身边人长发铺陈在枕边，傅晋臣抬起手，抚着记忆中的柔软发丝，嘴角勾起的笑容很满足。

望着儿子，还有她，他多日来的疲惫一扫而光。他的人生，因为有了他们才能幸福。

翌日早上出门，沐良感觉儿子特别开心。他走在父母中间，蹦蹦跳跳地从电梯里出来，见到认识或者不认识的邻居，都会主动打招呼。

沐良知道，儿子在显摆呢！

"小心开车。"傅晋臣把儿子抱进安全座椅，回身叮嘱沐良。

沐良点点头，眼神温和。傅晋臣犹豫了下，将她拥入怀里，道："今天是我们重新开始的第一天。"

重新开始？沐良眼神微动，笑道："既然是重新开始，我们是不是应该从自报姓名开始？"

傅晋臣推开半步，主动伸手："你好，我是傅晋臣。"

"我是沐良。"沐良眼角有泪光闪动。当初他们在一起时，跳过太多的步骤，如果绕一圈还要回到起点，她不想再错过每个细节。

"还有我，还有我！"

人家两个人欢欢喜喜地寻找恋爱的感觉，从车里冒出一颗黑黑的小脑袋，奶声奶气抢白："你们好，我叫沐果果！"

沐良大笑出声。

傅晋臣弯腰在儿子额头亲了下，眼底有些温热："对，还有你。"

此刻他满心感恩，幸好他们之间拥有这个宝贝。

深夜，一栋欧式别墅前，一辆黑色轿车停了下来。

舒云歌把用人都支开，独自等待盛铭湛的到来。

　　"你来了。"

　　"结果怎么样？"

　　盛铭湛把化验单递给她。

　　舒云歌盯着结果，泪如雨下："你是我弟弟，你就是石头。石头，我是姐姐。"她紧紧握住盛铭湛的手。

　　盛铭湛抹去她的眼泪："姐，别哭。"

　　没有想到他能喊自己一声姐姐，舒云歌眼泪流得更加汹涌。她抱住面前的人，哭道："石头，你知道姐姐找了你多久吗？我真的好怕找不到你！"

　　盛铭湛脸色黯然，事实不能骗人，他不是盛家的孩子。

　　等到她平复心情后，盛铭湛才问："姐，到底怎么回事？"

　　舒云歌抽出纸巾擦干眼泪，把她还能记得的事情，全都告诉弟弟。当年家中突变，她年龄小，很多事不清楚："我只记得，爸爸之前的公司很好，后来不知道怎么就欠了一大笔钱。每天都有人来咱们家追债，好可怕！"舒云歌回想起往事，不自觉环住肩膀，"那些人每次上门，妈妈都会抱着我们躲进卧室。有一次，我还听到楼下有摔东西的声音，把我和妈妈都吓哭了。"

　　盛铭湛黑眸轻眯："后来呢？"

　　她双手恐惧地交握在一起："那天我从幼儿园回来，爸爸和妈妈都不在，有人把我带到医院，看到……"

　　"看到什么？"盛铭湛追问。

　　舒云歌红着眼睛，哽咽道："看到妈妈爸爸都躺在那里不动，医生说他们是跳楼摔死的……"

　　"跳楼？"盛铭湛猛然站起身。

　　舒云歌将脸埋入掌心："后来我们被送去孤儿院，因为你年纪小，收养的人很多，姐姐只能看到你被人带走……"说到后面，舒云歌声音渐渐低下去，直到泪流满面。

　　盛铭湛揽住她的肩膀："姐，知道我们家欠谁的钱吗？"

　　舒云歌摇摇头，那时候她年龄很小，对于家里的事情并不了解。

　　盛铭湛没再逼问，对于这份重拾的亲情，他内心深感震惊。他也终于明白，为什么梦里总会响起那个名字。

　　自从与盛铭湛相认，舒云歌总算找到一丝慰藉。清早起来，她梳洗好正要下楼，桌上的手机响起来。

　　那个号码即使多年不见，她依然没有忘记。

　　"喂！"舒云歌脸色紧张。

　　"好久不见，Ann。"对方的声音很低。

　　"我们早就说好的，那件事后，两清了！"

"这几年，你过得不错。"对方的语气听不出喜怒，但她明白，又要有事发生。

"你答应过我，不会打扰我。"

男人轻笑了声："我可以不打扰你，不过总有人要被打扰。"

舒云歌吼道："不许用他威胁我！"

"别说得这么严重，不过想要你帮个小忙而已。"

舒云歌深吸口气："什么？"

电话那端的男人，满意地勾起唇。

地面一片雪白，远处银装素裹。沐良喜欢下雪，她闻着清新的空气整个人都舒畅了。一路走进大厦，员工都感觉董事长今早的笑容特别灿烂。

侧面电梯门打开，宋爱瑜只能看到沐良一闪而过的身影。

另外的走廊通道有人神色匆匆过来，宋爱瑜立刻警觉道："怎么？"

那人左右看看，把宋爱瑜拉到僻静角落："有笔账好像引起注意了。"

宋爱瑜脸色一变："哪笔？"

黑色文件夹内的资料清楚，如果这笔账被查出来会很麻烦！

"林副总安排人继续查。"那人将打听到的小道消息，全盘托出。

宋爱瑜眼底的神情冷下来。

须臾，她沿着楼梯上楼，刚刚那人也混进工作区，分不清去向。

日历上画着的大大红圈，标注儿子的生日。沐良筹划多时，不想被突然多出的傅晋臣打乱计划。

沐毅一早来电话，想为果果庆生，被沐良干脆地拒绝了。

"姐，你跟铭湛哥真的分开了？"

沐良抿起唇。

沐毅轻笑一声，道："好吧，我有份礼物送给果果，生日宴改天再补。"

"好。"

临近下班，助理将礼物送进来。沐良瞅着那个巨大的盒子，不禁暗暗叹气。

如今沐毅行事的挥霍程度，真是令她担忧！

下了班，沐良到幼儿园接孩子，但老师说，傅晋臣已经把沐果果接走了。她心急火燎地赶回家，进门见儿子跑过来。

"妈妈你看，超人耶。"

透过镂空的盒子，圆形蛋糕顶层上，超人造型醒目。

沐良沉着脸，不悦道："傅晋臣，你回来怎么不早说？"

男人笑着从厨房出来，腰上戴着围裙，手里举着铲子，模样有些可笑。

沐良心底的怒火瞬间消散。

晚饭两个人一起准备，时间要少用很多。沐良掌勺，傅晋臣帮忙打下手。

"开饭了！"最后一个菜端上桌，傅晋臣喊儿子过来吃饭。

沐果果趴在桌前，馋得差点流口水。今晚给儿子过生日，晚饭口味全都是他喜欢的。好在傅晋臣跟儿子口味差不多。

叮咚。

傅晋臣打开门，门外人恭敬道："四少，太太让我来给小少爷送礼物。"

"放下吧。"

沐果果跑过来，拿起个包装精致的盒子，拆开包装。

儿子坐在沙发里玩心爱的玩具，傅晋臣捧着饭碗，语气犹豫："那个……"

"没关系。"沐良先回答，道，"如果能有多些人来疼爱我儿子，也是件不错的事情。"

傅晋臣轻轻握住沐良的手，没有再解释什么。这就是他们现在的感情，她能够站在他的角度思考，而他也会顾及她的感受。

蛋糕摆在桌中央，沐良准备好蜡烛，打算为儿子庆生。

窗外的雪花渐渐停歇，傅晋臣拿起外套出门。

"你去哪里？"沐良把生日蜡烛插好。

"等我一会儿。"

话落，他关上门出去。

外面那么冷，他出去做什么？沐良放下打火机，等他回来点蜡烛。

客厅到处都是儿子的玩具，沐良一件件收拾好，发觉傅晋臣已经出去半个多小时。

这男人干什么去了？

"傅晋臣，你在哪里？"她把电话拨出去。

"你到窗口来。"

沐良握着手机走到窗前看下去，楼下空地前，傅晋臣身穿黑色大衣对她扬手。

在他身边不远处，堆起了三个雪人。

沐果果一声尖叫："妈妈，雪人啊，果果要玩。"

儿子跑进卧室，穿戴整齐，拉住她的手。

这种时候，她无法拒绝。

"哇——"下楼后，沐果果飞奔到傅晋臣身边，兴奋道，"爸爸，果果也要堆雪人。"

傅晋臣牵着儿子的小手，带他滚雪球。

前方三个并排站在一起的雪人，模样可爱。两大一小，虽然看不出五官，但沐良知道，左边的雪人是傅晋臣，右边的雪人是她，而中间那个小雪人，是沐果果。

沐良眼眶发热。她见到儿子解开自己的围巾，圈在中间小雪人的脖子上，甜甜的笑声飘出很远。

傅晋臣似乎受到儿子的感染，也把他脖颈中的围巾取下来。他没有放在自己这边，而是为右侧的雪人围上。

"像不像我们？"傅晋臣轻声问。

沐良说不出话来。

还记得那年下雪天，沐良想要堆雪人，起先傅晋臣不屑，后来实在看不下去，才出手帮她把雪人堆好。在她离开的这五年间，每年冬天下雪，傅晋臣都会堆雪人。雪人融化，他再堆，直到冬天逝去。

"良良，"傅晋臣解开大衣，将她拉到自己胸口最暖的位置，"我想跟你在一起。"

沐良深吸口气："还有呢？"

"我想每天和你们在一起。"傅晋臣语气坚定。

"还有呢？"

傅晋臣怔了怔，额头微微冒汗。还有什么？

"傅晋臣！"沐良气不过，吼道，"说句爱我能死吗？"

傅晋臣嘴角抽了抽，这句话还需要说吗？

也许眼前的这个男人，不会说甜言蜜语，不会制造惊喜浪漫，更不会像有些男人那样家务活样样精通。但他就是他，他是傅晋臣。

没有他的那些日子里，沐良一日三餐，白天工作，晚上睡觉，生活没有任何不同。只是那样的生活里，总是缺少一种味道。这么多年过去，她都没找到究竟缺少什么味道。此时此刻，看着眼前的傅晋臣，她终于醒悟过来，原来缺少的……是爱的味道。

傅晋臣张开双臂将她拥入怀里，眼眸明亮如星："我想牵着你的手，一起慢慢变老。"

他低下头，目光灼灼盯着怀里的人，道："我会把我所有的爱，都交给你，直到我生命终结的那一刻。"

沐良眼含热泪，脸贴在他的胸前。

从今以后，他们将会占据彼此生命中的所有风景，每处风景的片段，她都不再允许自己错过。

"啊——"沐果果堆好雪人，兴奋尖叫，"爸爸妈妈，我的雪人耶！"

他看到爸爸妈妈拥抱，吃醋地冲过来，挤在他们中间。

对面有辆黑色轿车停靠许久，盛铭湛双手握着方向盘，身边座位里放着新款超人玩具。

今天是沐果果的生日，眼前这一幕，硬生生刺痛了盛铭湛的眼睛。盛铭湛深邃的目光幽冷，修长的五指紧握成拳。

玩了半天雪人，沐良害怕儿子冻坏，先抱他去洗澡，然后才来吹蜡烛。

沐果果看到蛋糕，注意力又被吸引。

三个人围在桌前，同时低头许愿，将蜡烛吹熄。

"哈哈哈！"

沐果果笑声清脆，沐良将蛋糕切好，放在儿子面前。

沐果果盯着蛋糕，低喃道："今年的生日，果果好开心呀，因为我爸爸出现了。"

沐良眼眶泛红。那几年，儿子从没在她面前提过爸爸，但他心里却藏着这样的念头。

傅晋臣肯定地告诉他："爸爸永远都在你身边。"

"嘿嘿！"沐果果大口吃蛋糕。

桌子还没收好，沐果果小朋友已经睡着。傅晋臣把儿子抱回儿童房，紧跟着把沐良也抱回卧室。

"啊！"她反抗的声音微弱，生怕吵醒儿子，"傅晋臣，儿子就在隔壁。"

"没关系。"傅晋臣回答得理直气壮。

沐良抓狂，偏过头想躲。但他动作奇快，按住她的脑袋，低头覆上她的唇。

男人清冽的味道，铺天盖地袭来。沐良后背抵在墙上，只能呜咽地推搡。

"良良……"傅晋臣薄唇紧贴她的颈窝，感受她细嫩肌肤下跳动的脉搏。

她知道拒绝不了。

"唔——"短短几分钟里，沐良体会到由死到生的极致。她全身发抖，心脏就要蹦出胸腔。

傅晋臣盯着怀里的人，意犹未尽。

"不要。"他低头压下来，沐良正要推开，救星出现。

"妈妈！"沐果果的声音带着睡意，"妈妈，我要尿尿。"

"起来。"

傅晋臣皱眉，枉费他苦心安排，特别让儿子玩得又累又困，怎么还会半夜醒来？

"我要尿裤子了！"儿子声音委屈。

沐良快速整理衣服，傅晋臣按住她的手："我去，你不许出来。"

话落，他打开门，抱儿子去浴室。

安顿好儿子，傅晋臣再次回到卧室时，沐良快要睡着了。她迷迷糊糊感觉有人靠近过来："儿子呢？"

"睡着了。"傅晋臣把她拉进怀里。

沐良继续入眠，可惜没过多久，她又被折磨醒来。

她的语气近乎哀求："我好累。"

傅晋臣笑着低下头："心肝，你睡你的，我不影响你。"

眼见那抹火红从地平线升起，相比她的失眠，身边的男人倒是睡得很沉。

沐良凑近在他嘴角咬了下。

"唔。"睡梦中的男人被突袭，基本没有抵抗力。

沐良腰酸背痛地起床，走到隔壁看儿子。

对于她很重要的两个人，此时都在她身边，这样醒来的清晨，真好啊！

早餐气氛再度紧张，傅晋臣看着沐良阴沉的脸色，不知所措。昨晚他和她不是深入得很和谐吗？怎么转眼又生气了？！

沐良咬着面包，狠狠瞪着傅晋臣。

傅晋臣选择默默忍受。瞪就瞪吧，老婆瞪你，说明你肯定有做错事的地方！

沐果果黑眼睛转来转去，帮爸爸揭开谜底："爸爸，心肝好吃吗？"

傅晋臣一口牛奶喷出去，惊愕地看着儿子，终于明白为什么沐良的眼神如此愤恨！

儿子紧追不放，沐良幸灾乐祸，看他怎么跟儿子解释，哼！

早间新闻正在直播，主持人的声音很有磁性："本台最新消息，昨日下午四时，傅氏集团正在建设的大型购物中心施工现场，出现大面积坍塌现象，事发至今，已有三十多人不同程度受伤，其中两人伤势严重……"

沐良嘴角的笑容霎时收敛。她看向傅晋臣，见他全神贯注盯着电视画面，神色一点点变得冷冽。

第十八章
风雨飘摇的傅家

　　工程出现塌陷事件，造成人员伤亡，这则消息震动名海市。短短三天，傅氏股价再次跌入谷底。

　　先前一波风浪还未平息，如今又一个巨浪打过来，傅氏这艘大船正经历着前所未有的颠覆，甚至有被淹没的危险。

　　车开回傅家大宅，傅政搀扶傅东亭进去，傅培安紧跟在身后。

　　客厅里亮着灯，尤储秀靠在沙发里睡得挺沉，没有听到脚步声。

　　"爸！"沙发侧面，傅世钧推着轮椅上前，道，"您脸色不太好。"

　　傅东亭眉头微蹙："你怎么还没睡？"

　　"我担心你们，睡不着。"

　　傅培安瞥了一眼弟弟，嘴角勾起了讽刺的弧度。担心有什么用，家里出这么多事情，有哪件傅世钧能帮上忙？

　　"很晚了。"傅东亭弯下腰，笑道，"你身体不好，不要熬夜，快去休息吧。"

　　这边有说话声，尤储秀醒过来。她拢紧肩上的毛衣，快步走到丈夫身边："东亭，你按时服药了吗？"

　　傅东亭点点头，看向傅政："你也早点休息，明早直接带人去安抚受伤的家属们，一定要好好谈，尽可能答应他们的要求。"

　　"好。"傅政明白。

　　傅培安跟着要转身，傅东亭挑眉扫过来，立刻发怒："傅培安，明早八点，我如果看不到你的紧急预案，你就给我引咎辞职！"

　　"爸爸！"傅培安神色慌张，"这件事情我也没有想到啊，那家建筑公司跟咱们合作几年，以前从没出过任何问题。"

　　"屁话！"傅东亭骂道，"你手下的人出错，责任在你，还敢跟我狡辩？！"

"爷爷，"傅政及时出面，平息爷爷的怒火，"这件事我还在调查，您先别动怒。"

"哼！"长孙这句话才算说到傅东亭心里，傅培安做事虽不够谨慎，但大事也不敢马虎。那家公司确实跟傅氏合作几年，怎么忽然发生重大事故？

"都回房吧。"傅东亭脸色难看，傅培安蹙眉走进书房，当真不敢休息。

傅政瞥见傅东亭的脸色，也不能再说什么。毕竟从父亲手下出现重大纰漏，他确实难辞其咎！

尤储秀搀扶丈夫回房，傅东亭走了两步，又转过身，看向二儿子，道："世钧啊，你们这些天没事不要出门，橙橙的学校也请假，尽量待在家里。"

"我已经安排人给橙橙请了假，"傅世钧语气从容，"还让人在后门多装几个摄像头，防止有人闹事。"

傅东亭笑出声："很好，你想得很周到。"

"爸，您的汤药婉馨已经熬好，放在您床头柜上，一定要喝。"傅世钧叮嘱仔细，傅东亭神色逐渐温柔。

尤储秀眼神微变。

上楼转弯时，傅政别有深意地望向楼下。傅世钧双手推着轮椅，身影渐行渐远。

下了班，沐良开车来幼儿园接沐果果。回去的路上，车子经过医院，沐良看到医院外拥堵着大批警察，还有很多记者，她将车转弯，走另外一条路。

沐果果换好鞋，丢开书包直接跑进厨房："爸爸，我和妈妈回来了。"

"以后我来做饭吧，你一个大男人不能总在厨房转悠。"他穿围裙的模样有些可笑。

"怕我变身家庭妇男？"傅晋臣挑眉问。

"我不喜欢你身上的油烟味。"

傅晋臣俯下脸，鼻尖轻抵她的额头："你说你们女人要求多高啊，我们男人强势吧，你们说霸道；我们体贴温柔吧，你们又觉得这样的男人不够魅力，不够男人。那你说说，你到底想要我怎么样？"

"我啊……"沐良忍住笑，手指点在他的鼻尖，"我要你上得了厅堂，下得了厨房，斗得了小三，打得过流氓。"

傅晋臣嘴角一抽，反手将她拉进怀里，傅晋臣眼神暧昧："心肝，除了那些，我还有其他本事。"

"什么？"

"我还可以暖床、生娃……"

沐良一把捂住他的嘴，骂道："傅晋臣，你流氓！"

他轻吻她的掌心，笑容热切。

沐良被他赤裸裸的眼神吓到。

"嘿嘿。"门边传来一声笑，沐果果小朋友双手扒着门框，抻着小脑袋往里看，"妈

481

妈，流毛是哪个毛？"

身边有这么个小家伙，傅晋臣别想跟沐良过二人世界。

晚饭有沐果果最爱吃的蛋炒饭，他捧着饭碗，挑食的习惯逐渐改掉。

沐良把蔬菜夹进儿子碗里。

"哥哥。"沐果果盯着电视叫道。

晚间新闻正在现场直播来自医院的画面，有不少人拥挤在一起，骂声哭声不断。被众人围困在中间的傅政沉着脸，身上衣服凌乱，右边肩膀有被撕扯过的痕迹。近镜头时，能看到他额头有伤。

沐良将电视音量开大，想起刚才接儿子时，市医院外面聚集的那些记者们，还有不少的警察。

很多人冲到话筒前，流泪指责亲人伤势如何惨重，神情气愤，场面几度混乱。

短短几十秒钟，画面出现空白，再次有人物出现时，傅晋臣跟沐良两个人都惊讶。傅世钧坐着轮椅，艰难挤入人群中："大家静静，听我说几句……"

"你是谁？"人群中质问声不断。

傅世钧划着轮椅挡在傅政身前，沉声道："我是傅世钧，傅家的二儿子，也是傅政的叔叔。"

全场一片哗然。

大家目光惊讶地落在他残疾的双腿上。

新闻播报的画面渐渐安静，现场主持人说，伤患家属愿意面对面跟傅氏的负责人谈话。

沐良眉头紧蹙，心底有什么闪过。

傍晚哄睡儿子，沐良回到卧室，傅晋臣穿着睡衣，坐在床边发呆。

她走到他身边坐下，直言道："今天的事情，你觉得奇怪吗？"

"怎么说？"

其实也说不上哪里奇怪，但有件事情，她一直压在心底。

"还记得我们离婚前，傅政在我房间里那件事情吗？"沐良贴在傅晋臣的胸口，感觉到他紧绷的胸膛，嘴角滑过一丝轻笑。

还在吃醋？

"姚琴在鸡汤下毒的证据被傅政拿走后，我对他很失望，见面也不想搭理他。但那天曹婉馨说帮我按摩，等我睁开眼睛，傅政就坐在我床边。"

"二嫂？"傅晋臣黑眸轻眯。

沐良道："虽然我没有证据，但我知道那是她设的陷阱，为报复姚琴，选择我拉傅政下水。"

傅晋臣忽然捏住她的下巴："傅政从什么时候喜欢你的？"

"他喜欢我？"

"装？"傅晋臣口气危险。

沐良害怕他的眼神："对于傅政……我真的没想过其他。"

当初傅政曾经多次相助，沐良对他存着感激。经过当年的事情，她对于这个不爱笑的大男孩，再也找不到单纯的感觉。

傅晋臣还在琢磨沐良的话，却听身边的人怒声道："傅晋臣，这不是重点好不好！"

沐良语气沉下来："曹婉馨就算能瞒过所有人，但傅世钧真的一无所知？"

傅晋臣眼神一点点变得犀利。

安抚伤患家属的处理工作，傅东亭特别安排傅世钧与傅政一起。三天后，伤患家属的情绪总算稳定住，双方正式进入商谈阶段。

这件事的处理结果，傅东亭很满意，再次对傅世钧刮目相看。

工地恢复建设，负面新闻被傅家二公子妥善安顿伤患家属的报道覆盖，坍塌造成的不良影响逐步回转。

傅氏股价缓慢回升，无疑是个好现象。

林蔷接到财务部的电话，将负责人叫到办公室。

"查出来了？"

财务经理打开账本，指出圈红的两笔账，道："这两笔账肯定有问题，处理手法老练，想要查到线索还需要些时间，不过……"

"不过什么？"林蔷说话不喜欢绕圈子。

财务经理压低声音："林副总，这两笔账，我觉得应该跟宋经理有关。"

宋爱瑜？！林蔷皱眉。

宋氏集团年底股东大会上，沐良先后总结集团三年之内的重大项目，每项重大收益，或者重大失误都集中分析问题点，同时规整各部门存在的弊端。

集团内部三年账目部分不透明化，也做出改进。以后内部资金流向要定期上报，便于员工更好地了解集团未来发展。

宋清华还破例将沐良提出的举措，全权教给她去处理。

先前对于沐良的身份，外界诸多猜测。宋清华两个女儿，明显宋爱瑜受宠，而且看她得宠的程度，怎么都不像养女。

不过最近大家发现，自从博物馆开始，宋清华逐渐给沐良放权，先前那些揣测，发生着微妙的改变。

全场一片热烈掌声，沐良一身得体的装扮，站在高台鞠躬致敬。虽然她身居高位，但毕竟资历浅，做人做事，谦逊永远都是首位的。

股东们满意地点头，对这位年纪轻轻的董事长刮目相看。

宋清华将主位空出来，往后站了站。望着此时的沐良，她想起二十多年前的自己。

此去经年，原来转眼间，已经过去那么久。

宋爱瑜沉着脸，站在人群外。这种时候，她是怎么都无法挤到宋清华身边的。

"唉，要不怎么说还得是老董事长看重的人，办事能力与眼光果然厉害！"

"是啊，老董事长交代的话，咱们这些老东西，怎么也要力挺到底。"

"对对对，力挺到底！哈哈哈……"

大家边走边聊，语气并无忌讳。宋爱瑜听着那些刺耳的话，神色越来越难看。

须臾，宋清华吩咐安排车辆，将股东们送到会所。她早已包下会所，用于今天股东大会之后的聚会。

"良良，你收拾一下也过去吧。"林蔷走到沐良的身边。

"蔷阿姨，这种场合我就不去了。"

每年股东聚会都是宋清华出面安排，沐良不想看到她。

林蔷拉着沐良回到办公室，将门关上后道："前段时间我让人查账，有几笔账目不清楚，根据现在的情况来看，肯定被人做过手脚。"

"您给我的账目汇总没有问题啊。"沐良讶然。

林蔷解释道："掩人耳目。"

沐良明白过来，此时不能打草惊蛇！

"是谁？"沐良好像猜到什么。

"如果不出意外，应该同宋爱瑜有关。"

沐良脸色阴沉下来。

"不能告诉清华。"林蔷叮嘱她，"没有确凿的证据前，不能告诉任何人。"

"我明白。"沐良应允，"多久能有结果？"

"这次的股东大会没有异动，应该会让她放松警惕，只要她继续行动，我们肯定可以找到证据！"

"老谋深算。"沐良打趣道。

林蔷笑了笑，道："命苦才对，我上辈子欠你们母女的，这辈子为你们操碎心！"

母女？沐良低下头。

林蔷握住她的手，低喃："答应阿姨，不要恨她！我答应你外公要让你们母女相认，这是他老人家的心愿，到死都未了的心愿！"

沐良眼睛盯着脚尖："我明白外公的心思，有些事情，我无能为力。"

心口压着的那块石头始终沉重，林蔷眉头紧锁："良良，你想不想知道，你爸爸和你妈妈的故事？"

沐良抽回手，坚定地摇摇头。

林蔷不想强迫她接受什么。他们对沐良亏欠太多，纵然倾尽一生弥补，也无法挽回那些曾经失去的岁月。

市中心一处高级别墅区内，沐毅停好车，捏着车钥匙往里走。

客厅亮着灯。

"吃饭了吗？"宋爱瑜正在看电影。

"吃过了。"

沐毅脱掉外套，坐在她身边："你过来，怎么不告诉我？"

"不想影响你谈事。"宋爱瑜抽出一张支票给他，"这笔钱还你。"

"这么快用完了？"

"应付查账而已。剩下的钱，我会尽快给你。"宋爱瑜补充了句。

"用不着那么急。"沐毅抿起唇，"你能告诉我，你在做什么吗？"

宋爱瑜低下头："其实也没什么，我总要给自己一条后路。"

沐毅似乎明白了她的话。

"我今晚要回家。"宋爱瑜勾起唇。

低头在她脸颊亲了亲，沐毅站起身，笑道："去洗澡，等我。"

宋爱瑜脸颊飘红。

临近年底，沐良下班来商场采购礼物。父母不爱穿戴，她选些补品。逛到男装部，她又选好两件外套，一件给傅晋臣，一件给沐毅。

来到三楼童装部，她还要给儿子选衣服。

"欢迎光临。"

沐良进店发现有熟人，笑着走过去："娇滴滴！"

"你怎么在这？"乔笛把手里的东西藏在身后。

"买东西。"

发觉乔笛藏着什么，她问道："你来买什么？"

乔笛低头："给果果买东西。"

"给果果买？"沐良扫一眼周围的商品，"这里是新生儿用品，果果不需要这些。"

"呃……"乔笛真想咬掉舌头。

"说吧。"拉她回到家，沐良倒杯水出来，语气有些冷。

乔笛捧着杯深吸口气，道："我怀孕了。"

"你？"沐良炸毛，"这么大的事情你都不告诉我。"

"我害怕你骂我。"

"我能不骂你吗？"

沐良红唇紧抿，转而问她："钱响知道吗？"

乔笛摇了摇头。

"为什么不告诉他？"沐良追问。

乔笛眼睛盯着脚尖："不想告诉他。"

"娇滴滴！"沐良起身坐到她的身边，"发生了什么事情？"

乔笛垂着脸，看不清表情。

沐良急声道："别想瞒我，我们是最好的朋友！"

"他家里安排了结婚对象。"乔笛声音很平静。

"他答应了吗？"

乔笛没有说话，但沐良已经明白。如钱响那样的家庭，婚姻不能自主也是正常。

"你想怎么办？"沐良脸色渐沉。

乔笛道："我想把孩子生下来。"

"乔笛！"扬手扣住她的肩膀，沐良脸色一变，"你要一个人把孩子生下来？"

"对！"

"对什么？"沐良杏目圆瞪，吼道，"难道你想要跟我一样？"

"有什么不可以吗？"乔笛还嘴。

"你知道我跟果果那些年是怎么过来的吗？"

乔笛环住沐良的肩膀，道："亲爱的，我知道你不容易。"

"我经历过一次，你还想再经历一次吗？"沐良问她。

这些问题乔笛不是没有想过，但她心志坚定："我爸爸这几年的生意不太好，现在也会想到我，经常让我回家吃饭。但是良良，那已经不是我的家了，他有老婆和儿子，我就是多余的。"

乔笛双手轻握，道："前些年我爸给我的那些钱，我都存下来了，加上我现在住的房子和车，也是一笔不小的数目，足够我带着孩子在国外生活。"

"你要出国？"沐良震惊。

乔笛点头："我不想让他们知道有孩子的存在。"

"乔笛……"

沐良还没开口，乔笛先制止她的话："良良，我跟你不一样。你好歹跟傅晋臣结了婚，就算你们离婚，他也还是孩子的爸爸，可我呢？"

沐良只觉喉间酸楚，一股难言的情绪涌动。她捧住乔笛的脸，心疼道："娇滴滴，你选了一条最艰难的路，知道吗？"

"我知道。"乔笛咬着唇，掌心贴在小腹处，哽咽道，"我以前很羡慕你有个幸福美满的家，可我现在知道你的身世后，才明白，其实你也很可怜。我们都是一样的，都是被妈妈抛弃的孩子，我不能像她们那样狠心，抛弃我的孩子！"

沐良轻轻将乔笛拥在怀里，声音柔和："这条路我走下来才知道有多难，你是我最好的朋友，我不想让你再尝一遍这样的滋味！"

"也许真是注定的吧。"乔笛眼底的神色落寞。

窗外阳光明媚，沐良轻声道："经历过这么多事情后，我对自己当初的选择，有了新的认识。我很多次都在想，如果当年我告诉傅晋臣我怀孕了，我们还会错过这五年吗？"

乔笛神色沉下去。

"你应该告诉钱响。"沐良拂开她额前的碎发，语重心长，"无论结果怎么样，你都应该为自己和孩子努力一次。娇滴滴，你要记住，我始终都会站在你身边，你不是一个人，倘若最后努力的结果还是不遂人愿，我会无条件支持你！"

"良良！"乔笛泪流满面靠在她的怀里，心情复杂。

她没有回答，但沐良知道，她听进去了。

清早五点，林蔷接到电话，开车来到市郊附近的一家会计所。她把之前存在疑问的账目送到这里逐步分查。

查到线索后，对方通知林蔷过来。结果与预想的差不多，林蔷拿到证据的这一刻，内心充满失望。

当年她抱回来的孩子，二十几年看着长大，怎能不让她倍感伤心？

林蔷做事公私分明，况且这件事将会影响到宋氏集团的未来。

清早的街道车辆稀疏，林蔷离开会计所没有多久，便发觉后面有车跟踪。她透过后视镜注视那辆黑色轿车，同她的车保持不远不近的距离。

林蔷心急地给沐良打电话，可惜她关机。放下电话，她再次透过后视镜，发现紧追她的车子变成两辆。

那些人明显为账目而来！

一脚油门踩到底，林蔷将车速提升，只想快点把车开回到市区。

后面两辆车紧追不放，其中一辆越来越靠近，林蔷忽然感觉车身一震，后面车直接撞上她的车尾。

"啊！"方向盘打偏，她的车直朝公路隔离带冲过去。

砰！一声巨响，白色轿车失控撞向隔离带，车前盖被撞得凹陷进去，彻底变了形。

林蔷上半身倒在方向盘上，额头有股红的血液流出。后面紧追的黑色轿车停下，有人从车里跑过来，迅速查看车内的状况。

站在车外的黑衣男人，顺着撞坏的车窗玻璃把手伸进去，拿过车座边上的文件袋，即刻转身跑走。

前后不过一分多钟，公路上两辆黑色轿车前后远去。

早上八点，宋清华闻讯赶来医院："情况怎么样？"

沐良盯着手术室，神情担忧。

又过四十分钟，手术室的灯灭掉。医生快步出来，问道："谁是病人家属？"

"我是！"宋清华起身跑过去，"医生，她怎么样？"

医生扫了眼宋清华，蹙眉道："我们需要跟直系亲属沟通。"

"她没有亲人。"宋清华咬着唇，哽咽道，"她爸妈都已经不在世了。"

"这样啊，"医生无奈，"病人手术比较成功，脑部出血的位置已经止住，不过现在人还昏迷，具体情况还要等进一步观察。"

"她醒不过来了吗？"宋清华瞬间白了脸。

医生抿起唇，道："也许没有那么严重，每个人体质都不同，苏醒的时间也有快慢，我们要先观察看看。"

沐良心提到嗓子眼："医生，林阿姨苏醒的几率有多少？"

医生回答得比较保守："先观察看看吧。"

"什么叫观察看看？"宋清华沉下脸，怒声道，"你们到底有没有把握？如果没有把握，我们就转院，或者转去国外也行。"

医生皱眉："病人刚刚手术，这种时候不适合转院。"

沐良拉过宋清华，询问医生："我们家属能做些什么？"

"如果有时间，你们多陪伴，这样对于病人尽早恢复很有帮助。"

"好的，我明白。"

沐良道声谢，随后护士将病人推出来。

"蔷！"

病人被推进加护病房，沐良跟宋清华跟进去。

宋清华站在病床边上，看到林蔷头上裹着厚厚的纱布，脸颊手臂都是擦伤，伤痕很深。

"怎么这样？"宋清华眼角滚出泪来，她偏过头，目光落在沐良脸上，"到底怎么回事？"

因为林蔷出事前，最后一个拨出的电话是沐良，所以她是第一个被通知的。她抿起唇，沉声道："警察说是交通事故。"

"交通事故？"宋清华皱眉。

从警方的调查中发现，林蔷的车在由市郊往市区回来的高速路段发生事故。之前林蔷告诉过沐良，那些有问题的账目送去市郊一家会计所调查，预计这几天能出结果，难道真有这么凑巧的事情？

沐良眼角闪过一抹厉色，她曾仔细询问过现场是否还发现其他东西。但除了林蔷的皮包外，什么都没有。最近公司的事情很忙，如果没有特别重要的事，林蔷绝不会这么早开车去市郊，所以她绝对不相信这只是普通的交通事故！

正午阳光煦暖，盛铭湛手里握着筷子，频频点头："嗯，好吃。"

舒云歌坐在弟弟对面，笑得很开心："你尝尝这个汤，我从昨晚开始煲的。"

办公室的门被人推开，进来的男人神色匆匆："盛总。"那人看到舒云歌在，立刻闭嘴。

舒云歌识相地起身："我先回去，明天再给你送饭。"

"不用了，"盛铭湛帮她把外套穿好，柔声道，"姐，我能照顾好自己。"

"反正我也没事情做。"舒云歌眼底笑容温暖。

听到她的话，盛铭湛笑了笑，道："好，随你高兴。"

虽然碍于盛家，舒云歌并不能认回弟弟，但他们彼此间有这份姐弟之情，这让她很开心，总算对父母，对她自己，都是一个交代。

须臾，舒云歌拿着东西离开。

盛铭湛拉开转椅坐下："说吧。"

男人把带来的资料夹打开，汇报道："盛总，按照先前您给我的线索，我查到这家海东公司曾经属于傅东亭。那时他名下有很多公司，海东就是其中一家，不过很早前就已经注销，知道的人很少。"

盛铭湛背对窗外阳光，俊脸隐藏在一片暗影中，很难分辨此时的表情。

南城一处贫民区，环境嘈杂。这片地方属于工业区，周围的工厂很多，居住人口比较复杂，形形色色的人物都有。

趁着傍晚菜贩收摊前买东西，无疑能捡到些便宜。桑卉提着菜篮子，身上的棉衣都磨白了边，她边走边擦汗，为节省几块钱特意去远些的菜场。

她打开门进去，人还没站稳，迎面被男人拽个趔趄："钱呢？"

桑卉差点栽倒，一手撑着墙站稳："没有钱。"

"又没钱？"男人态度凶狠，指着桑卉的鼻子，骂道，"你又骗老子是吧？你不是见过那个死丫头，她没给你钱？"

"钱都被你拿走了。"桑卉沉下脸，道，"爱瑜不是死丫头。"

"哼！"男人瞪着眼，骂道，"怎么不是死丫头？你们真以为她是宋家的公主，还不是冒牌货！"

顿了下，他勾起唇，阴险地笑道："这冒牌货还是个孽种！你说，要是宋清华那个富婆知道你们骗她，会怎么样？"

"不许胡说！"

"不给老子钱，信不信老子去找宋清华要，顺便跟她谈谈那个小孽种！"

"你——"桑卉脸色大变，颤颤巍巍解开外套，从里面口袋掏出一些钱。

"看吧，我就知道你还有钱！"

男人一把夺过钞票，一分钱都没有给她留下。他满意地拍拍桑卉的肩膀，道："放心，我才不会那么傻去找宋清华。咱们还指着她那棵摇钱树呢！"

身边的男人头也不回离开，桑卉靠墙脚站稳，半天才回过神来。这种日子，到底什么时候才能是个头？

清早，沐良准时出门，赶去博物馆现场准备今天的开馆仪式。

今天对于宋家及宋氏来说，都是个大日子。

宋清华又给医院去过电话，护士说林蕾还没苏醒的迹象，但其他指标已经降下来。失望地挂断电话，她走出餐厅，看到宋爱瑜欢欢喜喜地跑下楼。

"妈妈早。"

489

宋清华扫了眼她身上的衣服，蹙眉道："再去换一套。"

"我喜欢这套。"宋爱瑜撒娇。

"今天不一样。"宋清华语气沉下来，"你要穿得庄重些。"

宋爱瑜不情不愿地上楼。不就是博物馆开馆吗？放着那么好的地段不建厂，非要弄个免费的博物馆，哼！

上午九点，宋清华携同宋氏所有高管以及股东，尽数到场。她是宋儒风的独生女儿，今天这样的大场合，自然不能马虎。

建博物馆的最初想法是沐良提出的，宋清华与她共同主持。

再过二十分钟要举行剪彩仪式，几乎所有与宋氏有合作往来的集团老总，还有集团负责人全部到场，算是给足宋家面子。

沐良吩咐助理去查看人数，关键的客人们务必要到场。

一辆黑色轿车停在博物馆外，司机将车门打开，郁坚身着一套合体的黑色西装，站在馆前。

"郁总。"宋清华快步迎上来。

郁坚嘴角的笑容温和："都准备好了吗？"

"差不多。"宋清华嘴角的弧度上扬，她跟郁坚聊了几句，便有人过来找。

"你去忙吧，"郁坚神态自然，"我到处看看。"

助理将演说稿送来确认，宋清华无暇分身，道："好，那我不招呼你了。"

话落，她提着裙摆，跟助理走去对稿。

宋爱瑜无精打采地站在人群里，对这些东西完全没兴趣。她端着香槟转来转去，霍然见到郁坚举着酒杯，朝她微笑。

宋爱瑜想要过去寒暄，但郁坚并没给她机会，已然转身离开。

Y集团这位老总她没见过几次，但每次见面都觉得哪里不对劲！

"董事长，"助理小跑过来，在沐良耳边低声道，"各大集团的老总都已经到了，还有十分钟举行剪彩仪式。"

沐良转身走向南面展厅，还有一个橱窗在进行最后的布置。

郁坚不时抬起腕表看时间，直到有人通知剪彩仪式开始。

上午九点五十九分，主持人洪亮的声音响在博物馆上空。周围搭建着高台，还有自助餐桌，准备成露天酒会的模式。

宋清华一袭黑色长裙站在中间，沐良站在她的身侧。台下众人望着她们母女，很多人又开始窃窃私语，把目光落在宋爱瑜身上。

宋爱瑜怒意翻滚。沐良肯定是故意的，特别让她难堪，下不来台！

"剪彩仪式开始！"

宋清华拉着红色绸带居中，沐良站在她的左边，同时还有几人，一同进行剪彩仪式。

沐良心情激动，她没有忘记当初外公的遗愿，以及对她的嘱托，她偏过头又看了看身后的博物馆，屏住呼吸将紧握的红绸剪断。

此时，她们身后忽然爆发出一阵巨响。

众人惊恐的尖叫声，瞬间浇熄沐良心底的喜悦。脚下的地面震了震，博物馆往南的方向，冒出很高的火苗。

"着火了！"有人高呼。

沐良想起博物馆里的展品，拔腿朝失火的地方冲进去。

前方大批人群蜂拥往外冲，宋清华看到沐良往相反方向跑。

"沐良！"她的喊声被淹没，眼睁睁看到沐良擦着她的衣角闪过。

"总裁！"工作人员挤入拥挤的人流中，"您没事吧？"

宋清华摇摇头，脸色沉下来，"你们要疏散客人，确保没有人受伤，先把大家都引领到安全的地方，不要乱！"

"是。"几名工作人员立刻分成两组，两组人站在出口两端，分别疏导大家去安全的地方休息，确保现场不拥挤，不会发生踩踏事件。

宋清华安排好这边，立刻往起火的地方赶去。

"董事长，您不能进去。"有工作人员阻挡在外。沐良看着汹涌的火苗，眉头紧蹙，南面展厅基本是宋儒风生前最钟爱的一些物件，还有很多老照片。她昨天不放心还亲自过来安排展台位置，难道让她亲眼看着有关外公的物品都毁于一炬吗？

中门火势不大，沐良想起展台里的照片，眼神沉下去。

"董事长！"工作人员握着对讲机正在讲话，分神的片刻，沐良躲过他们的阻止，身形灵活地钻进去。

宋清华过来时，恰好看到沐良跑进起火的大厅里。

"拦住她！"宋清华神色慌张，但工作人员来不及阻止。

展厅的屋顶上都是火星，沐良捂着鼻子，微微弯下腰，努力辨别她昨天安排的展柜位置。这里面火势不小，想要抢救别的东西已是不可能，她只能把最要紧的带走。

后方，郁坚匆匆赶来，急声问道："出了什么事情？"

他挑眉往展厅里看，依稀能看到沐良的身影。

宋清华也想进去，却被身边的男人拉住。

火势越烧越旺，郁坚从地上捡起用过的灭火器，大步跑进火场。

"郁坚！"宋清华怔怔站在原地，半天才回过神来，"救火车什么时候到？"

"还有三分钟。"工作人员拿着对讲机，随时汇报情况。

找到靠墙的展柜，沐良心头一阵窃喜，可她手里没有坚硬物品，无法打破玻璃橱窗。

身边火势变大，浓烟越来越多。沐良捂着鼻子咳嗽几声，明显觉得头发晕，整个人有种被炙烤的恐惧感。

"良良！"身侧一道人影闪过，郁坚拉起她的手腕，道，"退后。"

沐良本能照做。

玻璃橱窗被硬物打碎，沐良快速将里面的相框抱在怀里。

郁坚环住她的肩膀，眼见压过来的火苗，揽住她的肩避开："我们走。"

宋清华眼睛紧紧注视着火苗巨大的展厅。身后有救火车的声音响起，她惊喜地转过头，看到提着长长水管的救火队员赶到。

"快点！"

工作人员将消防栓打开，训练有素的动作有条不紊。

郁坚扣住沐良的肩膀，将她护在怀里，两个人大步跑出来。

"出来了！"工作人员看到他们毫发无伤地跑出来，开心地叫道。

宋清华抿起唇，朝沐良瞪过去："你疯了！这么大的火也敢闯？"

沐良拢起散乱的碎发，脸颊有些发红："我去拿东西。"

"拿什么东西？"宋清华怒意横生，一把抢过她护在手里的相框，待她看清那张照片后，不禁愣住。

那是宋儒风与美琼的结婚照，是宋清华的爸爸和妈妈。宋清华抱着相框，抬眸看看面前倔强的沐良，心中感慨万千。

沐良撇嘴，又把相框抢回来。她转身去安排工作人员配合救火，务必要在最短的时间内将博物馆的火势熄灭，让更多的展品不被破坏。

"郁总，谢谢你。"宋清华对身边的男人道谢。

郁坚笑道："举手之劳而已。"

二十多分钟后，火势彻底被控制住，这场火来势汹汹，但并没有造成严重的伤亡，只有三名工作人员受轻伤。

火势彻底扑灭，郁坚坐车离开。

大火虽熄，但这场火灾留给宋氏的影响，却是无可挽回的。很多电视台的记者们都围堵在外，如果不是有保安阻拦，恐怕早如海水般冲进来。

沐良眼见火势熄灭，紧提的心才放松。博物馆整体破坏，特别是南面展厅经此大火后，已经不能使用，必须要重新修整。

这家博物馆从设计到实施，每走一步都渗透着沐良的心血。她抱着相框，仰头望着一面被烧得发黑的楼体，红了眼眶。

这里一砖一瓦都是她的心血，最痛心的人是沐良。

宋清华同样失落。原本想要完成父母的遗愿，如今愿望没有达成，还发生如此大的事情！

宋清华看到沐良含泪的目光，神情也跟着黯淡下去。

十几分钟后，傅晋臣的车停在医院外，他一口气跑到二楼急诊室。

"良良！"

"在这里。"

沐良朝神色慌张的男人招招手。

一把抓住她的手腕，傅晋臣气喘吁吁地将她拥入怀里："你想吓死我吗？"

他双臂收紧的力度足以使沐良呼吸困难，她没有推开他的手，安静地享受此刻相拥的温度。

当时博物馆起火，沐良满脑子都想着外公的照片，等她跑出火场才发现自己的行为是件多么危险的事情。

事后，沐良一身冷汗。事发时候她太冲动，完全没考虑傅晋臣知道后有多担心。

"嘶！"沐良包扎的手臂被碰触到，惹得她倒吸口气。

"伤到哪里？"

男人神色紧张，沐良抬起右手给他看："手。"

傅晋臣盯着她包裹的手背，瞬间沉下脸："沐良！"

"我错了。"沐良可怜巴巴地求饶，道，"傅晋臣，你别生我气！"

宋清华拿着一叠医药单子回来，看到诊室外面的他们。沐良收回手，不好意思地轻咳了声。

"你来了。"宋清华主动跟傅晋臣打招呼。

碍于她的身份，傅晋臣毕恭毕敬喊了声伯母，却遭来沐良一记狠厉的眼神。

宋清华装作没看到，将手里的医药单子递给傅晋臣，随后看向沐良，道："受伤员工我会看，你今天放假。"宋清华将目光落在傅晋臣的脸上，"人交给你了。"

"好。"傅晋臣应了声，起身将宋清华送下楼。随后他去一楼取药，又询问医生很多注意事项后，才把沐良带回家。

倒在客厅的沙发里，沐良舒服地叹口气。还是自己的家好，哪里都透着自在，她蹬掉脚上的鞋子，问道："有东西吃吗？"

傅晋臣倒杯温水给她，把需要服用的消炎药盯着她服下。拿起桌上的电话订了餐，没多会儿就送到家。

喝着清淡的白粥，沐良吃着小菜，惬意地眯了眯眼睛。对面的男人双手抱胸，神色阴沉，看不出喜怒。

"还在生气？"沐良厚着脸皮问。

傅晋臣对她招了招手。沐良放下手里的碗，转而坐在他的身边。

她人还没坐稳，就被傅晋臣扣住腰，面朝下趴在他的腿上。

啪。傅晋臣掌心落在她的屁股上。沐良没敢叫，瞬间垮下脸。

好痛啊！

"疼吗？"傅晋臣问怀里的人。

沐良本能地选择委屈状："痛死了。"

"嗯。"傅晋臣点头，"痛就对了，要不然你不长记性！"

沐良鼓着腮帮子，手指点在他的鼻尖："傅晋臣，你真狠心！"

男人顺势包裹住她的手，将她抱在怀里。他将脸贴在沐良的锁骨处，声音低低的：

"沐良，你得答应我，以后不能再让自己陷入那么危险的环境里，无论原因是什么，我都不允许！"

他的声音略带沙哑，沐良情不自禁环住他的肩膀，道："我知道了，一定不会再有下次！"

"你保证？"

"我保证！"

午后墓园，分外幽静，长青松树一株株笔挺耸立。身着深灰色外套的男人，怀里抱着一束黄色菊花，沿着墓园的台阶而上。

其中一座汉白玉墓前，周围青松翠柏，面朝大海。郁坚将怀里的黄色菊花恭敬地摆放在墓碑前，目光与墓碑上的照片平行。

"爸，我来看你了。"男人开口的嗓音沙哑。

宋儒风的照片挂在墓碑正中，嘴角那抹笑容，亦如郁坚第一次看到时的温暖。

当年为母亲的医药费，他曾经四处筹钱，甚至辍学在家。宋儒风感动于他的孝心，对他心生怜惜，出资帮助他完成学业。他还记得，宋儒风带他踏进宋家大门的那刻起，他心底的震撼与感激。

那一天，宋儒风握着他的手，亲口对他说："怀亦，以后这里就是你的家，你就是我的儿子。"

时光荏苒，几十年过去，如今的简怀亦已经成为郁坚。

掏出干净的手帕，郁坚抹去照片上的尘土，说道："爸，我知道宋氏是您一生的心血，如果我让您伤心了，还请您原谅我！"

轻轻合上眼帘，郁坚永远都不能忘记，那天桑瑜得意地在他耳边嘲弄："简怀亦，清华说只要你死了，她就会带着你的孩子嫁给我！"

刹车失灵，他的车子在高速路撞车起火。这一切都是事先安排好的，他们唯一没有算计到的是他把桑瑜拉下水！

大火吞噬肌肤的那种痛，远远比不上心底绝望的疼。他知道宋清华恨他，但从来都没想过，她竟然恨不得让他去死！

郁坚睁开眼睛，眼底神情变得阴沉。宋清华，你知道一无所有的滋味吗？

博物馆失火，宋清华抱着花束走到墓碑前，见到那束黄色菊花。

这是爸爸最喜欢的花。

宋清华下意识往四周找寻，空空的墓园除了她，没有其他人的身影。

宋儒风双亲早亡，也没有别的兄弟姐妹，膝下只有宋清华一个女儿。能来这里看望爸爸，还能了解爸爸的喜好，究竟是谁？

她还来不及细想，包里的手机就响起来。

临近傍晚，一辆黑色轿车开进傅家别墅。司机恭敬地将车门打开，傅东亭拄着拐杖出来，气色明显不太好。

他边走路边手背抵着唇，不时咳嗽几声。最近这些日子，他很少去公司露面，基本将大权交给傅培安与傅政。

"老张，这辆车的刹车有问题，你去车厂修了吗？"庭院侧面，家里的司机正在说话。

傅东亭站在树下，望着某个地方失神，思绪似乎被带回到很早前。

"我去过了，"老张应了声，道，"没什么大问题。"

"那就好。"先前说话的男人剑眉轻蹙，"自从二少爷的车出事后，这些年我就怕刹车出问题。"

"是啊，"老张跟着点头，"当年二少爷也是好好的，谁想到一场车祸，后半辈子都毁了。"

"哼！"先前跟老张搭话的男人冷笑了声，"你知道吗，二少爷那车祸，其实另有玄机。"

"真的假的？"老张顿时瞪大眼。

那个男人挑了挑眉，目光朝从厨房出来的尤储秀身上点过去，道："咱家这位太太，应该比谁都清楚。"

"你们俩说什么呢？"

管家看到有车没开进车库，怒声道："马上就要开饭了，你们俩磨蹭什么，快把车开进去，别让太太发火。"

两个司机把烟掐掉，立刻将车开进后面的车库停好。

傅东亭背靠树干，深邃的双眸眯起。

用过晚饭，舒云歌独自开车回到家。她刚洗好澡，就听到手机振动起来。显示的号码，瞬间令她神色大惊。

"喂？"

"建筑公司的事情，你都处理好了吗？"电话那端的男人，声音低沉，"千万不能让傅政查到什么线索。"

舒云歌眼神锐利，道："那家公司已经注销，名字也不是我的，即便傅政查到什么，也不会牵扯到我身上。"

"那就好。"男人颇为满意。

"傅世钧，欠你的，我都已经还完了，请你以后不要再跟我联系！"舒云歌揉着眉头，声音里含着一丝怒意。

"别这么紧张，"男人轻笑了一声，"只要这件事处理好，我们以后真的两清了。"

啪！舒云歌挂断电话。她每次听到这个声音，都仿若噩梦缠身。

彼时，傅家大宅。曹婉馨将针从丈夫腿上拔下来，轻轻按揉着刚刚扎过的那些穴位，

"有感觉吗？"

傅世钧握住她的手，道："婉馨，放弃吧。"

曹婉馨眼眶酸涩："我就是不服气！"

伸手将妻子拉到身边，傅世钧勾起唇，眼神沉下来："不要急，这些年我们等的机会马上就要到了。"

曹婉馨将毛毯盖在丈夫的腿上："舒云歌能靠得住吗？如果她告诉老四怎么办？"

"不会！"傅世钧拥住妻子的肩膀，神色很有把握，"舒云歌对老四的感情那么深，她一定不敢乱说！这些年她能为我所用，不过就是想要掩盖当年是我让她在温哥华故意接近老四的真相。甚至我爸当初让她离开老四，她都没有犹豫，按照我说的布下陷阱！"

"可是……"曹婉馨依旧有所怀疑。

傅世钧握住她的手，笑道："放心吧，她身上牵扯的事情越多，她就越想要隐瞒，不惜一切代价都要守住这些秘密。"

这话倒也对，曹婉馨眼角闪过厉色。自从嫁进傅家，他们一家三口在这个家里受到的不公平待遇太多，现在机会就在眼前，她一定要让那些人也尝尝被人踩在脚下的滋味！

自从一双儿女搬离傅家，尤储秀整天都没什么事情做。以前欢颜在家，她总嫌弃到处都是乱糟糟的，现在她人不在，自己连个操心的人都没有。

虽然心里惦记傅晋臣，但想到儿子身边还有果果，尤储秀也能宽宽心。而且知道沐良现在又回到儿子身边，她也放心不少。相比较而言，尤储秀更担心欢颜。这孩子从小就被宠坏了，也不知道她这次生气，要气到什么时候。

管家推开花房的门，尤储秀看到他回来，忙问道："欢颜收下东西了吗？"

"收下了。"管家笑了笑，如实道，"三小姐气色不错，画室里有暖气，项北少爷把东西都安排好了，您不用太担心。"

这样就好。尤储秀紧提着的心放下来，傅欢颜这孩子的脾气，她最了解不过。总是表面看起来无所谓，其实心思比谁都细腻。前几天她看到院子里有盆君子兰，不用问肯定是欢颜寻到好的品种，给她送回来的。

尤储秀抿唇笑了笑，心想这孩子的脾气，跟老四还真是像。虽然不是双胞胎，但总是一家人，都是她的孩子。

"太太，天晚了，您早点休息吧。"管家语气恭敬。

尤储秀放下剪刀，将她精心培植的那盆新品种放好，道："你也去休息吧。"

"是。"管家转身离开。

尤储秀披着外套，看到家里的司机从书房出来。

"太太。"

"你怎么在这里？"

"老爷问些事情。"

"问你？"尤储秀心中戒备。

那人点点头，神色间带着几分得意："太太，老爷在书房等您。"

尤储秀朝书房走去。司机沿着楼梯下来，恰好看到傅世钧推着轮椅从后面小楼过来。

"二少爷。"那人恭恭敬敬地打了声招呼。

傅世钧双手搭在车轮上，往后推开半步，让他离开。

擦身而过的瞬间，那人低下头，道："您放心吧，应该说的我都说了。"

傅世钧并没开口，盯着书房里亮着的灯光，拉紧腿上的毛毯，神情阴暗。

是时候了。轻抚着失去知觉的双腿，他薄唇抿成一条直线。这些年对他的亏欠，还有他的腿，他都要一并讨回来。

尤储秀推开书房的门进去，书桌亮着灯，傅东亭背对她。

"东亭，这么晚你应该休息了。"尤储秀说话的声音还算自然。

傅东亭眼睛落在窗外，侧脸线条紧绷。

半晌，他转过身，锐利的眼眸直射在尤储秀的脸上："世钧的车祸，跟你有关吗？"

这样的质问，只让尤储秀心里发慌。傅东亭起先不动声色，后又突然逼问，显然他已发觉什么，是她无法隐瞒的。

书房的灯光昏暗，尤储秀眯着眼睛，只能看到傅东亭染着寒意的双眸。

"为什么不回答？"傅东亭声音越发冷下来。

尤储秀垂下脸："你想要我说什么？"

她的话等于承认什么，傅东亭轻笑一声，道："这些年，我把这个家交给你，把我的孩子们交给你，你就是这样为我安家的吗？"

"我也没想到事情那么严重。"尤储秀忍不住辩驳。

"没想到？"傅东亭表情染怒，"如果是你自己的儿子，你知道刹车有问题，还会让他开车出去吗？"

尤储秀没有说话。

"虽然老大老二不是你亲生的，但他们总和傅晋臣是兄弟，你怎么能对世钧视若无睹？"傅东亭紧握手中的拐杖，神色凛冽如刀。

尤储秀松开的五指收紧。当年她知道那辆车有问题，确实没有多问，可她也并不是有意要置傅世钧不顾。

只能说阴差阳错，傅世钧那天偏巧把那辆车开出门，偏偏刹车片就发生问题，出了车祸。

事后很长一段时间，尤储秀看到傅世钧都觉得有愧，她心底深处也许存着某种心思，总会多为她自己的孩子考虑。

毕竟在这样的家族里，傅晋臣排名最后，先天不具备任何优势。长幼有序，他前面有两个哥哥压着，想要出头很难！

尤储秀不能说自己冤枉，但她也没有主动谋害过谁，无非都是顺水推舟而已。

"东亭！"尤储秀缓缓抬起头，语气蓦然沉下去，"我们夫妻三十几年，我不能说对

497

自己的孩子没有私心，但我也从没害过其他人。"

傅东亭深邃的双眸黯淡："所以你就看着孩子们自相残杀，不予干涉？！"

"我……"尤储秀噤声。

自从将傅家交到她的手上，尤储秀还没见过傅东亭有如此愤怒的眼神，她很想为自己辩解，可所有的理由都变得如此可笑。

上次傅东亭知道鸡汤被下毒的事情，已经震怒过一次，如今又被揭开傅世钧的车祸，她忽然找不到借口说什么。

尤储秀心尖一阵发紧，她看到傅东亭的眼神就明白，她这些年辛苦保守的一切，全部都土崩瓦解，再也修复不了。

"出去！"

傅东亭冷着脸开口，尤储秀知道他在气头上，只能含泪转身离开。

走廊有车轮声划过，傅世钧滑动轮椅过来："母亲。"

尤储秀抿起唇，眼眶酸了酸。这些年傅世钧对她都很恭敬，小时候他也经常带着晋臣去玩，如果晋臣知道他的车祸与自己有关，又会怎么样？

因为心里怀揣着愧疚，尤储秀分外疼爱傅橙。平心而论，当年的那场车祸，她真的不想发生在傅世钧的身上。

"爸！"

走廊忽然响起一声疾呼，尤储秀惊恐地转过身，傅世钧划过轮椅挡住她奔过去的身影。

傅东亭脸色发白，整个人昏倒在椅子里。

"快去备车！"

傅世钧的声音惊动其他人，傅培安穿着睡衣跑过来："爸爸！"

姚琴后面跟来，惊叫道："爸爸，你可不能死啊！"

傅政安排司机把车开出来，他几步跑上楼，经过尤储秀身边的时候顿了顿。

她的脸色苍白，整个人显得慌乱。

"小政！"姚琴招呼儿子，忙道，"快帮忙啊！"

傅政敛眉，跑进书房把昏迷的傅东亭背起来，直接下楼。

姚琴睡衣都没换，立刻跟丈夫儿子坐进车里。这种时候，谁陪在傅东亭身边，谁就能沾光。

转眼，走廊安静下来。尤储秀站在楼梯口，眼见开出去的黑色轿车，红了眼眶。

第二天早上，天还没亮，尤储秀亲自准备好早餐，送到医院。

她刚走到病房外，恰好看到姚琴推门出来："哎哟，来得挺早嘛。"

尤储秀越过她的肩膀想要进去，却被姚琴挡住："爸爸说不想见你。"

"让开！"尤储秀语气沉下去。

姚琴不自觉缩了缩肩膀，但人并没躲开。

病房的门被人从里拉开，傅政低头走出来。他看到尤储秀手里的东西，还有她关切的目光，沉声道："爷爷已经醒过来了，不过精神不太好，刚吃过药睡下了。"

尤储秀提着东西要进门，傅政抬手按住她的肩膀："爷爷刚才确实说过不想见您。"

听到他的话，尤储秀的神情瞬间沉下去。

傅政将语气放柔："您先回去吧，等爷爷醒了，我再问问他。"

昨晚书房里傅东亭震怒的声音，大家都能听到。虽然听不太真切，但隐约都能猜到与尤储秀有关系。

犹豫良久，尤储秀才把手里的饭菜交给傅政，道："东亭醒来后，记得给他吃。"

"我会的。"傅政点头。

尤储秀不想多看姚琴那副得意的嘴脸，转身离开。

"哼！"姚琴双手叉腰，狠狠瞪着尤储秀走远的背影，"这种时候谁不知道往爸爸眼前凑，也不能每次好事都让他们占了吧。"

"妈！"傅政蹙眉，语气颇为严厉，"你少说两句。"

看到儿子警告的眼神，姚琴撇撇嘴，接过他手里的东西进去。反正不吃白不吃，她留下来守一夜，肚子饿得要命。

年初一早上，按照习俗都要拜年。

傅东亭穿着一套深色的华服，端坐在客厅的沙发里。尤储秀同样穿着讲究，坐在他的身边。年三十那天早上，傅东亭要求出院回家，家里人拗不过他，只能同意。

虽然他人回来，但这几天都住在书房里。尤储秀几次想要解释，傅东亭都没有给她机会。

"爷爷过年好。"傅橙穿着一件红裙子，跪在傅东亭的面前。

"乖！"傅东亭拿出红包递给她。

傅橙接过去："谢谢爷爷。"

早上家里人拜年后，整个上午还会有很多朋友们来家里看望。尤储秀安排用人们准备，生怕失了礼数。

傅东亭招手把傅橙叫过来，又从怀里掏出一个红包。

"怎么还有一个？"傅橙惊讶地问。

傅东亭抿起唇，神色温柔："这个给弟弟。"

"是果果弟弟吗？"

傅东亭点头，将孙女抱在怀里。

傅橙拿着红包，不禁撅起嘴巴："爷爷，橙橙很久没有看到弟弟了。"

傅东亭嘴角滑过一丝轻笑："别急，也许很快就能看到了。"

尤储秀安排好事情回来，恰好听到傅东亭这句话。她咬着唇，红着眼睛别开脸。

年初一傅家最热闹，商界那些朋友们几乎踏破门坎。尤储秀应付完一批人，神色已有疲惫。她站在门厅喘口气，忽然看到有人走过来。

"欢颜！"尤储秀快步跑到女儿面前，紧紧拉住她的手。

傅欢颜低着头，低低叫了声："妈。"

伸手将她搂在怀里，尤储秀激动地咬着唇，说不出话来。这声"妈"远比任何解释的语言都重要，傅欢颜同样红了眼睛，眼泪在眼眶里打转。

傅东亭在书房里小憩，管家带着蔺识进来。

"董事长。"

傅东亭睁开眼睛，看到他的神情就知道有事发生。他低头整了整身上的衣服，道："有事就说吧。"

蔺识打开公文包，递给他一张照片："昨天有人跟踪到的。"

照片是在墓园拍摄到的，那跪在墓前的一男一女，傅东亭都不算陌生。他讶异地抬起头，却见蔺识无奈地开口："我让人去查过盛铭湛的背景，他两岁被人带出国，被盛家收养。这样算起来，他肯定就是舒家的那个小儿子。"

这一刻，傅东亭忽然笑出声。他放下手里的照片，起身走到窗前。

"董事长，盛铭湛应该已经查到他父母的死因跟您有关。"蔺识脸色担忧，"如果他有心报复，那我们要怎么应对？"

"应对得了一次，应对不了两次。"傅东亭摇了摇头。

当年他知道舒云歌的身世后，才会极力反对她跟傅晋臣在一起。可他能阻止一次，却不能次次都阻止。

"这就是天意吧。"傅东亭拄着拐杖，背影笼罩在暗影里。

蔺识瞬间失声，同样觉得棘手。毕竟盛铭湛不同于舒云歌，况且如今这对姐弟，背后都有着强大的集团在支撑。

轻轻拉开抽屉，傅东亭拿出几个大红包，递给蔺识："这是给你孩子们的，过年讨个喜气。"

蔺识颤颤巍巍地接过去。

"蔺识，"傅东亭转过身，目光落在他的脸上，"如今我身边能相信的人，只有你。"

"董事长，您放心，"蔺识微微弯下腰，道，"如果没有您，也不会有我的今天。您嘱托我的事情，我必然竭尽所能。"

傅东亭走过来，抚平蔺识的衣领。

"咱们下一步要怎么办？"蔺识又问了句。

"过年好。"

傅东亭眼神温和，蔺识突然紧张起来。

"难得过个年，你也轻松一下吧。"傅东亭拍拍他的肩膀，道，"有什么事情，等到年后再说。"

蔺识叹口气："好，您有事随时叫我。"

须臾，蔺识离开书房，将门关上。

书桌前，傅东亭拿起那张照片，打开打火机点燃。火星很快吞噬照片中的人脸，他轻轻合上眼睛，脸色异常平静。

该来的总是躲不掉。

过年孩子们疯闹睡得晚，傅东亭习惯早起。清早他披着外套走到庭院里，感受着这份难得的清净。

庭院里干枯的树枝都已冒出新绿，傅东亭眼神落在园中已然发芽的玉兰树上，嘴角不自觉地勾起弧度。

那一年，正是玉兰盛开的时节。

连漪穿件青色长裙，素白的脸庞干净如莲。她见到生人总是害怕地垂着头，清汤挂面的长发垂在脸颊边，只有灵动的黑眸闪亮。

"你是谁？"初见时，连漪垂着头，紧张地问他。

傅东亭蹙眉，在这个家里还有人不认识他？那年连漪投亲来此，这次相遇，算是他生命里，唯一的一次意外。

时光恍如回到从前，傅东亭站在高台处，眼角不经意地扫过去，却见有道熟悉的身影走来。

"东亭。"她的声音还是那样柔弱，几不可闻。

傅东亭瞪大双眼，盯着面前的人。她嘴角染着的那抹绯色，亦如从江南小镇水墨画中走来的女子。

"我要走了。"面前的女子笑了笑，转身离去时，傅东亭还能看到她青色的长裙，擦着自己的掌心滑过。

"连漪——"傅东亭大惊失色，本能伸手想要抓住她，不想脚下踩空，整个人从台阶上跌下去。

"老爷！"用人尖叫出声，惊动屋里的人。

尤储秀第一个跑出来，吓得脸色惨白。

医院抢救室外，傅家人基本都到场。

"欢颜，你给老四打个电话。"尤储秀开口的声音，已然发抖了。

傅欢颜咬着唇，不敢多说，拿着包走到边上。

电话还没拨通，手术室的门就打开。傅世钧推着轮椅过来，一把拉住傅欢颜的手，道："我来给老四打电话，你去看爸爸。"

傅欢颜跑到病床边，哭道："爸爸，你怎么样？"

傅东亭勉强睁开眼睛，望向她的眼神温柔："你来了。"

傅欢颜怔了怔，不明白他的话。

"陪你爸爸进去。"尤储秀轻拍傅欢颜的肩膀，红着眼睛别开脸。这句话只有她听懂

501

了，心底涌起的滋味万般复杂。

中午饭准备的是饺子，沐良端着碗筷出来，笑道："傅晋臣，快带儿子去洗手。"

傅晋臣闻着香气，已然蠢蠢欲动。他带着儿子洗手回来，见到沐良握着手机，脸色不对劲。

电话里，傅欢颜的哭声很大。傅晋臣敏锐地抬起头，瞬间意识到什么。

挂断电话时，沐良开口的声音发颤："晋臣，你……你快点去医院。"

宽敞的车道中，傅晋臣双手握着方向盘，一路闯过红灯，飞速赶到医院。

将车停在医院大楼外，傅晋臣来不及拔出车钥匙，推门往楼上跑。

刚刚迈上二楼的最后一层台阶，傅晋臣大气都没敢喘，就听到前方的病房里，傅欢颜的哭声尖利传来："爸爸！"

傅晋臣双腿一软，膝盖狠狠磕在坚硬的大理石地面上。他半跪在地，听着病房响起的哭声，喉结轻轻滚动。

走廊中不断有医生护士推着仪器跑来跑去，傅晋臣脑袋里嗡嗡响，思绪有片刻的空白。

许久，他仰起头，任由泪水淌过他坚毅的下巴。

爸爸为什么，不等等我？

开车去公司的路上，宋爱瑜接到一个电话。

一处僻静的茶楼内，桑卉神色不安地捧着茶杯。

"又没钱了？"宋爱瑜拉开椅子，语气不耐，"要多少？"

这些年为堵住她的嘴，宋爱瑜不定期地会给她钱。

桑卉羞愧地低下头，道："不是钱，我有话想告诉你。"

"什么？"

最近桑卉总觉心中不安。也许那个秘密在她心底埋藏太久，她无法再继续欺骗下去。

"关于你的……身世。"

"我的身世？"

宋爱瑜惊讶，她的身世不是早就知道了吗？

见她一脸懵懂，桑卉更觉伤心，道："爱瑜，其实你的妈妈不是我……"

闻言，宋爱瑜脸色大变。

蔺识到的时候，所有与遗嘱相关的人员都到齐。客厅圆形沙发里，尤储秀坐在往常她习惯的位置，傅欢颜蔫蔫地坐在她身边。

丧事料理完，众人身穿素服，依次坐好。

傅晋臣坐在尤储秀的右手边，沐良抱着沐果果跟在他身边。

"人都到齐了。"蔺识满意地点头。

管家送上茶点，把无关人员都被安排到客厅外面。

"蔺律师，您开始吧。"姚琴神色急迫。

如果傅培安同傅政两人同时能获得股份，那他们在家里的地位，自然无人撼动。

"大少奶奶真是着急，"蔺识轻笑，捧着茶杯望向尤储秀，"太太，可以开始了吗？"

尤储秀强撑精神："开始吧。"

拉开公文包的拉链，蔺识打开事先订立好的遗嘱，按照款项逐一宣读。傅晋臣微微垂着头，深邃眼眸内一片平静，看不出什么起伏。

前面那些条款，很多人都没仔细听，全部精力都落在最后的遗产分配上。蔺识望着众人的神色，缓缓读道："根据董事长生前的意愿，现将他名下的股份分配如下：长子傅培安所得股份10%，次子傅世钧所得股份15%，三女傅欢颜所得股份10%。另外还有5%的股份归沐果果，但鉴于沐果果未成年，这部分股份由沐良代为监管。"

"不是吧？"

姚琴跑到蔺识面前质问，道："这就完了？怎么没有我们小政的？"

蔺识眉头轻挑："刚才我不是读过了吗，董事长任命傅政为傅氏集团的总裁。"

"只是总裁怎么行？"姚琴皱眉，"傅世钧股份最多，现在连沐果果都有股份，我儿子凭什么没有？"

"妈！"傅政将她拉回来。

"蔺叔，你真的读完了？"傅欢颜抢过遗嘱，满眼震惊，"这不对啊，怎么没有我妈和老四！"

"还有一项。"蔺识忽然想起什么，继而又道，"董事长把这座大宅，留给傅家子孙共同居住。"

"喊！"姚琴气哼哼地骂，"谁稀罕这破房子啊。"

傅欢颜又把遗嘱看一遍，怎么爸爸没给老四留下什么？！

曹婉馨抱着傅橙坐在沙发里，嘴角翘起的弧度明显。

傅世钧依然保持他平时的神态，总是那副逆来顺受的模样。他脸上还染着哀伤，只在偶尔低头的瞬间，眼底有笑容闪过。

众人神色各异，尤储秀嘴角滑过一丝苦笑。几十年夫妻，终究这么绝情吗？

沐良惊讶不已，傅东亭让她监管那5%的股份，那就相当于这股份是留给她的。

紧紧握住傅晋臣的手，她没有想到傅东亭订立的遗嘱竟然如此，生怕傅晋臣不能接受这个现实。

傅晋臣脸色如常，这样的结果，他心中早有预料。

遗嘱宣读完后，蔺识清楚地看到每个人的表情。他暗叹，这些人的神色，与之前傅东亭意料的相差无几。

唯一令蔺识惊讶的是傅政，他没有太多的神情，那副淡漠也并非装出来的。

不久，傅晋臣驾车离开。

管家站在大门外，黯然叹气。老爷不在了，四少爷带太太和三小姐离开，以后家里越来越冷清。剩下那些人，只怕会窝里斗，这个家再无安宁之日。

沐毅单手握着方向盘，车速不快不慢。临近别墅前，他透过后视镜看到不远处那辆黑色轿车。

他的车进入别墅，那辆黑色轿车才离开。

车门前，沐毅手中的烟才吸两口，立刻有人跑来："毅哥，您别站在这里，不安全。"

沐毅失笑，过不了多久，对他来说就没有安全的地方。

"你回来了。"

宋爱瑜坐在沙发里等他，沐毅坐到她身边："你先前不是说，想要跟我出国吗？我让人去办护照了，最快下周离开这里。"

"这么突然？"宋爱瑜满目震惊。

沐毅盯着她的眼睛："不愿意？"

"没，"宋爱瑜手指搅在一起，"沐毅，我现在还不能走。"

"为什么？"

"如果我离开，宋氏的一切都是沐良的，我不甘心！"宋爱瑜目光阴暗。

"爱瑜，她是我姐。"

"她并不是你亲姐。"

沐毅眼底的神色冷然下来："宋爱瑜，你用不着找借口，我再最后问你一遍，你要不要跟我一起走？"

宋爱瑜咬着唇，道："我们过段时间再走行吗？等我……"

"闭嘴！"沐毅掐灭手里的烟，"宋爱瑜，你已经骗过我一次了，还想再骗我一次？"

宋爱瑜拉住他的胳膊，急声道："沐毅，我没骗你……"

"来人。"不等她说完，沐毅朝进门的保镖吩咐，"把她带出去。"

"沐毅！"宋爱瑜心急地大喊。

沐毅沉着脸上楼。很快有人拽着宋爱瑜，连同她的外套皮包一起丢到别墅外面。

"喂！"宋爱瑜站在别墅外面高喊，"沐毅，你听我解释。"

良久，宋爱瑜也没等到回应，不得不自己拾起地上的东西，灰溜溜地走到路边拦出租车离开。

几天傅政都没在家吃饭，姚琴食之无味。她拢着披肩上楼，傅培安恰好与她撞上。

"你去哪里？"姚琴抚着胸口，问道。

"去抽根烟。"傅培安敷衍她，想起什么试探道，"你手上还有闲钱吗？"

"干什么？"姚琴挑眉。

傅培安笑了笑："我想多买点股票。"

对于他的投资眼光，姚琴完全不信任："你一直买啊买，没见赚到钱，倒是赔了不少。我的钱刚拿给我弟弟，让他帮我投资。"

傅培安不爱听她唠叨，既然知道她没钱，也不愿意多耽误时间，很快离开家赶去公司。

家里筹不到钱，只能先用公司的。

傅政正在核对文件，傅培安推门进来："小政。"

"有事？"

办公室没有外人，傅培安把手里的资料夹递过去："签个字。"

"这是什么？"

"先前工地事故要赔付的抚恤金。"傅培安耐心解释。

傅政代理公司事务，他跟傅培安职位最高，需要联名签署。

"成了。"傅培安兴高采烈地离开。

傅政蹙眉，感觉爸爸今天主动办事的态度有些奇怪。

市中心最繁华路段，一排排现代化办公写字楼，高耸挺立。

助理推门进来："盛总。"

"说。"盛铭湛站在窗前。

"傅培安竟然用公司的抚恤金去还借来的钱。"助理将查到消息一并递给盛铭湛，"咱们正愁找不到地方下手，没想到他自己撞枪口上。"

盛铭湛看完资料，道："傅培安借的这笔钱，是不是有问题？"

助理往前一步，解释道："他明显被人坑了，而且坑他的就是傅家里面的人。"

"傅家的家务事我没兴趣，实行我们的计划。"

"是。"助理随即离开。

三天后早上，傅氏集团召开股东大会。傅政心中不安，他走进会议室，傅培安已经在座。看到儿子时，他眼底掠过慌张，还没开口前就被人打断。

董事会昨晚推选出两位代表，今早主持紧急会议。赵董站起身，语含怒意："我们接到举报，傅培安挪用公款，经查证确有此事。"

挪用公款？傅政忽然想起几天前，傅培安拿到他面前签字的那张单据。

"这笔款项不仅牵扯到傅培安，同时签字的还有傅政。"赵董继续开口，看向傅政的目光充满失望。

"这件事情跟我儿子无关！"傅培安着急地解释，但白纸黑字无法抵赖，而且他们又是父子，这种解释在外人看来，显得太过苍白。

看到自己签名的单据，傅政整颗心沉到谷底。

此时办公室门打开，有人推着傅世钧进来。

"你来干什么？"傅培安变脸。

不等傅世钧开口，股东们抢先回答："现在集团出了这种事情，当然需要有人主持大局，二少爷也是董事长的儿子，又握有集团的股份，理应由他暂代董事长的位置！"

众人七嘴八舌，纷纷附和。

"大哥。"傅世钧推着轮椅过来，轻声道，"这件事关系到集团，我也不能包庇你们，还请你不要怪我。"

傅世钧神态从容，傅政证实心中的猜测。

"哼！"傅培安沉着脸，怒声道，"你少得意！"

他的话音刚落，警察已经出现。

傅培安看到警察，立刻白了脸。

"带走。"

傅培安神色慌张，眼见有警察走向傅政，瞬间意识到什么："不关我儿子的事，都是我一个人做的！"奈何他的话没有任何人理会。

"等等。"傅世钧推着轮椅过去，"我能不能同大哥说两句话。"

有人先带傅政离开。

傅世钧仰起脸，嘴角贴在傅培安耳边，眼神变得幽冷："我没死在那场车祸里，你是不是特别失望？"

车祸？傅培安难以置信地看向他，傅世钧笑了笑，道："你想要我死，但没有成功。这次我也要你尝尝坐牢的滋味！"

"你，你……"傅培安气得说不出话来。

傅世钧推着轮椅走开，与方才的神态完全不同。他脸色担忧地盯着傅培安："大哥，你们一定要好好交代，绝不能一错再错！"

"带走！"

走廊一片混乱，集团员工们看到傅培安、傅政双双被带上警车，议论声此起彼伏。

赵董推着轮椅将傅世钧安排到主位，笑道："世钧啊，我们都是傅氏的老人，也是董事长的亲信，你放心出来主持大局，叔叔伯伯们都会帮你。"

"谢谢叔伯们的信任。"傅世钧嘴角的笑容恰到好处。

窗外阳光明媚，傅世钧掌心轻轻滑动在失去知觉的双腿间。他等待这一天，不知道等过多少年头，如今终于等到了。

傅氏集团代理董事长与总裁双双被抓，消息爆出后引发轩然大波。临危之际，股东们一致推选傅世钧出面主持大局，所有人大跌眼镜。

傅家二少爷一直深居简出，鲜少露面，大众对他了解不多。股东们内部推举的时候，大家都比较中意傅晋臣，可惜人家四少早已自立门户，与傅氏再无瓜葛。

傅晋臣丢开手里的报纸，背靠转椅，不久高森推门进来。

"说吧。"

高森全盘托出："我打探过了，傅培安挪用公款炒股确有其事，傅政应该并不知情，只是被连累。"

大哥以前都是小打小闹，这几年炒股的金额逐渐大起来。

"可是……"

"什么？"

高森道："傅政大概想要帮傅培安分担罪名，承认挪用公款他也有份。"

傅晋臣走到落地窗前，薄唇抿成一条直线。

"不过口头承认没用，警方调查取证，如果找不到关于傅政的证据，他会没事的。"高森解释。

傅晋臣心头的滋味百般复杂。他比傅政大七岁，有时候说是叔侄，他们之间倒更像是兄弟！

傅晋臣点根烟："去盯着，有什么消息告诉我。"

"是。"高森关上办公室的门。

傍晚，司机将车开回别墅。曹婉馨领着女儿站在门前，司机将车门打开，同时将轮椅支开。

"二少爷。"

曹婉馨拦住司机，笑道："去把大少奶奶叫过来。"

稍后，姚琴穿着用人服跑出来："怎么了？"

"把世钧扶出来。"曹婉馨站在车前吩咐。

姚琴将扫把丢在边上，伸手搭住傅世钧的胳膊，想把人搀扶出来。成年男子的体重，还是双腿残疾的男人，姚琴根本搀扶不住。

"啊！"她重心不稳，差点连带傅世钧一起摔倒。

傅橙要上前帮忙，被曹婉馨给拉回来："不许过去。"

傅橙害怕地低下头。

用人们全都垂首站在边上。

家里形势逆转，傅世钧上位后，曹婉馨便在家里发号施令，将姚琴踩在脚下。

姚琴从前修剪整齐的秀发，此时只用个黑色皮筋扎起来。她额前的碎发淌着汗水，一张脸憋得通红，终于费力地把傅世钧搀扶进轮椅。

对于常年不操持家务的女人来说，姚琴应付不来这些工作。

"走开！"一把推开姚琴，曹婉馨推着轮椅进屋。

姚琴天没亮起来做事，一整天都没有休息，被曹婉馨推个趔趄，险些跌倒在地。

"大嫂，进来伺候我们吃饭！"

姚琴忍住怒意，想到傅政，不得不抬起沉重的脚步进去。

餐桌前，曹婉馨含笑看向丈夫："世钧，你想吃什么？"

傅世钧笑了笑，掌心轻轻落在女儿的头顶。

"鱼、虾，还有牛肉，每样都拨一些放到二少爷跟前。"曹婉馨手指轻点，不断吩咐姚琴做事。

姚琴一手托着盘子，一手拿着筷子，将曹婉馨说的那些菜每样都拣出一些，然后恭敬地放在傅世钧面前："请用。"

傅橙今年十岁，能从大人间的神色分辨出什么。她低着头，小口吃饭。

油腻腻的菜撒在地上，有用人要上前收拾，却被曹婉馨喝退："不用你们。你来！"

508

曹婉馨指着姚琴，脸色阴沉。

自从傅培安跟傅政出事，姚琴忍气吞声很多天。曹婉馨让她穿上用人服，住在用人间，每天跟用人们同样的待遇，这些她都咬牙忍下了。

"哟，你不愿意？"曹婉馨仰起脸，"不愿意算了，你随时可以卷铺盖滚！"

现在老公跟儿子出事，姚琴身上一分钱都没有，还能回去哪里？回去娘家都没人收留她！而且为了儿子，她不能离开！

"我擦。"姚琴跪在餐桌前的地板上，把油渍一点点擦洗干净。

"我吃饱了。"傅世钧放下筷子，曹婉馨跟他起身，眼角余光瞥见姚琴跪在地板上，勤勤恳恳擦拭的动作，心头格外解气。

傅橙想要过去帮忙，但看到妈妈严肃的目光，又低头离开。

连续十几个小时的劳动，姚琴从未经历过。自从嫁进傅家，又生下傅政，她的生活一直有人伺候，何曾吃过这种苦，又哪里受过这种委屈？

晚上十点，姚琴从厨房出来。曹婉馨吩咐用人，碗筷都留给姚琴收拾，别人不许帮忙。她做事动作慢，把东西都清洗好已经很晚。

姚琴肚子咕噜噜叫，早上只吃过一碗粥，再无其他东西。厨房收拾得干净，她找半天也没看到吃的东西，肯定又是曹婉馨吩咐的。

两条腿又疼又肿，姚琴走路都要摔倒。她扶墙走到门庭下，坐在石阶上休息一下。胃里空空的，她想睡睡不着。

月色皎洁，姚琴眼眶发酸。丈夫儿子都没有消息，也不知道他们父子怎么样。

"大伯母。"

门庭盆栽后面钻出一道人影，傅橙穿着睡衣拖鞋跑到姚琴身边，将藏在怀里的碗拿出来，"今晚有鸡腿，大伯母快吃吧。"

姚琴怔了怔，看看面前这张小脸，又看看傅橙手里捧着的鸡腿："橙橙，你自己吃吧，大伯母不饿。"

"不，"傅橙摇摇头，"橙橙吃饱了，这是给大伯母留的。"

姚琴接过去，将傅橙拉到面前，红着眼睛轻声道："橙橙，大伯母之前对你不好，你不生我的气吗？"

"橙橙不生气。"傅橙回答得很肯定。

姚琴紧咬着唇，心底的滋味酸涩。傅橙出生后，她一直都把这个孩子视作眼中钉，从没真心疼爱过她。

"妈妈好像有些生气，"傅橙撇嘴，很快想到什么又笑道，"下周橙橙要参加钢琴比赛，等我得到第一名，妈妈就会开心，到时候我就要妈妈不要生大伯母的气，好不好？"

姚琴搂紧傅橙，眼角有泪水滚落出来。

"橙橙！"

曹婉馨突然出声，吓得傅橙倒退碰掉手里的碗，鸡腿顺着台阶滚落到草地里。

傅橙低头站在边上。

"带小姐进去睡觉。"曹婉馨吩咐用人将女儿带走。傅橙慢吞吞往前走了几步，又回头朝姚琴笑了笑。

眼见傅橙离开后，曹婉馨紧蹙的眉头才松开。她走到姚琴面前蹲下，眼神落在她苍白憔悴的脸颊，笑道："大嫂，你不保养也会老啊。啧啧！这才几天，看看你的脸，还有你的手，真是可怜！"

姚琴看着自己断裂的指甲，抿起唇，道："婉馨，请你们看在培安跟世钧都是一个母亲所生的分儿上，不要做得这么绝！"

"我们做得绝？"曹婉馨嘲弄地勾起嘴角，"如果我的那个孩子能活着，现在也有果果这么大了。"

姚琴眼神蓦然一动。

"还有世钧的腿！"曹婉馨捏着姚琴的下巴，质问道，"当年那辆车的刹车是故意被人动过手脚的，难道跟傅培安没关系吗？"

姚琴脸色发白，拉住曹婉馨的手腕："这些事跟我儿子都无关，如果你们想要报复，不要对小政下手！"

曹婉馨站起身，居高临下望着她："他们自己做过的事，当然要自己负责。"

话落，曹婉馨不带一丝感情地离开。姚琴想要追上去，眼前一阵眩晕，整个人靠在墙角，根本没力气走路。

原本以为，她能够养尊处优一辈子，现在却落得如此凄惨的下场。这都是她自己惹来的后果，她认了。可傅政年纪轻轻，他是无辜的！

天还没亮，傅世钧被车接到傅氏大厦。高层会议室中，股东们悉数到场。

"出了什么事情？"傅世钧察觉到气氛不对劲。

先前拥戴他的赵董蹙眉，道："先前工地塌陷中受伤的伤患家属，因为没有收到抚恤金，昨晚有两人喝农药自杀，现在人还在医院抢救！"

"自杀？"傅世钧惊愕。此时又发生自杀事件，傅氏铁定难逃干系。

果不其然，第二天报纸新闻的头版头条都是关于傅氏的欺诈新闻。拖欠伤患员工的抚恤金，致使家属服农药自杀，爆炸性新闻使得傅氏淹没在骂声中。

短短两个小时，傅氏股价一路走低，跌破历史最低点。股东们与高层们整晚都没有离开会议室，大家盯着股市的惨状，都有种大势已去的绝望。

"二少爷，咱们怎么办？"大家纷纷把目光投向傅世钧。他双手紧握轮椅扶手，脸色紧绷。

先前的重击还没挺过去，傅氏再次遭创伤。眼看傅氏这座大旗即将坍塌，傅世钧一人根本难以摆平此事，股东们见风使舵，集团内部闹翻。

危机局面一触即发。

傅晋臣昨晚收到消息，连夜赶往医院。服毒自杀的家属还在抢救，他无法见到人，也找不到什么线索。

傅晋臣刚进办公室，高森立刻跟进来："四少，查到了。"

"说。"

"先前抚恤金拖延，傅氏有人跟伤患家属们沟通过，他们也都答应可以暂缓几天。但是昨晚不知道怎么回事，忽然发生服毒自杀的事情，明显有人刻意炒作。事情扩散速度很快，波及面很广！"

傅晋臣也觉得蹊跷，不过是暂缓两天拿到钱，那些人犯不着不要命！

"能查到背后的人吗？"

高森摇头："目前还没查到，我会继续让人去查。"

前后发生的事情联系在一起，似乎有双无形的黑手，只等机会出现便将傅氏彻底吞掉！

先是傅东亭去世，后又傅氏发生危机，宋清华几天心情都不好。

她刚到办公室，秘书送东西进来："总裁，有您一个快件。"

宋清华脱掉外套，拿起拆信刀将袋子打开。

袋子里有些照片，其中那张一男一女的合照，令她脸色大变。额头两边的太阳穴突突跳，宋清华忍住怒火，将助理叫进来。

"总裁。"

宋清华递给他一张照片，冷声道："我要这个女人的详细资料。尤其是二十多年前，她与桑家的关系。"

"是。"助理将照片收起，转身离开。

整个上午，宋清华心神不宁等待结果，直到助理将一个深棕色档案袋放在她的面前。

调查的资料比较详细，她一页页翻看着，精致五官逐渐扭曲。

开车回到家，宋清华低头进门，烟姨含笑迎过来："太太，您今天回来得很早，要不要准备晚饭？"

"你们都下去吧。"

烟姨愣了愣，宋清华怒声道："没听到我的话吗？"

见她动怒，烟姨吩咐众人离开。

楼上第一个房间，她推门进去："爸爸，"宋清华走到桌前，盯着父亲的相框，哽咽道，"我错了！"

她低着头，眼泪悄悄滑落。

被宋清华的电话叫回来，宋爱瑜兴高采烈地走进客厅："我回来了。"

客厅的沙发里，宋清华背对着她。

宋爱瑜看不到她的神色："妈妈……"

"不要叫我妈妈！"宋清华冷冷勾起唇，盯着宋爱瑜的眼睛问，"宋爱瑜，你是谁的女儿？"

宋爱瑜嘴角的笑容一沉，勉强镇定道："我当然是你的女儿。"

"我的女儿？"宋清华轻笑，拿起茶几上的袋子朝她狠狠丢过去，"事到如今，你还敢骗我？"

迎面有东西劈头砸过来，宋爱瑜往后退开。袋子掉在地上，她不得不硬着头皮捡起来。

袋子里有她和桑卉在茶楼见面的照片，还有一张她亲生母亲的照片。

"妈妈，你听我解释……"

"呵呵，"宋清华慢慢站起身，锐利双眸落在宋爱瑜的脸上，恨声道，"我亲手养大的，竟然是桑瑜跟别的女人生的孩子！"

宋爱瑜倒吸口气，整颗心彻底沉下去："妈妈，我，我……"

"你还要说不是吗？"宋清华盯着她的眼睛质问，"你知道了，却一直瞒着我？"

宋爱瑜咬着唇，委屈道："我害怕你知道后，把我赶出宋家。"

"你是害怕自己一无所有，继承不到我的钱吧？"宋清华眼神凛冽。

宋爱瑜上前拉住她的手腕，哭道："对不起妈妈，我错了！我真的害怕你不要我，害怕你不爱我！"

"爱？"宋清华笑得不可抑制，"宋爱瑜，我对你的爱，终于让我成为一个天大的笑话！这几十年，你们把我骗得团团转！你果然是桑家的人，骗人功夫遗传得十足！"

"妈妈……"宋爱瑜流着泪，走到宋清华面前。

"我不是你妈妈！你叫这两个字，我都感觉好像有人在扇我耳光！"

宋爱瑜眼角一沉："妈妈，我是你养大的孩子，是你的小爱瑜。"

"爱……瑜。"宋清华眼前泛起一片水雾。当年她把自己的亲生女儿送走，抱回家悉心呵护养大的女儿，竟然是见证她失败的最好证明！

宋清华，你有多么失败！

"宋爱瑜！"

面前的人眼底不带一丝感情，宋爱瑜忍不住全身颤了颤。

宋清华控制不住心底的刺痛，怒声道："我真是后悔养大你！"

后悔？宋爱瑜定定望着宋清华的眼睛，冷笑一声："现在有了沐良，所以你才会这么对我？妈妈，你跟外公都太偏心！"

宋清华抿起唇，道："我们对你才是偏心，这些年你得到的东西太多了！沐良是我的亲生女儿，可惜无论我怎么补偿她，都不可能弥补我的错！"

心底某处瞬间收紧，宋爱瑜嫉妒地抬起头，目光变得凶狠恶毒。她走到宋清华面前，阴狠地开口："妈妈你怎么忘记了，当年是你把我们调换的！你觉得，沐良能够原谅你吗？啧啧，我猜她一定恨你，恨……"

啪！宋爱瑜的话还没说完，半边脸便被打偏了。她惊愕地瞪大双眸，盯着宋清华泛红的眼睛，整颗心缩了缩。

512

从小到大，无论宋爱瑜犯什么错事，她都没打过她。可此时此刻，她听着宋爱瑜恶毒的言语，心彻底发冷。这就是她几十年辛苦养大、呵护备至的孩子，如今却狠狠往她心上戳刀子！

"滚！"宋清华声音冷漠如冰，"滚出我的家，滚出宋家！"

宋爱瑜哭着跑出去。庭院里的汽车引擎发动声响起，几秒钟后，那辆红色车身冲出别墅大门。

强撑的那口气卸掉，宋清华双腿一软，跌坐在沙发里，再也没有力气站起来。

"呜！"偌大的客厅里，只有她一个人压抑的哭泣声。不是不敢哭，也不是害怕有人看笑话，只是她有什么资格哭？

这所有的所有，都是她活该！都是她应该付出的代价！

傅氏股价再次跌落谷底，面对这样的灭顶风暴，很多股东已经不抱希望，纷纷抛售手中的股票，造成傅氏的股价更加起伏跌宕。

"怎么办？"周一早上，傅世钧坐在轮椅中，神色焦急。在场的股东们纷纷摇头，还有很大一部分闹着要退股。

股东内部发生巨大变化，剩下的股东们要求重新召开股东大会商量应对之策。两天后，傅世钧无奈，只能被迫同意再次召开股东大会。

早上九点，傅氏大厦的高层会议室中，助理推着轮椅来到首位。如今傅培安与傅政都在调查期间，集团只有傅世钧手中握着最多的股权。

"开始吧。"

"等等！"

有人打断傅世钧的话，道："还有一位新股东没到。"

"新股东？"傅世钧蹙眉。

会议室的门打开，走进来的男人一身黑色西装，俊脸透着凛冽之气。

"盛总，"有人恭敬地迎过去，拉开傅世钧身边的转椅，"您请坐。"

"对不起，让诸位久等。"盛铭湛神态自若地坐下来。

众人看到他出现，窃窃私语声不断。

"傅二少。"盛铭湛主动打招呼。

"你为什么来这里？"

盛铭湛笑着耸耸肩："从今天开始，我也算傅氏的股东。"

助理站在盛铭湛身边，将资料递给众人，补充道："盛总不仅是傅氏的股东，更是傅氏目前最大的股东。"

最大的股东！傅世钧沉下脸。

傅氏集团外围满记者，无数的闪光灯对准刚刚走出大门的盛铭湛，一拥而上。

"请问盛总，您低调收入傅氏股份，如今成为傅氏最大的股东，究竟为什么？"

"先前有谣言说盛氏意欲吞掉傅氏，请问您真有此意吗？"

记者们举着麦克风，拼命挤入人群。

保安一路护送，走到车前时，盛铭湛忽然转过头笑了笑。

闪光灯闪成一片，男人嘴角那抹笑意瞬间被定格。

一个小时后，盛铭湛从地下车道直接坐电梯回到楼上办公室。盛氏外面也围着不少记者，大家都想要第一手资料。

"石头！"舒云歌久等了，"这到底怎么回事？"

望着头条新闻，盛铭湛拉她坐到沙发里："姐，别激动，坐下慢慢说。"

"你为什么变成傅氏最大的股东？"

盛铭湛轻捏酒杯，笑道："你知道，是谁害得我们家破人亡吗？"

"谁？"

"傅家。"轻啜杯中的红酒，盛铭湛背靠沙发。

舒云歌惊愕地瞪大双眸。

深夜，一辆白色兰博基尼开进市中心的别墅区。别墅大门打开，沐毅正准备将车开进院里，却见铁门外坐着一道人影。

"宋爱瑜，你又来做什么？"沐毅叼着烟，蹲在她的面前。

宋爱瑜红着眼眶抬起脸："我决定了，我们离开这里，永远都不要再回来。"

客厅的水晶灯闪亮，宋爱瑜坐在餐厅里吃东西。白色真皮沙发中，沐毅手中夹着烟，黑眸定定落在前方。

"毅哥！"穿着黑色西装的男人走到沐毅身边，压低声音道，"我让人查过了，宋爱瑜确实被宋清华赶出来，这几天都住在酒店里。"

沐毅将烟蒂掐灭："吃饱了吗？"

宋爱瑜垂眸坐在他的身边："这次我没骗你，我妈真的不要我了！她现在恨死我了！"

抬手捏住她的下颚，沐毅狭长的眼眸轻眯："你又想玩什么花样？"

"我没有！"宋爱瑜说道，"我想跟你离开。"

沐毅盯着她的眼睛："你不后悔？"

"不后悔。"宋爱瑜咬着唇，"我以后都会在你身边，我还有很大一笔钱，足够我们能有好的生活。"

沐毅蹙眉，道："我说的不是钱！"

"我妈妈不会再爱我了，沐良才是她的亲生女儿，而我……什么都不是。"她仰起脸，看向沐毅的眼睛，"你说得对，我不应该跟你姐争。"

沐毅眼角闪过一丝怀疑。

半晌，宋爱瑜回到楼上卧室。她先去洗了澡，出来时沐毅还在楼下谈事情。

手机有电话进来，她并不认识号码："喂？"

"宋经理，那些照片拍得还清楚吗？"

宋爱瑜瞬间变脸："是你？郁总！"

郁坚轻笑："没想到宋经理年纪轻轻，手段却很毒辣，一个从小看你长大的阿姨都不肯放过。"

他说的是林蕾。

宋爱瑜脸色紧绷，道："你想怎么样？"

如果林蕾被撞的事情查出来，还有那些有问题的账本，宋爱瑜不敢想象。此时她顾不上多想郁坚为何要挟她，只一心想要拿回证据。

电话那端沉默片刻，随后郁坚沙哑的嗓音传来："帮我一个忙。"

"什么？"

见她上钩，郁坚嘴角的笑容渐渐弯起。

窗外夜风四起，宋爱瑜站在窗口，神色阴沉。原本她是宋家备受宠爱的公主，宋儒风宠她，宋清华爱她，可是沐良出现后，所有的一切都改变了！外公偏心，妈妈不爱她，她曾经拥有的一切，都被沐良残忍地夺走！宋爱瑜咬着唇，眼神愤恨。历来她宋爱瑜想要的东西，都没有得不到的！就算她得不到，那么沐良也别想得到！

清早起来，傅晋臣一手抱着儿子，一手牵着沐良，一家三口走下楼。

"四叔！"傅政一身西装，气色不算好。

"你什么时候出来的？"傅晋臣眼底难掩欢喜。

"昨晚。"

沐果果从爸爸怀里滑下去，跑到他的面前："政哥哥。"

"果果。"傅政将沐果果抱起来。

沐良看到傅政出现，提着的心终于放下。

"四叔，我想跟你谈谈。"

傅晋臣捏着车钥匙，脸色平静："既然你没事了，我们该庆祝一下，晚上一起吃饭。"

"我想跟你谈傅氏。"傅政急声道。

"傅氏跟我没什么关系，那是你们应该操心的事情。"傅晋臣对着儿子招招手，道，"果果，我们该走了。"

沐果果拉着妈妈的手，小脸透着委屈。

沐良早知道要有这一天。有些事情，不能回避。

"我送果果，你们好好谈。"沐良抱起儿子，快将车开走。

"傅政。"傅晋臣俊脸微微垂着，看不出他此时的表情，"我觉得我说得挺明白的，傅家的事情，或者傅氏，都跟我没什么关系。"他深邃的双眸锐利，"无论你们怎么斗，我都不会插手。"

515

话落，傅晋臣转身要离开。

"四叔！"傅政闪身挡在傅晋臣面前，"我知道你还在生气，但现在傅家或者傅氏面临的都不是一般的危难！盛铭湛来势汹汹，他的胃口绝对不仅仅是傅氏！"

傅晋臣抬起头："什么意思？"

傅政道："如果我没猜错，盛铭湛想要毁灭的是傅家，是傅家所有的人！"

闻言，傅晋臣黑沉的眸子瞬间凛冽。

早间例会结束后，沐良收到财务经理整理的报告。

林蔷还没醒过来，宋爱瑜之前的账本都被她销毁，证据无从追查。

犹豫几分钟，她拿着文件夹，来到隔壁。

办公室大门开着，宋清华一袭黑色套装，坐在办公桌前神色专注。

沐良叩响门板。

"进。"宋清华看到来人是她，"有事？"

沐良将财务经理拿来的东西给她看。

几分钟后，宋清华脸色沉下来："这是多久前的事情？"

"很久了。"沐良道，"之前林阿姨查到有问题的账目，但她找到证据的那天早上出了车祸。"

"你是说，蔷的车祸跟宋爱瑜有关？"宋清华蹙眉。

沐良看着她的眼睛："虽然我没有直接证据，但我相信她难逃干系。"

"这件事不会只她一个人，"宋清华脸色沉下来，"应该有一串人，他们互相勾结相互遮掩，才能这多年都没人发现。"

"对，"沐良认同地点头，"宋氏内部有个毒瘤。"

宋清华心想，确实是个毒瘤。能够瞒天过海这么多年，暗箱操作不被发现，可见这些人的布局是如何的缜密。这中间竟然是她一手养大的宋爱瑜，枉费她倾注如此多的心血养育她，到头来养大的就是一只白眼狼！

"我们要怎么处理？"沐良担忧地蹙眉。

宋清华镇定道："现在宋爱瑜离开宋家，依我对她的了解，她是不会善罢甘休的！恐怕不会太久，一定还会有事情发生！这些人都不要动，我倒要看看他们究竟想怎么样。"

这么做有一定的风险，但要把那些人一次性彻底清除干净，也只能如此。尤其是宋爱瑜，握不住她的证据，她始终都会有恃无恐。

"我会让人盯紧。"沐良听从宋清华的思路，放长线钓大鱼。

"等等！"宋清华目光落在沐良身后，"最近出入都要小心些，不要让宋爱瑜把矛头对准你。"

沐良轻叹，只怕宋爱瑜的矛头一早对准了她，她躲也躲不过！

中午跟其他集团的老总吃过饭，沐良带助理先一步离开。她到场都是简单应酬一下，并不会耗费太久的时间。

助理前去取车，沐良提着包走在后面。前方有道人影闪过，她本能地抬起头，觉得那人的侧脸非常熟悉。

侧面包厢的门打开，舒云歌心急地站在门前："石头。"

盛铭湛脚步很快，并没看到周围还有人。他按住舒云歌的肩膀，两人走进包厢："姐，我们进去说。"

姐？！沐良怔怔站在原地。盛铭湛不是盛家的独子吗，为什么跟舒云歌会扯上关系？

晚上安顿好儿子，沐良泡杯茶端进书房。

"儿子睡了吗？"傅晋臣侧身倚在窗前。

"睡了。"

身边的人眉头紧蹙，沐良拿起桌上的烟给傅晋臣点上，同时将窗户微微打开，让外面的空气流通进来。

"你想到什么吗？"

傅晋臣盯着手中的香烟，并没有吸："以前我听舒云歌说过她还有个弟弟，只是在孤儿院时被人收养带走，一直找不到下落，竟然是盛铭湛？"

沐良同样觉得诧异。她曾听盛铭湛说过石头这个名字，如今又跟舒云歌联系起来，基本确定他们是姐弟："晋臣，你觉不觉得，这中间好像有古怪？"

傅晋臣放下手里的烟："盛铭湛的野心是不小，但还没大到敢对傅氏下手！这次他暗地里收购傅氏股份，又在背后主导，显然不惜一切代价！"

沐良也想不明白这点——这几年盛氏与傅氏有商业来往，好端端的，盛铭湛为何要置傅氏于死地？

"肯定有我们不知道的原因。"傅晋臣关上玻璃窗。他感觉当年傅东亭执意要把他跟舒云歌分开，似乎还蕴藏着其他目的！

夜晚，宋爱瑜洗好澡下楼，客厅里只亮着昏暗的壁灯。

"忙完了吗？"

沐毅背靠沙发，一口接着一口吸烟。

宋爱瑜夺过他手里的烟掐灭："不要吸这么多烟，对身体不好。"

身边的人长发微湿，沐毅黑眸落在她的脸上，拿出一张飞机票给她："后天上午的飞机。"

宋爱瑜蹙眉："怎么只有一张？你的机票呢？"

"我坐船走。"

"为什么不一起走？"宋爱瑜沉下脸。

抬手轻抚她的脸颊，沐毅笑了笑，道："别问这么多，后天我会派人送你去机场，我从码头离开，我们在外面汇合。"

宋爱瑜慢慢点头："后天我们就离开名海市了。"

"对。"沐毅眼神落在宋爱瑜的脸上，"也许永远都不会再回来。"

她紧紧盯着手中的机票，心头微动。后天离开，她要做的事情，应该可以做好。

沐毅捏住宋爱瑜的下颚："你说过放下这里的一切，不再跟我姐作对，跟我离开这里。"

"我知道。"宋爱瑜弯起唇。其实她迫切想要离开名海市，除了要跟沐毅在一起，还有一个重要原因是要自保。那些证据就算郁坚还给她，也不能让她安心，林蔷就是个定时炸弹，如果她清醒过来，自己还是要惹上麻烦！

事已至此，宋清华既然知道真相，宋爱瑜也没有继续伪装的必要。她只要拿回自己最后应得的那部分，就可以跟沐毅离开这里！

"宋爱瑜，如果你又说谎怎么办？"

沐毅直勾勾看着宋爱瑜的眼睛，让她不自觉紧张起来："你不信我？"她笑着反问。

沐毅抽出一根烟，点燃后看向她："我要你发誓。"

"发誓？"宋爱瑜愕然。

"好吧。"宋爱瑜扬起右手，深吸口气后才开口，"如果我骗你，就罚我……失去我最爱的一切！"

眼见她乖乖发誓，沐毅眼底的厉色才散去。他掐灭烟蒂，松了口气，也许是他最近处于高度紧张状态，对身边的人事都不得不戒备。

"你最爱的是什么？"沐毅主动跟她开玩笑。

宋爱瑜环住沐毅的腰，脸贴在他的胸前，眼眶微湿："从小到大，我最爱的人都是我妈妈。现在我最爱的人，是你。"

沐毅低头在她脸颊轻吻了下。

窗外夜色幽暗，宋爱瑜不敢看沐毅的眼睛。因为她又撒了谎，她是要跟沐毅离开，但在离开前，必须要解决掉所有的不甘！

沐毅，对不起，这是我最后一次骗你。宋爱瑜靠在沐毅肩头，轻声默念。

可她并不知道，今晚的誓言，将会亲眼见证她的结局！

推开病房的门，林蔷睡颜安稳地躺在床上。

"蔷，该起床了。"宋清华将窗帘拉开，随后打来一盆温水，给林蔷擦洗。每次她来医院都会如此，生怕林蔷躺太久，身体起褥疮。

"医生说你恢复得很好，"宋清华坐在床边，为林蔷按摩手指，"你还在睡，不肯醒过来，是不是还在生我的气？"顿了下，宋清华抿唇笑了笑，"我知道了，一定是因为你在宋氏工作太卖命，现在想要躲清闲是不是？"

病床上的人脸色苍白，没有任何醒转的迹象。

宋清华眼眶发红，哽咽道："如果你的事跟爱瑜有关，我一定会给你讨回一个公道，即便她是……是我亲手养大的孩子。"

对于宋爱瑜除去怨怼与愤怒，宋清华心底更多的还是痛心与失望。这个她捧在心尖二十多年的女儿，倾尽她一生的心血，这些年的母女情分，终究都是真心的。

安顿好林蔷，她提着包离开。

"宋总，您走了。"走过来的小护士笑着打招呼。

宋清华怔了怔，看到护士床头柜上的花瓶："这些丁香花谁送来的？"

"好像是一位郁先生。"护士道，"他也经常过来，还吩咐花店每天送花来医院。"

郁先生？郁坚吗？宋清华眼神蓦然沉下去。林蔷喜欢丁香花，知道的人并不多，在她的印象里，这件事好像只有她了解。要说再有什么人清楚，那个人应该是简怀亦。

开车回到别墅，宋清华支开家里的用人，准备好东西。

男人的声音低沉沙哑："喂？"

"郁总，"宋清华捧着手机走到窗前，"你之前不是打听我家附近有没有别墅要卖吗？我帮你留意了一套，你要过来看看吗？"

"现在？"

"你有时间吗？"宋清华语气平稳，"这套房子位置不错，距离我家别墅不远，房子的主人跟我是朋友，她马上要出国，所以才想把房子卖掉。"

"这样啊，"郁坚放下手里的笔，看了眼手表，"我四十分钟后到。"

"好，我等你。"

宋清华挂断电话，透过落地窗的玻璃，能够看到庭院里那株发芽的沉香树。

四十分钟后，一辆黑色轿车停在别墅外。郁坚走进大门，眼神不禁动了动。

烟姨站在大门前："郁先生您这边走，太太正在客厅里等您。"

郁坚跟在烟姨身后进来。其实不需要带路，这里的一草一木似乎都没太大的改变。

院中那株沉香树发芽，郁坚眼神黯了黯。

"你来了。"宋清华站在台阶前。

郁坚闻声回过头，阳光落在宋清华的肩头。这画面如此熟悉，三十年前的那天，他第一次踏入这里，宋清华也是站在台阶前，含笑同他打招呼。

用人们将茶点准备好，烟姨带着大家都退开。

"坐。"宋清华指着沙发。

郁坚道声谢，坐在她对面。

"这个茶糕很好吃，你尝尝。"宋清华将面前一个精致的瓷碟推过来。

郁坚下意识蹙了蹙眉。

轻啜口清茶，宋清华笑道："郁总不想尝尝吗？"

郁坚缓缓捏起一块放进嘴里。宋清华盯着他的表情，能够清楚地看到他霎时蹙起的眉头。

519

这个表情说明，他不喜欢。

宋清华垂下眸。这种茶糕她很喜欢吃，但简怀亦一直都不喜欢。

"清华，你不是说有房子介绍给我吗？"郁坚下意识地将面前的茶糕推开，排斥动作明显。

"朋友已经把钥匙留下了，我去拿。"宋清华起身时碰到茶碗，茶水尽数都洒在她的身上。

"唔！"宋清华捂着小腿坐下。

郁坚起身看过来："没事吧？"

"没什么。"宋清华摇摇头，她小腿被茶水烫过，有些发红。

"要不然你自己去拿钥匙吧，就在书房里。"宋清华弯着腰，状似不经意地开口。

郁坚转过身，朝书房走去。他穿过客厅的长廊，沿着左手拐进第一个房间。

宋清华坐在沙发里，望着郁坚迈开脚步走进书房，轻轻合上双眼。

果然是他！这是宋儒风的书房，曾经简怀亦记忆最深刻的地方，当年在这里，宋儒风耐心细致地教会他很多东西。

思绪有片刻的动容，郁坚回过神后，立刻走到书桌前。他沿着桌面找了一遍，并没有看到宋清华说的钥匙。

郁坚又拉开书桌的抽屉，还是没有找到钥匙。

倏地，郁坚猛然想到什么，僵直地转过身，看到站在门外的宋清华。

"郁总。"宋清华菱唇紧抿，双目灼灼落在对面的男人身上，"我真是没有想到，你第一次来我家，竟然能熟门熟路地找到我家的书房？！"

望着面前这张看似陌生的脸，宋清华眼底的神色阴沉："你是谁？"

此时郁坚才意识到这是个陷阱，是宋清华故意试探他的陷进。他如今身处在这里，就算再能狡辩也不能找到什么理由。

垂在身侧的双手缓缓收紧，宋清华仰起头，瞪着对面的男人，抑制不住心底的愤怒："你是简怀亦。"

郁坚双眸轻眯，听到她的话后，嘴角勾起一抹笑："好久不见。"

傍晚天色阴沉沉的，桑卉坐出租车来到墓园。她刚推门下来，司机立刻将车调转方向开走，这种地方谁都不愿意晚上来。

墓园里亮着灯，桑卉拢紧外套，脚步微有迟疑。接到宋清华的电话，她倒是没有太多的意外。这件事总要戳破，不过时间早晚而已。

墓碑前摆着几张照片，桑卉看清后，脸色突变。

"卉姐，你有话说吗？"宋清华站在她身后。

桑卉紧张地低着头。

"来人！"宋清华忽然出声，周围同时出现几个穿着黑色西装的男人，她抬手指着面前这座墓碑，"如果今天我们不说清楚，我就把桑瑜挖出来，让他自己说！"

"清华！"桑卉心尖抖了抖。

"动手！"宋清华脸色阴沉。

"不要！"桑卉急忙拉住宋清华的胳膊，哭道，"清华你不能这样，我说，我说……"

宋清华甩开桑卉的手："说吧。"

墓园上空有几只乌鸦从树梢飞过。桑卉咬着唇，不能再继续隐瞒："当年我男人欠下一大笔赌债，桑瑜为了让我的日子好过一些，才去故意接近你。后来……"

"后来怎么样？"宋清华站在原地，纵然心底已有足够的准备，但听到桑卉的话，她的心还是彻底凉透。呵，原来从最初的最初，这一切就都是个骗局。

"照片里的女人叫萧雅。"桑卉低着头，缓缓说道，"她跟桑瑜从小青梅竹马长大的，那天桑瑜告诉我，他想要跟萧雅私奔，不想跟你继续纠缠，所以才把你送上简怀亦的床！"

"车祸是怎么回事？"宋清华手脚冰冷，但大脑还保持清醒。

桑卉流着泪走到宋清华面前："桑瑜说，你丈夫知道了他跟小雅的事情，他说不能让你知道，所以才约简怀亦出来见面，而且在他的车上动了手脚……"

宋清华恍然大悟："这些年我对你，对桑家，不够好吗？"

"好，"桑卉眼眶泛湿，"你对我们很好。"

"既然好，你为什么这么狠心，要看着我这二十多年像个傻瓜一样被欺骗？！"宋清华满心愤怒。

"清华……"桑卉捂着嘴，缓缓跪在宋清华面前，"我知道是桑瑜对不起你，是我们桑家对不起你！当年萧雅知道桑瑜死了，生下孩子就跑得无影无踪。我没办法养大孩子，所以只能骗你。"

幽暗的墓碑前，宋清华怔怔盯着对面那张照片，一把揪下来，狠狠撕成碎片。

"清华！"桑卉被甩在地，手肘撞在地面上，整个人都没力气站起来，"是我们对不起你，对不起你……"

前方的背影已然远去，桑卉流着泪，心情异常沉重。这些年里，她每次看到宋清华心里都觉得愧疚，但想到宋爱瑜又不得不继续隐瞒。真是一步错，步步错，终究害人害己！

傅晋臣刚到办公室，高森已然神色严肃等在里面。

"查到什么？"

高森将事情一五一十地说出来。

"舒云歌的父母在跳楼自杀前，曾经与一家名为海东的公司有牵扯，后来因为舒氏企业欠下巨额资金不能偿还，他们夫妻跳楼自杀。"

"海东？"傅晋臣剑眉轻蹙，"这家公司的背景是什么？"

"查不到。"高森如实回答。

傅晋臣黑眸眯了眯。

"还有一件事，"高森声音沉下去，"舒云歌在孤儿院期间，一直得到助养。包括她后来上学的费用，还有出国深造的费用，也都是由助养她的人出钱。"

"谁？"傅晋臣敏锐地察觉到不对劲。

高森低下头："助养舒云歌的人是……二少。"

"二哥？"傅晋臣目露惊讶。

高森肯定地点头。

宋氏高层办公室中，所有高管全部到齐。宋清华坐在首位，大家都瘫坐在椅子里，频频摇头。

"真是出鬼了，怎么转眼间账上的钱都被转走了？"财务经理吓得双腿打颤，挽着袖子，就差把头发都揪下来。

"有线索吗？"沐良冷着脸问，他们千防万防，没有想到对方下手如此狠毒。

"不容易查。"工作人员对着电脑，正在一点点找线索。

"需要多久？"宋清华神情极冷。

工作人员硬着头皮，如实道："目前无法确定。"

闻言，宋清华与沐良对视一眼，两人神色都黯淡下去。

"那几个人都看住了吗？"沐良问。

"看住了，"助理回答，道，"他们的电脑都已经监控起来，有上万条账目记录，我们需要一条条逐一排查。"

这确实是项很艰巨的任务，沐良心里有数。她看向身边的宋清华，却见她低着头，眼神莫测。

"总裁，我们怎么办？"有人沉不住气。

宋清华眼角的厉色闪过："什么怎么办？"她站起身，清冷的眸光扫过众人，"我还在宋氏，宋氏就不会垮，你们只要安心工作，尽快找到可疑的账户，明白吗？"

"……明白。"众人不敢再多说什么。

工作人员全部都留在顶楼隔离工作，无关紧要的人员，一概不许靠近。

回到办公室，沐良沉着脸坐在椅子里，道："今天我们就要有一大笔开支，如果有任何地方运转不起来，很快外面就会传出宋氏的资金有问题。倘若有人闹起来，影响到股市波动，不用四十八小时，两个小时我们就完蛋！"

"我们还有一笔储备资金。"宋清华走到窗前。

沐良惊讶地抬起头："储备资金？我怎么不知道还有这笔钱？"

宋清华抿唇笑了笑，道："这笔钱是爸爸当初给我的嫁妆，这么多年我都没有动过。"

窗外的阳光明媚，沐良别开脸："这笔钱不能动。"

"如果宋氏不在了，宋清华也没有了。"宋清华双手环胸，神色还算平静，"钱对我来说，早就没有任何意义，我必须要保住宋氏。"

保住宋氏，这也是沐良的责任。

"能够接触到公司机密文件的人，只有那么几个。"沐良抿起唇，"现在除了你和我，就剩下林阿姨，这笔账到底是怎么被转出去的？"

"还有一个人。"宋清华勾起唇，黯然道，"宋爱瑜知道我的密码。"

沐良眼神冷下来。宋爱瑜转账用的是宋清华的密码，那么也就是说，找不到任何与宋爱瑜有关的证据，依旧不能直接指控她。换句话说，虽然明知道是她捣鬼，却依旧拿她无可奈何！

如果四十八小时内找不到这笔钱，那么宋氏真要垮掉！

虽然宋氏内外都已严密封锁消息，但不知道怎么回事，下午有关宋氏大笔资金不明去向的传言便满天飞。

短短两个小时内，已经有上百家供应商围堵在宋氏大厦外，纷纷都来讨账。

隔日中午开始，宋氏的股价出现大幅度下跌。关于宋氏即将破产的谣言，再度闹得满天飞。

宋氏股价跌破历史最低点。

高层会议中，临时被调派上来追查账户的工作人员，连续熬夜工作，而沐良跟宋清华也没有离开。

还差六个小时便到四十八小时，追查工作一筹莫展。资金被转出后，宋爱瑜再也没有任何行动，从她身上显然追查不到任何线索。

窗外天色昏暗，此时已是深夜，宋氏大厦却灯火通明。沐良不肯离开，宋清华从昨晚就守在这里，大家都在做最后的冲刺，但一次一次追查失败的结果，不断打击着大家的斗志。

财务经理哭丧着脸，急得脸色发白："董事长，总裁，如果明早开盘我们不能把股价拉上去，不出两个小时，宋氏的股票就，就……"

"你回去休息吧。"宋清华站在窗前。

财务经理不肯离开，沐良走到他的面前，道："听总裁的话，你先去休息，天亮再来。"

"董事长……"

沐良笑着拍拍他的肩膀："去吧。"

窗外夜色漆黑，从这里俯瞰下去，只能看到墨黑的海水，以及海港亮起的灯。

"你也去休息吧。"沐良叹了口气，宋清华连着熬夜两晚，脸色很难看。

身后不停有敲打键盘的声音，工作人员个个都熬红了眼睛。大家不愿意放弃，不到最后一秒，总还是有希望的。

"良良。"宋清华双手环胸站在窗前，忽然开口，"你知道，郁坚是谁吗？"

"是谁？"沐良开口的声音有些发颤。

"简怀亦。"宋清华声音平稳，"他是你的亲生父亲。"

沐良瞬间瞪大双眸，顿了下，她惊愕地抬起头，问道："我们被转走的钱，跟他有关？"

宋清华轻轻一笑。

"我去找他！"沐良转身欲走，宋清华拉住她。

"没用的。"宋清华眼底滑过一丝黯然，"他想要报复的人是我，你去找他也是于事无补。"

沐良心底的滋味复杂。

"你想不想听听我和你爸爸的故事？"

缓缓拉过椅子坐下，沐良没有拒绝。

原本这段回忆，宋清华打算永远尘封在她的记忆深处，可如今这样的局面，她觉得自己有必要告诉沐良。整件事情的前因后果，孩子有权利明白！

窗外夜色宁静，办公室一隅的沙发里，沐良第一次心平气和地坐在宋清华身边，听她娓娓道来那些往事。

三个人的纠缠，最终导致今日的悲剧。无论这中间谁对谁错，这场悲剧的起因，无非还是一个字——爱。

沐良心情还算平静。有些失去的东西，永远都不能再找回来了，永远都不能！

天色逐渐亮起来，沐良双手紧握，还是等不到追查的线索。宋清华端着一杯咖啡，目光看不出太大的起伏。

清早起床，宋爱瑜换好衣服下楼。

客厅里开着电视，沐毅坐在餐桌前吃东西，她拉开椅子坐下。

"据最新消息报道，宋氏股价昨天已降到最低点。现在距离开市还有一个小时，如果今天开市后宋氏的股价持续下跌，估计不出几个小时将会出现崩盘的可能……"

沐毅听到新闻后下意识看向宋爱瑜，却见她神色如常。

"吃饱了。"宋爱瑜心情明显不错。

沐毅道："我安排人送你去机场，两个小时后我们再见面。"

"好。"宋爱瑜应了声，已经有人提着她的行李箱下楼，放去车上。

"沐毅！"宋爱瑜穿好外套走到他的面前，伸手抱住他的腰。

"怎么了？"沐毅低下头。

"没什么。"宋爱瑜莫名觉得心慌，"我不想跟你分开。"

"傻瓜，"沐毅握着她的手，沉声道，"很快我们就能见面。"

宋爱瑜咬着唇，点了点头。

走到门外，穿着黑色西装的男人站在车前。宋爱瑜偏过头，沐毅抿唇笑了笑，道："等你下了飞机，会有人带你来见我。"

宋爱瑜再度点点头，她转身欲走，沐毅忽然握紧她的手腕，将她拉到自己面前："爱瑜，记住你答应过我的事情。"

心底的某处揪了下，宋爱瑜镇定下来："我知道。"

"去吧。"沐毅松开她的手。

保镖将车门打开，宋爱瑜弯腰坐进车里，不断朝沐毅摆手。直到车子开出别墅，她才含着眼泪转过身。

沐毅站在别墅门前，很快有人提醒："毅哥，咱们也该去码头了。"

"嗯。"沐毅掐灭手里的烟，取了东西，坐进保镖的车里离开。

还有一个小时，追查的账户依旧没有头绪。沐良手心一片寒意，已然在心底有了最后的准备。

宋氏大厦楼下，停着一辆黑色轿车。车里的男人双腿交叠坐在后座，内敛的双眸轻眯。

"总裁，马上到时间了，我们必须把钱转走。"秘书握着电话，脸色焦急。

郁坚依旧闭目养神。

电话那边一直催促，秘书再度开口："总裁，如果再不把钱转走，对方随时都会查到我们的账户。"

"今天的天气不错。"郁坚盯着冉冉升起的朝阳笑出声。

秘书被他没头没脑的话，弄得不知所措。

上班高峰期，路边的人行横道，总能看到背着书包赶去上学的孩子。郁坚目光落在一个小男孩身上，见到他的父亲牵着孩子的小手，领他走过人行横道，渐渐远去。

"总裁！"秘书的声音打断郁坚的思绪，"还有四十分钟，我们要来不及了。"

关上车窗，郁坚抿起唇，道："把钱转回去吧。"

秘书惊讶不已："您说……把钱转回去？"

"对，"郁坚点头，"转回去。"

秘书在他锐利的目光中，不敢再问，按照他的吩咐将电话拨出去。

须臾，这辆黑色轿车缓缓离开。

宋氏高层的会议室中，正在电脑前埋头工作的一名工作人员，突然尖叫出声："董事长，总裁，我追踪到那个可疑账户了。"

沐良飞奔到电脑前，宋清华站在桌前。工作人员嘴角的笑容还来不及展开，随后又皱眉，"这个账户是加密的。"

刚刚燃起的希望，再度破灭。

办公室的门猛地推开，财务经理急匆匆跑过来，道："董事长，股市即将开市，我们的股价已经跌到最低点了。"

宋清华蓦然笑了笑："我知道大家都尽力了，如果……"她没有说出口，在场的人都

525

红了眼眶。

墙上的指针嘀嗒走动，沐良整颗心都提到嗓子眼。

忽然，桌面上弹开了一个页面，粗粗的蓝色数据条正在不断加长。

"怎么回事？"工作人员瞪大眼睛看着账户里不断变化的数字，尖叫道，"钱又被转回来了！"

沐良同样张大了嘴，一点点看着那个蓝色条框最终全部被填满。

"天哪！我们被转走的钱，一分不差都转回来了！"在场的工作人员瞬间紧紧抱在一起，尖叫声、欢笑声四起。

沐良回过神后，转头看向宋清华，却见她对着电脑，眼角有泪水滑落。

她知道，这笔钱一定是郁坚转回来的，在最后这一刻，他没有赶尽杀绝。

"总裁，我们追查到之前通过您的账户，将钱转走的那个人曾用过的手机。"

果然是宋爱瑜的号码！

助理小跑来到沐良身边，道："董事长，我们查到宋爱瑜订了九点的飞机离开。"

"离开？"沐良沉下脸。

办公桌上的电话此时也响起来，沐良接起电话。

"沐小姐，有个好消息通知你，林蔷女士刚刚清醒过来。"

"真的？"沐良激动地握紧电话。

"良良……"林蔷的声音还很虚弱。

"林阿姨。"

林蔷急声道："良良，那天我出车祸后，账本并没有全部被拿走，还有一部分被我藏起来了。"

"在哪里？"沐良眼神立时放亮。

"在我的车后座下面。"

挂断电话后，沐良将公司剩下需要处理的事情，全部交给助理，而她拉起宋清华往外走。

"你想办法拖延住宋爱瑜，不能让她离开。"沐良边吩咐，边往外走。

宋清华一把拽住她的手腕："你去哪里？"

"去拿账本。"

沐良黑亮的双眸落在宋清华眼底："我能相信你吗？"

嘴角滑过一丝苦笑，宋清华脸色沉寂，道："放心吧，证据确凿，我不会再包庇她！"

目前还没拿到账本，沐良要拖延宋爱瑜，恐怕只能用宋清华这步棋。她点点头，道："我信你。"

沐良转过身，宋清华握住她的手，叮嘱道："良良，你要小心。"

"分头行动。"

"好。"宋清华应了声。

沐良快步走进电梯。

去机场的路并不好走，保镖为安全起见，没有走小路。可是沿着高速公路上来后一直堵车。

"宋小姐，你不用担心，我们还有时间。"穿着黑色西装的男人，见宋爱瑜一直看表，出言安慰。

窗外风景渐渐落在身后，宋爱瑜黯然失落。再过一个小时，她就要离开这里，在她离开的那刻，宋氏也将永无翻身之日。

这一刻，宋爱瑜忽然想起宋清华。她咬着唇，眼角湿润。

手中的电话响起来，宋爱瑜并不想接，却意外看到宋清华的号码。

接还是不接？

"宋小姐，我们快到机场了。"男人出声提醒，那意思就是不让她接电话。

手机不断地响，宋爱瑜最终还是把电话接通："喂。"

"爱瑜。"宋清华的声音听着很憔悴。

"你生病了吗？"宋爱瑜蹙起眉。

"我想见见你。"宋清华语气微有哽咽，"妈妈在家等你。"

啪。电话先一步挂断，宋爱瑜抬起腕表看了眼，眉头紧蹙。前方拥堵的路况逐渐好转，车子走走停停。

短暂迟疑后，宋爱瑜开口："我想在前面路口下车。"

"下车？"男人摇摇头，"宋小姐，毅哥让我护送你去机场，除了机场，你哪里也不能去。"

宋爱瑜眼角闪过一丝寒光，瞅准前方亮起的红灯，将门锁拉开。

"宋小姐！"黑衣男人没有拽住宋爱瑜，眼见她跑下车。

"你告诉沐毅，我坐下班飞机赶去见他。"宋爱瑜拿着背包，快步跑远。

后面的汽车嘀滴按着喇叭，黑衣男人生怕引起注意，只能钻进车里。他咒骂一声，偏过头见到宋爱瑜的手机掉在后座。

拿起手机，黑衣男人从前方路口掉头。宋爱瑜跑了，他要赶去告诉沐毅。

打车回到别墅，宋爱瑜下车才发现手机不见了。

糟糕！现在顾不上那么多，她的时间有限，看完宋清华最后一眼，要马上离开！

客厅落地窗前，宋清华一袭黑色长裙，端坐钢琴前弹奏那首她童年的回忆。

宋爱瑜愣了下。这是宋清华手把手教会她的第一首曲子。

"妈妈。"

身后的人轻唤出声，宋清华缓缓转过脸。她们母女间，也应该有个了断。

三岁那年，宋清华亲手将她抱坐在钢琴前。第一个指法，第一首曲子，第一次掌声，宋爱瑜人生所有的第一次，都映衬着妈妈的笑脸。

"还记得你第一次弹琴，妈妈对你说过什么吗？"宋清华轻抚黑白色琴键，声音分外平静。

　　宋爱瑜抿唇道："妈妈说，弹琴的爱瑜是最漂亮的。"

　　宋清华扬起的视线里，面前的这个孩子，无论从气质或是仪态，都挑不出半点不足。她一手栽培的女儿，每一处都是她精心打造的，找不到丝毫缺憾。

　　宋清华弯起唇，掌心紧贴宋爱瑜脸颊，道："爱瑜，这二十多年我用在你身上的心血，足以对得起你。"

　　"妈妈！"心底某处一阵揪紧，宋爱瑜眼眶泛红，哽咽道，"在没有沐良以前，你的心里只有我一个人，疼爱，爱我，什么话都跟我说。自从沐良出现后，你变了，外公变了，我们的家也变了！你们的眼里心里，都不再只有我一个人！"

　　"爱瑜，"宋清华叹口气，"沐良是我的亲生女儿，当初我让你代替了她的位置，难道这样还不够吗？你怎么能这么贪心？！"

　　"我就是贪心！"宋爱瑜扬声，道，"这个家只能有一个公主，如果有沐良就没有宋爱瑜！有宋爱瑜的位置，就不可能再有沐良的存在！"

　　虽然之前已有心理准备，但当宋爱瑜亲口说出这些话的时候，宋清华心尖的位置还是疼了。

　　她笑道："是我错了。"

　　宋清华锐利的双眸落在宋爱瑜的眼底，一字一句道："宋爱瑜，是我当初的错，我不应该抛弃自己的女儿，却把你养大！"

　　"呵呵，妈妈，"宋爱瑜嘴角滑过阴森的笑，"你现在才知道错吗？可惜太晚了，宋氏马上就要破产了！"

　　"你休想！"宋清华面色转冷，"你以为把账户里的钱转走，宋氏就要完蛋？宋爱瑜，你翅膀还没硬就要飞吗？"

　　"什么意思？"宋爱瑜眯了眯眼。

　　"你知道郁坚是谁吗？"

　　"谁？"

　　宋清华眼底一片寒意："郁坚就是简怀亦，他把宋氏转走的那笔钱，又转回来了。"

　　"这不可能！"宋爱瑜不肯相信。郁坚就是简怀亦？这怎么可能？

　　宋清华打开电视，恰好各台都在报道最新消息："截止到目前，宋氏股价持续大幅度回升，按照回升速度计算，估计明天宋氏的股价将会恢复正常。"

　　"听到了吗？"

　　宋清华站在宋爱瑜身后，声音冷冽："你的如意算盘没有成功。"顿了下，她眼角的厉色扫过，"还有一个好消息告诉你，林蔷已经醒过来了。"

　　宋爱瑜倏然瞪大双眸。

　　盯着宋爱瑜震惊的眼神，她笑道："林蔷的车祸，跟你有关吗？"

此时宋爱瑜终于意识到不对劲，原来宋清华打电话骗她回来，是为找到她的犯罪证据。

"车祸？"宋爱瑜眼神变得狰狞，"如果我知道会是这样的局面，那天我就应该让人撞死她！"

宋爱瑜右边脸颊被狠狠扇过去，她能尝到嘴里的血腥味道。

宋清华咬着唇，心底的失望深浓："为什么你让我如此失望？为什么你的心，竟然如此歹毒？！"

喉间酸酸的，宋爱瑜轻哼了声，道："因为你们太偏心，所以我才不得不夺回属于我的东西！"她瞥眼时间，转身往外走。

"站住！"宋清华声音尖厉，"你去自首吧。"

宋爱瑜难以置信地转过头："妈妈，你要让我去坐牢？"

"对。"宋清华点点头，语气艰涩道，"从小到大，我都太宠溺你了，所以你今天才会变成这样！爱瑜，去自首吧，不要再继续错下去！"

"不可能。"宋爱瑜沉着脸，吼道，"我不要坐牢！"她转身朝大门方向跑。

宋清华一把拉住她的手腕："我已经报警了！"

报警？宋爱瑜陡然睁大双眸："妈妈，你真的这么狠？！"

这一刻，宋清华的心忍不住痛起来，她敛下眉，道："不是妈妈狠，这是你自己选择的路。"

"放手！"宋爱瑜彻底被激怒，可惜手腕被宋清华扣住，挣扎不开，"妈妈，你真的这么狠心？"

宋清华抿着唇，没有回答。

山道上已经有警车响起的声音，看到她并不动容的眼神，宋爱瑜不禁勾起唇，冷笑道："我就知道，你最终还是偏心沐良！可惜你晚了一步，你的宝贝女儿……"

宋清华瞬间白了脸。

须臾，宋爱瑜被押入警车。

宋清华收回视线，拿起桌上的电话拨出去。可沐良的手机没人接听。她又赶忙拨出另外一个号码："晋臣！"

"伯母，您有事？"傅晋臣戴着蓝牙耳机，刚从机场回来。

"良良有危险。"宋清华颤着声音道。

傅晋臣瞬间调转方向盘，沿近路往市区方向赶："怎么回事，您慢慢说。"

宋清华语无伦次："晋臣，你要救我的女儿，一定要救我的女儿！"

"我明白。"傅晋臣挂断电话，将车速提到最快。

西面码头人影稀疏，海边风很大，初春乍暖还寒。沐毅倚在栏杆边，黑色风衣卷起的衣角翻飞。他嘴角叼着根烟，似乎正在出神。

"毅哥，还有十五分钟船靠岸。"有人在他耳边道。

沐毅深吸口烟后将烟蒂踩灭，看了看腕表："机场那边还没来电话？"

"还没。"

汽车前灯由远及近，男人惊讶道："你小子怎么回来了？"

保镖跑过来："毅哥，宋小姐跑了。"

"跑了？"沐毅似乎没感觉意外，"她去了哪里？"

"我也不知道。"保镖松开衣领，如实道，"宋小姐接个电话就跑下车，说赶下一班飞机去找您。"

害怕被迁怒，保镖将手机交出去："宋小姐的手机掉在车里。"

沐毅握住手机，他早应该明白，宋爱瑜不想离开这里。她舍不得宋家，也舍不得安逸富足的生活。

嗡嗡。手机振动两下，沐毅划开屏幕，看到一条短信。短信的内容很简单，只有几个字："已经发现目标。"

发现目标？沐毅反复默念，瞬间明白过来。

沐良电话几次都无法接通。

"我姐在哪？"沐毅吼道，"快去查我姐在哪里！"

身边的人愣了下："是。"

几分钟后，男人气喘吁吁地跑回来："毅哥查到了，您姐姐在前面的废旧车场。"

"车场？"沐毅再度给沐良打电话，还是无法接通。

"钥匙给我。"沐毅拉开车门坐进驾驶室。

"毅哥！"几名男人后面追过来，都被车子甩在后面，"毅哥！"

沐毅驾车从码头出来，直奔西南方向的废旧车场。他双手握着方向盘，剑眉紧紧蹙着。

宋爱瑜，你终于还是骗了我！

后方不远处，一辆黑色摩托车跟在沐毅的车后，保持不远不近的距离。沐毅满腹心事，并没有留心到后面的车辆。

从市内车场找到这里，沐良辗转询问得知车送来此处。这里地理位置偏僻，四周空旷。

手机没有信号。

她一排排找过去，终于在第三排发现林蔷的车："在这里。"

沐良艰难地打开后门，弯腰钻进去。

林蔷说将剩下的账目放在车后座，她弯下腰，发现最下面有个黑色按钮。

打开座椅，下面果然放着一个牛皮纸袋子。沐良确认是账本，把东西妥善放好，转身朝车场外走。

她一路快步，没有看到正对面的蓝色汽车。

"姐！"沐毅朝她的方向跑过来，"小心那辆车！"

话音刚落，那辆蓝色汽车直直朝她冲过来。沐良来不及反应，直到另外一道黑色车影冲到自己眼前。

只听一声巨响，蓝色轿车斜侧撞上开过来的黑色路虎。傅晋臣双手握着方向盘，右边车门硬生生凹陷进去。

傅晋臣将车停在路中间，车里的男人看情势不对，立刻倒车逃跑。

"良良！"傅晋臣一把将沐良搂入怀里，"你没事吧？"

"没事。"沐良还在发抖，瞪着开走的车叫道，"不能让他跑掉……"

"放心。"傅晋臣抱住她，心脏跳动剧烈，"跑不了。"

沐良安下心来，这才看到沐毅。

眼见她平安无事，沐毅没有上前，转身想离开。

而此时小路侧面开出一辆摩托车，车上带着黑色头盔的男人全速行驶。沐毅敏锐察觉到不对劲，却已经来不及躲闪。

沐良只听一声闷响，那辆摩托车迅速驶远。她眨了眨眼，下一刻看到沐毅倒在地上。

她三步并作两步跑过去，傅晋臣只看到那辆摩托车逐渐消失。

因为刚才的冲撞，他的车不能发动。

"沐毅！"沐良蹲下身，看到从他胸前流出的血迹，"小毅，你不要吓姐姐。"

看不到沐毅伤在哪里，却能感觉到越来越多的温热血液流到地上。

"叫救护车，快点叫救护车！"沐良脸色煞白，傅晋臣也被此刻的情况怔住。

"姐。"沐毅动了动嘴，喘息间嘴角有大量的鲜血溢出。

"不要说话。"沐良用力按压住他的前胸，努力挤出一抹笑，"小毅不怕，姐姐在这里陪着你，医生很快就到了。"

沐毅没有感觉到疼，他抬起染着血迹的左手拂过沐良的手背，眼眸闪过一丝笑："姐，别生我的气！"

沐良心如刀绞。她用力摇摇头，却不能抑制泪水："傻瓜，姐姐不生你的气！小毅，你不能有事，你要答应姐姐！"

沐毅很想擦掉姐姐脸上的泪水，告诉她不要哭。可他抬起的手指蓦然僵硬在半空中，随后无力地垂下。

"沐毅！"沐良失声尖叫，眼睁睁看到沐毅闭上眼睛。她一把将弟弟搂在怀里，颓然看着他胸口不断冒出的鲜血，感觉到她掌心下一点点变得冰冷的温度。

机场。

傅晋臣接到傅欢颜的电话，用最快的速度赶到2号航站楼。

"傅老四。"

傅欢颜紧张兮兮地从柱子后面探出头："你没有带来别的什么人吧？"

"没有。"傅晋臣一把将她拉出来，"你又想干什么？"

确定他身后没人，傅欢颜才松口气："我要离开这里。"

"去哪儿？"

"法国。"

傅晋臣蹙起眉："什么时候回来？"

傅欢颜眼睛盯着地面，没有回答。

半晌，傅晋臣神色黯然地问她："不跟妈打声招呼吗？"

"让妈妈知道，我就别想走了。"傅欢颜抿唇。

"一定要走？"

傅欢颜坚定点头："一定要走。"

见她心意已决，傅晋臣知道不能再劝，带她往登机口方向走去。

倏地，傅欢颜猛然圈住傅晋臣的脖子，踮起脚尖拥住他："其实你应该是哥哥，我是妹妹。对不起，我欺负你这么久！"

肩膀的位置渐渐有温热的水痕，傅晋臣拍拍她的肩膀，语气温柔："这么多年习惯了，我懒得跟你计较。"

傅欢颜泪眼迷蒙："傅家靠你了，我知道你一定可以！"

抹掉她的眼泪，傅晋臣笑道："姐，早点回来，我们在家等你。"

自从成年后，这还是傅晋臣第一次开口喊姐。傅欢颜拼命点头，视线一片模糊。

不多时候，穿着黑色夹克的男人飞奔而来："傅欢颜呢？"

"走了。"

"走了？"

项北揪住傅晋臣的衣领，吼道："你不是说九点的飞机吗？不到时间怎么就走了？"

"哦，我记错时间。"傅晋臣推开项北的手。

"傅晋臣！"项北气得咬牙切齿。

傅晋臣得意地离开。

望见飞向天空的飞机，项北狠狠抿起唇："傅晋臣，你有种！"

而十字路口的停车线内，沐良盯着天空某处，神色惋惜。

傅欢颜终于还是选择离开。

边上的手机响起，她戴着蓝牙耳机接通。

"沐小姐，请您速来医院一趟。"

到医院不久，医生从病房出来，沐良紧张地追问："我弟弟情况怎么样？"

"伤口有感染迹象，而且他的神经系统没有反应。"

"您的意思是……"

医生如实相告："你们家属要做好心理准备，如果病人的伤口感染继续恶化，恐怕就没什么希望了。"

没希望！沐良整颗心瞬间揪紧。

532

周一例会，傅政推着轮椅，跟傅世钧同时出现在会上。大家举手表决最新开发的大型水上娱乐项目。这将会是近几十年来，傅氏最大手笔的一次投资。

　　"先前这个投资项目，有些人不同意。"盛铭湛眼神落向身侧的傅政，微微一笑，"今天举手表决。"

　　股东们都已迫不及待，傅政脸色很难看。

　　"开始。"

　　盛铭湛显然有备而来。

　　投票结果早在意料之中，傅政看到一张张被金钱冲昏头脑的脸孔，无可奈何。这明显是场骗局，傅氏将大把的钱砸进去，必然赔得血本无归。

　　"二少，你还有什么问题吗？"盛铭湛笑问。

　　傅世钧沉着脸。

　　"既然都没问题，下周开始启动。"盛铭湛起身离开，周围那些人快步跟在他身后。

　　傅晋臣听着电话中傅政急切的声音，神色平静。

　　"四叔，我们要怎么办？如果这笔钱投出去，傅氏会被套牢。"

　　轻按酸胀的眉头，傅晋臣许久才开口："傅政，你害怕一无所有吗？"

　　"不怕！"傅政回答得坚决。

　　傅晋臣笑笑："好，等我消息吧。"

　　稍后，傅晋臣把高森叫进来："东西都准备好了吗？"

　　高森表情透着失落："如果抢在傅氏前把这个项目接下来，我们自己就没有退路了。"

　　傅晋臣走到窗前："你还愿意再跟我闯一次吗？"

　　"愿意。"高森望着傅晋臣坚毅的背影，忽然放开心情，"其实也没什么，大不了我们再从头来一次！"顿了下，高森耸耸肩，"一回生二回熟。"

　　傅晋臣拍拍高森的肩膀："你也会说笑话？"

　　"沐小姐说我太古板，应该改变一下。"高森嘴角露出笑。

　　"谢谢。"傅晋臣敛下眉，正色道。

　　"四少，我信你。"

　　这句信任，胜过千言万语。傅晋臣心头一片暖意。

　　清早起床后，沐良发觉这对父子神秘兮兮。直到车子停在民政局楼前，她才明白过来。

　　"沐良。"

　　傅晋臣一派正经的模样，令她有些害怕："我们结婚吧。"

　　每次求婚都这么简单，有没有诚意？

　　她装作没听见。

　　傅晋臣看向儿子，沐果果钻进车后座，抱着一束黄玫瑰跑回来。

"爸爸，给你。"

"谢谢儿子。"

傅晋臣接过鲜花，单膝跪在沐良面前，并且执起她的手，道："你知道我不会说甜言蜜语，如果跟说比起来，我更愿意做！"

沐良脸颊飘红。为什么她竟然浮想联翩？果然被傅晋臣带坏了！

紧紧握住她的手，傅晋臣一字一句，目光深情地说道："沐良，此时此刻，我是真心地请求，求你能嫁给我。不对，"傅晋臣立刻纠正道，"再嫁给我一次。"

沐良眼睛酸酸的："傅晋臣，你以后能保证对我好吗？"

傅晋臣连忙点头，保证道："心肝，从今以后你永远都是对的。对的是对的，错的也是对的。对的都是你的，错的都是我的。"

傅晋臣跪在冰冷的水泥地面上，有二十多分钟，怎么这小姑奶奶还没点头呢？难道这些台词不灵！幸好还有准备。

他又朝儿子使个眼色，只见沐果果双手叉腰站在椅子上。

"今天我要嫁给你啦……今天我要嫁给你啦……"

沐良彻底笑喷。

"哇！好浪漫的求婚啊！"

"是啊是啊，那个小男孩好可爱啊！"

沐果果学着电视里看到的画面，摇头弯腰猛飙高音。他唱得正开心，忽然发觉围拢过来的路人都对他流口水。

沐果果瞬间躲回傅晋臣温暖的怀里："爸爸，那些阿姨姐姐是不是想吃掉我？"

傅晋臣哭笑不得，仰起自己那张颠倒众生的脸，大义凛然地代替儿子阻挡住不断冒红心的眼睛。

谁敢看她老公儿子？沐良沉下脸，拽着傅晋臣往前走："登记去。"

办手续的时候，工作人员不时瞥向沐果果，议论声不止。沐果果小朋友很配合，咬着棒棒糖坐在椅子上等。

半晌，傅晋臣牵着沐良，手里攥着鲜红的结婚证，嘴角飞扬。

带儿子去民政局领结婚证，他们又是第一对！

阳光明媚，沐良眯起眼，盯着他们紧扣的十指，笑容温暖。

能在最美的年华与你相遇，才算没有辜负自己。

前方驶来一辆黑色轿车，车后座的门打开，蔺识含笑走来。

"四少。"蔺识看到他们一家三口，笑道，"四少奶奶。"

沐良默契地同傅晋臣对望，两人同时感觉到什么。

第二十章
等到你，等到幸福

市中心，蔺识事务所内。

"四少，这边请。"蔺识前面引路，带他们一家三口进去。

"蔺叔，你这是唱哪出戏？"傅晋臣勾唇。

"四少奶奶，请坐。"

沐良礼貌地抱着儿子坐下。

会议室前方有台液晶电视，蔺识道："董事长有些东西留给四少。"

稍后，蔺识带沐果果离开。

周围一片安静，沐良主动握住他的手："我陪你。"

傅晋臣按下遥控器。

电视画面亮起来，傅欢颜的声音叽叽喳喳："傅老四，把梯子给我搬过来。"

傅晋臣不情不愿把梯子搬到树下，傅欢颜拍着他的肩膀，夸赞道："哎哟，我们家傅老四真乖！"

"傅欢颜，你找死啊！"被调戏的男人瞬间暴怒。

傅欢颜缩回手，委屈地求助："爸爸，傅老四要打我！"

刚从客厅出来的傅东亭往这边看过来，傅晋臣别过脸，目光清冷地走开。

小计谋得逞后，傅欢颜爬上梯子，把一个木盒藏在树梢的隐秘位置。

"这孩子，又闹什么？"尤储秀端着新鲜的葡萄，看到女儿登梯爬高。

庭院前支着一张巨大的圆桌，桌上摆着丰盛饭菜，还有应景的月饼水果。

天色逐渐暗沉，沿着玉湖而建的傅家大宅，笼罩在一片绚烂中。傅欢颜挂完东西下来，叫道："好饿！"

尤储秀捏起一块莲蓉月饼塞进她的嘴里，柔声道："你爸还没发话，给我安分点。"

"哦。"傅欢颜咬着月饼，拉傅晋臣坐在身边，"你羡慕我的位置也没用，谁让你是老四呢！"

傅晋臣狠狠瞪她。

姚琴分好碗筷，招呼大家坐下。傅政穿着白衬衫黑裤子，几乎与校服无异。

"小政，妈不是给你准备好今晚穿的衣服，怎么不换？"

傅政神色冷漠："不想换。"

青春期的儿子常常沉默寡言，姚琴无奈叹气。

开饭前，曹婉馨抱傅橙出来，尤储秀张开双手："橙橙，让奶奶抱。"

刚满一周岁的傅橙并不认生，曹婉馨抿起唇："母亲，橙橙还是跟您亲。"

"奶奶的小宝贝。"尤储秀亲了亲她粉嫩嫩的脸蛋，眼神温柔。

傅培安托着两瓶红酒，举到傅东亭面前："爸，您看这酒行吗？"

"放下吧。"

大家陆续入座，傅政推着轮椅将傅世钧送回到他的位置。

餐桌前座位满员，傅东亭点头，道："开饭吧。"

"终于能吃了，好饿！"傅欢颜拿起碗，撒起娇来，"爸爸，我要吃排骨。"

傅东亭夹起一块糖醋排骨放到女儿碗里，轻斥道："年纪越来越大，不能总是这样没规矩。"

傅欢颜咬着排骨，不为所动："没规矩就没规矩，反正我也不用嫁出去，不会看婆家人的脸色！"

傅东亭又夹起块排骨，却见傅晋臣始终低着头，脸上半点表情都没有。

尤储秀刚要开口，傅东亭已经把排骨放进自己碗里。

用过晚饭，用人们很快摆上茶点。傅东亭坐在正中间，招呼孩子们拍张全家福。

中秋团圆之夜，又是傅家人丁最全的一年。今年过节，孩子们都在身边，更有傅橙满周岁，傅东亭心里很开心。

傅东亭与尤储秀并肩坐在最前面，儿女们按照顺序依次排好。傅欢颜得意地站在傅晋臣前面，还不忘朝他撇嘴。

咔嚓。摄像师按下快门，傅晋臣震怒的表情夹带傅欢颜挑衅的目光，形成鲜明对比。

对面沙发中，傅晋臣忽然发觉拍这张照片时，傅东亭素来紧抿的嘴角，竟然上翘。

那年中秋节，全家没有一人缺席。如今却四分五裂，找不到最初的完整。

这段录像结束，傅东亭的影像逐渐出现。

"晋臣，你看到这份录像的时候，爸爸肯定不在了。"傅东亭声音低沉虚弱，沐良抬起头，画面里的他背靠病床，身上穿着医院的病号服，"现在的傅家，是不是已经四分五裂？"傅东亭唇色惨白。

傅晋臣目光黯淡。

"呵呵，"傅东亭轻笑一声，手背抵在唇边咳嗽，"我早就猜到会有这一天，我死以后，他们难免还要再争一次。"

536

原来爸爸早就猜到有今天。

"关于盛铭湛还有舒家，爸爸需要跟你交代。"傅东亭声音断断续续，有时停顿好久才能开口。

听着傅东亭的叙述，沐良频频皱眉。原来傅东亭执意拆散傅晋臣同舒云歌，其中竟埋藏如此大的隐患！

傅东亭勾起苍白的唇，眼神温和："晋臣，爸爸还有另外的东西给你。从你上大学那年开始，我有意识将要留给你的股权一点点转出去，记挂在别人名下。这样不仅以防万一，还能保护你不必成为众矢之的。"

"我名下百分之二十的股权，分别记挂在三个人名下，等到你拿回来的那天，蔺识会帮你办好所有手续。"傅东亭曾经那双炯炯有神的黑眸，此时染着憔悴与黯然，"这么多年来，爸爸总是对你疾言厉色，从来都没有给过你好脸色，你是不是很讨厌我？"

傅晋臣薄唇抿成一条直线。曾经的很多年里，他都咬紧牙关上进，不为别的，只想有一天，能够听到爸爸表扬一句，或者对他笑一笑也好。

可是没有。自从他懂事开始，从没看到过傅东亭对他笑。

"因为欢颜的事情，让你受委屈了，但爸爸知道，你不会跟她计较的，你心里有我们这个家，也有家里的每一个人。"傅东亭语气哽咽，"爸爸知道你很上进，也很努力，更知道你处处跟我作对，是想要我重视你。可是晋臣，爸爸不是不重视你，而是太重视你了，所以我不能表现在你的哥哥们面前，爸爸只能把笑脸留给他们，把我的爱留给你。"傅东亭音调紧绷，"儿子，你能懂吗？"

傅晋臣很想回答一句，他懂了。可爸爸还能听到吗？

"我死以后，盛铭湛必然想尽办法难为傅氏，我在海外用你的名字另开过一个账户，那里面存有一亿美金。"

一亿美金？！沐良讶然。这笔钱足够傅晋臣渡过眼下的危机。

"咳咳，"画面里有长串的咳嗽声，傅东亭慢慢顺过气来，目光好像透过电视屏幕出现在他们眼前，"每一次我对你严厉过后，在你失望转身时，爸爸都会偷偷牵起嘴角。对你的骄傲，爸爸永远都藏在心底，因为我知道，我的老四是最棒的！"

沐良眼含的泪水汹涌滚落。

傅东亭勾起唇，嘴角那抹笑容是从未有过的温柔："儿子……爸爸助你东山再起！"

画面定格在傅东亭的笑容上，沐良咬着唇，抑制不住地哭出声。都说父爱如山，她此刻终于明白，原来天底下的爸爸都是一样的。

傅东亭能够给予孩子们的父爱，并不比这世间的任何一位父亲少。

身边的男人很安静，沐良不敢说话，慢慢张开双臂将他拥入怀里。

她不知道用什么样的语言给予傅晋臣安慰，只能用自己温暖的怀抱告诉他，她在他的身边，无论任何时候，她都会在他的身边。

傅晋臣靠在沐良怀里，沐良能感觉到他全身绷紧的肌肉，还有不断发抖的肩膀。

衣衫逐渐晕染开一抹湿润，她用力抱紧怀里的男人。再多的安慰，都不及他们的紧密相拥。

　　她能明白他的感觉，这就足够。

　　沐良偏过头，含泪的目光落向傅东亭温柔的笑脸。爸爸，从今以后会由我来守候您的老四，无论贫穷或者富贵，疾病或者健康，我都会牵着他的手，与他走过每一个春夏秋冬，不离不弃，直到我们生命终结的那一刻。

　　这是生命的承诺。

　　窗外吹拂着袭人暖风，沐果果的欢笑声飘荡四周。生老病死，人世间最难舍的感情。可惜人生匆匆一世，总有走到尽头的那天。

　　沐良感同身受，她想到父母，想到沐毅，神色更加黯淡。

　　沐果果玩得满头大汗，坐在沐良怀里吃水果。

　　傅晋臣坐在蔺识对面，情绪已经平复下来。

　　"这是股权转让书。"蔺识将文件及笔推到他的面前，"四少签字后，我马上安排人办手续。"

　　傅晋臣拿起钢笔，笔锋有力。

　　蔺识打开保险箱，交给他一个黑色袋子："那笔钱都在这个账户里。"

　　"蔺叔，当年舒家的事情，与我们傅氏到底有什么关系？"

　　这件事知道的人极少，蔺识沉声道："当年舒氏企业欠我们一笔不少的款项，我们追讨欠债算人之常情。舒家夫妻不堪巨额债务跳楼自杀，令我们意想不到。"顿了下，蔺识又解释道，"出事后董事长很难过。虽说傅氏没有责任，终究良心上觉得亏欠。后来董事长暗中查到舒家后代的音讯，多年来出资供养舒云歌读书，只不过董事长不想出面，安排二少爷代为管理。"

　　原来真正出资赞助舒云歌上学的人是爸爸，傅世钧却暗中做手脚。

　　"四少，"蔺识走到傅晋臣面前，"董事长有恩于我，我答应过他，要全力帮你。"

　　"谢谢蔺叔。"傅晋臣担忧道，"根据我手里的股权，最多跟盛铭湛持平，并不能压制他。"

　　蔺识目光落在沐果果身上："四少怎么忘了，董事长的遗嘱里说，留给果果的股份由孩子的监护人来支配。现在你跟四少奶奶破镜重圆，果果的监护人理应为父母。"

　　傅晋臣眼底一亮。

　　最近他们两人都很忙，沐良三点一线，忙公司，跑医院，还要照顾沐占年。

　　傅晋臣心疼她太过劳累，奈何他也无暇分身。

　　清早起来，沐良忍住眼泪给儿子收拾几件衣服，让他暂时住在奶奶家。

　　"妈妈，你跟爸爸周末要来接我哦。"沐果果抱着心爱的变形金刚，眼泪汪汪。

　　傅晋臣抱起儿子："爸爸周五晚上接你，你要乖乖听奶奶的话。"

"好。"沐果果乖巧地答应，"妈妈再见。"

"再见。"沐良心里酸酸地难受。但沐毅需要人照顾，妈妈每天留守医院，她不得不委屈儿子。

尤储秀看到孙子来，高兴得合不拢嘴。自从傅欢颜离开后，她每天偷偷掉眼泪，傅晋臣担心她身体出问题，把儿子送来分散她的注意力。

"妈，"傅晋臣取出房产证，交到她的手里，"爸爸一早把聿沣市的别墅过户给你，蔺叔已经办好手续。"

尤储秀眼角有泪水滑过，她看过丈夫留下的视频，傅东亭感激妻子多年对傅欢颜的抚养，还有为傅家操持的心。同时傅东亭还留给尤储秀一笔不动产，也是在聿沣市购置的几处店铺。

泪水模糊视线，尤储秀紧紧握住房产证。

原来他还记得当初说过的话。

当年尤储秀跟随傅东亭嫁到名海市后，有很长一段时间都十分怀念娘家。孩子们都还小，她又要照顾一大家的人，根本无暇回家。傅东亭看她总是偷偷流泪，笑着跟她开过一个玩笑。

那时傅东亭说，如果有天他先走了，一定给尤储秀在娘家留下一个家。

傅晋臣明白母亲的心情。亦如他那天看到这段录像，心底的晦涩与痛楚，久久无法平静。

爸，我会照顾好妈，也会照顾好我们的家！

春天的名海市，是一年中最好的时节。丝丝染着暖意的春风，如同母亲细腻的掌心滑过脸庞。郁郁葱葱的绿色植被，各色珍贵花朵竞相开放。

舒云歌准时到达酒店。

"姐，"盛铭湛早一步先到，正在品酒，"你来得正是时候，尝尝这酒怎么样？"

餐厅服务生拉开椅子，舒云歌脱下披肩，轻啜杯中的红酒："嗯，还不错。"

"就这酒吧。"盛铭湛吩咐道。

"是。"

这间包厢面朝大海，望出去能够看到沿着海边装饰的景观灯，以及远处屹立横跨的海上大桥。

"我们两个人随便吃顿饭就好，不用这么浪费。"舒云歌柔声道。

盛铭湛掏出个红色丝绒盒："姐，祝你生日快乐。"

"谢谢。"今年她过生日，终于有亲人陪伴。

"最近关于傅氏的传闻很多，你真的要……"

"对。"盛铭湛直接点头，"你等着看吧，很快我们就能为爸妈讨回一个公道。"

"石头。"舒云歌精致的妆容染着几许惆怅，"也许我们不应该这么做。"

"怎么，你还舍不得傅晋臣？"盛铭湛握着酒杯，浅浅抿一口，"姐你别傻了，他是不会回到你身边的。"

这句话，似乎对姐姐说，似乎又对他自己说。因为他明白，沐良也不可能再回来。

舒云歌不想让弟弟扫兴，拆开礼盒。蓝宝石光芒耀眼，她将项链戴在颈间："真漂亮。"

窗外夜景如画，盛铭湛透过玻璃窗，能够看到自己麻木的笑容。

晚风拂面，染上几许暖意。这个季节的温哥华，天气也很暖和，再过一阵子樱花应该都会盛开。想到那样的画面，舒云歌忍不住勾起唇。

那段时光，是她一生中最快乐的日子。

"太太，到家了。"司机低声提醒。

舒云歌推开车门，侧面有道熟悉的人影。

"晋臣，你怎么来了？"傅晋臣倚在车前，手中夹着一支烟。

舒云歌大步过去，声音含着难以抑制的兴奋："你还记得今天是我的生日？"

"生日快乐。"

她心底的激动不能控制："谢谢。进去坐坐。"

"不必了。"傅晋臣躲开她的触碰。

"有事？"舒云歌意识到他并非因为自己的生日而来。

"原来你跟二哥认识很久了。"傅晋臣漫不经心地开口。

舒云歌唇色瞬间泛白："晋臣，事情不是你想的那样。"

"呵呵，"傅晋臣笑道，"是我想的？还是你从一开始就骗我？！"

"我……"舒云歌心慌不已，"我是……不得已的。"

"因为要报恩，不惜拉我下水？"傅晋臣盯着她惊恐的眼睛。

舒云歌气息越来越混乱："虽然我一开始接近你有目的，但我对你的感情都是真的！你要相信我！"

"相不相信又怎么样？"傅晋臣剑眉轻挑，"那都是过去的事情了。"

一句过去的事情了，彻底把舒云歌打入地狱。

"晋臣，你听我解释……"

傅晋臣打断她的话："关于舒家跟傅家的恩怨你应该都知道了，我今天来就是想告诉你，盛铭湛整不垮傅家！如果他不相信，我随时奉陪。不过……"傅晋臣嘴角的弧度上扬，"不过输掉的代价，他要自负。"

舒云歌只觉得傅晋臣那副胸有成竹的模样很可怕。

转身上车前，傅晋臣偏过头，道："Ann，一直资助你上学的人，其实是我爸！如果我们两家的恩怨，注定要在我们两个人身上有个了断，那我希望，它很早前就结束了。"

话落，傅晋臣果断驾车离开。

很早前就结束了。舒云歌用力深呼吸，还是无法止住从心底传来的剧痛。是啊，他们之间很早前结束了，不过是她不死心，苦苦守在过去的回忆里无法自拔。

只是傅晋臣，这寂寞的人世，你又要让我一个人如何支撑下去？！

开车回去的路上，高森有电话进来，傅晋臣双手握着方向盘接听："情况怎么样？"

"今天傅氏的资金已经正式启动，未来三天内都会源源不断流走。"高森打探的消息很全面，"四少，有个意想不到的消息。"

"什么？"傅晋臣敏感地蹙眉。

"先前压住咱们现代园区的那块地皮，好像很快要解冻。"高森笑笑，道，"今天有人打电话告诉我，让我尽快将资料重新整理上报。"

"这么快？"傅晋臣显然也没想到，"不是说至少压后一年吗？"

这个消息对于他们来说，简直锦上添花。

城北女子监狱。

两扇铁门打开后，穿着制服的警察站在牢房外："27335，出列。"

"到！"宋爱瑜起身出列，笔直站在铁门前。

"有人来看你。"

"谁？"入狱后，她始终都在等一个人。

"探视人员名单写着姓沐。"女警押送着宋爱瑜往前走。

姓沐？宋爱瑜脚下的步子加快。

一个个探视窗口前都有面玻璃窗，宋爱瑜走到三号窗口，嘴角的笑容蓦然收敛起来："怎么是你？"

她盯着坐在对面椅子里的沐良，眼神冷下来："我不想见她。"

宋爱瑜转身欲走，被工作人员制止："坐下。"

"为什么是你来看我，沐毅呢？他为什么不来看我？"

沐良打量着面前的人，如今的宋爱瑜面容憔悴，脸颊清瘦，整个人看起来精神不算好："沐毅不能来。"

宋爱瑜渐渐溢出一声冷笑："他丢下我一个人离开，是不是？"

沐良抿起唇。

宋爱瑜见她没有回答，心底的怒意更甚："没想到连沐毅都抛弃我，果然这个世上没有人能够让我相信。"

"宋爱瑜！"沐良深吸口气，尽量保持平静，"那天沐毅从码头赶来通知有人想要对我不利，我躲过那一劫，但沐毅没有躲过！"

她咬着唇，眼角酸酸发涩："我亲眼看到沐毅倒在血泊中，我用尽全身的力气按住他的胸口，但都没有用，那些血不停地流，他的身体越来越冷。"

"不可能！"宋爱瑜拼命摇头。

"是你！"沐良极冷的眸子射向宋爱瑜，"沐毅变成今天这样，都是因为你！"

胸口涌起阵紧似一阵的剧痛，宋爱瑜双手捂着嘴巴，泪如雨下。

是她，都是因为她！

沐良盯着对面的人，神色平静。

宋爱瑜看到沐良透过玻璃举起的文件，唇瓣失去血色："你骗我。"

"我为什么要骗你？"沐良笑着反问，心底别有一番滋味，"你总是认为外公偏心，认为我抢了属于你的东西。其实宋爱瑜，属于你的东西，没人能够抢走，能够毁掉的，只有你自己。"

沐良看着文件，感慨道："当年外公去世前，曾经留有两份遗嘱，他叮嘱过林蔷阿姨，只要我们能够和睦相处，他名下的股份将会一分为二，你我每人一半。"

宋爱瑜双拳紧握，眼底腾起一片水雾。

"其实比起来，应该是我嫉妒你才对。"沐良低低开口，"你从小能生活在外公身边，享受他们给予你的宠爱，我才跟外公相认，他就永远地离开了我。"

心底某处钝痛起来，沐良声音含着几分低落："宋爱瑜，我从没抢过你任何东西，但是你却抢了原本应该属于我的一切！"

此刻，宋爱瑜不知道要如何接受这一切。原来外公没有不爱她，原来沐毅没有丢下她，原来所有爱她、疼她的人，却都因为她而惨遭不幸！

宋爱瑜，其实你才是罪魁祸首！

"帮我告诉沐毅……"她动了动嘴，声音沙哑，"忘了我吧。"

转身离开前，宋爱瑜眼角的余光望向沐良，却在她明亮的黑眸中，失去开口的勇气。也许因为心底积攒太多的歉意，她无法开口。

沐良离开监狱，心情并没放松。

沐毅始终不见苏醒，面对以泪洗面的父母，她真怕自己支撑不住。

放学时间，幼儿园门前围满家长。沐良远远看到儿子面前有道熟悉的身影。

"爷爷，你认识我妈妈？"沐果果瞅着面前的男人，小嘴巴微微翘着。

郁坚笑容温和："认识。"

"妈妈！"沐果果飞奔向前，郁坚背影僵硬了下，随后才站起身。

"我来看果果。"郁坚表情尴尬。

沐果果扬起手里的糖果，笑道："爷爷给我吃的。"

掌心落在儿子的头顶，沐良笑了笑："果果，这是外公。"

"外公？"沐果果眨眼，"怎么又一个外公？"

郁坚神色一僵。

"因为果果很乖，所以有两个外公。"

"好棒！"沐果果主动拉起郁坚的手，"外公。"

"良良……"郁坚愕然。

沐良弯起唇，眼神温柔地望着他："我买了很多菜，您想不想尝尝我的手艺？"

"当然。"

"外公跟我们一起回家。"沐果果开心地拍手。

沐良主动挽起郁坚的胳膊："爸，我们回家吧。"

郁坚难掩激动，嘴角轻轻颤抖起来。

有些感情，能够自然地表达出来。沐良原本以为，她开不了口，可今天见到郁坚，看到他渴望的眼神，那一声"爸"，竟能顺其自然地喊出。

也许，这就是血缘的牵绊，一种谁都不能抗拒的天性。

再次站在傅家大宅外，沐果果表示抗拒："爸爸，我不想来这里。"

傅晋臣抱起儿子："这里是我们的家。"

沐果果看向沐良，见她也点头。

客厅中，傅政正襟危坐，正在等待他们的到来。

曹婉馨推着轮椅出来，迎面见到傅晋臣："哎哟，四少爷回来了。"

傅晋臣一言不发。

不多时候，蔺识带着两名助手过来。

曹婉馨脸色难看下来："傅晋臣，你要么不回家，要么就回来夺权？"

傅晋臣坐在沙发里，神态慵懒："二嫂，这个家本来就是我的，谁能不让我回来吗？"

"你……"曹婉馨被他噎住。

"婉馨。"傅世钧示意妻子不要多说。

曹婉馨不服气地低下头。

"蔺叔，坐吧。"傅世钧对蔺识的态度很客气。

蔺识打开公文包，将已经公证好的股权转让书拿出来，递给他们过目："这些股权是董事长在世时留给四少的，现在转让手续已经办好。"

曹婉馨气愤难平："爸爸就是偏心。"

姚琴一直坐在儿子身边，谨言慎行。这次傅政能平安回来，她发过誓，再也不会做伤天害理的事。

"四叔，欢迎回家。"傅政站起身。

傅晋臣捶他肩膀一下："臭小子，欢迎我回来都不能笑一笑？"

傅政深吸口气，努力挤出一抹微笑："这样行吗？"

傅晋臣感到不忍直视："算了，你还是别笑了。"

沐良差点笑出声。冰山美男，天生不会笑。

"老四，"傅世钧推着轮椅上前，隐隐笑道，"爸爸果然偏心你。"

傅晋臣弯下腰，双手撑在轮椅两边："二哥，你恨我？"

"不是恨，"傅世钧唇间溢出一丝笑，"是嫉妒。"他那双深邃的眸子中染满委屈，"为什么都生在这个家里，可我从小体弱多病，而你就能活得那么惬意？！"

"所以你要舒云歌故意接近我？"

傅世钧眼底寒意渐生："我的腿明明可以躲过一劫，可你妈妈狠心罔顾我的安危，傅晋臣，这是你欠我的！"

傅晋臣并不跟他争辩。也许他说得对，这是他亏欠傅世钧的。

"二哥，你知道舒云歌跟我们家是什么关系吗？"

等他知道事情的前因后果后，整个人彻底呆住。

"这是搬起石头砸自己的脚。"傅晋臣沉声道，"二哥，你差点害得傅氏不保。"

这是傅家的家务事，沐良不便参与。她带着沐果果坐在边上，打量着这座如今空荡荡的大宅，心情怅然。

"傅晋臣，你少吓唬世钧！"曹婉馨暴怒，"如果说这个家里的人卑鄙，我们绝对不是第一，也不是最后。"她瞪着姚琴，冷笑道，"这个家里的人，个个都不干净！"

傅晋臣黑眸轻眯。

"二少爷，二少奶奶，出事了！"用人们惊慌失措跑来，"小姐她，她……"

"橙橙呢？"曹婉馨瞬间发觉不对劲，"快说，到底怎么回事？"

管家气喘吁吁地喊道："小姐掉到玉湖里了。"

"什么？！"曹婉馨瘫倒在地。

下一刻，傅晋臣健硕的身影飞奔向后花园，傅政紧随其后，两道身影同时跃入水中。

沐良带着儿子赶过来时，只能看到他们跳入水中的身影。

"橙橙！"

曹婉馨冲到湖边，姚琴一把将她拉到后面："你不会游泳。"

"橙橙在哪里落水？"姚琴盯着平静的湖面。

"那里。"

"不对，是这里！"用人方寸大乱。

"到底哪里？"曹婉馨急得哭出来。

众人低头不敢开口。傅橙来湖边喂鱼，大家起先都没留心，只听扑通一声，再回过头时孩子已经掉进湖里。

"二少奶奶，我们都没看到。"管家硬着头皮回答。

曹婉馨手脚发软地往后倒去。

"婉馨，"姚琴扶住她，眼眶发红，"别急，小政他们下水去了。"

"橙橙，妈妈在这里！"

傅世钧被用人推过来。

曹婉馨哭着跑到丈夫身边："世钧，我们的橙橙，橙橙……"

场面大乱，又有两名会游泳的用人跃入水中，帮忙打捞找寻。沐良将沐果果安置在安全的地方，重新走到玉湖边。

湖水很深，对于十岁的孩子来说，绝对是场灭顶之灾。

傅世钧坐在轮椅中，满头是汗。他亲眼看着女儿性命危难，却不能挺身相救。对于任何一个父亲来说，都是最深的痛！

"四叔！"傅政冒出头来，叫道，"我这边没有。"

傅晋臣浮出水面，抹把脸上的水渍。以前他们经常在这里游泳，有一年他腿抽筋，差点出意外。橙橙年纪还小，而且她根本不会游泳。

"继续找。"傅晋臣四处打量，并没发觉湖面有涟漪。

"晋臣！"沐良突然叫道，"你往东面看。"

傅晋臣跟傅政同时转过头，东边水面似乎泛起涟漪。

傅晋臣再次入水，傅政紧随其后，两人同时游过去。曹婉馨站在岸边，双手紧揪胸口的衣服，大气都不敢喘。

姚琴生怕她腿发软栽进湖里，站在她身后安慰："婉馨，别担心，咱们橙橙福大命大，肯定没事。"

曹婉馨痛哭流涕："大嫂……"

想起傅橙那张可爱的脸，姚琴也忍不住眼泪。

时间流逝，沐良默数，眼睛直勾勾地盯着湖面，直到水花四起，傅晋臣同傅政浮出水面，被傅晋臣揽在怀里的傅橙已经失去挣扎的力量。

"橙橙！"

傅政上岸后将傅橙平放在草地上。

"橙橙，你睁开眼睛看看妈妈啊！"曹婉馨跪在地上，眼见傅橙脸色发青，嘴唇都是紫色的。她捧住女儿的脸，只能感觉到她身体的冰冷。

傅晋臣跪在边上，右手压住左手，不断按压傅橙的前胸。

"橙橙。"傅世钧滑着轮椅过来，本能张开双臂想要触碰女儿，奈何轮椅的轮子卡住，半步都不能移动。他看到女儿发紫的脸，整颗心沉到谷底。

沐果果跑到沐良身边，问道："妈妈，姐姐为什么在水里睡觉？"

沐良搂住儿子，说不出话来。

按压次数越来越频繁，傅晋臣额头渗出一层冷汗。躺在地上的人悄无声息，他还记得那年在玉湖边，傅橙蹒跚学步时，笑嘻嘻地朝他飞奔而来："四叔。"

"橙橙，你快点醒过来。"傅晋臣双手发抖。

如果赶去医院，时间根本来不及。

"我试试！"姚琴脱掉外套，反手将傅橙背起来。她把傅橙倒立，让孩子头朝下，拽住她的两条腿，背着她原地绕圈跑。

"大嫂！"曹婉馨要上前，被傅晋臣一把拽住。

姚琴娘家世代学医，总有些东西秘不外传。跑了两圈后，傅橙一直紧闭的嘴巴动了动，吐出几口水。

姚琴听到动静，立刻将孩子抱起来，重新平放在地。她扶起傅橙，右手掌心继续捶打后心。

"哇——"傅橙又吐出几口水,一阵剧烈咳嗽。

"橙橙,让大伯母看看。"姚琴抬起傅橙的脸,见她刚刚发紫的唇色渐渐转红。

下一刻,傅橙哇一声哭出声。

"橙橙!"曹婉馨飞扑过去,紧紧把女儿搂在怀中,泪如雨下,"橙橙你把妈妈吓死了。"

"妈妈……"傅橙哭得委屈,靠在她的怀里,"橙橙害怕。"

"不怕不怕。"曹婉馨安抚她,"橙橙没事了。"

众人都松口气。

姚琴抹掉额头的汗水,笑容温柔。

客厅沙发内,傅橙裹着毯子,缩在曹婉馨怀里。孩子吓坏了,整个人蔫蔫的。

"我煮了姜汤,一会儿给橙橙喝。"沐良声音温和。

傅橙怯怯地抬起头:"四婶。"

"橙橙真棒。"

曹婉紧紧握住沐良的手,哽咽道:"良良,以前是二嫂不对,你别生我的气。"

"二嫂,"沐良拂开她散下的碎发,"我们是一家人,都要好好的。"

"对,我们是一家人。"曹婉馨用力点头。

姚琴端来姜汤,还没换去脏污的衣服:"橙橙乖,快点喝掉,千万别感冒。"

傅橙听话地张开嘴巴,小口把姜汤水喝掉。

"大嫂,"曹婉馨咬着唇,"谢谢你救了傅橙。"

"谢什么?"姚琴抹掉曹婉馨眼角的泪痕,心情同样复杂,"婉馨,是大嫂对不起你们全家!咱们都姓傅,我们才是最亲的人。"

傅晋臣换好干净的衣服下楼,看到曹婉馨、姚琴,还有沐良三人手拉手,薄唇缓缓上扬。

到底是一家人,这种血脉相连的感情,其实都深藏在彼此的心中。

家里人心结打开,傅晋臣总算能安心,联合众人一致对外。后院安稳,他才能开足火力,全心迎战。

沐毅伤口没有进一步恶化,但也没有清醒的迹象。

沐良心急如焚。

"小毅,"蔡永芬盯着儿子日渐消瘦的脸庞,心疼不已,"你都睡了好久,快点醒来吧。"

沐良环住母亲的肩膀:"妈,你不能总是流泪。"

蔡永芬不想女儿担心,急忙擦掉眼泪。

监控仪器突然嘀嘀作响,沐良急声叫道:"医生,医生!"

医生们留在病房详细检查，蔡永芬拉住女儿的手："小毅他，会不会……"

"不会。"沐良语气坚定。

病房门打开，她立即冲过去："医生，我弟弟怎么样？"

医生语带惊喜道："真是奇迹啊，没想到你弟弟竟然醒过来了。"

"醒过来？"

医生点头："你们可以进去看看他，但病人还需要进一步检查，不要跟他说太多的话。"

沐良拉住母亲的手，两人跨进病房。

沐毅漆黑的眸子果然睁开了。

"儿子，你醒了！"

"妈。"太久没有开口，沐毅声音沙哑干涩。

蔡永芬喜极而泣。

"姐。"

这一个字，代表千言万语，沐良努力抑制住眼泪，留给弟弟一抹微笑。

"姐，你笑起来好难看。"沐毅语气虚弱，沐良隐忍的泪水再也控制不住。

"别哭。"沐毅颤颤巍巍抬起手，擦掉沐良眼角的泪水，他弯起干裂的唇，嘴角那抹笑容却如曾经的温暖，"姐，我好像做了一个噩梦。"

沐良轻轻将他拥入怀里："对，那是个噩梦。现在你醒来，一切都会好的。"

只希望，一切都能回到原点。

周一例会，傅氏顶层会议室。

偌大的U形会议桌前，不断有人来来回回踱步。股东们低声议论，先前那份从容与淡定早已不存在。

傅氏投资的水上游乐项目，因环境原因被叫停。这就意味之前投资下去的钱，一分都收不回来。

"张董，这到底怎么回事？"大家一窝蜂围住他，先前力挺这项目能赚到钱，结果却是这样。

张董往后倒退："你们别问我啊，都是盛总决定的，要问找他去。"

大家脸色变了变，同时看向傅政："总裁，您有什么想法？"

总裁？傅政整理好褶皱的袖口，笑道："我没想法。"

众人无语。

会议室门打开，盛铭湛姗姗来迟。众人纷纷去找救星。

助理挡住众人，盛铭湛坐下，神色平静："大家别激动，坐下慢慢说。"

"盛总，你说这个项目稳赚不赔，这才一个多月就被叫停，我们的钱怎么办？"

男人背靠转椅，嘴角勾起："诸位也不是第一次做生意，有什么买卖是稳赚不赔的吗？"

"这——"大家面面相觑，继而恼怒出声，"盛总，你这是推卸责任！"

盛铭湛单手扶着下颚，笑道："投资前我们开过股东大会，大家都是自愿同意的，怎么变成我推卸责任？"

"你！"张董率先变脸，捂着胸口瘫坐在椅子里。

"投资这种事情本来就是有赚有赔，"盛铭湛挑了挑眉，沉声道，"我不过提个建议，究竟能不能同意还是诸位的决定，铭湛不敢担这个责任！"

"盛铭湛，你太过分了！"

大家情绪激动，只有傅政动也不动。

盛铭湛心底有丝疑惑，傅氏要被掏空，为什么傅政如此淡定？

"盛铭湛，你讹我们的钱，还钱！"有人叫嚷着冲上前。

门外冲进来一群黑衣保镖，齐刷刷地站在盛铭湛身后。大家往前的脚步，瞬间僵硬在原地。

"看起来，你们果然都老了，这么沉不住气。"盛铭湛站起身，修长手指拂过衣领，"傅氏称霸这些年，你们也都没少赚，是时候该歇歇了。"

话落，盛铭湛冷着脸抬起头，眼底的神色阴沉。

眼见他离开，大家气馁地回到椅子里。傅氏没人主持大局，他们这哑巴亏吃得不明不白，现在知道被人坑，却也太晚了！

傅政从容起身。

"政少爷，"有人拉住傅政，脸色灰白，"你不能走啊，不能不管我们。"

傅政目光落向众人："傅氏没有抛弃你们，是你们先背弃傅氏。如今这个恶果，是你们该尝的。"

盛氏顶层办公室内，盛铭湛脸色阴沉地问道："傅晋臣最近在做什么？"

"没什么特别，"助理翻开资料夹，"昨天他去银行申请贷款，被拒绝了。"

傅氏出事，傅晋臣应该不会这么平静。这中间肯定有什么地方不对劲，只可惜他一时半刻查不到。

这几天电视报纸都是关于傅氏的新闻，傅氏集团投资失败，一夜间陷入破产边缘。

沐良仔细听报道，房门有响动，她立刻跑到门前："回来了。"

傅晋臣低头在她嘴角亲了下："这么晚还没睡？"

"等你。"沐良眨了眨眼，"我想你了。"

"真乖。"

当然要乖，反正她不说，这男人也会没完没了地问，索性她先主动。

"果果呢？"傅晋臣没看到儿子。

沐良倒杯温水给他："睡着了。"

傅晋臣看过儿子，才回到卧室。

"沐毅怎么样？"傅晋臣穿件白色睡袍，站在床前。

"我爸妈每天陪他复健，昨天还跟我抱怨，说每天喝汤人都胖一圈，要破坏他完美的身材了。"沐良嘴角勾起。

傅晋臣搂着沐良躺下，笑道："那就好，下周可以出院？"

"差不多。"沐良点头。

她似乎想到什么，担忧道："如果那些人知道沐毅没死，会不会……"

傅晋臣也在琢磨："我来想想办法。"

听到他这么说，沐良瞬间放心。她靠在傅晋臣胸前："傅氏的新闻满天飞，你打算什么时候有动作？"

"再过几天。"

"需要我帮忙吗？"

傅晋臣瞥着怀里的人："报告沐董事长，目前还不需要。"

"讨厌！"沐良抬手捶他一下。

十天后，傅氏再次召开股东大会。

盛铭湛神色匆匆地赶到，为什么几天之间，傅晋臣摇身一变成为傅氏最大的股东？他之前明明很严谨地调查过，傅晋臣名下并无傅氏任何股权！

蔺识站在傅晋臣身侧，他所坐的位置，正是傅东亭当初那把椅子。

"盛总，"傅晋臣主动伸出手，"请坐。"

有人拉开椅子，盛铭湛沉着脸坐下。

傅世钧坐在轮椅中，紧挨傅晋臣。傅政坐在右边，惯有的清冷神色看不出太多起伏。

"人都到齐了，"傅晋臣笑了笑，"蔺叔，开始吧。"

蔺识打开公文包，将股权公证书分发下去，并且当众宣读傅东亭的遗嘱。

众人神情皆变。

盛铭湛双手握紧成拳。好狡猾的傅东亭，竟然能想到把名下的股份寄存在别人名下！

"傅氏的股份按照比例依次顺序为：傅晋臣20%，傅世钧15%，傅培安10%，傅欢颜10%，沐果果5%。沐果果尚未成年，他的股权由监护人傅晋臣行使支配权。"蔺识高声宣读完后，又补充道，"目前傅晋臣手中持有25%傅氏股权，成为集团最大的股东。"

"啊！"全场一片哗然。

短暂沉默后，几乎同一时刻，热烈的掌声四起。

"呵呵，"盛铭湛低笑，眼底寒意四起，"傅晋臣，你以为拥有股权就能救傅氏吗？"他侧过身靠近过来，语气阴狠，"我告诉你，傅氏已经是个空壳子，一毛钱都没了！"

"是吗？"

傅晋臣丢给他一份文件："有件事你不知道吧，现代园区那块地已经解冻，下周开始停工的项目恢复施工。"

盛铭湛瞬间厉目。

"哦对了，还有件事我忘记告诉你！"傅晋臣黑眸轻眯，"我的公司已经归入傅氏集团成为子公司，我不在乎傅氏还有没有钱，只要我姓傅，傅氏就永远都不会倒！"

盛铭湛站起身，椅子后退，撞到墙上。

傅晋臣走到他面前："你赢不了。"

赢不了吗？

这场轩然大波，结束于傅晋臣手握重权。他轻抚傅东亭一直钟爱的檀木书桌，心底滋味复杂。

爸，我回来了。从这一刻起，傅氏的未来全都握在他的手中。他体会到权力巅峰的极致感，同时也承受着掌握全局的巨大责任。

傅晋臣与傅氏、与傅家，一荣俱荣，一损俱损。这是作为傅家掌权人的使命，不可抗拒的命运。

桌上的手机响起来。

盛铭湛皱眉接听："盛先生，我终于联系到您了，酒吧街要改造，这里今天就要被拆掉。"

两个小时后，盛铭湛的车停在酒吧街对面。街道正在进行拆迁，推土机一点点往前开进。

周围不断有墙面整片倒塌，高高悬挂的钢琴形状沐字牌匾，掉落在地，瞬间碾压在推土机的车轮下。

碎了。这块牌匾曾是他亲手制作，如今亲眼看它碎裂，也算是一种结局吧。

属于他的结局。

抽出一根香烟点燃，盛铭湛仰头靠着车座。

嗡嗡。手机振动，盛铭湛不想搭理。那条街逐渐被夷为平地，他想要努力记住那个地方。

振动持续，他烦躁地皱眉接起："喂？"

"铭湛！"盛母语带哭声，"你爸爸……去世了。"

盛铭湛用最快的速度赶到家，并在当天带着母亲乘坐飞机，赶回美国。

傍晚，傅晋臣打开门进来，沐果果风一般撞到他的怀里。

"爸爸，干妈要结婚啦！"

傅晋臣挑起眉，沐良端着碗筷从厨房出来，小孩子藏不住话。

"真的假的？"傅晋臣拉开椅子坐下。

沐良眼神不怎么温柔："你好兄弟都要结婚了，我们娇滴滴难道还要为他那种男人守身吗？"

"咳咳！"傅晋臣干咳声，"心肝，不关我的事情。"

"怎么不关？"沐良质问道，"当初要不是因为你瞒着，他们能发展到这局面吗？"

傅晋臣没敢反驳。

用过晚饭，傅晋臣把儿子哄睡，迅速回到卧室。

"心肝，"傅晋臣将人压在身下，薄唇轻落她的颈间，"我妈说月底有个好日子，最适合举行结婚典礼。"

沐良撇嘴："月底太赶了吧？"

"放心，我会让人安排好。"

沐良走神的工夫，睡衣便被他丢在床边。

"今晚不行。"沐良揪住被子。

"为什么？"

沐良咬着唇："没理由，就是不想。"

"不想？"

傅晋臣邪魅地笑了笑："心肝，我会让你想的。"

"傅晋臣！"沐良暴怒，这个礼拜她没有一天睡过好觉，每天腰酸背痛，走路都不敢迈大步，"你到底吃了什么？"

喘息间，沐良无力地靠在他胸前。

傅晋臣笑得得意。他就不信勤劳耕耘，他家心肝的肚子不鼓起来？

深夜，酒吧。

傅晋臣将车钥匙丢给门外的服务生，双手插兜上楼。

"四少。"

包厢内的场子已经热闹起来，男人们三五成群，左拥右抱历来都是乐趣。

"哎哟，四少来了！"有人调侃道，"四少一路上来，这要踩碎多少女人的芳心啊？"

傅晋臣坐下，回答优雅又不失霸气："不计其数！"

"哈哈哈。"男人们笑倒一片，女人们都红着脸望向他，宁愿为他碎掉满地芳心。

"四哥，"钱响笑得合不拢嘴，"你不怕回家跪搓衣板？"

"放屁！"傅晋臣骂道，"你四哥什么时候怂过？"

"走一个。"众人端起酒杯。红酒、啤酒，酒杯都没空着。

傅晋臣拿起个干净的玻璃杯，倒满苏打水，跟众人碰了碰。

"老四，你什么意思？"

傅晋臣笑道："爷戒酒了。"

"戒酒？"众人齐声笑出来，"戒什么酒，肾虚了吧？"

傅晋臣丢给他们一个高深莫测的眼神，喝着苏打水。肾虚不虚这种事，只要他的心肝明白就好，其他人爱怎么想怎么想！

项北拎着一瓶红酒放在桌上，骂道："老四不喝，我跟你们喝。"

如今傅晋臣鲜少露面，一是他觉得没什么意思，二是沐良给他规定不许泡夜店，也不许喝酒。

"结婚的事情准备得怎么样？"傅晋臣低声问身边的人。

钱响皮笑肉不笑地回答："就那么回事吧，反正不需要我操心，只要那天露个面就行。"

"只是露面？"傅晋臣不怀好意道，"听说那天还要洞房。"

钱响沉下脸："来看我笑话？"

傅晋臣敛眉："有需要我帮你的吗？这次认真的。"

钱响摇了摇头，道："不需要。"

身边的人依旧不为所动，傅晋臣无奈叹气。钱小贱啊钱小贱，别说四哥不偏心你，这里左提示右暗示，他完全不上道！

傅晋臣抬手搭在钱响的肩头，抿唇问他："钱响，咱们兄弟间，是不是应该有福同享，有难同当？"

须臾，钱响被拉进圈子里，继续跟那些男人们拼酒去。傅晋臣看得出来，钱响故意找醉。反正都要经历这个过程，不让钱响自己亲身走过一次，他不会明白这滋味如何销魂！

钱小贱，其实四哥是疼你的！

"喂！"项北端着酒杯坐过来，瞪着傅晋臣嘴角那抹灿笑，"你又在算计什么？"

"算计着我什么时候能有儿媳妇。"傅晋臣挑眉。

"啧啧！"项北低声嗤笑，"傅老四，你满脑子不是老婆就是儿子，还能有点别的吗？"

"有啊。"傅晋臣嘴角的笑容潋滟，"我还想着，我女儿什么时候能来。"

项北嘴角抽了抽。

望着项北眼底的鄙夷，傅晋臣轻哼："你别得意，回头让傅欢颜收拾你！"

机场，候机大厅。

沐良第N次拉开行李箱："小毅，东西都带齐了吗？"

"齐了。"

沐果果跑过来："妈妈，你都问过好多次了，怎么还没记住呀？"

沐良最近是有些啰唆，有时候莫名其妙地发脾气，有时候又针对一件事反复唠叨："妈妈担心舅舅有东西落下。"

"不会的，"沐果果摇着小脑袋，笑嘻嘻的模样可爱，"如果舅舅忘记带东西，果果可以坐飞机给他送去。"

沐毅抱起外甥，亲亲他的小脸："果果，你要答应舅舅好好照顾妈妈。"

沐果果乖巧点头："如果爸爸欺负妈妈，我打电话告诉舅舅。"

"真乖。"沐毅满眼笑意。

沐毅放下外甥，起身走到傅晋臣身边，轻声道："姐夫，我不在的这几年里，你要好好照顾我爸妈，还有我姐跟我外甥。"

傅晋臣冷声道："你爸妈也是我爸妈，你姐是我老婆，你外甥是我儿子，还用你说照顾吗？"

哇，这口气很冲！沐毅摸摸鼻尖，伸手搭在傅晋臣肩头："还生我气？"

傅晋臣瞥他一眼："一个人在国外要多加小心，有事要告诉我，不要再让你姐操心。"

沐毅老实点头。

蔡永芬偷偷抹眼泪，沐果果坐在沐占年腿上玩东西，小声道："外公，外婆为什么一直哭？"

沐占年神色黯淡。

气氛瞬间变得悲伤，沐良别开脸，眼眶发红。

再多的不舍，终究也要分别。沐良搀扶妈妈，沐毅扶着爸爸，一家几口人同时往登机口走去。

"小毅，"蔡永芬拉住儿子的手，又叮嘱他一遍，"你的身体还没彻底恢复，要记得按时吃药，功课也不要太累。"

"我知道。"沐毅张开双臂将父母拥在怀里，道，"你们放心吧，我能照顾好自己。"

沐占年从不在儿子面前表露什么，他微微红着眼睛，说不出话来。

"姐，我不能参加你们的婚礼了。"

"没关系，姐姐给你发视频。"沐良安慰他。

沐毅黑眸落在傅晋臣身上，郑重其事开口："姐夫，不能再欺负我姐。"

傅晋臣笑了笑："放心，现在轮不到我欺负你姐，都是她折磨我！"

"傅晋臣！"

被控诉的人瞬间不悦，傅晋臣噤声，一脸无奈。看吧，这叫自食恶果！

广播响起，沐毅走向安检门。沐果果缩在爸爸怀里，不想同舅舅道别。

沐良盯着弟弟转身的背影，心底闪过什么："沐毅！"

沐毅嘴角的笑容灿烂，沐良收敛思绪："没什么，快去吧。"

"好。"沐毅径直走向安检门。

望着渐渐走远的人影，沐良心底仍有一丝疑惑。自从沐毅清醒后，一句都没问过宋爱瑜，也没有打听关于她的任何事情。

等待安检的人不少，沐毅拿着证件排队。前方有道黑影闪过，他反应迅速地躲开，肩

553

膀被什么砸中。

砰。一个篮球从沐毅的肩膀弹到地上，有个女孩接过球，歉然道："对不起。"

沐毅笑了笑，没多说什么。

跟在女孩后面的男生，正在焦急找寻什么。女孩抱着篮球朝他跑过去："喂，球在这里呢。"

看到篮球，男生勾起唇："幸好没丢，要不然你得赔我。"

"小气。"女孩娇嗔地笑。

周围人来人往，没什么人注意到这对小情侣。沐毅盯着男孩怀里的篮球，目光沉了沉。

"篮球能带上飞机吗？"女孩语气疑惑。男孩搂住她的肩："过安检问问。"

两人不时笑出声。

沐毅垂眸站在原地。如果当年他没有带着篮球走那条路，是不是就不会遇见宋爱瑜？如果没有遇见宋爱瑜，他人生的路又会怎么样？

可惜如果终究是如果，沐毅找不到答案。但他明白，曾经的沐毅在倒地的那刻便已死去。再次醒来的沐毅，必须同从前诀别。这中间，也包括宋爱瑜。

宋氏博物馆终于如愿开放，早上十点钟，沐良与宋清华站在博物馆前，同时持起剪刀，完成剪彩仪式。

全场掌声雷动，沐良如释重负。

外公，良良终于完成了你的心愿。

林蔷全程监督，没有任何疏漏。

高台的麦克风前，宋清华一袭黑色长裙，神色端庄地站在话筒前："我有一个决定要在这里跟大家宣布一下。"

宋清华目光温柔地落在女儿脸上，缓缓开口："从今天开始，我将把我名下所有的股权都转交给我的女儿沐良，同时也把宋氏集团，亲手交到她的手上。"

沐良怔在原地。

"良良。"宋清华轻唤，神色温和。

沐良低头看向人群，见到傅晋臣微笑的目光后，才转身走向宋清华。

"妈妈把宋氏交给你。"宋清华眼底有泪光闪动。

宋清华牵着沐良的手，紧紧握在掌心。

林蔷眼含热泪。董事长，林蔷答应您的事情，总算不负所托。

接见室中见到宋清华，宋爱瑜倍感意外。

"最近怎么样？"宋清华目光黯了黯，"你瘦了。"

宋爱瑜低着头，不肯说话。

"爱瑜，"宋清华隔着玻璃窗，声音温柔，"你要好好改造，妈妈等你出来。"

554

宋爱瑜霍然抬起头："妈妈……对不起！"她咬着唇，眼角不断有泪水滑落，"你帮我跟沐良说一句对不起！是我对不起你们！"

宋清华终于放下心来。

一个月内两次来机场送行，沐良情绪低落。

林蔷拉着宋清华的手："为什么要去乡下？"

"我在城市待久了，想要换个地方。"宋清华弯起唇，"前些日子忙着博物馆开业，我也接触到一些人。蔷你知道吗，还有很多人都没见过钢琴是什么样。"宋清华眼底有一抹亮色闪过，"在我还能做些什么的时候，我想到处去看看，想要教会更多的孩子们弹琴。"

林蔷没有再劝。她知道宋清华心意已决。

沐良倔强得不肯开口。

傅晋臣暗暗摇头。心肝脾气倔，心却比任何人都柔软。

"妈！"傅晋臣走到宋清华面前，语气颇为恭敬，"还有什么需要吗？"

她的目光落在傅晋臣身后："好好照顾她。"

"我知道，"傅晋臣微微一笑，"您不要跑太远，过不了几个月，您就会有外孙或者外孙女露面了。"

宋清华先是一怔，随后笑得合不拢嘴。

前方的人走远，沐良犹豫了下，快步往前："等等。"

宋清华顿住脚步。

沐良慢吞吞地从包里拿出一瓶香水给她："乡下那种地方没有这些，这个给你用。"

望着她递来的东西，宋清华眼眶酸涩。

"什么时候回来？"纠结半天，沐良终于还是问出口。

宋清华轻抚女儿的脸庞，神色温柔："只要你需要妈妈，我随时都在你身边。"她黑眸闪亮，承诺道，"良良，这一次妈妈保证。"

沐良轻轻拥住宋清华："我相信你。"

这句相信，远比任何语言都显得弥足珍贵。她抱紧女儿，激动得泪如雨下。

目送宋清华离开，沐良转过身微有惊讶："爸爸。"

郁坚抿唇一笑。

"怎么不留住她？"

郁坚神色从容地摇了摇头。这世上很多事很多人，该是你的就是你的，不该是你的，留也留不住。

走出机场，沐良仰望蔚蓝的天色，心情豁然开朗。她的人生如此完美，再也没有什么缺憾。

一年一度商会改选，本届会长身份毫无悬念落在傅晋臣的身上。新老两届会长交替，傅晋臣主动伸出手，盛铭湛敷衍地握了下。

傅晋臣走到他面前："听说盛总又在蠢蠢欲动？"

"傅总消息很灵通。"盛铭湛冷笑。

傅晋臣不露声色靠近他的耳边，道："盛家那边正在争抢继承人，你说如果关于你的身世不小心泄露出去，结果会怎么样？"

"威胁我？"

傅晋臣薄唇微勾："不是威胁，是提醒。"

盛铭湛五指猛然收紧。

宴会接近尾声时，盛铭湛冷着脸抽身而退。

"盛铭湛！"傅晋臣迈步走来，"我想去你父母的碑前拜祭一下。"

市郊一处僻静的墓碑前，傅晋臣恭敬站在墓前鞠了三个躬，盛铭湛拿出手帕将父母的照片擦拭干净。

"盛铭湛，我们到此为止吧。"傅晋臣黑眸深沉，道，"如果你父母还活着，看到你能有今天的成就也会开心，难道你想要再经受一次家破人亡吗？！"

盛铭湛薄唇紧抿。

他坐在墓碑前，直到天黑。

三天后，盛氏宣布将设立在名海市的分公司撤回美国总部。清早起来，司机将车停在机场外，盛铭湛带着舒云歌出现在机场大厅。

"石头。"舒云歌忍不住再次回头。

盛铭湛拉起她的手："姐，你说过这里不属于我们。"

是啊，这里不属于他们。

"走吧。"舒云歌握着弟弟的手走进登机口。

从今以后，她也要试着忘记，忘记那些不属于她的回忆。

中秋佳节，全家团圆的日子。傅政穿件黑色风衣，坐在看守所的接待室中。

"爸！"

傅培安身上穿着统一的制服，气色还算不错："小政。"

"你怎么样？"傅政关心地问。

傅培安不想让儿子担心："爸爸挺好的，你妈妈好吗？家里都好吗？"

"都好。"傅政笑了笑。

因为傅培安之前做的事情，庭审后必然难逃牢狱。

"小政。"傅培安透过玻璃窗，声音低下去，"你要好好照顾二叔，他的腿是因为爸爸，是爸爸对不起他！"

"放心，"傅政应允下来，"我会的。"

傅家大宅，今晚灯火通明。一排排红色灯笼悬挂在屋檐下，绵延不断。

三楼卧室中，沐良撅着嘴，生气地叫道："傅晋臣，我的鞋呢？我要穿鞋啦！"

"来了来了。"傅晋臣手捧两双颜色不同的鞋子，"心肝，你喜欢哪个？"

沐良咬着苹果："都不喜欢。"

傅晋臣嘴角抽了抽，再次回到鞋柜。来来回回跑了三趟，沐良还是没有点头。

"要不然还是那双红色的吧。"沐良双手扶着隆起的肚子，命令道。

红色是吧？傅晋臣立刻取来鞋，小心翼翼给他家心肝把鞋换好。

"好了。"傅晋臣极为满意。

沐良走到镜前，蹙起眉："这条裙子颜色跟鞋子不太搭配吧。"

傅晋臣哀嚎一声，立刻打消她的念头："配啊，怎么不配？我觉得这样特别好看。"

"真的？"挺着肚子的可爱女人，显然不相信他的话。

傅晋臣弯腰在她隆起的腹部亲了下，笑道："亲爱的，我以咱们女儿的名义保证，千真万确。"

沐良盯着自己的肚子，道："傅晋臣，大家都说我怀的是儿子。"

"谁说的？"傅晋臣瞬间变脸，"爷说女儿就是女儿。"

沐良翻了个白眼。其实她也希望是女儿。

"四少，四少奶奶，大家都到齐了。"管家上来通知，傅晋臣牵着爱妻的手，谨慎护送她下楼。

沐良怀孕六个月，现在是全家的重点保护对象。所有人都宠着她，顺着她，哄着她。

"爸爸妈妈！"沐果果朝这边跑来。

傅晋臣急忙抱住儿子："你说妈妈肚子里怀的是小弟弟，还是小妹妹？"

说到小妹妹三个字，傅晋臣刻意放慢语速，明显引导。沐果果小朋友撅着嘴，完全不搭理他老爹："小弟弟。"

傅晋臣嘴角的笑容僵硬，这孩子真不会聊天。

沐良拼命忍住笑，擦掉儿子额头的汗水。生男生女这种事不能选择，只是傅晋臣太想要个女儿。

"哎哟，良良这肚子尖尖的，一准是个儿子。"姚琴端着洗好的水果出来，笑着分给孩子们吃。

傅晋臣脸色沉下去。

"多吃水果，吃水果孩子皮肤好。"姚琴举着果盘，让沐良自己挑。

沐良挑个又红又圆的苹果，盯着快要憋出内伤的男人，笑道："大嫂，我怀的是女儿。"

"啊？"姚琴瞪眼。

曹婉馨眨了眨眼，缓和道："大嫂，我怀橙橙的时候肚子也是尖的，你忘了吗？"

姚琴明白过来："对，看我这记性。"

听到她们这么说，傅晋臣紧绷的脸色才算好转。

自从傅氏的危机化解后，傅晋臣带着母亲和妻儿搬回家住。外面纵然自在，但都不是家，他时刻铭记父亲的话，要把全家人紧紧聚在一起。

尤储秀挂断电话，嘴角染着笑意。傅晋臣看到她的神情，知道肯定是傅欢颜的电话。

十月怀胎，终到分娩那天。从沐良怀孕八个月开始，傅晋臣变得闷闷不乐。

产房外什么动静都没有，傅晋臣看到有护士出来就问，但人家并不知道里面的情况。

尤储秀拉回儿子："别急，应该快了。"

傅晋臣背靠墙壁，神色紧张。沐良生果果的时候，他没有在身边。如今他体会着这种分秒煎熬的感觉，整颗心不断收紧。

一个小时后，护士抱着孩子出来，笑吟吟报喜："孩子大人都很好。"

尤储秀盯着襁褓中的孩子，笑出声："这孩子真漂亮。"

"我太太怎么样？"

"挺好的，马上送去病房。"

傅晋臣自始至终都没有看孩子，他不是不想看，只是太失望——怎么又是儿子？

不久，沐良被送进病房。傅晋臣坐在床前，心疼地看着妻子。

护士抱着孩子进来，笑道："孩子交给谁？"

傅晋臣坐在床边，一言不发。

襁褓中的婴儿粉嫩嫩的，护士瞅着一脸嫌弃的傅晋臣，心底顿生怒意。

"这位先生，孩子是你老婆辛辛苦苦生下来的，也是你的亲骨肉，这都什么年代了，怎么还重男轻女？"

正义感十足的小护士异常气愤，长得帅了不起吗？哼！

重男轻女？傅晋臣一把抱起襁褓中的孩子。

几秒钟后，他激动地叫道："老婆，没有小鸡鸡啊！"

沐良哭笑不得，可不没有吗？

心情沉到谷底的男人，转眼飞上云霄。傅晋臣轻轻把女儿抱在怀里，视若珍宝。

病房门打开，沐果果背着小书包跑进来："妈妈，是小弟弟还是小妹妹？"

傅晋臣得意地勾起唇："小妹妹。"

沐果果身后还跟着一帮人，大家争先恐后过来，硬生生从傅晋臣怀里把他的宝贝抢走。

惊叹声，欢笑声环绕在身边。

傅晋臣生怕宝贝女儿累着，可惜没人搭理他。

如今的他们，一子一女，一家四口，完美无缺。傅晋臣轻吻妻子的额头："老婆，我爱你。"

沐良靠在他的怀里，笑容温柔缱绻："老公，我也爱你。"

"爸爸，妈妈，果果也爱你们！"

"哈哈哈！"众人一片笑闹。

这就是他们想要的幸福，终其一世，只此一人。

萌娃改名记

初春时节，玉湖周围绿茵环绕。傅家大宅内，欢笑声透过浓密枝叶，传遍庭院每个角落。

"爸爸，再高一点儿！"

玉兰树下的男人，长身玉立，骑坐在他肩头的小女孩五官粉雕玉琢，宛如闪亮的珍珠。

"够到了吗？"傅晋臣抬高手臂，稳稳托住女儿。

"没有。"傅宝宝伸着小短胳膊，很努力地想要勾住那朵盛开的紫色玉兰花。

"唔！"几次下来，傅宝宝小脸憋得通红，却还是不能把花摘下来。

"我来。"另外一道身影跑过来，几步攀上傅晋臣的肩膀。

他立刻把女儿放下，转而将儿子扛起来。

到底哥哥年纪大，发育好过妹妹。沐果果极为容易地摘下一朵玉兰花，美滋滋地朝羡慕不已的妹妹炫耀："想要吗？"

"想。"傅宝宝双眼放光，渴求地盯着哥哥。

"不给！"沐果果故意刁难，平时妹妹霸占他的玩具，抢他的零食他都忍了。可她竟然跟他抢妈妈，真是太过分了！

"哥哥坏。"傅家小公主立刻发飙，眼见哥哥举着玉兰花跑远，她抬腿追上去。

别的小女孩被抢了东西多半哭鼻子，这位傅家小公主只会化悲痛为动力。不给是吧？她抢！

每一天，儿子和女儿这种争抢戏码都要上演多遍。傅晋臣早已学聪明，这种时候他绝不插手，看他们兄妹自己解决。

沐良准备好水果出来，看到那对兄妹又在绕圈跑，不禁叹了口气。

两个孩子都欺负爸爸，每次在他面前，撒娇得不要不要的。

"你还要惯着他们多久？"

傅晋臣搂过娇妻入怀，瞥见故意放慢脚步的儿子，笑道："就算我天天宠着他们，又怎么样？心肝。"他目光落向抢到花朵的女儿身上，眼神黯然，"孩子们长得太快，我怕还没有宠够他们，他们就长大了。"

沐良轻轻靠在他心口，眼底一片湿润。是啊，她也害怕那一天，她的宝贝们长得太快，一不留神就长大了。

新鲜的梨子榨汁，最是润肺。沐良抽出纸巾擦擦女儿额头的汗水，无奈道："宝宝慢慢吃。"

"唔。"傅宝宝两边腮帮子鼓起来，塞满草莓。她吃东西速度比不过哥哥，但可以在数量上取胜。

傅晋臣眼神温柔，儿子女儿在他眼中都是完美的，无论他们说什么做什么，他总是竖起大拇指。

这对兄妹唯一害怕的，只有妈妈。

"妈妈，"傅宝宝咬着草莓，红色汁液溢在嘴角，"我们班小朋友都问，为什么哥哥姓沐，我姓傅？"顿了下，她撅着嘴巴，道，"昨天蛋蛋说我和哥哥不是亲生的。"

"你肯定不是亲生的。"沐果果抬起头，有模有样地说道。

傅家小公主不甘示弱："哥哥才不是亲生的。"

"怎么可能？"

沐果果仰着精致的小下巴，瞬间秒杀妹妹："妈妈姓沐，我也姓沐，所以我一定是妈妈生的！"

傅宝宝呆愣几秒钟，终于被哥哥打击到，哇一声哭出来。

沐良急忙把女儿搂入怀里，柔声细语地哄。

对面的男人沉下脸，一副若有所思的模样。

晚上安顿好孩子们，沐良回到卧室，竟然没有见到傅晋臣的身影。每晚他不都早早铺好被子，负责暖床吗？今晚这是怎么了？

隔壁书房亮着灯，沐良进去时，男人神色专注地坐在书桌前，一瞬不瞬地盯着手里的什么。

沐良走近发现，他手里竟然捧着《新华字典》。

"老公，你在干什么？"

"起名。"

想起白天的闹剧，这名字确实有必要改。拉过一把椅子坐在他身边，沐良饶有兴味地问："你都选了什么字？"

"心肝，你觉得金怎么样？"

"哪个jin？"

"黄金的金啊。"

沐良倒吸口气，干笑几声站起身："我先去睡了，明天要开早会。"

"去吧。"傅晋臣丝毫没察觉异样，美滋滋捧着字典笑道，"珠好像也不错诶……"

走出书房，沐良狠狠抹了把汗。她可怜的孩子们啊，名字会不会成为他们永远的伤痛？

连续一周，每晚傅晋臣临睡前，手中都捧着一本字典。最后甚至发展到，《诗经》都成为他的睡前读物。

不过他越是这样，沐良越担心。不知道孩子们的名字多么不伦不类。

傅家所有人茶余饭后的话题，都围绕这对兄妹改名。傅晋臣每天都有名单，逼着大家投票。全家老小看到他，本能想跑。

"心肝，你觉得这几个名字怎么样？"

男人献宝一样地问询，沐良不能表现太明显。她扫眼，转移他的注意力："老公，娇滴滴听说咱们要给孩子们改名，她也要给钱家兄弟改。"

"钱响想比爷起得好听是不是？"傅晋臣眯起眼。

沐良笑了笑："我对你有信心。"话落，她立即转身上楼。

"喂，心肝！"傅晋臣见她头也不回走远，不服气地咂咂嘴。哼！爷一定要起出好听的名字亮瞎你们的眼！

自从那晚没有得到回应，最近傅晋臣风格变化，他把自己关在书房内，苦练毛笔字。

沐良闻着墨香，眉头再度紧蹙。名字倒是没起好，宣纸一张张用，真是浪费！

起名风波持续一个月，今天晚饭傅晋臣都没出书房，埋头苦练，不许任何人打扰。

"良良，"尤储秀有些担心，"老四最近怎么了？"

"没什么。"沐良笑着给婆婆夹菜，敷衍道，"他说练书法修身养性，您不用多想。"

听儿媳这么说，尤储秀才松口气。

"姑姑！"晚饭吃到一半，傅宝宝从妈妈腿上溜下来，朝进门的人跑过去。

"欢颜回来了。"嫂子们迎上前。

"吃饭了吗？"

"没有，我馋家里的饭了。"

傅欢颜挺着大肚子，项北谨慎护在她的身边，生怕哪里照顾不周。

尤储秀忙吩咐厨房加菜，傅欢颜看到满桌子她爱吃的菜，大快朵颐："好吃，还是家里的饭好吃。"

她的话令尤储秀心酸，女儿是心头肉。

项北瞥见傅欢颜的吃相，暗暗皱眉。回来的路上她还吃了两份小笼包，饭量是不是太大了些？

再过几个月傅欢颜便要生产，尤储秀下意识地望向客厅中央悬挂的那张照片，心情复杂。

东亭、连漪，你们的女儿要做妈妈了。我们的欢颜如今生活得很幸福，你们要保佑她。

晚饭过后，全家人聚在一起聊天。原本气氛和谐，突然下楼的男人，令大家如临大敌。

"你们来得正是时候。"傅晋臣见到傅欢颜项北回家，仰起头问，"给你们看看，我给孩子们起的名字。"

沐良一把拦住："不要了，你一会儿给我看就好。"

自己家丢人就好，他还想把人丢到大家面前？

眼见她那副不信任的模样，傅晋臣摊开手里的墨宝，展现在大家面前："看看爷起得怎么样？"

汗！这回丢脸丢到姥姥家了！

傅欢颜一边往嘴里塞草莓，一边问身边的男人："那个字念什么啊？笔画最多那个。"

项北摇摇头，心想他们姐弟果然有一拼。

"肇。"傅晋臣傲娇地念道，"果果改名傅肇，傅欢颜你有时间多读书，有利于胎教。"

沐良难以置信地瞪大眼，这么复杂的字，傅晋臣竟然认识啊！

"嘁！"傅欢颜并不买账，"查过字典谁不认识？"

傅晋臣："……"

他们姐弟斗嘴的毛病改不掉，沐良憋住笑。

"后面那个名字怎么样？"傅晋臣满怀期待。

"傅幼慈。"侧面沙发里，傅政慢悠悠地念出口，"这名字不错。"

看吧，还是侄子亲啊！

"小政，"傅晋臣拍拍他的肩膀，道，"有眼光。"

傅政总是那副波澜不惊的表情，他把傅宝宝抱在怀里，低头问她："宝宝以后叫幼慈好不好？"

傅宝宝注意力都被草莓吸引，她正在努力咀嚼，同姑姑比赛中："好，哥哥说得都好。"

闻言，傅晋臣气得差点吐血。这个小没良心的，她美美的名字可是她爹费尽心力想出来的。

傅肇，傅幼慈。

沐良反复默念，转而望向傅晋臣的目光充满崇拜。还是她家老公啊，不鸣则已，一鸣惊人！

几日后，傅晋臣捧着更名的户口本，激动得睡不着觉。

"心肝，你说我是不是好厉害？"

"对。"沐良照顾一双儿女累得要命，哪有精力应付他。

"你说，我是不是各方面都很厉害？"

"厉害。"她的声音越来越低，毫无诚意。

傅晋臣一把将她拉入怀里，低头吻在她的嘴角。

原本都要睡着，被他一闹，沐良别想再睡。她气喘吁吁地靠在他的怀里，瞪着他发亮的黑眸："今晚不闹。"

"明晚闹？"得寸进尺的男人。

沐良哭笑不得："好，明晚闹。"

窗外夜色撩人，孩子们安然入睡。傅晋臣从儿童房回来，发现沐良倚在床头。

"不是说困了吗？"

沐良朝他笑笑："忽然不困了。"

掀开被子钻到她身边，傅晋臣坏笑道："要不要消耗点儿体力？"

"不要。"往后枕在他的心口，沐良听着他胸腔内有力的心跳声，神色温柔如水，"老公，我们做个约定好吗？"

"什么约定？"

"下辈子，我们四个还要在一起。"

傅晋臣薄唇落在她额前，心底柔软："好。"

牢牢握住他的手，沐良眼含泪花："一个都不能少。"

对，下辈子，他们还要在一起。

一个都不能少。

今晚月光那么美

十月，阳光明媚。

金融街高楼林立，司机将车停在大厦外，恭敬地打开车门。

男人一身黑色西装，面容沉静地走进大楼。

整个上午，盛铭湛都在开会，没有片刻休息。近几年，盛氏版图逐渐扩张，商场中的人都知道这位中国商人不简单。

午后阳光透过玻璃窗洒在书桌上，秘书将新冲泡的咖啡放下。

盛铭湛浅尝一口，立刻皱眉。速溶咖啡品质欠佳，下月开始要全部换成现磨咖啡豆。

拿起钱夹，盛铭湛走出办公室大门。

"总裁，您要出去吗？"

盛铭湛示意她继续工作，独自走向电梯："买咖啡。"

秘书讶然，这种事应该她去跑腿。

公司楼下繁华热闹，有不少快餐店和咖啡厅。盛铭湛沿着路边走，看到有家新装修好的店铺。

推开玻璃门，浓郁的咖啡香气扑面而来，四周摆放的巨大真皮沙发，令人产生一种舒适感。

"欢迎光临。"店员含笑上前。

盛铭湛选在靠窗座位："一杯卡布奇诺。"

"稍等。"

临近中午，樊一米换上黑色制服，束发后走到柜台后："忙得过来吗？"

"樊小姐。"店员热络地同她打招呼，有人将刚刚打印出来的单子递给她，"一杯卡布奇诺。"

"OK。"

咖啡与牛奶完美结合，左右水平方向晃动手腕，杯子中逐渐现出白色奶泡，最后收杯时往前拉出一道细直线，以叶子梗作为结束。

樊一米最近迷恋拉花，但凡店里来客人，她都要抢着练习。

今天发挥不错，造型稳定性又有提高。

玻璃窗外，行色匆匆的人群显示出这座国际大都市的快节奏生活状态。这里是梦想家的天堂，一夜间能成为百万富翁，也能倾家荡产，落魄街头。

好像许久没有坐下来，品杯咖啡，欣赏周围忙碌的身影。

一天二十四个小时，属于他的时间为零。

回到这里，已是第二个年头了。明明是他熟悉的城市，却忽然觉得，哪里少了什么。

舒云歌将莫氏大部分业务交给莫劲的女儿打理。这一年资助了两所音乐学校，免费教几百名孩子学习钢琴。

姐姐的脸上慢慢多了笑容，盛铭湛知道她现在很开心。

墙角书架有最新的财经杂志，盛铭湛抽出一本翻开，最新那篇报道中介绍了傅氏集团即将进军美国金融圈。

站在傅晋臣身边的女子，微微弯起唇，那双明亮灵动的黑眸一如往昔。

盛铭湛不止一次想过，他们会不会在这座城市相遇。她见到他时，会不会说上一句，好久不见。

"先生，您的咖啡。"

穿着制服的女店员抱着托盘跑回柜台，兴奋地小声说道："那个男人好帅哦。"

几个女孩子伸长脖子看，盛铭湛侧脸逆光，勾勒出的轮廓越发深邃。

"哇，真的好帅。"

樊一米洗干净器具，朝那边看去。男人目光望向远方，对于杯中的咖啡好像没任何感觉。

辛苦她做的拉花那么漂亮，竟然看都不看一眼？

也许因为中午那杯咖啡，盛铭湛下午精力充沛。从那以后，每天中午他都抽出一个小时，走到那家咖啡店，点上一杯卡布奇诺。

"他又来啦。"

店员们小声议论："你们说，他长得那么帅，到底在哪家公司上班？"

樊一米完成最后的拉花动作，把杯子放进托盘，道："他很帅吗？"

"樊小姐，那人真的超级帅。"

面对青春期的女孩子，樊一米无法多说什么。

深褐色的卡布奇诺表面，白色奶泡拉出的枫叶图案美丽。盛铭湛浅尝一口，嘴角弯起的弧度温柔。

味道不错。

往常停留四十分钟的男人，今天竟然两个小时都没离开。店员换班离开后，樊一米盯着坐在窗边发呆的男人，忍不住走了过去。

桌上有个打开的黑色钱夹，盛铭湛攥着一张照片，怔怔出神。

"对不起先生，您的咖啡还要喝吗？"

有人靠近，他本能地将照片扣在掌心："什么？"

"您的咖啡。"樊一米指指他的杯子，道，"卡布奇诺不能喝冷的，否则伤胃。"

盛铭湛微微蹙眉。

他皱眉的模样有种说不出的性感，樊一米迅速低下头。难怪店里小女生都在议论他，原来近距离看，真的有点帅！

"我拿去加热一下。"见他半天不回答，樊一米只能主动化解尴尬。

盛铭湛点了点头。

三分钟后，温热的咖啡重新摆在面前。盛铭湛偏过头，柜台后方的女子，正在低头调制咖啡。

杯中传来的暖意，令他紧蹙的眉头舒展。他低头盯着掌心里那张照片，沐良嘴角那抹笑容变得很遥远。

他再也触碰不到。

回到办公室，盛铭湛盯着照片犹豫良久，终于吩咐秘书把它寄回名海市。

当年他误入别人的世界，辗转多年，他想应该是时候放自己走出来了。

店里客人不多，樊一米冲好咖啡出来收拾卫生。她把空掉的咖啡杯放进托盘，无意中看到沙发里遗落了什么。

一张烫金名片。

名片左上角印着盛氏集团的商标，中间凸起的三个字异常醒目：盛铭湛。

樊一米握着名片呆了呆，终究还是把名片收了起来。

冷空气突袭，午后温度有些低。盛铭湛推开咖啡店的门，坐在他喜欢的位置。

今天卡布奇诺上面的奶泡拉花是机器猫的脸，盛铭湛端起杯子，恰好见到站在柜台后冲泡咖啡的女子。

昨天是皮卡丘，明天会不会是凯蒂猫？

盛铭湛倒吸一口气，他不喜欢卡通人物。

喝完咖啡，盛铭湛走到柜台前："结账。"

收银员打出一张单子递给他："您是现金还是刷卡？"

"现金。"盛铭湛摸向口袋，突然意识到什么。糟糕，没带钱夹，别说现金，卡都没法刷。

"那个……"遇见这种囧事，盛铭湛也有些不好意思，"我忘记带钱夹。"

收银员撇嘴，这是想赖账？

"算我的吧。"

颜值即王道，收银员立刻记账。

"谢谢。"

樊一米洗干净手，微微一笑："不用客气。"

如果换作平时，盛铭湛肯定要说，一会儿让秘书送钱过来，可他望着眼前笑容灿烂的女子，突然什么都不想再说。

最近公司谣传，总裁迷上一家咖啡店的咖啡。很多盛氏员工下班后都跑来光顾，尝尝到底是什么滋味令他们历来孤傲的总裁每天报到。

气温时高时低，盛铭湛穿着大衣坐在窗前，目光依旧望向窗外。

咖啡店的玻璃窗干净透亮，他单手托着下颚，透过玻璃反光刚好能够看向对面柜台。

樊一米盯着他的方向大约五秒，而后低头调制咖啡。

她拉花的动作很好看。

盛铭湛嘴角轻轻上扬，猜测她今天拉出的图案。

"先生，您的咖啡。"

店员转身离开，盛铭湛低下头，白色奶泡拉出一个大大的笑脸。

她下意识地抬起脸，目光恰好落入他深邃眼底。

樊一米红着脸低下头。被发现了吗？

窗外天空阴沉，盛铭湛捧着咖啡杯，心情好得一塌糊涂。

接连三天，午后靠窗的位置都空空的。

"唔，今天又没来。"店员失落地回到柜台后面，"樊小姐，你说那个帅哥是不是不来了？"

拉花奶泡溢出来，樊一米倒掉咖啡，脸色有些不好看。

今天值班到傍晚六点，樊一米换好衣服走出咖啡店。

"小姐，太太让我来接您。"司机打开车门，小跑过来。

樊一米看看繁华的街道，笑道："时间还早，我想走走，你回去吧。"

司机不敢多话，只能开车离开。

不知不觉过去两个月，眼看要迎来圣诞节。樊一米裹紧身上大衣，觉得有些冷。

两个月，六十杯咖啡，这就是她对他的了解。她甚至没有同他说过什么话，却为他的突然失踪魂不守舍。

樊一米，你是不是病了？

街口前方有个广场，她独自经过时，总会多停留几分钟。

前方一群小孩子正围着什么人讨要气球。樊一米拢紧衣领，见到从人群中走来的男人，霎时愣住。

"这么晚下班？"

消失几天的男人，突然站在她的面前，樊一米感觉好像做梦："你……"

"公司有急事，我出差刚回来。"

压制住心底的激动，樊一米笑了笑："哦。"

"你呢，每天都来咖啡店打工？"

"对。"

她点头，想到什么后补充道："这是我姑姑的咖啡店，她没时间打理，所以我来帮忙。"

"你的咖啡很好喝。"

他突然跳转话题，樊一米脸颊飘红。

那群小孩子争抢气球跑过来，盛铭湛眼疾手快护住她的肩膀，将她拉到怀里："小心。"

他穿件纯手工羊绒大衣，樊一米鼻尖抵在他的胸口，深吸口气便能嗅到他身上淡淡的清冽味道。

追跑的人群渐渐消失，盛铭湛目光落在她的侧脸，原本虚扶在她腰间的手臂不自觉收紧。

"谢谢。"

怀里的人动了动，盛铭湛不得不松开手："我们走走吧。"

樊一米冲口而出："好啊。"话落，她恨不得咬掉舌头。能不能矜持点！

广场周围亮起景观灯，盛铭湛走在外侧，眼眸直视前方："我还欠你一杯咖啡钱。"

他要不说，樊一米几乎都要忘记了。她摆摆手，笑容单纯："没关系，当我请你喝的。"

闻言，盛铭湛露出一抹正中下怀的笑："礼尚往来，我能不能请你看电影？"

樊一米心如鹿撞："好。"

"明晚八点。"

男人掏出电影票递过去，樊一米有片刻的惊讶。这是早有预谋？

"明天我来接你？"

樊一米不好意思抬头，犹豫半天才同意："我七点下班。"

今晚进展顺利，盛铭湛不敢太过激进，硬是压下想送她回家的心思。

"我家就在前面。"

盛铭湛单手插兜，再也找不到理由赖着不走。他转身走了两步，想到什么后又跑回来："我叫盛铭湛。"

樊一米愣了下，笑道："我知道。"

男人皱眉，她从口袋里拿出那张烫金名片，扬起唇道："上次捡到的。"

"我叫樊一米。"她笑起来眼睛特别亮，"一米阳光的一米。"

"我也知道。"

盛铭湛薄唇微勾："那次你帮我加热咖啡时，我看到你的名牌。"

樊一米心尖好像被什么蜇了下。

明明相识不久，却犹如久别重逢——这是不是人们口中常说的缘分？

盛铭湛心底沉寂许久的某种感觉，此刻排山倒海而来。他仰起头，眼底盈满温柔的笑："今晚月光很美。"

这样的夜晚，这样的月色，樊一米背靠在他温暖宽阔的胸前，红唇一点点弯起。

是的，今晚月光那么美。